M. Rey

Über dieses Buch Eine Frau will sich umbringen. Victoria, eine Sozialarbeiterin, Tochter einer polnischen Mutter und eines englischen Vaters, blickt auf ihr Leben zurück. Sie erinnert sich an ihre Kindheit, den Tod der Mutter im Krieg, an Frauen um ihren Vater, zu dem sie eine traurige, schuldbeladene Beziehung hat, an Männer, denen sie begegnet ist. Sie denkt vor allem an Greg, mit dem sie zusammengelebt hat, der sie nicht geheiratet, sie verlassen hat. Und immer wieder erinnert sie sich an ihre Arbeit in verschiedenen Krankenhäusern, auf einer gynäkologischen Station, in einer neurologischen Abteilung: an bewegende Szenen, Gespräche, Konfrontationen mit Elend, Armut, Qualen und Leid, an die Unzulänglichkeit von Ärzten und die Überforderung des Pflegepersonals, den täglichen persönlichen Einsatz bis zur Erschöpfung. So zeichnet sich ihr Leben vor ihr ab, das Leben einer Frau, die sich immer wieder für andere geopfert hat, bis an den Rand ihrer Kräfte gegangen ist und dabei versäumt hat, ihr eigenes Leben zu leben.
Während Victoria langsam in immer tiefere Depressionen versinkt, ist sie stumme Beobachterin einer Gruppe von jungen Leuten, die – ihrer Wohnung gegenüber – ein Lagerhaus besetzen, es instandsetzen, mit Leben füllen. Sie sind es schließlich, zu denen sie Kontakt findet: eine Hoffnung für Victoria? Wird sie Kraft finden, Kraft für ein eigenes Leben, keines aus zweiter Hand?
Ein fesselnder psychologischer Roman von großer Glaubwürdigkeit.

Die Autorin Janina David, 1930 in Polen geboren, verlor ihre Eltern während des Krieges und verließ nach ihrer Errettung aus dem Ghetto 1946 Polen. Sie lebte zunächst in Paris, emigrierte dann nach Australien, wo sie ein Stipendium für das Studium der Künste und Sozialwissenschaften an der Universität Melbourne bekam. 1958 kehrte sie nach Frankreich zurück und lebt heute als freie Schriftstellerin in London.
Durch ihre Kindheits- und Jugenderinnerungen »Ein Stück Himmel«, »Ein Stück Erde«, »Ein Stück Fremde« und ihren Roman »Ein Teil des Ganzen« wurde sie berühmt.

Janina David

Leben aus zweiter Hand

Roman

Aus dem Englischen von
Michaela Huber

Fischer Taschenbuch Verlag

Die Frau in der Gesellschaft
Lektorat: Ingeborg Mues

Originalausgabe
Veröffentlicht im Fischer Taschenbuch Verlag GmbH,
Frankfurt am Main, April 1990

Umschlaggestaltung: Susanne Berner, Heidelberg
Gesamtherstellung: Clausen & Bosse, Leck
Printed in Germany
ISBN 3-596-24744-6

Meine liebe Claire,
dieser Brief wird Dich überraschen. Abgesehen von einigen Ansichtskarten aus den Ferien habe ich Dir, glaube ich, noch nie zuvor geschrieben. Doch hier ist er: der erste und definitiv letzte Brief von Deiner lieben Freundin und einstigen Kollegin Victoria.

Victoria Bennet stand vom Tisch auf und zündete sich nervös eine Zigarette an. Sie hatte begonnen, endlich. Nach wochenlangen sorgfältigen Vorbereitungen – alles nahm mehr Zeit in Anspruch, als sie vorausberechnet hatte – war sie bei der letzten Etappe des Rennens angelangt. Bilanz ziehen. Die letzte, endgültige Erklärung finden.
Ihr Plan – ihr Neujahrs-Vorsatz von diesem Jahr – war ihr so einfach und so verführerisch erschienen, in den frühen Morgenstunden jenes ersten Januartages, als sie schlaflos in ihrem Bett gelegen hatte, abwechselnd schwitzend und frierend, dauernd die Lage verändernd, sich herumwerfend, um den Schmerz in ihren Gliedern zu besänftigen – war es Arthritis, würde sie als Krüppel enden, wie Leah, hilflos an den Rollstuhl gefesselt? O Gott, nein. Gab es keine Möglichkeit, dem herannahenden Verhängnis zu entrinnen? Wäre es nicht besser, einfacher, für alle Beteiligten angenehmer, wenn sie aufhörte zu existieren? Ja. Victoria setzte sich in ihrem zerwühlten Bett auf. Dies also ist mein Neujahrs-Entschluß, der eine, den ich einhalten werde; die ganze Sache muß nur methodisch und ohne Sentimentalitäten angegangen werden. Niemand darf es wissen. Bis zum Schluß. Soll ich einen Abschiedsbrief hinterlassen? Wem? Wer würde es wissen wollen? Vater?

Claire? Julia? Greg? Während sie an den Fingern abzählte, schlief sie ein.
Am nächsten Tag kehrte sie zu ihrem Plan zurück; sie würde keine unbezahlten Rechnungen hinterlassen. Keine Schulden. Auch keine schmutzige Wäsche. Stell dir bloß vor, was Martha dazu sagen würde... Dann der Letzte Wille und das Testament, sorgfältig durchdacht und bei ihren Rechtsanwälten hinterlegt. »Ich rechne damit, in den nächsten Wochen recht viel unterwegs zu sein. Man weiß ja nie..., ich will nicht, daß meine wenigen Freunde alle Entscheidungen treffen müssen...« Ein Lächeln, ein Schulterzucken: »Sicher bin ich neurotisch. Das Reisen ist heutzutage ja sicher, auch in den Fernen Osten... Wohin? Ach, Malaysia... mein Vater war dort... eine Plantage, um genau zu sein. Klingt das nicht großartig? War es allerdings gar nicht. Verdammt harte Arbeit, schreckliches Klima, hat die Gesundheit des Armen ruiniert. Muß ich hier unterschreiben? Ja, richtig, und die Zeugen? Hier... Vielen herzlichen Dank. Jetzt kann ich guten Gewissens losfliegen. Ja, werde ich. Bis dann...!«
Als nächstes: einige kurze, fröhliche Briefe an entfernte Bekannte, in denen von einem langen Urlaub die Rede war. »Habe beschlossen, das Heute zu genießen und das Morgen sich selbst zu überlassen. Werde ein bißchen auf Reisen gehen. Vielleicht sogar nach Polen. Möglicherweise finde ich noch einige Verwandte meiner Mutter, man weiß ja nie. Melde mich, sobald ich zurück bin.«
Der Winter war schon fast vorüber. Eisenhut und Schneeglöckchen und sogar schon ein paar Primeln blühten im Garten. Krokusse und Osterglocken bahnten sich ihren Weg durch die abgestorbenen Blätter des letzten Herbstes. Der Frühling würde bald kommen, und auch die gelegentlichen Morgenfröste konnten seine triumphale Ankunft nicht länger aufhalten. Victoria fühlte, wie plötzlich die Panik in ihr aufstieg: Es gab keine Zeit zu verlieren, sie

hatte sich geirrt, als sie dachte, sie hätte noch Monate vor sich... sie mußte sich beeilen. »Sie muß gegangen sein, bevor auf der Welt wieder einmal die Knospen aufbrechen, bevor das Sonnenlicht die Erde überflutet und – für alle sichtbar – diese leere, nutzlose, überflüssige Existenz ins volle Licht rückt...«
Sie schob einen Stapel Kleidungsstücke, Papiere, Schuhe, Bücher und Fotografien in eine Plastiktüte, band sie mit einem Schnürsenkel zu und öffnete die Wohnungstür in der Absicht, das Bündel nach unten in die Mülltonne zu tragen. Jemand war dort unten im Hausflur, auf dem Treppenabsatz der ersten Etage. Es war Mrs. Morton, die langsam ihren Einkaufswagen die Treppe hinunterzog; die Räder schepperten auf jeder Stufe. Victoria zog sich zurück und schloß die Tür hinter sich.
Sie blickte sich in der Wohnung um und rang ungeduldig die Hände. In ihre Schreibmaschine auf dem Tisch war immer noch der Brief an Claire eingespannt, den sie heute morgen begonnen hatte. Wo war der Tag geblieben? Sie kehrte an die Arbeit zurück:

Wenn Du mich fragst, wohin ich gehe, Claire, so will ich es Dir jetzt sagen: Es gibt da eine Bucht an der Ostküste, auf dem Weg nach Aldeborough, wohin ich, wohin wir – Greg und ich – uns einmal im Nebel verirrt hatten.

*

Es war ihr erstes gemeinsames Wochenende gewesen. Greg mußte sein neues Auto einfahren. So ergab sich die Gelegenheit, aus London herauszukommen und einander besser kennenzulernen. Der Nebel überraschte sie auf einer einsamen, gewundenen Küstenstraße. Weiße Nebelschwaden senkten sich plötzlich vom Nachthimmel und schlossen sich wie die Hand Gottes um sie. Die Motorhaube des weißen MG verschwand vor ihren Augen. Greg stellte den Motor ab. »Wir werden es einfach aussitzen müssen«, sagte er. »Es kommt vom Meer herüber. Vielleicht ist der Spuk ganz schnell vorbei. Hoffen wir nur, daß sonst niemand auf dieser Straße fährt.« Sie machten Licht und lehnten sich unbehaglich in den niedrigen Sitzen zurück. Victoria bedauerte, nicht bei dieser Gelegenheit wenigstens einmal Hosen angezogen zu haben. Niedrige Sportsitze ruinieren weiße Röcke, weil der Saum zwangsläufig über den ölverschmierten Boden schleift. Doch seit sie erfahren hatte, was Ogden Nash über Frauen in langen Hosen gesagt hatte, war ihr Selbstvertrauen ernsthaft ins Wanken geraten:

Verhülle nur deine Beine in Hosen;
Es sind ja deine Beine, meine Liebe.
Du siehst göttlich aus, wenn du dich näherst –
Doch hast du dich einmal von hinten betrachtet?

Das kleine Gedicht trug den Titel »Wofür?« Victoria war sich nicht sicher, wie sie von hinten aussah, doch sie hatte das Gefühl, dies sei nicht der richtige Augenblick für Experimente.

Das Wageninnere füllte sich mit Zigarettenrauch. Draußen schien sich der Nebel noch zu verdichten. »Es ist eine Strafe«, dachte sie. »Gott straft mich für meine Sünden. Ich habe eine Affäre mit einem Mann, mit dem ich nicht verheiratet bin. Ich bin eine armselige, elende Sünderin. Wenn ich unversehrt hier herauskomme, verspreche ich…« Doch sie konnte sich nicht das Versprechen abringen, Greg aufzugeben. Wie albern, sicher würde Gott das verstehen? Was war schon Schlimmes dabei, mit einem Mann zu schlafen, wenn es doch ganz danach aussah, als würden sie ohnehin eines Tages heiraten? War es möglich, daß Er jede unserer Missetaten beobachtet und sofort bestraft? Nur Kinder glaubten an so etwas. Ich werde versuchen, bei der Arbeit besonders gut und aufmerksam zu sein, beschloß sie. Sie versprach nichts. Man verhandelt nicht mit Gott. Es war lediglich eine Entscheidung aus freiem Entschluß. Das hatte mit Greg nichts zu tun. Selbstverständlich würde ihre Arbeit von ihrem Glück profitieren. Und es war doch besser, zum Glück der anderen beizutragen, den Kranken und Bedürftigen zu helfen, als Greg aufzugeben. Wer hätte etwas von einem solchen Opfer? Würde sie etwa besser arbeiten, wenn es ihr schlecht ginge?

Der Nebel lichtete sich so schnell, wie er sich über sie gesenkt hatte, und sie fuhren weiter auf der im Scheinwerferlicht blaßgolden schimmernden Straße, bis sie vor einem weißgestrichenen Hotel am äußersten Ende der Küstenstraße hielten.

Es geht doch nichts über eine Klostererziehung, wenn es darum geht, einem die Wahrnehmung von »Sünden« in jeglicher Form lebenslang einzuimpfen, mit dem Erfolg, daß man ein so empfindsames Gewissen entwickelt, daß man jede Möglichkeit der Grenzüberschreitung bereits vereitelt, bevor einem die Idee dazu überhaupt kommt, überlegte sie später, als sie sicher im Bett lag und Gregs gleichmäßigen Atemzügen lauschte. Es spielt keine Rolle, wie lautstark wir unsere intellektuelle Einsicht verkünden: »Aber meine Liebe, ich fürchte, ich gehöre schon lange nicht mehr zu den regelmäßigen Kirchgängern; ja, wieder eine verlorene Seele, magst du sagen; sicher, ich bedaure es manchmal, besonders an Ostern und an Weihnachten natürlich, aber das ist ohnehin schon so kommerzialisiert...« Doch beim Druck auf den richtigen Knopf, bei Angst zum Beispiel, kommt alles wieder hoch... Bitten, Gebete, reumütige und fieberhafte, tränenreich abgelegte Gelübde, sich zu bessern. Die Beichte: Ja, wenn ich nur... ach, um die Absolution zu erhalten, wie froh wäre ich, meine Buße auf mich zu nehmen, wenn ich nur... Und wenn die Gefahr vorüber war, welch glückselige Erleichterung dann das Gefühl mit sich brachte, wieder vom Schicksal begünstigt zu sein, die Vergebung errungen zu haben, rein zu sein, geliebt und in Sicherheit...

»Ich habe mit Erleichterung zur Kenntnis genommen, daß du nicht schnarchst«, bemerkte sie am nächsten Morgen. Die Sonne schien von einem wolkenlosen Himmel, als ob es den Nebel letzte Nacht nie gegeben hätte. Victoria fühlte sich wieder mutig.

»Du aber auch nicht.«

Er war dabei, sich vor dem Badezimmerspiegel zu rasieren, während sie sich quer über das Bett ausgestreckt hatte, auf die Ellbogen gestützt dalag und hinaussah aufs blaue Meer. Die Fensterscheibe hatte einen Sprung. Er zerteilte das Bild von Himmel und Meer, ein ungenauer Riß, der ihr Gesichtsfeld in zwei Hälften spaltete; wie jene schlecht aneinandergeklebten Plakathälften, bei denen ein Riß mitten durch ein lächelndes Gesicht geht oder ein Buchstabe in einem entscheidenden Wort fehlt.

Sie drehte den Kopf hin und her, und der Sprung ließ das Bild vor ihren Augen verschwimmen. Ein paar Köpfe waren auf dem Wasser zu sehen. »Hast du Lust, vor dem Frühstück noch eine Runde zu schwimmen?« fragte Greg.

»Sieht aus, als wäre es kalt.« Sie schauderte. »Ich werde lieber hier ein Bad nehmen.«

Sie gingen hinunter, folgten dem Duft von gebratenem Speck, der ihnen den Weg zum Frühstücksraum wies. Ein kleiner, dunkelhäutiger Kellner mit schwarzen Augen, schütteren schwarzen Locken und zurückweichendem Haaransatz brachte ihnen Kaffee.

»Komisch, hier an diesem abgelegenen Ort einen italienischen Kellner anzutreffen«, bemerkte Greg.

»Woher weißt du, daß er Italiener ist?«

»Na schau ihn dir doch an. Achte mal auf seinen Akzent.«

»Er könnte auch Spanier sein.«
»Italiener. Und nicht nur das; ich wette, er ist Neapolitaner.«
Als Auslandskorrespondent einer berühmten Zeitung hatte Greg viele Jahre in fernen Ländern verbracht und war stolz auf seine Fähigkeit, einen ausländischen Akzent genau identifizieren zu können, selbst wenn er die Sprache selbst nicht sprach. Als der Kellner mit ihrer Bestellung zurückkehrte, sagte Greg etwas auf Italienisch zu ihm. Der Mann blickte ihn zunächst verblüfft an, dann lächelte er breit: »Sie Ausländer? Woher kommen?«
Victoria kicherte. »Wir sind keine Ausländer. Wir glauben, Sie sind Italiener. Stimmt's?«
Das Lächeln verschwand aus seinem Gesicht. »Ich nicht Italiener. Ich Brite«, verkündete er kühl und stolzierte davon.
Nun ja, vielleicht doch ein Spanier, kamen sie überein. Sie hinterließen ein großzügiges Trinkgeld unter dem Milchkrug, holten ihre Taschen und fuhren nach London zurück.

*

Victoria holte tief Luft, drückte ihre Zigarette aus und betrachtete noch einmal, was sie geschrieben hatte. Wenn das so weitergeht, werde ich für den Brief ein Jahr brauchen. Soviel Zeit hatte sie nicht.

Dies war das erste Mal, daß ich die kleine Bucht an der Ostküste sah, Claire. Ich bin später wieder dort gewesen. Aus offensichtlichen Gründen kann ich Dir keine genaueren Angaben darüber machen. Ich bin sicher, ich finde die Stelle ohne Schwierigkeiten wieder. Ein riesiger Baum, vermutlich ein Weißdorn, wächst dort auf halber Höhe des Kliffs. Gott weiß, wie er es geschafft hat, an einer solch exponierten Stelle zu überleben. Der Wind hat ihn in eine merkwürdige Form gebogen, die es ermöglicht, bequem zwischen seinen Wurzeln Platz zu nehmen und dabei von den überhängenden Zweigen so geschützt zu sein, daß niemand, der oben entlanggeht, sehen kann, was darunter ist, selbst jetzt nicht, wo die Äste kahl sind. Und bei dem Wetter würde ohnehin niemand das steile Kliff hinunterklettern. Also werde ich, sobald ich diesen Brief beendet habe, zu meinem Auto gehen und zu jenem Baum fahren. Diesen Brief werde ich unterwegs einwerfen. Ich werde das Auto ein Stück vor meinem Ziel abstellen und nur meine Tasche mit der Thermosflasche, dem Whisky und dem Vorrat an Tabletten mitnehmen. Ich werde mich gemütlich zwischen die Wurzeln auf den grasbewachsenen Abhang setzen, mit Blick aufs Meer, mich sicher wie in einer Wiege fühlen, und dann werde ich meinen Plan ausführen.

Jetzt, wo ich Dir den wichtigsten Teil erzählt habe, wirst Du vermutlich die übliche Frage stellen: »Warum?« Als ob du das nicht wüßtest. Denke an die Fakten wie mein Alter, meine Vergangenheit und meine Zukunftsaussichten.

Was mein Alter betrifft – gut, ich weiß, ich bin jünger als Du, und keine von uns ist, wenn man es relativ betrachtet, alt. Und wage es nicht, die Wechseljahre zu erwähnen! Die haben damit nichts zu tun. Ich bin noch nicht soweit, und außerdem werden sie ohnehin als Entschuldigung für jede ungewöhnliche Handlung im Leben einer Frau angeführt, ganz gleich, wie alt sie ist. Als Dot und Nigel sich endlich nach 15 Jahren Ehekrächen trennten, erzählte mir Nigels 20jährige Freundin allen Ernstes, es sei Dots Wechseljahre-Hysterie gewesen, die das Leben mit ihr so schwierig gemacht hätte. Dot war zu jener Zeit gerade 36, und es waren nicht die Wechseljahre, sondern Nigels Seitensprünge, die sie zur Raserei brachten. Als sie erst einmal frei war, sich ihr Leben nach eigenem Gutdünken einzurichten, hat sie sich in eine bemerkenswert gelassene und ausgeglichene Frau mittleren Alters verwandelt, und niemand hat es jemals wieder gewagt, ihr gegenüber das schreckliche Wort in den Mund zu nehmen. Roses Gehässigkeit wurde immer ihrem »schwierigen Alter« zugeschrieben. Dabei kenne ich sie jetzt beinahe acht Jahre, und sie ist nie anders gewesen. Als sie mit der Hormontherapie begann und sich ihre Stimmung nicht besserte, beschlossen wir, daß sie die Menopause jetzt rückwärts zurücklege und sich auch die nächsten acht oder mehr Jahre nicht ändern werde. Nach allem, was ich gehört habe, ist Rose schon in ihrer Jugend unmöglich gewesen.

Erlaube mir jedoch, zu meiner eigenen Geschichte zurückzukehren. Schließlich ist dies mein Abschiedsbrief an Dich. Ich bin jetzt auf der falschen Seite der 40er. Mein ganzes Leben lang habe ich fest daran geglaubt, jung zu sterben. Jedenfalls lange, bevor ich die 40 erreicht hätte. Ich weiß nicht, wer oder was mir diese Idee in den Kopf gesetzt hat. Vielleicht hat mir einmal eine Zigeunerin aus der Hand gelesen und mir einen frühen Tod vorhergesagt. Über 40 zu sein ist für sich genommen keine ausreichende Begründung dafür, sich das Leben zu nehmen, doch ich kann beim besten Willen nicht erkennen, warum ich weiterleben sollte. Mir scheint mein ganzes Leben wie eine lange Achterbahnfahrt, abwechselnd in die höchsten Höhen hinauf und in die tiefsten Tiefen hinab; je tiefer die Depression, desto größer die unausweichlich folgende Euphorie. Ich hatte mich schon an jenen Rhythmus gewöhnt und rechnete nicht mehr damit, daß sich an ihm etwas ändern würde. Die Höhen entschädigten mich immer für die Tiefen. Doch in den letzten Jahren scheint es nur abwärts, abwärts, abwärts zu gehen. Nicht in einem plötzlichen Fall, sondern in einem sanften Abstieg, den ich nicht aufhalten kann. Ich scheine einem unausweichlichen Ende zuzugleiten. Statt zu akzeptieren, daß es weitergehen wird, statt passiv zu warten und meine Tage mit bedeutungslosen Beschäftigungen zu füllen, ziehe ich es vor, die Sache selbst in die Hand zu nehmen und einfach zu beschleunigen. Wie Du weißt, habe ich es nie leiden können, etwas dem Zufall zu überlassen. Also wäre es unlogisch, ausgerechnet jetzt damit anzufangen. Wir bemühen uns unser ganzes Leben lang, die Kontrolle darüber zu gewinnen, was wir tun und was uns angetan wird; warum sollten wir also nicht auch die Art unseres Todes bestimmen? Gibt es denn etwas Persönlicheres als den Tod?

Wir sind beide in unserem Beruf dem Tod in vielfältiger Form begegnet. Wir wissen, wie er aussehen kann. Warum sollten wir also darauf warten, bis wir von irgendeinem Gebrechen dahingerafft werden? Warum sollten wir auch noch die letzte Operation durchleiden, von der man sich nie mehr erholt? Oder den allmählichen entwürdigenden Prozeß der Senilität akzeptieren, wenn die Sinne absterben, die Wahrnehmungsfähigkeit, das Gedächtnis, die Fähigkeit, dieses oder jenes noch zu schätzen oder unter Kontrolle zu halten, verlorengeht? Warum auf den Schmerz warten, das Elend, die Verzweiflung des hohen Alters und der Hilflosigkeit? In wessen Namen sollten wir durchhalten bis zum bitteren Ende?

Ich teile Deinen religiösen Glauben nicht, der – da bin ich sicher – den Selbstmord verurteilt. Religionen sind so schnell bei der Hand mit Verurteilungen. All das Gerede von Liebe, Liebe, Liebe... ich werde dich lieben, wenn du das tust, was ich sage. Andernfalls wirst du zur Hölle fahren. Du kannst heute jede Zeitung aufschlagen und nachprüfen, was die Gläubigen einer bestimmten Religion den Gläubigen einer anderen Religion antun. Und dabei wird jede Armee mit aller Kraft daran glauben, daß Gott auf ihrer Seite ist. Reicht das nicht, uns von jedem Glauben zu kurieren?

Soweit zu Gott; nun will ich mich meinem Vater zuwenden. Auch er hat einen Anteil an meiner Entscheidung. Wenn unsere Beziehung eine andere gewesen wäre – wer weiß? Vielleicht wäre ich dann nicht die Art von Frau geworden, die…

*

Victoria seufzte und rieb sich die Augen. Sie stand auf, zündete sich eine weitere Zigarette an und trat ans Küchenfenster. Etwas Interessantes ging dort drüben im alten Lagerhaus auf der anderen Seite des Kanals vor sich. Von ihrem Standort hoch oben unter dem Dach hatte Victoria einen weiten Blick über die Bäume hinweg direkt in die großen quadratischen Fenster des schwarzen, grimmig aussehenden Gebäudes, das bis vor kurzem leergestanden hatte, offenbar zu langsamem Verfall verdammt. In den letzten Tagen jedoch, seit sie begonnen hatte, ihren Abschiedsbrief zu schreiben, war dort drüben auf allen Etagen Leben eingekehrt. Menschen bewegten sich in den düsteren Räumen, Fenster wurden geöffnet, Köpfe – alles junge Gesichter – reckten sich hier und dort heraus, beobachteten, was draußen vor sich ging, blickten hinunter zum Kanal und hinauf zu den Bäumen.
Gerade jetzt, als sie hinaussah und an ihrem Kaffee nippte, kletterte ein Mann auf ein Fensterbrett im ersten Stock, öffnete ein rußverklebtes Fenster und stand dort, Arme und Beine ausgestreckt, wie ein schwarzes, großes X im quadratischen Rahmen. Sie mußte wohl eine Bewegung gemacht haben, die seine Aufmerksamkeit weckte. Sein Gesicht wandte sich nach oben, ihr zu, eine Hand löste sich aus dem schützenden Rahmen. Er winkte ihr zu. Rasch trat Victoria zur Seite. Das Lagerhaus und seine neuen Bewohner gingen sie nichts an. Früher hätte sie die Veränderung begrüßt. Jetzt hatte sie nichts mehr mit alldem zu tun.

Sie trank ihren Kaffee aus, wusch die Tasse ab – seit Tagen benutzte sie jetzt nur noch eine Tasse, eine Untertasse und einen Teller, wusch sie nur ab, wenn sie für die nächste Mahlzeit gebraucht wurden, statt weiteres Geschirr aus dem Schrank zu nehmen. Irgendwie verstärkte das ihr Gefühl, sich von ihrer Umgebung zurückzuziehen; um sich nicht unnötig von den Objekten um sie herum stören zu lassen, benutzte sie nur das Notwendigste für ihre letzten, frugalen Bedürfnisse. Sie kehrte zum Schreibtisch zurück. Die Dämmerung brach herein, und sie knipste die Lampe an. Dann schaltete sie sie wieder aus. Was sie ihrem Vater zu sagen hatte, konnte genauso gut in der Dunkelheit gesagt werden.

*

Mein lieber Vater,
(Würde ich einen Brief schreiben – ich würde so beginnen.)
Hier ist endlich mein Abschiedsbrief an Dich. Das letzte Glied einer langen und verwickelten Kette, die meine früheste Kindheit mit dem heutigen Tag verbindet. Unser ganzes Leben scheint eingebunden in zahllose Bogen Briefpapier, in allen Pastelltönen, manche mit Eselsohren, manche – wie peinlich – parfümiert, auf denen ich in den letzten Jahren mit einer Vielzahl farbiger Tinten versucht habe, mit Dir in – Verbindung? – nur in Verbindung zu bleiben? – einen Weg zu Dir zu finden, mich an Dich zu binden und Dich an mich, Dich dazu zu bringen, Notiz von mir zu nehmen, Dich zu zwingen, mir zu antworten, zu reagieren. Sollte Dir dies chaotisch erscheinen, so vergib mir. Ich schreibe nicht wirklich, und Du liest nicht mehr.
Da waren zuerst jene frühen Briefe, ein großes, ungelenkes Gekrakel an den liebsten Daddy, irgendwo dort draußen im Krieg. Der tapfere Daddy, der auf dem kalten und

gefährlichen Meer segelte, mitten durch unaussprechliche Gefahren, verfolgt von einem teuflischen Widersacher. Geliebter, unsinkbarer Daddy. Ich betete jede Nacht und zweimal sonntags für Deine Sicherheit und hoffte, daß Du bald nach Hause kommen würdest. Ich wünschte mir von ganzem Herzen, Du mögest zurückkehren, obwohl ich überhaupt nicht wußte, warum.

Du hattest einmal in bezug auf Greg gemeint, ich würde meine Zeit an den falschen Mann vergeuden. Ich wehrte mich dagegen. Doch daran war etwas Wahres. Sogar mehr, als Du ahntest. Ich hatte mir schon sehr früh in meinem Leben die schlechte Angewohnheit zugelegt, auf den falschen Mann zu warten – als ich auf Dich wartete, Daddy.

Erinnerst Du Dich an jenen Sommer im Krieg, als Du auf Urlaub nach Hause kamst, kurz nachdem Dein Schiff nach einem Torpedoangriff gesunken war? Wir lebten in der Hütte, Mutter und ich, weit von London und all seinen Gefahren entfernt. Dort waren wir einigermaßen glücklich. Zumindest ich. Bis Du kamst. Natürlich war ich zunächst sehr aufgeregt. Nach so langer Abwesenheit sehnte ich mich danach, meinen Heldenvater, der aus dem Krieg zurückkam, willkommen zu heißen. Schon allein Mutters tränenreiche Freude überzeugte mich davon, daß es sich tatsächlich um einen großen Augenblick handelte. Ich hatte Zeit, Dich in Deiner Abwesenheit ein wenig zu vergessen und in meiner Phantasie eine neue, glänzende Oberfläche zu schaffen, die allmählich den wirklichen Menschen überdeckte. Es war dieser farbig leuchtende Glanz, der zuerst abblätterte. Du warst weder so groß noch so umwerfend wie die Wachspuppe meiner Träume. Ich war in Deiner Abwesenheit beträchtlich gewachsen. Du hattest Dir einen Schnurrbart stehen lassen. Er war dick und kitzelte unangenehm, als Du mich küßtest. Und er roch nach Tabak.

Als ich mich in Deine Arme warf oder es wenigstens versuchte, da Du keine Anstalten machtest, mich aufzufangen, wurde mir mit scharfer Stimme befohlen, vorsichtig zu sein: Daddy war nach seiner Verwundung immer noch schwach, und ich war »ein solch großes und kräftiges Mädchen«. Also schlich ich mich in den Garten, fühlte mich wie ein Elefant und beobachtete, wie Du und Mutter Arm in Arm durch die Tür gingt. Seither brauchtest Du mich nur mit diesem ganz bestimmten Blick anzusehen – den Kopf leicht zur Seite geneigt, die Augen langsam, mit traurigem Blick, über meinen Körper gleiten lassend –, und ich rutschte nervös auf meinem Stuhl hin und her, setzte mich auf meine Hände, verbarg meine Füße unterm Stuhl und fühlte mich riesig und plump und schuldig.
In der ersten Nacht nach Deiner Ankunft wurde ich in das kleine Schlafzimmer in der Mansarde gesteckt. Selbstverständlich konnte ich nicht weiterhin bei Mutter schlafen. Vielleicht war es die Art, wie es geschah... ohne ein Wort der Erklärung... Vielleicht hat Mutter auch etwas gesagt, im Vorübergehen, in ihrer fieberhaften, tanzenden Aufregung, Dich wieder zu Hause zu haben... Falls dies der Fall war, habe ich es in meinem verwirrten Kopf nicht mitbekommen. Doch was einen tiefen Eindruck hinterließ, war meine Verbannung unters Dach, wo der Wind die ganze Nacht heulte, die Katzen sich balgten und wie Säuglinge schrien und wo die Tauben in der Dämmerung wie ein Hagelsturm über die Ziegel ratterten. Die ganze Nacht fror ich, hatte Angst und war unfähig, ein Auge zuzutun.
Da ich in London aufgewachsen war, war diese Hütte mein erster Vorgeschmack auf das Landleben. Alles war neu und beängstigend: die vollständige Dunkelheit des Nachts, die Geräusche auf dem Bauernhof, das panikartige Auseinanderstieben der Gänse und Enten, der frühmorgens krähende Hahn. Heute sind mir solche Geräu-

sche angenehm willkommen. »Zurück zur Natur«, rufen wir. »Hier gibt es frei laufende Hühner und Dünger ohne Gift, o glorreiche Ökologie...«
Damals war es ein Dschungel voll wilder Tiere, die unter meinem Fenster lauerten. Ich wollte zu Mutter und der Sicherheit unseres Himmelbetts zurück, das wir bis zu Deiner Ankunft geteilt hatten. Ich sehnte mich nach ihren tröstenden Armen, ihrer Wärme und den Geschichten, die sie mir flüsternd erzählte, bis ich einschlief.
Vermutlich fühlte sich Mutter auch unbehaglich, allein zu schlafen, und hatte mir deshalb erlaubt, ihr Bett zu teilen. In London hatte ich mich in meinem Kinderzimmer sehr wohl gefühlt, ohne mich jemals zu fürchten. Deine Rückkehr hat mich zum ersten Mal jene Schlaflosigkeit kosten lassen, von der ich seither immer wieder befallen werde.
Also sind bereits von so frühem Alter an die Dinge zwischen uns schiefgelaufen. Was nicht ungewöhnlich ist und nicht ernst genommen werden sollte. Die meisten meiner Kinderfreunde haben ähnliche emotionale Aufregungen durchgemacht, überall hat der Krieg das Familienleben zerstört, die Rückkehr der Väter die in ihrer Abwesenheit eng geknüpften Bindungen unterbrochen. Alle anderen scheinen sich gut damit abgefunden zu haben. Warum war es bei uns nicht so? Ich habe keine klare Erinnerung mehr an jenen Sommer noch an Dich. Ich glaube, ich versuchte, Dir aus dem Weg zu gehen; der wirkliche Vater widersprach der Phantasiefigur, die ich lieben gelernt hatte, zu sehr. Mein selbst gewähltes Exil im Garten oder bei den Dorfkindern war um so bitterer, weil davon zu Hause kaum Notiz genommen wurde. Vor Deiner Ankunft waren Mutter und ich unzertrennlich gewesen. Wir gingen überall gemeinsam hin: einkaufen, Besuche machen oder nur im Wald spazieren. Wir arbeiteten im Garten, kochten und nähten. Ich hatte dann das Gefühl, genauso sei es richtig. Mutter muß wirklich sehr

einsam gewesen sein, um mich so nah bei sich zu dulden. Und schrecklich verzweifelt über ihre Verwandten in Polen. Wir waren in jenem Sommer 1939 in Warschau gewesen, hatten ihre Familie besucht, wenige Wochen vor dem deutschen Einmarsch. Als mit einem Engländer verheiratete Polin war sie der Neugier, den Fragen und dem Neid ausgesetzt. Und zu einem guten Teil auch der Bösartigkeit. Ich war kaum alt genug, um der Unterhaltung folgen zu können – ich habe immer bedauert, die Sprache so vollständig verlernt zu haben –, doch ich verstand genug. Ich wußte, wann sie unfreundlich waren, unsere Kleidung, Schuhe, Mutters Frisur kritisierten: »Was für ein verrückter Haarschnitt. So trägt man das also jetzt in London? So würde ich mich nie im Leben frisieren lassen! Schsch, das Kind... ach, ist schon in Ordnung, es versteht ja nichts. Ja, hier in Polen, da wissen die Frauen sich zu kleiden. Und sie verstehen sich auch noch auf ein paar andere Dinge... Bist du sicher, daß das Kind nicht...? Nein, wie sollte es...? Armes Wurm, sie hat die Haare ihres Vaters, wir können ihr nie vertrauen, keiner in unserer Familie hat jemals rote Haare gehabt... Ich hoffe, Wanda hat wenigstens nicht verlernt zu kochen. Wir müssen uns diesen Mann von ihr einmal gut ansehen, wenn er herkommt. Mal sehen, was an ihm so Besonderes ist. Warum ist das Kind so dünn? Was gibt sie ihm zu essen? Sagt doch glatt, es gibt in England keinen Sauerrahm, stell dir das vor. Was essen die da bloß?«

Als Du schließlich in Warschau ankamst, war es ein Empfang mit gemischten Gefühlen. Männern mit rotem Haar kann man niemals trauen – das war die allgemeine Überzeugung. »Jeder weiß doch, daß sie in der Liebe falsch sind. Wart's nur ab, in ihrer Ehe wird irgend etwas schiefgehen.«

Aber es gab keine Zeit zu warten. Du kamst, um uns zu drängen, nach Hause zurückzukehren. Es würde Krieg geben, sagtest Du. »Unsinn«, sagten die Tanten. »Hitler würde das niemals wagen. Wir haben die beste und tapferste Armee in der Welt. Die Deutschen sind am Verhungern. Wir brauchen uns keine Sorgen zu machen.« Wir kehrten mit dem letzten Schiff zurück, das Danzig verließ, bevor das Debakel begann.

Mutter muß tatsächlich in jenem Sommer 1942, als wir in die Hütte zogen, sehr einsam gewesen sein. In London gab es zumindest Geschäfte, Theater und das Kino, das sie so liebte, und natürlich all ihre Freunde. Auf dem Land gab es nur mich.

Wenn Du länger geblieben wärest, hätten sich die Dinge vielleicht zum Besseren gewendet. Vielleicht hätte jemand von Euch, nachdem der Freudentaumel der Wiedervereinigung einmal vorüber gewesen wäre, meine Bestürzung bemerkt und versucht, etwas von Eurer Freude auch mit mir zu teilen? Doch Dein Urlaub war bald zu Ende, und ich nahm Mutter ihren Kummer bitter übel. Zumindest würde ich wieder in ihr Bett zurückkehren können, dachte ich. Doch als es dann soweit war, hörte ich sie nur in ihre Kissen weinen, genauso wie sie es getan hatte, als Du uns das erste Mal verlassen hattest, um in den Krieg zu ziehen. Allerdings weinte ich damals mit ihr, und jetzt war ich ungeduldig angesichts einer Trauer, die ich nicht teilen konnte.

Du hast Dir in jenen letzten wenigen Tagen bewußt einige Mühe gegeben, freundlich und väterlich zu mir zu sein, doch ich konnte keinen Grund darin sehen, anzunehmen, was Du zu bieten hattest, oder irgend etwas von mir aus zu unternehmen, da Du ja wieder gehen würdest. Wenn Du uns wirklich liebtest, würdest Du bleiben, dachte ich. Wenn Du niemals wieder auf Urlaub zurückkehrtest, würde Mutter jetzt nicht weinen. Ich beschloß, meine Zuneigung zu bremsen, bis sich die Situation geklärt hatte. Vielleicht bis nach dem Krieg, wenn die Dinge sich normalisiert hätten. Ich hatte natürlich keine Vorstellung davon, was das bedeutete, da ich zu jung war, mich noch an Einzelheiten unserer Vorkriegsexistenz zu erinnern. Doch ich wiederholte diese Formel im Geiste immer wieder und fand etwas Trost in den Worten. Es gab jetzt keinen Grund zur Aufregung. Es konnte alles bis nach dem Krieg warten.

Wie sehr jene frühen Pflanzen doch Wurzeln geschlagen haben, Daddy. Was habe ich seither anderes getan, als »unnötige« innere Anteilnahme zu vermeiden, vor dauerhaften Bindungen davonzulaufen, die ausgestreckte Hand zu ignorieren, da ich mir in meiner Phantasie bereits die Abschiedsszene ausmalte? Ich wußte immer, wie eine Beziehung enden würde, noch bevor sie recht begonnen hatte.

»Das Problem bei euch Leuten ist, daß ihr zuviel unterwegs seid«, meinte vor kurzem eine meiner polnischen Verwandten, die mich hier besuchte. »Für euch ist es ein Leichtes, mal eben ein Flugzeug zu besteigen und nach Amerika, Australien oder zum Wochenende ›nur‹ an die Costa Brava zu fliegen. Du müßtest einmal eine Weile in unserem System leben, nur um zu erkennen, wie sich deine Wahrnehmung der Menschen in deiner Umgebung verändert, wenn du weißt, daß du sie in genau derselben Umgebung, denselben Häusern, derselben Kleidung den Rest deines Lebens sehen wirst.«

Ich dachte darüber nach: Es war nicht so sehr die Tatsache, daß meine alten Freunde wegzogen, emigrierten oder zur Arbeit ins Ausland gingen, obwohl das oft genug geschehen ist; sondern ich suchte mir meine Freunde (und Liebhaber) unter jenen, die nur auf der Durchreise waren. Amerikanische Gastprofessoren, australische Ärzte, die ihre Doktorarbeit hier schrieben, und Auslandskorrespondenten, die überhaupt kaum hier waren. Von der ersten Begegnung an bestand also die Aussicht, wieder auseinanderzugehen. Ob der Abschied eine Erleichterung sein oder mir das Herz brechen würde, konnte nur die Zeit entscheiden. Bis dahin würde ich im Heute leben, keine Pläne schmieden, die Alltagspflichten einer langweiligen, gewöhnlichen Existenz beiseite lassen, denn »dies« würde ohnehin nicht für immer dauern. Erst wenn »dies« vorbei wäre, würde das wirkliche Leben beginnen. Irgendwann, in unbestimmter Zukunft. Ich beklage mich nicht, Daddy. Es war alles mein eigenes Werk. Meine eigene Entscheidung.

»Paß gut auf deine Mutter auf«, sagtest Du an Deinem letzten Urlaubstag. Feierlich versprach ich, genau das zu tun. Und ich meinte es auch so. Ich war so ernsthaft, wie eine Siebenjährige nur sein kann. Daher die Schuldgefühle, die kindischen, unermeßlichen, lebenszerstörenden Schuldgefühle, die Du niemals verstanden hast.

Natürlich wollte ich mit ihr nach London zurückkehren, und als sie sich weigerte, mich mitzunehmen, schmollte ich, weinte, benahm mich in der Tat sehr schlecht und wurde für den Tag und die folgende Nacht zu June Powell geschickt, um dort, mehr oder weniger in Ungnade gefallen, auf Mutters Rückkehr zu warten. Du kennst den Rest besser als ich, da sie sofort nach Dir schickten und Du nach London gingst, um Dir das Haus anzusehen, bevor Du zu uns herunterkamst. Es war ein Volltreffer, sagten sie. Nichts war von dem Haus übriggeblieben. Von Mutter keine Spur. Keine Spur. Doch einige Leute hatten sie hineingehen sehen, kurze Zeit bevor die Bombe fiel, und niemand hatte sie herauskommen sehen. Sie war hineingegangen, um unsere Winterkleidung und andere Kleinigkeiten herauszuholen, insbesondere meinen Malkasten und für sich einige Musterstickereien, um uns beide an den folgenden Winterabenden zu beschäftigen. Und ich hatte so sehr darauf gedrängt, mit ihr zu gehen...

Als Du mich bei June besuchen kamst, saß ich auf dem

Dachboden, die Hände über den Ohren, den Kopf unter einem Kissen. June hatte mir bereits auf möglichst schonende Weise beigebracht, daß Mutter nicht zurückkehren würde. Ich wollte Dich nicht sehen. Besonders nicht vor all diesen Fremden. Warum kamst Du nicht zu mir auf den Dachboden, um mir zu sagen, daß Du mich nicht verantwortlich machtest für das, was geschehen war. Die Powells hatten meine Beteuerungen nie verstanden, daß »es nicht meine Schuld war«. Möglicherweise hinderte Dich Dein eigener ungeheurer Schmerz – ich weiß, Du liebtest sie – daran, die rechten Worte zu finden. Vielleicht fehlte den Gefühlen zwischen uns die notwendige Intensität, um vermitteln zu können, was Du mich zweifellos verstehen lassen wolltest. Selbstverständlich hast Du mich nie für Mutters Tod verantwortlich gemacht, wie könntest Du auch? Weshalb also wuchs in mir die Überzeugung, daß – Du manchmal wünschtest, ich wäre anstelle von Mutter in das Haus gegangen?
Bei der einen Gelegenheit, als ich Dich mit dieser Anschuldigung konfrontierte, hast Du mich entsetzt angestarrt. Nicht wegen der Bedeutung, die in ihr lag: Dein Mangel an väterlichen Gefühlen für mich – sondern wegen meiner blasphemischen Mißachtung der natürlichen Ordnung der Dinge, Dein liebster Satz, der die Welt für Dich wieder in Ordnung brachte, nach dem Eltern natürlicherweise ihre Kinder liebten und umgekehrt. Aus dem deutlich hervorging, daß Du mich liebtest und mir niemals irgend etwas Böses wünschen könntest. Du hast Dein ganzes Leben an diesem rührenden Glauben festgehalten, Vater, aber irgendwie ist es Dir nicht gelungen, mich davon zu überzeugen.

*

Victoria blickte auf ihre Armbanduhr und seufzte. Es war Zeit zu gehen. Zwar hatte sie in den letzten Wochen kaum mehr Freunde gesehen, doch diese Gelegenheit konnte sie sich nicht entgehen lassen. Sie würde sich von einigen ihrer engsten Freunde verabschieden können, ohne sie die Wahrheit erkennen zu lassen. Und während sie das dachte, spürte sie, daß sie rationalisierte, Entschuldigungen erfand, wo sie doch vorgehabt hatte, bis zum Ende keine Ausnahmen mehr zu machen. Also ist dies die Ausnahme, die die Regel bestätigt, beschloß sie. Julia und Stan gehörten zu ihren engsten Freunden, das eine beinahe perfekte Paar, das sie kannte, eine solide Ehe, drei kluge Kinder, ein Haus, das Freunden und Fremden immer offenstand, in der jeder, der Geld, eine Unterkunft, eine Mahlzeit oder eine Schulter zum Ausweinen brauchte, jederzeit willkommen war.
Victoria zog ihren alten Bademantel aus, in dem sie jetzt ihre meiste Zeit verbrachte, und zog ein rotes Kleid an, mit langem Rock und gekräuseltem Oberteil. Auch das Kleid war sichtlich alt. Das Gummiband des Oberteils war ausgeleiert und ließ ihren Busen ungewöhnlich schlaff aussehen. Zögernd zupfte sie an den losen Fäden herum. Da es sich um Julias Party handelte, war es vielleicht gar nicht nötig, ein Kleid anzuziehen? Ein paar alte Jeans und ein Pullover würden auch genügen. Andererseits: Es handelte sich um ein besonderes Ereignis, ein Hochzeitstag..., selbst Julia würde möglicherweise dem Anlaß entsprechend angezogen sein. Sie beschloß, das Kleid anzubehalten. Sie bürstete sich das Haar und trug sorgfältig grünen Lidschatten auf. Rotes Haar und ein rotes Kleid. Wer hatte noch gesagt, das passe nicht zusammen? Grüner Lidschatten war vermutlich inzwischen »out«, doch das war der einzige Lidschatten, den sie auf ihrem Toilettentisch noch fand. Und sie würde keinen mehr kaufen. »Kurz bevor sie sich umbrachte, wurde die Verstorbene

gesehen, wie sie ein neues Abendkleid und Make-up einkaufte. Deutliche Anzeichen dafür, daß sie geistig verwirrt war.«

Sie warf sich einen alten Wollschal über die Schultern, nahm ihre Handtasche, die Schlüssel und ein in Geschenkpapier gewickeltes Päckchen, wobei sie sorgfältig darauf achtete, den kompliziert aus vielfarbigen Schleifen gebundenen Stern nicht zu knicken, der die Mitte des Päckchens einnahm und in den sie eine Grußkarte gebunden hatte. Beim Einsteigen ins Auto verfing sich ihr Absatz im Kleidersaum. Sie hörte den Stoff reißen und fluchte. Sie würde nicht wieder nach oben gehen und den Schaden reparieren. Vor der Abreise noch einmal zurückzugehen brachte Pech. Sie konnte sich jetzt keine Katastrophe mehr leisten. Nicht in diesem späten Stadium ihres Planes. Sie würde sich einfach nur eine Sicherheitsnadel von ihrer Gastgeberin leihen.

Wie lange hatte sie Julia nicht gesehen? Victoria konnte sich nicht mehr erinnern. Nicht seit Julias Rückkehr aus den Staaten. In diesem Fall würde ihre Freundin sicherlich ihr Äußeres verändert und ein neues Glaubensbekenntnis angenommen haben. Außerdem würde sie gerade eine neue Diät ausprobieren. Julia sog Modeerscheinungen, Dialekte, Trends und Überzeugungen wie ein Schwamm aus der Luft um sich herum auf. Das einzige, was sich niemals veränderte, war ihre hundertprozentige Begeisterung für die jeweils neueste Entdeckung. Claire betrachtete das als einen Mangel an psychischer Stabilität und prophezeite ihr einen totalen Zusammenbruch in nicht allzu ferner Zukunft, doch seit Victoria und Julia sich vor etwa 25 Jahren im College zum ersten Mal getroffen hatten, blühte und gedieh Julia weiter. Von einer Welle unfehlbaren Vertrauens in ihre jüngste Entdeckung getragen, war es ihr irgendwie gelungen, einen gutaussehenden und erfolgreichen Ehemann an Land zu ziehen, drei intelli-

gente, wenn auch schwierige Kinder großzuziehen und eine bunte Vielfalt an Tätigkeiten auf dem sozialen Sektor anzunehmen. Sie nahm an Ausbildungsprogrammen für Studenten teil, unterrichtete in Colleges und Krankenhäusern, saß in unzähligen Komitees, verfaßte Zeitschriftenaufsätze über kontroverse Themen und war eine der originellsten Verfechterinnen freier Geburtenkontrolle für Minderjährige und freier Abtreibungen. Zu ihren gegenwärtigen Projekten gehörte ein Leihmütter-Beratungsdienst, den sie aufgrund ihrer Amerika-Erfahrungen aufgebaut hatte.
Die Kinder blieben meist in der Obhut ausländischer Au-pair-Mädchen und lernten früh, für sich selbst zu sorgen. Die Zwillinge entwickelten ihre eigene Geheimsprache und schienen emotional selbstgenügsam zu sein, solange sie zusammen waren. Tristan, der älteste Sohn, war am liebsten mit Erwachsenen zusammen. Die Kinder wurden nie von den informellen Treffen ausgeschlossen, die in Julias Haus stattfanden, und durften bei allem, was ihre Mutter tat, zuhören und sich beteiligen. Victoria erinnerte sich lebhaft, wie der zehnjährige Tristan einmal eine hochschwangere Frau, die zu Gast war, fragte, warum sie nie an eine Abtreibung gedacht hätte, solange es noch Zeit gewesen sei. Als die schockierte Frau protestierte, sie hätte sich ihr Baby sehr gewünscht, zuckte Tristan ungeduldig mit den Schultern. Hatte sie noch nie etwas von Überbevölkerung gehört? Was sei mit all den verhungernden Kindern in Afrika? Und den Chinesen, die sich wie die Kaninchen vermehrten? »Sie haben bloß kein soziales Gewissen, stimmt's?« meinte er zum Schluß und ging türenknallend aus dem Zimmer.
»Ich fürchte, all die ausländischen Au-pair-Mädchen hatten einen schlechten Einfluß auf seine Grammatik«, seufzte Stan, »aber wenn ich versuche, ihn oder die Mädchen zu korrigieren, beschuldigt mich Julia, elitär zu sein.

Vermutlich bin ich es auch. Ich bin eben so aufgewachsen und finde es sehr schwierig, das konventionelle Eltern-Kind-Verhältnis zu durchbrechen.« Er seufzte erneut, entschuldigte sich und verschwand in seiner Dunkelkammer. Seitdem die Kinder auf der Welt waren und Julia sich mit ganzem Elan in ihre Arbeit stürzte, hatte er sich das Fotografieren als Hobby zugelegt und verbrachte den größten Teil seiner Freizeit damit, auf dem Lande mit einer ganzen Ansammlung von Kameras und komplizierter Ausrüstung herumzustreifen und mit »Aspekten der Realität« zu experimentieren.

»Wir müssen die Welt um uns herum auf neue Weise betrachten. Ich suche nach Mitteln, das einzufangen, was ich wirklich sehe. Wobei es sich nicht um konventionelle Betrachtungsweisen handelt. Wie weiß ich, daß das, was ich sehe, das gleiche ist, das ein anderer sieht, wenn er dasselbe Objekt betrachtet? Wie kann man sich dessen sicher sein? Was ist Realität? Wie soll man sie definieren? Existiert das Objekt an sich?« Seine Experimente trugen zu seiner Unsicherheit über die Natur des Universums noch weiter bei und führten zu immer längeren Aufenthalten in der Dunkelkammer. Schließlich ging er dazu über, Fotos mehrfach zu belichten und auf diese Weise seltsame Schattenspiele zu kreieren. »Situative Vereinfachungen« nannte er sie. Er plante eine Ausstellung seiner Arbeiten unter dem Titel »Die Essenz des Augenblicks«.

Victoria fand diese Bilder irritierend, während Julia – wie immer – ermutigend reagierte. »Warum soll er kein Hobby haben, wenn er es braucht? Es ist zwar kostspielig, aber wir können es uns leisten. Jedenfalls zahlt er es aus eigener Tasche. Wir können nicht alle irgendwelche Abendkurse in – Töpferei oder Polsterei oder irgend etwas anderem belegen. Wir sind nicht sehr praktisch veranlagt in unserer Familie. Stan hat eine besondere künstlerische Ader.«

Claire hatte ihnen vor kurzem erzählt, sie habe in Abendkursen eine Tischler- und Schreinerausbildung begonnen. Nun war sie beleidigt. Sie betrachtete Stans vielschichtige Komposition und bemerkte: »Mir scheint, Stan versucht, dem Universum eine Art Ordnung überzustülpen. Er hat eine ganz merkwürdig chaotische – hmm – Weltanschauung, findest du nicht auch?«
»Keine Ahnung, was du meinst.« Julias Stimme klang kühl, aber höflich. »Stan ist ein ganz einfacher Mann ohne jeden Schnörkel. Ich kenne ihn in- und auswendig. Schließlich ist er mein Mann.«
Doch all das hatte sich vor langer Zeit abgespielt, vor Julias Aufenthalt in Amerika, wo Stan zwei Jahre als Dozent gearbeitet hatte. Victoria hatte ihre Freundin seit ihrer Rückkehr nur einmal gesprochen, und Julia war völlig aus dem Häuschen gewesen:
»Es war die herrlichste Zeit meines Lebens. Wie du weißt, bekam ich keine Arbeitserlaubnis, also habe ich alle möglichen Kurse belegt. Mein Gott, ich hätte nie gedacht, daß es für mich noch so viel zu lernen gibt! Das hat mein ganzes Leben verändert!«
»Was genau hast du gemacht?«
»Oh, eine ganze Menge! Einen Fotokurs und ein Filmdiplom zum Beispiel. Darüber werde ich dir aber mehr erzählen, wenn wir uns sehen. Ich mußt jetzt gehen. Ich habe noch einiges in der Dunkelkammer zu tun.«
»Stans Dunkelkammer?«
»Ja natürlich, Dummchen. Nur daß es nicht mehr seine ist. Na ja, nicht ganz. Er war sehr lieb und läßt mich rein, wann immer ich will. Er hat sich aus der Fotografie ein wenig zurückgezogen.«
Das wette ich, dachte Victoria. Armer Stan. Sie hoffte, sein nächstes Hobby würde er vor Julia retten können, zumindest so lange, bis er selbst keine Lust mehr dazu hatte. Vielleicht würde er auch etwas finden, für das sie

kein Interesse aufbrächte? Doch Victoria konnte sich beim besten Willen kein Thema vorstellen, für das Julia kein Interesse entwickeln könnte und das sie, wenn sie es einmal aufgegriffen hatte, nicht vollständig okkupierte. Sie hatte das Gefühl, daß Stan dazu verurteilt war, im dunkeln zu tappen und jedesmal aufs neue weitere Möglichkeiten der Selbstverwirklichung zu finden, bis er die Suche entweder leid war oder – die Erleuchtung gefunden hatte.

*

Victoria parkte vor dem großen, im gregorianischen Stil erbauten Haus in einer Straße in Islington. Der Garten machte einen hoffnungslos verwilderten Eindruck, der Rasen erstickte vor Moos und Unkraut, die einst blühenden Rosenbüsche wucherten wild. Seit Jahren hatte sie niemand beschnitten. Schon von draußen war das Geräusch der Party zu vernehmen. Die Eingangstür stand offen. Victoria trat ein und wünschte, sie hätte sich nicht die Mühe gemacht, herzukommen. In dieser Menge wäre ihre Abwesenheit von niemandem bemerkt worden. Sie zögerte. Es war immer noch Zeit, sich zurückzuziehen.

Wie ein großer grellbunter Vogel stürzte Julia sich auf sie, umarmte sie, in eine atemberaubende Parfümwolke gehüllt. »Victoria, Liebling, wie herrlich, dich wiederzusehen! Du siehst ja großartig aus! Komm rein und laß mich dich vorstellen... aber du kennst ja sicher die meisten Leute hier... Hört mal alle zu, das hier ist Victoria, du mußt mich entschuldigen, ich muß nach dem Essen schauen, komm zu mir in die Küche auf einen Schwatz, wenn du willst, oh, ich habe dir ja so viel zu erzählen...!«

In ihrem blumengemusterten Folklorekleid, das mit Perlen, Pailletten und Spiegelstückchen bestickt war, das Haar in langen Löckchen über die Schultern fallend, lief sie trip-

pelnd davon; die Absätze ihrer roten Stiefeletten waren bis aufs Holz heruntergelaufen, das Leder blätterte ab. Sie roch stark nach »Tweed«, Deodorant und Gin.
Wie betäubt machte Victoria ein paar Schritte hinter ihr her, bis sie von einer Gruppe der Gäste gestoppt wurde. Offenbar kannten sich alle untereinander. Sie schienen tief in angeregte und intime Gespräche versunken zu sein, die einen Neuankömmling ausschlossen. Überall sah sie in Gesichter, die redeten, tranken und aus kleinen Schüsselchen gereichte Knabbereien kauten. Alle Rücken wandten sich ihr zu. Wo immer sie sich näherte, rückten Gruppen dichter zusammen, Körper drückten sich näher an andere Körper, und Köpfe neigten sich enger zueinander. Stan war nirgendwo zu sehen.
»Die liebe Julia arrangiert immer solch herrliche Parties, auf ihr Wohl.« Ein bärtiger Mann erhob das Glas in ihre Richtung. Victoria stellte fest, daß auch sie ein Glas in der Hand hielt. Sie beäugte das bärtige Gesicht. Wer versteckte sich da hinter all dem Haar? Kannte sie ihn?
»Sie scheinen sich nicht mehr an mich zu erinnern. Ich bin Barry. Wir haben uns bei einer dieser Parties hier schon einmal gesehen, genau hier in diesem Raum.«
»Tut mir leid, ich kann mich...«
Der Wein war sauer.
»Aber ich erinnere mich an Sie. Sie trugen ein sehr ähnliches rotes Kleid, und ich dachte noch, wie mutig und unkonventionell, Rot zu tragen, bei diesem flammend roten Haar. Ich finde das sehr – gewagt – sehr – provokativ...«
»Ach ja?«
Der Wein schmeckte wie reiner Essig. Er roch nach Aceton. Sie blickte sich verzweifelt nach dem Ausgang um.
»Sie sind Sozialarbeiterin, stimmt's? Sehen Sie, ich erinnere mich genau. Sie und Julia. Sie haben irgendwann früher einmal zusammen gearbeitet.«

»Sie haben wirklich ein gutes Gedächtnis. Ja, Julia und ich haben im College zusammen gewohnt. Und seitdem sind wir befreundet. Was ist denn das für ein Zeug? Doch nicht etwa Wein?«

»Gut, nicht? Ich weiß auch nicht, wie Stan es schafft, ein solch köstliches Gesöff beizuschaffen. Muß sich wohl mit einem Weinimporteur angefreundet haben. Guter alter Stan... Soll ich Ihr Glas nachfüllen lassen?«

»O nein, vielen Dank, du liebe Zeit, sind das die Kinder? Wie sie gewachsen sind! Ich muß ein paar Worte mit den Mädchen wechseln. Entschuldigen Sie mich...«

Dawn und Dove, die Zwillinge, saßen in ihren langen, gerade geschnittenen Kleidern zusammen auf einem Bohnensack auf dem Fußboden. Das Haar fiel ihnen dicht über die Augen; man hätte unmöglich sagen können, wohin sie blickten. Tristan hatte sich auf dem Teppich im Nachbarzimmer ausgestreckt und sah fern, das Getöse um ihn herum nahm er gar nicht wahr.

Die Mädchen mußten jetzt 14 oder 15 sein. War Tristan drei oder fünf Jahre älter als sie? Sie wünschte, sie könnte die Gesichter der Zwillinge erkennen. So die Haare in die Augen hängen zu haben, war doch sicher schädlich. Sie trugen keine Brille mehr. Vermutlich hatten sie jetzt Kontaktlinsen. Früher hatten sie niedlich ausgesehen mit ihren runden Kassengestellen. Natürlich hatte Amerika all das verändert. Ihr IQ lag angeblich über 140. Kleine Genies? Wie schade, daß sie nie einen BH tragen würden. Sie würden ihre Figur fürs Leben ruinieren. Wenn ihnen erst mal die Brüste bis auf die Taille hingen, wäre es zu spät, daran noch etwas zu ändern. Vielleicht kümmerten sich kleine Genies um so etwas nicht, aber warum tat es nicht wenigstens Julia? Woher hatten sie diese scheußlichen Kleider? Die armen Kleinen... Nicht einmal Heimkinder würden so etwas tragen... Außerdem lag es am Alter, daß sie so schüchtern, verlegen und gleichzeitig feindselig waren,

was in ihrem Fall doppelt stark wirkte. Doch auch das war keine Entschuldigung, derartig auszusehen...
Ihr fiel ihr eigener zerrissener Saum ein. Sie schlich an der Wand entlang, sich den Blicken der anderen Gäste entziehend, zur Küchentür und drückte die Klinke herunter. Der Gestank nach verbranntem Curry überwältigte sie. Das Küchenfenster und die Hintertür standen weit offen, der Rauch quoll bis unter die Decke, und der Luftzug fegte einen Stapel Papierservietten in die Luft wie Herbstblätter im Sturm.
»Mach bloß die blöde Tür zu, der verdammte Curry ist angebrannt! Sprich mich jetzt bloß nicht an, ich versuche gerade, die Situation zu retten. Wir haben nichts anderes zu essen im Haus!« Julias weite Ärmel flatterten über dem Kessel auf dem Herd in Wolken von blauem Qualm. Victoria zog sich auf den Flur zurück und betrat hastig die Treppe. Irgendwo in einem der Schlafzimmer mußte es einen Nähkorb geben, der eine Sicherheitsnadel enthielt. Danach könnte sie ja auch nach Hause gehen. Sie war jetzt sicher, daß niemand sie vermissen würde.
Das erste Schlafzimmer gehörte sicher den Zwillingen. Das zweite mußte Tristans sein. Selbst wenn Julia nie nähte, was wahrscheinlich war, wenn man den Zustand der Kleider der Mädchen betrachtete, mußte sie ganz bestimmt irgendwo Sicherheitsnadeln haben... Victoria öffnete eine weitere Tür.
Der wogende Haufen auf dem Bett trennte sich in zwei Hälften. Das Mädchen zog hastig ihr Kleid herunter. Der Mann, bärtig und zerzaust, starrte sie wütend an: »Was zum Teufel haben Sie sich dabei gedacht, hier einfach hereinzuplatzen... o mein Gott, Victoria...«
»Stan?«
Unfähig zu denken oder sich daran zu hindern, marschierte Victoria in das Zimmer, durchquerte den Raum bis zum Fenster, nahm den großen, mit rosafarbenem

Stoff überzogenen Nähkorb mitsamt seinem Holzständer, stolzierte zurück zur Tür und schloß sie wortlos hinter sich. Auf dem Treppenabsatz blieb sie einige Sekunden stehen, sich an dem Korb mit beiden Händen festklammernd, dann überließ sie ihn seinem Schicksal und floh aus dem Haus.

*

Wie du weißt, Claire, bin ich ohne beide Elternteile aufgewachsen. Vater war in Malaysia, als ich in die Hauptschule ging, und davor war er im Krieg. Als er zurückkam, war ich erwachsen. Vater kehrte nach England zurück, als ich mich gerade von Greg getrennt hatte. Er schien zutiefst geschockt zu sein, als ich ihm an einem regnerischen Tag kurz nach seiner Rückkehr alles erzählte, doch ich hatte ein gebrochenes Herz, und er war schließlich mein Vater, der mich seinen eigenen Ansprüchen gemäß lieben, umsorgen und beschützen sollte. Aber er hat mich niemals auch nur ansatzweise verstanden.
Statt dessen gab er mir Geld, um mein jetziges Haus zu kaufen und mit Möbeln auszustatten, während er in das große Haus einzog. Martha und Ilona zogen kurz darauf bei ihm ein. Wieder war ich mir selbst überlassen.
Hast Du jemals Ilona kennengelernt, Claire? Weißt Du, daß Ilona Marthas Tochter ist? Und wie gut kennst Du Martha? Bist Du ihr jemals begegnet? Die polnische Haushälterin meines Vaters – wie rührend, daß er sich wiederum eine Polin gesucht hat –, Witwe eines ungarischen Aristokraten (ich hatte immer meine Zweifel, ob das wohl stimmte, aber was soll's...). Ilona war etwa 14 Jahre alt, als sie im Haus meines Vaters eintraf. Sie hat England wieder verlassen, es ist jetzt schon ein paar Jahre her, und ich habe seither nichts mehr von ihr gehört. Ich habe keine Ahnung, was genau sie in Australien macht. Martha

schweigt sich über dieses Thema ungewöhnlich aus. Ilona hatte gerade ihr Studium an irgendeiner Uni hier in London beendet, als es zu Hause irgendeinen Riesenkrach gab, eine jener geheimnisvollen Familienkatastrophen, die für Außenstehende undurchdringlich sind, und sie ging fort.

Solange sie hier war, lebte sie bei Martha und meinem Vater. Vater schien für Ilona immer eine Schwäche zu besitzen. Meiner Theorie nach war das die einzige Gelegenheit für ihn, sich väterlich zu verhalten, da er nie zuvor ein Kind unter seinem Dach hatte aufwachsen sehen. Er war recht gut darin. Weit besser, als er es bei mir gewesen war.

Nein, ich bin nicht eifersüchtig, Claire. Ich war eher angenehm berührt zu sehen, wie lieb er manchmal sein konnte und welch schüchterner Mann er war. Ich bedauerte es ein wenig, daß ich damals schon zu alt war, um mit ihm in den Zoo zu gehen oder im Park Ball zu spielen. Er kaufte ihr sogar einen Hund, doch Martha wollte den nicht im Haus haben – sie haßt Tiere –, und so wurde er weggegeben. Ich war Ilona nie böse, weil sie die Aufmerksamkeit meines Vaters genoß. Schließlich hatte sie ihren eigenen Vater schon sehr früh verloren. Was mich allerdings ärgerte, war Vaters blindes Vertrauen darin, daß Ilona einfach perfekt war und so etwas wie die unbefleckte Reinheit verkörperte. Und die ungeheure Anschuldigung, ich hätte ihr ihre einzige Liebe weggenommen, aus Verachtung oder als Racheakt. Rache wofür? Als ob mir das etwas ausgemacht hätte!

In Wahrheit hatte ich keine Ahnung, daß Ilona mit dem betreffenden Mann eine Affäre hatte. Und selbst wenn es ihre erste war, so war er sicherlich nicht der letzte Mann ihres Lebens. Wir machen schließlich alle mal solche Erfahrungen und überwinden sie irgendwie, ohne gleich pikiert nach Australien zu verschwinden! Alberne Ilona...

Wie dem auch sei, ich habe mir oft gewünscht, wir beide könnten uns noch einmal begegnen, damit ich ihr erklären könnte, was sich wirklich abgespielt hat. Und daß es nicht mein Fehler war...

Ich habe immer behauptet, daß Ilona auf Vater einen guten Einfluß hatte. Sie hat ihm eine Menge beigebracht, zunächst über Kinder, dann über junge Frauen. Er wagte ihr gegenüber nicht, so streng zu sein, wie er es zu mir gewesen war, vermutlich, weil sie nicht seine eigene Tochter war. Er hat sie nie für etwas bestraft und allen, die es hören wollten, nur Gutes über sie erzählt. In meinem Fall war es genau umgekehrt. Wie ich seine Briefe fürchtete... Tropisches Donnerwetter aus dem fernen Malaysia in einem Luftpostumschlag. Doch bei Ilona verlor er nie die Geduld. Allerdings glaube ich nicht, daß er sie mit Geschenken überhäufte, außer an Geburtstagen, an Weihnachten und bei ähnlichen Gelegenheiten. Er wußte nie, was er ihr kaufen sollte, bei mir war es dasselbe, er zog es vor, statt dessen Geld zu geben. Doch ich bin den Verdacht nicht losgeworden: Immer wenn es um mich ging, transformierten sich seine Gefühle irgendwie in Bargeld. Als ob Geld die einzige Möglichkeit für ihn wäre, seine Zuneigung zum Ausdruck zu bringen, vielleicht auch sein Bedauern darüber, daß er nicht in der Lage war, etwas anderes anzubieten.

*

Ja, Daddy, Du hattest absolut recht. Ich habe mein ganzes Leben lang an die falsche Tür geklopft, bin immer wieder aufs neue zu Dir zurückgekehrt, habe Dir kindisch meine verletzten Gefühle gezeigt, mein zerbröckelndes Selbstvertrauen, in der Hoffnung, Du würdest Dich meiner erbarmen, mir vergeben und mir helfen, ein neues Leben anzufangen. Jedesmal bekam ich – einen Scheck. Ich habe

mir einzureden versucht, dies sei die einzige Form des Gebens, die Du kanntest. Geld war der Ausdruck Deiner Zuneigung. Ich mußte es akzeptieren, um mich Dir nicht weiter zu entfremden. Du magst sagen, das sei eine bequeme Ausrede. Deiner Erfahrung nach weigerten sich nur Dummköpfe, Geld anzunehmen. Jeder hatte seinen Preis. Du stelltest keine Bedingungen. Ich konnte es immer gut gebrauchen, besonders bei meinem Gehalt. Du hast Dir nie vorstellen können, daß man in einem kleinen Zimmer – das auch noch jemand anderem gehörte – leben konnte, nur wenig Kleidungsstücke und kein Auto besaß, nie in Urlaub fuhr, und dies dem Komfort vorziehen könnte, der sich mit Geld – Deinem Geld – kaufen ließ. Auch wenn Du keine Bedingungen stelltest, waren die Zinsen, die Du verlangtest, mehr wert als das Leben.
Um weitere Ratenzahlungen zu vermeiden, gehe ich, wohin ich gehe. Selbst wenn Du nicht mehr da bist: Meine Schuld an Dich bleibt ungetilgt.
Was wolltest Du erreichen? Meine Liebe erkaufen? Dabei hast Du doch immer alle meine Versuche, Dir meine Zuneigung zu zeigen, zurückgewiesen – mehr noch: lächerlich gemacht. Vielleicht war ich ein wenig unbeholfen und verlegen bei meinen jugendlichen Annäherungsversuchen. Wir hatten nie Zeit, zusammenzuwachsen und uns kennenzulernen. Nach Mutters Tod hast Du mich bei June Powell zurückgelassen und gingst zurück zur See. Nach dem Krieg kehrtest Du kurz zurück, nur um mir eine gute Schule zu suchen, und dann gingst Du wieder fort, nach Malaysia. Ich hatte Verständnis für Dein Bedürfnis, den Rest Deines Lebens in warmem Klima zu verbringen. Jene Verfolgungsjagd in der Arktis, von der ich erst nach dem Krieg erfuhr, muß jeden Mann davon haben träumen lassen, in ein tropisches Paradies zu entkommen. Es war einfach Pech, daß Du ausgerechnet Malaysia gewählt hast.

Es ist sinnlos, Fragen zu stellen, auf die es niemals eine Antwort geben wird. Ich weiß, warum Du nach Malaysia gingst. Es erschien damals ausgesprochen vernünftig. Niemand konnte ahnen, daß das Klima dort Deine bereits angegriffene Gesundheit ruinieren würde, niemand die politischen Entwicklungen vorhersehen, die Dich schließlich nach England zurückbrachten. Irgendwann zwischendurch, bevor Du Dich im Dschungel niederließest, hast Du auch einmal Warschau besucht, um herauszufinden, ob Mutters Familie den Krieg überlebt hatte. Sie hatte nicht überlebt.

Was mich angeht, so betrachtete ich Deine Rückkehr nach England als eine Art Wunder. Greg hatte mich gerade verlassen. Wir hatten einige Jahre zusammengelebt. Es spielt keine Rolle, wie viele Jahre und wie das alles angefangen hatte, es zählt nicht mehr. Du hast den Mann nie leiden können, ohne ihn jemals kennengelernt zu haben. Warum? In jenen letzten Wochen, als ich schon wußte, daß er gehen würde, hoffte ich, daß etwas geschehen würde: daß wir heiraten und gemeinsam England verlassen würden. Er sollte für zwei Jahre nach Rußland gehen. Ich konnte ihm dorthin nicht folgen, ihn nicht einmal besuchen, wie ich es getan hatte, als er Europa bereiste. Ich wußte, unser gemeinsames Leben war vorüber.

Auch als ich noch mit ihm zusammenlebte, war ich mir seiner Gefühle für mich nie sicher. Ich hatte den Verdacht, daß er mir »untreu« war. Es gab andere Frauen. Auch wenn wir verheiratet wären, würde es immer andere geben. Ich war nicht in der Lage, das zu akzeptieren. Und wie sehr Du es mißbilligt hättest... Mißbilligung war immer Deine Stärke, Vater; sie stand Dir großartig, wie ein altmodischer Opernumhang. Vor meinem geistigen Auge sah ich Dich immer in ein wehendes schwarzes Cape gehüllt, scharlachrote Blitze Deines schrecklichen Zorns versprühend. Ich hatte immer Angst vor Gewitter, weißt

Du. Ich kann nichts dafür. Wenn es blitzt, springe ich auf vor Entsetzen. Ich wäre verrückt geworden in Malaysia...

Wir haben nicht geheiratet, Greg und ich, weil er mich nie gefragt hat. Wir haben einander geschrieben, nachdem er gegangen war. Hin und wieder haben wir uns in all jenen Jahren Briefe geschrieben. Er kann so amüsant schreiben, so scharfsinnig, prägnant, witzig. Schließlich ist das sein Beruf, und er ist gut in seinem Beruf. Also obwohl wir in Verbindung blieben und uns sogar einige Male trafen – nun ja, nur zweimal, das habe ich Dir nie erzählt, nicht wahr? –, wußte ich, ich konnte nicht auf Deine Sympathie rechnen, und Deine Verachtung konnte ich nicht ertragen. Also ist – obwohl Greg und ich in den letzten Jahren unseren Kontakt wieder intensiviert haben und obwohl seine Ehe inzwischen gescheitert ist und ich weiß, daß er bald nach England zurückkehren wird – alles tot zwischen uns. Als ob da nie etwas gewesen wäre. Wohin ist all das verschwunden? Wie können sich zwei Menschen so verändern? Wie ist es nur möglich, einen Teil seines Lebens zu leugnen, so zu tun, als ob er keine Rolle mehr spielt, ihn zu ignorieren – nein, nur so zu tun, als ob, als ob das alles ohnehin nie eine besondere Rolle gespielt hätte...?

Wann waren wir echt? Wann waren wir aufrichtig? Wer von uns log? Bin ich es heute, in meiner Weisheit der mittleren Jahre, oder war ich es vor 15 Jahren, mich verbrennend, weinend, planend und hoffend, bereit, mit allem fertig zu werden, was auf mich zukommen würde, außer mit dem einen, das sich als Wahrheit herausstellen sollte: daß er niemals die Absicht hatte, sich den Rest seines Lebens mit irgendeiner Frau abzuplagen. Jedenfalls war es damals so. Und ganz sicherlich nicht mit einer, die so intensiv, beharrlich und kompromißlos war in ihrer bürgerlichen Rechtschaffenheit wie ich. Die gerade genannten Attribute stammen von ihm. So hat er mich gesehen.

Er verließ mich einen Monat vor Deiner Rückkehr aus Malaysia. Das Intervall dazwischen verbrachte ich damit, zu packen und mit meinen wenigen Habseligkeiten von dem Häuschen, das wir gemeinsam bewohnt hatten, in jenes düstere möblierte Zimmer zu ziehen, in dem Du mich vorfandest, und damit, die Überreste unseres gemeinsamen Lebens auf verschiedenen feuchten Dachböden und in Garagen von Freunden unterzubringen. Ich lehnte das Angebot von Wohnungen, gemeinsam geteilter Häuser oder Gästezimmer ab. Ich war entschlossen, mich aus jener faszinierenden, aber ewig sich wandelnden Welt der Journalisten, Künstler und Schmetterlinge des Showgeschäfts zurückzuziehen, bevor die dünne Schicht meiner äußeren Haltung zu sichtbar abbröckelte. Ich würde nicht »das Mädchen, das Greg verlassen hat«, sein. Auch dann nicht, wenn ich immerhin »das Mädchen« sein würde, also nur eine aus seinem Fanclub. Denn mehr als alles andere war mir wichtig, nicht mit »denen« in einen Topf geworfen zu werden.

Von »denen« muß es eine ganze Menge gegeben haben. Während unseres ganzen gemeinsamen Lebens und sogar heute noch gibt es einen kleinen Satz, der immer wiederkehrt, wenn jemand über Greg spricht. Hin und wieder wird mir jemand erzählen, daß er Greg in Madrid oder Famagusta, Beirut oder Berlin mit einer Blondine gesehen habe. Selbst wenn sie rote oder brünette Haare hat, immer ist sie eine »Blondine«. »Gregs neue Blondine«, und sie ist natürlich immer »hinreißend«. Nun ja, er hatte immer einen guten Geschmack.

Da die Hoffnung der letzte menschliche Instinkt ist, der uns bleibt, träumte ich jahrelang davon, wenn Greg schließlich zu mir zurückkehrte, würden wir uns wieder dem alten Freundeskreis anschließen und ich meinen gewohnten Platz einnehmen... Als ob es »den alten Bekanntenkreis« dann immer noch gäbe, oder als ob

es überhaupt möglich wäre, wieder zu Vergangenem zurückzukehren.
So lagen die Dinge, als Du nach England zurückkamst, Daddy. O ja, ich vergaß: Ich habe zuviel getrunken. Drogen waren damals noch nicht »in«, sonst – wer weiß? Wie die Dinge lagen, taten ein großer Scheck und das Angebot einer eigenen Wohnung ihre Wirkung. Deine Bedingung war, daß ich aufhörte zu trinken, und ich gehorchte. Denke bitte nicht, ich sei undankbar. Du hast mir die einzige Sicherheit gegeben, die ich jemals besaß, indem Du mir die Basis botest, einen Anker, einen Platz, an dem ich nachdenken konnte, wenn auch nur über meine verpaßten Gelegenheiten. Damals half mir die Aufregung, ein Nest auszustatten, zu dekorieren, mit Federn auszuschmücken – auch wenn der Partner davongeflogen war –, meine Gedanken auf den gegenwärtigen Augenblick zu konzentrieren, statt über die Vergangenheit nachzugrübeln. Das hielt mich auch vom Trinken ab, und lange Zeit hinderte es mich auch daran zu sehen, wie leer mein Leben war. Ich habe Dein großzügiges Geschenk nicht sehr dankbar entgegengenommen. Tut mir leid. Vielleicht weil ich, sobald ich wußte, daß Du zurückkehren würdest, die merkwürdige Idee hatte, daß wir zusammenziehen würden. War es so verrückt? Du warst viele Jahre weg gewesen. Ich hatte Dich niemals in Malaysia besucht. Meine Ferien schienen immer mit einer Krise Deines Lebens zusammenzufallen. Dein Haus war niedergebrannt. Das neue war noch nicht fertig. Du warst abberufen worden. Du warst auf Reisen. Du warst krank. Hat Dich jemals irgend jemand dort besucht? Martha etwa? Und wie lange ist sie geblieben? Warum habe ich immer das Gefühl, daß es etwas gibt, das Du mir über dein Leben dort nicht erzählen willst?
Wie frustrierend es ist, mit Fragen zurückzubleiben, auf die es keine Antwort geben kann.
Damals, als ich auf Deine Rückkehr wartete und meine

Welt um mich herum zusammenbrach, während ich beobachtete, wie Greg packte und die Umzugsmänner unser Leben demontierten, träumte ich davon, in ein anderes Haus umzuziehen. Es würde Dein Haus sein, Vater, Deines und meines. Ich würde mich dort um Dich kümmern, mich um Deine angegriffene Gesundheit sorgen, den Erzählungen über Deine abenteuerliche Vergangenheit lauschen und uns beiden ein Zuhause aufbauen, Dich mit Deinen tropischen Krankheiten pflegen und mich mit meinem gebrochenen Herzen. Eine sehr gemütliche und sehr törichte Vorstellung.

Du kauftest tatsächlich ein Haus. Ein überraschend großes Haus für einen alleinstehenden Mann, aber Du machtest mir nicht den Vorschlag, darin mit Dir einzuziehen. Selbstverständlich habe ich meine Unabhängigkeit vor mir hergetragen: all die Jahre, in denen es mir gelungen war, alleine zu leben, mein eigenes Leben zu führen..., aber ich habe nicht damit gerechnet, daß Du es so ernst nehmen würdest. Jene schäbige möblierte Wohnung, in der Du mich vorfandest – ich habe sie gemietet, weil sie billig war und weil ich es nicht zu weit zur Arbeit hatte, aber auch, weil ich fest davon überzeugt war, daß es sich nur um eine vorübergehende Bleibe handelte. Ich vertraute meine Hoffnung der tauben Vermieterin am Tag meines Einzugs an: »Es ist nicht schlimm, daß der Gasofen etwas launisch ist. Ich werde im nächsten Winter nicht mehr hier sein. Mein Vater kommt im nächsten Monat aus Malaysia zurück, und er wird, wie ich vermute, ein Haus kaufen, und ich werde bei ihm einziehen. Jetzt sind nur noch wir beide übrig, wissen Sie. Es ist also nur logisch, daß er mich bei sich haben will, jetzt, wo er pensioniert ist.«

Tja, da lag ich falsch. Es waren nicht nur wir beide übriggeblieben. Da gab es noch Martha. Sie zog ein, schickte Ilona auf eine höchst angesehene Klosterschule, und Ihr drei habt Euch einen gemeinsamen Haushalt eingerichtet. Selbstverständlich hätte ich da nicht hineingepaßt. Es gab einfach keinen Raum für mich.

*

Victoria stand vom Tisch auf und ging in die Küche hinüber, um sich ihr Abendessen zu bereiten. Als die Eier in der Pfanne brutzelten – Spiegeleier und Tiefkühlkost waren so schnell zubereitet und so bequem, wenn man nicht länger auf einen ausgewogenen Speiseplan achten mußte oder zum Beispiel darüber nachgrübeln, welche Gesundheitsschäden das Rauchen verursachte –, blickte sie aus dem Fenster auf das Lagerhaus hinüber. Jahrelang hatte es leer und verlassen dagestanden, das Moos war die geschwärzten Wände hinauf gewachsen, die Fenster waren nach und nach erblindet, wie grauer Star, der die Augen eines alten Menschen trübt. Bei Victorias Einzug hatte reges Treiben im Lagerhaus geherrscht. Lastkähne legten an der Landeplattform an, von der jetzt nur noch ein paar verrottete Planken übriggeblieben waren. Arbeiter verluden schwere Kisten, auf denen in Großbuchstaben ZERBRECHLICH und NICHT STÜRZEN! stand, Lastwagen bildeten eine lange Schlange am seitlichen Eingang. Sie hatte nie herausbekommen, was da so sorgfältig in das Gebäude hinein- und aus ihm herausgetragen wurde. Der Bankrott und die Schließung des Lagerhauses setzten eine Kettenreaktion in der Nachbarschaft in Gang. Eine Stimmung des Niedergangs und der Enttäuschung legte sich über den Kanal. Ein Geschäft nach dem anderen ließ die Rolläden herunter. Betrunkene bestimmten das Straßenbild. Auch für Victoria veränderte sich das Leben. Die Aufregung des Auspackens, Möblierens und Erkundens der Umgebung war vorüber. Der letzte Vorhang war aufgehängt, die Bücher standen alle in ihren neuen Regalen. Die

Bilder hatten ihren Platz an den Wänden gefunden. Wenn sie jetzt das alte Gebäude auf der anderen Seite des Kanals betrachtete, stellte Victoria zum ersten Mal fest, wie grimmig und finster dessen Wände aussahen, und fragte sich, ob es nicht eines Tages zusammenfallen und ins Wasser stürzen würde. Jeden Morgen, wenn sie in der Küche frühstückte, starrten die blinden Scheiben sie an. Die schmalen Bogenfenster der obersten Etage reflektierten den Himmel.

Mit den Jahren war eine Schicht Unkraut auf dem Dach gewachsen. Neben einem der Schornsteine wuchs sogar ein kleiner Baum. Vögel nisteten unter dem Dach. Allmählich begannen die Umrisse des Gebäudes zu verschwimmen, und es ging in ein Stadium milden Zerfalls über.

Manchmal, wenn Victoria die regenbogenfarbigen Ölspuren auf der Oberfläche des schwarzen Kanalwassers betrachtete, in dem sich das Haus wabernd reflektierte, erwartete sie beinahe, daß das gesamte Gebäude ganz allmählich aus der Verankerung rutschen und stumm und würdevoll den Fluß hinunterschwimmen würde. Der kleine Baum mit seinem frischen Grün würde, wie eine Feder, die man sich keck hinters Ohr gesteckt hat, mit ein paar Vögeln als einzigen Passagieren seine letzte Reise zum Meer antreten.

Doch nun schien es, als gäbe es für die alte Ruine eine neue Zukunft. Menschen zogen dort drüben ein.

Victoria blinzelte und rieb sich die Augen. Sie streckte die Arme zur Decke. Es war an der Zeit, eine Pause zu machen. Morgen würde sie zu Hause bleiben und weiter an ihren Briefen schreiben. Sie öffnete das Fenster. Sie hörte Flügelschlagen, sah ein paar Grünfinken vom Vogelhäuschen in den Kirschbaum hinüberfliegen und dort sofort in dem frischen Blattwerk verschwinden. Victoria atmete tief durch und versuchte, ihren Kopf klar zu bekommen. Sie fühlte sich schwindelig. Sie zog sich einen Stuhl ans

Fenster und setzte sich, ließ den Kopf auf die Fensterbank sinken. Der rasende Schmerz wollte nicht nachlassen. Sie preßte die Finger unter die Rippen, und das Stechen ließ nach. Sie seufzte auf. Ihr geduldiger alter Hausarzt, der über Jahre hinweg jedes neue Medikament an ihr ausprobiert hatte, um diese hartnäckigen Schmerzen zu bekämpfen, hatte ihr vor langer Zeit bereits geraten, nur eine berufliche Veränderung könne ihr Erleichterung bringen. »Lassen Sie das mit der Sozialarbeit im Krankenhaus, finden Sie eine andere Arbeit. Irgendeine nette, ruhige Bürotätigkeit. Sie haben doch einen Abschluß, nicht wahr? Es muß doch etwas anderes geben, das Sie tun können?« Und die einzige Tätigkeit aufgeben, die ihr im Leben noch wertvoll erschien? Victoria hatte gelächelt, ihr neues Rezept in die Handtasche gleiten lassen und sich aus dem Stuhl erhoben. »Aber ich mag meine Arbeit, Doktor. Ich würde mich zu Tode langweilen, wenn ich Papiere auf einem Schreibtisch hin- und herschieben müßte. Außerdem, wer hat gesagt, das Leben müsse leicht und schmerzfrei sein? Auch Ärzte leiden unter den Auswirkungen ihrer Arbeit, und kennen Sie viele, die aufgegeben haben?« Nun ja, auf jeden Fall hatte er unrecht gehabt. Es war nun schon mehr als zwei Jahre her, daß sie aufgehört hatte zu arbeiten, aber der Schmerz war immer noch da.
Sie trank ein Glas Milch und aß den letzten Rest Hüttenkäse. Mit etwas Glück würde das die Schmerzen während der Nacht in Schach halten. Sie hatte ihre letzte Tagamed verbraucht und würde sich kein weiteres Rezept mehr besorgen. Es würde jetzt nicht mehr lange dauern. Sie wusch sich das Gesicht und begann, sich die Haare zu bürsten. Vielleicht sollte sie sie auch waschen. Wie lange ist es her? Ach wozu, knurrte sie vor sich hin, während ihre Hand automatisch mit den steifen Borsten durch das verfilzte Haar fuhr. Es hatte eine Zeit gegeben, da waren ihre Haare ihr ganzer Stolz gewesen. Und jetzt..., sie bürstete, bis

ihre Kopfhaut prickelte und ihr der Arm weh tat. Das nächtliche Ritual beruhigte auch diesmal. Sie spürte, wie ihre Nackenmuskeln sich entspannten, die Stirnfalten verschwanden, ihr die Lider schwer wurden. Der Anblick des ungemachten Bettes ließ sie stocken. Möglicherweise sollte sie doch mit dem, was von ihrer früheren Selbstdisziplin noch übriggeblieben war, jeden Morgen ihr Bett machen? Wozu? dachte sie wiederum. Wen stört es? Keiner wird es sehen, außer mir.

Sie schüttelte die Kissen aus, glättete die zerknüllten Laken und schlüpfte unter die Decke. Sie schaltete das Licht aus. Im Rücken spürte sie etwas Hartes und Kaltes. Sie zog das Transistorradio aus dem verknäulten Bettzeug und drückte auf den Knopf. Sofort begann eine Stimme ihr ins Ohr zu flüstern, drängend, beredsam, verführerisch, in einer fremden Sprache. Victoria drehte am Knopf, und eine Stimme nach der anderen drang an ihr Ohr und verschwand wieder, Fetzen von Musik, Lachen, Gesang und andere undefinierbare Klänge, halb Flüstern, halb entfernte Rufe. Dort draußen in der Dunkelheit war die Welt hellwach; Menschen unterhielten sich, sangen, lachten und machten Musik. Rund um den Globus summte die Luft vom Klang menschlicher Stimmen. Irgendwo zwischen den Sendern konnte man ein schwaches musikalisches Signal in regelmäßigen Abständen hören. Eine kurze Melodie in Moll, klagend und süß wie das entfernte Echo eines Kinderliedes, einst vertraut und lang vergessen. Was war es? Wer war es? Wo? Das Ohr gegen den schwarzen Kasten gepreßt, schlief Victoria ein.

*

Mit einer Tasse schwarzen Kaffees in der Hand stand Victoria am Küchenfenster und schaute hinüber zum Lagerhaus. Es interessierte sie nicht mehr, was dort drüben vor sich ging. Noch vor einem Jahr hätte es ihr vielleicht sogar gefallen, möglicherweise wäre sie sogar aufgeregt gewesen oder einfach nur neugierig. Jetzt war sie zu solchen sie ablenkenden Gefühlen nicht länger fähig. Der Grund, weshalb sie am Fenster stand, war prosaisch genug. Sie hoffte, den Milchmann abzufangen, der gewöhnlich aus dieser Richtung kam.

Es war eine schlimme Nacht gewesen. Victoria war zweimal mit Magenschmerzen aufgewacht und hatte den Rest Milch getrunken. Sie wollte beim Milchmann die Vorräte auffüllen, damit sie nicht das Haus verlassen mußte. Sie stellte fest, daß die Amaryllis auf dem Fensterbrett in den vergangenen Tagen mehrere Zentimeter gewachsen war. Die kräftigen Stiele trugen nun Knospen, die so lang waren wie ihre Hand und demnächst aufblühen würden. Sie drehte jeden Topf und bemerkte, wie sehr sich die Stiele während des vergangenen Tages zum Licht geneigt hatten. Wenn sie nicht versäumte, sie jeden Tag umzudrehen, blieben die Stiele vielleicht gerade, andernfalls würden sie sich so sehr biegen, daß die Töpfe umfielen, wenn die Knospen sich öffneten.

Die japanischen Kirschbäume am Ufer des Kanals verbreiterten ihre Kronen, die Äste schwollen vor grünweißen Knospen. Nach ein paar weiteren Sonnentagen würden sie aufgehen und die Zweige unter einer Masse schneeweißer Blüten verschwinden. Ein Anblick, den sie in jedem Frühling sehr genossen hatte. Jetzt erfüllte er sie mit Panik. Die Zeit geriet ihr außer Kontrolle. Sie mußte sich beeilen. Sie öffnete das Fenster und füllte den Drahtkorb mit Nüssen. Glücklicherweise hatte sie immer noch einen großen Vorrat davon im Küchenschrank. Sie konnte die Vögel noch eine Weile länger füttern. Vom frühen Morgen an flogen zahlreiche Finken und Meisen, Spatzen und Kleiber den Käfig an, landeten mit einem Plumps auf dem Maschendraht und attackierten das Futter darin mit einer solch wilden Entschlossenheit, daß sie immer lächeln mußte. Die Blaumeisen fraßen gemeinsam, aber Finken und Spatzen kämpften um den alleinigen Besitz des Käfigs. Wenn ein Rivale erschien, breiteten sie die Flügel aus, rissen die Schnäbel weit auf und taten ihr Bestes, den Eindringling in die Flucht zu schlagen. Wenn diese Taktik versagte, folgte ein Kampf, bei dem die Gegner in die Luft flogen, die Schnäbel aufeinander einhackten, die Flügel heftig schlugen, die Klauen bereit, sich festzukrallen – dabei war das Vogelhaus groß genug, gleichzeitig mehrere Vögel zu beherbergen, und Victoria achtete darauf, daß immer Futter bereitlag. Bald würde der Nestbau beginnen, und Vögel mit Grasbüscheln und kleinen Zweigen im Schnabel, die wie Schnurrbärte aussahen, würden auf ihrem Fensterbrett landen. Dann würde eine endlose Prozession von Vogeljungen den Käfig bewohnen, laut nach Futter piepsend. Claire hatte sie schon oft ermahnt, sie sollte die Vögel im Sommer nicht füttern, doch Victoria konnte sich nicht dazu durchringen, aufzuhören, das Vogelhaus mit Nüssen zu füllen, weil sie soviel Freude daran hatte zu beobachten, wie die Jungen gefüttert wurden. Ihr drängendes Gepiepse weckte sie jeden Morgen auf, und sie rannte dann barfuß in die Küche und stand mit einem glückseligen Lächeln am Fenster, um zuzuschauen, wie die aufgeregten Elternvögel die gierigen Jungschnäbel stopften; bis zum frühen Herbst dauerte der nicht enden wollende Vogellärm.

Junge Grünfinken, noch ohne ihr Erwachsenengefieder, mit gesprenkelter Brust und rosigem Schnabel, pickten vorsichtig an den Nüssen, unfähig, sie aufzubrechen, und schimpften ungeduldig und wütend, bis ein Elternvogel herbeikam und half. Die ausgewachsenen Vögel sahen mit ihren schwarzen Augenwülsten grimmig aus, wie verkleinerte Imitationen von Raubvögeln. Ihre Jungen hatten runde Augen ohne Brauen, was ihnen ein unvergleichlich

argloses und unschuldiges Aussehen verlieh. Das gleiche galt für junge Spatzen und ihre Schnäbel mit den gelben Spitzen. Junge Blaumeisen zeigten, bevor sie ihr erwachsenes Federkleid erwarben, kahle schwarze Köpfe, die glatt und weich schimmerten, mit flaumigen weißen Sprenkeln um ihre stecknadelkopfkleinen Augen. Sie sahen zerzaust und armselig aus, und Victoria bewunderte ihre kräftigen Beinchen, die kaum dicker waren als ein Haar und mit denen sie sich doch, am Käfig herunterhängend, festhielten und mit schnellen Schnabelstößen auf eine Nuß einhämmerten, bis sie einen Krümel davon abbrachen. Was war es, das diese kleine Kreatur zu einem solch andauernden Überlebenskampf antrieb? Verloren Tiere niemals ihren Lebenswillen?
Ein Kleiber ließ sich blicken, sein Schwanz zeigte ein Muster aus beigen und weißen Federn wie ein Fächer, die schwarze Linie über den Augen und der lange schlanke Rücken verliehen ihm ein elegantes und stromlinienförmiges Aussehen. Geschickt zog er sich eine Nuß aus dem Käfig und trug sie fort in einen der Bäume. Auch große Meisen bevorzugten es, im Schutz der Zweige zu fressen, die Nuß zwischen den Krallen festhaltend. Einige Male, wenn sie das Fenster offen gelassen hatte, waren Vögel in die Küche geflogen, und Victoria war es gelungen, sie einzufangen, bevor sie sie wieder hinaussetzte. Ihre seidenweichen Körper in der Hand zu fühlen, die schnellen Herzschläge in den Fingern zu spüren erfüllte sie mit Freude. Es tat ihr leid, sie fliegen lassen zu müssen. Einmal hatte sie ein Junges auf dem Weg vor dem Haus gefunden und es mit hinaufgenommen, aus Angst, die Katzen würden es fressen, wenn sie es seinem Schicksal überließ. Sie hatte aus weichen Tüchern ein Nest in einem Karton gebaut und vergeblich versucht, den Vogel mit in Wasser getauchten Brotkrumen zu füttern. Nachdem sie einige Stunden hilflos zugesehen hatte, war er gestorben.

»Man konnte wohl kaum von mir erwarten, Fliegen zu fangen und vorzukauen, um ihn damit zu füttern«, hatte Victoria ihren Kollegen beim Mittagessen in der Krankenhauskantine erklärt, und alle hatten ihr zugestimmt: Das wäre doch wohl etwas zu weit gegangen. Dennoch war sie noch tagelang hinterher durcheinander. Sicher wäre es nicht unmöglich gewesen, das Junge zu retten, wenn sie nur gewußt hätte, was sie hätte tun müssen. Warum war sie so nutzlos?

Der Milchmann war noch nicht zu sehen. Victoria hob den Blick von der Straße und schaute hinüber zum Lagerhaus. Gar kein Zweifel, dort drüben ging einiges vor sich. In der ersten Etage, im ersten Raum von rechts, gingen Menschen umher, Eimer und Leitern in der Hand. Die Räume schienen groß zu sein, Türen führten von einem Raum in den anderen, die ganze Länge des Gebäudes entlang. Sie konnte den Neuankömmlingen mit den Augen durch die Gänge folgen. Sie schienen die Lokalitäten zu inspizieren, öffneten hier und da im Vorübergehen ein Fenster und schauten über den Kanal in ihre Richtung.

Wenn ich länger hier bliebe, müßte ich mir Vorhänge anschaffen, dachte Victoria. In der zweiten Etage wurde eine Leiter in einen der mittleren Räume getragen. Jemand – der Behendigkeit nach zu urteilen, mit der er oder sie die Stufen hinauf- und hinunterkletterte, eine junge Person – strich die Wände. Victoria konnte nicht entscheiden, ob die Person männlich oder weiblich war. In Jeans und einen weiten Pullover gekleidet, streckte sich der neue Bewohner, flink wie ein Eichhörnchen, nach oben und seitlich, lehnte sich gefährlich in alle Richtungen bei seiner – oder ihrer – Arbeit. Seine Haare waren dunkel und kurz geschnitten, seine Hüften schmal, und der rote Pullover verdeckte, was sonst noch auf die Distanz zu sehen war. Nachdem sie einige Minuten zugesehen hatte, beschloß Victoria, daß die Person vermutlich ein Mädchen war.

Das Aneinanderklirren von Milchflaschen zog ihren Blick auf die Straße unten. Der Milchmann kam. Victoria nahm ihr Portemonnaie vom Tisch und hastete hinunter, um ihn abzufangen.

*

Ein plötzliches silberhelles Läuten erklang aus dem Schlafzimmer. Victoria sprang nervös auf und lief hinüber, um den Wecker abzustellen. Sie mußte ihn irgendwann heute nacht, als sie nicht schlafen konnte, automatisch gestellt haben, ohne daran zu denken, daß sie nicht länger früh aufstehen mußte. Die Vögel weckten sie jetzt jeden Morgen und verlangten ihr Futter. Die Uhr, Leahs Weihnachtsgeschenk, war so klein, daß sie in ihre Handfläche paßte.

»Sie ist aus der Schweiz, Victoria. Du machst dir keine Vorstellung, wie schwierig es war, sie zu bekommen. Aber ich kaufe nichts Deutsches. Das verstehst du doch, nicht wahr?«

Wie lange ihr das nun schon her schien. Ihre wöchentlichen Besuche in Leahs vollgestopfter, stickiger kleiner Wohnung, die ihr oft lästig gewesen waren, bis sie aufhörten und sie feststellte, wie sehr sie sie vermißte. Jeden Freitag nach der Arbeit war sie in den weit entfernten Vorort gefahren, die vier steilen Treppen hinaufgestiegen, hatte an der Tür geklingelt und gewartet. Jedesmal hatte es eine Weile gedauert, dann waren Leahs langsame, schlurfende Schritte den Korridor entlang zu hören, dann das vorsichtige: Wer ist da?, durch das Schlüsselloch geflüstert. Erst, nachdem sie sich vergewissert hatte, begann sie, die Tür zu entriegeln.

»Wie lieb von dir, Victoria, komm doch rein.« Die Tür wurde wieder verriegelt, die Kette vorgeschoben, Leah schlurfte ihr voran in die überfüllte Eßecke. Victoria räumte einen Platz auf dem Küchentisch frei und stellte einen kleinen Strauß Rosen in eine Vase. Leahs Augen leuchteten auf. »Du bist der einzige Mensch, der mir Blumen mitbringt, weißt du das? Manchmal kaufe ich mir selbst welche, aber das ist nicht dasselbe, nicht wahr? Soll ich uns Tee kochen? Du mußt müde sein nach all der Arbeit, und es ist ein so weiter Weg hier raus.«

Victoria ließ sich auf einen Stuhl hinter dem Tisch sinken, um Leah Platz zu machen.

»Erzähl mir allen Klatsch und Tratsch, Victoria. Ich vermisse ihn. Was ist los im Krankenhaus? Hat Mr. Cromarty seine Rente durchbekommen? Hat das Seniorenheim schon auf deinen Brief geantwortet? Wie geht es der alten Dame mit dem schwierigen Sohn, du weißt doch, die, von der du mir das letzte Mal erzählt hast?«

Geduldig brachte Victoria ihre Freundin auf den neuesten Stand. Dies war ihre wöchentliche Folge einer Endlosserie, so bitter, wie nur das wirkliche Leben sein konnte. Da gab es nicht sehr viel zu lachen, nur wenige Romanzen, dafür aber einen ungewöhnlich hohen Anteil von Todesfällen, Krankheiten, Mißmanagement und Pech. Problemfamilien kamen überreichlich vor. Es gab mehr als genug Beispiele heldenhaften Mutes angesichts überwältigender Schwierigkeiten, stoischen Aushaltens von Schmerz und Erniedrigung und unendlich viel Liebe, obwohl die Geschichten häufig kein Happy-End hatten. Die Alltagsgeschichte der kleinen Leute, wie sie sie von ihrem Büro auf der Sozialstation eines ständig überfüllten Allgemeinkrankenhauses aus erlebte.

Während sie sprach, beobachtete Victoria Leah dabei, wie sie den Tee zubereitete, bereit, ihr jederzeit beizuspringen, falls ihre Hilfe gebraucht würde. Leahs Beine schienen ihr noch stärker geschwollen zu sein als das letzte Mal. Ihr sanftes Vollmondgesicht war der Besucherin zugewandt. Langsam hob sie die Arme zum obersten Fach ihres Küchenschranks und nahm zwei Tassen und zwei Untertassen heraus; mit bewußter Anstrengung schloß sie ihre gekrümmten Finger um das zerbrechliche chinesische Geschirr. Victoria hielt den Atem an, als Leah den dampfenden Kessel hob und Wasser in die Teekanne goß. Wie viele gefährliche Momente gab es wohl jeden Tag in Leahs Leben, dachte sie. Doch irgendwie gelang es ihr, für sich selbst zu sorgen, ohne Hilfe von außen zu benötigen. Es stimmte schon, hier wurde wohl nie gelüftet, und es roch stark muffig. Staub lag in den Ecken, und Spinnweben hingen an der Decke... Leah brachte die Zutaten einzeln an den Tisch. Sie konnte kein Tablett mehr heben. Victoria betrachtete das kostbare chinesische Porzellan und rieb verstohlen den Rand ihrer Tasse sauber. Das Porzellan, handbemalt mit kleinen gelben Rosen, hatte Risse und Sprünge. Das Kuchentablett gab ein flaches Geräusch von sich, wenn man es zufällig mit dem Messer anstieß. Das Besteck war aus Sterlingsilber, mit reich verzierten schweren Griffen, auf denen Rosen und Bänder sich in verschwenderischer Überfülle umeinander rankten. Vermutlich Jugendstil.

»Was ist also mit Mr. Cromarty, hast du seine Rente durchbekommen?« fragte Leah.

»Ich habe für ihn eine kleine Zusatzrente durchbekommen, aber er weigert sich, sie anzunehmen.«

»Das überrascht mich nicht sonderlich. Nimmst du Milch in den Tee? Es ist Earl Grey. Ich finde immer, er schmeckt nicht mit Milch. Möchtest du eine Scheibe Zitrone?«

»Danke, gern.«

»Ich trinke meinen Tee immer mit Milch. Auf englische Art. Aber heute werde ich eine Ausnahme machen. Also: Was passiert mit Mr. Cromarty?«

»Ich weiß es nicht. Ich mache mir um sie beide Sorgen. Ihn und seine Frau. Gott weiß, was er jetzt tun wird.«

»Warum verweigert er die Zusatzrente? Er braucht sie doch, oder nicht?«
»Er wird kein Formular ausfüllen, das ihn nach seinen Finanzen befragt. So sind sie eben. Ich bin sicher, er hat überhaupt kein Geld, keine Ersparnisse, nichts. Sein Anzug muß gut 20 Jahre alt sein. Allerdings war es vor 20 Jahren ein sehr guter Anzug. Ziemlich teuer. Ich weiß nicht einmal, ob es seiner ist. Möglicherweise hat er ihn auf dem Flohmarkt erstanden. Jedenfalls ist er alt und fadenscheinig. Als er heute kam, hat Dr. Morley endgültig die Diagnose seiner Frau bestätigt. Es ist hoffnungslos. Sie hat schon ganz abgebaut, und es wird ihr nie mehr besser gehen. Man kann sie überhaupt nicht allein lassen. Sie müßte eigentlich in ein Pflegeheim, aber bei den heutigen Kürzungen ist es unmöglich, für sie einen Platz zu bekommen. Außerdem würde er sie nie gehen lassen. Der Kuchen schmeckt gut, Leah, wo hast du ihn her?«
»Von dort, wo ich ihn immer kaufe. Nun tu nicht so, als wüßtest du es nicht. Ich kann mir nur den Supermarkt leisten. Kann er eine Haushaltshilfe bekommen?«
»Das ist dasselbe Problem. Er müßte dazu seine Finanzen offenlegen, wie sie es nennen. Sie müssen klären, welche Ansprüche er hat. Ich meine die Leute vom Sozialamt. Ich bin sicher, daß er Anspruch auf eine Beihilfe hat, aber er wird es nie zulassen, daß sich jemand in seine Angelegenheiten einmischt, wie er sagt. In dem Fall werden sie ihn den vollen Betrag für die Haushaltshilfe bezahlen lassen, und das kann er sich nicht leisten. Also stellt er erst gar keinen Antrag.«
»Aber wie wird er zurechtkommen? Er kann sie ja nicht einen Moment aus den Augen lassen.«
»Ich weiß es nicht. Er besitzt keine Waschmaschine. Er sagt, daß er alles in den Waschsalon trägt. Aber wer soll auf sie aufpassen, wenn er fortgeht? Und was ist mit dem Einkaufen? Weißt du, wie lang das dauert? Er hat kein Auto

und geht sehr langsam. Schließlich ist er ein alter Mann.«

»Kinder?«

»Keine, soweit ich weiß. Keine nahen Verwandten. Niemand, auf den er zählen kann. Ich hab ihn gebeten, von mir irgendeine Hilfe anzunehmen. Alles, was er dazu gesagt hat, war: ›Vielen Dank, Miss Bennet, ich weiß, Sie tun Ihr Bestes, aber wir sind immer allein zurechtgekommen, und ich werde auch jetzt im Alter keine Almosen annehmen.‹

Nun ja, ich habe versucht, ihm zu erklären, daß es sich nicht um Almosen handelt, sondern um sein gutes Recht. Dafür hat er ja auch sein ganzes Leben lang Steuern bezahlt. Nichts zu machen. Er ist einfach aufgestanden und gegangen.«

»Der arme Mann war wahrscheinlich völlig erschüttert von dem, was Dr. Morley ihm gesagt hat. Wenn er das erst einmal verarbeitet hat, kommt er vielleicht zurück, überdenkt alles noch mal...«

»Er muß sehr aufgebracht gewesen sein. So lange hat er die Hoffnung aufrechterhalten, es wäre doch noch eine Heilung möglich, und nun weiß er... Und doch glaube ich nicht, daß er zurückkommen wird. Ich habe nur Angst vor dem, was er als nächstes tun wird.«

»Woran denkst du dabei?«

»Nichts Bestimmtes. Es ist nur so ein Gefühl... Ich denke mir ja immer alles mögliche aus. Du kennst mich ja. Auf jeden Fall habe ich – weil ich wußte, daß er weder mich noch irgendeinen anderen Sozialarbeiter ins Haus lassen würde – seinen Hausarzt angerufen und ihm von seinem heutigen Besuch erzählt. Er wird dort heute abend vorbeigehen und unauffällig nachsehen, welche Medikamente und Gifte die beiden im Haus haben.«

Victoria seufzte. Das Bild des alten Mr. Cromarty in seinem einst eleganten Tweedanzug, wie er mit steifen Bewegungen den Flur hinunterschlurfte, ging ihr nicht aus dem Kopf. Leahs Hand, die bei dem Versuch, ein weiteres Stück vom Kuchen abzuschneiden, gegen den Teller klopfte, brachte sie in die Wirklichkeit zurück.

»Entschuldige, Leah, was hast du gerade gesagt?«

»Ich habe nur gerade gemeint, es sind fast immer die alten Leute, die Hilfe verweigern. Besonders, wenn es um Geld geht. Dabei steht gerade ihnen das alles zu.«

»Genau. Sie sind vor den Zeiten des Wohlfahrtsstaates aufgewachsen. Man hat ihnen beigebracht, sich um sich selbst und ihre Familien zu kümmern und nicht damit zu rechnen, daß Hilfe von außen nötig sein wird. Es ist die jüngere Generation, der es nichts ausmacht, mit offenen Schnäbeln nach Futter zu schreien, mit der Anspruchshaltung, die Welt sei verpflichtet, ihnen einen Lebensunterhalt zu sichern. Ich wünschte, ich wüßte, was jetzt zu tun ist. Ich kann Mr. Cromarty ja nicht zwingen, Hilfe anzunehmen, die er nicht will, oder besser: ich glaube, er will sie, aber zu seinen Bedingungen. Ich kann die Gesetze nicht ändern. Aber ich möchte nicht, daß er unnötig leidet. In seinem Alter wird das Leben nicht leichter. Andererseits möchte ich seinen Stolz nicht verletzen. Ihm nicht seine Unabhängigkeit nehmen. Nicht, daß ich das könnte... Das ist das einzige, was ihm geblieben ist. Und doch ist es so hart, einfach zusehen zu müssen, wie Menschen leiden, wenn du weißt, du könntest ihnen das Leben erleichtern. Und wie schwer es heute ist, überhaupt Hilfe zu finden..., weil sie überall Gelder und Stellen gestrichen haben. Dabei kann man doch tatsächlich Gutes tun, einfach nur, indem man Geld anbietet...«

»Geld wird seine Frau auch nicht heilen. Keine Summe der Welt wird ihnen helfen, und das ist das einzige, was ihn interessiert.«

»Das stimmt. Niemand kann Mrs. Cromartys Krankheit heilen. Mir sind die Grenzen unserer Möglichkeiten schmerzhaft bewußt. Ich versuche, mein Bestes zu tun, mit den wenigen Möglichkeiten, die ich habe, und es ist schon ein harter Schlag, wenn das, was ich anbieten kann, sich als unakzeptabel erweist.«

»Arme Victoria. Ich weiß, wie sehr du dich bemühst. Noch etwas Tee? Dieses Teegeschirr hat seine besten Zeiten hinter sich, fürchte ich. Ich hoffe, es macht dir nichts aus, daß ich das angeschlagene China-Service benutze, aber ich mag nichts anderes nehmen. Ich könnte mir ein paar neue Tassen im Supermarkt kaufen. Sie haben sogar ein paar ganz nette. Aber diese hier erinnern mich, weißt du, an meine Familie. Sie gehören zu den wenigen Dingen, die sie mir hierher haben schicken können. Jemand hat sie für mich aufgehoben, während des ganzen Krieges, kannst du dir das vorstellen, hat sie vor den Bomben, den Luftangriffen, allem gerettet... Unser Familiensilber, das China-Service und die gute Bettwäsche. So eine exquisite Handarbeit. Handgemachte Spitze und Stickerei. Stell dir bloß vor, was heute in der Wäscherei damit passieren würde. Also benutze ich sie nicht. Wenn ich sterbe, wird sie ein Museum bekommen. Glaubst du, das Victoria-und-Albert-Museum würde es nehmen? Aber was dieses Service angeht..., ich habe fast alle meine früheren Angewohnheiten abgelegt, aber die hier kann ich nicht aufgeben. Es paßt zu mir. Wir sind beide zerbrechlich und ein bißchen angeknackst.«

Victoria lächelte. »Unsinn, Leah! Ihr seid beide – exquisit.«

»Einigen wir uns auf – unvollkommen.«

»Sind wir das nicht alle?«

»Einige von uns mehr als andere. Aber was soll's. So unvollkommen dieses Service auch sein mag, es wird mich überleben, also werde ich es benutzen, solange ich hier bin. Ich kann meinen Freunden andere Dinge vermachen. Ich würde es nicht wagen, etwas davon zu hinterlassen.

Sein Wert ist jetzt nur noch ein ideeller. Obwohl es einmal – schau mal –« Leah drehte einen Teller um. »Siehst du? Es ist Meißner Porzellan. Aus Dresden. Etwas aus Dresden gerettet zu haben..., du weißt, was mir das bedeutet. Tut mir leid, wenn das Ganze ein bißchen morbid klingt. Ich bekomme manchmal solche Anwandlungen, wenn ich eine Weile mit niemandem gesprochen habe. Du bist diese Woche mein erster Besuch.«

»Bist du nicht draußen gewesen?«

»Ich gehe einkaufen, wenn das Wetter es zuläßt. Aber du weißt – Supermärkte. Bequem, aber dort redet niemand mit dir. Ich vermisse die kleinen Läden, die wir früher hier in der Gegend hatten. Sie haben alle dichtgemacht. Wenn du etwas Einfaches wie eine Nadel kaufen willst, mußt du ins West End fahren, zu den großen Geschäften. Hier gibt es jetzt nur noch Boutiquen, Schnickschnack, italienische Schuhe, Modellkleider, Restaurants und Antiquitätenläden. Hast du schon bemerkt, wie viele Antiquitätenhändler es in diesem Viertel gibt? Wem verkaufen sie das alles? So viele Touristen haben wir hier nicht. Ach, und Immobilienmakler. Wer braucht so viele Immobilienmakler? Was verkaufen sie? Wenn irgendein Geschäft hier dichtmacht, ist es immer ein Immobilienmakler oder eine Bausparkasse, die den Laden übernimmt. Nutzlos für die einfachen Leute. Unser letzter Metzger hat gerade sein Geschäft aufgegeben und ist nach Kanada gegangen. Noch etwas Kuchen?«

»Nein danke, er schmeckt ausgezeichnet, aber ich muß auf meine Linie achten.«

»Unsinn. Du hast eine großartige Figur. Du willst doch nicht so dünn werden wie, wie heißt sie noch... deine Kollegin, die so Probleme mit ihrem Freund hat?«

»Joanna? Sie hat inzwischen einen anderen.«

»Schon wieder? Du mußt mir alles darüber erzählen.«

»Das nächste Mal. Es wird schon spät.«

Victoria schlüpfte hinter dem Tisch hervor und schüttelte beim Aufstehen die Krümel vom Rock.

»Geh doch noch nicht, es ist noch früh. Schau, es ist ja noch gar nicht dunkel. Du hast mir noch nichts über die Station erzählt. Wie ist die neue Sekretärin? Taugt sie was?«

»Ich glaube nicht, daß sie bleiben wird. Sie ist ganz gut, aber die Arbeit deprimiert sie. Und das miserable Gehalt. Sie kann in jedem beliebigen Büro mehr verdienen. Seit du uns verlassen hast, Leah, haben wir keine wirklich gute Sekretärin finden können, und du weißt ja, wie lange es dauert, bis man alle Schliche kennt. Jeder vermißt dich. Rose seufzt jeden Tag: Ach wär doch Leah hier!«

»Die heuchlerische Ziege! Wenn sie nicht gewesen wäre, wäre ich vielleicht immer noch da! Na ja, vielleicht nicht, vielleicht sind meine Hände über das Schreibmaschineschreiben jetzt etwas hinaus, aber bis vor kurzem – wenn sie mir diese neue Schreibmaschine, du weißt, die elektrische, die sie in der Beschäftigungstherapie vorgeführt haben – ja, dann hätte ich ein bißchen länger bleiben können. Aber sie wollte mich nicht. Die Frau ist reines Gift. Genau das ist sie.«

»Rose ist sehr gut, wenn es um unsere Klienten geht, Leah, das mußt du doch zugeben. Wenn jemand wirklich Hilfe braucht, wird Rose alles nur Mögliche versuchen, sie gibt nie auf, und sie holt das Maximum für die Leute heraus...«

»Nicht, als es um mich ging. Für mich hat sie gar nichts getan. Ich vermute, als Mitarbeiterin habe ich nicht gezählt.«

»Sie ist hart zu uns allen. Manchmal habe ich auch das Gefühl, ich kann es keine Minute länger aushalten, aber wenn ich dann sehe, wie sie sich bei einem wirklich schwierigen Fall ins Zeug legt, dann ist sie einfach unschlagbar, das mußt du zugeben.«

»Du meinst, sie drangsaliert die Leute, umschmeichelt sie oder kriecht auf dem Bauch vor ihnen.«

»Genau daraus besteht leider ein Großteil unserer Arbeit. Ich mag das auch nicht, aber wenn nötig, drangsaliere ich die Leute genauso und umschmeichle sie, was das Zeug hält. Und was das Auf-dem-Bauch-Kriechen angeht: Du hast selbst gesagt, ich schreibe hervorragende Bettelbriefe. In unserem Beruf können wir gar nicht tief genug sinken, wenn es um das Wohl unserer Klienten geht.«

»Schade, daß du nicht so eifrig bist, wenn es um die Mitarbeiter geht. Ich meine dich da gar nicht persönlich, Victoria. Ich rede von ihr.«

»Ja, na ja, es kann schon schlimm sein mit ihr. Ich sage mir immer, sie muß mit einer ganzen Menge Dinge fertig werden, all die Verantwortung, die Bürokratie, der Papierkram, aber... wenn ich es mir recht überlege und alles zusammennehme... nein, ich mag sie nicht. Ich kann sie nicht ausstehen, so ist es, sie macht mir das Leben im Büro zur Hölle, aber ich bin nicht der Typ, der aufgibt. Ich werde ihr nicht den Gefallen tun und kündigen. Aber jetzt muß ich wirklich gehen, Leah. Mach's gut, bis nächste Woche.«

*

Liebe Claire,
wir kennen uns nun schon seit über 20 Jahren, und...

Victoria starrte auf die leere Seite, die sie so unvorsichtig zu beschreiben begonnen hatte. Wie fortfahren? Wozu? Sie war Claire in ihrem ersten Berufsjahr begegnet. Claire, nur wenige Jahre älter als Victoria, war ihre Supervisorin. Gemeinsam untersuchten sie Victorias Arbeit, diskutierten ihre »Fälle«, ihre Fortschritte, Leistungen, Zweifel und Mißerfolge. Sie analysierten und durchdachten die

Probleme der Klienten, erstellten Diagnosen, schrieben Handlungsanweisungen und zerpflückten schließlich das, was dabei herauskam: das Ergebnis ihrer Aktivitäten, ihre Einmischung in das Leben der Klienten. Bald wurde Victoria bewußt, daß es Claire in jeder dieser Supervisions-Sitzungen gelang, ihr einen Spiegel vorzuhalten, sie sehen zu lassen, wie andere sie sahen. Die Saat des Zweifels, was ihre Eignung für den von ihr gewählten Beruf anbetraf, ging auf, schlug Wurzeln und wuchs in den geheimsten Winkeln ihres professionellen Ichs. Mit der Zeit lernte sie, ihre Verletzlichkeit vor Claires geschickter Überprüfung zu verbergen, so wie sie gelernt hatte, sich vor der Trauer und der Angst zu schützen, die auf den Stationen herrschten. Als sie ihre erste Stelle aufgab und nach einer Fortbildung eine anspruchsvollere Tätigkeit in einem anderen Krankenhaus annahm, blieb die Beziehung zu Claire erhalten, veränderte aber allmählich ihren Charakter. Eine Art Freundschaft begann sich zu entwickeln, als Claire ihre Arbeit nicht länger überwachte. Eine Beziehung, in der die ältere Frau, so reserviert, selbstgenügsam, unabhängig und rätselhaft in ihrer Gewöhnlichkeit sie auch war, nach wie vor die jüngere Kollegin herausforderte, ständig ihre Eignung für die gewählte Berufsrolle in Frage zu stellen. Zwar offerierte sie Unterstützung und Ratschläge, wenn sie darum gebeten wurde, doch es gab etwas Unerbittliches, Unergründliches in Claires gelassen und unerschütterlich wirkendem Wesen, das Victoria zu verzweifelten Anstrengungen der Selbsterforschung und zu Bekenntnissen manchmal nur imaginärer Schuld anspornte.

Sie war sich dieser Situation sehr wohl bewußt, war aber unfähig, sie zu ändern. Ich brauche Claires Anerkennung nicht, ich weiß, was ich tue, sie ist nicht mehr meine Supervisorin, ich brauche keine! Ich leite inzwischen selbst die Studenten an, mein Gott! Warum kann ich Julia von meiner Arbeit erzählen, ohne dauernd diese unerklärlichen Schuldgefühle zu haben, und selbst wenn ich Zweifel habe, fühle ich mich nicht schuldig! Aber ein Blick von Claire, und ich weiß, irgendwo ist etwas schiefgegangen. Warum lechze ich nach ihrer Anerkennung? Hängt es damit zusammen, daß sie sie mir nie zeigen würde, selbst wenn sie ein solches Gefühl hätte? Ist das der Kern der Dinge?

»Du kriegst ja schon einen Komplex dieser Frau gegenüber«, meinte Julia. »Ich sage dir, was ich glaube. Ihr seid in etwa gleich, ihr beiden. Ausgewogen. Claire wird dir immer überlegen sein, was das Alter und die Berufserfahrung angeht. Aber du, meine Liebe, hast Erfahrungen gemacht, die Claire nur vom Hörensagen kennt. Sie ist gut in Theorie. Du – ach, ich muß es dir doch nicht sagen, oder?«

Wir kennen uns nun schon seit mehr als 20 Jahren, Claire, so lange, wie ich als Sozialarbeiterin arbeite. Kein schlechter Rekord. Wie viele Beziehungen dauern so lange? Konntest Du das vorhersehen, wußtest Du es damals, als ich mit solcher Begeisterung in meinem Beruf anfing, überzeugt, daß ich meiner Berufung folgte, während Du meine bescheidenen Erfolge in den ersten Jahren analysiertest, nicht unfreundlich analysiertest, aber mit solch schreckenerregender Klarheit, hättest Du vorhergesehen, daß ich, konfrontiert mit der unendlichen Flut von Elend, Schmerzen, Dummheit und schierem Pech, mit der man in unserem Beruf fertig werden muß, allmählich meine eigene Hilflosigkeit und Unzulänglichkeit begreifen würde, die ihrerseits in mir einen immer größeren Widerstand hervorrief, mich auf das Leben anderer Menschen einzulassen? Und da dieses Sich-Einlassen ein wesentlicher Bestandteil unseres Berufes ist, ohne den man nichts erreichen kann – daß ich schließlich meine Pflicht mit sprichwörtlich geballten Fäusten erledigen würde, mich zwingen würde, dorthin zu gehen, wohin ich nicht gehen wollte und wo ich den Eindruck hatte, nicht einmal erwünscht zu sein. Und doch gelang es mir, bis zum Ende die lächelnde und ruhige Maske professioneller Kompetenz aufrechtzuerhalten. Selbst in meinem letzten Jahr auf der Sozialstation konnte Rose mich immer noch beschuldigen – obwohl es als Kompliment gemeint war –, »immer so verdammt gelassen zu wirken«. Ich strengte mich an, gleichzeitig bescheiden und geschmeichelt auszusehen, während sich in meinem Inneren die Angst zusammenballte: Die Maske saß fest und begann, mich zu erstikken.

Ich war mir dieser beunruhigenden Aspekte meiner Arbeit recht früh bewußt, aber ich versuchte, die Symptome zu ignorieren, indem ich meine wachsende Unruhe auf die Überarbeitung, die Nachwirkungen einer Grippe, den Wetterwechsel oder Verdauungsstörungen schob. Ich wechselte die Stelle, lud mir noch mehr Arbeit auf, trat in Komitees ein, schrieb Briefe an unsere Fachzeitschrift, belegte alle möglichen Fortbildungskurse, sprach auf Kongressen, trieb mich bis zur völligen Erschöpfung an – nur um die kleine leise Stimme in mir zur Ruhe zu bringen, die zuerst nur flüsterte und schließlich laut genug nörgelte, um auch durch all das Getöse, das ich veranstaltete, unüberhörbar zu sein: Du hast einen Fehler gemacht, gib es zu, hör auf!

Wie habe ich diesen Weg nur einschlagen können? Du kennst sicher all die Standardantworten, Claire, da so viele junge Leute durch deine Hände gegangen sind. Die durchschnittliche blauäugige Studentin sagt: Ich will in die Sozialarbeit, weil ich Menschen helfen will. Auch ich habe das gesagt. Es war zufällig sogar wahr. Was ich nicht sagte, nicht wagte zuzugeben, auch mir selbst gegenüber nicht: Ich möchte wissen, wie andere Menschen leben. Ganz ge-

wöhnliche Menschen. Familien. Und solche Leute wie ich, die niemanden haben. Die Welt ist voll von ihnen, Menschen wie wir, entwurzelt, allein, verunsichert. Wie kommen sie alle zurecht? Kann ich etwas von ihnen lernen?
Ich werde ihnen bei ihren praktischen Problemen helfen und ihnen in ihrer seelischen Verzweiflung beistehen. Ich werde ihnen zuhören, wenn sie mir über sich erzählen, und vielleicht werde ich herausfinden, wohin ich in dieser Welt gehöre und wie ich mich verhalten sollte, um als wertvolles Mitglied der menschlichen Gemeinschaft akzeptiert zu werden. Und wenn ich jemandem nützlich sein kann, den Patienten im Krankenhaus oder den Klienten der Sozialarbeit, dann sollte ich wissen, daß mein Leben nicht vollkommen nutzlos war.
Du siehst, Claire, ich hatte damals schon Zweifel. Solange ich auf dem College war, gab es weder Zeit noch Notwendigkeit, über die Zukunft nachzudenken. Ich hatte von früher Kindheit an gelernt, Scheuklappen zu tragen und nur in die Gegenwart zu schauen. Also schwamm ich in den ersten Jahren nach der Schule glücklich im Meer des akademischen Wissens, blickte nicht weiter als bis zum nächsten Referat. Ich hatte auf diesem Gebiet immer Gutes geleistet, und ich hätte den Rest meines Lebens so weitermachen können. Vielleicht hätte ich genau das tun sollen.
Von Zeit zu Zeit jedoch wurde ich von Wellen der Panik überspült. Tagelang ging ich zur Arbeit mit dem sicheren Gefühl, dies sei ganz bestimmt mein letzter Tag auf Erden, vielleicht meine letzte Stunde. Eine Explosion, ein Erdbeben oder eine andere Katastrophe würde mich aus dieser Welt auslöschen. Es hatte keinen Zweck, für die Zukunft zu planen. Alles würde plötzlich und sehr bald zu Ende sein. Ich weiß nicht, was diese Attacken verursachte. Waren sie wirklich die Vorboten von etwas oder nur eine verzögerte Reaktion auf Mutters Verschwinden?
Diese Panikattacken haben mich mein ganzes Leben lang

immer wieder geplagt. Es wird mir eine große Erleichterung sein, auch sie hinter mir zu lassen und nicht zuletzt zu beweisen, daß sie jeglicher Grundlage entbehrten, da mein Leben ganz anders enden wird.
Ich verließ das College mit einem guten Abschluß und ohne jegliche Vorstellung davon, was ich als nächstes tun sollte. Ich wollte nicht Lehrerin werden. Oder in die Wirtschaft oder Industrie gehen. Ich hatte das vage und unangenehme Gefühl, keine Zeit mehr zu haben und mich jetzt nützlich machen zu müssen, um meine Existenz zu rechtfertigen. Es war nicht recht, noch länger als halbe Portion durchs Leben zu gehen. Vater war in Malaysia. Er war mit wirklichen Notfällen konfrontiert, er mußte um seine Existenz kämpfen, und er war nicht in der Stimmung, über meine Probleme nachzudenken. Er schrieb mir nur selten, und wenn, dann ignorierte er meine Fragen so vollständig, daß ich mich manchmal fragte, ob er meine Briefe überhaupt gelesen hatte.
Es war June, meine Beinahe-Adoptivmutter, die vorschlug, ich sollte in die Sozialarbeit gehen. Seit Mutters Tod hatte ich bei ihr und ihrem Mann gelebt, und sie waren so gut zu mir, als wäre ich ihr eigenes Kind. June war mit großer Begeisterung ehrenamtlich tätig, und ich wurde sofort in ihre Aktivitäten einbezogen, als ich nach dem Examen nach Hause kam. Sie führte mich in die Gesellschaft unseres Ortes ein, und der Rest ergab sich von selbst. Als die Entscheidung einmal gefallen war, trieb mich die Erleichterung in euphorische Höhen. Plötzlich hatte ich ein Ziel vor Augen. Nicht nur ein so kurzfristiges wie ein weiteres Referat zu schreiben, eine weitere Prüfung zu machen, sondern eine ganze sinnerfüllte Zukunft. Ich würde für eine ganze Menge Menschen unverzichtbar sein. Doch in der Zwischenzeit würde ich noch einmal zwei Jahre aufs College gehen. Eine weitere Schonzeit im Schoß der Alma mater. Keine Entscheidungen, keine Ver-

antwortung. Eine Gnadenfrist. Und dann – wer weiß? Dann könnte ich auch schon tot sein.

Wenn ich mir diese Zeit meines Lebens noch einmal vergegenwärtige, mich an diejenigen erinnere, die mit mir angefangen haben, dann stelle ich fest, daß von unserer kleinen Gruppe – 24 junge Frauen und ein katholischer Priester, daran merke ich, wie alt ich bin, heutzutage ist die Mehrheit der Studenten männlich! – 15 geheiratet und aufgehört haben zu arbeiten. Drei bekamen Nervenzusammenbrüche, die schwer genug waren, daß sie in Frührente gehen mußten; zu den anderen habe ich den Kontakt verloren, auch zu dem Priester. Von den 15 verheirateten Frauen haben fünf sich scheiden lassen, was mir ein recht hoher Prozentsatz zu sein scheint. Es wäre interessant, herauszufinden, welche Gründe für den frühen Rückzug aus dem Beruf und für die Nervenzusammenbrüche verantwortlich waren. War es die Arbeit, die die Krise mit herbeiführte oder gar verursachte? Oder zieht die Sozialarbeit eine bestimmte Art von Persönlichkeit an, die ohnehin so schwach ist, daß es früher oder später zum Zusammenbruch kommen muß? Oder aber ist es der Schmerz und die Sorgen, die wir mitbekommen und an denen wir teilnehmen, die alle Menschen, außer den abgebrühtesten, zerbrechen lassen – und die letzteren werden ja in der Regel nicht gerade in die Sozialarbeit gehen. Insgesamt scheint mir, daß unser Beruf und seine Nachbardisziplinen eine unverhältnismäßig große Anzahl von Menschen anzieht, deren emotionales Gleichgewicht ebensosehr einer Stabilisierung bedarf wie das der Klienten, denen sie eine Stütze sein sollen. Bin ich jetzt zu kritisch? Vielleicht ist der Typus der empfindlichen, einfühlsamen und dünnhäutigen Person, die sich für diese Art von Arbeit entscheidet, einfach verletzbarer als der Rest der Menschheit. Jeder Mensch hat seine Schwachpunkte. Wir scheinen den unseren etwas schneller zu erreichen als andere. Wer unterstützt hier wen, fragte ich mich manchmal, wenn ich den Diskussionen über »unsere Klienten« auf der Sozialstation lauschte. Im eng umgrenzten Raum unseres Büros entwickelte sich eine Art freundliche Symbiose, Patienten und Sozialarbeiter waren miteinander verflochten und sogen psychische Nahrung aus ihrer gegenseitigen Abhängigkeit. Jede der Sozialarbeiterinnen hing an einem bestimmten »Fall«, den sie nicht abschließen konnte.

Als ich einmal einen Psychiater wegen einer meiner Klienten aufsuchte, bemerkte der im Vorübergehen, ein großer Teil seiner Patienten seien Ärzte, Angehörige kirchlicher Berufe und Sozialarbeiter. Die helfenden Berufe, wie sie manchmal genannt werden. Im College machten wir uns über unsere schrulligen älteren Kommilitonen lustig. Wir fragten uns, ob sie diesen Beruf nur ergriffen hatten, um eine Lösung für ihre eigenen Probleme zu finden, oder ob sie sich vielleicht rückversichern wollten, daß sie nicht anders waren als andere. Zehn Jahre später war der Witz nicht mehr lustig, und man fragte sich unruhig, was die eigenen Freunde einem wohl nicht mehr sagten und warum nicht.

Ich erinnere mich noch, wie ich vor vielen Jahren einmal in einem überfüllten Konferenzraum um mich blickte und voller Ehrfurcht und Bewunderung dachte, es wäre wohl schwierig, eine andere Versammlung solch außergewöhnlich fähiger, kompetenter Frauen, die mit beiden Beinen auf dem Boden stehen, zu finden; man kann sich kaum eine Katastrophe vorstellen, mit der diese Leute hier nicht fertig werden, dachte ich und war stolz darauf, dazuzugehören, wenn auch nur als Anfängerin und als eine, die dauernd von Zweifeln geplagt wurde. 20 Jahre später durchzuckte mich bei einer ähnlichen Versammlung – diesmal eine, die von einigen bärtigen Gesichtern aufgelockert wurde – ein anderer Gedanke: Was für eine erstaunliche Anzahl zerbrochener Ehen, alleinstehender

Frauen, Problemkinder und psychischer Störungen hier in diesem Raum versammelt waren; schließlich kannte ich viele der Anwesenden persönlich. Und wir alle arbeiteten tapfer zum Wohle anderer, obwohl oder vielleicht gerade weil wir soviel Müll in unserem eigenen Leben aufgehäuft hatten.

Was kam zuerst? Waren es Persönlichkeitsstörungen, die den Zusammenbruch hervorriefen? Ließ uns die blinde Hingabe an ein Ideal keine Zeit, uns mit den Problemen vor unserer eigenen Haustür zu beschäftigen? Oder trieb uns die Unfähigkeit, uns mit unseren eigenen Problemen zu konfrontieren, zu dem Versuch, die bedrohlichen Probleme zu lösen, die ja, wie wir wußten, so viel einfacher waren – da konnten wir es uns leisten, distanziert und emotional unbeteiligt zu bleiben, während unser eigener dampfender Hexenkessel einfach zu heiß war zum Anfassen. Sieh mal an, hat das nicht Stil? Du siehst, Claire, wie sehr mein jahrelanges Herumblättern in den soziologischen Zeitschriften, die Du mir immer aufdrängtest, seinen Stempel hinterlassen hat. Trotz meiner Kritik und Verachtung für ihren unverständlichen Jargon muß doch etwas hängengeblieben sein. Tödlich verwundet, spucke ich schwülstige Phrasen aus.

Es ist an der Zeit, Victoria, dem allen ein Ende zu setzen, bevor du dich selbst aus dieser »rein emotionalen« Geste heraus rationalisierst. Wir müssen agieren, statt zu reagieren, wie Du immer sagtest. Sehr gut. Mein letzter unabhängiger Akt hat soeben begonnen.

Doch auf einen Punkt will ich noch zurückkommen: Ist es nicht erstaunlich, Claire, wie die Theorien, die wir in unserer Studienzeit aufsaugen und zu einem Muster weben, mit der Zeit fadenscheinig werden, bis nur ein darunterliegendes Gewebe reinen gesunden Menschenverstandes übrigbleibt? Wie viele von uns, die sich schämen, derart nackt vor unseren Kollegen zu stehen, bemühen sich verzweifelt darum, uns selbst und unseren ganzen Beruf in seine dichte Wolke pompöser Sprache aus mehrsilbigen pseudowissenschaftlichen Begriffen zu hüllen, die nichts weiter sind als purer Schwindel! Und warum spreche ich jetzt so ernst davon? Was spielt es noch für eine Rolle? Ich vertraue Dir, daß Du diesen letzten Ausbruch als Berufsgeheimnis hüten wirst, sonst werde ich noch posthum in den Laienstand zurückversetzt. Schließlich ist es peinlich, wenn man all die harte Arbeit betrachtet, die ich in den Beruf gesteckt habe. Denk an den Nachruf in unserer Zeitschrift!

Was meinen Entschluß angeht, dem allen ein Ende zu setzen... er reifte im letzten Herbst, bei unserem langen Spaziergang auf dem Heath. Wir bewunderten die herrliche Färbung der Blätter und den Anblick Londons, das im Dunst vor uns lag. »Der Herbst ist mir die liebste Jahreszeit«, sagtest Du. »Endlich beruhigt sich die Natur. Das Feuer verglimmt, das Chaos des Sommers ist vorüber. Die Natur begibt sich zur Ruhe vor ihrem langen Winterschlaf. In dieser Jahreszeit stecke ich immer so voller Energie! Das muß mein Eichhörnchen-Instinkt sein. Ich suche mir all die Dinge zusammen für die langen Abende am Kamin, ich erstelle Listen von Büchern für die Bibliothek, kaufe mir Strickmuster, melde mich zu Abendkursen an. Im Garten hören endlich alle Pflanzen auf zu wachsen, die mich soviel Zeit gekostet haben. Endlich legt sich Frieden über die Welt. Ist das nicht wundervoll?«

Ich dachte nicht zum ersten Mal, wie wenig wir doch gemeinsam hatten, trotz unserer langen Freundschaft. »Der Herbst ist die traurigste Jahreszeit«, sagte ich. »Ich trauere um das Absterben der Blätter, den Tod... das graue Licht und den unaufhörlichen Regen, die verschwimmenden Farben... Ich wünschte, ich könnte die Sonne daran hindern, immer früher unterzugehen. Ich habe einen Horror vor den langen Nächten, dem Gefühl, daß das Leben zu

Ende geht; wer weiß, ob wir uns von dem langen Schlaf jemals wieder erheben werden? Ich kann kaum glauben, daß es wieder einen Frühling geben wird. Wenn ich Leute sehe, die im Herbst Blumenzwiebeln in ihren Garten setzen, frage ich mich, wer von uns wohl noch erleben wird, daß sie aufblühen.«

Und als ich merkte, wie ungewöhnlich melodramatisch ich da war, wurde mir plötzlich bewußt, daß ich dieses Mal keine Angst mehr haben mußte. Es würde keinen Frühling mehr geben. Ich konnte und würde dieses Warten nicht mehr durchleben.

*

Es regnete in Strömen. Von ihrem Schlafzimmerfenster aus blickte Victoria hinaus auf die verlassene Straße. An der Ecke war ein Abfluß verstopft, es hatte sich ein kleiner See gebildet, und die vorbeifahrenden Autos ließen das Regenwasser in Fontänen an den vorbeigehenden Fußgängern hochspritzen. Der Postbote erschien in seinem gelben Ölmantel, der zwischen den tropfenden Hecken hindurchleuchtete. Victoria folgte ihm mit den Augen, wie er trotz des Regens gemütlich seine Runde machte. Es war äußerst unwahrscheinlich, daß er etwas für sie dabeihatte. Auf jeden Fall würde sie, selbst wenn jemand daran dachte, zu dieser späten Stunde noch mit ihr in Verbindung zu treten, nicht mehr antworten. Sie hatte nicht die Absicht, noch irgendwelche Briefe zu schreiben, außer den beiden, die sie angefangen hatte. Der Postbote bog in ihre Auffahrt ein und verschwand an der Haustür. Sie könnte ja irgendwann später am Tag hinuntergehen – natürlich wäre es dumm, die Post nicht hereinzuholen. Die Nachbarn könnten Verdacht schöpfen.

Victoria rannte, ohne näher nachzudenken, die Treppe hinunter, bevor der Postbote das Haus verlassen hatte.

Nun ja, jetzt war es zu spät, eine lebenslange Angewohnheit noch zu durchbrechen. Sie kehrte langsam nach oben zurück und hielt einen Luftpostbrief in Armeslänge vor die zusammengekniffenen Augen. Es war nicht nötig, die Brille zu suchen. Wer auch immer ihr aus Beirut geschrieben hatte, würde ohnehin keine Antwort mehr bekommen. Sie legte den Brief ungeöffnet auf den Kaminsims, neben zwei ähnlich aussehende Briefe. Sie kannte niemanden in dieser unglückseligen Stadt.

Victoria kniete auf dem Fußboden und leerte die Kommode im Schlafzimmer. Sie durfte keine Briefe hinterlassen, keine unbezahlten Rechnungen oder schmutzige Unterwäsche, die Fremde inspizieren könnten. Sie sah schon Martha vor ihrem geistigen Auge... Es würde ein sauberer Abschied werden. Ein Stückchen weißes Papier zog ihre Aufmerksamkeit auf sich. Da war etwas unter die unterste Kommodenschublade gerutscht. Vielleicht ein Stück Linienpapier, dachte sie und versuchte vergeblich, mit den Fingerspitzen das Papier hervorzuziehen. Es gelang ihr nicht. Dann versuchte sie, es tiefer unter die Kommode zu schieben, damit niemand es finden würde. Auch das gelang nicht. Ärgerlich suchte Victoria eine Pinzette, packte das Papier und zog. Ein leuchtend weißes Rechteck war zu sehen. Sie drehte es um. Ein Urlaubs-Schnappschuß?

Die Sonne warf tiefe Schatten auf das junge, lächelnde Gesicht, verbarg die Augen, doch sie erinnerte sich an ihr lebhaftes Blau. Das kupferrote Haar leuchtete, dick und lockig, wie ein polierter Helm. Trotz der Sommerhitze trug er seine schwarze Priesterkleidung, und der weiße Kragen strahlte im Kontrast zu seinem sonnenverbrannten Hals. Victoria ließ sich auf die Fersen zurücksinken. Pater Paul, flüsterte sie, warum bist du gerade jetzt gekommen?

*

»Nur weil wir einmal einen Superurlaub in Spanien hatten, Greg und ich, bedeutet das noch lange nicht, daß ich nie mehr nach Spanien fahren kann! Das ist doch Quatsch, Julia. Ich habe dir doch schon gesagt: das alles ist Jahre her. Ich bin kuriert. Das bedeutet ja noch lange nicht, daß ich dort irgendwelche Orte aufsuche, die wir damals gemeinsam besucht haben!«
Julia blickte ihre Freundin zerstreut an: »Was? O nein, nein, natürlich nicht, Liebes.« Ihre Augen wandten sich wieder dem Säugling an ihrer Brust zu.
»Wie viele Jahre soll ich noch warten? Du weißt ja, was Martha sagt: ›Das ist Schnee vom letzten Jahr.‹ Eines ihrer lustigen polnischen Sprichwörter. Also was kümmert's mich!«
Julia sah überrascht auf: »Ich weiß nicht, ob ich dich ganz... natürlich kannst du gehen, nur...«
»Was?«
Julia strich dem Baby mit einem Finger sanft über die Wange. »Na ja, mir scheint, daß zwei Wochen Pauschalreise im Juli, wenn du keinen Menschen kennst...« Sie brach ab, ihre Augen füllten sich mit mütterlichem Stolz, als sie wieder ihr Kind betrachtete.
»Claire verreist jedes Jahr auf diese Art. Allein. Sie hat dort immer neue Freunde gewonnen. Sie trifft so interessante Leute! Ja doch, sie schreiben und besuchen einander noch Jahre später!«
Victoria bemerkte einen bittenden Tonfall in ihrer Stimme und hatte das Gefühl, daß sie vielleicht etwas zu energisch protestierte. Aber doch nur, weil Julia so ungewöhnlich begriffsstutzig war! Die Mutterschaft hatte sie auf recht unerwartete Weise verändert. Seit Tristans Ankunft – trotz der anfänglichen Proteste des Arztes wurde er im Bett seiner Eltern geboren; eine nervöse Gruppe hastig zusammengerufener Freunde wartete in der Küche mit dem bereitstehenden Champagner –, seit seiner triumpha-

len Ankunft vor ein paar Monaten hatte die Mutterschaft sich wie ein Heiligenschein auf das Haus gelegt und Julia den Kontakt zum Alltagsleben offenbar versperrt. Victoria betrachtete ihre Freundin, die am Fenster saß: Ihre bloßen Schultern schimmerten im Sonnenlicht. Tristan lag nackt auf einem Samtkissen und saugte schläfrig an ihrer Brust. Die Strahlen der untergehenden Sonne hüllten Mutter und Kind in ein sanftes Licht. Müde wandte sich Victoria zum Gehen.

»Ich schicke dir eine Ansichtskarte vom Prado«, sagte sie und dachte dabei an eine ähnlich zuckrige Madonna. Ein Murillo wäre sicher sehr passend.

»Ich bin sicher, du wirst eine herrliche Zeit verbringen«, murmelte Julia. Sie blickte nicht auf, als Victoria hinter sich die Tür schloß.

Im vorausgegangenen Winter hatte Victoria mit Claire zusammen einen Kunstbetrachtungskurs besucht. Fröstelnd hatten sie sich an den dunklen Abenden in einen entfernten Vorort aufgemacht, wo sie in einem halbleeren Klassenzimmer Farbdias von den Schätzen der großen Museen betrachtet hatten. Der Prado war auch darunter. Nun würde sie endlich die Bilder im Original sehen.

Sie packte ihre Aufzeichnungen und eine Kamera, Sommerkleider und Sandalen, Insektenschutzmittel – die spanischen Moskitos waren ihr noch schmerzlich im Gedächtnis –, Kohletabletten gegen die spanische Küche, eine Sonnenbrille, Sonnencreme und einen großen Hut ein. Die Haut der Rothaarigen ist sonnenempfindlich, und sie erinnerte sich, wie kräftig die spanische Sonne scheinen konnte.

Bei ihrer ersten Spanienreise mit Greg – vor wie vielen Jahren? Das spielte keine Rolle – hatte sie keinerlei Vorbereitungen getroffen. Spontaneität war das Kennzeichen ihres Lebens gewesen. Sie hatten nicht im voraus gebucht und nichts geplant. An einem bestimmten Maimorgen hatten sie sich mit einem Minimum an Gepäck zum Flughafen aufgemacht und wenige Stunden später in Granada zu Abend gegessen. Später waren sie in derselben Nacht durch die Gärten von Generaliffe gewandert, unter Orangenbäumen, Jasmin und Oleander, hatten den Nachtigallen und dem Geplätscher der Brunnen gelauscht.

»Die Mauren kamen aus der Wüste. Als sie sich hier in diesem wasserreichen Land wiederfanden, bezogen sie das Wasser in all ihre Bauwerke ein.« Victoria betrachtete die Brunnen, Wasserspender und Pools. Sie zog ihre Hand durch den Wasserstrom, der die Balustraden hinunterlief. In jedem geschlossenen Hof hinter den schmiedeeisernen Toren reflektierte ein Pool den Himmel wie eine Oase in der Wüste. Unter ihnen lag die unsterbliche Stadt, über ihnen die schneebedeckte Sierra Nevada. Kein Laut erreichte ihr Ohr, außer dem Lied der Vögel und dem Murmeln des Wassers. Victoria spürte, wie sie ihr Zeitgefühl verlor. In welchem Zeitalter lebten sie? In welchem Jahrhundert? Wer waren sie wirklich? Zu welchem Prinzenhof gehörten sie?

Am folgenden Abend kletterten sie hinauf zur Kapelle von S. Miquel el Alto. Als die Sonne die Bergspitzen erreichte, breitete sich eine sanfte Röte über den Schnee aus, und ein paar Federwolken, die bis dahin gegen den blassen Himmel unsichtbar gewesen waren, flammten plötzlich rotgolden auf. Der Vollmond, weiß wie ein Papierdeckchen, mit schattigen Flecken übersät, schwamm hinauf über die Berge, dem feurigen Sonnenuntergang gegenüber. Der Himmel füllte sich mit flüssigem Gold, zwischen den schneebedeckten Gipfeln schwebten violette Schleier über das Tal. Victoria blickte hinunter auf die Stadt, die in der Dunkelheit verborgen lag, und es war ihr, als sähe sie Zelte einer Belagerungsarmee rund um

die Stadtmauern. Wer waren sie? Mauren? Christen? Napoleons Legionen, oder war es Wellington? Es müssen auch Polen hier gewesen sein, dachte sie. Sie hatten sich zu Tausenden in Napoleons Armee anwerben lassen und folgten dem kaiserlichen Adler bei seinem Siegeszug durch Europa. »Für eure Freiheit und die unsere« sangen sie... oder war das später, in einem anderen Krieg? Sie blickte auf die im Schatten verborgene Stadt. Soviel Tod, soviel Zerstörung, soviel Schmerz. Nun sind die Eroberer gegangen, haben ihre Triumphe mitgenommen, und was haben sie verändert? Die Stadt jedenfalls nicht, dachte Victoria, als sie den schmalen Pfad zur Hauptstraße hinunterstolperte. Die Stadt schien sich der Außenwelt kaum bewußt zu sein und hatte sich über die Jahrhunderte fast nicht verändert. Hatte es sich gelohnt?
»Ich frage mich gerade, ob ein Vorfahre meiner Mutter jemals hier war, mit Napoleon«, sagte sie. »Wie lange sind die Franzosen in Granada geblieben? Vielleicht hatte er Zeit, die Bevölkerung kennenzulernen..., möglicherweise war da ein Mädchen...«
Greg lachte: »Es kann genauso gut möglich sein, daß ein Vorfahre deines Vaters ihn hinausgejagt hat. Das muß schon recht beunruhigend sein: Vorfahren auf beiden Seiten des Krieges zu haben?«
»Das ist oft genug der Fall gewesen«, sagte Victoria, »besonders bei den Polen. Da sie keine eigene Armee hatten, haben sie überall gekämpft, wo es eine Hoffnung darauf gab, daß ihr Land davon am Ende profitieren könnte.«
»Du bist unnötig empfindlich, wenn es um dieses Thema geht. Ich kenne deine Geschichte. Ich habe eine spitze Bemerkung gegen dich persönlich gemacht, und du hast es sofort auf die polnische Frage bezogen. Das ist wirklich typisch polnisch.«
»Nun ja, ich bin Halbpolin.« Victoria war gekränkt. Sie

hatte sich niemals auch nur als Halbpolin gefühlt. Das war ja lächerlich. Sie sprach ja nicht einmal polnisch!

»Was genau willst du mir damit sagen?« griff sie das Thema wieder auf, ohne sich daran hindern zu können. Sicher wäre es besser, das Thema ganz fallenzulassen.

»Nur, daß du manchmal gegen dich selbst zu kämpfen scheinst. Wie deine Vorfahren, angenommen, irgend jemand von ihnen hat tatsächlich in irgendeiner Armee gekämpft. Das alles ist weit hergeholt, und was die Vorstellung angeht, daß sie sich jemals hier getroffen haben könnten...«

Sie kehrten in die Stadt zurück, eingehüllt in die warme, jasmingetränkte Luft. Aus einer Taverne erklangen Kastagnetten, Gitarren und der rauhe Schrei von Flamencotänzern.

Victoria wurde sich plötzlich intensiv der sie umgebenden Schönheit bewußt und gleichzeitig der Tragik, von der die Luft um sie herum erfüllt war. Sie hielt inne, suchte nach Worten, mit denen sie etwas von dem unerträglichen Druck zum Ausdruck bringen könnte. Greg blickte in ihr angespanntes Gesicht und legte den Arm um sie. »Meine süße verrückte Polin«, flüsterte er ihr ins Ohr. »Ich mag dich sehr, weißt du das?«

Victoria blickte auf ihre Füße, um ihre Enttäuschung zu verbergen. Er »mochte« sie? Hier, in Granada, wo die Luft von Leidenschaften aller Art erfüllt war... Man mag Eiscreme, dachte sie, aber einer Frau, mit der man lebt... hier, ausgerechnet an diesem Ort... Sie gab vor, müde zu sein, ging auf ihr Zimmer und verschloß die Tür.

*

Die Pauschalreise war gut organisiert. Um sechs Uhr an einem kühlen Julimorgen landeten sie auf dem Madrider Flughafen. Der spanische Reiseführer wartete in der Halle auf sie. Jung, hübsch und mit einem gewinnenden Lächeln: »Mein Name ist Luis. Ich bringe Sie jetzt zu Ihrem Hotel, dort erhalten Sie ein gutes Frühstück, und am Nachmittag können diejenigen von Ihnen, die mutig genug sind, mich zu einer Corrida begleiten. Ein Stierkampf wie bei Hemingway. Lesen Sie Hemingway? Gut. Ich hole die Eintrittskarten.« Der Bus raste durch den morgendlichen Verkehr. Luis ließ seine Augen über die erwartungsvoll blickenden Gesichter schweifen, zählte die Köpfe. Seine Augen verengten sich, als er Victoria erblickte.

»Das nenne ich einen tollen Hecht«, flüsterte Lynda. Sie hatten nebeneinander im Flugzeug gesessen und den Bus gemeinsam bestiegen. Auch Lynda war allein unterwegs.

»Er sieht aus, als wäre ich ihm auf Anhieb unsympathisch«, flüsterte Victoria zurück. »Was habe ich dem Mann bloß getan?«

»So sehen sie dich immer an, wenn sie dich mögen. Ich bin schon einmal hier gewesen, wissen Sie.« Lynda betrachtete Victoria von der Seite. »Es muß Ihr Haar sein. Man sieht nicht oft eine Rothaarige in Spanien. Ich wette, er wird Ihnen eine Sonderbehandlung geben!«

Victoria zuckte die Schultern. »Ich bin nicht interessiert.«

»Sie haben wohl jemand Besseres zu Hause, nicht wahr?«

»Ja«, sagte Victoria, ohne zu zögern. »Ja, da gibt es jemanden.«

»Nun ja, jetzt sind Sie im Urlaub. Nach allem, was wir wissen, ist er«, sie blickte in Richtung des Reiseführers, »verheiratet und hat sechs Kinder. Das wird ihn allerdings nicht aufhalten. Sie werden schon sehen. Ich habe schon mitbekommen, wie sie sich durch eine ganze Gruppe hindurchgearbeitet haben. Das zählt zu den Vergünstigungen des Jobs.«

Victoria blickte sie ungläubig an. Lynda lachte: »Beobachten Sie mal, wie die Zimmer verteilt werden. Wer neben wem schläft!«
Am Nachmittag schloß sich Victoria der Gruppe an, die sich zur Plaza de Toros aufmachte. Luis hatte ihnen Sitzplätze auf der schattigen Seite der Arena besorgt und war damit beschäftigt, Kissen und Pfefferminzbonbons zu verteilen. »Für den Fall, daß eine der jungen Damen beschließt, in Ohnmacht zu fallen. Sagt man das so bei Ihnen? Denn es wäre sehr schwierig, hier herauszukommen.« Victoria blickte sich um. Auf den steinernen Bänken im Rund saß dicht gedrängt eine vielfarbige und vielsprachige Menge. Kameras surrten, Fotoapparate klickten, mit Fächern und Hüten fächelten sich viele ein wenig Luft zu. Die Hitze war sogar im Schatten fast erstickend.
»Hier ist es wie im Kolosseum«, hörte sie eine amerikanische Stimme hinter sich.
Zwei Reiter in schwarzen Umhängen, weißer Halskrause und federgeschmückten Hüten betraten die Arena und verbeugten sich tief vor der Präsidentenloge.
»Sie bitten um die Schlüssel für den Stierkäfig«, flüsterte der Amerikaner.
Eine farbenprächtige Prozession zog an der jubelnden Menge vorbei. Das Orchester intonierte einen Marsch. Victoria spürte, wie sich ein Arm um ihre Schulter legte. Luis saß neben ihr. Sie stand auf, hob die Kamera und begann, die Prozession zu fotografieren. Der Amerikaner hinter ihr war ebenfalls aufgestanden. Im Nacken konnte sie seine Filmkamera surren hören.
»Schau dir das an, Mutter. Die Typen da auf den Pferden, genau wie dieser Don Quichotte, den wir auf dem Platz da hinten gesehen haben. Schau dir diese Steigbügel an! Verdammt große Schaufeln!«
»Tatsächlich, ich hatte nicht erwartet, daß es so hübsch

sein würde«, sagte die Frau. »Diese Pastellfarben und die bestickten Kostüme! Meine Güte! Sollten die Umhänge nicht rot sein? So was, sie sind rosa und gelb!«

Der Torreador betrat die Arena. Es war sein erster Kampf. Er sieht überraschend jung aus, dachte Victoria. In blendend weißes Satin gekleidet, das dunkle Gesicht mit kindlich-aufmerksamem Ausdruck, verbeugte er sich vor der Präsidentenloge und murmelte etwas Unverständliches.

»Was sagt er?« wollte die Frau hinter ihr wissen. »Ave Cesare, morituri te salutant, vermute ich«, erwiderte ihr Begleiter.

»Hat er das wirklich gesagt?« fragte die Frau zweifelnd.

Victoria lehnte sich zurück und schob entschieden Luis' Hand von ihrem Oberschenkel. Er warf ihr einen glühenden Blick zu und schob sich ein Pfefferminzbonbon in den Mund.

Die Gittertüren des Stierkäfigs wurden aufgeworfen, und plötzlich war der Bulle da. Massig und schwarz glänzend erschien er riesig zwischen der pastellfarbenen, goldbestickten Seide. Victorias Herz flog dem weißgekleideten Jungen zu. Ein Schweigen senkte sich über die Arena. Die Picadores trieben ihre durch Scheuklappen geblendeten Mähren zögernd in den Kampf. Die Flanken der Pferde waren durch dicke Polster geschützt; sie zitterten sichtlich und schienen sich kaum aufrecht halten zu können. Obwohl der Bulle mit langen Lanzen gereizt wurde, schien er zunächst nicht kämpfen zu wollen. Die Menge buhte.

Victoria sah fasziniert zu, wie die Banderolieros sich dem Tier einer nach dem anderen näherten und, sich auf die Zehenspitzen reckend, fähnchengeschmückte Pfeile in den schwarzen Rücken stachen. Blut strömte die mächtigen Schultern hinab. Wütend wandte sich der Bulle den Pferden zu und warf eines von ihnen um. Der Picador sprang auf die Füße, und die Matadore eilten herbei, wedelten mit ihren Tüchern, um die Aufmerksamkeit des Stiers abzulenken, während das Pferd unter äußersten Schwierigkeiten wieder auf die Beine gehievt wurde und der Picador in den Sattel zurückkletterte. Victoria schloß die Augen.

Ein Schrei der Menge ließ sie wieder hinunterschauen. Einer der pastellfarbenen Matadore hinkte zur Absperrung hinüber und hielt sich das Bein, an dem der feine Stoff zerrissen war.

»Da hat er aber Glück gehabt«, sagte der Amerikaner. »Hast du das gesehen, Mutter? Er hat ihn mit dem einen Horn genau da erwischt, es ist nichts passiert, er ist nicht verletzt, nur seine Hosen sind zerrissen... Mutter? Wenn du den ganzen Rest des Kampfes so da sitzen bleibst, hätten wir gar nicht herzukommen brauchen...«

Victoria sah zu, wie der angeschlagene Picador über die Barriere sprang. Er schien nicht verletzt zu sein. Wenige Augenblicke später kehrte er in einem Paar Blue jeans zurück.

»Der Picador da drüben, siehst du den? Du kannst die Augen aufmachen, Mutter, es passiert gerade nichts Besonderes, der Junge da mit der langen Lanze, er erinnert mich nur an den heiligen Georg im Kampf gegen den Drachen. Was hältst du davon, Mutter?«

Der Torreador näherte sich dem Stier; in seinem silberweißen Anzug sah er aus wie die reine Unschuld. »Der Rosenkavalier«, schoß es Victoria durch den Kopf. Mit einer schnellen Drehung des Tuches zog der Junge die Aufmerksamkeit des aufs äußerste gereizten Tieres auf sich, und mit einer Serie von blitzschnellen Bewegungen ließ er es in, wie es schien, immer engeren Kreisen um seine schmale Figur tanzen. Als das Tier angriff und – für einen Moment in die Muleta eingewickelt – geblendet war, tätschelte der junge Mann ihm den schweißnassen Rumpf und winkte in die applaudierende Menge.

Plötzlich war das Spiel vorüber. Eine schwere Stille fiel über die Arena, wo der Mann jetzt ganz still dastand und dem Tier ins Auge blickte. Ein Aufblitzen von Stahl in der gleißenden Sonne. Der Bulle stand da, in den Boden gerammt, schüttelte den mächtigen Kopf, als versuchte er, ein stechendes Insekt zu vertreiben, dann krachte er in einer Wolke aufwehenden Staubs auf die Seite. Die Menge schnappte nach Luft, dann ließen Olé-Rufe Victoria die Augen wieder öffnen. Die Zuschauer hielt es nicht mehr auf den Sitzen. Blumen, Hüte, Kissen regneten hinunter in die Arena, wo der junge Mann sich mit bescheidenem Stolz verbeugte. Der schwarze Kadaver wurde ohne viel Umstände aus der Arena gezerrt, eine blutige Spur im Sand hinterlassend. Victoria begann, sich den Weg nach draußen zu bahnen.

»Hör dir das an, Mutter«, sagte die vertraute amerikanische Stimme hinter ihr. »Da war jetzt dieser Stierkampf, siehst du, und alle Plätze waren ausverkauft, und Izzy konnte nicht hineinkommen. Keine Tickets mehr. Hörst du mir zu, Mutter? Atme einfach tief durch, dann wird es schon gehen. Und geh weiter. Wir kommen hier schon raus, keine Angst.«

Frischer Sand wurde in die Arena gestreut. Das Orchester intonierte einen anderen Marsch. Ihren Rock hochraffend, kletterte Victoria über die Steinsitze. Die vertraute Stimme hinter ihr begleitete sie: »Also was macht Izzy? Er steht beim Eingang und schaut zu. Er sieht, wie diese jungen Männer kommen und zur Wache sagen: Picador. Und die Wache läßt sie rein. Dann kommt eine weitere Gruppe und sagt: Matador. Und sie kommen rein. Dann kommt dieser junge Kerl und sagt: Torreador. Okay, sagt sich Izzy, so geht das. Er geht zur Wache hinüber und sagt: Isidor! Und sie lassen ihn rein! Mutter? Na na, halt durch, wir sind schon am Tor. Nun halt doch noch einen Moment länger durch, bitte!«

Victoria erreichte den Ausgang und trat hinaus in die grelle Nachmittagssonne. Hinter ihr kündigten Olé-Rufe den Beginn einer weiteren Corrida an.

*

Victoria inspizierte den Küchenschrank und kam zu der bedauernden Erkenntnis, daß sie ihre Nahrungsmittelvorräte erneuern mußte. Die Aussicht, aus dem Haus gehen zu müssen, erfüllte sie mit dunklen Vorahnungen. Sie hatte gehofft, ungestört zu Hause bleiben zu können, bis sie die Briefe beendet hätte, die Wohnung geputzt, das Wenige gepackt, das sie für die Reise brauchte, und dann die Wohnungstür hinter sich geschlossen hätte – für immer. Sie hatte sich verrechnet. Nicht zum ersten Mal, dachte sie ärgerlich. Es war schließlich nicht möglich, klar und pointiert zu schreiben, wenn ihr vor Hunger und Müdigkeit alles vor den Augen verschwamm. Es regnete immer noch heftig. Victoria, den Regenmantel über dem Arm, den Schirm in der Hand, zögerte an der Tür, dann ließ sie beides zu Hause und ging die Treppe hinunter. Was würde es schon ausmachen, wenn sie naß wurde? Was spielte es für eine Rolle, wenn sie sich eine Erkältung holte?

Als sie mit einer gefüllten Plastiktüte, das durchnäßte Kleid am Körper klebend, nach Hause zurückkehrte, erinnerte sie sich plötzlich an eine Aufführung des Sommernachtstraums im Regent's Park vor vielen Jahren. Sie war mit Julia hingegangen; damals war Julia noch nicht verheiratet gewesen. Mitten im zweiten Akt hatte es heftig zu regnen begonnen, und sie beschlossen, zur nächsten Bushaltestelle zu laufen. Als sie die Haltestelle erreichten, waren sie beide völlig durchnäßt.

»Das hier ist wirklich anstößig«, sagte Julia, die vergeblich versuchte, ihr Kleid, das wie eine zweite Haut an ihr klebte, vom Körper abzuziehen. »Ich sehe aus wie eine dieser Skulpturen, die nur einen Hauch eines Schleiers an einem strategisch günstigen Ort drapiert haben...« Sie blickte Victoria an, und ihre Stimme erstarb. Mit einem Jauchzen fiel sie zurück und konnte sich nicht mehr halten vor Lachen. Victoria blickte an sich herunter. Ihr Kleid war ihr halb über die Oberschenkel gerutscht und kletterte rapide weiter nach oben. »Es schrumpft«, sagte sie ungläubig. »Was um alles in der Welt...«

Julia kniete sich in eine Pfütze und begann, am Saum von Victorias Kleid zu ziehen. Es gelang ihr, es in ungleiche Zipfel zu strecken, die sofort zurücksprangen, sobald sie sie losließ.

»Du siehst aus, als hätte man es dir auf den Körper gemalt«, sagte sie. »Du wirst wegen anstößigen Verhaltens in der Öffentlichkeit verhaftet werden!«

Das Zeitalter der Miniröcke war noch nicht angebrochen, und Victoria fühlte sich buchstäblich nackt den Blicken der Öffentlichkeit ausgesetzt. Der blaue Crêpe de Chine, der so absurd teuer, aber so hübsch gewesen war, schien ein Eigenleben zu besitzen. Während sich das Oberteil immer enger um ihre Brust schob, kroch der Rock unaufhaltsam aufwärts. Als der Bus kam, kletterte sie, förmlich an Julias Rücken klebend, hinein, setzte sich, hochrot vor Verlegenheit, die Handtasche defensiv auf ihrem Schoß, ihre langen Beine »bis zum Anschlag« den Blicken ausgesetzt, wie Julia später ihre Not umschreiben würde, und preßte die Beine zusammen.

Als sie von der Bushaltestelle nach Hause eilte, war sie sicher, daß sich jeder, der ihr auf der regenüberfluteten Straße entgegenkam, noch einmal nach ihr umsah; sie fühlte sich splitternackt ihren Blicken ausgesetzt. Als sie endlich zu Hause ankam, riß sie sich das verhaßte Kleidungsstück vom Leib und warf es weg.

»Wenn du nur noch ein oder zwei Jahre gewartet hättest,

wärest du sicher modisch an vorderster Front gewesen. Es kommt immer nur auf das richtige Timing an«, feixte Julia noch Jahre später.

Merkwürdig, daß ihr das ausgerechnet jetzt in den Sinn kam, überlegte Victoria, während sie durch den strömenden Regen marschierte. Das Haar klebte ihr auf dem Rükken. Ihr Kleid, diesmal aus künstlichem Material, schrumpfte zwar nicht, dafür umhüllte es sie wie ein umgewickeltes Bettlaken. Doch das alles spielte keine Rolle mehr. Es machte Spaß, im Regen zu laufen. Ihre Schuhe hatten sich mit Wasser gefüllt und quietschten bei jedem Schritt. Warum habe ich das früher nie gemacht? fragte sich Victoria und planschte in eine Pfütze. Das Wasser spritzte ihr bis zur Taille hinauf. Ich bin frei, dachte sie grimmig, frei, frei zu tun, was ich will. Mit rhythmischen Schritten stapfte sie die verlassene Straße entlang. Der strömende Regen wusch ihr das Gesicht, so daß nicht einmal sie selbst sagen konnte, ob sie weinte.

Später am Tag stand sie im Bademantel, ein Handtuch um ihr nasses Haar gewickelt, am Küchenfenster, trank Kaffee und blickte hinüber zum Lagerhaus. In mehreren Räumen brannte Licht. Also haben sie wieder Strom, das bedeutet, daß sie bleiben, stellte sie fest. Die junge Person im zweiten Stock stand wieder auf der Trittleiter und hängte Poster auf. Riesige formlose Farbkleckse gegen das tote Weiß der Wände. Eine nackte Glühbirne verteilte ihr Licht von der Decke. Vielleicht ist es doch ein junger Mann, überlegte Victoria.

Auch im nächsten Raum schien Licht. Die Decke war zu hoch, als daß Victoria sie erkennen konnte, nur das Kabel der Lampe war zu sehen. Auch hier waren die Wände weiß gestrichen. Das Zimmer war leer, mit Ausnahme zweier schwarzer Rechtecke, möglicherweise Kästen, die an einer Wand standen. In der Mitte des Zimmers lag ein kreisrunder Teppich, und die Ecke eines Gegen-

standes, der ein Bett sein könnte, war unter dem Fenster zu erkennen.
Victoria verließ ihren Posten und bereitete sich eine Mahlzeit zu, und als sie zurückkehrte, saß der Mädchen-Junge auf der obersten Sprosse der Trittleiter und hielt ein langes Instrument in der Hand. Ein Saxophon. Ein Mädchen, dachte Victoria. Ganz bestimmt ein Mädchen. Sie schien zu spielen. Im nächsten Zimmer saß ein bärtiger Mann mit übereinandergeschlagenen Beinen auf dem runden Teppich. Die Hände hatte er auf die Knie gelegt, mit den Handflächen nach oben. Seine Knie lagen flach auf dem Boden. Yoga? Meditierte er? Er saß vollkommen ruhig da, während das Mädchen auf der Leiter hin und her schwang, ihr Instrument zur Decke, zur einen Seite, zur anderen drehte, auf die vier Wände zielte, als wollte sie ihre neue Bleibe segnen. Ob sie dadurch die Hausgötter gnädig stimmen wollte?
Ungeachtet des kalten, unaufhörlichen Regens öffnete Victoria das Fenster und lehnte sich hinaus. Sie spürte, wie ihr Haar wieder durchnäßt wurde. Wasser lief ihr den Hals hinunter in den Bademantel. Doch die Musik erreichte sie nicht über den Kanal hinweg. Natürlich hatten sie bei diesem Wetter ihre Fenster geschlossen, dachte sie bedauernd und zog sich in die Küche zurück. Sie mochte den Klang des Saxophons. Auf dem U-Bahnhof St. Pancras spielte immer ein Mann Altsaxophon, jeden Freitagabend, wenn sie dort auf dem Weg zu Leah die Züge wechselte. Er stand direkt vor dem Aufzug, und Victoria hatte immer schon eine Münze in der Hand, wenn sie ihn erreichte. Der melancholische tiefe Klang begleitete sie durch die traurigen Londoner Straßen bis vor Leahs Tür.
Vielleicht ist es zu weit über den Kanal, dachte sie und schloß das Fenster. Es war ungewöhnlich für ein Mädchen, Saxophon zu spielen. Also war es vielleicht doch ein

Junge. Sie fühlte sich müde. Die Briefe würden noch einen weiteren Tag warten müssen. Es gab ja keine Eile. Nichts drängte sie.

*

Wenn ich Dir nicht mehr über meine Spanienreise erzählt habe, Claire, dann deshalb, weil fast alles, was dort geschah, Deine Mißbilligung hervorgerufen hätte, und ich brauchte Deine Unterstützung damals mehr denn je. Am Ende der ersten Woche wußte ich, daß Julias Zweifel wohl begründet waren. Es war eine schlechte Idee gewesen. Der Anblick spanischer Landschaft, ihrer Gerüche und Klänge, Musik und Lieder, ja schon ihr Geschmack auf der Zunge erinnerte mich an die Vergangenheit. Vielleicht war es unvermeidlich. Spanien ist trotz seiner überschwenglichen Natur ein zutiefst introvertiertes Land. Und wir wurden pausenlos mit der Vergangenheit konfrontiert. Mit der weit entfernten Vergangenheit der Eroberung durch die Mauren, mit der jüngeren Geschichte des Bürgerkrieges. Es war kaum zu vermeiden, dabei an die eigene Vergangenheit zu denken. Was gewesen war und was hätte sein können, wenn nur...

Selbst Lynda erlag dem Zauber des Konditionals: Luis mit träumerischem Blick folgend, gestand sie: »Seine Frau kam aus Liverpool hierher, auch mit einer Pauschalreise, genau wie wir. Luis war der Reiseführer, genau wie jetzt. So sind sie sich begegnet. Stell dir nur vor, wenn ich es gewesen wäre... Nur ein paar Jahre früher...« Sie seufzte.

Auch Victoria seufzte, aber aus einem anderen Grund. Trotz der häufigen Erwähnung seiner Frau und der herumgezeigten Fotos seiner kleinen Söhne im Alter von zwei, drei und vier Jahren verfolgte Luis unbeirrt jede ungebundene Frau auf der Reise, und Victoria war sich seiner durchdringenden Blicke wohl bewußt. Er hatte ihr sofort unumwunden deutlich gemacht, wie sehr er sie be-

gehrte. Seine Familie war Teil seines Privatlebens, sein Zuhause, erklärte er. Doch sein Zuhause war in Madrid, und in Andalusien arbeitete er. Das Berufsleben eines Mannes war von seinem Privatleben völlig getrennt. So war es überall auf der Welt.
Warst Du jemals in Granada, Claire? Wenn Du dort gewesen wärest, dann hättest Du auch in einer jener Tavernen gesessen, wo die Zigeuner singen und manchmal tanzen. Die Touristen essen, trinken und starren wie die Schafsköpfe vor sich hin, peinlich berührt von soviel nackter Leidenschaft. Solcher Hemmungslosigkeit... Wir applaudierten laut vor Erleichterung. Luis bat mich, mit ihm zu tanzen. Ich konnte mich nicht dagegen wehren. Die Hitze schien meine Knochen zu schmelzen. Später in der Nacht kam er auf mein Zimmer.

*

Die Reise näherte sich ihrem Ende. Sie erreichten Toledo. Morgen Madrid und in zwei Tagen – London. Sie ließ die anderen im Hotel zurück, die sich zur Siesta niedergelassen hatten, und machte sich allein auf den Weg durch die engen Gassen der Altstadt. Toledo im Juni war ein einziges Treibhaus. Jeder Felsen und Stein, jede Wand glühte weiß und gelb in der schimmernden Luft. Stadt des Schwertes, des Blutes und des mörderischen Wahnsinns. »Vertraue deine Seele Gott an, rufe Viva España und stirb wie ein Held«, befahl der Nationalist Colonel Ituarte Moscardo seinem Sohn, statt den Alcazar den Feinden zu überlassen. Victoria hatte vor ein paar Stunden die Ruinen der Festung besucht. Es war immer noch, halb zerstört, ein schreckliches Mahnmal des Bruderkrieges. Des jüngsten in der langen Geschichte von Kriegen, die diese Stadt einst zu einer der Hauptstädte der Welt und zu einer berühmten Universitätsstadt gemacht hatte und sie dann in ihren gegenwärtigen Zustand verfallen ließ. Victoria warf einen Blick in den Reiseführer. Die Römer hatten die Stadt von wem eingenommen? Dann kamen die Mauren? Alfonso VI. eroberte die Stadt mit Hilfe von El Cid zurück. Dann der Exodus. Die Inquisition vertrieb die Juden. Der königliche Hof zog nach Madrid um. Philipp III. vertrieb die Moriscos. Schließlich blieben vom vergangenen Glanz und Reichtum nur die Stahlmanufakturen übrig. 1936 kamen die Mauren mit Francos afrikanischer Armee zurück. »Damals«, las Victoria im Reiseführer, »floß Blut durch die Straßen von Toledo. Die Verwundeten wurden in ihren Krankenhausbetten ermordet, etwa 70 Priester hingemetzelt; eine Gruppe von Anarchisten, die in einem Seminargebäude gefangen waren, setzten es in Brand und kamen in den Flammen um.«

Schon allein die Sonne konnte die Männer verrückt machen. Victoria flüchtete sich in das Haus von El Greco. Barfuß über den kühlen Steinboden gehend, blickte sie wieder in die Augen der Apostel. Auch von ihnen wurde zu ihren Lebzeiten behauptet, sie seien in Wirklichkeit verrückt. Aber was war wirklich? Ihr Leben im Asyl oder die Rollen, in denen der Maler sie gezeichnet hatte? Wann waren wir jemals wirklich, überlegte Victoria, wann lebten wir die Wahrheit? Damals? Heute?

Es gab nur wenige Einzelzimmer im Hotel, und Victoria schlug vor, Lynda sollte sich eins mit ihr teilen. Luis blickte sie schmollend und Lynda enttäuscht an.

»Wenn du dich weigerst«, flüsterte Victoria, »mußt du dir eines mit Mrs. Grout teilen. Ich hatte in Sevilla ein Zimmer neben ihr. Sie schnarcht!«

Zurück in Madrid, zerstreute sich die Gruppe, jeder versuchte, noch soviel wie möglich in den verbleibenden zwei Tagen zu sehen. Um Luis' bettelndem Blick auszuweichen, schlüpfte Victoria schon früh am Tag aus dem Hotel und fuhr mit dem Bus zum Escorial.

Während sie durch die königlichen Gemächer wanderte, wurde sie plötzlich von einer Gruppe Touristen umringt und blieb stehen, um ihrem Reiseführer zuzuhören. Ein flammend roter Schopf in der Menge zog ihren Blick auf sich. Als Rothaarige war sie immer daran interessiert, genauer hinzusehen, wenn sie einem anderen Rotschopf begegnete, und dieser hier hatte eine leuchtend kupferrote Farbe. Außerdem war er größer als der Rest der Gruppe. Ihre Blicke begegneten sich, er lächelte, und als die Gruppe weiterging, blieben sie beide zurück.
»Es ist Ihnen gelungen, Ihrer Gruppe zu entkommen?« fragte er und sah ihr dabei direkt in die Augen. Victoria spürte, wie sie errötete. Sie war gleichzeitig geschmeichelt und beschämt. Fand ihre jüngste Sünde mit Luis hier ihre rasche Vergeltung? In dieser heißen und trockenen Atmosphäre des Hauses Ihrer Höchst Katholischen Majestäten – war Gottes Hand hier soviel schneller als in England? Warum hatte dieser charmante Priester gerade sie aus der Menge ausgewählt? Sicher gehörte es nicht zu seinen Angewohnheiten, fremde Frauen anzusprechen?
»Und warum nicht?« lachte er. »Was ist falsch daran, mit einem freundlichen Mitmenschen zu reden? Ich habe kein Schweigegelübde abgelegt, wissen Sie. Ich bin Jesuit, nicht Trappist!«
Victoria blickte in die ehrlichen blauen Augen, entspannte sich und lächelte zurück.
»Kann ich Sie zu einer Portion Eiscreme verführen?« fragte er. »Mir scheint, wir sind schon kilometerweit gelaufen, und die Hitze versengt meine armen alten Füße.« Er blickte in seinen Reiseführer: »86 Treppen, 89 Brunnen, 13 Oratorien und die Zellen für 300 Mönche...« intonierte er sanft. Victoria beugte sich über die Seiten: »2673 Fenster, über 100 Kilometer Gänge, 16 Innenhöfe, 900 Meter Fresken... Es ist nicht zu fassen...« Kichernd wie zwei Schulkinder eilten sie einen Korridor entlang, auf der

Suche nach einem Café. Sie teilten sich ihr Eis und die Getränke, und später aßen sie gemeinsam zu Abend, jeder vom Teller des anderen naschend. Den Rest des Tages trotteten sie hinter der Touristengruppe her und schenkten den Ausführungen des Reiseführers kaum Aufmerksamkeit. Sie redeten, als ob ihr ganzes Leben sich in den nächsten Stunden zusammendrängen müßte, und fanden sich plötzlich im Tal der Gefallenen wieder.

»Das Kreuz dort oben ist 150 Kilometer hoch«, sagte der Reiseführer. Victoria und Pater Paul tauschten einen ungläubigen Blick. Es war sicherlich das größte Kreuz, das sie jemals gesehen hatten, aber 150 Kilometer? »Die Krypta ist länger als das Mittelschiff im Petersdom in Rom. 700 Männer arbeiteten zehn Jahre daran, sie auszugraben.«

»Die meisten davon politische Gefangene«, kommentierte eine Stimme aus der Gruppe.

»Die ganze Kirche ist ausschließlich aus spanischem Material erbaut. Der Marmor, die Steine, alles hier ist spanisch, und die Toten auf beiden Seiten des Krieges wurden hier begraben«, fuhr der Reiseleiter fort und blickte mißtrauisch in die Menge. »Ich frage mich, in welchem Verhältnis«, murmelte die gleiche skeptische Stimme.

Das Kirchenschiff war plötzlich erfüllt von leisem Choralgesang. Victoria blickte um sich: Es gab hier keine Sänger. Die Musik kam aus einem Recorder. Pater Paul zog sie an der Hand beiseite: »Kommen Sie und beten Sie mit mir.« – »Ich kann nicht«, sagte sie widerstrebend. »Bitte«, insistierte er. Sie folgte ihm zum Hauptaltar und kniete nieder, doch kein Gebet formte sich in ihrem Kopf. Sie blickte erhobenen Hauptes zum Tabernakel hinauf. Als sie aus dem Zwielicht der Kapelle nach draußen in die blendende Hitze traten, wandte er sich mit einem sanften Vorwurf an sie: »Versprechen Sie mir, daß Sie wieder versuchen werden zu beten, Victoria. Wenn Sie

es tun, dann wird Ihr Glaube zurückkehren. Sie dürfen nicht aufgeben.«
»Auf diese Weise kann man sich selbst dazu bringen, an alles mögliche zu glauben, Pater. Ich halte das nicht für richtig.«
»Das ist Ihr Stolz, Victoria. Sie sagen damit, daß Gott für Sie ein Wunder vollbringen muß, damit Sie an ihn glauben, ohne daß Sie dafür irgendwelche Anstrengungen aufbringen müssen. Mach weiter, erschaffe mich! sagen Sie. Das ist eine Herausforderung. Aber Gott antwortet nicht auf Herausforderungen. Das ist nicht seine Art.«
Im Bus nach Madrid saßen sie nebeneinander und unterhielten sich weiter. Er hatte sich in die Sozialarbeit in einem Club in New York gestürzt, der für damals sogenannte »juvenile Delinquenten« eingerichtet worden war. Victoria sprach über ihre Arbeit im Krankenhaus. Sie diskutierten ernsthaft über die Ethik ihres Berufes und die möglichen Auswirkungen ihrer Bemühungen auf ihre Schutzbefohlenen. Victoria gestand ihm ihre Zweifel hinsichtlich der Effizienz ihrer Arbeit. Gab sie den Menschen wirklich Unterstützung und Hilfe in der Stunde ihrer Not, oder mischte sie sich nur in anderer Leute Angelegenheiten? Auch hier trennte sie die Frage des Glaubens. Pater Paul wußte ohne jeden Zweifel, daß er das Werk Gottes auf Erden fortführte und daß letztlich Er sich um alles und jeden kümmerte und dafür die Verantwortung übernahm. Victoria hatte das Gefühl, sie müsse sich auf sich selbst und ihr eigenes unvollkommenes Verständnis der Welt verlassen.

Damals warst Du, Claire, meine einzig »höhere« Instanz. Ich mußte mich letztlich auf Deine Weisheit verlassen und Deinem Urteil vertrauen. Du erinnerst dich sicher, wie schwierig und unbefriedigend ich das fand. Und Dir erging es genauso.

Am Ende jenes Tages saßen wir in einem Madrider Café und redeten über Sex. Ich weiß immer noch nicht, wie wir darauf kamen, Claire, und selbst jetzt noch bekomme ich heiße Ohren vor Verlegenheit. Hier war dieser junge Mann, nicht viel älter als ich, vollgestopft mit Bücherwissen und Zitaten, furchtlos im Umgang mit Worten, doch ohne jede persönliche Erfahrung mit diesem speziellen Thema. Doch er wollte es wissen. Er wollte erfahren, wie es sich anfühlte, eine liebende Frau zu sein; was man in bestimmten Situationen tat oder sagte. Und warum.
Wieso konnte ein Mädchen mit einem Mann ins Bett gehen, den sie nicht liebte? War körperliche Anziehung allein ausreichend? Konnte sie eine solche Erfahrung wirklich genießen? Ohne Liebe muß der körperliche Akt bedeutungslos sein, sagte er. Er schien sich so sicher zu sein, was »Liebe« bedeutete. Irgendwie kann ich mir eine solche Unterhaltung heute gar nicht mehr vorstellen. Sind junge Leute, auch Priester, immer noch so naiv wie damals? Oder bin vielleicht nur ich es, die so zynisch geworden ist?
»Männer«, sagte Pater Paul, »sind fähig, den physischen vom emotionalen Aspekt des Liebens zu trennen. Ich glaube nicht, daß Frauen dazu in der Lage sind.« Die Frauenbewegung hatte damals noch nicht das Licht der Welt erblickt. Heute hätte ich ihm vielleicht ein paar Titel genannt und vorgeschlagen, er solle sein Leseprogramm erweitern. Damals fragte ich mich nur, warum er das alles von mir wissen wollte. Sah ich aus, als ob ich die Antworten kannte? Aufgrund meiner beruflichen Fähigkeiten? Als Sozialarbeiterin? Oder...? Mit Erwachsenen über Sex zu reden, war nie einfach für mich. Du fandest es nie peinlich, Claire. Erinnerst Du Dich an die dicke Frau, die über Jahre hinweg zu Dir kam...? Eine Psychiatriepatientin, geschickt von Dr. Grant, glaube ich. Aus Gründen, an die ich mich nicht mehr erinnern kann, mußtest du ihr bei-

bringen zu masturbieren. Ich erinnere mich jedoch gut daran, daß Du mir während einer Aufführung von »Eines langen Tages Reise in die Nacht« über die Fortschritte in diesem spezifischen Fall erzähltest. Du hast eine absolut klare und durchdringende Stimme, meine Liebe, und solch eine deutliche Aussprache. Ich konnte die Aufmerksamkeit, die wir auf uns zogen, nicht ertragen, das Foyer war brechend voll, also floh ich in meiner Verzweiflung auf die Damentoilette und verpaßte den Anfang des zweiten Aktes. Ich pflichte Dir bei, daß ich als Sozialarbeiterin in der Lage sein sollte, alles Menschliche gleichmütig hinzunehmen, aber ich habe auch den Eindruck, daß bestimmte Aspekte unserer Menschlichkeit ein Minimum an Privatheit erfordern. Deine Angewohnheit, Deine Fälle in Restaurants, Theatern oder an anderen öffentlichen Orten zu diskutieren, hat mir bei unzähligen Gelegenheiten Bauchschmerzen bereitet. Ich erzähle Dir das jetzt für den Fall, daß niemand anderes aus Deinem Freundes- oder Bekanntenkreis jemals den Mut hatte, es zu tun. Es ist mein Abschiedsgeschenk, und es ist nur zu Deinem Besten, glaube mir.

Verzeih mir diese Abschweifung, Claire. Ich bin so müde, meine Gedanken wandern hierhin und dorthin. Um zu Pater Paul zurückzukehren: Ein pietätloser Gedanke durchzuckte mich, als ich in sein hübsches Gesicht schaute; nämlich, daß eine Stunde praktische Arbeit in seinem Fall sehr viel bessere Auswirkungen hätte als alle Bücher oder Diskussionen der Welt. Sofort überfiel mich die Scham. Mit dem Gefühl, daß ich einem Mitmenschen und sozusagen einem Kollegen gegenüber in der Pflicht war, holte ich tief Luft und stürzte mich hinein. Schließlich werden wir uns nie wiedersehen, dachte ich, also warum sollten wir nicht völlig offen reden? Zumindest einem von uns könnte es guttun. Und so verbrachten wir den Rest der Nacht. Wir redeten über Sex.

Vorher hatte ich ihm ein wenig über mich erzählt. Nein, ich hatte ihm eine ganze Menge erzählt. Ich redete von Greg und unseren gemeinsamen Jahren, wie alles endete und doch nicht enden wollte; sprach über meine Versuche, mich selbst von seinem Zauber zu befreien, und wie alles jedesmal zusammenfiel, wenn ein neuer Brief ankam.
Ich erzählte ihm von Vater und dem fortdauernden Krieg, den wir all die Jahre gegeneinander führten. Selbst über Mutters Tod und den inneren Aufruhr, den er in meinem Leben verursacht hatte, redete ich mit ihm. Und über die quälenden Ängste vor plötzlicher Vernichtung, die mich meine Jugend über plagten und immer noch gelegentlich in Alpträumen wiederkehrten. Doch vor allem sprach ich von Greg. Ich war mit einer Pauschalreise nach Spanien gefahren, um mir selbst zu beweisen, daß die Vergangenheit tot war. Daß ich frei war und mein Leben selbst in der Hand hatte. Und ich benahm mich wie ein Idiot.
Sex ohne Liebe ist die erniedrigendste und demütigendste Erfahrung, die ich je gemacht habe, sagte ich.
»Erzählen Sie mir davon.« Seine Stimme klang besorgt. Ich erzählte ihm von Luis. Er war ärgerlich und versuchte nicht einmal, es zu verbergen. Ich war erleichtert. Sein Zorn gab mir das Gefühl, daß er sich um mich sorgte. Sein Zorn und meine Gewissensbisse, meine Vergebung und meine Reue. Ich begann, mich wieder rein und vollständig zu fühlen. Ich durfte noch einmal neu anfangen.
Doch hätten wir unsere Rollen getauscht, so hätte ich versucht, jedes »moralische Urteil« zu vermeiden und nur das verbindliche, gewinnende und sympathisierende Lächeln zu zeigen, das denjenigen unter unseren Klienten, die eine stärkere Reaktion erwarteten – Zorn, Empörung, Verurteilung, alles, was ihnen beweisen könnte, daß wir uns um sie sorgten –, so beunruhigend erscheinen mußte. Wie doch ein Donnerschlag auf dem Höhepunkt eines Sturmes die Luft reinigen kann! Aber – keine Reaktion, keine Ver-

urteilung (schon den Gedanken daran verbannen!), daher – keine Reue und keine Erleichterung. Keine Vergebung. Hast du jemals daran gedacht, wie herablassend und demütigend unsere alles akzeptierende Haltung wirken muß? »Ich dachte, wenn ich mit einem anderen Mann ins Bett ginge, würde ich wirklich frei sein, Pater. Meine Vergangenheit würde mich nicht länger quälen…, mich zurückhalten… Das einzige, was ich herausfand, war, daß ich mich selbst haßte, mit einer Intensität, die ich nie erwartet hätte. Und ich hatte das Gefühl, Greg für immer verloren zu haben. Er würde jetzt nie mehr zu mir zurückkehren. Und das trug nur dazu bei, daß ich mich noch mehr verabscheute. Ich hatte beinahe das Gefühl, als ob ich – ihn getötet hätte. Ich fühlte mich schuldig und schrecklich einsam.«

*

Es war Mitternacht. Sie waren vor Victorias Hotel angekommen. In wenigen Stunden würde sie ihr jeweiliges Flugzeug in ihr so unterschiedliches Leben zurückbringen.

»Und Sie fühlen sich immer noch so?« fragte Pater Paul, »schuldig und einsam?«

Victoria lächelte. »Nein«, sagte sie. »Ich fühle mich, als hätte ich noch einmal eine Chance bekommen.«

»Sie gehören Gott, Victoria. Er wird Sie niemals im Stich lassen. Sie müssen ihm vertrauen. Vergessen Sie das nie.«

Er nahm ihr tränenverschmiertes Gesicht in seine Hand. »Ich liebe Sie, Victoria, und daran ist nichts Schlechtes.« Er berührte ihre Lippen mit den seinen und verschwand in der Dunkelheit der Nacht.

*

Liebe Claire, an jenem Tag habe ich ein paar Schnappschüsse gemacht. Wir haben keine Adressen ausgetauscht. Ich wollte nicht, daß die Erinnerung an jene wundersame Begegnung verschwimmen und in der Langeweile eines künstlich aufrechterhaltenen Briefwechsels untergehen würde. Unsere Momente absoluter Offenheit, auf seiner Seite wie auf meiner – ich werde darauf später zurückkommen, Claire –, ließen sich nie wiederholen oder auf Papier festhalten. Es wäre gefährlich gewesen, für ihn auf jeden Fall. Und ich wäre unfähig gewesen, meinen Anteil daran auf demselben intensiven Niveau aufrechtzuerhalten. Doch das Wissen, daß es einmal stattgefunden hatte, daß er irgendwo existierte, war ein Lichtblick in dem dunklen Winter, der diesem Sommer folgte. Schließlich muß auch die stärkste Flamme sterben, wenn sie keinen Sauerstoff mehr bekommt. Wie sich das eigene Leben doch allmählich mit Asche füllt…

Ich habe gar nicht gemerkt, wann dieses Foto aus dem Album fiel und unter die Kommode rutschte. Heute fand ich es wieder. Erinnerungen überfluteten mich. Ich rannte aus dem Haus in den Regen hinaus, ohne Mantel oder Schirm, und lief, bis die Erschöpfung jedes Fünkchen dieses so unerwartet hochkommenden Gefühls auslöschte. »Sie gehören Gott, Victoria«, hatte er gesagt, bevor er ging. »Vergessen Sie das nie.« Lange Zeit danach noch wartete ich, halb hoffte ich, halb glaubte ich. Wartete auf ein Zeichen. Nichts geschah. Jetzt gibt es nichts mehr, auf das ich warten könnte.

*

Im ersten Stock des Lagerhauses war eine Gruppe Menschen eingezogen, die drei Räume bewohnte. Eines der Fenster war die meiste Zeit mit einem Laken zugehängt. Im letzten Zimmer hatten die jungen Leute den Fußboden tiefblau gestrichen, so daß er wie ein See aussah. Ein kleiner grüner Teppich wirkte darauf wie ein Grasflecken; ein großer roter Schirm, der sich als Lampe entpuppte, warf Schatten auf einen weißen Tisch und ein paar Gartenstühle. An den Abenden, als Victoria dastand und hinüberschaute, versammelten sich die neuen Bewohner, machten es sich auf Kissen bequem, die auf dem blauen Fußboden verstreut lagen, redeten und rauchten. Graublaue Wolken verdichteten sich unter dem roten Lampenschirm. Jemand auf dem grünen Teppich spielte Gitarre. Hände tauchten aus dem Schatten rund um den weißen Tisch auf; sie hielten Spielkarten. Das Haus war voller Leben, erfüllt von Farbe und Musik. Victoria versuchte nicht mehr, die weit entfernten Klänge einzufangen, doch es schoß ihr durch den Kopf, wenn sie nur einen Feldstecher finden könnte – irgendwo in der Wohnung gab es einen, er gehörte Greg –, doch natürlich würde sie ihn niemals benutzen. Menschen ausspionieren... Was wäre, wenn jemand sie sehen würde? Sie trat zurück in die Küche, wusch die Tasse und den Teller ab, die sie gerade benutzt hatte, und setzte sich wieder an die Schreibmaschine.

*

Wir müssen noch einmal auf Ilona zurückkommen, Daddy. Bitte geh nicht weg! Ich habe Dir nie etwas über sie oder über Tom vorgelogen, aber Du mußt zugeben, daß es für mich ein wenig unangenehm war, mit Dir über solche Themen zu sprechen.

Und zwar wegen Deiner Einstellung, Daddy. Gott weiß, daß ich gewohnt bin, über absolut alles zu reden. In meiner Arbeit muß man das können. Doch Du bist gekränkt. Also höre mir bitte dieses eine Mal zu. Es ist eine so einfache und unschuldige Geschichte. Wenn das dumme Mäd-

chen nur nicht weggelaufen wäre, hättest Du alles von ihr erfahren, und dann hättest Du es geglaubt.
Erinnerst Du Dich an Tom, Daddy? Und das französische Restaurant, in das Du uns alle eingeladen hattest, um Ilonas erfolgreich bestandenes Examen zu feiern? Dort hat alles angefangen. Durch Dich haben wir drei uns zum ersten Mal getroffen, an jenem Abend, in jenem Restaurant.
Erinnerst Du Dich an den hoch aufgeschossenen Pianisten, der alle von uns gewünschten Stücke spielte und den Du später an unseren Tisch gebeten hast? Wir waren die letzten Gäste, und er hatte den ganzen Abend gespielt. Du warst so milde und sentimental gestimmt und strichst Ilona immer wieder so stolz und zärtlich über den Kopf..., so daß die anderen Gäste lächelten und uns offensichtlich für eine glückliche Familie hielten. Als der Pianist zu uns herüberkam, brachten wir einen Toast auf Ilona aus, und er sagte etwas Unverständliches, das sich bei näherem Hinhören als Polnisch herausstellte. Auch er war Pole! Erinnerst Du Dich jetzt?
Er war sehr groß und dünn, hatte ein eckiges Gesicht, erwartungsvoll blickende Augen und ein allzeit bereites Lächeln. Mit jedem gebrochenen Satz, den er von sich gab, verstreute er eine Art exotischen Charme. Ich habe diesen Charme seither auch bei anderen Slawen bemerkt. Doch Tom war der erste.
Er bestand darauf, zum Klavier zurückzugehen und weiter für uns zu spielen, und am Ende kam auch die Besitzerin heraus, erinnerst Du Dich? Jene Frau mit rabenschwarzem Haar und roten Klauen, die vom Klavier zum Tisch hin- und herhuschte, von Tom zu uns, und nachdem Du Dich entschuldigt hattest, nicht mit ihr tanzen zu können – Du murmeltest etwas von alten Wunden –, schließlich alleine zwischen den leeren Tischen tanzte, ein Glas in der Hand. Was für eine Party!

Einige Zeit später kehrte ich mit Freunden in dasselbe Restaurant zurück, und Tom erkannte mich wieder. Er spielte einige der Stücke, um die wir ihn bei Ilonas Party gebeten hatten, lächelte und verbeugte sich in meine Richtung, was meine Freunde beeindruckte und mir das Gefühl gab, ein Stammgast in teuren französischen Restaurants zu sein, der wiedererkannt wird, wo immer er hingeht... Er stand auf und verbeugte sich, als wir gingen, so daß sich alle Leute umdrehten und uns nachsahen.

Danach lächelte ich natürlich und nickte ihm zu, als wir uns in einem eher schäbigen Café auf der anderen Straßenseite wiedersahen. Er kam zu mir an den Tisch, und so begann unsere Freundschaft – bei einem Teller Sandwiches.

Er war vor einigen Jahren in dieses Land gekommen, zunächst als Student in den Sommerferien, und war nicht zurückgegangen. Er lebte in ständiger Angst, entdeckt und abgeschoben zu werden. Sein Touristenvisum war schon lange abgelaufen. Er hatte keine Arbeitserlaubnis und konnte auch keine beantragen, ohne sich selbst mit allen Konsequenzen aufzugeben.

»Wenn sie mich jemals schnappen, beantrage ich natürlich politisches Asyl. Oder ich erkläre mich für verrückt.«

»Haben Sie Verwandte hier? Freunde? Wie haben Sie hier angefangen?«

Er machte eine weit ausholende, irgendwie vage Geste mit den Armen. »Freunde? Jetzt habe ich viele. Aber am Anfang – nein.«

Jemand hatte ihm die Adresse eines Hotels gegeben, das manchmal halblegale Einwanderer aufnahm, wenn sie einen Platz zum Schlafen und eine Arbeit brauchten.

»Ich hatte diese Adresse in die Innentasche meiner Jacke eingenäht. Außerdem besaß ich einen sehr guten Anzug, polnischer Stil, wirklich elegant, und eine Melone, schließlich war ich ja in England.« Ein großer Koffer vol-

ler Bücher, polnischer Wurst und Wodkaflaschen und ein Dutzend englischer Sätze, die er auswendig gelernt hatte und mit rollendem polnischen Akzent aussprach, vervollständigten sein Gepäck.
Er kam in seinem guten Anzug mit Melone im Hotel an und verlangte den Manager, der von der Erscheinung seines Gastes tief beeindruckt zu sein schien. Seine Höflichkeit verschwand jedoch, als er nach einer verrückten Pantomime erfuhr, daß dieser exzentrische Gast in seinem Etablissement arbeiten wollte, nicht nur darin wohnen.
»Man gab mir eine Art Zimmer. Es war so klein: Wenn ich auf dem Bett lag, hingen meine Füße aus dem Fenster. Das ist auch kein Wunder, denn ich habe sehr große Füße.« An dieser Stelle zuckte er mit den Schultern und lächelte schüchtern, was seine Zuhörer sofort für ihn einnahm und ihren Beschützerinstinkt weckte. Er wurde als Putzmann im Hotel engagiert, doch seine Arbeitsweise war, wie er selbst zugab, ebenso exzentrisch wie unangemessen, da sein Geist mit wichtigeren Dingen beschäftigt war. Gedankenverloren betrat er ein Zimmer, steckte den Stecker des Staubsaugers in die Steckdose, stellte ihn an und legte sich aufs Bett, um von den vielfältigen Möglichkeiten zu träumen, wie er London erobern würde. Er war fest entschlossen, hier sein Glück zu machen, reich und berühmt zu werden und »wie ein englischer Gentleman zu leben, nicht nur wie einer auszusehen«. Nach einer Weile nahm er den Staubsauger mit in ein anderes Zimmer und verfiel wiederum in Träumereien. Eines Morgens schlief er ein und wurde von einem weiblichen Gast gefunden, die – sehr zu seinem Kummer – etwas dagegen hatte, daß ein fremder Mann in ihrem Bett schlief. Sie klingelte nach dem Manager, der die Situation mißverstand und ihn auf der Stelle feuerte. Und ihn auf diese Weise auf den Weg brachte, all die Reichtümer und den Komfort zu erreichen, die er sich in den Kopf gesetzt hatte.

Tom war immer ungewöhnlich schweigsam, wenn es um die darauf folgenden Jahre ging, als er sich in verschiedenen illegalen Beschäftigungen seinen Lebensunterhalt zusammenkratzte. Eine gewisse Neutralität umgab ihn, die seltsam wirkte bei jemandem, der so jung und so ehrgeizig war. Er schien äußerst anpassungsfähig zu sein, enthielt sich jeglicher Äußerungen, was seinen Geschmack oder seine Vorlieben anging – mit Ausnahme von gutem Essen, modischer, aber teurer Kleidung und all dem modernen Schnickschnack, den man sich mit Geld kaufen konnte.

»Sieh mal«, sagte er und versuchte geduldig, Victoria ein Problem zu erklären, das diese nicht einmal erkennen konnte. »Schau her, ich bin Pole, ja? Was glaubst du, was das heißt? Ein lebendiges, frei denkendes, in jeder Hinsicht freies menschliches Wesen. Verstehst du nicht?«

Ihr überraschtes Gesicht ließ ihn innehalten, und er versuchte, diese ihm offensichtliche Wahrheit zu erläutern:

»Ich will damit sagen, daß meine Familie, von meinen Ururururgroßeltern an und sogar schon vorher, Kriege und Revolutionen, Kaiserreiche und Diktaturen und Invasionen überlebt hat, die Habsburger, Hitler und Stalin. Und was ist das Ende der Geschichte: Hier bin ich! Lebendig! Frei! In England! Und warum? Weil wir uns darauf verstehen zu überleben. Nicht weil wir aufrecht, steif und stolz an unseren Idealen und Ideen politischer, religiöser oder welcher Sorte auch immer festhalten. Das ist nur die Art, wie man umgebracht wird. Das Geheimnis ist: Lerne, dich zu beugen. Beuge dich mit dem Wind, oder der Wind wird dich brechen. Beuge dich, bis dein Kopf die Erde berührt. Und wenn der Sturm vorüber ist, richtest du dich auf. Auf diese Weise überlebst du. Das ist die Wahrheit.«

»Aber Tom«, protestierte Victoria. »Du mußt doch irgendwelche Prinzipien haben. Du kannst doch nicht jedem Diktator, jeder Tyrannei nachgeben. Sieh dir doch an, was im letzten Krieg passiert ist.«

»Sicher, schau dir den Krieg an. Schau dir Hitler an. Oder Stalin. Das waren böse Männer. Also warum solltest du zulassen, daß sie dich töten? Du nennst das klug? Du willst, daß ich ein Held bin? Ein toter Held? Das macht für mich keinen Sinn. Überleben, Victoria, das Überleben der Geeignetsten, haben sie dir das nicht auf deiner englischen Schule beigebracht? Das ist deine vornehmste Aufgabe. Zu überleben, den Namen deiner Familie weiterzutragen. Wenn das bedeutet, den Mund zu halten und eine Weile zu tun, was sie dir sagen, okay. Niemand weiß, was in deinem Kopf vorgeht, und nichts dauert ewig. Und dann eines Tages, hopp! Hier bin ich. In England, siehst du, was ich meine?«

Victoria lächelte schwach. Die Menschen aus Osteuropa waren so – anders. Anders als andere Europäer. Verschlagener? Ihr Leben hing ab von einer ungeheuren Anzahl von Plänen. Begriffe wie »Ehre« und »Widerstand« und »Regime« und »Verschwörung« waren Bestandteil ihrer Alltagsgespräche, genauso wie »Patriotismus« und sogar »Vaterland«. Sie redeten mit großem Ernst und ohne jegliche Scheu. Und sie sprachen viel über Geld und Erfolg.

»In England«, sagte Tom gerade, »kann ich frei reden, ich kann singen, Klavierspielen und Geld verdienen. Viel, viel Geld verdienen. Jetzt kann ich sogar Kapitalist werden. Von mir aus können alle Politiker dieser Partei und jener Partei dahin gehen, wo der Paprika wächst!«

»Pfeffer«, murmelte Victoria, hypnotisiert von seinen gestikulierenden Händen.

»Pfeffer, Salz, Paprika – was geht's mich an, solange sie mich in Ruhe lassen? Alles, was mich jetzt interessiert, ist mein Leben, meine Zukunft, meine Karriere. Zu Hause wäre das anders. Da müßte ich mich um andere Dinge kümmern. Wer weiß, vielleicht wäre ich – oh, irgend etwas geworden. Pianist, vielleicht Schauspieler, ich bin sehr künstlerisch veranlagt und auch sehr intelligent. Ich lerne schnell und gut. Oder gütig?«

»Gut.«

»Gut, jedenfalls wird es hier etwas schwieriger sein. Ich werde kein englischer Schauspieler werden. Aber eines Tages, du wirst schon sehen... ich mache solche Sachen..., ich werde – o ja, da bin ich ganz sicher, ich werde etwas haben!«

Abgesehen von materiellen Ambitionen konnte Victoria zu keiner Zeit irgendeinen definitiven Standpunkt, ein moralisches Urteil, eine Meinung oder ein Vorurteil in Toms Leben entdecken. Es gab nichts, das er nicht bereit war, zu verändern oder sofort zurückzunehmen, wenn die Situation es erforderte. Eines jedenfalls konnte man über Tom, wie er damals war, sagen: Er war großzügig. Er teilte bereitwillig das wenige, das er hatte, mit jedem, der es zu brauchen schien. Sein Geld, seine Kleidung, sein Essen und sein Bett standen immer zu ihrer Verfügung... Victoria wußte, daß sie nicht die einzige war, die dieses Privileg genoß. Vielleicht wurzelte seine Großzügigkeit in der einfachen Tatsache, daß er so arm war. Als seine Besitztümer wertvoller wurden und es mehr von ihnen gab, wurde er vorsichtiger, sie einfach so wegzugeben. Doch da er zu diesem Zeitpunkt schon den Ruf hatte, unendlich großzügig zu sein, war es dann seine Frau, die die Schuld auf sich nahm, und Tom mit seiner charmanten Unbekümmertheit ließ es zu, daß sie sie trug.

*

Wo war ich stehengeblieben, Daddy? Ich schweife dauernd von meinem Thema ab, aber bitte, hab noch etwas Geduld mit mir. Was Tom angeht, so war er ein angenehmer Begleiter in jenen Tagen, als sein gebrochenes Englisch ihm noch wie von selbst über die Lippen kam. Später, als es sein Kapital wurde, versuchte er, es zu etwas weit Schärferem, wenn auch weniger Spontanem weiterzuentwickeln. Er hat hart daran gearbeitet, den gewünschten Effekt zu erzielen. Seit Jahren ist Tom nun in der Lage, genauso gut Englisch zu sprechen wie Du oder ich, wann immer es ihm paßt. Sein Englisch ist, wenn überhaupt, zu perfekt, zu pedantisch, geradezu soigniert, was ihn nicht daran hindert, auf seine unbefangene Art wieder zu radebrechen, wann immer er die Situation so peinlich findet, daß er sich eine kleine Pause verschaffen oder von einem unangenehmen Thema ablenken will.
»Oh, wie klug, wie amüsant! Macht es Ihnen etwas aus, wenn ich Sie zitiere?« sagen die Leute. »Natürlich haben Sie den Vorteil, sich unserer Sprache von einem anderen Standpunkt aus zu nähern, sozusagen mit einem frischen Ohr zu hören. Keine Klischees... Sie können sich Freiheiten erlauben, die wir schon gar nicht mehr als solche wahrnehmen. Ausländer sind so gut im Analysieren der Sprache... Wir dagegen...« Und so kann Tom sich mit erneuter Kraft darauf stürzen, jeden ihm genehmen verborgenen Plan durchzusetzen.
Lieber Daddy, warum erzähle ich hier so viel von Tom? Bald werden wir uns beide nie mehr erreichen können. Schon der Gedanke weckt in mir den Wunsch, alles fallenzulassen und zu meinem Auto zu laufen, das gewaschen, poliert, vollgetankt und nach einem Ölwechsel seit drei Wochen dasteht und auf mich wartet. Mein Vorrat an Tabletten befindet sich in meiner Handtasche. Die Flasche Whisky steht ungeöffnet auf der Kommode. Ein einziges Mal wenigstens werde ich die vorsichtigste und höflichste

Fahrerin auf den britischen Straßen sein. Ich werde kein Risiko eingehen, immer den Blinker richtig setzen, jeden freundlich vorlassen – schließlich habe ich alle Zeit der Welt –, ich werde winken und lächeln, Freundlichkeit und guten Willen um mich verbreiten wie eine Parfümwolke. Bei meiner letzten Fahrt wird es kein Hupen und Schimpfen geben.

Aber ernsthaft: Es wäre zu schrecklich, wenn ich unterwegs einen Unfall hätte und gelähmt in einem Krankenhausbett enden würde, mein kostbarer Vorrat an Pillen zerstört oder konfisziert und mein Brief an Claire abgeschickt vor meiner Abreise, der dann zu früh ankommt... Das darf nicht geschehen. Ich werde aus diesem letzten Unternehmen kein Mißgeschick machen. Vertrau mir, Daddy.

Um zum letztenmal auf Tom zurückzukommen: Ich muß ihn aus dem Kopf bekommen, hab bitte noch ein wenig Geduld. Ich sah ihn in dem Jahr, bevor Ilona fortging, recht häufig. Er spielte jeden Abend in jenem französischen Restaurant Klavier und verdiente erstaunlich viel Geld. Zumindest entnahm ich das der Art und Weise, wie er es ausgab. Er nahm zu und verlor sein schlaksiges, halbverhungertes Aussehen. Außerdem begann er, an seinem Ruf als exzentrischer Ausländer zu arbeiten. Und da wir uns in diesem Land unserer Liebe für das Exzentrische und unserer Toleranz für Ausländer rühmen, stand Tom unter einer Art doppeltem Schutz. Was immer auch geschah, er konnte sich darauf verlassen, beschützt und entschuldigt zu werden. Die Einheimischen waren auf seiner Seite. Eines hat er jedoch nie gelernt: die Fähigkeit, über sich selbst zu lachen, die uns Briten so auszeichnet.

Als ich einmal zu lange über einen sorgfältig konstruierten Fauxpas von ihm lachte, runzelte er die Stirn und sagte: »Du darfst mich nicht auslachen, Victoria. Die anderen – laß sie. Sie kennen mich nicht. Aber du kennst mich. Vergiß nicht: Was auch immer ich werden wollte, es war niemals ein Clown. Und diejenigen, die heute lachen – eines Tages werden sie das nicht mehr wagen. Eines Tages, wenn ich habe, was ich will. Jetzt laß sie lachen. Lachen entwaffnet. Hast du schon bemerkt, daß die meisten Menschen die Augen schließen, wenn sie lachen? Das ist gut. Dann können sie nicht sehen, was passiert.«

Nicht zum ersten Mal wurde ich unruhig bei diesem unerwarteten Blick auf den wirklichen Menschen hinter der Fassade meines Freundes. Ich protestierte: Ich lachte nicht über ihn, sondern mit ihm, bewunderte seinen Sinn für Humor, das größte Kompliment, das man in diesem Land jemandem machen kann. »Mir macht das überhaupt nichts aus, wenn du über mich lachst, Tom, weil ich etwas Dummes gesagt habe. Du lachst sogar darüber, wie ich mich anziehe und frisiere…«

»Ach, das ist doch was ganz anderes«, sagte er.

»Warum?«

Er dachte einen Moment nach und fuhr dann zögernd fort: »Siehst du, Victoria, ich habe sozusagen eine Haut weniger als du. Meine oberste Hautschicht, die dicke Außenhaut, die Menschen im Laufe ihres Lebens entwickeln und zu ihrem Schutz tragen, ließ ich zu Hause zurück. Man verläßt nicht einfach seine Familie und sein Land für immer, ohne wenigstens eine Haut dort zu lassen, die auf dem Stacheldraht hängenbleibt. Das ist noch nicht verheilt. Ich bin immer noch wund. Und außerdem ein bißchen dumm und blöde. Ich spreche nicht so gut englisch wie du, und manchmal verstehe ich nicht ganz, was andere sagen. Das ist demütigend und… macht mich wütend. Daher verletzt es mich, wenn die Leute lachen.«

Ich war verlegen und schämte mich. Tom fuhr fort: »Ich werde nicht immer so sein. Ich lerne schnell, auch wenn ich das nicht zeige. Ich schweige über das, was ich bereits

weiß. Es ist besser so. Dir kann ich ein wenig mehr erzählen. Also bitte, kein Lachen mehr.«
Auch ich hatte eine Haut verloren, irgendwo auf dem Weg des Erwachsenwerdens, Daddy. Nicht auf dem Stacheldraht einer weit entfernten Grenzmauer, sondern hier, im Frieden und in der Sicherheit meines Heimatlandes. Ich konnte Tom sehr gut verstehen und teilte seinen Zorn. Geduldig und mit einer Zärtlichkeit, von der ich nicht wußte, daß ich sie besaß, versuchte ich, ihn in seinem neuen Land heimisch werden zu lassen. Ich erklärte, ich übersetzte, beschützte ihn, führte ihn überall ein und hoffte, seine verwundete Seele zu heilen. Aber ich habe seinen Rat nicht angenommen. Ich lernte nicht, mich zu beugen.
Und es war nur aus dem Grund, ihm zu gefallen, daß ich ihm zuhörte, als er beschloß, mein äußeres Erscheinungsbild zu verbessern.
»Das Problem bei euch englischen Mädchen ist, daß ihr euch nicht darauf versteht, euch hübsch anzuziehen, zu gehen und zu schminken. Sonst könntet ihr wirklich gut aussehen. In Warschau – ach, da haben wir die schönsten Frauen in Europa. Jeder weiß das!« Ich erinnerte mich an meine polnischen Tanten vor dem Krieg und ihre wenig schmeichelhafte Meinung über englische Mode. Haben sich die Dinge überhaupt nicht verändert? Ich konnte nicht nach Polen fahren, um seine Behauptung zu überprüfen. Statt dessen ließ ich ihn einige Veränderungen an meiner Kleidung vorschlagen. Es muß mit der Art und Weise zusammengehangen haben, wie er sie vorschlug:
»Ich habe beschlossen, dir in dieser Hinsicht zu helfen, und eines Tages, wenn du älter bist, dann kannst du vielleicht sogar, ja… vielleicht kannst du sogar eine wirklich große Dame werden!«
Ich protestierte, unfähig, meinen Gesichtsausdruck zu kontrollieren. Er blickte mich verblüfft an: »Ist falsch?« fragte er.

»Ist sehr falsch.«
»Macht nichts. Ich lehre es dich trotzdem. Jetzt steh auf und geh und setze deine Füße geradeaus. Warum drehst du die Füße nach innen und kneifst die Knie zusammen?«
»Gar nicht wahr!«
Er ließ mich vor dem Spiegel auf und ab gehen. »Du weißt nicht, wie man ein Kleid trägt.«
»Unsinn, ich habe mein ganzes Leben lang Kleider getragen!«
»Du hast dich darin versteckt. Du mußt – sie zeigen. Stolz sein!«
Wir saßen im St. James' Park und beobachteten die Spaziergänger. »Ich werde dir zeigen, wie du einen Ausländer an seinem Gang erkennst«, sagte Tom. Das war kein leeres Versprechen. Langsam und zögernd begann ich zu sehen, was er meinte. Die Fitneßwelle hatte England noch nicht überspült, Jogging und Aerobic waren noch nicht erfunden. Ich schrieb mich in einem Studio für Modern Dance ein und litt Qualen, bis sich meine Muskeln an die Übungen gewöhnten und ich mich in meiner Haut etwas wohler fühlte.

*

Victoria nahm die Brille ab, streckte sich und seufzte. Sie rieb sich den Nasenrücken und ihre brennenden Augenlider, bis ihr die Tränen das Gesicht hinunterliefen. Sie brauchte eine neue Brille. Als sie vor kurzem ihren Optiker aufgesucht hatte, hatte er mißbilligend den Kopf geschüttelt: »Sie hätten schon vor langer Zeit kommen sollen. Natürlich bekommen Sie Kopfschmerzen! Man kann ein Stück Gummiband nur so weit dehnen, weiter nicht. Ihres ist unvernünftig weit gedehnt worden. Jeder braucht schließlich eine Brille. Es ist eine Frage des Alters.«
Tom hatte immer eine Brille getragen. Eine große Horn-

brille, damals, als sie ihn kennenlernte. Wenn er sie absetzte, sah sein Gesicht nackt und verletzlich aus. Die tiefe Einbuchtung quer über dem Nasenrücken sah aus wie eine Narbe, die, wenn er sie abends, an ein Kissen gelehnt, rieb und massierte, allmählich wieder Farbe annahm. Morgens, wenn er seine Brille wieder aufsetzte, war er bereit, der Welt ins Gesicht zu sehen. Victoria brachte ihm, bereits angezogen, das Frühstück auf einem Tablett, das sie ihm auf die Knie stellte. Tom haßte es, morgens aufzustehen, und liebte es, im Bett zu frühstücken. Victoria wußte, daß er, sobald sie ihn verlassen hatte, das Radio anstellen, sich die Zeitung nehmen würde und unter der Bettdecke bliebe, bis es Zeit wäre, zum Restaurant zu gehen, um dort Klavier zu spielen. Wenn sie nicht ins Büro mußte, blieben sie zusammen im Bett, bis der Hunger sie hinaustrieb, auf die Suche nach etwas Eßbarem.

Damals lebte Tom in einem möblierten Zimmer eines großen, schmalen Hauses, in dem lauter berufstätige Frauen und Männer wohnten. Wenn erst der Morgentrubel vorbei war, hatten sie das Haus für sich. Das Einzelbett, das sie sich mit Tom teilte, war entsetzlich unbequem. Die Matratze war klumpig und hart, die Decke zu schmal, um sie über beide legen zu können. Also schmiegten sie sich eng aneinander, um es warm zu haben, aber genauso, um nicht hinauszufallen, und für Victoria war es unmöglich, so einzuschlafen. Sie lauschte Toms gleichmäßigem Atem – er konnte in den unmöglichsten Positionen schlafen – und versuchte, sich seine Vergangenheit vorzustellen, seinen sozialen Hintergrund, seine Familie, die Stadt und das Haus, in dem er aufgewachsen war. Das Warschau, von dem er ihr erzählte, hatte nichts zu tun mit ihrer Erinnerung an eine sonnendurchflutete Wohnung mit geranienumsäumten Balkonen, die auf gleicher Höhe mit blühenden Kastanienbäumen gelegen war. Sie erinnerte sich an luftige Räume mit goldenen Vorhängen, die die Sonnenstrahlen über einen blonden Parkettfußboden filterten, an regenbogenfarbene Kristallschalen auf dem Tisch, gefüllt mit Sommerfrüchten. Der Geschmack der kalten Suppe – süßsauer – an einem heißen Sommertag. Ein riesiger Mittagstisch und ein Rund erstaunt blickender Gesichter, die zusahen, wie Vater vorsichtig den gefüllten Löffel zum Mund hob. »Noch nie Fruchtsuppe probiert? Was ißt man denn bloß bei euch in England?«

»Alle Männer waren so gut gekleidet«, erinnerte sich Mutter später, als sie sich mit June Powell in ihrem Kriegsexil unterhielt, während Bomben auf London fielen und Warschau bereits, fast zerstört, unter deutscher Besatzung dahinvegetierte. Mutter gab June den letzten Löffel ihrer Erdbeermarmelade zu kosten. »Niemand kann das so gut wie meine Mutter. Sie verrät aber ihr Geheimnis nicht, nicht einmal mir. Gebe Gott, daß wir sie im nächsten Sommer wiedersehen können. Dieser Krieg kann doch nicht bis dahin dauern. Mutter wird jetzt Zwetschgenmus machen, vermute ich. Sie kocht es in einem riesigen Kupfertopf. Es spritzt über die ganze Küche. Es kommt schwarz und dick genug heraus, so daß man es mit einem Messer schneiden kann. Dann kann man es ewig aufheben. Wenn ich einen Kupfertopf hätte, würde ich es versuchen. Vielleicht werde ich mir einen anschaffen, wenn wir nach London zurückkommen.«

Sie hielt inne, schob sich das Haar mit einer vertrauten Geste zurück und streckte sich, den Rücken nach hinten biegend. »Victoria liebt die Besuche in Warschau. Sie muß regelmäßig hinfahren, sonst wird sie Schwierigkeiten mit der Sprache bekommen. Hier sprechen wir immer englisch, wegen meines Mannes, aber ich möchte, daß sie zweisprachig aufwächst.«

»Wie ich bereits sagte, stellten wir fest, daß die Menschen da drüben so gut gekleidet sind. Sie legen großen Wert darauf, daß alles zusammenpaßt. Man zieht sich nicht so leger an wie hier, besonders nicht an Sonntagen!« Sie lachte. »Sonntags zieht man immer das Beste an, selbst wenn man nicht in die Kirche geht. Die Menschen dort sind so stolz auf ihr Aussehen. Der Eindruck, den sie auf andere machen, ist ihnen sehr wichtig. Besonders der Eindruck auf Ausländer. Man sieht zu den Ausländern auf, zum Teil mit Wertschätzung, aber man beobachtet sie auch genau, und alles an ihnen wird beurteilt und diskutiert. Mein Mann fand das immer sehr lästig.«

»Victoria ist wirklich gut dran, sie wird zwei Länder haben, in denen sie sich zu Hause fühlt«, sagte June.

Victoria bewegte sich und betrachtete den neben ihr schlafenden Mann. Sie wünschte, sie könnte seine Gedanken lesen, das Land, das er verlassen hatte, mit seinen Augen sehen, sich in seinen Gebräuchen, seiner Sprache, seinen Angewohnheiten zu Hause fühlen. Vielleicht wäre sie dann jener weit entfernten Zeit näher, als sie noch die Chance hatte, sich dort zu Hause zu fühlen. Näher bei ihrer beinahe vergessenen Mutter. Sie könnte einen lebendigen Teil ihres eigenen Erbes wiedergewinnen, das nun für immer für sie verschlossen war. Wenn Mutter noch lebte, dachte sie, wenn sie überlebt hätte, sie hätte mir soviel beigebracht. Über ihre eigene Familie, über ihre Kindheit, von der ich nichts weiß. Wie war sie als kleines Mädchen? Wie sehr ähneln wir uns? Was haben wir gemeinsam? Welchen Teil von mir könnte ich als ihren erkennen, welcher gehört nur mir allein? Ich hätte Polnisch von ihr gelernt, Lieder und Gedichte aus ihrer Kindheit, ihren Lebensrhythmus. Wir hätten nach dem Krieg gemeinsam Polen besucht und vielleicht noch manche Verwandte gefunden. Es muß noch einige geben, die überlebt haben, selbst wenn das Haus, an das ich mich erinnere, nicht mehr steht. Wir wären mit offenen Armen willkommen geheißen worden, akzeptiert, geschätzt, man hätte alles getan, damit wir uns zu Hause fühlen... Konnte

Tom die verschlossene Tür irgendwie öffnen? Konnte sie von ihm lernen? Konnte er sie in das Land ihrer Kindheit zurückführen?

*

Nun ja, Daddy, es ist nicht gutgegangen. Ich meine unsere Beziehung. Jeder von uns versuchte, dem anderen zu geben, was er selbst am meisten brauchte. Wir sahen unsere eigenen Ängste, unseren Schmerz und unsere Frustration in den Augen des anderen wieder, aber niemand von uns war frei oder in der Lage, die Bedürfnisse des anderen zu erfüllen. Gleichgültig, wie lange wir zusammenblieben, die Situation würde sich nicht ändern. Ich glaubte, daß nur Greg mein gebrochenes Herz heilen könnte, und Tom träumte von erreichbareren Errungenschaften. Unsere gemeinsamen Bedürfnisse hatten uns zusammengebracht und ließen uns eine Weile einander in die Augen sehen, doch wir spiegelten uns nur selbst darin. Und es war diese Selbstbespiegelung, die wir umarmen, lieben und trösten wollten. Wir hatten uns nichts zu geben. Als wir das einmal erkannten, trieb uns diese Erkenntnis auseinander. Doch das war erst nach Ilonas Abreise nach Australien.
Da Diskretion eine von Toms vielen Tugenden war, hatte ich keine Vorstellung davon, wer sonst noch außer mir sein spartanisches Bett mit ihm teilte, und versuchte es auch nie herauszufinden. Es war offensichtlich, daß ich nicht die einzige Frau in seinem Leben war. Ich war nicht eifersüchtig. Vielleicht deswegen nicht, weil ich Tom zu jener Zeit fast als Erweiterung meines Selbst betrachtete. Vielleicht auch, weil ich noch zu sehr an Greg gebunden war. Es wäre unehrlich gewesen, ungeteilte Aufmerksamkeit von anderen zu verlangen, wenn ich nicht selbst mit ganzem Herzen bei der Sache war.
Es war niederträchtig von Ilona, diese meine unschuldige

Liaison als Entschuldigung für ihre Abreise und den ungeheuren Aufruhr, der ihr vorausging, zu nehmen. Schließlich war es nur eine kleine Katastrophe, von der Art, die fast jeder einmal durchlebt und an die man sich später lächelnd erinnert. Ilona benutzte sie einfach als bequeme Entschuldigung dafür, von zu Hause weg und nach Australien zu gehen. Sie hatte schon eine ganze Weile darüber nachgedacht. Sie hatte sich sogar schon nach den Einwanderungsbedingungen erkundigt. Ich weiß es, weil ich Broschüren in der Küche gesehen hatte, Monate vor dem letzten Aufruhr. Damals dachte ich, es sei einer von Marthas Freunden, der vorhatte, uns zu verlassen. Damals waren es drei, erinnerst Du Dich? Marthas drei Musketiere, alle drei blaß, gebeugt und mit schütterem Haar. Sie trafen sich an langen Nachmittagen, tranken Kaffee, aßen selbstgebackenen Kuchen und redeten miteinander in dem leisen, düsteren Ton von Männern, die unaussprechliche Katastrophen hinter sich haben.

»Ich bin aus der Armee hierhergekommen«, erzählte mir der Älteste und Vornehmste des Trios an dem Tag, als wir uns zum ersten Mal begegneten. »Ich kämpfte mit den Briten in Italien, Monte Cassino, in Afrika, der Wüste, überall. Danach – hierher nach England. So kalt, so dunkel nach Italien und Afrika. Jeder hier in England stellt mir zwei Fragen: ›Wie gefällt es Ihnen hier?‹ und ›Wann gehen Sie nach Hause?‹ Ich sage ihnen dann, daß meine Heimat von den Russen besetzt ist. Dahin kann ich nicht gehen. Sie verstehen das nicht. Immer noch fragen sie, wann gehen Sie nach Hause.« Er schüttelte den Kopf. Ich saß sprachlos vor Verlegenheit da. Was konnte ich sagen? Daß wir nichts wußten? Daß wir nicht verstanden, was in Osteuropa vor sich ging? Der Krieg war vorüber, jedenfalls für uns. War es nicht natürlich, daß alle nach Hause zurückkehrten? Ich sagte nichts.

Wann immer ich später die Küche betrat, erhoben sie sich,

und einer nach dem anderen küßte mir die Hand und murmelte etwas Bedauerndes. Und je nach Laune betrachtete ich sie als freundliche, gutmütige, vornehme Fremde oder als finstere Verschwörer, die bevorstehende Revolutionen planten und mich in ihren kleinen Büchern als eine derjenigen eintrugen, die gehen mußten, wenn die Zeit gekommen wäre...

Jedesmal, wenn wir uns begegneten, in Marthas von Vanille, Zimt und Nelken duftender Küche, bei Kaffee und dem berauschenden Duft aufgehender Hefe, gelang es diesem geheimnisvollen Trio irgendwie, meine Stimmung aufzuhellen, meine undefinierten Gefühle zu klären und willig die Rollen zu übernehmen, die ich mir für sie ausdachte. Wie ich mich darauf freute, eingeladen zu werden, mich zu ihnen zu setzen und ihrem Gespräch zuzuhören! Welch wunderbare Geschichten sie erzählen konnten! Von Abenteuern, Gefahren und beinahe mißlungener Flucht. Wieviel ich von ihnen über die wirkliche Welt da draußen lernen konnte! Doch ich wurde nie eingeladen. Nachdem meine Hand von einem Lippenpaar zum anderen gereicht worden war, blieben sie aufrecht neben dem Tisch stehen und warteten darauf, daß ich hinausging. Sie schienen Angst zu haben, ihr Kaffee könnte kalt werden, ihr Kuchen auf den Tellern zerkrümeln. Unausgesprochene Gedanken hingen in der Luft, warteten darauf, ausgedrückt zu werden, sobald sich die Tür hinter mir geschlossen hatte. Ich fühlte mich persönlich verantwortlich für das Abkommen von Jalta. Ich nahm also, weswegen ich in die Küche gekommen war, und beeilte mich, mit nach innen gewendeten Füßen und gebeugten Schultern rasch aus dem Raum zu gehen. Ilona dagegen war immer willkommen, wurde auf beide Wangen geküßt und an den Tisch gebeten. Ich wußte, ohne daß man es mir je gesagt hat, daß auch das Trio mich für ihre Abreise verantwortlich machte.

Was wirklich geschehen ist, Daddy, war, daß Tom schließlich und endlich eine Wohnung fand. Ich hatte ihn einige Wochen nicht gesehen, und als wir uns trafen, lud er mich ein, »das Appartement zu inspizieren«, wie er es nannte. Wir kauften ein paar Flaschen und viele Lebensmittel in einem der neuen Supermärkte rund um Bayswater Road, die noch bis spät abends geöffnet haben. Ich erinnere mich daran, die Straße mit einer großen braunen Papiertüte im Arm entlangzulaufen, wie jemand aus einem amerikanischen Film. Tom trug die Flaschen. An den Rest des Abends erinnere ich mich nicht mehr. Ich hatte zuviel getrunken und wachte spät am nächsten Morgen auf, eingewickelt in einen Teppich aus langhaarigem Pelz, in der Mitte des größten Bettes, das ich jemals gesehen hatte. Tom war es endlich gelungen, seine »Füße« und seinen Kopf zur gleichen Zeit bequem zu betten.

*

Welch eine Verbesserung gegenüber der Pritsche in seiner möblierten Wohnung! Dies war geradezu ein kaiserliches Bett. Eine Rollschuhbahn, ein Swimming-pool, eine Tanzfläche hätte in seinen Rahmen gepaßt, dachte sie träge, wickelte den Pelz enger um den Körper und stellte mit Überraschung fest, daß sie vollkommen nackt war. Ein griechischer Bauer würde ein Haus auf dem Platz erbauen, den das Bett einnahm. Ein Spanier würde es als Arena benutzen. Es gab unzählige Möglichkeiten. Ein durchschnittliches Paar konnte darin monatelang schlafen, ohne sich jemals zu begegnen. Diese verschwommenen Überlegungen brachten sie der Erkenntnis näher, daß sie noch niemals in ihrem Leben einen solchen Kater gehabt hatte und daß nichts solches Leiden wert war. Sie drückte ihre schmerzenden Augäpfel in die Höhlen zurück und spreizte die Finger nur gerade so viel, daß ein schmaler silbriger Saum Licht zu sehen war. Sie äugte um sich, wobei sie vorsichtig darauf achtete, ihren Kopf nicht zu schnell zu bewegen, sonst würde sich der ganze Raum in ein verrücktes Karussell verwandeln. Plötzlich gefror ihr das Blut in den Adern.

Auf der anderen Seite des Zimmers stand ein japanischer Krieger in voller Montur neben der Tür, ein Schwert in der Hand; er trug einen dünnen schwarzen Kinnbart, und ein Schnurrbart fiel wie ein paar Schnüre an beiden Seiten seines Mundes herab. Er starrte Victoria unverwandt an, offenbar bereit, sich bei der kleinsten Bewegung auf sie zu stürzen. Sie wußte nicht, wie lange sie schon so stumm und steif dagelegen hatte, während sich verschiedene unwahrscheinliche Überlegungen in ihrem umnebelten Hirn formten und wieder dahinschmolzen. Sie konnte sich nicht erinnern, wie sie in dieses Bett gelangt war. Sie erkannte den Raum nicht wieder. Der Japaner, der jetzt die Tür bewachte, war nicht auf der Party gestern abend gewesen. Und warum trug er seine Rüstung?

Wo war sie? Etwas über den weißen Sklavenhandel ließ eine kleine Klingel in ihrem Hinterkopf ertönen. Aber ging es da nicht um Südamerika? Also warum ein Japaner...? Hatte man sie entführt? Wo war sie, um Himmels willen?

Sie zog den Pelz noch enger um sich und bewegte sich mit unendlicher Langsamkeit, sowohl wegen ihres berstenden Schädels als auch aufgrund der bedrohlichen Erscheinung, aus dem Bett und auf den bewaffneten Mann zu. Er blieb stocksteif stehen und bewegte sich nicht, als sie ihn erreicht hatte und mit den Händen über sein weiches, warmes, lebensechtes Gesicht fuhr. Sein Bart und Schnurrbart waren aus Seide. Die Rüstung, Kleider, Schwert und Stiefel waren echt. Der Rest war aus Wachs. Victoria versuchte, ein wenig zu lachen, und kehrte, sich den schmerzenden Kopf haltend, zum Bett zurück, als sich die Tür

öffnete und Tom eintrat, vollständig angezogen und offensichtlich, ohne an den Nachwirkungen der vergangenen Nacht zu leiden.
»Ich sehe, ihr beide seid euch begegnet? Wie findest du meinen exotischen Freund? Nett, nicht? Ich postiere ihn immer an der Tür, bevor meine Gäste wach werden, und dann warte ich auf die Reaktion. Manchmal ist es ganz amüsant. Du warst sehr beherrscht. Die britische Kaltblütigkeit, vermute ich. Kannst du schon frühstücken?«

*

Einige Tage später, Daddy, kam ich zu Dir zum Abendessen nach Hause und erzählte die Geschichte des Samurai. Ich sorgte dafür, daß alles durchaus respektabel klang – Du warst da, der Unschuldsengel Ilona und Martha, deren Vorstellung von dem, was sich schickt, etwa der meiner alten Mutter Oberin entsprach –, um das Ganze also unverfänglich klingen zu lassen, erzählte ich, ich hätte ein Wochenende mit Freunden auf dem Land verbracht, und meine Gastgeberin hätte diese japanische Puppe in mein Schlafzimmer gestellt, während ich schlief. Ich setzte alles in den Plural, fügte noch ein Elternteil meiner Freunde hinzu und erwähnte keine Namen. Doch Ilona wußte sofort, wovon ich sprach. Sie hustete, entschuldigte sich, rannte nach oben und kam an diesem Tag nicht wieder zum Vorschein. Als ich später am Nachmittag an ihrer Schlafzimmertür vorbeiging, entnahm ich ihren Schluchzern und Marthas ärgerlichen Kommentaren, daß dort eine Art Beichte abgehalten wurde. Ich hatte noch keine Vorstellung davon, daß ich die Hauptschuldige und der Bösewicht dabei sein sollte. Bis dahin hatte ich nicht einmal geahnt, daß Tom und Ilona sich überhaupt kannten.
Den Rest kennst Du, Daddy: Tränen, Szenen, eine halbherzige Überdosis Aspirin und beißende Attacken gegen

»diese Frau« – mich, Daddy –, die ihr die einzige wahre Liebe ihres Lebens gestohlen habe. Als ob es nicht genug Männer in London gäbe, mußte ich ihr ausgerechnet den einzigen Mann wegnehmen, dessen übergroße Füße, entschuldige den Sarkasmus, die kleine Ilona so verehrte.
Wirklich, Vater, wenn ich gewußt hätte, daß Tom und Ilona eine Beziehung hatten, wäre ich ihnen aus dem Weg gegangen. Ich mochte Tom und schätzte seine Freundschaft, doch ich dachte nicht im Traum daran, daß es für den einen oder anderen von uns jemals ernst werden könnte. Und Tom hatte sicher keine ernsten Absichten bei Ilona, sonst hätte er nicht zur gleichen Zeit mit mir geschlafen. Und wer weiß, mit wie vielen anderen Frauen sonst noch. Ich habe Ilona nichts weggenommen, was ihr gehörte. Nicht, weil ich so außerordentlich großzügig bin, sondern weil ich daran einfach nicht gedacht habe. Für Tom war Ilona eine angenehme Abwechslung. Genauso wie ich vielleicht. Der Gedanke quält mich nicht mehr. Möglicherweise hat er das nie getan. Schließlich blieben wir Freunde, Tom und ich. Zu der Zeit war er schon von einer sehr viel geschickteren und entschiedeneren Jägerin gefangengenommen worden, als Ilona oder ich es jemals waren. Der Köder, den sie vor seinen Augen schwang, erwies sich als unwiderstehlich: das kleine Restaurant, in dem wir uns zuerst begegneten, nun erweitert, renoviert und mit drei Sternen versehen. Der Treffpunkt der Reichen und Berühmten. Man muß den Tisch eine Woche vorher bestellen und sollte sich vergewissern, daß man die Rechnung auch bezahlen kann. Madames Bruder, aus Frankreich importiert, ist der Chefkoch. Madame selbst ist immer noch dort, strahlend und ihre glitzernden Ringe zur Schau stellend. Sage nicht, sie sei alt genug, um Toms Mutter zu sein. Sie ist noch sieben Jahre älter.
Als ich Tom das nächste Mal traf, war er ausgesprochen

glücklich. Ich war von einem amerikanischen Besucher in das Restaurant eingeladen worden, der die Adresse in New York bekommen und beträchtliche Mühe aufgewandt hatte, sich einen Tisch zu sichern. Er hätte sich keine Sorgen machen müssen. Kaum waren wir eingetreten, erkannte mich Tom. Ich hatte das Gefühl, von einem Bären umarmt zu werden, wurde von den Füßen geholt und in eine schwere Duftwolke eingehüllt. Du hättest das Gesicht meines Begleiters sehen sollen!

Wir bekamen den besten Tisch, und zum Kaffee setzte sich Tom zu uns. Er strahlte und sah blühend aus. Er war ungeheuer dick geworden und schien darauf stolz zu sein. Er hätte die beste Frau der Welt, erzählte er uns. Jeden Morgen brachte sie ihm das Frühstück ans Bett.

»Sie verwöhnt mich wie ein Kind«, gestand er. »Sahnekuchen, gefüllt mit richtiger Crême patissière, nicht nur die übliche Sahne.« Er zuckte mit den Schultern und rollte die Augen zur Decke. »Wenn es ihr Spaß macht, warum nicht? – Ich esse es.« Sein Englisch hatte einen kleinen französischen Akzent angenommen. Sogar seine Gestik war gallisch.

Wayne, mein amerikanischer Freund, der gerade eine Scheidung hinter sich hatte – eine dieser »zivilisiert ablaufenden« Scheidungen, die die Beteiligten fürs Leben zeichnen –, starrte Tom sprachlos an. Mit kindlichem Stolz zeigte Tom seinen Anzug, sein Hemd, die Schuhe und Socken vor. »Reine Seide, schau mal, schau mal hier, faß mal an. Wie findest du das, he?« Ich sah und faßte alles an und schnupperte anerkennend. Alles an ihm war absolut erstklassig. Madame erschien mit allen Zeichen der Furchtsamkeit. Ich stellte mich vor, berief mich auf unsere alte Freundschaft und legte meine Hand besitzergreifend auf Waynes Arm, wie man einen Schild gegen die Pfeile des Feindes hochhält. Sie entspannte sich, zeigte strahlend ihre Goldkronen, ließ sich einen Augenblick auf Toms

Knie nieder, um ein wenig mit uns zu plaudern, dann flatterte sie davon, Tom in ihrem Schlepptau.

»Warum muß ich bei ihm bloß immer an die französischen Mastgänse denken, die wegen ihrer Leber so geschätzt werden? Meinst du, sie hat vor, ihn aufzufressen?« fragte ich Wayne, als wir zum Auto gingen.

»Das hat sie schon längst getan«, erwiderte er. »Vielleicht weiß der Kerl das noch nicht, aber sie hat ihn geschluckt, samt Seidenhemd und allem Drum und Dran.«

Wayne hat sich geirrt. Tom war nie das Opfer. Seine Ehe gab ihm die Grundlage, auf der er seine Arbeit aufbauen konnte, die Sicherheit, nach der er sich so sehnte, und eine Adresse, an der er stilvoll hofhalten konnte. Seine Kundschaft fühlte sich durch die persönliche Aufmerksamkeit ihres charmanten Gastgebers geschmeichelt. Bald duzte er sich mit all jenen, deren Freundschaft ihm eines Tages nützlich sein könnte. Ein kleiner Nebenraum blieb denen vorbehalten, die es vorzogen, ihre geschäftlichen Gespräche in privater Umgebung zu führen. Was kann man von einem zuvorkommenden Gastgeber mehr erwarten? Wir dürfen nicht allen Gerüchten Glauben schenken. Toms Popularität wuchs parallel zu seinem Einkommen. Und das sollte alles der französischen Cuisine zu verdanken sein?

Doch all das geschah erst später, Daddy. Es war »Zukunftsmusik«, wie Martha zu sagen pflegte. Du siehst also, weder Ilona noch ich hatten jemals eine Chance. Keine von uns konnte mit Denise und dem, was sie zu bieten hatte, konkurrieren. Äußerstenfalls hätten wir die Crême patissière hinbekommen.

Aber warum mit Tom die Zeit verschwenden? Wenn Du mir jetzt nicht glauben kannst, wirst Du es nie tun. Ich weiß, ich war für Dich auf unerfindliche Weise immer eine Enttäuschung. Wir können nicht alle wie Martha sein, die Du aus irgendeinem Grund immer für den Inbegriff aller weiblichen Tugenden hieltest. Ich habe nie verstanden, warum. Sie ist zweifellos eine sehr gute Köchin. Nun ja, auch ich koche nicht schlecht, auch wenn Du Dich stets geweigert hast, das zuzugeben. »Ich habe heute keinen Hunger« oder »Das Wetter ist schuld«, sagtest Du immer, wenn Du zu mir zum Essen eingeladen warst und den Teller unberührt von Dir schobst. Doch ich habe Dir zugesehen, wie Du zugelangt hast, wenn Martha wieder eine ihrer Schöpfungen mitteleuropäischer Küche zusammengestellt hatte, während ich mit jedem Bissen kämpfte. Wie schade, daß Dir in dieser Hinsicht jede Sensibilität fehlte, Daddy.

Deine Ablehnung all dessen, was ich zu bieten hatte, war permanent spürbar, blieb unerschütterlich und kam ganz spontan. Genauso wie der Schmerz, den Du mir zufügtest.

Der andere konstante Faktor unserer Beziehung war Deine Überzeugung, ich sei eine Frau von »recht losen Sitten«, um Deine Worte zu benutzen. Auch das ist von der Wahrheit weit entfernt. Ich will nicht leugnen, daß es verschiedene Männer in meinem Leben gegeben hat – wenn auch nicht halb so viele, wie Du vermutet hast, und nach heutigen Maßstäben war ich eher keusch als alles andere. Ich habe nur einen Mann wirklich geliebt, und alle weiteren Beziehungen habe ich in dem trotzigen Gefühl angefangen, mir selbst zu beweisen, daß »das andere« vorbei und ich von meiner hoffnungslosen Bindung geheilt war. Das war nicht der Fall. Deshalb dauerten sie nie lange. Nicht nur, weil jeder Mensch um seiner selbst willen geliebt werden will und nicht nur als Reaktion auf jemand anderen, sondern auch, weil ich nie fähig war, dem gegenwärtigen Objekt meiner Zuneigung die volle Aufmerksamkeit zu widmen. Man muß an einer Beziehung arbeiten. Vielleicht war ich zu ehrlich, um mich darauf einzulassen.

Am Ende lernte ich die Anzeichen rechtzeitig zu deuten und einen bevorstehenden Heirats- oder sonstigen Antrag rechtzeitig abzuwehren, bevor die Beziehung in eine kritische Phase geriet. Eine offene Absage ist immer so schmerzhaft und delikat. Als gewissenhafte Sozialarbeiterin war ich mir vollkommen bewußt, welchen Schaden ich möglicherweise anrichten könnte, wenn ich jemandes zarte Gefühle verletzte. Also begann ich, gefährliche Situationen zu meiden, ungebundenen Männern aus dem Weg zu gehen, und litt unter den unvermeidlichen Konsequenzen. Doch wie ich schon vorhin sagte: Man darf Gerüchten keinen Glauben schenken.

Ach, was soll das Ganze, Daddy, wozu soll es gut sein? Du weißt ja nicht einmal, daß ich mit Dir spreche, geschweige denn, daß Du verstehen würdest, worum es geht!

*

Es war inzwischen zu dunkel geworden zum Schreiben. Victoria stand von ihrem Schreibtisch auf und ging in die Küche, um sich eine letzte Tasse Kaffee zu kochen, bevor sie sich zur Nacht zurückzog. Sie hatte sich irgendwann einmal eingeredet, daß Kaffee sie nicht am Schlafen hinderte. Im Lagerhaus auf der anderen Seite des Kanals schliefen fast alle Bewohner bereits. Die meisten Fenster waren dunkel. Nur das Zimmer mit dem blauen Fußboden war hell erleuchtet und voller Menschen, wie üblich. Bunt gekleidete Gestalten saßen auf den am »Pool« verteilten Kissen, und Wolken von Zigarettenqualm waberten unter dem roten Lampenschirm. Eines der Dachfenster hoch über dem Kanal war ebenfalls erleuchtet. Dort oben waren die Fenster nicht groß und quadratisch, sondern schmal und gebogen. Victoria hatte schon festgestellt, daß eines von ihnen gewöhnlich bis weit in die

Nacht hinein erleuchtet war. Das goldene Licht wurde, wie es schien, durch den Schatten einer Arbeitsleuchte gefiltert, die seitlich an einem Schreibtisch angebracht war, und eine Frau mit blaßblonden Haaren saß dort, leicht gebeugt, über ihrer Arbeit. Das Fenster war zu weit oben, als daß Victoria mehr als ihren Kopf erkennen konnte. Sie war unentschlossen, was die Frau dort oben wohl machte. Nähte sie? Las sie? Sie beschloß, daß die Frau wahrscheinlich schrieb. Vielleicht mit der Schreibmaschine. Eine gewissenhafte Angestellte, die noch Arbeit mit nach Hause nahm, oder eine Stenotypistin, die versuchte, sich ihr Gehalt aufzubessern, indem sie Manuskripte und Doktorarbeiten in ihrer Freizeit tippte. Eine kurze Zeitlang hatte Leah nach ihrer Entlassung aus dem Krankenhaus versucht, ihre magere Rente mit solcher Arbeit aufzubessern. Victoria hatte ihre Anzeigen in eine literarische Wochenzeitschrift gesetzt, doch der einzige Kunde, der jemals erschien, blickte auf Leahs Hände und floh, Entschuldigungen flüsternd. Danach gab Leah es auf, weiter nach Arbeit zu suchen.

»Es war dumm von mir, es auch nur zu versuchen. Man muß den Tatsachen ins Auge sehen.«

Aus ihrem unbequemen Stuhl in der Küchenecke murmelte Victoria etwas Unverständliches als Antwort. Sie hatte ohnehin nie daran geglaubt, daß Leah mit ihren Anzeigen Erfolg haben könnte. Rose hätte Leah niemals »überredet«, in Rente zu gehen, wenn sie für das Sekretariat noch von irgendeinem Nutzen gewesen wäre.

Sie beobachtete besorgt, wie Leah den Tee servierte, ihre verkrüppelten Hände die Teekanne hoben und die zerbrechlichen, angeschlagenen Tassen herübertrugen.

»Den Tatsachen ins Auge zu sehen«, sagte Leah, »ist immer schmerzhaft. Aber es gibt keine andere Möglichkeit. Als ich nach England kam, kurz vor dem Krieg, bekam ich plötzlich Asthma. Ich habe nie begriffen, warum.

Vielleicht war es das Klima. Vielleicht auch etwas anderes. Ich war allein, jung, konnte nicht sehr viel Englisch und war vollständig abhängig von den netten Leuten, die mich aufgenommen hatten. Der Arzt meinte – Gott weiß, auf welchen mysteriösen Grundlagen –, das Asthma käme wegen meiner Zähne. Dabei waren meine Zähne vollkommen gesund. In Deutschland hatten wir uns über solche Sachen sehr viele Gedanken gemacht. Ich hatte noch nie in meinem ganzen Leben Zahnschmerzen gehabt. Keiner meiner Adoptiveltern hatte Zähne, obwohl beide noch recht jung waren. Damals fand ich das schockierend. Ein schreckliches Unglück. Eine Verunstaltung. In Deutschland trugen nur die sehr alten Menschen ein Gebiß. Man ging zum Zahnarzt, manchmal bekam man einen Gold- oder Silberzahn. Das Silber war vielleicht nur Blech, aber es sah wie Silber aus. Ein Goldzahn galt durchaus als etwas Respektables. Er war das Zeichen dafür, daß man auf die eigene Gesundheit achtete.« Sie hielt inne, goß den Tee ein und reichte Victoria ihre Tasse. »Nimm doch etwas Kuchen. Es ist derselbe wie immer. Du magst ihn doch, nicht wahr? Ich kaufe ihn speziell für dich.«
Victoria nahm ein Stück Rührkuchen mit Sahne. Ihre Kopfhaut prickelte vor Entsetzen. Sie wünschte, sie könnte das Gesprächsthema wechseln, doch Leah war nicht in der Stimmung, sich ablenken zu lassen.
»Ich war sehr unglücklich und ängstlich. Ich wollte meine Zähne nicht verlieren. Auch glaubte ich nicht, daß der Arzt recht hatte. Welche mögliche Verbindung könnte es geben zwischen meinen Zähnen, die ich schon so lange Jahre hatte, und diesem Asthma, das erst auftrat, als ich nach England kam? Aber ich war nicht in der Lage, mich zur Wehr zu setzen. Meine Adoptiveltern akzeptierten die Diagnose des Arztes. Für sie waren Zähne völlig unbedeutend. Ich konnte ihnen nicht erklären, wie ich es empfand. Unter den gegebenen Umständen wäre es unhöflich und

undankbar erschienen. Schließlich mußten sie mit meinen Anfällen fertig werden, die sehr schwer waren und uns alle drei sehr erschreckten. Und dann dachte ich, vielleicht mußte es so kommen. Als eine Art Zahlung, verstehst du? Ein – wie heißt das Wort? Was man bezahlen muß, um eingelassen zu werden – nicht Lösegeld – ein Eintrittsgeld? Hier leben zu dürfen war meine Rettung, wie sich herausstellte. Ich war eine der wenigen Glücklichen. Ich mußte dafür bezahlen. Und so war es denn auch.«

Victoria starrte auf ihren unberührten Kuchen. »Und, ist davon dein Asthma weggegangen?« flüsterte sie.

»Nein, das ist es nicht.« Leahs Stimme kam wie aus weiter Ferne. »Das Asthma verschwand einige Jahre später. Nachdem ich bei meinen Adoptiveltern ausgezogen war und mir eine eigene Wohnung genommen hatte. Ich habe nie zu jemandem darüber gesprochen. Als es soweit war... blickte ich den Tatsachen ins Auge. In diesem Leben mußt du für alles bezahlen.«

*

Ich hatte nicht für möglich gehalten, daß es so schwierig ist, bei einem Thema zu bleiben, als ich diesen Brief anfing, Claire. Meine Gedanken wandern davon, wie ein schlecht trainierter Jagdhund, der nur alte, unbedeutende Trophäen zurückträgt. Hier sitze ich, allein in meinem Zimmer, neben dem ungemachten Bett; die Bettwäsche ist wochenlang nicht gewechselt, der Fußboden nicht geputzt, und eine dicke Staubschicht liegt auf den Möbeln. Ich habe vor, alles ein letztes Mal sauberzumachen, kurz bevor ich gehe. Doch bevor ich gehe – hier mein letzter Versuch, Dir zu erklären... Dich von etwas zu überzeugen, das jetzt keine Rolle mehr spielen kann, obwohl es noch vor nicht allzu langer Zeit von äußerster Bedeutung war… Wie konnte ich jemals in einen solchen Zustand geraten?

Wir sind uns vor so langer Zeit begegnet, Claire. Wir hätten eigentlich Freundinnen sein müssen. Doch in der Rückschau scheint es mir heute, daß das einzige wirkliche Band zwischen uns in unserer Arbeit bestand. Du hast meine Methoden – oder ihr Fehlen – nie anerkannt. Zunächst amüsierte mich Deine Kritik, die unter einer nur dünnen Schicht Bewunderung verborgen war. Doch dann begann sie zu schmerzen. Und schließlich unterminierte sie in den letzten Jahren mein Selbstvertrauen bis zu dem Punkt, an dem ich das Gefühl hatte, aufhören zu müssen. Warst Du Dir jemals der unterschwelligen Feindseligkeit Deiner Bemerkungen bewußt? Oh, dieses Erstaunen in Deiner Stimme, als Du Deine Bemerkungen fallenließest über die Zeit, die ich für andere Dinge außerhalb der Arbeit verplemperte…

»Wie klug von dir, für all das Zeit zu finden, Victoria. O nein, ich kann unmöglich nächste Woche mitkommen. Hab vielen, vielen Dank, ich weiß, daß die Eintrittskarten so schwer zu bekommen waren, wie geschickt du darin bist, sie zu besorgen. Sie müssen ein Vermögen gekostet haben… Im Vorverkauf? Ach, wer außer Victoria hätte daran gedacht? Wie dem auch sei, ich kann dir nicht versprechen zu kommen, man weiß ja nie, was im letzten Moment noch alles geschehen kann… Die Vorstellung beginnt um acht Uhr? Tja, ich weiß, daß du nicht im Traum daran denken würdest – und wie recht du doch hast, man muß ja sein Privatleben schützen, aber… manche von uns sind dann immer noch im Büro, ja, selbst zu dieser späten Stunde… Warum? Ach du liebe Güte, du weißt ja, wie das ist… Irgend etwas kommt immer dazwischen, gerade wenn man Feierabend machen will. Manche Leute können erst nach der Arbeit zu uns kommen. Und es ist so bequem, mit ihnen einen Termin auszumachen, wenn sie die Patienten abends besuchen... Natürlich kommt das nicht jeden Abend vor, aber trotzdem, du verstehst, ich könnte niemals versprechen, an diesem Abend frei zu haben.«

Ich verstand, Claire. Ich verstehe es jetzt sogar noch sehr viel besser. So gut sogar, daß ich alles hinter mir ließ, die Arbeit, das Krankenhaus, das Büro, die endlosen Kämpfe um »ihretwillen« – ausgerechnet von mir, die all ihre eigenen Kämpfe verloren hatte. Und jetzt verlasse ich auch Dich, Claire.

Und doch habe ich meine Arbeit mit solcher Begeisterung angefangen. Damals warst Du es, die fasziniert mir gegenübersaß, meinen Fallgeschichten lauschte, mich zur Vorsicht mahnte, ich sollte mich nicht zu sehr auf die Klienten einlassen. »Du darfst dich nicht auf die andere Seite des Schreibtischs ziehen lassen, Victoria. Du bist in Gefahr, dich ganz auf die Seite der Klienten zu schlagen. Identifiziere dich nicht mit den Patienten. Wenn du das tust, werdet ihr beide gleichermaßen hilflos sein.«

Gott bewahre! Ich würde mich nicht identifizieren, versprach ich. Warum sollte ich mich schließlich auch mit ihnen identifizieren, wenn es doch so viele andere Rollen gab, die ich spielen konnte? Ich konnte eine »Mutterfigur« sein, ein »Tochterersatz«, eine »Autorität-im-weißen-Kittel«, ein »Beichtvater«, wenn auch einer im Rock, und nicht zuletzt »Gott der Allmächtige«. Doch ohne ein bestimmtes Maß an Identifikation – so hatte man uns auf dem College gewarnt – konnten wir unsere Arbeit nicht tun. Wir würden uns dann nicht genügend einsetzen, um mit all dem Ärger fertig zu werden.

Derselbe Zwang, der Dich dazu trieb, bis acht Uhr abends in Deinem Büro zu bleiben, ließ mich diese appellierenden, bittenden, unterwürfigen, häufig geradezu melodramatischen Briefe schreiben, in der Hoffnung, Gerechtigkeit, Geld, Dienstleistungen und Hilfe für meine Klienten zu erzwingen. Tagelang schäumte ich vor Wut über die Unfähigkeit, Herzlosigkeit, den endlosen Schreibkram und die Inkompetenz der verschiedenen Abteilungen und Institutionen, karitativen Einrichtungen und Komitees, deren Namen ich auswendig in einem Atemzug hätte hersagen können, wenn mich jemand aus dem Tiefschlaf geweckt hätte. Die genauso häufig vorkommenden großzügigen, effizienten und gutwilligen Antworten nahm ich einfach als selbstverständlich hin. Ich hatte endlos viel Energie und Mut, für andere zu kämpfen, während ich für mich selbst nicht einen Finger krumm gemacht hätte. Warum?

Schon der Gedanke an die vergangene Zeit bringt mir das Gefühl der Sinnlosigkeit und der permanenten emotionalen Erschöpfung jener Tage zurück. Ich zog sie morgens zusammen mit meinem gestärkten weißen Kittel an, und jeden Abend blieb eine dünne Schicht davon an meiner Haut kleben, an der ich mich nachts rieb und die mich verzweifeln ließ.

Der Grund, warum ich Dir dies schreibe, Claire, ist mein Versuch, Dich davon zu überzeugen, daß ich auf meine Weise sehr für »meine Klienten« sorgte und für sie tat, was ich nur konnte. Selbst wenn ich noch Zeit genug fand, um ins Theater und in Konzerte zu gehen und andere Bücher zu lesen, außer Fachbücher über Sozialarbeit, Fallstudien und die neuesten psychotherapeutischen Trends.

Und wenn ich sie nun verlassen habe und dabei bin, alles hinter mir zu lassen, dann deswegen, weil ich erkannt habe, daß Arbeit allein nicht genügt, um am Leben zu bleiben, nicht genügt als Kompensation für alles, was man vermißt, nicht einmal genügt, damit man seine Arbeit effizient tun kann. Und wenn Du nicht gut sein kannst bei dem, was Du tust, dann ist es Zeit aufzuhören. Gleichgültig, wie viele Kämpfe ich für andere gewonnen haben mag – ich scheine den Kampf um mein eigenes Leben verloren zu haben. Für andere zu kämpfen, mit ihnen zu leiden und mich mit ihnen zu freuen, durch das Leben anderer zu leben, ist nicht genug. Obwohl es so vielen in unserem Beruf zu genügen scheint. Ich will kein Leben aus zweiter Hand. Ich war immer zu stolz, um für Almosen dankbar zu sein, und ich meine damit nicht nur die Arbeit. Das ist der Grund, weshalb ich gehe, Claire.

*

»Das ist ja ein Räumungsbefehl«, sagte die junge Victoria, nachdem sie die Fallgeschichte gelesen hatte. »Warum müssen wir uns auch noch daran beteiligen?«
»Aber, aber.« Miss Smith, die Leiterin der Sozialabteilung, mißbilligte starke Emotionen. »Nun kommen Sie, Victoria, Sie wissen, daß das nicht so ist. Keine Werturteile, erinnern Sie sich? Alles, was Sie zu tun haben, ist, den Klienten, Mr. und Mrs. – äh – Grant, nicht wahr?, zu sagen, daß sie in ein Altersheim gehen werden.«
»Sie werden in zwei verschiedene, weit voneinander entfernte Altersheime geschickt. In ihrem Alter und bei ihrem Gesundheitszustand sind die Chancen sehr groß, daß sie einander nie wiedersehen werden.«
»Das mag wohl so sein.« Miss Smith schloß die Akte. Das verschossene blaue Deckblatt war eingerissen und fleckig, und Miss Smith band ein Gummiband darum, damit nichts herausfiel. »Nun gehen Sie schon, Victoria. Ich will morgen einen guten Abschlußbericht über diesen Fall.«

*

In ihrer einst eleganten Londoner Wohnung legte die Victoria mittleren Alters das verschossene Notizbuch auf den Stapel ähnlicher Bücher auf dem Fußboden. Während all der Jahre als Sozialarbeiterin in verschiedenen Londoner

Krankenhäusern hatte sie eine ganze Reihe solcher Notizbücher gesammelt. Das einzige, was ich vorzuzeigen habe nach all den Jahren der Arbeit, dachte sie und schob noch ein weiteres mit Notizen gefülltes Buch, randvoll mit den verschiedensten Informationen, in einen Eckschrank. So viele Leben, Unfälle, Krankheiten, Elend, Armut, Probleme, Bedürfnisse. So viele Fälle.

Die Grants waren der erste von vielen. Vielleicht war die Erinnerung an sie deshalb so klar, dachte Victoria, obwohl sie sich nicht mehr genau daran erinnern konnte, warum sie losgeschickt worden war, sie aufzusuchen. Ihr Haus war zum Abriß vorgesehen, ein feuchtes und dunkles Gebäude mit verrotteten Dielen; die Tapeten lösten sich schon von den modrigen Wänden. Beide Grants waren über 70, mehr als nur ein wenig taub, blind und durcheinander. Sie hatten über 50 Jahre in diesem Haus gelebt. Ihr ganzes Leben als Ehepaar. Sie waren zusammen alt geworden, das Haus und seine Bewohner, und vielleicht wäre es gnädiger gewesen, sie in der Umgebung zu lassen, die sie so gut kannten. Doch die Behörden hatten anders entschieden.

Das Gespräch war nicht gerade ein Erfolg. Die Grants verstanden überhaupt nichts von dem, was Victoria versuchte, ihnen zu vermitteln. Das alte Paar wußte nur, daß es ausziehen sollte. Ob die beiden auch wußten, daß sie getrennt werden würden, war unmöglich festzustellen. Victoria machte sich ein paar Notizen über den Zustand des Hauses, stellte sicher, daß die Personalien der Bewohner mit ihren Papieren übereinstimmten, warf einen scheuen Blick auf die Möbel und verließ hastig die Wohnung; das Paar saß die ganze Zeit schweigsam in den beiden Sesseln, deren Sprungfedern aus den Polstern herausstanden wie gebrochene Knochen aus zerrissenem Fleisch.

Das hier, dachte sie, als sie sich ihren Weg durch die Menge unten auf der Straße bahnte – das hier ist das Ende ihres Lebens, ihrer Ehe, ihrer ganzen Welt. Und es gibt nichts, was ich tun könnte, um ihnen zu helfen. Statt dessen bin ich einer von jenen Menschen, die die Grants nur als »sie« kennen, die ihre Existenz morgen zerstören werden.

Victoria kaufte einen runden Schokoladenkuchen, der mit Kirschen und Sahne dekoriert war, und lenkte ihre Schritte zum Haus der Grants zurück. Die Eingangstür stand immer noch offen, und die Grants saßen wie vorhin reglos in ihren Sesseln zu beiden Seiten des leeren Kamins. Victoria stellte den Kuchen auf den Tisch, rief etwas wie »Viel Glück in Ihrem neuen Heim«, küßte die kalte, pergamentartige Wange der alten Frau, die weiterhin in den Kamin starrte, als ob sie Victorias Anwesenheit gar nicht bemerkte, und ging dann langsam zur Hauptstraße hinunter. Schließlich rannte sie zur Untergrundbahn, als wäre der Teufel persönlich hinter ihr her.

*

Hinterlassen alle ersten Eindrücke solch unauslöschliche Spuren? Die ersten Jahre unserer Kindheit, der erste Schultag, die erste Arbeit, die erste Liebe? Victoria saß mitten auf dem Fußboden und überlegte, was sie mit ihren Krankenhaus-Aufzeichnungen tun sollte – von denen ein ganzer Stapel um sie herum verstreut lag. Sie konnte sie in den Mülleimer schmeißen, doch da würde sie vielleicht jemand finden. Sie waren voll mit vertraulichen Aufzeichnungen, Namen, Adressen, Alter, Diagnosen, Auszügen aus medizinischen Akten, Aufzeichnungen während der Gespräche, angesprochenen Problemen, ihren eigenen Kommentaren, durchgeführten Maßnahmen. Eigentlich müßten sie verbrannt werden, dachte sie, doch das würde

einige Zeit dauern. Sie blickte zum Fenster hinüber. Es regnete wieder. Sie beschloß, die Bücher im Müllschlucker im Garten zu verbrennen, sobald das Wetter es erlaubte.
Sie kehrte zum ersten Notizbuch zurück, das mit dem Alter vergilbt und brüchig geworden war. Es hatte am ersten Tag ihrer neuen Tätigkeit auf ihrem Schreibtisch gelegen, steif und leer, auf dem blütenreinen Löschpapier, zusammen mit einem Tintenschreiber aus Krankenhausbeständen und einer Dose Büroklammern, die alle aneinandergekettet waren. Victoria blätterte ein paar Seiten durch. Die ersten waren ein Vorbild an ordentlicher Aufzeichnung. Namen und Adressen, Diagnosen und Schlüsselworte in Großbuchstaben. Etwa nach der Hälfte des Buches begann das Chaos. Am Ende hatte sie ihre eigene Kurzschrift entwickelt. Von nun an bis zum Ende ihrer Laufbahn war ihre Arbeit ein einziges Anrennen gegen das drohende Verhängnis. Sie hatte ein Labyrinth betreten, und jeder Schritt brachte sie dem Minotaurus näher. Früher oder später würde sie der Bestie ins Auge sehen.
Ihr erstes Krankenhaus war ein düsteres ehemaliges Lagerhaus mit langen, nur schwach beleuchteten Fluren wie Tunnels, in denen die grüne und beige Ölfarbe von den Wänden blätterte, die Holzfußböden splitterten. Die Stationen hatten mindestens 30 Betten. Schon bei der Erinnerung daran zog sich ihr Magen schmerzhaft zusammen. Die Patienten beklagten sich immer darüber, daß es kalt war und sie im Zug lagen. Das ganze Gebäude wimmelte von Ameisen und Kakerlaken. Sie rannten in ganzen Schwärmen über das Essen in der Kantine, über die Schreibtische in den Büros und über die Patienten in ihren Betten. Auch wenn die Teekannen noch so hermetisch verschlossen waren und die Schokolade in Dosen gekauft wurde, krochen Ameisen heraus, sobald man die Gefäße öffnete. Mysteriöse »Experten« schlichen durch die Gebäude, stellten überall Schüsselchen mit giftigem Futter

hin, das den Ort von den lästigen Insekten befreien sollte. Doch das Gift verschwand; wahrscheinlich wurde es von den herumstreunenden Katzen gefressen, die auf dem Gelände hausten und ihre Jungen heimlich unter den Fußböden der vorübergehend benutzten Schuppen und Hütten warfen, in denen verschiedene Büros untergebracht waren – während die Ameisen weiterhin entlang der Heißwasserleitungen ausschwärmten und auf diese Weise auch den hintersten Winkel der alten Gebäude erreichten.
In ihrem Büro in einem der vorübergehend bezogenen Schuppen, die seit Kriegsende dort standen und auch noch lange stehen bleiben würden, nachdem sie gegangen war, fütterte Victoria die streunenden Katzen und grübelte über die Unberechenbarkeit der menschlichen Natur nach. Gerade frisch vom College gekommen, den Kopf voller Theorien und Gesetze, versuchte sie, ihr neu erworbenes Wissen gegen das Leben zu verteidigen, wie sie es auf der Sozialstation erlebte, und stellte mit wachsender Besorgnis fest, daß die Theorien nicht paßten und die Gesetze nicht angewandt werden konnten. Die Menschen verhielten sich einfach nicht den Regeln entsprechend. Ihr Leben verlief nicht nach den säuberlich aufgestellten Mustern in ihren Fachbüchern. Statt dessen war es voller unerwarteter und komplizierter Unfälle und Krankheiten, ihr Familienleben war eine einzige Katastrophe, ihre finanzielle Situation ruinös, und ihre Gefühle waren chaotisch. Nicht einer der Patienten ähnelte auch nur annähernd den Theorien der kindlichen Entwicklung oder der Familiendynamik oder hatte etwas von zwischenmenschlichen Beziehungen gehört.
Victoria fragte sich, ob ihre Ausbildung sie nicht für einen ganz anderen Beruf vorbereitet hatte. Sie mußte, wie es schien, noch eine Menge lernen.
Mit Feuereifer begann sie, sich kundig zu machen, studierte alte Akten, aus denen das Miasma ewiger Frustra-

tionen und Niederlagen, giftige Dämpfe von Enttäuschungen und gegenseitigen Beschuldigungen, von Versagen und Bedauern wie eine betäubende Wolke aufstiegen. Sie wühlte sich durch fettige, mit Eselsohren verunstaltete Papiere, Broschüren und Berichte von unzähligen gemeinnützigen Gesellschaften, karitativen Einrichtungen und Vereinen, Treuhandgesellschaften und Komitees, die, wenn man sie zur rechten Zeit mit dem richtigen Formular ansprach, vielleicht einen Tropfen auf den heißen Stein, ein wenig Trost für einen bedürftigen Antragsteller bedeuten könnten.

Da gab es Gesellschaften und Clubs für Patienten, die an seltenen und schrecklichen Krankheiten litten, ganze Listen von Unterstützungen, Renten und Unterhaltsgeldern, Vergütungen und Aufbesserungen. Es gab komplizierte Kombinationen und gegenseitig sich ausschließende Passagen, die alle auf dem Formular ausgefüllt werden mußten, an die sie sich erinnern mußte und bereit sein mußte, sie abzufragen und anzubieten, wann immer die entsprechende Situation dafür gekommen war.

Auf den Stationen studierte sie die medizinischen Aufzeichnungen über »ihre« Patienten und schlug Fremdwörter in einem medizinischen Lexikon nach in dem Versuch, sich alles gut einzuprägen. Manche der älteren Stationsärzte hatten etwas gegen »Fremde« auf ihrer Station. Zwar erwarteten sie, daß jemand die anfallende Arbeit übernehmen würde, ja sie forderten, daß ihre Anträge sofort ausgefüllt werden sollten, doch sie weigerten sich, mit »Eindringlingen« zu sprechen oder auch nur ihre Anwesenheit anzuerkennen. Als fürchteten sie, etwas von ihrer eigenen Macht würde ihnen genommen, verweigerten sie die Unterschrift unter Anträge, beantworteten die Fragen über den Gesundheitszustand der Patienten nicht und untersagten ihren Ärzten, mit »außenstehenden Institutionen« in irgendeiner Weise zusammenzuarbeiten.

»Die ersten Krankenhausfürsorgerinnen in den englischen Kliniken trugen Hüte und Handschuhe, wenn sie die Patienten auf Station besuchten, um ihnen den Eindruck zu vermitteln, sie wären nur Besucher. Sie mußten ihre Arbeit heimlich tun, so eifersüchtig wachte das Krankenhauspersonal über ihre Kompetenzen. Leider haben manche der älteren Ärzte immer noch diese Einstellung. Wer darunter zu leiden hat, das ist der Patient. Denn er ist es schließlich, der nicht mehr untergebracht werden kann, der aber auch vielleicht noch eine Kur genehmigt bekommt, oder eine finanzielle Unterstützung, oder ein Möbelstück, das ihm seine Behinderung erleichtert, einen Rollstuhl oder eine Kommode. Vielleicht ist es ein Neugeborenes, das eine Adoptivmutter braucht, oder jemand am Ende seines Lebens. Versuchen Sie Dr. Bloggs zu erklären, daß man einen sterbenden Patienten nicht, ohne ein bestimmtes Formular ausgefüllt zu haben, in ein Pflegeheim einweisen kann, und Sie werden eine Lektion über Bürokratie bekommen. Er wird denselben Patienten in ein leeres Haus entlassen, ohne Heizung oder Nahrung, und uns der Inkompetenz beschuldigen, wenn der Patient bald wieder eingeliefert wird.«

Miss Smith atmete tief durch, und allmählich wich die Farbe aus ihren Wangen. »Sie müssen dumm sein, diesen Beruf zu ergreifen. Niemand hier bleibt sehr lange. Jedenfalls nicht im Krankenhaus. Man hat mir gesagt, in Lehrkrankenhäusern sei es besser, aber hier…«

»Also wie sollen wir das alles schaffen?« Die junge Victoria saß da, entsetzt über die vor ihr liegenden Aussichten. Warum hatte man ihr nichts davon auf dem College erzählt? Zu ihrer Überraschung lächelte Miss Smith hinterhältig: »Oh, da gibt es aber doch ein paar Möglichkeiten. Diplomatie, Takt, Wissen und das Gefühl dafür, wann man zuschlagen kann. Eine gewisse Dickfelligkeit hilft natürlich und eine gute Portion Humor. Das werden Sie noch lernen. Das Wichtigste ist: Der Patient darf nicht leiden, auch wenn Dr. Bloggs denkt, er sei der liebe Gott. Außerdem ist die Zeit auf unserer Seite. Die alten Männer werden sich früher oder später pensionieren lassen, und die jüngeren sind aufgeschlossener. Nicht viel, aber wir bearbeiten sie schon. Und nun ziehen Sie mal los, und versuchen Sie zu arbeiten.«

Vielleicht war es gar nicht so schlecht, daß sie gleich in den schlimmsten Dreck geworfen wurde. Solange es dort auch eine Miss Smith gab. Miss Smith, mit ihrem roten Muttermal auf der Wange wie ein permanentes leichtes Erröten, deren Jugendambitionen, Schwimmerin und Teilnehmerin des britischen Olympia-Teams zu werden, nicht in Erfüllung gegangen waren. Ein Mädchen mußte schließlich praktisch denken. Jemand aus der Familie mußte ja ein ständiges Einkommen haben. Obwohl das Gehalt, das sie schließlich verdiente, verschwindend klein war in Anbetracht der Stunden, die sie arbeitete.

Unter der Anleitung von Miss Smith, die gelegentlich durch Claire ersetzt wurde, lernte Victoria, zu kämpfen und zu Kreuze zu kriechen, zu schmeicheln und zu argumentieren, hinzuschauen und zuzuhören, zu beobachten und aufzuschreiben, zu bewerten und einzuschreiten und dabei die ganze Zeit ein Lächeln auf ihrem Gesicht einzufrieren, das den Eindruck unerschütterlicher Ruhe vermitteln sollte. »Denken Sie an den Schwan«, riet ihr Miss Smith, den grauen Knoten auf ihrem Kopf mit bösartig aussehenden Haarnadeln feststeckend. »Auf der Oberfläche ist alles ruhig, ernst und graziös. Darunter paddeln die Füße wie verrückt, doch das sehen wir nicht. Genauso sollte es bei uns sein. Lassen Sie nicht zu, daß irgend jemand sehen kann, was in Ihrem Kopf oder in Ihrem Magen vor sich geht.« Sie packte ihr Notizbuch und ihren Stift und ging festen Schrittes aus dem Zimmer, die Tür hinter sich zuschlagend. Sie hat vergessen, mein Herz zu erwähnen, dachte die junge Victoria, als auch sie ihr Notizbuch aufnahm. Ihr Filzstift war in der Brusttasche ihres weißen Kittels ausgelaufen und hatte einen dunkelblauen Flecken hinterlassen. War das eine bewußte Auslassung? War das etwas Zusätzliches, das sie lernen mußte?

Es war nicht das Krankenhaus, sondern die Auswahl der Stationen, die so unglücklich getroffen war, dachte Victoria. Aufgrund des Personalmangels hatte man ihr genauso viele Stationen zugewiesen wie ihren erfahreneren Kolleginnen, und sie bekam nur gelegentlich Supervision durch die überarbeitete Miss Smith. Das war tatsächlich eine unglückliche Wahl für eine Anfängerin: senile Damen mit offenen Beinen, ältere Herren mit Prostata-Problemen, die Radiologie-Abteilung mit ihren beiden Krebsstationen und die größte Station von allen, die chirurgische Männerstation, auf der vor allem Magen-Darm-Kranke lagen, mit blutenden Zwölffingerdarmgeschwüren, Darmverschluß oder ähnlichen Krankheiten.

Die Mortalitätsrate auf all diesen Stationen war hoch. Wer überlebte – gewöhnlich die Magenkranken –, ging ohne den größten Teil seines Magens wieder nach Hause oder mit einem Loch in der Bauchwand, dessen Folgen er zu »beherrschen« lernen mußte. Auch die senilen Damen blieben am Leben. Wenn sie einmal ein bestimmtes Alter erreicht hatten, schienen sie ewig weiterleben zu können. Taub, blind und zahnlos, gelegentlich an ihr Bett gefesselt, wenn sie zu unruhig wurden, wurden sie immer inkontinenter und verrückter. Sie wurden angekleidet, gewaschen und gekämmt – wenn dazu Zeit blieb – vom überarbeiteten, meist ausländischen Personal, das sie freundlich behandelte, ohne jedoch besonders auf die zerbrechlichen Überreste ihres Gefühls für menschliche Würde zu achten, die sich noch in einem Winkel ihres

degenerierenden Verstandes befanden; sie füllten die Bettenreihen auf der großen Station; der ständige Zug durch die offenen Fenster gab ihnen zwar frische Luft, doch sie froren auch.
Der Anblick dieser weißen Schöpfe, denen man die Haare zu kindischen Zöpfchen geflochten hatte, die mit rosafarbenen und blauen Bändern gebunden wurden, veranlaßte Victoria, eine weitere Regel aus dem Kodex der Sozialarbeit zu verletzen: Sie sprach ihre Mißbilligung aus.
»Das sind doch keine Babys, keine kleinen Mädchen. Das sind Frauen«, redete sie erregt auf die spanische Krankenpflegehelferin ein, deren stolze Handarbeit dies war. »Sie sind vielleicht hilflos und durcheinander, sie können nichts mehr hören oder sehen und sich nicht mehr verständlich machen, aber das ist doch kein Grund dafür, sie zu behandeln, als wären sie debil, ihnen ihre Brillen und ihr Gebiß wegzunehmen und ihnen diese lächerlichen Bänder ins Haar zu flechten.« Die Spanierin war verletzt. Sie hatte erwartet, daß ihre harte Arbeit gewürdigt würde. Sie hatte jeden Kopf auf der 30-Betten-Station frisch gekämmt, und es gab sogar subtile Variationen in den Frisuren.
»Aber sie mögen das«, protestierte sie. »Sie mögen ihre Bänder. Das sind meine kleinen Mädchen. Schauen Sie, wie sie lachen. Sie sind glücklich!«
Sie lehnte sich über ein Bett und streichelte einen mit Bändern geschmückten Kopf. »Du magst die Schleifen, ja?« schrie sie in das sich ihr entgegenreckende runzlige Gesicht auf dem Kissen. Die eingesunkenen Lippen streckten sich in einem unerwarteten freudigen Gackern. »Die Fürsorgerin sagt, sie will es wegnehmen«, sie machte eine Geste auf das Band zu, und zwei Hände flogen wie Klauen zum Kopf herauf, um ihn zu schützen. »Das ist mein!« Sie warf den Kopf hin und her, als ob sie sich vor Schlägen schützen wollte. Unter dem dünnen weißen Haar schien

der rosafarbene Schädel durch. Als sich die Decke bewegte, stieg Victoria der stechende Geruch alten Urins in die Nase. Ein ängstliches und feindseliges Gemurmel erhob sich auf der ganzen Station. Überall wurden Hände schützend zum Kopf gehoben. Jemand begann, geräuschvoll zu weinen. Victoria fühlte Panik in sich aufsteigen.
»Sie sehen«, triumphierte die Pflegerin, »sie lieben das, sie mögen es, wenn ich ihnen die Haare kämme, sie trockenlege, wasche, wie Puppen, wie kleine Kinder. Und ihre Brillen und Zähne fallen nur runter und gehen kaputt, also nehme ich sie besser weg. Auch Babys haben keine Zähne und Brillen. Nicht wahr?«
»Ich habe Ihnen Ihre Rente mitgebracht, Mrs. Bull.« Victoria zählte ihr die Scheine hin. Zum Kleingeld gehörte ein Schillingstück. »Vielen, vielen Dank.« Mrs. Bull lächelte dankbar, nahm Victoria die Münze aus der Hand und schob sie sich in den Mund. »Nein, Mrs. Bull, bitte nicht!« Es war zu spät. Mrs. Bull hatte den Schilling hinuntergeschluckt und griff nach einer größeren Münze. Victoria schnappte das Geld vom Bett, verließ die Station und rief die Schwester.
Etwa zu dieser Zeit begannen ihre Magenschmerzen, die jedem Heilungsversuch widerstanden. Nach wochenlanger Behandlung durch ihren Hausarzt wurde sie zu weiteren Untersuchungen in ihr eigenes Krankenhaus überwiesen. Als Victoria die Klinik als Patientin betrat, versuchte sie sich auf die schlechtestmögliche Diagnose vorzubereiten. Etwas Unheilbares, über das man nicht offen reden würde. Wenn sie mit ihrem Vater in Malaysia Kontakt aufnehmen wollten, müßte sie sie überreden, dies sei unnötig. Ich werde schon allein damit fertig, irgendwie. Bin ich nicht immer alleine zurechtgekommen? Sie hoffte, sich mit ihrem Ende würdevoll und mutig auseinandersetzen zu können.
Die Tests waren negativ. Victoria wurde zu ihrem Haus-

arzt zurückgeschickt, der die Ansicht vertrat, sie sei überarbeitet und brauche Urlaub. Victoria weigerte sich. Sie konnte ihre Patienten nicht allein lassen, nicht einmal für eine Woche. Der Doktor zuckte mit den Schultern. »Kommen Sie zurück, wenn Sie Ihre Meinung geändert haben. Ich schreibe Sie krank. Haben Sie schon einmal daran gedacht, den Beruf zu wechseln?« Als Victoria den Untersuchungsraum verließ, versuchte sie sich einzureden, die letzte Frage überhört zu haben.
Wieder im Büro, holte sie sich ihre Krankenakte und las die Berichte. Der Brief des Spezialisten an ihren Hausarzt bestätigte, daß man bei ihr keine körperliche Erkrankung habe feststellen können, und endete: »Meiner Ansicht nach ist sie zu sensibel für die Arbeit, die sie verrichtet.«
Victoria entnahm den Brief des Spezialisten ihrer Akte, legte diese an die Stelle zurück, wo sie gelegen hatte, kehrte in ihr Büro zurück und verbrannte den inkriminierenden Beweis in ihrem Aschenbecher. Sie war fest entschlossen, ihre Stelle zu behalten. Der Spezialist hatte wohl seine eigenen ersten Jahre im Krankenhaus vergessen. Und außerdem, wie oft wurde ein körperliches Symptom als Neurose oder »psychosomatisches Syndrom« etikettiert, einfach weil niemand wußte, wie man es heilen sollte?
Überzeugt, daß sie nur noch wenig Zeit zu leben hatte, kehrte Victoria zu ihren Darmverschlüssen, Zwölffingerdarm-Geschwüren und bösartigen Tumoren mit neuem Feuereifer zurück. Jetzt, da sie selbst hatte leiden müssen, fühlte sie sich auf den Stationen wohler. Es gab jetzt ein Band zwischen ihr und ihren Patienten. Auch sie hatte richtigen Schmerz erlebt.
Ein Jahr später lernte sie Greg kennen, und ihre Welt veränderte sich schlagartig. Die Schmerzen verschwanden. Neue Horizonte eröffneten sich jenseits der Krankenhausstationen. Einen Monat, nachdem sie Greg begegnet

war, zog Victoria aus der gemeinsamen Wohnung mit Julia aus und in Gregs ehemaliges Kutscherhäuschen ein, das sein Zuhause war, wenn er in London weilte.
Als Auslandskorrespondent einer großen Zeitung wurde er oft kurzfristig auf Reisen geschickt, gewöhnlich an gefährliche Orte. Kriege, Revolutionen, Attentate, gelegentlich ein Erdbeben oder eine Springflut belebten Victorias Alltag. Unter dem Bett lag immer eine kleine Reisetasche, und jeder Telefonanruf konnte die sofortige Abreise Gregs bedeuten. Diese riesigen Katastrophen ließen ihre kleinen Unglücke in neuem Licht erscheinen. Sie begann, Bücher über Politik und Ökonomie, Geschichte und Philosophie zu lesen. Und sie lernte kochen.
Wenn Greg in London war, wurde Victorias Privatleben chaotisch und unvorhersagbar. Gregs Freunde tauchten meist ohne Vorankündigung zu jeder Tages- und Nachtzeit auf, manchmal nur für eine Stunde, zwischen zwei Flügen, manchmal für einige Tage, dann schliefen sie auf der Couch im Wohnzimmer. Victoria hoffte zunächst, ihre Liaison geheimhalten zu können, zumindest, bis sie sich an ihren neuen Status gewöhnt hatte, doch daraus wurde nichts. Gregs Freunde schienen sie als ständiges Inventar des Hauses zu akzeptieren, doch die Bedeutung von »ständig« bezog sich nur auf die Gegenwart, wie sie bald erfuhr. Auch andere Frauen hatten das Häuschen vor ihr bewohnt, alle gleichermaßen akzeptiert und begrüßt von »der Gang«, deren Mitglieder meist dauernd unterwegs waren, von einer Mission zur anderen, und froh darüber, ein Dach über dem Kopf zu haben und eine warme Mahlzeit zu bekommen.
Victoria kaufte Kochbücher und verbrachte ihre Mittagspause damit, auf der Suche nach Haushalts-Tips Frauenzeitschriften im Warteraum durchzusehen. Mit einer Mischung aus Schüchternheit und Stolz versuchte sie, alle Hausarbeit zu erledigen, wenn Greg nicht da war.

Dies bedeutete auch gelegentlich, daß sie um Mitternacht noch waschen, staubsaugen und saubermachen mußte. Das Haus sollte wie von Zauberhand sauber gehalten sein, beschloß sie. Die Hausarbeit sollte nicht zwischen Greg und sie treten, oder zwischen Greg und seine Freunde. In dem Häuschen war kein Platz für eine Waschmaschine. Victoria frequentierte den örtlichen Waschsalon und litt Qualen, wenn Gregs Freunde unerwartet auftauchten und die Haufen schmutziger Unterwäsche in ihrem Bad entdeckten.

Trotz des Chaos, der unregelmäßigen Mahlzeiten und der langen Nächte, trotz des Schlafmangels, der sie bei der Arbeit schwindelig vor Müdigkeit machte, verschwanden ihre Magenschmerzen. Im Krankenhaus war sie unermüdlich bei der Arbeit. Immer wenn Greg einmal nicht da war, blieb sie freiwillig bis zum Ende der Besuchsstunden im Krankenhaus, um die Verwandten der Patienten zu sehen. Nichts war ihr zuviel. Ihre Hingabe war unerschöpflich.

»Dieser Patient braucht dringend eine Portion L. Z. Bitte kümmern Sie sich darum«, las sie auf dem Begleitzettel. Strahlend verteilte Victoria ihre Liebevolle Zuwendung an alle Menschen in ihrer Reichweite.

*

»Das sind Schuldgefühle, meine Liebe, nichts weiter.«

Julia legte sich aufs Sofa zurück und verschränkte die Arme unter dem Kopf. Seit sie Stan kennengelernt hatte, war sie dazu übergegangen, wallende Gewänder zu tragen und Posen einzunehmen, die an die großen Gemälde der Welt erinnerten. Heute war sie Maja – eine bekleidete – zumindest in Victorias Gegenwart.

»Du führst ein sündiges Leben. Du wirst erst die Absolution erhalten, wenn du etwas dagegen tust. Denk an Schwester Agatha. Wenn sie wüßte...«

»Ich habe Schwester Agatha seit einem Jahr nicht mehr geschrieben. Außerdem gehe ich nicht mehr in die Kirche.«

Das war nur die halbe Wahrheit. Victoria war nicht mehr zur Beichte gegangen, seit sie bei Greg eingezogen war. Doch das hinderte sie nicht daran, immer wieder in die kleine Kirche unweit des Krankenhauses hineinzuschlüpfen, wo sie vor der sorgenreichen Madonna eine Kerze anzündete und ein hastiges Gebet für den einen oder anderen ihrer Schutzbefohlenen sprach, dessen Leben nach menschlichem Ermessen nicht mehr zu retten war. Daran anschließend flüsterte sie, hinter einer Säule versteckt, ein stummes, aber intensives Stoßgebet für eine Lösung, die sie nicht zu formulieren wagte.

»Mußt du nicht Ostern zur Beichte gehen?« Für eine militante Atheistin war Julia unangenehm gut informiert über die Pflichten einer Katholikin.

»Kannst du an dieser Situation wirklich nichts verändern?«

»Was denn zum Beispiel?« fragte Victoria leicht verärgert und zündete sich eine Zigarette an.

Julia gab ihre goyesque Pose auf, sprang zum Fenster hinüber und öffnete es. Ein Schwall Winterluft ließ sie beide schaudern. Julia fuchtelte dramatisch mit den Armen in der Luft herum, um den Rauch zu vertreiben. »Ist das eine von Gregs Großtaten? Und du arbeitest auf einer radiologischen Station… Victoria, ich beginne, mir über dich Sorgen zu machen. Nein, ernsthaft, mach das aus, dann kann ich das Fenster schließen, bevor wir beide erfrieren.«

»Oh, Julia, laß das doch bitte.« Victoria drückte die Zigarette auf ihrer Untertasse aus. »Was schlägst du vor? Soll ich Greg verlassen? Weil wir nicht verheiratet sind? Du mußt ja verrückt sein.«

Julia kehrte zum Sofa zurück. Nun war sie Mme. Recamier. »Nun ja, wenn er dich nicht heiraten will…«

»Wir reden nie darüber! Warum sollten wir auch? Wir sind erwachsen, reif, unabhängig... Wir arbeiten beide und verdienen uns unseren Lebensunterhalt..., wir sind jung...«

»In gewisser Weise. Greg muß jetzt fast 30 sein, nicht wahr? Du weißt nicht genau, wie alt er ist? Wie merkwürdig... Was hat er denn zu verbergen? Wie dem auch sei, er ist alt genug. Natürlich, so viel, wie er unterwegs ist..., siehst du ihn ja kaum. Da hättest du nicht viel von der Ehe, das garantiere ich dir.«

»Zufällig gefällt mir das, Julia. Es ist himmlisch, wenn er hier ist, aber dann bleibt mir kaum eine Sekunde zum Nachdenken. Er und seine Freunde..., es ist das Chaos vom frühen Morgen bis – bis zum nächsten Morgen, jedenfalls sehr häufig. Manchmal schlafe ich am Schreibtisch ein. Neulich bin ich eingenickt, mitten in einem Gespräch! Der Patient saß mir gegenüber und redete mit mir! Wenn Greg nicht da ist, kann ich mal aufatmen, das Haus saubermachen, meine Arbeit aufarbeiten und alles vorbereiten für seine Rückkehr. Tatsächlich gefällt mir diese Art zu leben. Es gibt immer etwas, worauf ich warten kann, etwas Spannendes. Wenn er hier ist, scheinen wir doppelt so schnell zu leben. Als ob wir sehen wollten, wieviel wir in einen Tag hineinpacken können. Wohl wissend, daß es nicht dauern wird. Nicht lang genug, um gelangweilt, müde oder nervös zu werden.«

»Machst du dir keine Sorgen über ihn, wenn er fort ist?«

»Manchmal. Er wird oft in gefährliche Regionen geschickt. Ja. Natürlich mache ich mir Sorgen. Aber er ruft mich fast jeden Tag an. Und er schreibt mir. Solch wundervolle Briefe. So lustig. Trotz all der Dinge, die er dort sieht. Darüber schreibt er mir nie. Das ist für die Zeitung. Wenn ich seine Artikel lese, weiß ich, was wirklich geschieht. Aber seine Briefe sind ganz anders, und sie sind nur für mich. Ganz persönlich.«

»Das habe ich nicht unbedingt damit sagen wollen«, meinte Julia. »Natürlich ist seine persönliche Sicherheit wichtig. Ich dachte eher an – andere Menschen, dort draußen, denen er begegnet. Frauen. Ich meine, wenn er so lange weg ist..., wie weißt du dann, daß es da nicht jemand anders gibt? Man sagt ja, Gefahr sei ein starkes Aphrodisiakum, und er befindet sich sehr häufig an gefährlichen Orten.«
»Tja«, sagte Victoria nach einer Pause, in der der altvertraute Schmerz für Sekunden in ihren Eingeweiden wühlte, »tja« – sie hoffte, ihre Stimme klang angemessen leicht und selbstsicher –, »wie ich schon sagte: Wir sind beide erwachsene und vernünftige Menschen. Und wir vertrauen einander. Glaubst du nicht, daß es so etwas wie Treue gibt?«
»Was ich glaube, ist: Ich könnte mich damit nie abfinden. Wenn Stan soviel unterwegs sein müßte wie Greg, hätte ich keinen Augenblick Ruhe. Er sagt zwar, daß er mich liebt. Er hat mich gebeten, ihn zu heiraten. Aber wenn er von mir wegginge, an irgendeinen exotischen Ort, irgendwo im Ausland, würde ich ihm nicht trauen, trotz all seiner Beteuerungen ewiger Liebe. Männer sind einfach nicht für die Treue geschaffen.«
Victoria blickte auf die Uhr. »Ich muß gehen, es wird schon spät. Greg bringt Freunde zum Abendessen nach Hause.«
»Paß gut auf dich auf, Liebes.«
»Bis bald.«
Auf dem Heimweg hielt Victoria an einer kleinen Kirche und kaufte die größte Kerze, die sie finden konnte. Sie zündete sie vor einem Standbild der heiligen Theresa von Avila an. Diesmal waren ihre Gebete nicht nur für Greg.

*

Du hast mich nie wirklich glücklich gesehen, Daddy. Immerhin muß es in den letzten Jahren Zeiten gegeben haben, an denen ich einigermaßen zufrieden mit meinem Leben gewesen bin. Die Dinge liefen ganz gut. Ich war befördert worden. Ich hatte einen faszinierenden Mann kennengelernt. Außerdem hatte ich immer sorgfältig auf mein Äußeres geachtet. Und versuchte, Dich nicht gerade dann zu besuchen, wenn mein Unglück nicht zu verbergen war, wie zum Beispiel in den Wochen nach dem Brief, der Gregs Heirat ankündigte.

Vielleicht irre ich mich, Daddy. Vielleicht bin ich nicht objektiv genug, doch in der Rückschau scheint es mir, daß die einzige Zeit, in der ich wirklich vor Glück strahlte, meine Studentenjahre waren und später, als ich mit Greg zusammenlebte. Da Du damals nicht hier warst, hast Du mich nie wirklich glücklich gesehen. Ich frage mich, ob sich sonst etwas zwischen uns verändert hätte?

Du bist Greg nie begegnet. Doch was hätte das ändern können? Vielleicht hättest Du ihn dann etwas weniger verabscheut, oder sogar überhaupt nicht? Wie konnte es geschehen, daß alles, was ich Dir jemals über ihn erzählte, Deine Mißbilligung nur noch verstärkte? Ich habe ihn nie kritisiert. Ich versuchte, Dir einige seiner zweifellos vorhandenen Talente und Qualitäten nahezubringen..., wie nüchtern und wenig überzeugend das klingt. Wie kann man jemandem dieses flüchtige Etwas nahebringen, das einen Menschen unwiderstehlich attraktiv macht? Was ist Liebe? Manche behaupten, es sei Chemie, andere sagen, es sei die Elektrizität, ich glaube, es ist Magie. Und für diejenigen, die ihren Zauber nie erleben, existiert sie einfach nicht.

Vielleicht hattest Du recht, Daddy. Ich hätte eine akademische Karriere wählen und nie mit dem Studium der Sozialwissenschaften anfangen sollen. Vielleicht hätte ich mein Leben besser in den Griff bekommen, wenn ich nur mich selbst durch die unzähligen Krisen des Lebens hätte hindurchmanövrieren müssen, ohne meine »schweren Fälle«, die mich zusätzlich belasteten. Doch als ich mein Examen machte, hatte ich den Eindruck, wenn ich mich auf die Forschung stürzte und vielleicht schließlich eine Monographie über irgendeinen dunklen Aspekt des Lebens im Großbritannien des 17. Jahrhunderts verfaßte (meine Abschlußarbeit in Geschichte handelte von diesem Thema, und ich wurde sehr ermuntert, dort weiterzuschürfen), wäre das nicht ausreichend gewesen, um mein Leben im allgemeinen und die Tatsache, daß ich jener Bombe entgangen war, im besonderen zu rechtfertigen. Ich mußte etwas Wertvolles, Bedeutungsvolles tun. Als Akt der Sühne? Als Buße? Ein Angebot? Ein Opfer?

Eine Zeitlang überlegte ich, ins Kloster zu gehen, doch das redete mir die Mutter Oberin aus, die mich besser kannte als ich mich selbst. Sie sprach sich für die Sozialarbeit aus, als June den Vorschlag machte, und teils aus Bewunderung, teils aufgrund meines akuten Bedürfnisses, jemandem nützlich zu sein, klammerte ich mich an die Idee und hielt an ihr fest trotz all der folgenden Kalamitäten. Meine Entschlossenheit half mir durch die Studienjahre und die lebenslange Berufstätigkeit. Es scheint eine vernünftige Vermutung, daß ich die ganze Zeit etwas Sinnvolles getan hatte – obwohl, wenn ich so zurückschaue, ich heute nicht einmal mehr dessen sicher bin.

Wie viele der wesentlichen Entscheidungen, die ich meine Klienten treffen half, stellten sich im nachhinein als Fehler heraus? Wieviel zusätzlichen Schmerz habe ich verursacht? Theoretisch sollten wir niemanden zu irgendeiner Entscheidung drängen. »Eine Lösung für ein Problem ist nutzlos und vielleicht sogar schädlich, wenn sie nicht von den Klienten selbst getroffen wird.« So sagt es das Fachbuch. Wir sind nicht da, um ihnen zu sagen, was sie tun sollen. Selbst wenn wir die Antwort zu kennen glauben.

Erinnere Dich, wie viele Diskussionen wir über dieses Thema hatten und wie oft Du nicht verstehen konntest, warum mir das so wichtig war. »Ein Mensch muß lernen, seine Probleme selbst zu lösen, die Entscheidung muß von ihm selbst kommen. Ich bin nur hier, um ihm zu zeigen, welche Möglichkeiten es gibt, was seine Wahlmöglichkeiten sind, die wahrscheinlichen Konsequenzen seiner Handlungen mit ihm zu diskutieren, ohne meine eigenen Präferenzen zu zeigen oder zu versuchen, ihn auf irgendeine Weise zu beeinflussen. Wenn du jemandem sagst, was er zu tun hat, nimmst du ihm alle Verantwortung ab. Dann ist die Wahrscheinlichkeit groß, daß er deinem Rat nicht folgen wird. Und wenn er es tut, dann vielleicht nur deshalb, weil du es ihm gesagt hast. Er wird seine Hände in Unschuld waschen, wenn es um die Konsequenzen geht, besonders wenn diese Konsequenzen negativ sind. Sind sie aber positiv und er gerät das nächste Mal in eine Krise, wird er dich wieder um Hilfe bitten, dich zu einer Mutterfigur machen, statt zu lernen, die Dinge selbst in die Hand zu nehmen. Man muß ihm helfen zu reifen.«
Soweit die Theorie. In der Praxis ist es äußerst schwierig, einen Klienten nicht auf die eine oder andere Weise zu beeinflussen, wenn man seine Situation mit ihm bespricht. Man kann sich nicht daran hindern, eine bestimmte Vorstellung davon zu suggerieren, was er denn tun sollte. Weil wir überlegen, was wir an seiner Stelle täten, weil wir also unsere Wertvorstellungen, unseren Hintergrund, unsere Schichtzugehörigkeit, unsere Vorurteile, unsere Ausbildung zugrunde legen – die sich häufig so radikal von denen unseres Klienten unterscheiden, als lebten wir in zwei verschiedenen Welten. Das Problem der Schichtzugehörigkeit – ein typisches und einzigartig englisches Phänomen, wie Tom mir so oft versicherte – eröffnet eine Kluft zwischen Sozialarbeiter und Klient. Seltsamerweise fand ich nicht, daß es eine unüberbrückbare Kluft war in der spe-

ziellen Krankenhausumgebung, auf dem schmalen Pfad zwischen Katastrophe und Beschämung. In unserer Arbeit müssen wir durch Situationen hindurchgehen, die mit den tiefsten Emotionen beladen sind. Wir müssen zwischen Ehemann und Ehefrau vermitteln, zwischen Eltern und Kindern, und wir sind schuldig, was immer dabei herauskommt, wir werden denunziert und für alles verantwortlich gemacht, auf die Probe gestellt und von der halb informierten Öffentlichkeit verurteilt, als beliebter Sündenbock für all jene, die eine Ursache suchen für ihre persönliche Erniedrigung, Frustration oder Angst.

Wenn ein Kleinkind mit Knochenbrüchen ins Krankenhaus eingeliefert wird, kann es sein, daß der Arzt die Familie zum Sozialarbeiter schickt, weil er eine »nicht durch einen Unfall verursachte Verletzung« vermutet. Mit anderen Worten: daß das Baby mißhandelt wurde. Das Kind wird dann vielleicht den Eltern weggenommen und in ein Heim gesteckt. Möglicherweise ergreifen die Eltern rechtliche Schritte und setzen eine Medienkampagne in Gang gegen den Sozialarbeiter, der sie ihrer elterlichen Rechte beraubt, ihnen ihr Kind wegnimmt und ihren Ruf ruiniert. Und natürlich werden sie recht bekommen. Schließlich kann sich der Arzt ja geirrt haben. Aber wenn er sich nicht irrte und der Sozialarbeiter sich von einem beredsamen Elternteil oder Nachbarn, die der Familie trauten, überzeugen ließ, und das Kind wird wieder verletzt – dann wird der Sozialarbeiter beschuldigt, und eine landesweite Kampagne wird in den Medien gegen die Inkompetenz, Naivität und Fahrlässigkeit dieses … geführt, aber wir lesen ja alle die Zeitung und wissen, womit wir zu rechnen haben.

Auch bei der besten medizinischen Versorgung sterben die Menschen. Sie sterben unter unerwarteten Umständen, bei Unfällen, selbst im Krankenhaus. Menschen verhalten sich auf unvorhersagbare Weise. Sozialarbeiter, die natür-

lich auch menschliche Wesen sind, leben nicht mit ihren Klienten und können sie daher nicht jahrelang Tag und Nacht bewachen. Wenn sie gerade einmal nicht hinsehen, geschieht es. Menschen werden verletzt. Sie töten einander. Sie töten sich selbst. Diejenigen, die dem Opfer am nächsten standen, die Verwandten, Eltern, Kinder, Ehegatten, Geliebten, die nicht in der Lage waren, die Katastrophe aufzuhalten, fühlen sich schuldig. Sie müssen die Schuld auf jemand anderen laden können. So dienen die Sozialarbeiter verschiedenen Zwecken.
Sie werden häufig mißbraucht, beschimpft, attackiert, geschlagen und manchmal von ihren Klienten ermordet. Gewöhnlich findet sich in den Medien kein Raum, über solch profane Dinge zu berichten, geschweige denn, eine landesweite Kampagne in Gang zu setzen, um diejenigen zu schützen und zu unterstützen, die ihr ganzes Leben lang kämpfen, um den Benachteiligtsten unserer Gesellschaft zu helfen. Gewöhnlich sind es auch diejenigen, die sich am wenigsten äußern können. Und deshalb sind sie nicht in der Lage, eine überzeugend klingende Entgegnung zu formulieren, wenn sie – wie es manchmal geschieht, gewöhnlich in der »Saure-Gurken-Zeit« – von den Medien mit der Frage konfrontiert werden: »Sind Sozialarbeiter nötig?«

*

»François I. war der Überzeugung, ein Hof ohne Damen sei wie ein Garten ohne Blumen. Seine Gattin Claude war klein und dick, schielte und hinkte. Sie war bekannt für ihr liebenswertes Wesen, ihre Geduld und ihr Mitleid, und sie war die Namensgeberin der ›Reineclaude‹.«
Der Führer im Schloß von Blois sprach über den großen König mit einer Vertrautheit, als handelte es sich um einen nahen Verwandten. Wer weiß, dachte Victoria, die mit

einer Gruppe von Touristen durch die königlichen Gemächer schritt. Bei all den schönen Damen, die sich in den zahlreichen Chateaux des Königs drängten und mit extravaganten Geschenken überhäuft wurden – wovon all die Kästen mit wunderschönen Kleidern Zeugnis ablegten, die Brantôme beschreibt –, welch andere Vorzüge hatten sie wohl sonst zu bieten? Wer konnte all die Nachfahren des Königs zählen? Sie fragte sich, wie viele der Besucher des berühmten Schlosses sich plötzlich bei sich »zu Hause« fühlten, als hätten sie diesen Ort früher schon einmal bewohnt.

Der Reiseführer betrat das königliche Schlafzimmer, wo der Duc de Guise auf Betreiben Heinrich III. den Tod gefunden hatte. Oder war seine Mutter, Katharina von Medici, für das Verbrechen verantwortlich? Jedes Château, das sie bislang besucht hatte, verbarg ein Massaker oder eine blutige Intrige irgendwo in seiner Geschichte. Victoria sah auf die Uhr. Greg würde schon im Hotel warten. Es war Zeit zu gehen.

Sie waren die Loire entlanggefahren und hatten die Schlösser besucht, das Essen und den Wein genossen und sich Stück für Stück wieder mit der französischen Geschichte vertraut gemacht. Die Landschaft schimmerte im späten Sommersonnenlicht. Die Luft roch nach den unvergleichlichen Früchten dieser Region, den Trauben und Pfirsichen, den Äpfeln und Birnen. Es gab Wein, der nach Himbeeren schmeckte, und Wein mit Veilchenduft. Und es gab Schlösser, die sich im Wasser spiegelten oder den Fluß überspannten oder mitten in äußerst symmetrisch angelegten Gärten standen.

Der Urlaub kam unerwartet und ungeplant. »Pack nichts ein, du kannst da drüben alles bekommen, was du brauchst, Frankreich ist ein zivilisiertes Land«, hatte Greg gesagt. Er war daran gewöhnt, aus einer kleinen Reisetasche zu leben, die alles enthielt, was er brauchte. Victoria geriet in Panik. Es war schwierig genug, den Urlaub vom Krankenhaus genehmigt zu bekommen. Ihre Vorgesetzte legte großen Wert darauf, rechtzeitig vorher Bescheid zu wissen. Sozialarbeit besteht zwar hauptsächlich darin, mit dem Unerwarteten fertig zu werden und sich auf jeden Notfall vorzubereiten, doch diese Philosophie wurde nicht auf das Personal angewandt. Urlaub mußte man Wochen vorher einreichen, und wenn man plötzlich aufgrund von Krankheiten, Zahnarztbesuchen oder wegen des Gasablesers abwesend sein mußte, regte sich ihre Vorgesetzte immer schrecklich auf. Obwohl niemand sonst für diese Woche Urlaub eingereicht hatte, mußte Victoria drei Tage warten, bevor ihre Anfrage großzügig genehmigt wurde.

Sie quetschte das absolute Minimum an Kleidungsstücken in ihre kleinste Reisetasche und verurteilte sich selbst dazu, die nächsten zehn Tage in zerknitterten Kleidern und Sandalen zu verbringen, die Blasen auf ihren bloßen Zehen verursachten. Das hob ihr Selbstvertrauen nicht gerade. Wenn ich rechtzeitig Bescheid gewußt hätte, dann hätte ich mir ein Paar von diesen Röcken aus dem nicht knitternden Stoff gekauft, dachte sie reumütig und klebte ein Pflaster auf ihren blutenden Fuß. Sie hatte ihre Kleidungsstücke immer in ausreichend große Koffer gepackt, zwischen jedes Kleid eine Schicht Tücher gelegt, doch in Gregs Kofferraum war kein Platz für einen Koffer. Sie würden sich auf dem Heimweg mit französischen Souvenirs eindecken.

Das Essen und der Wein, in Verbindung mit der Sommerhitze, machten Victoria tagsüber schläfrig und verursachten ihr nachts Alpträume. Während Greg also die Weingüter besuchte und Produkte der Region einkaufte, ging sie in Museen und Chateaux, konnte sich nicht satt sehen an der Architektur, der Landschaft und den Kunstwerken, die in ihrem Kopf schließlich ein Echo der Vergangenheit heraufriefen. Besonders die Spiegel hatten es ihr angetan. Sie stellte sich immer ein wenig seitlich, so daß ihr Gesicht ihr nicht im Wege war, und blickte in das widergespiegelte Interieur, tief hinter der fleckigen und häufig die Umgebung verzerrende Oberfläche, als versuchte sie, einen Blick auf das zu werfen, was sich hier einst abgespielt hatte. Wie viele Gesichter hatten Jahrhunderte vor ihr in diese Spiegel geschaut? War es nicht möglich, daß irgendwo in den Tiefen des Ungesehenen und Unsichtbaren etwas erhalten geblieben war?

»Ich will nicht durch den Spiegel hindurch, wie Alice, weißt du«, erklärte sie Greg beim Abendessen. Sie hatten sich für die Nacht in einer kleinen Auberge einquartiert. Das Essen war für Victoria wie immer völlig neu und erstaunlich gut. Das einzige Licht stammte von der Kerze, die ihr Gesicht sanft beleuchtete und ihr Sterne in die Augen zauberte, während gnädige Schatten ihr zerknittertes Kleid verbargen. Sie schwelgte in neu gefundenem Selbstbewußtsein. Sie war nicht länger Miss Bennet, die Sozialarbeiterin, sie war Victoria, eine junge Frau, die mit ihrem Liebhaber durch Frankreich reiste. Sie hatte die Blicke gesehen, die von den anderen Tischen herübergeworfen wurden, und was sie in ihnen las, ließ ihr das Blut in die Wangen schießen. Ein warmes Glühen erfüllte ihren ganzen Körper. Selbst ihr Haar reagierte auf die Schmeichelei und schien in einem noch tiefer kupferfarbenen Glanz. Nicht länger in ihrer Londoner Individualität, fühlte sie sich schön, begehrenswert und auf sorglose Weise zutiefst glücklich.

»Ich möchte nicht durch den Spiegel in die Vergangenheit hinein verschwinden. Die Vergangenheit klingt trotz all der Ruhmestaten reichlich blutig. Ich würde nur gerne einen Blick auf das erhaschen, was wirklich gewesen ist. In einen der alten Spiegel zu schauen, der soviel gesehen haben muß, und plötzlich – die Wahrheit erkennen.«

»Wollen wir das nicht alle?« fragte Greg. »Denk an all die Streitereien, die daraufhin unter Historikern ausbrechen würden. Es ist schon besser, daß wir das gar nicht können. Ich ziehe den Zweifel und die Spekulation vor. Vor allem – das Geheimnis. Wir sind auf unsere Phantasie angewiesen. Besser, die Vergangenheit nicht zu klar sehen und die Zukunft – überhaupt nicht.«

Victoria wachte am nächsten Morgen erst spät auf, langsam aus einem konfusen Traum auftauchend, in dem sie laut eine Liste verlesen hatte. Der Traum handelte von der Arche, auf die die Tiere in Zweiergruppen hinaufgingen, doch diese Arche ähnelte mehr einem Schloß mit unzähligen Türmchen, Mansardenfenstern und mit der großen Steintreppe aus dem Chateau von Blois, und was sie zu rezitieren versucht hatte, enthielt die Namen der Plantagenets und der Valois, Katharina von Medici und Diane de Poitiers, Brantôme und Balzac, Villon und Ronsard, den Salamander, den Hermelin und das Stachelschwein. Das Stachelschwein war allein. Wo war sein Partner?

Victoria öffnete die Augen. Sonnenlicht, gefiltert durch die Rolläden, legte sich in Streifen über die Bettdecke. Der Duft von Geißblatt erfüllte den Raum. Sie schloß die Augen wieder und drehte sich zu Greg um. Irgendwann später hatte sie das Gefühl, jemand klopfe leise an die Tür; sie hörte ein Quietschen der Türangeln und jemanden nach Luft schnappen, dann wurde die Tür wieder zugemacht. Sie hielt die Augen geschlossen. Nach einem gemütlichen Frühstück verließen sie die Auberge, um die Gegend zu erkunden, und fuhren weiter bis Saumure.

Das Schloß hob sich weiß gegen den leuchtend blauen Emailhimmel ab und sah genauso aus wie im Bildkatalog »Les très riche Heures du Duc de Berri«. Victoria blieb in einem der tief hinten im Schloß gelegenen Türmchen am Fenster stehen und blickte die Böschung hinunter. Hier stand sie, in einem mittelalterlichen Gewand mit so langen

Ärmeln, daß sie ihre Sandalen berührten, einen Schlüsselbund am Gürtel und einen Gobelin in der Hand. Sie spürte das weiße Band ihres Schleiers eng um den Kopf und die kalte Steinwand hinter ihrem Rücken. Jetzt lehnte sie sich gegen sie, sog das uralte Frösteln in sich auf, während ihre Augen den wolkenlosen Himmel absuchten. Sie war ein Glied in einer Kette, von damals bis jetzt ein Teil der Welt, wie sie war und für immer sein wird – Amen.

»Ist alles in Ordnung mit dir?« fragte Greg. »Du siehst ein bißchen blaß aus.« Sie berührte ihre Schläfen, wo die spitze Haube unbequem drückte. »Nur ein wenig Kopfschmerzen.«

Sie betrachteten die Fayencen und das Porzellan, die Skulpturen und die Möbel. Das Gefühl der Entfremdung blieb. Victoria betrachtete die beleuchteten Schriften und war sicher, wenn man ihr erlaubte, sie aus den Schaukästen zu nehmen und die Seite umzudrehen, wäre sie nicht nur in der Lage, sie zu lesen, sondern sogar, den Text aus dem Gedächtnis herzusagen.

Spät am Nachmittag fuhren sie zurück in ihre Auberge. Als sich Victoria die Haare vor dem Badezimmerspiegel bürstete, fiel ihr Blick auf die beiden Zahnbürsten auf der gläsernen Ablage über dem Waschbecken. Statt in ihren jeweiligen Zahnputzbechern zu stehen, lagen sie, die Borsten ineinandergesteckt, in enger Umarmung da. Also war es das Zimmermädchen gewesen, das sie – oder sich selbst – an diesem Morgen überrascht hatte, dachte Victoria und lächelte, als sie ihr Gesicht mit kaltem Wasser wusch. Greg hatte schon gepackt. Sie fuhren durch die Normandie zurück nach England. Als sie sich Caën näherten, der Stadt, in der sie übernachten wollten, war es immer noch heiß, aber der Himmel vor ihnen verdüsterte sich bereits. Greg hatte die Absicht, dort einen Freund zu treffen, der auf dem Weg zu einer neuen Aufgabe einen Zwischenstopp einlegen würde. Victoria packte das letzte Mal aus, schüttelte eines ihrer Kleider aus und hoffte, die Dunkelheit der Nacht würde die Falten gnädig verbergen, bürstete sich das Haar vor dem Spiegel und bemerkte, daß es in der trockenen Luft knisterte. Sie glaubte, blaue Fünkchen um ihren Kopf springen zu sehen, hielt sie jedoch eher für ein Symptom aufkommender Migräne. Es war eine lange Fahrt gewesen, und sie fühlte sich sehr müde. Wenn Greg und sein Freund nach dem Abendessen noch lange miteinander reden wollten, würde sie sich entschuldigen und früh zu Bett gehen.

Der Freund kam pünktlich. Er war nicht allein. Das Mädchen an seiner Seite schien direkt einem Modemagazin entstiegen. Tatsächlich war sie Modejournalistin, arbeitete für eine landesweite Zeitung und wußte sicherlich ganz genau, was sie für eine Autoreise durch Frankreich mitnehmen und wie sie es einpacken mußte. Ihr Kleid und ihr Make-up waren makellos. Ihr langes blondes Haar wirkte frisch gewaschen. Die bloßen Füße mit den lackierten Zehennägeln sahen gepflegt und kühl aus in den hochhackigen Sandalen. Das Restaurant, das die Männer auswählten, war voll besetzt und hell erleuchtet. Trotz der weit offenen Fenster und der Ventilatoren in jeder Ecke war die Luft zum Ersticken. Victoria war dankbar, daß sie einen Ventilator im Rücken hatte, auch wenn der ihr dauernd das Haar ins Gesicht blies. Sie kümmerte sich nicht länger darum, wie sie aussah. Elaine ihr gegenüber sah wunderbar cool aus, das blonde Haar war glattgekämmt, die Haut matt, die langen Fingernägel in einem dunklen Rosa lakkiert, das genau zu ihrem Lippenstift paßte, der während der gesamten Mahlzeit nicht verschmierte. Victoria war sich die ganze Zeit bewußt, wie sie aussah: erhitzt und ramponiert. Von den Pflastern auf ihren Zehen bis zu ihrer glänzenden Nasenspitze fühlte sie sich schäbig und vollkommen fehl am Platze. Die drei Journalisten sprachen über ihren Beruf. Namen, Schauplätze, Ereignisse, Intrigen; der berufliche Klatsch und Tratsch, der sie miteinander verband, schloß Victoria so vollständig aus, als unterhielten sie sich in einer Fremdsprache. Ihre Schläfen pochten. Sie war sich bewußt, daß ihr Schweigen als Feindseligkeit oder Langeweile interpretiert werden würde, doch so sehr sie sich auch bemühte, es gelang ihr nicht, in das Gespräch hineinzukommen. Sie hatte das Gefühl, außerhalb einer eng miteinander verbundenen Gruppe zu stehen. Niemand würde für sie Platz machen. Es war keine Öffnung in der Wand.

Sie rührte ihr Essen kaum an. Als der Kaffee serviert wurde, erschien eine Flasche Calvados auf dem Tisch, und der Kellner füllte vier kleine Gläser. Natürlich, sie waren im Land des Calvados. Victoria hatte dieses Getränk noch nie probiert, aber sie hatte davon gehört und gelesen. Wo war das noch? Wer war es, der immerzu Calvados trank und »Salut« sagte? Es war eine Liebesgeschichte, handelte von einer großen Liebe in einem gefährlichen Land oder einer gefährlichen Situation – Krieg? Es hatte schlecht geendet: mit dem Tod eines der Beteiligten. Natürlich: »Arc de Triomphe«! Sie hatte das Buch gelesen und den Film mit Ingrid Bergman und Charles Boyer gesehen. Damals war sie zu jung gewesen, um sich zu fragen, wie sich wohl das viele Calvados-Trinken auf die angeblich immer ruhige Hand des Chirurgen auswirken mußte, der Tag und Nacht in jener Pariser Klinik operierte, die ganze Zeit Wunder vollbrachte, während ihm das Herz brach... Es war eine gute Geschichte. Sie tranken Calvados und prosteten sich mit »Salut« zu, und sie waren so verliebt und so unglücklich. Für die 16jährige Victoria war das alles gewesen, das zählte.

Und hier war sie jetzt, als Erwachsene in Frankreich, hob das Glas mit duftendem Calvados dem Mann entgegen, den sie liebte und der – es war unglaublich – auch sein Glas

hob und mit ihr anstieß. »Salut«, sagten sie alle, wie aus einem Munde.
Sie rang nach Luft. Tränen stiegen ihr in die Augen, und ein Feuerball explodierte in ihrer Kehle. Die anderen blickten sie amüsiert an. Sie verschmierte ihre Wimperntusche, als sie sich die Tränen abtrocknete, und versuchte zu erklären, sie hätte sich an dem Getränk verschluckt. Natürlich war Calvados nicht das richtige für sie. Zu stark. Ob sie lieber etwas Süßeres mochte? Crème de Cacao? schlug Elaine vor. Ihr Make-up war immer noch untadelig, ihre Lippen glänzten in sanftem Rosa, und sie nippte an ihrem Glas, als sei es Wasser. Victoria holte tief Luft. Es war ein langer Tag gewesen. Das Hotel war nur wenige Minuten entfernt. Sie würde schon allein nach Hause finden. Sie sollten sich nicht stören lassen. Sie wünschte ihnen eine gute Nacht. Als sie sich auf der Schwelle noch einmal umdrehte, um ihnen ein letztes Mal zuzuwinken, stellte sie fest, daß sie schon wieder tief in ihr Gespräch versunken waren, die drei Köpfe beugten sich dicht zusammen über die Calvados-Gläser. Keiner von ihnen schaute auf. Sie ging hinaus.
Das Gewitter, das sich schon seit dem frühen Abend angekündigt hatte, brach über sie herein, als sie sich gerade zu Bett legen wollte. Seit ihren frühesten Kindertagen haßte Victoria Gewitter und fürchtete sich vor ihnen. Sie schloß die schweren Fensterläden und ging zu Bett. Im Zimmer war es stickig. Ein greller Blitz, der unmittelbar von einem betäubend lauten Donnerschlag gefolgt wurde, erhellte das Zimmer, und ein durchdringender seltsamer Geruch stieg im Raum auf. Es schien, als ob die Luft um sie herum in Stücke gerissen wurde. Zu Tode erschrocken barg sie ihren Kopf unter dem Kissen, bis sie beinahe erstickte. Doch als sie einen Moment auftauchte, um nach Luft zu schnappen, schickte ein weiterer greller Blitz und ein gewaltiger Donnerschlag sie wieder unter die Bettdecke. In

dem kurzen Moment, als sie die Augen öffnete, sah sie, daß die Fensterläden gegen die Wand krachten. Sie mußte eigentlich aufstehen, das Fenster öffnen und sie wieder festmachen, bevor ein Unglück geschah, aber nichts auf der Welt würde sie aus dem Bett bringen.

Ein weiterer betäubender Knall! Sie war sicher, daß das ganze Gebäude erschüttert wurde, als sei es von einer mächtigen Faust getroffen worden. Sie hörte Glas auf Steine splittern und erregte Stimmen auf dem Flur. Victoria tauchte wieder unter die Kissen. Es war besser zu ersticken, als noch mehr zu hören und zu sehen.

Sie war eine sündige, unwürdige Kreatur, durch ihre eigenen Untaten zum Untergang verdammt. Kein Wunder, daß Gottes Zorn ihr überallhin folgte. Sie verdiente alles, was ihr geschah. Natürlich würde sie Buße tun. Aber wie? Greg verlassen? Was wäre dadurch gerettet? War es wirklich eine so große Sünde?

Ein weiterer greller Blitz durchdrang selbst die Dunkelheit unter ihrem Kissen, der schmetternde Knall ließ sie entsetzt aufschreien. Das war das Ende. Selbst wenn sie in der Tiefe ihres sündigen Bettes nicht vom Blitz getroffen wäre, würde sie ganz bestimmt vor Angst sterben, bevor die Nacht vorüber war. Ihr Körper würde es nicht mehr ertragen. Sie hatte die Tür nicht abgeschlossen, so daß Greg hereinkommen konnte. Er würde sie tot auffinden. Oder er würde denken, sie schliefe, ins Bett gehen und erst am Morgen... Armer Greg. Was für ein schrecklicher Schock es für ihn sein würde... Sie versuchte zu beten, aber die Worte gefroren ihr auf den Lippen.

Als sie die Augen aufschlug, schien ihr die Sonne direkt ins Gesicht. Die Fensterläden waren geöffnet. Greg schlief neben ihr. Die Luft war frisch und kühl. Sie lag eine Weile reglos da und sprach ein Dankgebet wie nach einer Katastrophe, die sie auf wundersame Weise überlebt hatte. Sie war zerknirscht und schämte sich ihres Verhaltens am vergangenen Abend: ihr Neid auf die schöne Elaine, ihr kindisches Schmollen, das sie veranlaßt hatte, die Sicherheit des Restaurants zu verlassen und sich, allein in der obersten Etage des Hotels, den Schrecken des Gewitters auszusetzen. Gott sei Dank war Greg nicht dagewesen und hatte sie gesehen. Sie hätte die Schande nicht verkraftet, dachte sie und schloß wieder die Augen.

Das Meer lag glatt und ruhig da. Die Sonne schien. Morgen würde sie wieder zurück im Büro sein. Eine Welle der Angst hob ihr den Magen, so bedrohlich stand plötzlich das Ende ihres beinahe perfekten Urlaubs vor ihr. Was war »ihren« Patienten während ihrer Abwesenheit wohl alles zugestoßen? Wie kam es, daß immer dann unvorhergesehene Katastrophen passierten, wenn die Person, die dafür zuständig war, mit solchen Ereignissen fertig zu werden, gerade nicht anwesend war? Wie würden ihre Kolleginnen mit solchen Notfällen fertig? Würde es bei ihrer Rückkehr Ärger geben, mehr oder weniger offen geäußerte Vorwürfe, sie habe etwas hinterlassen, worauf die anderen nicht vorbereitet waren – ein Hinweis darauf, was immer auch einem ihrer Schutzbefohlenen passierte, sie hätte es vorhersehen und Maßnahmen ergreifen können, um das Unglück abzuwenden, oder wenigstens klare Instruktionen hinterlassen müssen, was zu tun wäre, wenn...? Warum war es immer so, daß der Schwur, der ganze Urlaub sei das Zurückkommen nicht wert, weil immer ein solches Durcheinander im Büro auf einen warte, der rituelle Kommentar war, den man immer am ersten Tag von sich gab, nachdem man fort gewesen war?

Sie blickte hoffnungsvoll auf die große Dose Cormery-Makronen in ihrer Duty-Free-Tasche. Ein Friedensangebot an ihre Kolleginnen. Mit einem runden Loch versehen, das Frère Jeans Nabel darstellen sollte, würden sie ihnen zumindest ein paar Tage lang die Kaffeepause versüßen. Sie suchte in ihrer Handtasche nach Kleingeld. Es gab

einen Spielautomaten in der Ecke des Salons, der vorübergehend von allen anderen Gästen verlassen war. Sie fütterte die Maschine mit Münzen, bis keine mehr übrig war.
»Hast du noch Kleingeld?« bettelte sie Greg an, der noch ein paar Münzen zutage förderte und sie warnte, sie hätten nur noch sehr wenig Bargeld übrig und müßten noch eine Mahlzeit an Bord bezahlen, bevor sie in England anlegten.
»Ich glaube, heute habe ich Glück«, sagte sie. »Schließlich habe ich ja immer noch Urlaub.«
Dann waren alle Münzen verspielt, und sie fühlte sich dumm und kindisch; das Ganze tat ihr leid. Aus den Augenwinkeln sah sie einen anderen Passagier näher kommen, ein hoffnungsvolles Lächeln auf den Lippen. Er hatte sie beim Verlieren beobachtet. Da die Maschine bis jetzt noch keinen Gewinn ausgeschüttet hatte, rechnete er sich gute Chancen aus, wenn er nach ihr kam. Er hatte die ganze Hand voller Münzen.
»Schau doch mal nach, ob du nicht noch eine hast, schnell, sieh mal in deinen Taschen nach«, bettelte sie, die Hand auf dem Griff, um anzuzeigen, daß sie noch nicht fertig war. Auf wundersame Weise förderte Greg noch eine weitere Münze zutage. »Jetzt oder nie«, dachte sie grimmig. Sie zog den Griff so langsam herunter, wie sie nur konnte, beobachtete, wie sich die Zylinder drehten, dann schloß sie die Augen. Die Maschine stoppte. Stumm wandte sie sich ab, ohne das verhaßte Ding noch einmal anzuschauen, das sie um die letzte Chance beraubt hatte zu beweisen, wieviel Glück sie im Leben wirklich hatte. Greg stand hinter ihr, ein seltsames Lächeln auf den Lippen. Er rührte sich nicht. Das metallene Scheppern, als die Münzen ausgeworfen wurden, ließ sie mitten im Schritt innehalten. Sie wandte sich um und sah, wie sich die Maschine wie in einem Krampf schüttelte. Überall leuchteten Lichter auf, eine Glocke ertönte, und der Strom Silbergeld ergoß

sich auf den Boden. Victoria lachte. Lachend hielt sie ihren Rock auf, in den Greg ihre Reichtümer schüttete. Der Mann mit dem Häufchen Münzen gratulierte ihnen und begab sich auf die Suche nach einem anderen Automaten.

Sie tranken Champagner zum Abendessen, und Victoria spürte, wie der Glanz auf ihre Haut, ihr Haar und in ihre Augen zurückkehrte. Sie war schön, selbstsicher und ruhig. Greg liebte sie. Die Zukunft gehörte ihr. Das Glück hatte ihr noch einmal zugelächelt. Es würde immer da sein, wenn sie es brauchte. Es gab nichts, wovor sie sich fürchten mußte.

*

Die Makronen waren ein großer Erfolg. »Ein gewisser Frère Jean hat sie erfunden, ein Benediktinermönch in Cormery. Sie erwiesen sich als so erfolgreich, daß der Abt beschloß, ihnen ein bestimmtes Kennzeichen zu geben und sie im Kloster zu verkaufen. Stundenlang betete er und hoffte auf eine Inspiration des Heiligen Benedict. Schließlich hörte er eine Stimme, die ihm sagte, als Symbol das erste zu nehmen, das er am nächsten Morgen erblickte. Doch als er am nächsten Morgen die Küche betrat, stellte er fest, daß Bruder Jean beim Backen der Makronen ein Stück brennende Kohle auf seine Kutte hatte fallen lassen, und das erste, was der Abt sah, war der Nabel von Bruder Jean, der durch das ausgebrannte Loch hindurchschien. Also, das ist es, was wir jetzt essen.«

»Hmm, wie abstoßend«, sagte Liz und nahm sich noch eine. »Wie der Urlaub war, braucht man ja gar nicht zu fragen, das spricht schon aus deiner Sonnenbräune. Du Glückliche.«

»Wie ist es euch hier ergangen, oder sollte ich besser nicht fragen?« wollte Victoria wissen.

»Ziemlich hektisch, wie gewöhnlich. Ich habe einen oder zwei deiner Fälle übernommen. Ich werde sie dir zurückgeben, sobald ich den Bericht geschrieben habe.«
»Irgend etwas Dringendes?«
»Nun ja... Megan hat ein paar für dich, ich glaube, da muß schnell etwas geschehen, aber sie wird dir selbst alles erzählen, und natürlich hat Claire auch deine Akten durchgesehen, jemand hat angerufen..., Mrs. Follet, die sich nach dem Urlaub für Tony erkundigen wollte. Ich dachte, du hättest etwas für ihn gefunden.«
»Ich kann nichts finden vor dem Winter. Ich versuche es jetzt schon seit Monaten. Er muß ständig beaufsichtigt werden. Kann sich überhaupt nicht mehr bewegen. Du weißt ja, Rollstuhl und Hebevorrichtung, Füttern und Waschen. Wenn ich für ihn kein entsprechendes Rehabilitationszentrum finden kann, müssen wir ihn hier aufnehmen, damit seine Mutter einmal zur Ruhe kommt.«
»Oh, und ein Mr. Dear hat nach dir gefragt. Aus der Radiologie-Station. Ist das wirklich sein Name? Wollte nur wissen, wann du zurück wärst. Etwas mit seiner Frau. War schwierig, ihn zu verstehen.«
»Seine Frau hat Arthritis. Sie sitzt im Rollstuhl, und er bekommt Bestrahlungen, weil er Zungenkrebs hat. Ich habe versprochen, sie beide irgendwo unterzubringen, wenn seine Behandlung abgeschlossen ist. Die Radium-Nadeln, du weißt ja, deshalb kann er nicht deutlich sprechen.«
Victoria legte die Makrone, die sie gerade essen wollte, wieder zurück. Sie war nicht mehr hungrig.
Die Leiterin der Sozialabteilung steckte den Kopf zur Tür herein und lächelte. »Wenn Sie fertig sind, Victoria, gibt es hier noch ein paar Dinge, die sich gestapelt haben, während Sie weg waren.«
Victoria wischte sich die Hände ab und erhob sich schnell. Es war besser, das hier hinter sich zu bringen und das

Schlimmste zu erfahren. Doch bevor sie Zeit hatte, ihrer Vorgesetzten zu folgen, platzte Megan herein, einen dikken Ordner an die Brust gedrückt. Ihr Gesicht war gerötet. »Bob Williams ist gegangen«, verkündete sie und ließ sich auf den nächstbesten Stuhl fallen. Es war einen Moment still im Raum, dann fragte Liz sanft: »Du meinst doch nicht, er ist...?« Megan sah ärgerlich auf: »Ich meine, was ich gesagt habe. Bob ist gegangen. Er hat das Krankenhaus verlassen, und keiner weiß, wohin, nicht einmal, wann er gegangen ist.«

Die Leiterin verließ den schützenden Türrahmen und trat ins Zimmer. »Ist das der Mann, für den Sie die ganze Zeit eine Wohnung gesucht haben? Der doppelt Amputierte?«

»Genau der. Bob Williams. Fünfundzwanzig. Verheiratet. Ein kleines Kind. Beide Beine amputiert. Stammt aus Westindien. Wohnungslos. Vorherige Wohnung ungeeignet für einen Rollstuhl. Verschwunden. Seine Frau hat keine Ahnung, wo er sein könnte, und ich auch nicht.«

»Und die Station?«

»Sie haben gedacht, er wäre einkaufen gegangen oder so etwas. Sie begannen erst, sich Sorgen zu machen, als er zum Mittagessen nicht zurück war. Dann stellten sie fest, daß er seinen Schrank leergeräumt hatte.«

»Ist das der Mann, dem du all die Wohnungen angeboten hast, die sich als ungeeignet erwiesen haben?« fragte Victoria.

Megan nickte. »Die erste war zwar im Erdgeschoß, aber die Küchentür und die Badezimmertür waren zu eng für einen Rollstuhl, und es waren tragende Wände, so daß man sie nicht herausnehmen konnte. Bei der zweiten Wohnung lag das Klo auf dem Flur am Ende eines Ganges, der zu eng war für einen Rollstuhl, und auch der Zugang zum Haus war unmöglich. Alles Treppen und ein steiler Aufgang. Ach, und kein Platz, um sein Behindertendreirad abzustellen. Und die letzte Wohnung war zwar innen in Ordnung, aber sie lag im 18. Stock. Die vom Wohnungsamt meinten, sie hätten ihm nun drei Wohnungen nacheinander angeboten, sie könnten nichts anderes finden, und Bob sagte, er würde nicht im 18. Stock wohnen. Das kann ich ihm nicht verübeln. Was, wenn die Aufzüge einmal nicht funktionieren? Ich meine, wenn er eines Tages mit seinem Rollstuhl nach Hause käme und feststellen müßte, daß er überhaupt nicht nach oben kommen könnte? Und seine Frau mit dem kleinen Kind? Unmöglich. Er wirkte nach dem letzten Angebot sehr niedergeschlagen auf mich. Aber was hat er getan? Wo ist er?« Die Telefone begannen in den verschiedenen Büros zu schrillen, und sie spritzten auseinander, um ihre Arbeit wieder aufzunehmen. Die Stationsleiterin nickte Victoria zu: »Haben Sie jetzt einen Moment Zeit?«

»Mr. Wright ist wieder aufgenommen worden. Ich fürchte, das ist das Ende für ihn. Ich dachte, Sie sollten ihn besuchen. Und auch seine Frau. Schauen Sie, wie es ihr geht. Ob sie reden will? Oder er vielleicht? Gehen Sie umsichtig vor. Ich werde Ihnen die anderen Fälle übergeben, sobald die Berichte geschrieben sind. Da gibt es einiges, worüber wir reden sollten.«

Als sie ihr Büro verließ, wußte Victoria, daß der Urlaub vorüber war.

*

Mr. Wright starb am folgenden Tag. Victoria saß eine Stunde am Bett und hielt seine Hand. Er war ein großer, hagerer Mann, Anfang 40. Als man bei ihm Krebs feststellte, hatten sich schon überall in den Organen Metastasen gebildet, und er wußte, daß er sterben würde. Er sprach nie darüber. Er war es nicht gewohnt, über seine Gefühle zu sprechen, aber er war froh, Victoria an seinem

Bett zu sehen, und sie setzte sich jeden Tag ein paar Minuten zu ihm. Als sie das erste Mal wagte, seine Hand zu nehmen, veränderte ein Lächeln seine eingefallenen Gesichtszüge. Also nahm sie von da an immer seine Hand, und die beiden blieben stumm und bewegungslos, bis es für Victoria Zeit war, zu gehen. Am letzten Tag war seine Hand trocken und glühend heiß. Sein ganzer Körper schien von einem inneren Feuer verzehrt zu werden. Er lag da, die Augen geschlossen, doch seine Hand hielt die ihre ganz fest, und als sie versuchte, sie freizubekommen, gab er nur widerstrebend nach. Sie blieb eine ganze Stunde, bis er eingeschlafen war.

Die Stationsschwester hatte ihr erzählt, daß Mrs. Wright ihren Mann seit seiner Wiedereinlieferung nicht ein einziges Mal besucht hatte. Die arme Frau ist wahrscheinlich vollkommen erschüttert, dachte Victoria. Möglicherweise bringt sie es einfach nicht fertig, ihn so zu sehen.

Sie hatte keine Zeit, ihr schriftlich einen Termin anzubieten, als Mr. Wright gestorben war. Auf dem Heimweg ging Victoria zu der Adresse, die auf der Krankenakte stand. Vielleicht war die Witwe zu Hause. Manchmal war ein unerwarteter Besuch eine willkommene Abwechslung in der Einsamkeit.

Es war ein schmales Reihenhaus in einer armseligen Straße hinter dem Krankenhaus, keine zehn Minuten Fußweg vom Haupteingang entfernt. Victoria konnte schon das Fernsehgeplärre hören, bevor sie die Türklingel fand, und es dauerte einige Zeit, bis die Tür geöffnet wurde. Es war Mrs. Wright persönlich. Am Ende des Ganges konnte Victoria in eine kleine Küche hineinsehen, in der sich die Familie um den Abendbrottisch versammelt hatte. Ein Mann in kurzärmeligem Hemd und zwei halbwüchsige Jungen, deren Lachen und lautes Reden das Geräusch des Fernsehers übertönte, der vermutlich im angrenzenden Zimmer stand. Mrs. Wright schien überrascht

und ein wenig irritiert, von der unerwarteten Besucherin im Morgenmantel und Pantoffeln vorgefunden zu werden. Sie hatte Lockenwickler im Haar und war sorgfältig geschminkt.
Dies war sicherlich nicht der rechte Augenblick für ein Gespräch. Victoria stotterte, sie habe sich Sorgen gemacht, sie nie auf der Station gesehen zu haben. Mrs. Wright lachte. Man solle sich keine Sorgen um sie machen, du liebe Zeit, nein. Ihr ginge es phantastisch. Es war ihr armer Mann, der Hilfe brauchte, aber jetzt war es ja ohnehin zu spät, nicht wahr? So war es nun mal. Was sie anginge, mit ihr sei alles in Ordnung, Victoria könne es ja sehen. Ihr ginge es gut. Es wäre wirklich nicht der Mühe wert gewesen, sie hätte sich den Weg sparen können. Die Tür wurde fest geschlossen. Als Victoria die schmale Straße hinunterging, folgte ihr dasselbe Fernsehprogramm von Haus zu Haus. Die Beatles sangen, und die ganze Straße sang mit ihnen. Victoria konnte die Worte nicht verstehen. Sie mochte keine Popmusik, und sie hatte die Beatle-Manie nicht verstehen können. Julia, die von dem Liverpooler Quartett begeistert war, hätte sicher sofort gewußt, wovon sie da sangen. Alles, was Victoria verstehen konnte, war das eine Wort: Liebe.
Am Ende der Woche war Victoria wieder so voll von ihrer Arbeit in Anspruch genommen, daß der Urlaub in Frankreich nur mehr eine entfernte Erinnerung war. Manchmal fragte sie sich, ob sie das Ganze nicht nur geträumt hatte. Vielleicht hatte sie zu viele Bücher über französische Geschichte gelesen. Jetzt blieb ihr kaum Zeit, sich in irgend etwas anderes außer Fachlektüre zu vertiefen.
Mr. Dear beendete seinen Stationsaufenthalt, und es war ihr gelungen, ihn und seine arthritisgeplagte Frau ans Meer zu schicken, wo eine freundliche Vermieterin sich um die beiden kümmern würde. Es kam noch in letzter Minute zu einer Panik, als die beiden telefonisch berichte-

ten, sie hätten in der Aufregung der Abreise die Tasche mit den verschiedenen Medikamenten entweder verloren oder zu Hause vergessen. Nach einer eiligen Durchsicht der Krankenakte und einer Dienstverlängerung in der pharmazeutischen Abteilung wurden die Medikamente innerhalb einer Stunde auf den Weg gebracht.

Und Megan hatte einen Brief von Bob Williams erhalten. Er war in London aufgegeben und kündigte seine Abreise »ins Land meiner Väter« an, was Megan aufs neue in helle Aufregung versetzte. Was hatte er damit bloß gemeint? Er war in Trinidad geboren. Wollte er dorthin? Aber wie?

»Das ist doch sicherlich sehr teuer? Das Fliegen, meine ich«, sagte Liz. Sie war an der Reihe, etwas zum Nachmittagstee im Büro beizutragen, und wie immer kam sie mit einer Dose gefüllter Kekse an. »Ich sollte das Zeug nicht essen, ich scheine schon wieder zuzunehmen, ach, ist das nicht gemein, schaut euch Megan an, sie kann essen, was sie will, und nie...«

»Du weißt genau, daß ich gefüllte Kekse nicht ausstehen kann. Ich mag keinen Süßkram. Ich werde mal nachsehen, ob es hier noch etwas anderes zu essen gibt.« Krachend schlug Megan die Bürotür hinter sich zu.

»Jetzt habe ich sie beleidigt. Meine Güte, die geht aber schnell in die Luft. Was auch immer ich sage, sie kriegt alles in den falschen Hals. Eigentlich ist sie nur darüber wütend, daß Bob sich aus dem Staub gemacht hat. Sie kann es nicht leiden, wenn die Leute Eigeninitiative zeigen, ohne vorher ihre Zustimmung eingeholt zu haben. Ich meine wirkliche Unabhängigkeit. Armer Mann. Wie lange war er hier?«

»Mindestens sechs Monate«, sagte Victoria. »Sei nicht unfair, Liz, Megan hat sich sehr darum bemüht, eine Wohnung für ihn zu finden. Es ist nicht ihr Fehler, wenn das verdammte Wohnungsamt nichts für ihn findet. Oder nichts finden will. Stell dir doch nur mal vor, sie haben ihm eine Wohnung im 18. Stock angeboten! Kein Wunder, daß er genug von all dem hatte.«

»Tja, viel Glück für ihn. Der Brief wurde in der Nähe von Heathrow aufgegeben, nicht wahr? Ich wette, er war auf dem Weg zum Flughafen. Und jetzt ist er in Trinidad. Land meiner Väter, klingt toll. Das hat Stil.«

Megan kam mit einem Käsebrot zurück. Sie zog den zerknitterten Brief aus ihrer Tasche und las noch einmal vor: »Ich vertraue meine Frau und das Kind Ihrer Obhut an, liebe Miss Jones, weil ich sie nie wiedersehen werde.«

»Was zum Teufel soll das heißen? Das sieht ja fast so aus, als ob der arme Mann... als ob er damit sagen wollte...«

»Er sagt damit, daß er sein Leben in die eigenen Hände nimmt. Verdammt noch mal.« Der Keks krümelte Liz über den Rock, die Füllung verteilte sich zwischen den Falten. Sie schüttelte ihren Rock aus, und die Krumen flogen auf den Fußboden, während sie fortfuhr: »Was ich damit meine, ist, er zeigt Initiative und Verantwortungsgefühl, er will selbst über seine Zukunft bestimmen. Das wolltest du doch die ganze Zeit bei ihm erreichen. Ja, und jetzt beweist er dir, daß er für sich selbst eintreten kann. Das ist doch gut, oder nicht? Ist das nicht genau das, was wir ihm vermitteln sollten?«

»Du solltest die Krümel besser aufheben, bevor sie ganz in den Teppich eingetreten sind. Und was Bob angeht, ich kann einfach nicht glauben, daß er allein zurechtkommt.«

»Woher weißt du, daß er allein ist? Wahrscheinlich ist er mit einer Gruppe geflogen, und ganz bestimmt hat er zu Hause noch einige Verwandte. Vielleicht sogar eine Freundin«, hakte Liz nach.

»Aber seine Frau und sein Kind sind hier! Was meinst du damit – Freundin?«

»Was meinst du, was ich meine? Er ist ein verdammt hüb-

scher Typ, auch wenn er keine Beine mehr hat. Und reich. Hast du nicht erst letzte Woche ein Vermögen an Schmerzensgeld für ihn rausgeschlagen? Also kann er sich ein Ticket nach Trinidad oder wohin auch immer leisten und wahrscheinlich sogar davon ein Haus kaufen!«
Liz leckte sich zum letztenmal die Finger, warf den übrigen Plätzchen einen sehnsüchtigen Blick zu und verließ den Raum. Victoria hörte das Telefon in ihrem Büro klingeln und eilte aus dem Zimmer; Megan blieb zurück, verdrießlich an ihrem Käsebrot kauend.

*

Victoria sammelte ihre Notizbücher ein, stapelte sie auf einen Haufen und erhob sich schwerfällig. In letzter Zeit bereitete es ihr immer Schmerzen, die Position zu verändern, wenn sie zu lange gesessen hatte. Vielleicht bekam sie tatsächlich Arthritis. Sie streckte sich vorsichtig und hörte die Gelenke krachen, kleine leuchtende Sternchen verschwammen vor ihren Augen. Sie fühlte sich schwindelig. Zu lange in die eigene Vergangenheit zu schauen war ein gefährliches Spiel. Aus der Distanz betrachtet, schien ihr ganzes Leben daraus bestanden zu haben, von einer Katastrophe zur anderen zu eilen, sich ein Bild der Lage zu verschaffen, ihr imaginäres Hebammenköfferchen zu öffnen, den Finger in die Wunde zu legen, um Blutungen zu stillen – die ganze Zeit war ihr Kopf voller Panikgedanken, immerzu mit den Problemen anderer Menschen beschäftigt. Zumindest hatte ich keine Zeit, zu viel über mich selbst nachzudenken. Wenn ich nicht zu einem bestimmten Zeitpunkt aufgehört hätte zu arbeiten, wäre ich dann wohl in demselben Zustand, in dem ich mich jetzt befinde? Wäre das besser gewesen? Für wen? Es reichten ein paar Jahre des Nichtstuns und des Zuschauens, was wohl passieren würde… Die Dame liebt die Muße, sagten sie im Büro. »Sie Glückliche haben ja die Möglichkeit, aufzuhören zu arbeiten.« Der Bankangestellte lächelte und schüttelte ihr die Hand. Sie war nie zuvor einem Bankangestellten begegnet, außer einem, und das war ein Patient gewesen… Dieser hier saß hinter einem Schreibtisch, im Vollbesitz seiner Fakten und Fähigkeiten. Die Akte, die vor ihm lag, trug Victorias Namen, und sie war es, die auf dem Kundenstuhl saß, auf der ungewohnten Seite des Schreibtischs. Doch er hatte nur gute Neuigkeiten für sie. Sie sei durchaus in der Lage, nicht mehr länger berufstätig sein zu müssen, wenn sie es wollte, und sie könnte das Leben leichtnehmen. Vielleicht reisen? Er hatte schon davon gehört, daß Reisen zu den bevorzugten Tätigkeiten pensionierter Damen gehörte. Jedenfalls würde er es ganz sicherlich so machen, wenn er in einer solch beneidenswerten Position wäre…

Beim Verlassen der Bank erblickte Victoria ein Café, ging hinein, bestellte sich einen Kaffee und ein Stück Kuchen, zündete sich eine Zigarette an und blickte eine geschlagene Stunde lang aus dem Fenster. Wer waren die Menschen, die da draußen vorbeigingen? Wie kam es, daß sie nicht bei der Arbeit waren? Womit verdienten sie sich ihren Lebensunterhalt? Was würde sie von jetzt an tun – jetzt, wo sie ihre Freiheit hatte?

*

»Greg geht nach Rußland. Für zwei Jahre. Ich kann nicht mit ihm gehen. Selbst Besuche werden nicht möglich sein. Du weißt ja, wie schwierig es da drüben ist.«

»Mein Gott«, sagte Julia. »Du Arme. Wann?«

»Nächsten Monat.«

»Du lieber Himmel. Das ist nicht viel Zeit.«

»Nein.«

»Und er… er hat dich nicht gefragt…?«

»Nein.«

»Überhaupt nicht? Was sagt er denn dazu? Ich meine, wie sieht er das Ganze?«
»Er ist überglücklich!«
»Dieser Mistkerl! Wie ist er damit rausgerückt?«
»Einfach so... wie er mir gewöhnlich sagt, daß er versetzt wird, du kennst das ja: Ich muß mal schnell für eine Woche oder so nach Paris, da ist diese Konferenz in Genf, und sie wollen mich auch nach Rom schicken, und ach, übrigens, ich soll der nächste Korrespondent, du weißt ja, ›unser Korrespondent‹ in Moskau werden. Für zwei Jahre. Erst mal.«
»Erst mal?«
»Na ja, wenn er sich bewährt, wenn sie an dem, was er schreibt, keinen Anstoß nehmen, kann es auch länger sein.«
»Und was sollst du tun? Zu Hause sitzen und Däumchen drehen? Oder hat er dazu gar nichts gesagt?«
»Er schien – geknickt zu sein. Es war ihm unangenehm. Wirklich.«
»Wirklich. Ich sage dir, Victoria, wenn Greg dich jetzt nicht heiratet..., ich meine, wenn es jemals einen triftigen Grund gegeben hat... Warum macht er es nicht? Wie kann er es wagen?«
Sie gingen im beißend strengen Wind des ersten Frühlings auf dem Heath spazieren. Statt Julias Frage zu beantworten, setzte sich Victoria abrupt hin. Die Bank war feucht und voller Vogeldreck, aber das war noch besser als das modrige Gras. In Wahrheit gaben ihre Beine plötzlich nach. Wenn die Bank nicht dagewesen wäre, hätte sie sich auf den Boden setzen müssen. Hampstead Heath im ersten Frühling, an den ersten Frühlingstagen, das ließ sie gewöhnlich an den Anfang der Welt denken. Überall entstand neues Leben. Die Erde schien unter ihren Füßen aufzubrechen, die jungen Sprößlinge drängten ans Licht. Ein bläulich-grüner Dunst umgab die Bäume, die Blüten

öffneten ihre festen kleinen Fäuste und streckten vorsichtig zarte Finger der ersten Sonnenwärme entgegen. Normalerweise liebte sie diese Jahreszeit besonders. Es bestand immer noch die Gefahr, daß der Frost oder die Schneeschauer zurückkehrten, doch die Sonne schien mit jedem Tag kräftiger und zog die scharfen Klingen der Osterglocken- und Narzissenstiele aus der feuchten Erde, Forsythien brachen in goldene Schauer aus, und hier und da blinzelte ein einzelner blauer oder gelber Krokus in den Himmel.

Victoria zog sich den Rock über ihre zitternden Knie. Seitdem Greg mit der Nachricht seiner Versetzung herausgekommen war, mußte sie immerzu frösteln und zittern. In Moskau lag bestimmt noch Schnee.

»Du bist ganz blau vor Kälte«, meinte Julia. »Laß uns weitergehen. Du holst dir ja hier den Tod.«

»Ich glaube, meine Schuhe sind undicht, deshalb ist mir so kalt«, sagte Victoria. Sie versuchte aufzustehen. Sie hatte Schwierigkeiten, ihre Kiefer unter Kontrolle zu halten. Ihre Zähne klapperten. Sie ging weiter, mehrmals auf dem feuchten Pfad ausgleitend.

»Ich wünschte, du könntest heute abend mit mir nach Hause kommen«, sagte Julia. »Aber wir haben eine Einladung. Ich würde sie ja gerne absagen, aber es sind Stans Eltern...«

»O nein, das könnte ich nicht. Wirklich, vielen Dank, aber ich muß jetzt nach Hause.«

»Warum lenkst du dich nicht ab. Geh doch mal ins Kino. Da ist es warm und dunkel. Es läuft im Moment ein super Film im...«

»Ach, Julia, nein, das könnte ich nicht! Außerdem kommen heute abend ein paar Leute.«

»Du willst mir doch damit wohl nicht sagen, daß du für ihn auch noch kochen willst? Für ihn und seine Freunde?«

»Warum nicht?«
»Warum nicht? Victoria! Er geht weg! Er verläßt dich! Nach all der Zeit! Und du willst ihm auch noch etwas kochen? Hast du wenigstens Rattengift da?«
Victoria antwortete nicht, und Julia fuhr fort: »Ich würde ihm zumindest genau zu verstehen geben, was ich ihm gegenüber empfinde. Ich würde ihm schon zeigen, wie ich koche! Jedenfalls ist es noch nicht zu spät dazu, nicht zu spät...«
»Ich würde ihm nicht zeigen, wie mir zumute ist, Julia. Ich werde mich ganz normal verhalten, genauso wie er. Bis zum Schluß. Ich hasse Szenen. Heute abend wird es ein großartiges Abendessen geben, mit Kerzenlicht, Blumen und allem, was dazugehört. Etwas, an das er sich sehnsüchtig erinnern kann, wenn er in Moskau ist.«
»Ich würde ihm etwas anderes geben, an das er sich erinnert, und ich meine nicht das Essen«, murmelte Julia.
»Ich plane eine Überraschungs-Bombe zum Nachtisch.«
Julia blickte sie hoffnungsvoll an, ihr mürrischer Gesichtsausdruck hellte sich auf.
»Nein, nicht was du meinst.« Victoria gelang es zu lächeln, ihre Lippen schmerzten bei der Anstrengung. »Es gibt Cordon bleu. Ich habe das Rezept noch nie vorher ausprobiert, und wahrscheinlich habe ich nie mehr die Gelegenheit dazu, also...« Ihre Stimme erstarb. Sie zwang sich zu husten und barg ihr Gesicht im Mantelkragen. Noch zwei weitere Wochen. Ich glaube nicht, daß ich in der Lage sein werde..., was passiert, wenn ich wirklich verrückt werde?
Das Abendessen war ein voller Erfolg. Die Gäste lobten jeden einzelnen Gang. Die Überraschungs-Eisbombe erntete besonders viel Applaus.
»Du wirst das alles hier in Moskau sehr vermissen, alter Junge. Und wie du es vermissen wirst!«

Einer der Gäste hatte gerade einen fünfjährigen Aufenthalt in Rußland hinter sich. Er hatte eine Flasche Wodka mitgebracht und überwachte persönlich, daß sie auf die richtige Temperatur gekühlt wurde. Victoria beobachtete, wie das Kondenswasser das Glas herunterlief und in kleinen Tropfen im Tischtuch versickerte. Sie gossen sich den Schnaps in kleine Gläser und schütteten es, den Kopf zurückwerfend, mit einem Schluck herunter. Victoria weigerte sich mitzumachen. Es war besser, einen klaren Kopf zu behalten und ihre Gefühle unter Kontrolle zu haben.

»Schließlich brauche ich dieses Training ja gar nicht«, erklärte sie, als ihr ein weiteres Glas gereicht wurde. »Ich gehe ja schließlich nicht mit nach Rußland. Wußtet ihr das nicht?«

In dem Schweigen, das ihrer Ankündigung folgte, stapelte sie das Geschirr aufeinander und trug es in die Küche. Jetzt werden sie denken, das sei meine Entscheidung. Sollen sie nur. Das ist immer noch besser, als bemitleidet zu werden. Mich wird man nicht verlassen. Ich bleibe zu Hause. Wohin ich gehöre.

Im Kessel kochte das Wasser geräuschvoll über, sie hob ihn von der Herdplatte. Jedenfalls wird Greg eines Tages zurück sein, und dann werden wir sehen. Sie zwang sich noch einmal zu lächeln und kehrte ins Wohnzimmer zurück: »Wie viele Tassen Kaffee, hast du gesagt?«

Greg blickte vom Tisch auf: »Victoria, für jemanden, die noch nie etwas Hartes getrunken hat..., das ist jetzt das fünftemal, daß du diese Frage stellst. Was ist mit dir los?«

*

Victoria stand auf ihrer Trittleiter, öffnete die oberste Tür ihres Kleiderschranks und zog einen großen Leinensack heraus. Er war sehr schwer. Sie schwankte unter dem unerwarteten Gewicht und fragte sich, wie um alles in der Welt sie diese Tasche jemals dort hinaufgebracht hatte. Hatte sie in den letzten Jahren so viel von ihrer Kraft verloren? Sie wäre niemals in der Lage, die Tasche wieder so hoch hinaufzuheben, dachte sie, stieg vorsichtig von der Leiter und ließ ihre Last auf halbem Weg fallen. Sie fiel mit dumpfem Schlag zu Boden, und zu spät überlegte Victoria, sie könnte vielleicht etwas Zerbrechliches enthalten.

Sie setzte sich auf den Boden, zog den Reißverschluß der Tasche auf, entfernte das oberste Tuch, und ein Strom smaragdgrüner und weißer Seide ergoß sich auf den Teppich. Die Goldstickerei war nur leicht verblichen. Wie alt er war, dachte Victoria, wann... Sie richtete sich auf, zog ihr Kleid aus und schlüpfte in die Kimonoärmel. Wayne hatte ihn ihr während ihres einzigen gemeinsamen Urlaubs in Paris gekauft. Vor wie vielen Jahren? Ein japanisches Geschäft auf den Champs-Élysées; sie hatten sich der Besuchermenge angeschlossen, die die geschnitzten Möbel, die bemalten Paravents und Papierlampen bestaunte. Da gab es Goldschmiedearbeiten, Porzellan, Fächer und Seidenkimonos, glänzende, handbemalte und lackierte Schälchen und Vasen – eine exotische Miniaturwelt innerhalb der größeren und nicht weniger exotischen und luxuriösen Pariser Welt.

»Ich möchte dir hier etwas kaufen«, hatte Wayne gesagt. Victoria sah sich um. Nichts von dem, was sie erblickte, hätte in ihre kleine Londoner Wohnung gepaßt.

»Ich möchte dir eine Erinnerung schenken, ein Souvenir an unseren ersten Parisaufenthalt. Etwas Besonderes.«

»Dann sollten wir etwas Französisches wählen«, hatte Victoria vorgeschlagen.

Wayne blickte mit beinahe ungläubigem Staunen einer der Verkäuferinnen nach. In ihrem Kimono und Obi, das Haar mit straßbesetzten Nadeln, die Victoria an geschmückte Stricknadeln erinnerten, hochgesteckt und mit

Blumen garniert, die kleinen Füßchen in weißen Söckchen, vorsichtig auf Sandalen mit hohen Sohlen balancierend, sah sie aus, als wäre sie gerade einem der Schaukästen entstiegen.
»Eine richtig lebendige atmende Puppe«, flüsterte Wayne.
»Unverkäuflich«, flüsterte Victoria zurück.
»Vielleicht, aber ich weiß, was ich *dir* jetzt kaufe.«
Auf diese Weise hatte Victoria den smaragdgrünen Seidenkimono bekommen mit seinen weißen Streifen und dem goldenen Drachen auf dem Rückenteil. Es war das luxuriöseste Geschenk, das sie jemals erhalten hatte, und auch das nutzloseste. Die langen Ärmel waren bei der Hausarbeit absolut hinderlich. Die weißen Streifen zeigten nach dem ersten Tragen Spuren des Londoner Rußes, und es kostete sie ein kleines Vermögen, das kostbare Kleidungsstück chemisch reinigen zu lassen. Sobald sie sich von Wayne endgültig verabschiedet hatte, packte Victoria den Kimono wieder in das Tuch ein, in dem er angekommen war, und vergaß ihn prompt. Soweit er ein Souvenir an ihren Parisurlaub gewesen war, hatte er sich als überflüssig erwiesen. Sie würde diese Reise allerdings ohnehin nie vergessen.

*

Victoria band sich den Kimonogürtel um und holte ihr Haar unter dem Kragen hervor, das ihr, fettig und matt, ungewaschen seit... auf die samtig glänzende grüne Seide fiel. Sie zuckte mit den Schultern und kehrte in die Küche zurück. Sie bereitete sich das Abendessen und sah zu, wie die langen Ärmel über den Herd zogen und ins Waschbekken tauchten. Sie freute sich, den Kimono rechtzeitig gefunden zu haben. Ihr ganzes Leben lang hatte sie ihre Kleidung geschützt, nur gedeckte Farben und neutralen Stil bevorzugt. Die gestärkten weißen Kittel, die sie im Krankenhaus trug, verbargen ihre Kleider und schützten sie so gut, daß ihre Garderobe vor kaum getragener Kleidung aus den Nähten zu platzen drohte. Sie alle war sie gründlich leid, und doch schien es keinen Anlaß zu geben, irgend etwas Neues zu kaufen. Es würde ihr jetzt besonderes Vergnügen bereiten, den Kimono bis zum Ende zu tragen, bis er vollständig zerstört war.

»Ich möchte, daß du eine Erinnerung hast, ein Souvenir an unseren Parisaufenthalt.« Wie konnte sie dieses Ding bloß behalten, wie konnte sie es vergessen, es tief in ihrem Schrank vergraben, warum hatte sie es nicht in Stücke gerissen, verbrannt oder wenigstens weggeworfen?

Der Grund, warum ich nicht mehr leben will, ist der, daß ich es nicht verdiene, dachte sie wütend. Was ich nicht mehr ertrage, ist das Leben mit mir selbst.

Es hatte ihr Freude gemacht, mit Wayne zusammen zu sein, sie waren sich einige Jahre nach Gregs Abreise begegnet. Nachdem sie Greg noch einmal in Norwegen gesehen hatte, als er endlich mit der Wahrheit herausgerückt war. Bis dahin hatte sie immer noch geglaubt, tatsächlich immer noch geglaubt, daß...

Julia hatte sie angerufen und zum Abendessen eingeladen. Da sei ein charmanter Amerikaner, ein Universitätsprofessor, der hier ein Urlaubssemester verbrachte, einsam und wirklich lustig... Er brauche jemanden, der ihm London zeigte. Sonst nichts. Geschieden. Ungebunden. »Wie dem auch sei, warum kommst du nicht rüber zum Abendessen und siehst ihn dir persönlich an?«

Was die Führung durch London anging – es war nicht Waynes erster Aufenthalt in London, und er war es, der Victoria mitnahm und ihr Orte zeigte, an denen sie nie zuvor gewesen war. In den folgenden Monaten hatten sie jede Aufführung im Covent Garden und so viele Konzerte wie nur möglich besucht. Sie hatten in bekannten Restaurants diniert und in Nachtclubs getanzt, von denen

Victoria bis dahin nur gelesen hatte, und sie besuchten Spielcasinos. Wayne war kein Spieler. Der Tisch, der ihn bei Crockfords anzog, stand im Restaurant.

»Sie machen hier die besten Desserts auf der ganzen Welt«, gestand er kichernd. Er sah wirklich aus wie ein Mann, der ein solches Urteil fällen kann, dachte Victoria und betrachtete seine rundliche Figur und das lächelnde Gesicht mit den Grübchen in der Wange. Er strahlte vor Glück. Der Geologieprofessor aus einer kleinen Stadt im Mittleren Westen genoß jeden einzelnen Tag seines Lebens, jede neue Erfahrung war ihm willkommen, und unweigerlich fand er sie hervorragend. Am Ende einer Mahlzeit, wenn Victoria jedesmal zu ihrem großen Kummer feststellen mußte, daß sie keinen Platz mehr im Magen hatte für irgendwelchen Nachtisch, häufte sich Wayne eine Auswahl aus dem süßen Dessert-Angebot des Teewagens auf seinen Teller. Die Kellnerin strahlte ihn anerkennend an. Auch sie war rundlich, hatte Grübchen, ein rosiges Gesicht und ein dreifaches Kinn; sie liebte es ganz offensichtlich, wenn ihre Gäste die Mahlzeiten genossen.

»Gegen uns stattliche Menschen gibt es eine weltweite Verschwörung. Das liegt bloß daran, daß wir die einzig Glücklichen sind. Das kann der Rest der Welt nicht verdauen. Man sieht nirgendwo auf der Welt einen fetten Menschen, der unglücklich oder häßlich zu anderen wäre. Wir sind alle Frohnaturen, nicht wahr, Sir?« Sie strahlte Wayne an, der zurückstrahlte. »Wie recht Sie haben, Madam.«

Sie rollte mit ihrem Teewagen davon. Wayne blickte einen Augenblick nachdenklich vor sich hin, dann kehrte sein Lächeln zurück. »Sicher hat sie recht. Nur sind es Muskeln, in meinem Fall. Ich war früher ein regelrechter Athlet. Rudern, Schwimmen, was du willst. Wenn man die Muskeln nicht mehr trainiert, verwandeln sie sich in Fett. Wenn ich zurück bin, werde ich ein bißchen Squash spielen und wieder schwimmen gehen, dann werde ich meine alte Form bald wieder haben, doch bis dahin…, das hier ist einfach himmlisch.« Er wandte sich wieder seinem Pudding zu.

Das Problem bei Wayne bestand darin – ich konnte einfach nicht glauben, daß er aus Fleisch und Blut war, dachte Victoria. Sie hatte nie zuvor einen Amerikaner kennengelernt, war keinem je so nahe gewesen; sein Akzent und seine Art zu sprechen verliehen ihr das Gefühl, in einen Film geraten zu sein. Sie war mit amerikanischen Kinofilmen aufgewachsen, daraus hatte sie den größten Teil ihres Wissens über die USA bezogen. Wayne gegenüber war sie sich bewußt, in diese Phantasiewelt einzutreten, genau wie Alice durch den Spiegel gegangen war.

Er war ein vorzüglicher Begleiter: gebildet, höflich, gutgelaunt. Er stellte keine Anforderungen, war dankbar dafür, daß sie ihn ins Theater und die Oper begleitete, und offenbar fiel es ihm überhaupt nicht auf, daß die Sträußchen Gardenien oder Orchideen, die er ihr immer kaufte, an dasselbe schwarze Samtkleid geheftet wurden, das sie auch schon bei allen früheren Gelegenheiten getragen hatte.

Jener erste Abend bei Julia hatte beinahe mit einer Katastrophe geendet. Wayne hatte darauf bestanden, sie nach Hause zu bringen. Er hatte eine Citroën DS in Frankreich gekauft, bevor er nach London gekommen war, und weil er die Absicht hatte, den Wagen mit nach Hause zu nehmen, hatte er ein Auto mit Linkssteuerung gewählt. Es war lange nach Mitternacht, als die Gesellschaft aufbrach, und sowohl Wayne als auch Victoria hatten ziemlich viel getrunken. Die Straßen waren verlassen. Ein oder zwei vorbeifahrende Autos hupten und blinkten sie an, und Wayne hupte und blinkte zurück. Er ließ das Abblendlicht hin- und herleuchten, die Lampen waren mit dem Lenkrad verbunden. »Hast du schon mal solch ein

Auto gesehen? Ist meine Déesse nicht das schönste Ding auf Rädern?« Aus unerfindlichem Grunde fanden sie das unwiderstehlich komisch. Die Wahrheit traf sie hart, im wahrsten Sinne des Wortes. Im ersten Kreisverkehr. Sie waren auf der falschen Straßenseite gefahren. Wayne zog den Wagen hastig auf die andere Spur und schimpfte vor sich hin, während Victoria entsetzt die Augen schloß. Plötzlich waren sie beide nüchtern. »Siehst du, ich habe dir doch gesagt, du brauchst dir keine Sorgen zu machen«, erklärte Wayne später. »Meine Reflexe sind so schnell wie die jedes anderen. Deshalb ist es so wichtig, ein bißchen Fett auf den Rippen zu haben. Das isoliert das Nervensystem vor den Auswirkungen des Alkohols. Ich habe dir ja schon erzählt, daß ich andere unter den Tisch trinken kann und mir Alkohol überhaupt nichts ausmacht. Jedenfalls möchte ich nicht, daß meinem wunderschönen Automobil irgend etwas zustößt. Nein, Sir!«

*

Die langen Kimonoärmel um die Taille geschlungen, stand Victoria am Küchenfenster und blickte über den Kanal. Die meisten Räume im Lagerhaus waren hell erleuchtet. Das saxophonspielende Mädchen und der Yoga-Mann saßen mit überkreuzten Beinen auf dem Fußboden. So nahe waren sie sich noch nie gewesen. Sie saßen reglos da, blickten einander an, die Hände auf den Knien. Kam da Musik aus den Lautsprechern? Kommunizierten die beiden überhaupt?

Die farbenprächtige Gruppe weiter hinten war auf demselben Bett zusammengebrochen, wo sie alle zu schlafen schienen, obwohl das Licht noch brannte.

Über ihnen war ein neues Paar eingezogen. Der Mann, dünn und bärtig, lag auf dem Sofa, rauchte und starrte vor sich hin, vielleicht auf einen Bildschirm, während die Frau mit dem Rücken zu ihm am Tisch saß. Es war eine Tischdecke zu sehen, Teller, die Reste einer Mahlzeit und sogar eine Blumenvase, doch Victoria schloß aus der Art, wie die Frau da saß und aus dem Fenster starrte, daß die Stille im Raum feindseliger Natur war. Vielleicht hatten sich die beiden gerade gestritten.

Auch der Raum neben ihnen war jetzt bewohnt. Die junge Frau, die schon vor einiger Zeit eingezogen war, war unmittelbar darauf für eine Woche oder mehr weggegangen, aber jetzt offenbar zurückgekehrt. Als Victoria sie zum erstenmal gesehen hatte, kam sie ihr langsam und plump vor. Im Gegensatz zu ihrem Nachbarn strich sie die Wände nicht und hängte keine Poster auf. Sie saß am Tisch in der Nähe des Fensters, nähte und strickte, blickte gelegentlich in den Himmel, kratzte sich den Rücken, dann erhob sie sich langsam aus dem Stuhl und ging schweren Schrittes in die Dunkelheit im hinteren Teil des Raumes hinein. Sie trug weite und bunte »Folklore«-Kleider in vielen Schichten übereinander, die Muster und Stoffe paßten nicht zusammen und vermischten sich zu einer formlosen Masse. Ein ausgefranster und mit kleinen Spiegelstückchen bestickter Schal bedeckte ihre Schultern.

Victoria hatte solche Kleidungsstücke in den Trend-Boutiquen gesehen, die in letzter Zeit überall in London wie Pilze aus dem Boden geschossen waren. Die Kleider waren aus schlechtem Stoff und nachlässig verarbeitet, so daß Victoria sicher war, sie würden die erste Wäsche kaum überstehen. Das ist nichts für uns, dachte sie. Es mag ja für die Eingeborenen irgendeines tropischen Landes noch angehen. Die Briten sahen mit ihrer blassen Haut und ihrem hellen Haar in diesen Kleidern lächerlich aus. Sie schienen darin zu verschwinden, überwältigt von den grellen Farben und üppigen Formen. Eine Atmosphäre unglückseligen Karnevals umgab die Menge, die sich durch diese Boutiquen und Markthallen schob. Der Geruch von Räucherstäbchen und Schweiß vermischte sich mit dem der Hamburger und Chips, die von den vorbeischlurfenden Massen verschlungen wurden. Die Kleinkinder in ihren Kinderwagen und die Erwachsenen, die sie vor sich her schoben, nuckelten gleichermaßen an Flaschen oder Dosen mit süßer Limonade.

Das arme Mädchen da drüben sieht aus wie ein unsauberes Zelt, aber zumindest halten all diese Schichten sie warm, dachte Victoria und wickelte den Kimono eng um sich. Die Nacht würde kühl werden.

Während sie unverwandt hinüberblickte, erhob sich das Mädchen hinter dem Tisch. Victoria riß erstaunt die Augen auf. Während ihrer kurzen Abwesenheit hatte die junge Frau enorm an Gewicht verloren. Das riesige Kleid schlackerte ihr um den Körper. Sie beugte sich hinter den Tisch, hob etwas hoch und richtete sich wieder auf. Sie hielt ein Baby im Arm. Sich wieder setzend, öffnete sie ihre Bluse, wickelte den glitzernden Schal um die Schultern und begann, das Baby zu stillen. Obwohl sie beinahe reglos dasaß, ließen ein paar kleine Bewegungen ihres Körpers die Spiegelstückchen auf dem Schal im Schein der Lampe aufblitzen, als wären ihre Kleider mit Juwelen übersät, nach Art der byzantinischen Madonnen, die man in manchen ausländischen Kirchen sieht.

Victoria wandte sich vom Fenster ab. Ein Baby im Lagerhaus? Das war sicherlich nicht der richtige Ort für einen Säugling. Wie war es wohl da drüben um die hygienischen Verhältnisse bestellt? Wußte man auf der Entbindungsstation, wo die Mutter mit dem Kind leben würde? War die Fürsorgerin aufmerksam gewesen? Hatte sie ihr schon einen Besuch abgestattet?

Der lange Ärmel des Kimonos wischte das oberste Notizbuch vom Stapel auf den Fußboden, wo es dalag, geöffnet an einer mit sorgfältiger Schrift eng beschriebenen Seite.

Victoria blickte auf das geknickte Blatt: Bob Williams ist zurück, las sie.

In Krankenhaus-Seifenopern passen die verschiedenen Geschichten immer genau ineinander, so daß jedes Schicksal seinen Anteil an Aufmerksamkeit erhält. Das wirkliche Leben ist unordentlich und unkoordiniert, alles scheint gleichzeitig zu passieren. Es war nie genug Zeit, all den dringenden Fällen gleichzeitig genügend Aufmerksamkeit zu schenken. Irgend jemand kam immer zu kurz und wurde ungerechtfertigterweise vernachlässigt. Meistens war man darüber nur traurig. Manchmal kam man damit in die Schlagzeilen.

Bob Williams kehrte zum Krankenhaus zurück, wie er es verlassen hatte: ruhig und unerwartet. Er rollte sich selbst auf seine alte Station und fand sein Bett von einem anderen Patienten belegt vor. An dem darauf folgenden Aufruhr waren die Stationsschwester, die Ordensschwester, der Oberarzt, der Stationsarzt, die Stellvertreterin der Oberschwester und Megan Jones als Sozialarbeiterin beteiligt. Sie alle umringten Bob, der in seinem Rollstuhl saß, und verlangten aus ehrfurchtgebietender Höhe von ihm zu wissen, wo er die letzten beiden Wochen gewesen sei, wie er dorthin gelangt und wann er zurückgekommen sei. Und natürlich, warum überhaupt. Nach Ansicht der Krankenhausverwaltung hatte sich Bob selbst entlassen, indem er einfach gegangen war. Man konnte ihn jetzt nicht so ohne weiteres wieder aufnehmen. Medizinische Gründe lagen jedenfalls nicht vor. Die Tatsache, daß er wohnungslos und behindert war..., nun ja, um ihren guten Willen unter Beweis zu stellen und zu zeigen, wie sehr sie sich bemühten, würde die Krankenhausverwaltung es Miss Jones erlauben, für ihn eine angemessene Unterkunft zu finden. Natürlich mußt das sofort geschehen, denn wo sollte er sonst schlafen? Und wo er überhaupt gewesen sei, wollten alle von ihm wissen.

Bob war nach Trinidad geflogen. Ins Land seiner Väter. Er hatte vorgehabt zu bleiben. Aus Gründen, die unklar blieben, was Reisenden überall auf der Welt bekannt vorkommen mußte, wurde er auf dem Londoner Flughafen von seinem Rollstuhl getrennt, so daß er vollkommen hilflos in seinem Heimatland ankam. Mehr wollte er dazu nicht sagen. Sie entnahmen seinen Ausführungen, daß sein Aufenthalt auf der Insel nicht gerade ein Erfolg gewesen war, die Verwandten ihn nicht wieder aufnehmen wollten und er mit dem nächsten erreichbaren Flugzeug nach London zurückkehrte, wo er auf wundersame Weise seinen Rollstuhl genau an der Stelle im Flughafen vorfand, an der er ihn abgestellt hatte.
Alle hatten Mitleid mit Megan, die so kurzfristig eine passende Unterkunft für ihn finden mußte, wo doch ihre monatelangen Bemühungen nichts Besseres als eine Wohnung im 18. Stock erbracht hatten. Doch alle hatten ihre eigenen Probleme, denen sie sich widmen mußten. Liz hatte ihre alleinstehenden Mütter und deren uneheliche Kinder, die Abteilungsleiterin ihre Selbstmordversuche. Victoria hatte ihre Krebsstationen. Und außerdem war Greg nach Moskau abgereist.

*

Victoria entnahm der Leinentasche ein weiteres in Papier eingewickeltes Bündel. Mit der lebenslangen Gewohnheit brechend, immer jeden einzelnen Knoten zu lösen, schnitt sie das Band mit dem Brotmesser durch; ein Stapel Briefe, noch in ihren Umschlägen mit den bunten ausländischen Briefmarken, fiel ihr in den Schoß. Einen Augenblick lang saß sie da und wunderte sich über die Flecken. War das Feuchtigkeit? Wie lange hatten sie in der Tasche gelegen? Sie konnte sich nicht daran erinnern, sie jemals dort hineingelegt zu haben. Die Versuchung, wenigstens einen zu

öffnen und den Inhalt noch einmal zu lesen, war so groß, daß ihre Hände zitterten.
Schließlich, was hatte sie schon zu verlieren, es würde ohnehin nichts ändern, ihren Entschluß vielleicht sogar noch bestärken.
Sie erhob sich so schnell, daß ihre Füße sich im Kimonosaum verfingen, und fluchte, dann sammelte sie die Briefe ein und trug sie hinüber zum Kamin. Sie brauchte mehrere Streichhölzer und eine ganze Zeitung, bevor die Flammen ein befriedigendes Feuer ergaben, und selbst dann weigerte sich das Luftpostpapier noch eine Weile, zu brennen. Ich habe immer schon vermutet, daß es in diesem Kleiderschrank feucht ist, dachte sie, als sie zusah, wie die beschriebenen Seiten sich kräuselten, schwarz wurden und schließlich zerfielen. Hier und da leuchtete ein Wort oder ein ganzer Satz im flackernden Feuerschein auf.
Gregs Briefe aus Moskau waren genauso amüsant und fröhlich wie die, die er ihr aus anderen Ländern geschrieben hatte. Victoria hatte sich mehr erhofft. Es hatte kein klärendes Gespräch vor seiner Abreise gegeben. Als sie ihn auf die nettestmögliche Weise drängte, ihm mehr über seine neue Existenz zu erzählen, begann er von den Frauen zu schreiben, die er in seiner ausländischen Enklave getroffen hatte, besonders häufig von Alice und Sonia. Alice war eine amerikanische Journalistin, verheiratet und älter als Greg. Sie war ihm beim Start in seiner neuen Aufgabe eine große Hilfe gewesen, hatte ihre beträchtliche Erfahrung mit dem Neuankömmling geteilt; ihr Name tauchte in jedem einzelnen seiner Briefe auf. Sonia war Sprachstudentin, halb Französin und halb Russin, jung und hübsch, und hegte die romantische Illusion, eines Tages zu ihren slawischen Vorfahren zurückkehren zu können. Sie betrachtete sich als Heldin jeder russischen Novelle, die sie studierte, und Victoria fragte sich beim

Lesen von Gregs Briefen, wie weit er in dieses Spiel einbezogen war. Und warum war er so ungewöhnlich offen zu ihr?
»Was erwartet er wohl, was ich tun soll? Ihm aus der Klemme helfen? Ihm Ratschläge erteilen? Nach mehr Einzelheiten fragen? Verstehst du diesen Mann?« appellierte Victoria an Julia, deren einziger Rat kurz und bündig lautete: »Laß ihn fallen. Vergiß, daß er überhaupt existiert hat.«
»Ich wünschte, ich könnte es!«
Julia blickte ihre Freundin durchdringend an. Sie trug seit kurzem eine Schmetterlingsbrille mit einer schweren Schildpattfassung, hinter der sie ihr Gesicht beinahe vollständig verstecken konnte. Außerdem hatte sie die Angewohnheit entwickelt, die Brille auf die Nasenspitze gleiten zu lassen und über den Rand hinaus zu blicken, die Stirn zu runzeln, und wenn die Inspcktion vorüber war, die Brille wieder zurechtzurücken, als ob sie alles gesehen hätte, was sie hatte sehen wollen. Victoria fand diese Manieriertheit beunruhigend und fragte sich, welche Auswirkungen sie wohl auf Julias Klienten hatte.
»Scheiße.«
»Was?«
»Das hast du doch gehört. Du gibst dir überhaupt keine Mühe, diesen Mistkerl zu vergessen. Du liebst ihn und hoffst immer noch darauf, daß er nach dir schickt oder zurückkommt und dich einfach mitnimmt, oder welchen Unsinn du dir auch sonst erträumst... Ehrlich, ich verstehe dich nicht. Wo ist dein Stolz, Frau?«
»Hältst du es für möglich, daß er gar nicht weiß, wie ich empfinde?« Victoria ignorierte die Frage.
»Nein, ich glaube nicht. Du hast ja keinen Hehl daraus gemacht, um so schlimmer ist es. Er kann nicht so tun, als wüßte er von nichts. Meine Antwort auf diese Art von Briefen«, Julia nickte in Richtung des Tisches, wo Gregs

jüngste Probleme mit Frauen ausgebreitet waren, »meine einzige Antwort wäre absolute Funkstille. Keine weiteren Briefe oder überhaupt irgendeine Form der Kommunikation. Soweit es dich betrifft, ist er gestorben.«
Victoria war ganz schwach vor Entsetzen. Sie saß in ihrem Büro und las noch einmal Gregs letzten Brief:
»Ich bin gar nicht recht in der Lage, das Chaos ordnen zu können, das in meinem Herzen tobt – wenn dies dann der rechte Ort ist für solche Gefühle. Du hast in Deinen Briefen schon manchmal Kommentare über meine angebliche Gefühlskälte gemacht. Mir scheint, daß alle Frauen, die ich je kennengelernt habe, einschließlich meiner Mutter, etwas Ähnliches gesagt haben. Als ich noch jünger war, hat mir das etwas ausgemacht. Jetzt weiß ich, es wird sich nie ändern. Vielleicht gehöre ich zu den Menschen, die gar nicht in der Lage sind, tiefe und dauerhafte Bindungen einzugehen.
Was die Liebe angeht, na ja, ich war mir der Bedeutung dieses Wortes nie sicher. Es gibt, es muß viele verschiedene Lieben geben! Es hängt alles von der Person, dem Zeitpunkt und dem Ort ab. Was kein Trost ist für Dich oder auch nur für mich. Ich hoffe natürlich, daß ich mich irre. Eines Tages wird mich Amors Pfeil treffen, und dann werde ich alles mit anderen Augen sehen. Doch irgendwie bezweifle ich, daß das jemals geschehen wird. Und obwohl die Aussicht einer lieblosen Zukunft mich gelegentlich melancholisch macht – ein altmodischer Begriff für eine altmodische Beschwerde –, so bin ich doch insgesamt nicht allzu unglücklich. Ich bin sogar ziemlich zufrieden mit meinem Leben, wie es ist. Es hat mir nie an reizender weiblicher Begleitung gefehlt« – das ist eine Verbeugung vor dir, Kleine, dachte Victoria bitter –, »und ich schätze mich glücklich, einige wenige außergewöhnlich warmherzige, großzügige und kluge Frauen kennengelernt zu haben, die eine Zeitlang bereit waren, mein Leben zu teilen.

Ich gebe ganz offen zu, daß ich nur den einzigen Wunsch hege, weiterhin so viel Glück zu haben.
Ich hoffe, Du wirst Dich über diesen Brief nicht ärgern. Wir kennen uns beide schließlich lang genug, daß Du eine klare Vorstellung davon entwickeln konntest, welche Art Kerl ich bin. Ich fürchte sogar, daß Du mich mit Deinem trainierten professionellen Augen schon lange durchschaut hast und mich weit besser kennst als ich mich selbst. Doch ich hoffe nach wie vor, daß wir gute Freunde bleiben können.«
Das Telefon auf ihrem Schreibtisch schrillte, Victoria schreckte auf und preßte ihre Hand auf den Rippenbogen. Seit kurzem hatte ihr Magen wieder begonnen, ihr Schwierigkeiten zu machen. Genauer: seit sie ihre Kündigung eingereicht hatte. Sie schob Gregs Brief in die Tasche ihres weißen Kittels und hob den Hörer ab. »Sozialstation. Was kann ich für Sie tun?«
»Schwester Maguire, Victoria, unsere Braut ist eingetroffen. Kommen Sie zur Kapelle? Ich bringe den Bräutigam.«
»Komme schon.« Victoria kritzelte auf einen Zettel, wo sie in der nächsten halben Stunde zu erreichen sei, und schob ihn hinter die Wählscheibe, dann griff sie nach ihrem Mantel. Es war kalt draußen. So kalt, daß es schneien konnte.
Was also war es, was dich hielt, dich Monate oder sogar Jahre bei der Stange hielt – wie hast du es ausgedrückt, ach ja – bei einem warmherzigen, klugen, großzügigen Mädchen? Nur die Gewohnheit? Wie Professor Higgins, der sich an ihr Gesicht gewöhnt hat? Es muß so aufregend gewesen sein, jemand Neues kennenzulernen, sie mit deiner Art vertraut zu machen... Irgendwie blieben sie nie lange, diese warmherzigen und großzügigen Kreaturen. Trotz allem, was du anzubieten hattest: Geld, interessante Freunde, amüsante Begleitung, Reisen..., du hast sogar

einmal das Wort Sicherheit erwähnt! Was du nie verstehen konntest, waren die Forderungen nach etwas mehr, die Unzufriedenheit, die früher oder später deine perfekte Beziehung störte. Du wußtest nicht, was Liebe bedeutet? Aber du hofftest, eines Tages…? Nun ja, wer hat nicht schon einmal eine ähnliche Entschuldigung vorgebracht, wenn er versuchte, jemanden abzuschütteln? Wer hat nicht das eine oder andere Mal gesagt, in der Hoffnung, den angemessenen bedauernden Tonfall zu finden: »Ich habe noch nie jemanden wirklich geliebt. Vielleicht kann ich das gar nicht. Aber natürlich hoffe ich immer noch, daß es eines Tages geschehen wird. Obwohl ich es jetzt nur schwer glauben kann… Nichts Persönliches, siehst du. Es liegt an mir. So bin ich nun mal. Tut mir leid.«
Gewöhnlich funktioniert es, aber nur bei den sehr jungen Leuten. Ab einem gewissen Alter, wenn sich dann die Situation noch nicht geklärt hat, beginnen die Leute, »Probleme« bei einem zu vermuten. Sie schlagen einem vielleicht eine Psychoanalyse vor. Oder meinen, man solle doch heiraten. Verantwortung tragen. Eine Familie gründen. Das wird dir den Unsinn schon austreiben. Du mußt das Leben von der ernsteren Seite nehmen.
Victoria erreichte die Tür der Kapelle. Dies war also der Höhepunkt ihrer Arbeit im St. Michaels-Krankenhaus. Kurz bevor sie dieses grimmige alte Gemäuer verließ, war es ihr gelungen, einen ihrer Fälle zu einem befriedigenden Abschluß zu bringen.
Mr. Magnus, klein und dünn wie ein Scherenschnitt, und seine genauso kleine, aber fröhliche Ehefrau waren nach monatelangen geduldigen Überredungsversuchen dazu gebracht worden, ihre Ehe vom Krankenhauskaplan segnen zu lassen. Es war zu hoffen, daß die eheliche Harmonie sie diesmal nach Hause begleiten und Mr. Magnus davon abhalten würde, wieder chirurgisch behandelt werden zu müssen.

In den letzten Jahren hatten ihn seine Magenprobleme den größten Teil dieses Organs gekostet und seine Familie zerstört. Seine Frau war aus dem gemeinsamen Haus ausgezogen, und die beiden halbwüchsigen Töchter hatten einen Vormund bekommen. Die einzige, der diese Situation gefiel, war Mrs. Magnus senior, die Mutter des Patienten. Das Haus, in dem sie alle zusammengelebt hatten, gehörte ihr. Sie verwaltete das Haushaltsgeld, regierte in der Küche und drohte dem jungen Paar des öfteren, sie sofort hinauszuwerfen oder ihr Testament zu ändern, woraufhin sie nach ihrem Tode ohne einen Penny dastünden; und in der Zwischenzeit weigerte sie sich, aus Gründen, die nie deutlich wurden, sich zu waschen. Das Haus stank.

»Sie haben keine Vorstellung, wie es dort aussieht«, beschwerte sich die jüngere Mrs. Magnus. »Wir können keine Freunde einladen. Auch die Mädchen können ihre Freundinnen nicht mit heimbringen. Jeder, der zu uns kommt, fragt uns, was los ist und wie wir damit fertig werden. Ich kann jedenfalls nicht mehr. Sobald ich von der Arbeit nach Hause komme, schließe ich mich in unser Zimmer ein. Wenn wir es uns leisten könnten, auszuziehen, würden wir es tun. Aber da Ron die ganze Zeit krank ist, bin ich die einzige, die Geld verdient. Wir waren schon beim Arzt, um ihn zu fragen, ob er etwas für uns tun kann. Er hat sie untersucht. ›Mrs. Magnus‹, sagte er zu mir, ›mit Ihrer Schwiegermutter ist alles in Ordnung. Nichts, das Wasser und Seife nicht heilen würden. Ich kann Ihnen nicht helfen.‹

Ron hat einen Ausweg gefunden. Er wird einfach krank und kommt hierher. Ich bin es, die mit ihr leben muß. Und die Kinder. Kein Wunder, daß sie nie zu Hause sind. Sie haben sich einer Bande angeschlossen, sie sind immer in Schwierigkeiten, aber ich kann es ihnen irgendwie nicht verübeln. Wie kann man von ihnen erwarten, zu Hause zu bleiben, wenn *sie* da ist?«

Victoria fand bald heraus, daß die Beschwerden nicht übertrieben waren. Sie hatte Mrs. Magnus senior zu einem Gespräch in ihr Büro gebeten. Die alte Frau saß in dem einzigen bequemen Sessel, blickte sie verbittert an, weigerte sich, irgendeine Frage zu beantworten, die sie ihr direkt stellte, kommentierte aber in ärgerlichem Unterton alles, was ihre Schwiegertochter sagte. Sie trug ein teures Kleid und einen ebenso teuren Mantel, die allerdings beide fleckig waren und aussahen, als hätte sie in ihnen geschlafen. Innerhalb weniger Minuten nach ihrem Eintreffen mußte Victoria das Fenster öffnen, obwohl es draußen schneite. Der durchdringende Gestank ließ sich noch Stunden nach ihrem Besuch trotz des Lüftens und des Einsatzes von Luftspray nicht beseitigen, und noch Tage später gab der Sessel gelegentlich unangenehme Geruchswolken von sich, als ob der Geist der alten Frau immer noch durchs Zimmer spukte.

»Meine Mama hat einige merkwürdige alte Gewohnheiten...« Mr. Magnus lag in seinem Krankenhausbett, die Konturen seines ausgezehrten Körpers waren unter der Decke kaum zu erkennen. »Sie schläft nicht viel. Das heißt, sie schläft nur tagsüber. Nachts ist sie, man könnte sagen, ruhelos. Sie läuft herum, dreht das Radio auf. Sie ist fast taub, also ist das ziemlich laut. Sie kocht sich Tee. Das weckt meine Frau immer auf. Und dann klappert sie herum. Häufig schaut sie auch bei uns herein. Sie hat sich immer Sorgen um mich gemacht. Ich war ein Einzelkind und nie sehr gesund. Also hat sie diese Angewohnheit, nachzusehen, ob alles in Ordnung ist. Nur, Sie können sich ja vorstellen, meine Frau... Na ja, sie hat sich immer aufgeregt... wir haben immer Angst gehabt, daß Mutter genau in dem Moment hereinkommt, wenn wir... Sie wissen schon. Sie scheint einen sechsten Sinn dafür zu haben. Meine Frau hat immer behauptet, Mama lauschte draußen an der Tür. Das glaube ich nicht. Obwohl es so aussieht. Wir haben versucht, die Tür abzuschließen. Das hat alles nur noch schlimmer gemacht. Damals hatte Mama ihren Unfall..., sie fiel die Treppe herunter und brach sich das Handgelenk. Danach haben wir die Tür nie mehr abgeschlossen. Jedenfalls tun wir es nicht mehr..., wenn Sie wissen, was ich meine. Man soll niemanden unnötig aufregen. Nur, meine Frau, na ja... sie ist darüber natürlich unglücklich. Ich vermute jedenfalls, es ist nur natürlich...«

»Das ist vielleicht eine groteske Situation!« Die jüngere Mrs. Magnus sprach aus einer Wolke Zigarettenqualm in der Ecke von Victorias Büro. »Wenn ich irgend jemandem davon erzählte, haben die sich kaputtgelacht. Niemand konnte es glauben. Wir schlafen in demselben Zimmer und haben nur einen kleinen Tisch zwischen unseren Betten – seit Ron so krank ist, haben wir zwei Einzelbetten – aber wir sind uns so nahe... und es ist schon Jahre her, seit wir... Sie wissen schon... uns geliebt haben, denn die alte Trutsche ist immer in der Nähe. Und lauert. Sie scheint durch geschlossene Türen zu riechen, was in unserem Schlafzimmer vor sich geht, und dann bricht die Hölle los. Einmal fiel sie in der Küche hin und goß sich siedendheißes Wasser über den Körper. Ein andermal fiel sie die Treppe runter. Es war ein reines Wunder, daß sie sich nichts gebrochen hat, aber sie war übel zugerichtet, wir mußten einen Arzt rufen. Einmal hat sie sich das Handgelenk gebrochen. Ich meine – was kann sie sonst noch tun?«

»Brauchen Sie wirklich die Erlaubnis Ihrer Mutter, um mit Ihrer Frau zu schlafen?« fragte Victoria Mr. Magnus bei ihrer nächsten Begegnung. Er schien schockiert zu sein über diese Frage, daß es eine solch junge Frau wagte, ein derart intimes Thema aufzubringen, die doch vorher nur an seinen allgemeinen Lebensumständen interessiert zu sein schien.

»Steckt sie dahinter? Hat meine Frau Ihnen irgendwelche Geschichten erzählt?«
»Sie sind es, den ich heute besuche, Mr. Magnus. Sie sind der Patient, und Sie haben mir erzählt, was geschieht, wenn Sie und Ihre Frau zusammen sind. Wie Ihre Mutter dann reagiert. Erinnern Sie sich?«
»Meine Mutter ist wie alle Mütter. Sie macht sich Sorgen um mich. Sie liebt mich.«
»Und Ihre Frau liebt sie nicht?«
»Meine Frau hat mich verlassen.«
»Warum hat sie das getan?«
Er zuckte mit den Schultern. »Keine Ahnung.«
»Also sind nur Sie und Ihre Mutter übriggeblieben. War Ihre Mutter glücklich darüber?«
»Ja. Es war wie früher, hat sie gesagt. Nur wir beide.«
»Und Sie waren auch glücklich darüber?«
»Na ja, zumindest hatten wir jetzt wieder Frieden im Heim. Da war niemand mehr, der dauernd meckerte, wissen Sie? Meine Frau, wenn Sie nur wüßten..., sie hat eine scharfe Zunge. Zwischen den beiden ist es nie gutgegangen, und keine will nachgeben. Manchmal habe ich das Gefühl, als ob ich auseinandergerissen werde. Jede von beiden will, daß ich für sie und gegen die andere Partei ergreife. Das ist Krieg. Also, wenn nur eine von ihnen da ist, ist endlich Frieden.«
»Was also ist falsch gelaufen?«
»Was meinen Sie damit?«
»Sie sind mit Blaulicht hier eingeliefert worden, mit einer Magenblutung.«
»Ach das...«
»Sie wären fast gestorben. Sie haben Glück, daß Sie in der Nähe des Krankenhauses wohnen.«
Mr. Magnus sagte nichts.
»Möchten Sie Ihre Frau nicht sehen?«
»Sie würde nicht kommen.«

»Soll ich versuchen, sie zu überreden?«
Er blickte hoffnungsvoll auf. »Damit werden Sie keinen Erfolg haben. Sie ist derart dickköpfig...«
»Ich werde es versuchen.«

»Zumindest kann mich niemand dafür verantwortlich machen! Ich war nicht einmal dort, als es passiert ist!«
Die jüngere Mrs. Magnus, mit einem ganz von rosa Federn berstenden Hut, blies Zigarettenrauch durch die Nase und lehnte sich in denselben Sessel zurück, in dem ihre Schwiegermutter sich vor kurzem niedergelassen hatte. »Das alte Miststück ist vor Angst fast gestorben. Geschieht ihr recht. Sie hat es immer auf mich abgesehen, aber wenn es kritisch wird, verliert sie den Kopf. Sie ist so durcheinander gewesen, daß sie zu den Nachbarn gerannt ist, um Hilfe zu holen, statt den Krankenwagen zu bestellen. Und was wäre gewesen, wenn die Nachbarn nicht dagewesen wären? Was, wenn sie auf dem Weg dorthin wieder hingefallen wäre? Und die ganze Zeit lag Ron da – und blutete! Er hätte sterben können!«
»Ja. Er hätte sterben können. Wenn Sie dagewesen wären, wäre es vielleicht nie geschehen.«
»Wie geht es ihm?«
»Er möchte Sie sehen.«
»Nein danke, ich habe genug.«

Es kostete sie viele Wochen geduldiger Kleinarbeit, bevor die jüngere Mrs. Magnus sich bereit erklärte, ihren Mann auf der Station zu besuchen.
»Manchmal fühle ich mich wie Nadel und Faden«, gestand Victoria Claire. Als Studentin hätte Victoria niemals gewagt, einen so unprofessionellen Ausdruck zu verwenden, aber jetzt, als mitten im Leben stehende Sozialarbeiterin, fühlte sie sich unabhängig genug, die Fachsprache beiseite zu lassen.

»Ich nehme beide Enden zusammen, versuche, sie miteinander zu verbinden, manchmal reißt der Stoff oder franst unter meinen Händen aus, so daß ich tiefer stechen, mich an etwas Stärkeres und Gesünderes halten muß und wieder aufs neue versuche, den Schaden zu reparieren.«

»Das ist eine neue Art von Fallbeschreibung. Ich bin nicht sicher, daß ich dir beipflichte, aber ich glaube, ich verstehe, was du meinst. Also wie kommst du mit deinen Flickarbeiten zurecht?«

»Die Magnusens sprechen wenigstens wieder miteinander. Bei ihm dauert es noch eine ganze Weile, bis er entlassen werden kann, also besteht Hoffnung, daß sie irgendein Einverständnis erzielen. Gegenwärtig muß ich seine Frau davon abhalten, zu seiner Mutter hinzurennen und ihr triumphierend zu verkünden, daß sie ihren Mann getroffen hat und daß sie Pläne für die Zukunft schmieden. Sonst schlägt Mama hier auf der Station noch ihre Zelte auf, und das wird sämtliche Anwesenden vertreiben!«

»Und was ist mit dir, Victoria?«

»Mit mir? Ich gehe.«

»Gibt es dafür irgendeinen besonderen Grund?«

»Ich brauche eine Luftveränderung. Ich möchte mit Menschen arbeiten, die ausnahmsweise mal weder sterben noch senil sind. Es gibt da eine offene Stelle in der Geburtshilfeabteilung im Zentralkrankenhaus. Ich habe mich beworben. Wenn ich sie kriege, wird es eine deutliche Verbesserung sein, mit jungen Menschen zu arbeiten.«

»Das wird dich auf Trab halten. Auf der Station ist sehr viel los, habe ich gehört.«

»Das ist genau, was ich brauche«, sagte Victoria.

*

»Sie haben gesagt, die Blutung hätte mit Ihnen nichts zu tun«, meinte Victoria zur jüngeren Mrs. Magnus. Wieder war ihr Büro von blauem Dunst erfüllt. Wenn sie in diesem Haus leben würde, würde sie vermutlich auch wie ein Schlot qualmen, zumindest roch das besser als die alte Frau. Victoria hielt sich davon ab, das Fenster zu öffnen. Sie wollte ihre Klientin nicht verprellen. »Aber vielleicht war es genau die Tatsache, daß Sie gegangen sind, die Ihren Mann so aufgeregt hat. Und indem er krank wurde, hat er Sie zurückgeholt. Also hat er am Ende bekommen, was er wollte, aber um welchen Preis!«

Mrs. Magnus brütete vor sich hin, sie blickte aus dem Fenster auf die trostlosen Wände des chirurgischen Krankenhauses.

»Ich vermute, er liebt mich, auf seine Weise«, gestand sie. »Und ich könnte ihn jetzt nicht verlassen. Nicht wenn er so krank ist. Ich würde das mir selber nie verzeihen, wenn er stirbt und ich nicht da bin. Ich würde mir immer Vorwürfe machen. Ich würde denken, ich hätte es verhindern können, wenn ich dagewesen wäre, wissen Sie? Die alte Frau ist beinahe taub und langsam auf den Füßen. Sie hört ihn vielleicht nicht einmal, wenn er nach ihr ruft. Und sie ist so dreckig. Ich traue ihr nicht über den Weg, wenn sie kocht, besonders jetzt, wo er so sorgfältig auf seine Diät achten muß. Nein, ich glaube, ich bin, wie man so sagt, mitgefangen, mitgehangen. Nur, warum hilft er mir nicht ein wenig?«

Sie wandte sich vom Fenster ab und Victoria zu. Zum ersten Mal war etwas anderes als Zorn und Verbitterung in ihrem Gesicht zu lesen.

»Ich kann nicht alles selbst machen, wissen Sie, ich muß schon wissen, daß er mir zur Seite steht! Wenigstens manchmal. Aber er ist so schwach! Er fürchtet sich so sehr vor seiner Mama! Er sagt nie nein zu ihr, egal, um was es geht... Wenn ich ihn darauf anspreche, ist alles, was er dazu sagen kann: Sie ist meine Mama. Na ja, ich bin verdammt noch mal seine Frau, und auch ich habe meine Rechte!

Wenn die Mädchen nicht wären, ich wüßte nicht, was ich tun würde. Manchmal habe ich das Gefühl, ich könnte die Alte einfach umbringen, oder mich selbst, oder beide. Aber dann glaube ich, man macht so etwas nicht, wenn man Kinder hat, an die man denken muß. Ich weiß, daß manche Leute es trotzdem tun, aber so bin ich nicht. Meine Kinder bedeuten mir alles, und sie kommen an erster Stelle. Sogar vor ihm. Also schicke ich sie jedesmal aus dem Haus, wenn wir Krach haben, und sie sind darüber ziemlich sauer. Sie können nicht verstehen, daß es nur zu ihrem Besten ist. Ich will nicht, daß sie zuviel mitbekommen. Aber es ist schließlich ihr Zuhause, und sie können nie zur Ruhe kommen, in ihrem ganzen Leben nicht. Kein Wunder, daß sie in Schwierigkeiten geraten. Die Bewährungshelferin stimmt mir zu, aber auch sie kann nichts tun. Alles, was sie wollen, ist, uns verlassen. Das bricht mir das Herz.«

Als Victoria später ihre Aufzeichnungen auf den neuesten Stand brachte, fragte sie sich, ob trotz all der wenig verheißungsvollen äußeren Umstände noch genügend Kraft in dieser Ehe steckte, um sie noch einmal zu einem Neuanfang zu bringen. Die alte Mutter würde schließlich nicht ewig leben. Wenn Mr. Magnus nur genügend Mut aufbrächte, um wenigstens gelegentlich seiner Frau zur Seite zu stehen und es der alten Frau nicht zu erlauben, ihn in Stücke zu reißen. Das wäre zu seinem eigenen Besten, es würde nicht nur sein Leben retten, sondern auch das, was von seiner Würde als Mann, als Oberhaupt der Familie übriggeblieben war. Ob er sich je als solches betrachtet hatte? Wahrscheinlich nicht. Doch wer wußte, welche geheimen Phantasien er in der Sicherheit seines Krankenhausbettes genährt haben mochte? Wie konnte sie ihn ein

wenig in die Realität hinübersteuern? Oder könnte sich schon der Versuch für seinen Magen als unerträglich erweisen? Und an wessen Realität dachte sie dabei? Natürlich, nur eine entscheidende Bewegung, um der alten Frau zu zeigen, daß sie nicht immer ihren Kopf durchsetzen konnte..., schon die Überraschung darüber könnte ihr eine Weile den Mund verschließen, und dann wäre es an der Ehefrau, ihre Chance zu nutzen. Victoria war zuversichtlich, daß die jüngere Mrs. Magnus diese Gelegenheit nicht verstreichen lassen würde.
Plötzlich tat ihr der alte Dragoner fast leid, so grob und begrenzt in ihren Möglichkeiten, wie sie war, konnte sie sich nur auf primitivste Weise verteidigen, wie ein in die Ecke getriebenes Stinktier.
»Wenn ich diese Ehe wieder in die Gänge bringe«, versprach sich Victoria, indem sie den Ordner schloß und ihn wegstellte, »wenn ich die Magnusens wieder zusammenbringen und ihnen helfen kann, ihre Ehe zu retten, dann wird auch für mich und Greg alles gut werden.«
Es gab keinen rationalen Grund, warum eine offensichtlich geistig gesunde junge Frau, die ihre Arbeit so sorgfältig tat und so darauf bedacht war, ihren Klienten zu helfen, plötzlich in dieses kindische magische Denken verfallen konnte. Und doch erlag Victoria von Zeit zu Zeit diesen, wie sie selbst fand, lächerlichen abergläubischen Vorstellungen und sah überall Vorzeichen und Omen. Wenn man sich die Mühe macht, nach Omen Ausschau zu halten, findet man sie selbstverständlich überall. Nachdem Greg aus London weggegangen war, stellte Victoria jedesmal, wenn sie das Radio anmachte, fest, daß gerade eines »ihrer« Lieder gespielt wurde. Welches? Es gab davon so viele, und sie waren damals so populär, daß es kein Wunder war... Dennoch hatte sie das Gefühl, die ganze Welt hätte sich verschworen, sie an Greg und an die gemeinsamen Jahre mit ihm zu erinnern. Es gab keine Zeit, sich für

jemand anderen zu interessieren, wenn ihr die Musik die jüngste Vergangenheit doch dauernd wieder in Erinnerung brachte, gemeinsam mit der Zuversicht, daß Greg früher oder später zurückkommen und alles so sein würde wie zuvor. Einschließlich der Lieder.

Ein oder zwei Jahre später, als neue Hits die Lieder ersetzten, die sie gemeinsam gehört hatten, wurden die Omen seltener. Doch zu diesem Zeitpunkt hatte sich Victoria bereits vollständig in die Arbeit gestürzt, und ihre Stimmung war ohnehin eher rational. Was sie nicht daran hinderte, am Anfang jedes Jahres – natürlich nur zum Scherz – ihr Jahreshoroskop zu kaufen. So konnte sie mit der Autorität, die eine immerzu enttäuschte Hoffnung auslöst, feststellen, daß die Vorhersagen niemals auch nur ein Körnchen Wahrheit enthielten.

*

Eine Woche nach seiner Rückkehr aus Trinidad zog Bob Williams direkt vom Krankenhaus in die Wohnung im 18. Stock. Er hätte nirgendwo sonst hingehen können. Megan hatte einen Antrag gestellt, ihn »aus medizinischen Gründen« wieder aufzunehmen, doch man hatte ihr mitgeteilt, daß die Warteliste lang war und die Chancen, ihn wieder aufzunehmen, nur gering. Sie besuchte die Familie einige Male, dann ließ der alltägliche Arbeitsdruck den »Fall« wieder nach ganz unten in ihren Aktenberg sinken. Aus einem Artikel in der Tageszeitung erfuhr die Sozialstation von Bobs Tod. Er hatte eine Überdosis Schmerzmittel genommen, »während er in einem Zustand geistiger Verwirrung war«. Die Sozialstation schickte einen Kranz zur Beerdigung. Die Abteilungsleiterin war nicht in der Lage, der Beerdigung persönlich beizuwohnen, und die restlichen Mitarbeiterinnen waren zu beschäftigt, um sich Urlaub zu nehmen.

In derselben Woche kam Mrs. Magnus jun. mit einem besonders hübschen Hut zu Victoria, um sie zu fragen, ob eine Art kirchliche Segnung in der Kapelle des Krankenhauses möglich sei, um ihren Eheschwur noch einmal zu besiegeln. Mr. Magnus sollte bald entlassen werden. Seine Mutter fand sich zu ihrer Überraschung in einem Sanatorium am Meer wieder, als eine Art zusätzlichen Urlaub. Sie blieb drei Wochen dort, um sich von ihren jüngsten Aufregungen zu erholen.

Also eilte Victoria an einem verschneiten Nachmittag jenes endlosen Winters zur Krankenhauskapelle. Die Stationsschwester brachte Mr. Magnus herbei, der sich in Morgenmantel und Regenmantel, jedoch ohne Socken, mit Pantoffeln an seinen bloßen Füßen in der Kapelle aufstellte. Mrs. Magnus wartete schon auf ihn; sie trug einen weißen Strohhut mit einem Schleier und einen neuen Mantel aus Pelzimitat. Victoria beobachtete, wie Schwester Maguire heimlich den Brautschleier berührte und sich bekreuzigte, und einer alten, langvergessenen Gewohnheit gemäß imitierte sie die Geste in sicherer Entfernung, dann kniete sie hinter dem glücklichen Paar nieder und barg ihr Gesicht in den Händen.

Alle Zweifel der letzten Zeit beiseite schiebend, betete Victoria zu Gott. Sie betete, als ob sie den schmalen Pfad der Tugend nie verlassen hätte, mit kindlicher Inbrunst. Sie betete für das frisch wiederverheiratete Paar, daß die beiden Stärke und Einheit für ihr zukünftiges Leben finden mochten. Dann betete sie für ihre eigene Zukunft. Sie hatte getan, was sie nur konnte. Sie hatte eine schwierige Situation gemeistert. Sie hatte ihre Seite des Handels erfüllt. Der Rest blieb dem Schicksal oder Gott überlassen, oder wer immer es war, der unsere dummen und unlogischen Lebensläufe überwacht.

Sie hatte nie endgültig beschlossen, ob sie nun wirklich aufgehört hatte, an die Existenz Gottes zu glauben oder

nicht, überlegte sie beschämt, als sie zur Station zurückging. In ihrer Jugend hatte sie phasenweise glühend gebetet, um dies oder jenes gebeten, manchmal auch nur, um ein klares Zeichen, daß es da oben überhaupt jemanden gab, der auf ihrer Wellenlänge sendete und empfing. Nichts war jemals geschehen, daß ihre Hoffnungen bestätigen oder sie vollkommen hätte enttäuschen können. Während ihres Zusammenlebens mit Greg litt sie immer wieder an akuten Gewissensbissen und fürchtete sich vor der ewigen Verdammnis, aber sie wußte, daß sie ihn nie aufgeben konnte. Wenn Gott uns liebt, kann er doch nicht wollen, daß wir unglücklich sind, stritt sie mit sich selbst. Schließlich tun wir doch niemandem etwas Böses, und ich bin so glücklich, wie kann das denn eine Sünde sein?
Doch sie hatte aufgehört, zur Beichte zu gehen, und daher konnte sie keine Kommunion empfangen, nicht einmal an Ostern. Diesmal werde ich etwas daran ändern, beschloß sie, als sie den Magnusens auf die Station folgte. Diese Ostern werde ich in der Kirche sein. Weil Greg dich verlassen hat und es keine Gelegenheit zu sündigen mehr gibt, flüsterte ihr Gewissen. Aber wenn er hier wäre, wenn du immer noch mit ihm leben würdest, was würdest du dann tun?
Die chirurgische Station feierte die »Trauung« der Magnusens, als wäre es eine echte. Mrs. Magnus hatte einen Hochzeitskuchen gekauft, und es war für das glückliche Paar eine große Enttäuschung, daß von den Patienten, die alle Magen-Darm-Probleme hatten, nur sehr wenige davon kosten durften. Dennoch wurde er auf der Station herumgereicht, und die Schwester achtete ängstlich darauf, daß nur ja niemand der Versuchung erlag.
»Das ist mein Hochzeitskuchen«, erklärte Mr. Magnus glückstrahlend. »Ich habe soeben geheiratet!«
»Das wird ihnen zu denken geben, stimmt's«, zwinkerte er Victoria zu und bot ihr den Kuchen an. »Sie haben

schließlich alle gesehen, daß meine Mrs. und die Mädchen mich besucht haben, und gehört, daß sie mich Vati nannten! Macht nichts. Ich bin glücklich.«
Victoria nahm ein Stück des dunklen, schweren Kuchens mit dem steinharten Zuckerguß. »Ich auch, Mr. Magnus. Ich hoffe, Sie werden jetzt bis an Ihr Lebensende glücklich zusammenleben können.«
Mrs. Magnus rauschte heran, sich die Krümel aus dem Pelz schüttelnd; der Strohhut saß keck auf einem Ohr. »Tja, Sie haben sich richtig angestrengt, das muß ich sagen. Wir müssen Ihnen heute wirklich Dank sagen. Und jetzt«, sie nahm Victorias linke Hand und blickte ostentativ auf ihren Ringfinger, »jetzt sind Sie an der Reihe, und vergessen Sie bloß nicht: Wir wünschen, dazu eingeladen zu werden!«
»Versprochen.«
In den nächsten 15 Jahren, in denen Victoria an verschiedenen Krankenhäusern arbeitete, schickten die Magnusens ihr immer eine Weihnachtskarte. Erst als sie aufhörte zu arbeiten, kamen auch keine Karten mehr, als ob dieser gesamte Teil ihres Lebens aufgehört hätte zu existieren.

*

Das Feuer erlosch. Victoria kuschelte sich in ihren Seidenkimono, drückte die letzten Seiten in die Flammen und sah zu, wie sie grau wurden und schließlich auf dem Rost zerfielen. Ein stechender Schmerz unter ihren Rippen ließ sie die Finger auf diese Stelle drücken. Es war zu spät, etwas zu bedauern. Nichts würde Gregs Briefe zurückbringen, nichts konnte das Rad der Zeit zurückdrehen.
Sie hatte im St. Michaels-Krankenhaus gekündigt, nachdem Greg das erste Mal davon gesprochen hatte, nach Moskau zu gehen. Sie mußte bereit sein, ihm dorthin zu folgen. Und wenn er sie dort nicht wollte, konnte sie erst

recht nicht in ihrem alten Krankenhaus bleiben. Zu viele Menschen wußten von Greg, zu viele Erinnerungen waren mit dieser Umgebung verbunden, sogar mit bestimmten Fallgeschichten und Patienten, mit denen sie in den letzten Jahren gearbeitet hatte. Was immer auch geschah, sie mußte gehen.

Sie verbrachte die Zeit bis zum Antritt ihrer neuen Stelle damit, in ihre neue Wohnung umzuziehen, die sie sich mit dem Geld ihres Vaters gekauft hatte. Er war gerade zurückgekommen, nachdem Greg abgeflogen war. Er, Martha und Ilona zogen in das große Haus. Zunächst hoffte Victoria, dort möge es auch einen Platz für sie geben, doch schließlich mußte sie Julia beipflichten, daß es in ihrem Alter besser war, selbständig und allein zu leben. Es würde schließlich aufregend genug sein, einander wieder kennenzulernen. Ganz abgesehen von den beiden Fremden, die offensichtlich eine große Rolle im Leben ihres Vaters spielten.

»Du bist glücklich dran, Victoria«, hatte Claire gemeint, als sie die Neuigkeiten erfuhr. »Du siehst also, wenn sich eine Tür schließt, öffnet sich immer eine andere.«

*

Ein ganzer verlorener Tag, Daddy. Nachdem ich Dir die letzten Worte geschrieben hatte, lag ich auf meinem Bett und starrte in den Frühlingshimmel, fragte mich, wie ich dem entgehen könne. Während ich schrieb, die Wohnung saubermachte und nutzlos über die Vergangenheit nachgrübelte, ist die Luft draußen immer wärmer geworden, weicher, die Knospen begannen im Garten aufzubrechen, und ein Schimmer Grün umgab die Bäume auf der anderen Seite des Kanals. Bald wird es schwierig sein, die Fenster im Lagerhaus noch zu erkennen.

Ich habe gebetet, ein plötzlicher Frost würde den herannahenden Frühling aufhalten. Ich bete immer noch darum, und jetzt vermeide ich es, hinauszusehen. Ich muß an meinem Schreibtisch bleiben, bis diese Briefe beendet sind. Die Wohnung wirkt ungewöhnlich leer und aufgeräumt. Ich habe eine Menge Dinge verbrannt. Ich versuche, die Wohnung nicht zu verlassen, außer wenn ich nichts mehr zu essen oder keine Zigaretten mehr habe. Ich habe eine lange Fahrt vor mir und muß meine Kräfte zusammenhalten.

Ich bin vor ein paar Wochen, bevor ich endgültig beschlossen habe, die Tür zu schließen und mit der Arbeit fortzufahren, zum alten Haus hinübergefahren. Ich ging nicht hinein. Ich wollte Martha nicht in die Arme laufen, die natürlich immer noch dort ist.

Es war ein sehr kalter und windiger Tag, zwischen Winter und den ersten Anzeichen des Frühlings, der vielleicht kommen würde oder auch nicht... Ein Tag, an dem das plötzlich helle Sonnenlicht die Krokusse aus dem Boden treibt, und der eisige Wind die Blätter verbrennt. Ich näherte mich dem Haus vorsichtig, aus dem Park kommend, und sah Martha, zu spät, im Garten stehen. Sie beugte sich über das große Blumenbeet und schien zu graben. Vor drei Jahren hatten wir, Du und ich, dort eine Menge neuer Blumenzwiebeln gesetzt. Es war eine der seltenen Zeitpunkte, an denen es uns gelang, zusammen zu arbeiten, geeint durch ein gemeinsames Interesse. Bis dahin wußte ich nicht, daß Du Dich überhaupt für Gartenarbeit interessiertest. Vielleicht interessierte sie Dich auch gar nicht. Vielleicht benutzten wir beide sie nur als Mittel, einander näherzukommen? Ich weiß jedenfalls, daß es mir so ging.

Ich erinnere mich, wie zögernd ich mich einer solch langfristigen Planung anschloß. Etwas im Herbst zu pflanzen, vor dem langen Winterschlaf, aus dem wer weiß wer im Frühjahr erwachen wird? Ich sagte etwas in dieser Rich-

tung, etwas in der Art, Geiseln für die Zukunft zu nehmen, und Du beschimpftest mich wegen meiner Morbidität. Aber ich hatte recht, nicht wahr?
Martha hat sich nie für Gartenarbeit interessiert, nachdem sie einmal festgestellt hatte, daß es nicht möglich war, das Gemüse für die nächste Woche gleich zu ernten. Sie hatte immer Angst, frische Schnittblumen ins Haus zu bringen, es sei denn, sie waren vom Blumenhändler und damit garantiert »sauber«. Unsere waren es nicht. Wir hatten grüne Fliegen, schwarze Fliegen, grauen Schimmel, schwarze Flecken, Brand und natürlich Ohrwürmer. Unsere Dahlien waren voll davon. Martha war fest davon überzeugt, Ohrwürmer machten sich direkt auf den Weg zum menschlichen Ohr, von wo aus sie sich einen Weg bis zum Gehirn grüben. Also wurden Dahlien verbannt. Flieder brachte Pech, wenn man ihn ins Haus holte, und Chrysanthemen bedeuteten Tod. Es gab noch eine Menge anderer Tabus bezüglich aller möglichen Blumen. Was sie allerdings mochte und sammelte und immer noch sammelt, soweit ich weiß, sind – Kakteen. Ich habe nie begriffen, wie jemand auf die Idee kommen kann, so etwas zu sammeln.
An jenem Tag war ich völlig überrascht, sie im eisigen Wind über »unser« Blumenbeet gebeugt zu sehen. Von Kopf bis Fuß schwarz gekleidet, die Trauerkleidung, die sie seit dem Tag der Beerdigung trug, hackte sie in die gefrorene Erde, zerrte und zog an etwas, das sich hartnäckig weigerte, nachzugeben. Am Ende gewann meine Neugier Oberhand über meine Vorsicht. Ich näherte mich und lehnte mich über den Zaun. Sie war dabei, die Blumenzwiebeln auszugraben, die gerade begonnen hatten, Triebe zu entwickeln. Ich öffnete das hintere Tor und marschierte wütend hinein. Sie richtete sich auf. Ihr Gesicht war puterrot, ob vor Anstrengung oder Verlegenheit, weiß ich nicht. Ich war seit jenem Tag... vor beinahe drei

Jahren... nicht mehr in ihrer Nähe gewesen. Wir standen da und starrten einander schweigend an. Zu unseren Füßen lag ein Haufen kleiner weißer Blumenzwiebeln und ausgerissene Wurzeln und Triebe. Ich mußte an einen Haufen Schädel denken, den ich einmal auf einem mittelalterlichen Bild gesehen hatte, ein Mahnmal zur Erinnerung an eine Schlacht.
Martha rieb sich den Rücken, der ihr nach der so ungewohnten Arbeit sicher weh tat. »Es ist zu kalt für die Blumen«, sagte sie. »Sie haben zu früh angefangen zu treiben, und es kann sein, daß wir noch Schnee und Frost bekommen. Dann werden sie eingehen. Ich werde sie in den Keller legen, weil es da wegen des Heizungsboilers warm ist. Sie können im Keller überwintern, dann werde ich sie wieder aussetzen.« Sie schaufelte den kleinen Haufen zusammen, raffte die Blumenzwiebeln an ihren Busen und trippelte mit kleinen, schnellen Schritten auf das Haus zu. Die abgebrochenen Triebe und Wurzeln quollen schlaff zwischen ihren Fingern hervor, und ein oder zwei kleine Köpfe fielen auf den Weg. Sie verschwand im dunklen Keller, der tatsächlich warm und sicher ist wie ein Schoß und wo die Blumen, die wir gemeinsam gepflanzt hatten, Daddy, sicherlich eingehen würden. Sie bat mich nicht hinein, und ich ging ihr nicht hinterher. Seither habe ich sie nicht mehr gesehen.
Es scheint, als ob alles hier, von dem ich schreibe, tot oder vergangen ist, Daddy. Ich frage mich, ob dort, »auf der anderen Seite«, etwas auf mich wartet. Werde ich einen Schatten meines früheren Selbst finden, wenn ich dorthin gehe? Es ist ja möglich, daß ein Teil von uns weiterlebt, frei von allen irdischen Schmerzen. Ein Teil meines vergangenen Glücks, aus der Zeit, als ich noch das Gefühl hatte, mit jeder Zelle meines Körpers lebendig zu sein, als Hoffnungen noch eine Zukunft hatten, nicht nur eine Vergangenheit. Ob ich auch das wiederfinde, so daß ich mich

endlich wieder vollständig fühlen werde? Glaubst Du, ich könnte Mutter dort finden? Ich habe mich oft gefragt, ob ihr Tod Dich so quälte wie mich: die ganze Zeit, ununterbrochen? Wahrscheinlich nicht. Du bist schließlich im Krieg so oft dem Tod begegnet... Ich habe den Tod nur im Krankenhaus gesehen, gnädig verborgen unter den Bettdecken, umgeben von Blumengebinden. Du hast ihn rauh und häßlich, plötzlich und unvorbereitet gesehen. Was ich sah, war – man könnte beinahe sagen – eine Bühnenaufführung. Jeder wußte, was zu tun war, kannte seine Rolle, alle hatten das schon oft erlebt. Niemand wurde davon überrascht. Selbst wenn der Patient nicht sehr krank gewesen war. »Woran ist er gestorben?« »Ach, nichts Ernstes...«
Doch Mutters Tod blieb für mich mein ganzes Leben lang wie eine offene Wunde – zu schmerzhaft, um sie auch nur zu berühren, selbst nach all diesen Jahren. Weil er so plötzlich kam. Und so endgültig war. Wie sollten wir nicht an die Nemesis glauben? Wir dachten, wir seien in Sicherheit, als wir Warschau verließen. Sie glaubte, hier in England könne ihr nichts geschehen. Doch das Schicksal, das ihre Familie in Polen heimsuchte, fand sie auch in jenem kleinen Haus in einer Londoner Vorstadt.

Man hat nie auch nur das kleinste Stückchen von ihr, ihrem Körper, ihren Kleidern gefunden. Nichts. Eben war sie noch da, eine blonde, braunäugige junge Frau, um so vieles jünger, als ich es jetzt bin, Daddy, was für ein merkwürdiger Gedanke... Eine junge Frau mit einem herzförmigen sommersprossigen Gesicht und einer Lücke zwischen den Vorderzähnen. In ihrer rechten Wange bildete sich ein Grübchen, wenn sie lächelte. Ihre Ohren waren durchstochen, und sie trug Ohrringe; außerdem einen goldenen Armreif an ihrem linken Oberarm und einen Ring mit einem grünen Stein – wirklich ein Smaragd? – an ihrem Finger, zusammen mit einem altmodischen großen Ehering.

Sie ging in ihr Haus, eines schönen Herbsttages, und das war das letzte, was man auf dieser Erde von ihr gesehen hat. Nicht einmal eine Spur ist von ihr übriggeblieben. Nur ein großes Loch, wo einmal das Haus gewesen war. Sie haben in den Ruinen gegraben, alles durchwühlt: zerschmetterte Möbel, zerbröselte Ziegel, wie Lakritzstangen verbogenes Gußeisen, zersplittertes Holz. Sie war verschwunden.

Es dauerte viele Jahre, bevor ich auch nur glauben konnte, daß sie wirklich tot war. Ich stellte mir vor – Du weißt ja, wie Kinder ihre Phantasie dazu einsetzen, die unbefriedigende Wirklichkeit zu überwinden –, ich stellte mir vor, sie sei von jemandem hinausgeführt worden, der im Haus auf sie wartete. Ein geheimes Treffen. Eine königliche Romanze. Du warst nicht da, und alles war besser als die Wahrheit. Eines Tages, vielleicht wenn der Krieg vorbei war, würden wir von ihr hören, von einer Hacienda irgendwo in Südamerika. Sie würde uns rufen, und wir würden über den Ozean fliegen, um zu ihr zu ziehen und ein neues Leben anzufangen. Ihr Leben konnte nicht einfach so verloschen sein. Es schien so – unvollendet, in einem zeitlosen Schwebezustand, als wartete es auf seine endgültige Bestimmung. Irgend etwas, und sei es noch so klein, hätte aus dem Haus gerettet werden müssen, um zu beweisen, daß sie dort war, als die Bombe fiel. So daß wir ein Grab hätten schaufeln können und sie hineinlegen – oder dieses Etwas zumindest. So daß ich ihr hätte Blumen bringen können, eine Kerze anzünden und wissen, wenn ich für den Frieden ihrer Seele betete, daß sie dort lag, in diesem bestimmten Grab auf einem ruhigen englischen Friedhof.

Doch tatsächlich ist sie einfach – verschwunden. Ich frage mich, ob sie selbst überhaupt die Möglichkeit hatte, festzustellen, was mit ihr geschah? Es gibt ja eine Theorie über das Geburtstrauma. Ist es möglich, daß es auch ein Todestrauma gibt? Erreichen manche Seelen »die andere Seite« zutiefst geschockt durch die Art ihres Ausscheidens aus dieser Welt? Leiden sie unter den Umständen ihres Todes im ewigen Leben? Existieren Geister? Denke nicht, ich redete leichtfertig vor mich hin. Diese Gedanken quälen mich seit Jahren.

Eine der Folgeerscheinungen nach Mutters Tod bestand darin, daß mein Vertrauen in die grundlegende Stabilität dieser Welt irreparabel erschüttert wurde. Nichts zuvor hatte in meiner frühen Kindheit mein Vertrauen an diese beste aller möglichen Welten in Frage stellen können. Spuren des infantilen Glaubens an Märchen und den Weihnachtsmann und die absolute Allmacht und Unverwundbarkeit meiner Eltern bildeten nach wie vor den Hintergrund meiner täglichen Existenz. Die Tür zwischen der magischen Welt der frühen Kindheit und dem heutigen Tag stand noch offen. Selbst Deine Einberufung in den Krieg ängstigte mich nicht allzu sehr. Ich wußte genau, daß Dir nichts Böses zustoßen konnte, und die Ereignisse bewiesen, daß ich recht hatte. Du hast alle Gefahren überstanden, selbst jenen Torpedo, der Dein Schiff versenkte und so viele Menschenleben kostete. Ich betete natürlich täglich für Deine Sicherheit, aber ich hatte nie auch nur den allergeringsten Zweifel, daß Du zu uns zurückkehren würdest, wenn der Krieg vorbei war.

Die Vorstellung, daß Mutter überhaupt irgend etwas zustoßen könnte, kam mir einfach nicht in den Sinn. Als es doch geschah, tat sich ein riesiger Abgrund in meiner Welt auf, der sich nie wirklich überbrücken ließ, eine Art Erdbebenzone, ein schwacher Saum, an dem sich jeden Augenblick die Erde auftun und mich, Dich, jeden, den ich kannte und liebte, verschlingen konnte. Die Tür zu meinem beruhigenden magischen Refugium war unter den Trümmern verschüttet. Ich konnte seine sicheren Mauern nie wieder erreichen. Ich war dort draußen in der feindlichen, unendlich bedrohlichen Welt, verwirrt, verloren und total alleingelassen. Vielleicht hätten sich die Dinge anders entwickelt, wenn Du bei mir geblieben wärst? Ich weiß es nicht. Ich vermißte Dich in meinen jugendlichen Jahren ganz schrecklich und empfand Deine dauernde Abwesenheit als eine Art Desertion. Ich muß Dich mehr geliebt haben, als ich es selber wußte.

Es könnte sein, daß der Grund, weshalb ich niemals lernte, irgend jemandem zu trauen, in diesem doppelten Verlust zu suchen ist: diesem plötzlichen Verlassenwerden durch Mutter und Dich. Es gab Zeiten in meinem Leben, in denen das Gefühl, eine endgültige Katastrophe könne sich jeden Augenblick ereignen, in mir so lebendig war, daß es mir fast unmöglich wurde, ein gewöhnliches Alltagsleben aufrechtzuerhalten. Ich versuchte zu verbergen, was ich für den Beginn des Wahnsinns hielt. Ich studierte, las, ging einkaufen, putzte mein Zimmer, besuchte sogar Parties, während ein Teil von mir die ganze Zeit lauernd auf die gräßliche Explosion wartete, die mich ins Nichts schleudern würde.

Ich sorgte immer dafür, daß mein Zimmer absolut ordentlich war, meine Kleidung gereinigt, meine Rechnungen bezahlt, daß nirgendwo irgendwelche losen Enden herumhingen, denn der heutige Tag konnte mein letzter Tag sein, und ich durfte kein Chaos hinterlassen. Meine geradezu besessene Sauberkeit, das einzige Merkmal an mir, das Dir gefiel, hat seine Ursache in dieser Furcht. Um ehrlich zu sein, liegt sie nicht in meinem Naturell, sondern sie entstand unter dem Druck einer stets präsenten Bedrohung. Als ob ich versuchte, das Schicksal zu beschwichtigen, indem ich so perfekt war wie nur möglich... Manchmal, wenn die Bedrohung etwas nachließ und in den seltenen Zeiten ungetrübten Glücks war ich die chaotischste, unsauberste, nachlässigste Person, die Du Dir nur denken kannst.

Hättest Du je die Gelegenheit gehabt, uns zu besuchen, als ich mit Greg zusammenwohnte, dann wärest Du entsetzt gewesen über das Chaos in unserem Haus. Doch ich weiß, Du hättest Deine Mißbilligung auf jeden Fall gezeigt, gleichgültig, wie aufgeräumt das Haus war. Ich lebte in Sünde, offen und ohne Gewissensbisse. Und ich war auch noch glücklich!

*

Trotz der späten Stunde waren die Fenster im Lagerhaus immer noch erleuchtet. Im Raum mit dem blauen Fußboden wurde das Licht durch den roten Schirm und die Rauchwolken gefiltert, was ihm eine intime und einladende Atmosphäre verlieh. Wenn du hierher eingeladen wärest, schien er zu signalisieren, wenn du nur Teil dieser exklusiven kleinen Clique sein könntest – ja dann würdest du dich nie mehr einsam fühlen. Hier würden all deine Sorgen in den purpurfarbenen Wolken verschwinden. »Ich frage mich, was sie da rauchen«, dachte Victoria, »ich bin sicher, es ist illegal.« Und sie bedauerte plötzlich, daß sie niemals in ihrem gesetzestreuen Leben etwas Exotischeres als türkischen Tabak versucht hatte.

Auch in dem Zimmer mit dem großen Bett brannte Licht, doch anders als sonst war das Fenster mit einem geblümten Tuch – wie es aussah, ein Bettüberwurf – zugehängt, dessen Rüschenvolants unordentlich an der Scheibe herunterhingen, so daß das Licht der nackten Glühbirne an den Ecken durchschien.

Die junge Mutter nebenan schritt im Zimmer auf und ab und wiegte ihr Kind in den Armen. Sie schien auf es einzureden oder zu singen, wobei sie das Baby sanft hin- und herschaukelte. Ob das Kleine weinte? Hindert der Lärm aus den angrenzenden Zimmern sie beide am Schlafen?

Weder der junge Mann noch seine saxophonspielende

Nachbarin waren zu sehen, doch auch in ihren beiden Zimmern brannte Licht.
Der bärtige Mann lag wieder auf dem Sofa, rauchte und starrte auf etwas jenseits seiner Füße. Ein Aschenbecher war auf seiner Brust zu sehen, und ein Teller stand auf dem Fußboden, doch Victoria konnte nicht erkennen, ob etwas auf dem Teller war, selbst mit Hilfe ihres Fernglases nicht. Sie hatte es ganz hinten im Kleiderschrank bei Gregs Briefen gefunden. Es war erstaunlich, wie anders dadurch alles aussah. Das Lagerhaus und seine Bewohner schienen jetzt so nahe zu sein, daß sie das Gefühl hatte, die Hand ausstrecken und an ihr Fenster klopfen zu können.
»Darf ich hereinkommen? Ich wohne gegenüber auf der anderen Straßenseite. Auf der anderen Seite des Kanals, um genau zu sein. Ich habe mich gefragt, ob ich vielleicht helfen kann. Brauchen Sie Hilfe? Sehen Sie, ich bin Sozialarbeiterin, und als ich Sie mir hier so betrachtete... Wie? Durch Ihre Fenster natürlich. Solange die Bäume kahl sind, kann ich genau hier hereinschauen. Finden Sie nicht, daß erleuchtete Fenster ungeheuer anziehend sind, wenn man von draußen hereinschaut? Sie haben keine Vorhänge, also macht es Ihnen offenbar nichts aus. In Holland hat niemand Vorhänge vor den Fenstern, und man kann den Leuten direkt ins Wohnzimmer schauen. Es muß ein Gefühl sein, als lebte man in einem Aquarium. Ich könnte das nicht. Ich meine – es gibt Zeiten, zum Beispiel morgens, bevor man sich anzieht, wenn die Haare noch total..., o nein, das würde Ihnen nichts ausmachen, das ist offensichtlich. Ja, wenn man noch so jung ist...
Was ich damit sagen wollte: Als Sozialarbeiterin habe ich mich häufig gefragt, als ich so hier herüberschaute, ob ich vielleicht von Nutzen sein könnte. Im zweiten Stock wohnt eine Mutter mit ihrem Baby. Wie kommt die Mutter damit zurecht? War sie schon beim Gesundheitsamt?

Bekommt sie Unterstützung durch eine Gesundheitsfürsorgerin? Braucht sie einen Babysitter? Ich habe jetzt nicht mehr so viel zu tun. Ich bin recht gut im Umgang mit Babys. Und da gibt es noch den Mann, der offenbar den ganzen Tag auf dem Sofa liegt. Ist er krank? Warum steht er nicht auf? Wer kümmert sich um ihn?

Das junge Paar da drüben... ach nein, die brauchen niemanden. Das Mädchen spielt Saxophon. Recht ungewöhnlich, oder? Spielt sie gut? Leider kann ich sie nicht hören, die Musik wird nicht zu meinem Haus hinübergetragen. Könnte ich wohl manchmal herüberkommen und zuhören? Ich mag den Klang des Saxophons so sehr.«

Und schließlich eine Treppe höher im Zimmer mit dem goldenen Lampenschirm:

»Guten Abend, ich bin Ihre Nachbarin von drüben, auf der anderen Seite des Kanals. Ich sehe jede Nacht bei Ihnen Licht. Sie arbeiten so spät noch, manchmal bis morgens. Sie schlafen überhaupt nicht. Ich? Nein, vermutlich schlafe ich auch nicht sehr viel. Also haben wir etwas gemeinsam, nicht wahr? Es bleibt uns so wenig Zeit, warum sie mit Schlaf vergeuden? Ich habe mich oft gefragt – kommen Sie doch aus dem Schatten hervor, ich möchte so gern Ihr Gesicht sehen –, was ich mich fragte, war... Woran schreiben Sie? Darf ich es lesen? Könnten wir darüber sprechen? Manchmal, wissen Sie, manchmal hilft es schon, wenn man mit einem völlig Fremden spricht...«

*

»Ich werde dieses Baby nicht bekommen. Ich meine, ich werde es nicht mit nach Hause nehmen. Das kann ich nicht. Mein Vater würde mich umbringen. Er weiß nur, daß ich nach London gekommen bin, um Arbeit zu suchen. Ich habe eine Stelle und ein Zimmer gehabt. Na ja,

ich teile mir die Wohnung mit vier anderen. Ich sollte vermutlich besser ausziehen, bevor sie es herausfinden...«
»Was ist mit dem Vater des Kindes? Was sagt er dazu?«
»Ach der... Er sagt, er wird mir helfen, mit Geld und so..., wenn ich meine Stelle aufgeben muß. Aber –«
»Ja?«
»Es ist schon sehr merkwürdig, sehen Sie, ich arbeite für seinen Vater. Im Büro. Er arbeitet in der Fabrik, bei seinem Vater. Seine Mutter arbeitet auch dort. Es ist ein Familienbetrieb. Nur daß mein Freund sagt, daß ich jetzt kündigen soll, bevor jemand herausfindet, daß ich schwanger bin. Denn wenn seine Eltern es herausfinden, sagt er, wird er gezwungen sein zu behaupten, daß es nicht sein Kind ist, und er wird mir dann bestimmt nicht helfen.«
»Ich verstehe. Also haben Sie nicht vor, zu heiraten und das Baby zu behalten?«
»Er sagt, daß wir heiraten werden. Später.«
»Und was glauben Sie?«
»Ich weiß es nicht. Ich bin völlig durcheinander. Ich weiß nicht, was ich tun soll, außer daß ich es unmöglich behalten kann. Also will ich es weggeben und jetzt den Vertrag unterzeichnen. Auf diese Weise muß ich nichts damit zu tun haben.«
»Nun ja, Miss Gray, sehen Sie, Sie können gar nichts unterzeichnen, bevor das Baby auf der Welt ist...«
»Aber ich weiß ganz genau, daß ich es doch kann! Man hat mir gesagt, wenn ich ins Krankenhaus gehe, werden sie versuchen, mich zu überreden, es zu behalten, aber ich bin fest entschlossen, und überhaupt ist es nicht möglich.«
»Ich werde nicht versuchen, Sie zu überreden, es zu behalten, wirklich nicht. Ich werde Ihnen helfen, das Baby adoptieren zu lassen, wenn es das ist, was Sie wollen. Sobald Sie es zur Welt gebracht haben. Im wievielten Monat sind Sie?«

»Im vierten.«
»Ich werde Sie an eine Adoptionsvermittlung weiterempfehlen, und dort wird man Ihnen den formalen Ablauf erklären. Aber auch dort wird man Ihnen nichts zum Unterschreiben geben. Wenn Sie wirklich nicht in der Lage sind, das Baby nach Ihrem Krankenhausaufenthalt mit nach Hause zu nehmen, wird die Adoptionsvermittlung dafür sorgen, daß es zu einer Pflegemutter kommt. Sie wird dann das Baby behalten, bis Adoptiveltern gefunden wurden.«
»Wie lange wird das dauern?«
»Gewöhnlich dauert es etwa sechs Wochen.«
»Mein Gott!«
»Tja, dadurch haben Sie Zeit, die ganze Sache zu überdenken. Sie wissen ja nie, was geschehen mag. Vielleicht ändern Sie Ihre Meinung oder vielleicht auch Ihr Freund. Vielleicht beschließen Sie, das Ganze Ihren Eltern zu erzählen, das Baby mit nach Hause zu nehmen oder zu heiraten. Wer weiß? Jedenfalls ist es so: Wenn die Adoptiveltern das Baby übernehmen, haben Sie noch weitere sechs Wochen, bevor man Sie bittet, die Adoptionspapiere zu unterschreiben. Und wenn Sie auch dann noch nicht sicher sind, wird man warten. Niemand wird Sie zu der einen oder anderen Entscheidung zwingen. Dazu ist die ganze Sache zu wichtig.«
»Aber das heißt doch, daß ich das Baby sehen muß!«
»Ja, das stimmt. Es wird schwierig sein zu vermeiden, es zu sehen, wenn Sie es zur Welt bringen. Die Hebamme legt Ihnen das Baby in die Arme. Wenn Sie es nicht sehen wollen, müssen Sie ihr das sagen, aber ich glaube eher, daß Sie dann wahrscheinlich zu neugierig auf das Baby sein werden.«
»Aber wird es das Ganze nicht noch schwieriger machen? Ich meine, es aufzugeben? Wenn ich es erst einmal gesehen habe?«

»Sie können nicht neun Monate lang ein Kind austragen, seine Bewegungen spüren, seine Tritte fühlen und dann die Augen verschließen und es gehen lassen, ohne es jemals zu berühren oder anzuschauen. Natürlich können Sie das, aber erfahrungsgemäß wird der Trennungsschmerz dann noch größer sein. Es scheint, wenn Sie Ihr Baby noch einmal halten, wenn Sie für es sorgen, es stillen, wenn auch nur für die wenigen Tage, die Sie im Krankenhaus sind, dann wird Ihnen das helfen, sich von ihm zu trennen. Sie werden wissen, wie es aussah, wie es sich anfühlte, und Sie werden einige Zeit gemeinsam verbracht haben. Sie werden etwas für das Kind getan haben, solange Sie es noch konnten. Das hilft, später.«
»Ich weiß nicht... Ich muß darüber nachdenken.«
»Tun Sie das. Es ist noch viel Zeit. Nun zu Ihrer Wohnung. Halten Sie es für eine gute Idee, auszuziehen? Es ist nicht einfach, eine neue Wohnung zu finden, und wenn Sie außerdem noch Ihre Stelle aufgeben, wird es auch finanziell für Sie schwierig.«
»Clem sagt, ich muß ausziehen, bevor die Mädchen etwas merken.«
»Also ist es seine Idee?«
»Na ja, ich bin damit einverstanden, aber er hat zuerst daran gedacht.«
»Er möchte, daß Sie verschwinden, nicht wahr?«
»Was meinen Sie damit?«
»Er will, daß Sie kündigen und aus Ihrer Wohnung ausziehen. Ich hoffe doch, er wird Ihnen wenigstens dabei behilflich sein, etwas anderes zu finden, und Ihre Miete zahlen? Und was ist mit einer anderen Arbeitsstelle?«
»Er sagt, er wird mir helfen, vorausgesetzt...«
»Vorausgesetzt, Sie verschwinden. Sind Sie ganz sicher, daß er für Sie auch dann noch erreichbar ist, wenn Sie sich nicht länger in seinem Haus blicken lassen können? Und überhaupt, warum dürfen seine Eltern nichts davon erfah-

ren? Sie sagen, daß Sie ihn vielleicht später heiraten werden. Sicher wollen seine Eltern nicht, daß Sie das Baby aufgeben und ihn dann heiraten? Es wäre ihr Enkelkind. Möglicherweise sollten sie davon erfahren? Und Ihre Eltern? Kennen sie den jungen Mann?«
Das Telefon auf Victorias Schreibtisch klingelte, und sie sprang auf, ihre Hand flog zum Herzen. Miss Gray lächelte: »Sie sind ja nervös!«
»Ja, das bin ich. Diese Arbeit geht einem schon schwer an die Nieren.« Sie hob den Hörer ans Ohr. »Sozialst...«
»Hier Schwester Lidcot, Victoria. Können Sie mal auf Station kommen, wir haben hier ein kleines Problem für Sie.«
»Wie dringend ist es? Ich habe hier im Moment jemanden bei mir.«
Miss Gray erhob sich und begann, ihren Mantel anzuziehen. Victoria bedeckte die Muschel mit der Hand: »Wann kommen Sie wieder? Schauen Sie, kommen Sie bitte wieder und suchen Sie mich auf. Dann unterhalten wir uns noch einmal darüber. Und denken Sie sehr gut darüber nach, bevor Sie Ihre Wohnung oder Ihre Stelle aufgeben. Reden Sie mit den Mädchen, mit denen Sie die Wohnung teilen. Ich kann mir nicht vorstellen, daß sie wirklich wollen, daß Sie ausziehen. Jedenfalls jetzt noch nicht.
Entschuldige, Emily, meine Klientin geht gerade. Was genau ist das Problem? Was? Schon wieder Dr. Carter? Dann komme ich wohl besser schnell mal rüber.«
Auf der Frühgeborenenstation fand sie eine in Tränen aufgelöste Frau im Büro der Stationsschwester vor.
»Dr. Carter besteht darauf, daß Mrs. Miller jeden Tag auf die Station kommt, um nach ihrem Baby zu sehen. Wir haben hier wenig Personal, und außerdem glaubt Dr. Carter, daß die Mutter ihr Baby stillen und für es sorgen soll.

Das Problem ist, daß Mrs. Miller schon drei Wochen herkommt und jetzt gern zu ihrer Familie zurückkehren möchte.«
Mrs. Miller hob müde den Kopf und wandte ihr tränenverschmiertes Gesicht Victoria zu: »Es ist nicht so, daß ich mich nicht um mein Baby kümmern will. Aber ich habe noch drei andere Kinder zu Hause, und das Jüngste ist gerade zwei und jammert nach mir, seit ich weg bin. Der Kleine hat mich die ganze Zeit nicht gesehen. Sie erlauben es nicht, daß er zu mir hier auf die Station kommt. Er ißt nicht, er schläft nicht, mein Mann kann keinen Urlaub mehr bekommen, und ich habe niemanden, der mir zu Hause helfen könnte. Und überhaupt, es ist Zeit, daß ich zurückgehe, ich kann jeden Tag zu Besuch kommen, aber nicht den ganzen Tag bleiben. Das ist einfach unvernünftig!«
Schwester Lidcot und Victoria blickten sich über Mrs. Millers Kopf hinweg an. Wenn es nach Dr. Carter ging, so war der Platz einer Mutter bei ihrem Kind. Der Rest der Familie ging sie nichts an, und sie war die einzige, die auf der Station etwas zu sagen hatte. Alle Mütter, auch diejenigen, die ihre Babys zur Adoption freigaben, mußten ihr Kind stillen. Dr. Carter mißbilligte Adoptionen und weigerte sich, daran in irgendeiner Weise beteiligt zu sein. Dazu gehörte auch, daß sie es ablehnte, die notwendigen medizinischen Bescheinigungen auszufüllen oder zu unterschreiben, ohne die keine Adoptionsvermittlung ein Baby übernehmen konnte. »Es gibt nicht eine einzige Mutter, die ihr Baby nicht behalten will. Wenn sie es nicht gewollt hätte, hätte sie früher daran denken müssen. Jetzt ist es zu spät. Ich will sie und ihr Baby hier in meiner Klinik in sieben Wochen sehen, und wenn sie dann nicht stillt, dann werde ich ihr mal die Meinung geigen.«
Victoria war einmal zugegen gewesen, als Dr. Carters »die Meinung Geigen« durch die mit Patienten überfüllte Kli-

nik gellte. Sie schrie eine Frau an, die es wagte, ihr ein abgestilltes Kind vorzustellen. Das Schreien hörte erst auf, als die Frau, die glücklicherweise überhaupt nicht eingeschüchtert war, ihr erklärte, sie sei die Pflegemutter des Babys und die Mutter sei verschwunden. Dr. Carter kehrte zitternd vor Wut in ihr Zimmer zurück, schmetterte die Tür hinter sich zu, ohne ein Wort der Entschuldigung der Pflegemutter gegenüber geäußert zu haben, und diese weigerte sich, das Baby noch einmal vorzustellen, und zog es statt dessen verständlicherweise vor, eine andere Klinik aufzusuchen.

»Man kann mit dieser Frau nicht streiten oder versuchen, ihr irgend etwas verständlich zu machen«, erklärte Phyllis, die Abteilungsleiterin der Sozialstation, Victoria an ihrem ersten Arbeitstag. »Halten Sie sich an die Assistenten und den Stationsarzt. Die sollen Ihnen Ihre Formulare unterschreiben. Die halbe Belegschaft des Krankenhauses spricht schon nicht mehr mit Dr. Carter, einschließlich der anderen Sozialarbeiterinnen, also glauben Sie nicht, das sei irgend etwas Persönliches. Sie hat die verschiedensten Ticks. Sie werden das noch mit der Zeit herausfinden, und die einzige Möglichkeit, hier zu überleben, ist, ihr, so gut es geht, aus dem Weg zu gehen.«

»Ich kann versuchen, Ihnen eine Haushaltshilfe zu besorgen, Mrs. Miller, damit Sie mehr Zeit zur Verfügung haben, aber das kann einige Zeit dauern.«

»Ich will keine Haushaltshilfe! Mein Mann wird dafür kein Geld ausgeben. Er hat schon den größten Teil seines Urlaubs geopfert, während ich hier war, und wir können es uns einfach nicht leisten, irgend jemandem Geld zu zahlen. Ich habe gesagt, ich komme, wenn ich kann, aber soweit ich sehe, gibt es hier Schwestern, die auf das Baby aufpassen können, und zu Hause bei mir ist niemand, der auf meine Kinder aufpaßt. Und wenn ich viermal am Tag mit dem Bus hin- und herfahren muß, werde ich meine

Milch ohnehin verlieren, dann hat es sowieso keinen Zweck, nicht wahr? Also machen Sie sich keine Sorgen, Miss. Ich gehe.«

*

»Wie soll ich bloß mit all dem fertig werden, Claire? Ich habe schon gedacht, das St. Michael's sei unmöglich in den Arbeitsbedingungen, aber das hier... das ist einfach nur noch lächerlich. Ich renne mir die Hacken ab, das Telefon steht nicht still, und fast jede Patientin, die ich sehe, ist entweder schwanger oder hysterisch oder beides.«

»Du wirst schon damit fertig.«

Claire goß den Tee in die Tassen und setzte sich in ihrem Sessel zurück. Der wild wuchernde Garten draußen räkelte sich im Abendsonnenschein. Die Hecke müßte dringend zurückgeschnitten, das Unkraut gejätet, die Pflanzen vereinzelt werden. Claire hatte häufig darauf hingewiesen, wie schön der Garten gewesen war, als ihr Vater noch lebte. Er hatte die Gartenarbeit so geliebt, und nachdem er als Postbeamter pensioniert war, hatte er all seine Zeit bei den Pflanzen verbracht. Seit seinem Tod vor ein paar Jahren hatte Claire den Garten verwildern lassen. Sie hatte weder Zeit noch Geld, entweder die Arbeit selbst zu tun oder jemanden zu suchen, der sie für sie erledigte. Jetzt hatten sich die Büsche und das wilde Gras schon bis zur Balkontür am Wohnzimmer vorgewagt und drohten, das ganze Haus zu überwuchern.

»Das da draußen ist ein richtiger Dschungel«, sagte Claire immer, wenn jemand sie gelegentlich besuchte. »Schauen Sie gar nicht hin. Ich schäme mich so, aber man kann ja nicht alles tun.« Im Inneren des Hauses war es sauber, und alles lag genau an seinem Platz. Kein Staubkörnchen war auf den alten, polierten Möbeln zu finden, die Vorhänge waren mindestens so weiß wie in der Waschmittelwer-

bung. Der Fußboden glänzte, der Teppich, obwohl an manchen Stellen abgeschabt, war fleckenlos, die Fenster waren fest geschlossen, die Chintzvorhänge mit einem großen blauen Rosenmuster hielten die unsaubere Natur aus Claires Leben fern.
»Ich weiß, die Nachbarn sind darüber nicht glücklich. Mein Garten ist der einzige in der ganzen Straße, der vernachlässigt wird. Glücklicherweise sind die Hecken inzwischen so hoch, daß niemand hier hereinschauen kann. Vermutlich bin ich überhaupt nicht geeignet für die Arbeit da draußen. Ich wüßte gar nicht, wo ich anfangen sollte.«
Die Ligusterhecke, seit Jahren unbeschnitten, stand in voller Blüte, ihr Duft erfüllte das Haus, und die schwere Süße wirkte wie eine Umarmung. Victorias Augen füllten sich mit Tränen, und sie wühlte blind nach einem Taschentuch, während Claire die französischen Fenster schloß.
»Du Arme, Erkältungen im Sommer sind wirklich ärgerlich. Oder ist es Heuschnupfen? Deine Augen sind so rot. Ich bin sicher, es ist irgendwas da draußen in dieser elenden Wildnis. Ich muß auch jedesmal niesen, wenn ich hier einen Fuß hereinsetze.«
Dankbar nahm Victoria ein Taschentuch entgegen und stimmte Claire zu, es sei in diesem Jahr besonders schlimm mit ihrem Heuschnupfen.
»Ich bin froh, daß du die Stelle gewechselt hast, Victoria. Ich hatte immer den Eindruck, daß du im St. Michaels-Krankenhaus unterfordert warst. Das hier wird dich fordern. Und dich von anderen Ablenkungen fernhalten.«
Victoria rührte in ihrem Tee und versuchte, ihre Gefühle in den Griff zu bekommen. Wenn sie es nur als Scherz betrachten könnte, würde es aufhören, so weh zu tun...
»Was meinst du damit?« hörte sie sich sagen. »Ich hatte schon genug zu tun. Vielleicht nicht so viel wie jetzt, aber es war vielfältiger... Man hat mir gesagt, man sollte in

diesem Beruf nicht länger als zwei Jahre auf einer Stelle bleiben, sonst will man das ganze Leben lang nichts mehr damit zu tun haben.«

»Das ist ein weitverbreiteter Mythos. Ich kenne eine Menge Sozialarbeiterinnen, die jahrlang in der Säuglingsfürsorge gearbeitet haben, und das hat ihnen überhaupt nicht geschadet. Sie haben trotzdem eigene Familien gegründet, und nichts hat sie davon abgehalten.«

»Nett, daß du mir den Rücken stärkst. Obwohl ich in diese Richtung keinerlei Pläne habe.«

»Ach ja... Es tut mir leid zu hören, daß dein Freund dich verlassen hat. Kommt er zu dir zurück?«

»Irgendwann mal, vielleicht.«

»Ich verstehe. Das hat dich eine Menge Kraft gekostet, nicht wahr? Du mußt versuchen, davon Abstand zu gewinnen. Ich weiß, im Augenblick denkt man, das wäre das Ende der Welt. Aber es wird vorübergehen. Du wirst dich wundern, daß es mit der Zeit vollständig verschwindet. Arbeit ist das beste Mittel dagegen. In dieser Hinsicht sind wir glücklich dran. Unsere Arbeit ist immer da, es wird uns nie an Problemen mangeln. An Menschen und an Problemen. Sie eröffnen sich dir, wenn du deutlich machst, daß du bereit bist, dich um alles zu kümmern. Und sie zeigen dir, wie unwichtig deine eigenen kleinen Mißgeschicke sind, findest du nicht auch? Möchtest du noch etwas Tee? Er ist gut gegen Heuschnupfen. Meine Liebe, da hast du aber eine böse Attacke. Nimmst du etwas dagegen? Ich habe gehört, daß Antihistamine helfen sollen, aber sie drücken einen irgendwie runter... Sie machen Depressionen. Aber daran leidest du doch nicht, oder? An Depressionen, meine ich. Nein. Das habe ich mir schon gedacht.«

*

»Ich werde nie verstehen, warum du diese Frau immer noch besuchst«, sagte Julia.
»Sie ist mein Seelentröster. Sie rückt einem Problem immer direkt zu Leibe...«
»Und vernichtet es. Sie hat die Sensibilität eines Nilpferds. Was für eine Art Sozialarbeiterin ist sie? Wenn es überhaupt jemanden gibt, der es besser wissen müßte, dann sie.«
»Sie hält es für richtig, offen zu reden. Sie legt den Finger in die Wunde.«
»Ich bevorzuge den chirurgischen Eingriff unter Narkose. Und außerdem, was versteht sie denn davon? Sie war noch nie in einer solchen Situation.«
»Nein, ich vermute auch, das ist für sie nur Theorie. Nicht ihr Fehler. Und trotzdem glaube ich, daß ihr Leben auch nicht gerade einfach ist. Ihre Mutter ist ein Pflegefall, und sie arbeitet den ganzen Tag.«
»Nun versuche doch nicht, sie auch noch zu entschuldigen, Victoria. Es gibt Grenzen, die man nicht überschreiten sollte. Du bist keine Klientin von ihr, sie sollte dich mit ihren Sozialarbeiter-Platitüden verschonen. Wenn es ihr wirklich leid tut, sollte sie den Mund halten.«
»Ach komm, Julia, sie tut ihr Bestes!«
»Das meine ich ja gerade. Ihr Bestes ist unter diesen Umständen nicht gut genug. Ich meine – was weiß sie schon über – über das Leben?«
»Sie weiß eine ganze Menge über sehr alte Menschen.«
»Genau das ist es. Sie weiß das, was ihre Patienten ihr erzählen. Das ist Wissen aus zweiter Hand.«
»Julia, was ist bloß mit dir los? Was weiß denn jede von uns schon? Claire ist sehr gut bei ihrer Arbeit auf der geriatrischen Station. Da hat sie ihre Bestimmung gefunden. Mich – würde es zu Tode deprimieren.«
»Jeder ihrer geriatrischen Patienten weiß mehr über das Leben als sie. Und doch ist sie in der Lage, über deren Leben zu entscheiden. Ist das fair?«

»Jemand muß die Rehabilitations-Pläne ausarbeiten. Du kannst nicht erwarten, daß die Patienten das alle selber tun. Kannst du das? Natürlich ist jeder, der auf der Station arbeitet, jünger als die Patienten, das bedeutet aber doch nicht, daß sie nicht wissen, was sie tun!«

»Das habe ich ja auch nicht damit sagen wollen.«

»Was hast du denn damit sagen wollen? Warum bist du so feindselig? Es ist schon komisch, das einzige, was mir im Kopf geblieben ist und irgendwie meine ganze Wut auf sich gezogen hat, war das eine Wort: Mißgeschicke! Gregs Verschwinden, mein ruiniertes Leben, für sie ist das alles nichts weiter als ein Mißgeschick. Verdammter Mist! Schließlich war ich so wütend auf mich, daß ich mich über solch eine Nebensache aufgeregt habe, daß ich aufhörte, mich selbst zu bemitleiden.«

»Tja, Claire würde das als Erfolg verbuchen. Sie hat etwas erreicht, auch wenn sie das so nicht beabsichtigt hatte. Nein, die Wahrheit ist, daß diese Frau mir immer ein Gefühl verleiht, als wäre ich – schuldig. Unzulänglich, frivol. Ungeeignet für meinen Beruf. Verstehst du, was ich meine? Oder hast du dieses Gefühl nie gehabt, als sie deine Supervisorin war?«

»Manchmal«, log Victoria. In Wahrheit hatte sie sich während Claires Supervisionen immer unzulänglich gefühlt, und selbst jetzt noch, nach jahrelanger Berufstätigkeit und in ihrer Position als Vorgesetzte, war das Gefühl weiterhin da, ganz dicht unter der Oberfläche ihres neuerworbenen Selbstvertrauens. »Aber es macht mir – gelegentlich zumindest – nichts aus, zuzugeben, daß ich nicht weiterweiß. Dir?«

»Also, ich würde nie zu Claire gehen, wenn ich ein wirklich schlimmes Problem hätte. Sie gibt mir immer das Gefühl, da unten, ganz da unten«, Julia deutete auf den Fußboden, »zu sein. Auf den Knien. Ich hasse das.«

»Und was machst du statt dessen?«

»Ich bringe den Fall auf die wöchentliche Stationsversammlung, und dann versuchen wir alle, gemeinsam eine Lösung zu finden. Das ist uns bislang immer irgendwie gelungen, und auf diese Weise bekomme ich nicht den Eindruck, daß ich sie irgendeiner bestimmten Person verdanke.«

»Genau das könnte ich nie tun. Siehst du, wie verschieden wir sind? Die Vorstellung, daß alle meine geschätzten Kolleginnen sehen können, für welches Durcheinander ich verantwortlich bin...«

»Das ist nicht dein Durcheinander. Es ist das Durcheinander des Patienten. Und er ist es, der Hilfe braucht.«

»Aber ich habe immer das Gefühl, ich sollte darauf kommen, wie ich ihm helfen kann. Allein. Und wenn ich nicht weiterweiß, rede ich lieber mit einer Person darüber, der ich vertrauen kann und mit der ich nicht zusammenarbeiten muß. Eine, die sich auskennt, aber doch distanziert genug ist. Siehst du den Unterschied?«

»Dir fehlt das Vertrauen, Victoria. Ich wußte gar nicht, wie sehr...«

»Das stimmt gar nicht! Na ja, jedenfalls geht es mir da nicht anders als meinen Kolleginnen. Wir brauchen alle mal gelegentlich Hilfe. Du nicht? Julia? Du hörst mir ja gar nicht zu. Du warst schon den ganzen Tag so abwesend... Stimmt etwas nicht? Was ist los? Was ist passiert?«

»Ich bin schwanger.«

»Ach, du Liebe. Du auch!«

»Was meinst du damit, du auch? Ich und wer noch?«

»Alle! Ich meine, alle, mit denen ich zu tun habe. Alle meine Patientinnen sind schwanger. Ich sehe fast niemand anderen. Entweder stehen sie kurz vor der Niederkunft, oder es ist gerade soweit, oder sie haben gerade entbunden. Tut mir leid. Was wirst du tun?«

»Wir werden heiraten.«

»Oh, das freut mich aber sehr!«

»Warum? Uns nicht. Ich meine, wir sind glücklich zusammen und freuen uns wirklich sehr auf das Baby, aber was das Heiraten angeht... Wer braucht so eine Heiratsurkunde? Wir tun es nur für unsere Eltern. Du weißt ja... Sie nörgeln die ganze Zeit darüber, daß wir zusammenleben, besonders Stans Eltern. Man sollte eher vermuten, daß es meine Eltern sind, nicht wahr? Aber meine denken etwas moderner... Ein uneheliches Kind wäre allerdings zuviel, auch für sie, also müssen wir dafür sorgen, daß es ehelich zur Welt kommt. Ansonsten hätten wir nie daran gedacht.«

»Warum nicht?«

»Warum wir nicht heiraten wollten? Tja, wir sind noch nicht soweit. Ich meine, um solch eine gegenseitige langfristige Verpflichtung auf uns zu nehmen..., fürs ganze Leben... Verstehst du...? Wer weiß, was noch geschehen kann...? Selbst wenn Kinder da sind, bedeutet es noch lange nicht, daß wir den ganzen Rest unseres Lebens... Was ich meine, ist: Das hier«, sie deutete auf ihren Bauch, »hätte bestimmt noch warten können.«

»Und Stan? Freut er sich nicht darauf?«

»Er ist ganz aus dem Häuschen! Er ist so glücklich, daß ich ihm unterstellen würde, er hätte es darauf angelegt, wenn ich ihn nicht besser kennen würde...«

»Ich hoffe sehr, du wirst dich mit der Zeit besser fühlen.«

»Ich auch. Bis jetzt – na ja, bis jetzt kann ich mich noch nicht als werdende Mutter sehen. Und aufhören zu arbeiten... Nein, noch nicht. Ich werde bis zum letzten Augenblick weitermachen. Ich werde den Mutterschaftsurlaub nicht in Anspruch nehmen. Und wieder zur Arbeit zurückkehren, sobald ich kann. Nach ein, zwei Wochen.«

»Wer wird sich dann um das Baby kümmern?«

»Stan kann das tun. Oder wir werden uns jemanden ins Haus holen. Ich bin fest entschlossen, nicht wie eine dieser dicken Mamis zu werden, mich in schmutzigen Windeln und Milchfläschchen zu verlieren, du weißt, die Art. Ich habe verdammt hart gearbeitet, um dahin zu kommen, wo ich jetzt bin; ich will mir das alles jetzt nicht nehmen lassen.«

Victoria seufzte. Wie oft hatte sie schon dieselben Worte in ihrem Büro gehört. Und wie oft durchkreuzte die Wirklichkeit alle Pläne. Sie widersprach Julia nicht. Mit der Zeit würde sich alles klären.

»Wann ist es soweit?« fragte sie.

»Du meinst die Hochzeit? Nächsten Monat. Am fünfzehnten. Auf dem Standesamt. Du kommst natürlich?«

»Wenn ich eingeladen bin.«

»So was Dummes! Wer, wenn nicht du? Du bist schließlich meine beste Freundin!«

»Wenn es so ist, werde ich mir einen Hut spendieren. Warum weinst du denn? Hör doch auf, Julia, oder ich fange auch an! Das freut mich wirklich sehr für dich. Nein, ich weiß nicht, warum. Hochzeiten machen mich immer so glücklich. Ich weiß auch nicht, warum ich weine. Laß uns etwas trinken, ja? Wir müssen feiern!«

*

»Ich will dieses Baby adoptieren lassen.«

»Sind Sie sicher?«

»Ja. Und ich will, daß es – richtig gemacht wird.«

»Was meinen Sie damit?«

»Na ja, es ist so: Sie wissen, es ist mein zweites Kind?«

»Ja.«

»Tja, das erste, das war vor zwei Jahren...«

»Ja...?«

»Es war ein Junge.«
»Fahren Sie fort…«
»Na ja, ich wollte ihn adoptieren lassen. Ich konnte ihn nicht behalten, sehen Sie. Ich war berufstätig. Meine Eltern… Na ja, sie wußten nichts davon. Sie wissen immer noch nichts.«
»Und der Vater? Des Kindes, meine ich, was war mit ihm?«
»Ach, der… Er war verschwunden, bevor ich auch nur wußte, daß ich schwanger war. Es hätte außerdem gar nichts geändert. Er war verheiratet und so… Wir kannten uns nicht besonders gut. Jedenfalls – ich ging in diese Klinik…, wo sie alles für einen erledigen, Sie wissen, was ich meine?«
»Eine private Adoptionsvermittlung?«
»Richtig. Als ich sagte, ich wollte das Baby nicht sehen und nichts damit zu tun haben, sagten sie: In Ordnung. Es sei ihnen auch lieber so. Die neuen Eltern würden das Baby direkt aus der Klinik mitnehmen. Ich würde nicht einmal erfahren, wann. Und genauso war es dann auch. Ich habe ihn nie gesehen, ihn nie gehalten. Alles, was ich wußte, war, daß es ein Junge war.«
»Fanden Sie es schwierig, darüber hinwegzukommen? Nachdem alles vorüber war?«
»Ich bin nie darüber weggekommen. Alles wurde genauso gemacht, wie ich es gewollt hatte, aber – ich habe mir das selber nie verziehen.«
»Ihn adoptieren zu lassen?«
»Daß ich ihn nie gesehen habe. Ihn nicht bei mir hatte, solange es noch ging. Selbst wenn sie ihn nach ein oder zwei Wochen mitgenommen haben. Ich hätte ihn wenigstens die paar Tage bei mir haben sollen. Vielleicht wäre es mir dann schwerer gefallen, ihn wegzugeben, aber ich glaube, ich hätte mich damit hinterher nicht so schwergetan. Ich habe mich seitdem immer wieder gefragt – wie er

wohl ausgesehen hat. Und wie er wohl jetzt aussieht. Ich werde es nie erfahren. Deshalb war es so hart.
Ich ging in die Klinik zurück. Ich bat, ihn besuchen zu dürfen. Ich hatte ja das Recht dazu. Ich hatte die Papiere ja noch gar nicht unterschrieben. Sie erlaubten es mir nicht. Ich bat sie um ein Foto. Nicht einmal das habe ich bekommen. Sie sagten, ich dürfe die Eltern nicht aufregen. Sie wollten sichergehen, daß das Baby auch wirklich ihnen gehört. Sie bräuchten – wie war das noch? – Sicherheit. Das war's. Aber ich wollte es ihnen doch gar nicht wegnehmen! Ich wollte nur wissen, wie er aussah. Um mich erinnern zu können... Ich denke immer noch an ihn und frage mich die ganze Zeit... Ich weiß nicht, wo er ist, in London oder sonstwo. Ich denke die ganze Zeit, vielleicht laufe ich ihm eines Tages über den Weg und werde nicht einmal wissen, daß er es ist. Das macht mich verrückt.«
»Das tut mir sehr leid. Es muß sehr schwer sein, mit dieser – Sehnsucht zu leben, aber warum wollen Sie das Ganze noch einmal durchmachen? Sie wollen wirklich auch dieses zweite Kind adoptieren lassen? Denselben Schmerz noch einmal erleben? Warum?«
»Weil ich damals dieses Gefühl hatte... Ich hatte die ganze Zeit das Gefühl, etwas Schreckliches getan zu haben. Also mache ich es noch einmal, ich meine, ich werde wieder ein Baby haben, aber diesmal will ich eine richtige Adoption. Ich werde mich um das Kind kümmern, bis alles arrangiert und unterzeichnet ist. Vielleicht werde ich dann dafür ein besseres Gefühl haben. Für die beiden. Ich werde wissen, daß alles seinen rechten Weg gegangen ist. Ich werde das Kind sechs Wochen behalten, bis es zu seinen neuen Eltern kommt.«
»Können Sie das Baby irgendwohin mitnehmen?«
»Nein.«
»Haben Sie schon einmal an ein Mutter-und-Kind-Heim gedacht? Würden Sie dahin gehen?«

»Ja.«
»Dann werde ich Ihnen einen Platz besorgen. Sie können das Baby sechs Wochen behalten, wenn Sie wollen, aber wenn nicht...«
»Doch, das will ich. Ich will es einfach nicht im Stich lassen, wenn es geboren ist, wenn Sie wissen, was ich meine.«
»Was ich vorschlagen wollte: Ich kann Ihnen eine Pflegemutter besorgen. Sie kann dann das Baby aufnehmen, bis es zu seinen Adoptiveltern kommt, und Sie können es dort besuchen.«
»Nein. Wenn Sie mir einen Platz in einem Heim besorgen können, dann will ich das lieber so machen.«
»Sehr gut. Ich werde mich darum kümmern. Und ich werde eine Adoptionsvermittlung suchen. Aber bitte, glauben Sie nicht, daß Sie sich jetzt schon entscheiden müssen. Bekommen Sie erst einmal Ihr Kind, und dann werden wir noch einmal darüber sprechen. Niemand wird versuchen, Ihnen die Entscheidung abzunehmen. Und was ist mit dem Vater dieses Kindes? Wir haben noch gar nicht über ihn gesprochen. Ist er mit Ihren Plänen einverstanden?«
»Ach, der... Er ist verschwunden. Ich habe ihn nicht einmal gekannt. Ich meine, ich kenne seinen Namen nicht oder irgend etwas. Es war nur, na ja, so was passiert, wissen Sie?«

*

»Tja, sehen Sie, es ist so: Ich weiß nicht genau, was ich tun soll...«
»Es geht um das Kind, das Sie zur Welt bringen werden, Mrs. O'Brien? Gibt es da ein Problem?«
»Ja...«
»Sie sind verheiratet?«

»Ja...«
»Und das Baby? Ist das von Ihrem Mann?«
»Das ist ja das Problem. Ich bin mir nicht sicher. Nicht hundertprozentig jedenfalls. Wahrscheinlich – nicht.«
»Weiß das Ihr Mann? Daß es einen Zweifel an seiner Vaterschaft gibt, meine ich.«
»Ja.«
»Und?«
»Er sagt, das spielt keine Rolle. Er will es. Das Problem ist – wir waren, sozusagen, unsere Ehe... sie war nicht so gut, wir haben an eine Trennung gedacht. Das heißt: ich. Wir haben zwei Töchter und einen Sohn. Sieben, neun und zwölf Jahre alt. Mein Mann – er trinkt. Ich konnte es nicht mehr ertragen. Ich habe einen Freund, eine Freundin, sie und ihr Mann, wir kennen uns schon von kleinauf. Als es zwischen mir und Dan so schlimm war, haben sie mir mal abends die Kinder abgenommen, manchmal auch ein paar Tage lang. Und ich habe sie auch oft besucht. Sie wissen ja, wie das ist... Man will mit jemandem reden. Alles mal rauslassen. Ich und Linda, wir sind wie Schwestern. Noch enger. Ich habe eine Schwester, aber ich würde mich lieber mit Linda unterhalten, das ist mir schon immer so gegangen.«
»Was ist passiert?«
»Tja, Len – das ist Lindas Mann –, als ich sagte, daß wir schon so lange befreundet sind..., na ja, er hat mich gelegentlich nach Hause gefahren, wenn es schon spät war. Manchmal haben wir einfach nur im Auto gesessen, geredet und geraucht, Sie verstehen... Er hat mir immer gesagt, ich sollte Dan verlassen. Tja, die Wahrheit ist, dieses Kind könnte von ihm sein. Ich bin nicht absolut sicher, wie ich schon sagte, aber – ziemlich sicher.«
»Was haben Sie Ihrem Mann gesagt?«
»Ich habe ihm gesagt, daß ich ihn verlassen werde und daß ich schwanger bin und daß es nicht von ihm ist.«

»Und was ist dann geschehen?«
»Er ist einfach zusammengebrochen. Ich war überrascht, das will ich Ihnen ganz offen sagen. Ich dachte, er würde durchdrehen, mich schlagen, die Wohnungseinrichtung zertrümmern, wie er es immer getan hat, wenn er getrunken hat, aber nein. Er sagte, das mit dem Baby mache ihm nichts aus. Und außerdem könnten wir ja nicht wirklich sicher sein. Jedenfalls nicht, bis es auf der Welt ist. Und er sagte, er wird mir die anderen Kinder nie geben, wenn ich ihn verlasse, und der Richter wird sie ihm zusprechen wegen dem, was ich getan habe.«
»Und was ist mit Len?«
»Er weiß nicht, was er tun soll. Linda kann keine Kinder bekommen. Er meint, er will es adoptieren. Aber Linda weiß nichts davon. Wenn ich es ihr sage, wenn sie es jemals herausfindet, das wäre schrecklich. Ich würde sie als Freundin verlieren, und Len auch. Wir könnten uns nie wiedersehen. Nicht, wenn sie es weiß.«
»Was denken Sie selbst, was sie gern tun würden?«
»Keine Ahnung. Die Kinder wissen, daß ich ein Baby bekomme, und sind sehr aufgeregt... In dem Alter, Sie wissen ja, lieben sie Babys, und eines zu Hause zu haben... Sie freuen sich so sehr darauf. Ich dachte zuerst, ich könnte es vielleicht gleich von der Klinik aus adoptieren lassen und allen erzählen – es wäre gestorben. Aber ich könnte das nicht tun. Und die Kinder – nein, ich weiß einfach nicht, was ich tun und wie ich das alles durchstehen soll. Ich werde es erst nach der Geburt wissen. Wenn es Dans Kind ist, ist alles in Ordnung. Und wenn es Lens Kind ist...«
»Werden Sie einen Bluttest machen lassen?«
»O nein... einen Vaterschaftstest würden die nie mit sich machen lassen. Weder Dan noch Len. Jedenfalls wird es sich zeigen. Wer der Vater ist, meine ich.«
»Ist Len – Engländer?«

»Natürlich. Seine Eltern sind Italiener, aber er ist hier geboren. Ach, jetzt weiß ich, worauf Sie hinauswollen. Nein, nein, so etwas ist es nicht. Er ist ein Weißer natürlich, nur daß er diese etwas dunkle Haut hat und diese schwarzen italienischen Augen. Und Dan ist Ire, mit rotem Haar und blauen Augen, und alle unsere Kinder kommen auf ihn. Also werde ich es wissen, sobald ich das Kind sehe.«

»Dann brauchen wir ja nur abzuwarten und zu sehen.«

»Ich weiß nicht, wie ich die nächsten Monate überstehen soll...«

»Was kann ich Ihnen sagen, Mrs. O'Brien? Es wird nicht einfach, aber was kann man noch tun? Haben Sie mit Ihrem Mann gesprochen und versucht, ihm zu erklären, warum das alles geschehen ist? Warum Sie so lange abends weggeblieben sind, und warum Sie Len und Linda so häufig besucht haben?«

»Wir reden nicht viel miteinander.«

»Dann wäre es vielleicht besser, die Dinge zu klären, während Sie auf die Geburt des Kindes warten. Vielleicht versteht er dann besser, welchen Anteil er an dieser ganzen Geschichte hat.«

»Daran habe ich noch nie gedacht...«

»Glauben Sie nicht, es sei einen Versuch wert? Jetzt? Wo Sie beide so unsicher sind, was Ihre Zukunft anbetrifft? Vielleicht kann das die Luft ein wenig reinigen?«

»Ich werde darüber nachdenken. Obwohl, um Ihnen die Wahrheit zu sagen – ich kann nicht so gut reden. Nicht über Dinge, die – wichtig sind. Wenn Sie mir folgen können... Auch Dan nicht. Er ist immer so verschlossen, und dann dreht er durch... Er sagt, er muß etwas tun, reden hilft nichts. Es wird schwer sein. Ich glaube nicht, daß er an das erinnert werden will, was geschehen ist.«

»Früher oder später wird er sich aber damit auseinandersetzen müssen. Das Baby ist unterwegs. Und Sie müssen eine Entscheidung treffen. Es wäre besser, wenn Sie auf Ihre Entscheidung gut vorbereitet sind.«

»Ja, ich sehe, was Sie meinen... Ich werde es versuchen...«

»Wenn Sie Dan gerne mitbringen möchten, könnten wir auch gemeinsam darüber reden.«

»Ich habe ihm nichts davon erzählt, daß ich Sie aufsuche. Oder überhaupt mit jemandem darüber rede. Er dreht vielleicht wieder durch.«

»Aber – wenn das Baby adoptiert werden soll, wird es schließlich jemand erfahren müssen. Um Ihnen bei der Adoption behilflich zu sein. Vielleicht könnten Sie damit anfangen. Den Boden bereiten. Aber Sie sollten nicht den Eindruck bekommen, daß sie ihn unbedingt mitbringen müssen. Nur, wenn Sie glauben, daß Ihnen das helfen würde. Sonst werden wir einfach abwarten und sehen, was passiert.«

»Genau. Ich werde darüber nachdenken. Danke.«

*

»Ich kann es nicht bekommen. Sie müssen das dem Doktor sagen. Ich... ich will, daß es weggemacht wird, jetzt.«

»Aber Mrs. Goodall, im wievielten Monat sind Sie denn?«

»Im fünften.«

»Dann ist es zu spät für einen Abbruch. Und weshalb auch? Warum sind Sie nicht früher gekommen?«

»Ich wußte es nicht. Ich meine, ich hatte einfach keine Zeit. Es ist mir gleich, was Sie sagen, ich werde es nicht bekommen. Wenn ich keine Abtreibung kriegen kann, dann werde ich es hier lassen, wenn es geboren ist. Sie werden dann irgendwas finden müssen... Ich will Sie nur schon einmal vorwarnen.«

»Mrs. Goodall, lassen Sie uns darüber reden …«
»Da gibt es nichts zu reden. Ich bin fest entschlossen.«
»Bitte, ich brauche noch mehr Informationen, wenn ich Ihnen helfen soll.«
»Also werden Sie mir helfen?«
»Das habe ich damit nicht sagen wollen. Ich kann Ihnen mit einem Abbruch nicht helfen, aber vielleicht gibt es etwas anderes, das ich tun kann. Sehen Sie, das ist doch schon Ihr drittes Kind, richtig?«
»Richtig.«
»Jetzt sehe ich aus der Akte… das älteste Kind ist in Ordnung. Das zweite Kind, auch ein Junge, hatte mit zwei Jahren eine Hirnhautentzündung. Jetzt ist er vier. Schwerbehindert… Wie kommen Sie mit ihm zurecht?«
»Ich komme schon zurecht.«
»Er… kann nicht laufen?«
»Nein.«
»Ich verstehe. Und er bekommt Anfälle. Epileptische Krämpfe. Wie häufig?«
»Immerzu.«
»Geben Sie ihm nichts dagegen?«
»Doch, aber das hilft nicht besonders. Sie sagen, es wäre schlimmer mit ihm ohne die Medikamente, aber das kann ich mir überhaupt nicht vorstellen. Die Ärzte probieren herum, wechseln die Medikamente immerzu, manchmal funktioniert es, manchmal nicht. Manchmal ist er so voller Drogen, daß er einfach nur herumtorkelt.«
»Kann er sprechen?«
»Er schreit. Macht Geräusche, wissen Sie? Ich kann meistens verstehen, was er will, aber sonst niemand.«
»Ist er inkontinent? Noch in Windeln?«
»Ja.«
»Haben Sie jemanden, der Ihnen hilft?«
»Nein.«

»Sie müssen sich um alles selbst kümmern? Das Haus, Ihren Mann, den Sechsjährigen und diesen hier? Ihr Mann ist berufstätig?«
»Er ist Fernfahrer. Ich sehe ihn manchmal wochenlang nicht. Er fährt bis nach Italien, Frankreich...«
»Wie um alles in der Welt schaffen Sie das?«
»Einfach so. Man wundert sich manchmal, was man alles tun kann, wenn man muß... Bobby wird nie laufen oder sprechen können, und sein Gehirn ist... kaputt. Er wird nie erwachsen werden, wenn Sie verstehen, was ich meine. Ich muß die ganze Zeit bei ihm sein, falls er einen Anfall bekommt. Er beißt sich dann auf die Zunge und schlägt sich den Kopf an, ich muß ihn halten, und er ist so stark... Und er schreit und schreit, bis ich halb verrückt werde.«
»Haben Sie schon einmal daran gedacht – ihn in ein Heim zu geben?«
»Niemals. Ich würde ihn nie weggeben. Solange ich lebe, werde ich für ihn sorgen. Er war vollkommen in Ordnung, ein perfektes Baby, bis er diese Hirnhautentzündung bekommen hat.«
»Was ist mit dem anderen Kind? Jimmy? Wie kommt er damit zurecht?«
»Ich weiß, es ist hart für ihn, aber wir müssen alle Opfer bringen. Jimmy ist normal, Gott sei Dank. Er wird einfach lernen müssen, es hinzunehmen. Wie wir alle.«
»Glauben Sie nicht, daß es schrecklich schwer für ihn ist? Er ist ja noch ein Kind. Auch er hat seine Rechte.«
»Ich weiß, daß es hart ist. Aber Bobby kommt an erster Stelle, vor allen anderen. Er braucht mich mehr als alle anderen.«
»Und das neue Baby?«
»Deshalb kann ich mich nicht darum kümmern. Es wäre einfach unmöglich. Ich kann nicht einmal herkommen, um hier zu entbinden. Ich kann Bobby nicht zu Hause

allein lassen, und ich habe niemanden, der ihn versorgt.«

»Wir werden jemanden finden müssen. Oder wir werden ihn für die Zeit, wo Sie hier sind, in ein Krankenhaus tun. Und was ist mit Jimmy? Kann Ihr Mann sich Urlaub nehmen?«

»Nein. Wir brauchen jeden Penny. Rechnen Sie nicht mit ihm. Nein, ich kann nicht ins Krankenhaus. Sie sehen doch, wie es uns geht.«

»Ja, das sehe ich. Aber wir müssen uns irgend etwas einfallen lassen. Sie brauchen Ruhe. Der Arzt hat gesagt, daß Sie Anämie haben. Ich glaube, daß er darauf bestehen wird, daß Sie hier entbinden. Sie hätten zu Hause keine Ruhe.«

»Aber ich habe Ihnen doch schon gesagt, Bobby kann nicht ohne mich zurechtkommen...«

»Ich denke, wir sollten ihn hier auf unserer Kinderstation aufnehmen oder vielleicht sogar in ein anderes Krankenhaus einweisen, wo es vielleicht möglich sein wird, seine Anfälle unter Kontrolle zu bekommen. Manchmal ist das einfacher im Krankenhaus als zu Hause. Und ich kann mich um jemanden bemühen, der auf Jimmy aufpassen wird.«

»Sie sollten besser jemanden finden, der auf dieses Baby aufpassen wird, und zwar schnell, denn ich habe es genauso gemeint, wie ich sagte: Ich werde es nicht mit nach Hause nehmen.«

»Tja, zunächst einmal müssen Sie es zur Welt bringen, Mrs. Goodall. Dann werden wir sehen.«

»Da gibt es kein ›Wir werden sehen‹. Ich bin fest entschlossen.«

»Ich verspreche Ihnen, ich werde Ihnen zunächst dabei behilflich sein... nun ja, zunächst mit einer Pflegemutter...«

»Ich will es sofort adoptieren lassen. Ich will nicht, daß es

von Hand zu Hand geht. Das ist nicht gut für ein Baby!«
»Aber, Sie müssen verstehen: Adoptionsvermittlungen nehmen gewöhnlich keine Babys von verheirateten Paaren.«
»Was meinen Sie damit?«
»Nun ja, sie nehmen uneheliche Kinder. Wenn die Eltern aber verheiratet sind... dann nicht.«
»Sie sagen das nur, damit ich es behalte. Stimmt's?«
»Ich sage Ihnen die Wahrheit, Mrs. Goodall. Wenn Sie mir nicht glauben wollen, dann gebe ich Ihnen gerne die Adresse irgendeiner Vermittlung, und Sie können mit den Leuten selber sprechen.«
»Aber es muß einen Weg geben...«
»Ja. Wir müssen uns etwas einfallen lassen. Denken Sie auch an die Zukunft. Ihre Zukunft, Jimmys, Bobbys, die Zukunft des neuen Babys. Und was denkt Ihr Mann über die ganze Geschichte? Ich würde wirklich gerne mit ihm sprechen. Mit Ihnen beiden gemeinsam.«
»Er ist nicht da.«
»Wenn er zurückkommt. Lassen Sie uns jetzt einen Termin vereinbaren, an dem Sie beide gemeinsam kommen.«
»Er wird nicht kommen.«
»Tja, es ist sein Kind. Ohne seine Zustimmung können wir nichts beschließen, und ich kann keine Pläne machen, ohne daß Sie beide mit dem Gang der Dinge einverstanden sind. Sie sind beide gleichermaßen daran beteiligt, nicht wahr? Also müssen wir zusammenarbeiten.«

*

»Das Ganze ist eine Verschwörung von seiten dieses Krankenhauses, um meine Tochter dazu zu bringen, dieses... dieses... Jedenfalls bin ich hier, um darauf zu achten, daß sie es nicht tun wird!«
»Mr. Brown, bitte glauben Sie mir, das ist keine Ver-

schwörung. Alles ist nach den Wünschen Ihrer Tochter arrangiert worden.«

»Was meinen Sie damit, Miss? Nach den Wünschen meiner Tochter? Dieses ganze unheilige Durcheinander? Sie wagen es, dies ein ›Arrangement‹ zu nennen? Sie können nicht ein... ein...«

»Wir hatten eine Pflegemutter, die bereit war, das Baby heute abzuholen. Sie sollte es behalten, bis ihre Tochter entschieden hat, was sie tun will. Wenn...«

»Entschieden hat, was sie tun wird? Das schmeckt mir! Zu Ihrer Information, werte Dame: Alle Entscheidungen sind schon lange vorher getroffen worden! Und ich habe sie getroffen! Das... das... Sie wissen schon, das sollte adoptiert werden. Und es wird adoptiert werden, was immer Sie auch sagen mögen. Meine Tochter wird das nicht mit nach Hause bringen, selbst wenn Sie es geschafft haben, die Pflegemutter zu verlieren.«

»Ich habe die Pflegemutter nicht verloren. Die Adoptionsvermittlung erlaubt es der Pflegemutter nicht, das Baby mit nach Hause zu nehmen, aus Gründen, die ich Ihnen schon erklärt habe. Es ist schwierig, da stimme ich Ihnen zu, aber ich kann daran nichts ändern.«

»Und ich sage Ihnen, Sie haben das Ende der Geschichte noch nicht gehört! Ich werde Sie, den Arzt und dieses Krankenhaus verklagen. Dann werden wir sehen, was die Wahrheit ist. Ich meine die wirkliche Wahrheit, nicht diese Lügengeschichten, die Sie mir hier auftischen!«

»Die Wahrheit, Mr. Brown, ist, wie ich Ihnen schon gesagt habe: Es scheint einige Probleme mit der Gesundheit des Babys zu geben. Es war ein Kaiserschnitt. Die Ärztin ist nicht absolut sicher, daß das Kind sich so bewegt, wie es sollte, und sie will es noch ein wenig länger beobachten, bevor sie die Gesundheitsbescheinigung unterschreibt. Und ohne diese Bescheinigung kann die Adoptionsvermittlung das Baby nicht übernehmen. Dies ist die Wahr-

heit. Ich kann versuchen, eine andere Pflegemutter zu finden, aber das wird einige Zeit dauern. Wenn Ihre Tochter nicht mit dem Baby nach Hause zurückkehren darf, kann ich versuchen, ihr einen Platz in einem Mutter-und-Kind-Heim zu besorgen...«
»Nein, das werden Sie nicht tun. Meine Tochter wird in kein Heim gehen. Das ist alles nur Teil Ihrer Verschwörung, wie ich schon gesagt habe, Sie wollen nämlich nur, daß meine Tochter es behält. Erst sorgen Sie dafür, daß sie sich darum kümmern muß, ob sie will oder nicht...«
»Mr. Brown, ich glaube wirklich, daß Ihre Tochter sich gern um ihr Baby kümmert. Sie will mit ihm zusammensein, zumindest so lange, bis sie weiß, was mit ihm los ist.«
»Meine Tochter? Will etwas? Sie müssen ja verrrückt sein! Meine Tochter kann unmöglich irgend etwas zu tun haben wollen mit diesem, diesem...«
»Es ist ihr Baby.«
»Hören Sie doch auf, diesen gefühlsduseligen Ausdruck zu benutzen! Typisch Frau! Damit drücken Sie doch nur auf die Tränendrüse, nicht wahr, so versuchen Sie, Gefühle locker zu machen. Darin sind Sie gut. Deswegen sind Sie hier, nicht wahr? Was bezahlt man Ihnen dafür? Tja, aber diesmal haben Sie sich in den Finger geschnitten, Miss. Nicht mit uns. Deshalb bin ich hier. Um darauf zu achten, daß meine Tochter vor Menschen wie Ihnen beschützt wird. Sie kennen mich noch nicht, Miss, und ich will Ihnen mal sagen, Sie kennen auch meine Tochter nicht! Wenn sie einmal hier raus ist, wieder sie selbst ist, dann wird sie nichts mehr wissen wollen von...«
»Ich habe mich ein paarmal länger mit Ihrer Tochter unterhalten, Mr. Brown. Ich glaube, Sie werden feststellen, daß sie sich sehr wohl um ihr Baby kümmert...«
»Den Teufel wird sie tun! Meine Tochter tut das, was ich ihr sage. Hat sie immer schon getan, und jetzt ist nicht der

Zeitpunkt, damit aufzuhören. Im Gegenteil. Jetzt braucht sie erst recht jemanden, der für sie geradesteht. Wenn sie, dank Ihrer Einmischung, wirklich Hilfe braucht.«

»Ihre Tochter ist eine erwachsene Frau, eine Mutter, und sie kann sehr gut für sich selbst sorgen.«

»Was haben Sie gesagt? Eine Mutter? Meine Tochter? Sie reden von meiner Tochter, und ich rate Ihnen nur, gut aufzupassen, was Sie sagen! Sie ist nichts weiter als ein dummes Kind…, wie soll sie wissen, was sie tut?«

»Sie hat eine tiefe Bindung zu ihrem Baby.«

»Sie hat eine tiefe Bindung zu ihrer Mutter und zu mir! Das ist die Wahrheit! Und was dieses… angeht, so kann sie keine tiefe Bindung dazu haben. Nicht, wenn Sie sie nicht dazu zwingen!«

»Warum sollte sie keine Bindung zu ihrem Baby haben können?«

»Weil das ganze Ding eine Farce ist! Wo ist denn da der glückliche Vater, zum Beispiel? Muß ich Ihnen alles erklären? Meine Tochter, als ob Sie das nicht wüßten, ist nicht verheiratet. *Es* ist unehelich. Muß ich noch mehr sagen?«

»Ich kenne die Situation, Mr. Brown. Tatsache ist, daß Ihre Tochter nicht verheiratet ist, aber das ändert nichts daran, daß sie ihr Baby liebt und sich um es Sorgen macht.«

»Blödsinn! Sie reden wie eine hysterische, emotional unausgeglichene Frau! Das ist ganz typisch!«

»Warum, Mr. Brown? Was ist Hysterisches oder emotional Unausgeglichenes an dem, was ich sage?«.

»Wie können Sie davon sprechen, daß meine Tochter es liebt, wenn es doch, so wie die Dinge liegen, gar kein Recht hat, überhaupt hier zu sein? Dieser Bastard!«

*

»Miss Jarvis, Sie sind – 19 Jahre alt, stimmt das?«
»Ja.«
Miss Jarvis' Haut hat die Farbe von Milchschokolade. Ihre üppigen Formen quellen über den Sessel. Ihr Lächeln ist verwirrend. Sie ist glücklich. Victoria lächelt zurück und überfliegt die Krankenakte auf ihrem Schreibtisch. Hier sollte es kein Problem geben.
»Und dies hier ist Ihre fünfte Schwangerschaft?«
»Ja, Maam.«
Wieder ein Lächeln. Miss Jarvis räkelt sich noch tiefer in den Sessel und baumelt mit den Füßen wie ein verlegenes Kind.
»Leben die anderen Kinder bei Ihnen?«
»Nein, Maam. Sie sind zu Hause.«
»Zu Hause, wo ist das?«
»Kingston, Jamaica.«
»Ihre Familie kümmert sich um die Kinder?«
»Ja, Maam.«
»Und der Vater Ihrer Kinder? Sind Sie – zusammen? Leben Sie mit ihm zusammen?«
»Ja, Maam.«
»Erzählen Sie mir, Miss Jarvis, wenn er der Vater all Ihrer Kinder ist und Sie zusammenleben, warum heiraten Sie nicht?«
Das Lächeln erstirbt. Miss Jarvis rutscht unruhig in ihrem Sessel hin und her, wirft Victoria einen Seitenblick zu und kichert, doch ihre Fröhlichkeit scheint für einen Moment verschwunden zu sein.
»Er ist doch nicht mit jemand anderem verheiratet, oder?«
»O nein, Maam. Er ist überhaupt nicht verheiratet!«
»Also gibt es irgendeinen Grund, warum Sie nicht heiraten sollten?«
»Sehen Sie, einen Grund… So sehr mag ich ihn nun auch wieder nicht.«

*

Nun ja, Daddy, es war wunderbar, Dich nach all diesen Jahren in London wiederzusehen. Ich verließ abends das Krankenhaus und all die erstaunlichen Komplikationen im Leben anderer Menschen, und trotz der langen Fahrt in der zur Rush-hour völlig überfüllten Untergrundbahn fühlte ich, wie meine Laune sich besserte, wenn ich mich Deinem Haus näherte. Was auch immer der Grund dafür gewesen sein mochte, daß Du Malaysia hinter Dir gelassen hast, es hätte für mich zu keinem günstigeren Zeitpunkt geschehen können. Du tauschtest einen komfortablen, geräumigen Bungalow mit Blick über die südchinesische See und eine Ananasplantage gegen ein aus rotem Backstein erbautes Doppelhaus ein, einen respektablen Alterssitz in einem Londoner Vorort mit Blick über einen sauber beschnittenen englischen Garten, der lang und schmal hingestreckt immer im Schatten der großen Hecken und der ungünstig gepflanzten Bäume dalag, die Deine geheiligte englische Privatheit sichern sollten. Warum?
»Ich wollte zurückkommen, solange ich es noch konnte«, sagtest Du. »Wenn man sich einmal dort drüben von der Arbeit zurückzieht, ist die Versuchung, bloß dazusitzen und nichts zu tun, einfach zu groß. Ich habe zu viele meiner Freunde in ein tropisches Zwielicht versinken sehen. Das Land ist so schön, das Leben so einfach, wenn man keine finanziellen Probleme hat, daß man dann dazu neigt, in eine Traumwelt zu gleiten, ein Glas in der Hand, den Blick aufs Meer oder die blauen Hügel, einfach dazusitzen und zu reden, Karten zu spielen, in Erinnerungen an alte Zeiten zu schwelgen. Wir haben alle schlimme Jahre hinter uns, der Notstand, die Unabhängigkeit... Man will natürlich das Leben jetzt, wo es endlich sicher scheint, leichtnehmen... Allmählich spricht man weniger, trinkt mehr, und schließlich verschlingt einen der Dschungel. Man verschwindet.

Dazu war ich noch nicht bereit. Es gibt nach wie vor ein paar Dinge, die ich tun will, und für das, was ich im Kopf habe, ist das englische Klima besser geeignet. Außerdem wollte ich dort drüben nicht beerdigt werden. In dieser Hinsicht bin ich wie die Chinesen: Wo immer sie auch leben, sie wollen in China begraben werden. Du mußt mich hier begraben, mein Mädchen. Aber noch nicht.«
»Victoria, verbiete deinem Papa, so morbide zu reden. Er ist gerade erst angekommen, und schon spricht er wieder davon zu gehen! Das Abendessen ist gleich fertig.«
Martha steckte den Kopf zur Tür herein und zog ihn nach ihrer Ankündigung schnell zurück. In jenem ersten Jahr in England war sie noch ängstlich bemüht, sich nicht »einzumischen«. »Ihr müßt euch nach all dieser Zeit doch eine Menge zu erzählen haben. Ich lasse euch allein. Victoria und ich werden noch viel Zeit haben, uns besser kennenzulernen. Ich bin sicher, wir haben uns viel zu sagen. Wir werden Freunde werden, wir alle vier.«
Bei dieser Art Unterhaltung wand sich Ilona vor Verlegenheit: »Nun sei doch nicht so kokett, Mami! Du bringst uns alle hier in eine peinliche Situation!« rief sie. Wir lachten und protestierten alle etwas zu laut und...
Aber wir werden ein andermal über Martha sprechen, Daddy.
Das Haus verfügte über eine vordere Veranda, deren Dach von schlanken, mit Schmiedeeisen verzierten Pfeilern getragen wurde. »Aus diesem Grund habe ich es gekauft«, sagtest Du. »Es ähnelt ein wenig dem Haus, das ich drüben hatte.«
»In diesem Klima hier wirst du von der Veranda nicht sehr viel haben, Daddy. Wie wirst du mit dem Wetter zurechtkommen?«
»Ich habe schon Schlimmeres erlebt. Jedenfalls habe ich mir fest vorgenommen, den Elementen zu widerstehen. Nachdem ich einige Vorsichtsmaßnahmen ergriffen habe.

Die Zeit drängt. Ach, aber in deinem Alter begreift man noch nicht, was das bedeutet...«

»Mein Gott, die Engländer verstehen wirklich nichts vom Häuserbau«, beklagte sich Martha. »Nicht nur, daß sie alle Leitungen nach außen legen, wo sie ja nur einfrieren – und wie häßlich das überhaupt aussieht –, schaut euch doch auch mal diese Fenster an: Man kann sich gar nicht in die Nähe setzen, weil es so zieht. Sie rütteln bei jedem Windstoß. Ich kann nachts kein Auge zutun. Und das ist erst der Sommer! Was werden wir im Winter tun?«

»Wir werden doppelverglaste Fenster einbauen lassen. Unten jedenfalls.«

»Und was ist mit hier oben? Mit den Schlafzimmern? Wir werden alle an Lungenentzündung sterben. Ihr glaubt, ich rege mich wegen nichts auf? Warum leiden dann alle Engländer an Bronchitis und Rheumatismus? Könnt ihr mir das erzählen? Glaubt ihr nicht, daß es da eine Verbindung gibt? Offene Kamine, wo der Rauch in den Raum quillt und man ihn einatmen muß, überall der eisige Wind, kalte Schlafzimmer und noch kältere Badezimmer. Das ist der Grund für eure schlechte Gesundheit. Es gibt ein polnisches Sprichwort: ›Es sind schon viele erfroren, aber noch niemand erstunken‹... Und das ist die Wahrheit.«

»Ich wollte dich gerade fragen, ob wir uns nicht einen Kamin im Wohnzimmer einbauen lassen sollen, Martha. Nur einen kleinen. Ich habe mich die ganzen Jahre darauf gefreut, einmal ein richtiges Feuer im Kamin zu haben. Nein, ich bestehe darauf. Du kannst deine doppelverglasten Fenster und deine Zentralheizung bekommen, Martha, aber ich muß meinen Kamin haben. Dann werde ich wirklich das Gefühl haben, wieder zu Hause zu sein.«

Also wurden in allen Räumen, außer Deinem Schlafzimmer, Daddy, doppelverglaste Fenster angebracht. Es war ein Fehler, doch Du bestandest darauf, trotz Deiner angegriffenen Gesundheit immer frische Luft zu haben. Die Zentralheizung wurde gegen ein effizienteres System eingetauscht, und im Wohnzimmer wie in Deinem Arbeitszimmer brannte an jedem Tag des Jahres ein Feuer. Du hast Dich nie über die Veränderung in Deinem Leben beklagt, über das Wetter, die Kälte, die seltene Sonne und Deine immer stärker werdenden Schmerzen. Die ›ein oder zwei Dinge‹, die Du noch erledigen wolltest, entwickelten sich zu einer blühenden Karriere. Wie stolz ich auf Dich war!

»Sorgfältig mit der Kiste«, knurrtest Du, als die Umzugsleute sie ins Haus brachten. Ein großer chinesischer Überseekoffer aus Kampferholz, mit Schnitzereien verziert. Er hätte eigentlich einen kostbaren Schatz aus Korallen und Jade, Edelsteinen, Elfenbein und Gold enthalten sollen. Doch in Wirklichkeit enthielt er unter einigen wenigen hübschen malaysischen Matten – Papiere. Übungsbücher und alte Zeitungen, Stapel vergilbter Blätter mit der vertrauten Handschrift. Sobald das Haus möbliert war und funktionierte, Martha und Ilona sich in ihren Zimmern eingerichtet und die Handwerker das Haus verlassen hatten, hast Du die Tür zu Deinem Arbeitszimmer abgeschlossen und Dich an die Arbeit gemacht.

»Mein damaliger Ehemann, dein Vater und ich, wir waren drüben in Ostasien sehr gute Freunde. Wir lebten in Singapur. Wenn dein Vater zu Besuch kam, blieb er gewöhnlich bei uns. Mein Mann war Geschäftsmann. Wir machten gute Geschäfte, Gummi und Zinn. Ilona ging zur besten Schule. Ein katholisches Nonnenkloster. Ich hatte chinesische Hausangestellte. Ich brauchte nichts im Haushalt zu tun. Wir gingen schwimmen oder in den Club, spielten Tennis, tanzten... Wir hatten unseren eigenen Swimming-pool. In Singapur wuchsen die Orchideen bis vor die Haustür. Wußtest du das: die Orchidee ist das Wahrzeichen Singapurs. Hast du schon mal diese Brosche

an mir bemerkt, das ist eine Orchidee, eine echte, vergoldete Orchidee.
Natürlich haben manche Menschen Schwierigkeiten, sich an das Klima zu gewöhnen. Es kann so heiß und schwül sein, aber nach einer Weile bemerkt man es gar nicht mehr. Es ist immer heiß, also vergißt man schließlich das Wetter. Und man zieht sich entsprechend an. Es gibt einem ein gewisses Gefühl von Freiheit… nur das Nötigste zu tragen, nicht durch schwere Kleidung behindert zu werden. Und natürlich hat man überall Klimaanlagen. Und es ist so sauber! Nirgendwo Müll auf den Straßen oder im Bus oder auf der Fähre. Fleckenlos rein! Man bemerkt solche Dinge erst wieder, wenn man in eine Stadt wie London gerät.«

Seufzend öffnete Martha die Ofentür und zog ein Kuchenblech mit frisch gebackenen Plätzchen heraus. Ein köstlicher Duft durchzog die Küche.

»Du wirst ein paar mitnehmen, ja?«

»O Martha, das darf ich nicht! Sie sind so gut! Und ich muß auf meine Figur achten!«

»Unsinn. Ein junges Mädchen wie du! Du arbeitest hart, also mußt du auch gut essen. Du bist zu dünn. Das ist diese moderne Verrücktheit, daß man unbedingt dünn sein muß. Das ist nicht gesund, wenn du mich fragst.«

Sie senkte ihre Stimme zu einem vertraulichen Ton und blickte auf die geschlossene Tür: »Soll ich dir was sagen, ein Mann mag es, wenn eine Frau ein bißchen Fleisch auf den Knochen hat. Ein bißchen vorne, ein bißchen hinten. Kein Mann umarmt gern ein Bügelbrett.«

»Ist das ein weiteres polnisches Sprichwort?«

»Lach nicht. Sprichwörter enthalten Weisheiten. Sie sind nur natürlich. Die vielhundertjährige Erfahrung der einfachen Leuten spiegelt sich darin. Man erfährt aus ihnen alles Wichtige über das Leben. Ihr modernen Wesen, mit all euren modernen Moden…«

Sie ließ sich schwer auf den Stuhl fallen: »Also jedenfalls, wie ich gerade sagte, nachdem mein Mann gestorben war – er ruhe in Frieden –, nahmen die Dinge eine andere Wendung. Es gab Probleme im Geschäft. Komplizierte Sachen, Rechnungen, Mahnungen und so weiter. Ich verstand nicht sehr viel davon, und wenn man mit den Chinesen Geschäfte treibt... Nun ja, dein Vater kam zur Beerdigung, und danach blieb er noch, um mir zu helfen. Er hat mir eine Menge Geld und Unannehmlichkeiten erspart. Man muß in dieser Welt alle Tricks kennen. Weil man nie wissen kann, was als nächstes kommt und wer einen übers Ohr hauen könnte.

Als alles vorüber war, war ich so mit den Nerven fertig, daß ich nicht länger bleiben wollte. Als alleinerziehende Mutter mit Kind hielt ich Europa für den rechten Ort für uns beide. Schließlich bin ich in Europa geboren und aufgewachsen. Ich habe in Paris geheiratet. Mein Mann war Ungar, weißt du?«

Wieder seufzte sie schwer und rieb sich die Augen. Der Duft von Vanille und Zimt, gebranntem Zucker und Gewürzen zog durch den Raum. Der geöffnete Herd strahlte eine aromatische Wärme aus. Martha erhob sich und goß Kaffee in die Tassen.

»Wir dachten zuerst an Australien, aber das war nicht möglich. Keine Visa.«

»Ich dachte, es wäre einfach, nach Australien auszuwandern«, bemerkte Victoria.

»Einfach ist es nur für manche. Wenn man jung ist und eine qualifizierte Berufsausbildung hat, dann ja. Aber eine nicht mehr so junge Witwe mit einem kleinen Kind ohne feste Anstellung ist nicht willkommen. Nirgendwo. Auch in England wollte man uns nicht.«

»Wie ist es dir dann doch geglückt?« Der Kaffee war stark und schmeckte besser als alles, was Victoria in dieser Hinsicht in England je getrunken hatte. Sie hatte schon einmal im Ausland einen solchen Kaffee bekommen, aber niemals hier. Sie würde Martha ihr Geheimnis entlocken, später.

»Deshalb war dein Vater von so großer Hilfe. Ich kann dir die Einzelheiten nicht genau erzählen. Vielleicht wird das dein Vater eines Tages tun. Wenn er es für nötig hält. Alles, was ich sagen kann, ist, daß er die Fäden zog. Er kannte Leute. Wichtige Leute in der Botschaft. Und deshalb sind wir – endlich – nach all den großen Leiden hier in London! Gut, daß ich Kochen und Haushaltsführung gelernt habe, als ich jung war. Ich brauchte zwar nichts zu tun, solange Sandor am Leben war, aber jetzt kann ich deinem Vater den Haushalt führen und dafür sorgen, daß er alles hat, was er braucht. Und eine bessere Köchin als mich wird er so schnell nicht finden! Ich habe ein Dach über dem Kopf und Ilona auch, für deinen Vater ist gut gesorgt, wir kommen prima zusammen aus... Alles hat sich zum Guten gewendet.« Und sie seufzte, als ob ihr das Herz bräche.

Ich habe versucht, mich mit Martha und Ilona anzufreunden, Daddy. Ich ging unvoreingenommen und ohne Vorurteile, unkritisch, aber neugierig auf sie zu. Schließlich bin ich Deine Tochter und dachte, ich hätte vielleicht einige Rechte... Es gab ein Gästezimmer im Haus, und es kam gelegentlich vor, daß ich über Nacht oder sogar ein ganzes Wochenende bleiben durfte, aber nicht länger und nicht öfter als irgendeiner Deiner oder Marthas Gäste. Selbst Ilonas Schulfreundinnen blieben über Nacht bei ihr. Ich war keine Ausnahme.

Ilona faszinierte mich. Ihr Vater muß ein sehr gutaussehender Mann gewesen sein, da sie offensichtlich nicht nach Martha geraten war. Die Verbindung von blondem Haar und dunklen Augen... die langen schlanken Gliedmaßen, der geschmeidige Körper – ihre Schönheit war so glatt und irgendwie nahtlos. Die gedankenlose Perfektion der Jugend. Wenn ich daran denke, daß wir sie alle einmal hatten und daß niemand von uns daran zweifelte, daß es ewig so bleiben würde... Man betrachtet alte Menschen als eine ganz andere Rasse. Nicht nur auf alten Fotos – alte Menschen waren immer schon faltig und runzelig, die lose Haut und der formlose Körper machen ihnen gar nichts aus, denkt man, sie sind daran gewöhnt und haben ihre äußere Erscheinung philosophisch akzeptiert, wie es ihrem Alter entspricht. Was für ein Unsinn. Was für grausame Lügen.

Deine neue Karriere begann bescheiden, Daddy. Ein paar Briefe an die *Times*, die sich zu einer lebhaften Korrespondenz ausweiteten. Ein Journalist besuchte Dich und nahm ein Interview auf. Weitere Briefe folgten. Du wurdest um einen Beitrag für eine Sonntagszeitung gebeten. Dann um einen weiteren. Du wurdest regelmäßiger freier Mitarbeiter verschiedener seriöser Zeitungen. »Eine neue Stimme spricht über unsere Zeit in Südostasien.« Die BBC lud Dich zu einem Interview ein und gab dann eine ganze Serie von Gesprächen in Auftrag.

Gemeinsam mit Millionen anderer Zuhörer folgte ich Dir fasziniert die Straße nach Mandalay hinunter und zu vielen anderen romantisch klingenden Orten... Penang, Singapur, Johore, Malacca... »Ein wahrer Vertreter des Edwardschen Zeitalters spricht über die Welt, wie er sie erlebte.« »Ein Gentlemen und Abenteuerer.« »Erforscher des verlorenen Empires.« »Ein Relikt unserer glorreichen Vergangenheit.« (Das war allerdings eher ironisch gemeint.) Die meisten bewunderten Dein Erzähltalent, stellten aber Deine politischen Auffassungen in Frage oder vertraten ganz andere Ansichten. Doch niemand konnte Dir Deinen Erfolg streitig machen. Du weigertest dich, im Fernsehen aufzutreten, indem Du behauptetest, du bräuchtest die Ruhe und Abgeschiedenheit des Rundfunkstudios, um mit Deinen Zuhörern am besten kommunizieren zu können. Es war eine kluge Entscheidung. Dein wahres Alter und Aussehen blieben der Phantasie der Zuhörer überlassen, und nichts beeinträchtigte den Charme Deiner Stimme. Mein Vater ein romantischer Abenteurer? War dies der Mann, der die Liebe der jungen Frau gewann, die einmal meine Mutter werden sollte? Wie war er, als er noch jung und sorglos war? Wie waren sie beide damals?

An mehreren Sonntagen in diesem ersten Jahr stellte ich fest, daß Deine Artikel in derselben Zeitung erschienen wie Gregs Beiträge. Du hast diese Tatsache nie erwähnt, obwohl sie Dir bekannt sein mußte. War es nur meine Phantasie, oder warst Du tatsächlich in jenen Tagen besonders stolz auf Deine Leistungen?

Ich jedenfalls war kindisch stolz darauf, daß Ihr beide beinahe Seite an Seite aufgetreten seid. Ich hoffte, Ihr würdet Euch eines Tages persönlich begegnen, und Deine unerklärliche Animosität gegenüber Greg würde verschwinden. War ich naiv?

Aber ich eile den Ereignissen wieder einmal voraus. Ich habe es tatsächlich eilig. Die Zeit läuft mir davon. Ich kann mir den Luxus detaillierter und chronologischer Erinnerungen nicht mehr länger leisten. Mein Leben war immer chaotisch, und ich beende es in einem bunten Durcheinander von Erinnerungsfetzen. Blutige Fetzen zerrissener Gefühle, Wut und Schmerz.

Laß uns nun tief durchatmen, bis zehn zählen und unsere Fassung wiedergewinnen. Es wird nicht mehr sehr lange dauern. Laß uns rekapitulieren: Ich bin in jenem Jahr nicht in Urlaub gefahren. Im Frühling ging Greg nach Rußland, und ich wechselte die Stelle. Als Fürsorgerin in der Geburtshilfe wurde ich sofort von Problemen überwältigt, mit denen ich mich nie zuvor beschäftigt hatte. Da die Mehrzahl meiner Patientinnen aus Frauen meines Alters bestand, gingen mir ihre Probleme, ihr Kummer und ihre Enttäuschungen mehr unter die Haut, als ich es jemals bei früheren Patienten erlebt hatte. Als Greg mich verließ, war ich weder schwanger noch wohnungslos, und nach wie vor weigerte ich mich zu glauben, daß er mich wirklich verlassen hatte. Eines Tages würde er zurückkehren müssen, und dann würden wir die Situation noch einmal überdenken. Einige der jungen Frauen, die mich in meinem Büro aufsuchten und um Hilfe baten, waren ebenfalls davon überzeugt, der Vater ihres Kindes würde rechtzeitig zurückkehren, und dann würde alles gut. Manche Männer kamen tatsächlich zurück. Es gab eine gewisse Zahl von Happy-Ends, bei denen Eltern und Großeltern über der Wiege des Babys sich wieder vereinten und ihren Bund mit Freudentränen besiegelten. Doch eine Großzahl der Frauen verließ das Krankenhaus allein, mit oder ohne Baby, und sah einer ungewissen Zukunft entgegen.

Was meine Zukunft anbetraf, so zog ich es vor, nicht darüber nachzudenken. Deine Ankunft unmittelbar nach Gregs Abreise zog mich aus dem Treibsand des Selbstmitleids heraus. Da war ein Haus, das bereitet werden mußte, und da war meine Wohnung, die Du mir so großzügig schenktest. Meine Tage waren ausgefüllt mit Einpacken und Auspacken, Möbelrücken und dem Aussuchen von Tapeten, die wenige Freizeit damit, Ilona London zu zeigen. Meine Auswahl interessanter Orte entsprach offenbar nicht unbedingt Ilonas Geschmack. Sie folgte mir gehorsam und schweigend, öffnete den Mund nur zum Gähnen. Glücklicherweise wurde ihre Zeit bald von der Schule in Anspruch genommen, und die Ausflüge nahmen ein Ende.

In jenem Herbst begann Ilona ihre Ausbildung an einer exzellenten katholischen Privatschule. Sie kostete sehr viel Geld. Ich fragte mich, wie um alles in der Welt Martha das Schulgeld aufbringen konnte. Warst Du ein solch großzügiger Arbeitgeber?

Julia heiratete, und sechs Monate später wartete ich unten in ihrem Haus in Islington mit Stan und einigen Freunden mit dem eisgekühlten Champagner, während eine Etage höher Tristan geboren wurde.

Im folgenden Sommer ging ich nach Spanien auf meine zweiwöchige Pauschalreise. Du befandest Dich damals immer noch in den ersten Stadien Deiner neuen Karriere, sortiertest Papiere aus, plantest Deinen ersten Coup, und ich hatte gewiß keine Ahnung, wie berühmt Du noch werden würdest. Man erwartet nicht unbedingt von einem Mann Deines Alters und Deiner schlechten Gesundheit, daß er eine neue Karriere beginnt, geschweige denn einen solch nachhaltigen Erfolg. Als er eintrat, war ich ungeheuer stolz auf Dich, Daddy. Ich bin es noch. Und auch ein wenig neidisch.

Woher nahmst Du die Energie, die Neugier, die Sturheit in Deinen letzten Jahren? Vor allem: Woher nahmst Du die Überzeugung, daß Du etwas zu sagen hattest, zu einem Thema, über das schon so viel gesagt worden war; weshalb glaubtest Du, daß jetzt Deine Stimme gehört werden sollte? Wie sehr ich mir wünschte, nur ein wenig Deines Selbstvertrauens und Deines Esprits zu haben! Wenn wir häufiger zusammen gewesen wären, vielleicht hätte ich dann etwas von Dir lernen können? Jetzt ist natürlich alles gegenstandslos. Ich habe meine Energie dabei verbraucht, das Unerreichbare anzustreben, sowohl in meinem Beruf als auch in meinem Privatleben. Ich habe den eher wirkungslosen Versuch unternommen, meine Wohnung sauberzumachen, den Staub wegzufegen, der sich unter den Möbeln und hinter der Kommode gesammelt hat. Auf dieselbe dilettantische Weise versuche ich, meinen Kopf klarzubekommen und die losen Enden zusammenzuknüpfen, bevor ich gehe. Es dauert sehr viel länger als erwartet, doch ich bin entschlossen, weiterzumachen. Vielleicht wird es mir gelingen, in diesem letzten Stadium das Chaos zu durchschauen, das mein Leben gewesen ist.

Die Ursache zu entdecken, das Muster, das Ziel. Oder versuche ich wieder einmal, das Unmögliche möglich zu machen?

*

Meine liebe Claire,
dies ist sicher der längste Brief, den Du je erhalten hast... Bitte hab noch ein wenig Geduld mit mir. Weiter oben habe ich Dir über meinen Spanienurlaub und die Begegnung mit Pater Paul berichtet. Jetzt möchte ich die Geschichte zu Ende erzählen:
An jenem Abend, den wir in Madrid gemeinsam verbrachten... sprachen wir nicht nur über mich. Er erzählte mir von sich, seinem Leben, seiner irisch-italienischen Familie, von dem Mädchen, mit dem er mit 16 verlobt war, und von seinem plötzlichen Entschluß ein Jahr später, daß seine Zukunft in der Kirche lag. Er hatte die Entscheidung nie bereut, sagte er, und er könne sich keine Situation vorstellen, die ihn in Versuchung brächte, sein Gelübde zu brechen.
Als ich ihm zuhörte und ihm in die Augen sah, dachte ich, daß ich noch nie in meinem Leben jemandem begegnet war, der so unerschütterlich an das Gute im Menschen glaubte, an die Existenz von Gott als universellem liebenden Geist, der alles vorgibt und jeden annimmt. Der Triumph des Guten über das Böse war für ihn eine Selbstverständlichkeit, und er war davon überzeugt, daß wir alle am Ende siegen werden, wenn wir nur daran glauben...
Er sprach lange, und von Zeit zu Zeit legte er seinen Arme um meine Taille oder nahm meine Hand, und ich befreite mich, peinlich berührt, aus seiner Umarmung. Sicherlich durfte er doch so etwas gar nicht tun?
Später am Abend, nachdem ich ihm von Luis erzählt hatte und sich die Stimmung wandelte, die vorher sorgenfrei gewesen war und jetzt einer Beichte glich, erzählte er mir

mehr über sich. Jetzt sprach er von seinen Zweifeln und Irrtümern, als beichtete er sie mir, als bäte er mich darum, ihm im Namen jener Menschlichkeit die Absolution zu erteilen, die er trotz seiner Weihe nicht erreicht zu haben glaubte. Er verlangte von mir, ihm zu sagen, wo er Fehler gemacht hatte – ausgerechnet von mir, die, wie er sagte, soviel Erfahrung hatte und alles so gut verstand.
Zunächst war ich von seiner plötzlichen Wandlung überrascht, dann gerührt. Und wie immer, wenn meine Gefühle in Aufruhr geraten, versteckte ich mich hinter meiner professionellen Maske. Er hatte die Sozialarbeiterin in mir angesprochen, und so rief ich widerstrebend die Sozialarbeiterin aus dem Urlaub zurück und antwortete ihm als solche.
»Erzählen Sie mir mehr darüber«, sagte ich.
Er tat es.
Da war ein Mädchen gewesen in dem Jugendclub, in dem er in New York gearbeitet hatte. »Sie arbeitete in einem experimentellen Projekt, das wir eingerichtet hatten, um den Kindern der Nachbarschaft zu helfen. Es ist eine ziemlich rauhe Gegend, ohne jeden Komfort, sehr viel Arbeitslose, ein Völkergemisch aus Schwarzen und Puertoricanern, sehr arm. Ich schätze, was man hier ein Ghetto nennen würde. Und dieses Mädchen – sie gehörte eigentlich nicht da hin. Sie kam aus einer anderen Gegend, aber sie wollte unbedingt etwas tun. Sie war nicht einmal katholisch. Sie war Jüdin, oder zumindest waren das ihre Eltern gewesen. Sie selbst glaubte nicht an irgendeine Religion. Sie kam nach dem Krieg aus Ungarn in die Vereinigten Staaten. Sie muß dort drüben die Hölle durchgemacht haben. Ihre Familie war tot, und sie hatte so eine Nummer in den Arm eintätowiert... Für sie mußte das, was wir ein Ghetto nennen, etwas ganz anderes bedeuten, aber sie wollte unseren Kindern helfen, dort herauszukommen. Sie wollte über ihre Vergangenheit nicht reden,

und ich nahm an, es sei auch besser so. Ich ermutigte sie nicht. Da hätte ich besser aufpassen müssen...«

Wir saßen draußen an einem Restauranttisch. Außerhalb des hell erleuchteten Kreises war die Straße dunkel, aber voller Menschen. Die Spanier essen merkwürdig spät zu Abend. Kinder rannten herum, Autos hupten, Kellner eilten vorbei und balancierten riesige Tabletts auf ihren Schultern. Es muß gegen Mitternacht gewesen sein. Eine gewisse Zeitlosigkeit bemächtigte sich der geräuschvollen Szene. Vergangenheit und Gegenwart vermischten sich an diesem kleinen Ort, flossen ineinander und vorbei wie ein Fluß. Dieselben Menschen, dieselben Gesichter, dieselben Geschichten. Nur die Umgebung war eine andere. Unsichtbare Bühnenbildner schoben die Kulissen und entfalteten einen weiteren Vorhang hinter dem ewigen Geschichtenerzähler.

»Macht es Ihnen etwas aus, wenn ich fortfahre? Ich habe das Gefühl, ich muß Ihnen davon erzählen. Aber wenn Sie es lieber nicht hören möchten...?«

»Bitte fahren Sie fort. Wir werden einander nie wiedersehen. Ich habe Ihnen schrecklich viel über mich erzählt, genau vor diesem Hintergrund. Ich werde dem Mädchen, von dem Sie reden, sicherlich nie begegnen. Also brauchen wir hier nicht unter dem Siegel der Verschwiegenheit miteinander zu reden.«

»Nun ja, ich weiß gar nicht mehr genau, wie es dazu kam. Sie war ein so wunderbarer Mensch..., vielleicht, weil sie soviel durchgemacht hatte. Sie wußte genau, was es bedeutet, ganz unten zu sein, depriviert in jeder Hinsicht, wie es einer Menge unserer Kinder erging. Sie wußte, was es bedeutete, in einer feindseligen Umwelt zu leben und um alles kämpfen zu müssen, was man will, jedes Mittel einzusetzen, ungeachtet der Meinung anderer. Ich verließ mich nach und nach immer mehr auf sie. Wir arbeiteten häufiger zusammen. Wir trafen uns und diskutierten. Sie

entwickelte sich zu einer großartigen kleinen Beraterin, und die Kinder mochten sie wirklich. Wir trafen uns häufig nach der Arbeit, diskutierten über unsere Projekte und unsere – spärlichen – Fortschritte, und schließlich stellte ich fest, daß wir uns häufiger trafen als mit den anderen Mitarbeitern des Projekts und daß wir immer mehr miteinander zu reden hatten, als Zeit zur Verfügung stand.
Es muß mein Fehler gewesen sein. Jedenfalls habe ich die Schuld dafür auf mich genommen, denn ich hätte es wissen müssen, und ich konnte nicht von ihr erwarten, daß sie verstand, was mir heilig ist – immer sein wird. Ich überlegte nicht, daß ich sie vielleicht ermutigte, anzunehmen, ich könne mich je – äh – ändern. Es kam mir einfach nicht in den Kopf, daß sie mein Verhalten, mein echtes Interesse an ihrer Arbeit und ihrer Person als etwas interpretieren könnte, das, das – ich niemals meinen konnte.«
»Sie verliebte sich in Sie?«
»Das hängt davon ab, was Sie unter – äh – Liebe verstehen. Verliebtsein, jemanden lieben... ich liebte sie auf eine Weise, wie ich jeden wirklich guten Menschen liebe, unabhängig von seinem Geschlecht, jeden Menschen, der mehr gelitten hat, als ich mir je vorstellen kann oder auch nur vorstellen möchte, und der wundersamerweise ohne Bitterkeit daraus hervorgegangen ist, ohne Rachgelüste, nur mit dem Bedürfnis, anderen zu helfen.«
»Und dafür geliebt zu werden.«
»Da unterscheiden sich unsere Vorstellungen von Liebe. Aber ich hätte es besser wissen müssen. Ich hätte die Warnsignale bemerken und das Kommende verhindern müssen. Ich habe es einfach nicht rechtzeitig gesehen. Und als sie es schließlich – äh – deutlich machte, war ich – äh – am Boden zerstört.«
Wir zündeten uns eine neue Zigarette an und bestellten frischen Kaffee. Nach einer Weile fuhr Pater Paul fort:
»Ich glaube, ich habe mich immer schon anderen gegen-

über frei und ungezwungen verhalten. Ich stamme aus einer großen und sehr glücklichen Familie. Wir waren fünf Kinder, drei Mädchen und zwei Jungen, doch mein Bruder ist der Älteste, und ich bin der Zweitjüngste, also hatte ich mein Leben lang Mädchen, mit denen ich spielen konnte: meine Schwestern und ihre Freundinnen, und ich hatte nie den Eindruck, daß es irgend etwas Besonderes oder Geheimnisvolles an ihnen gab. Wir wohnten in einem kleinen Haus, in dem es sehr lebhaft zuging. Es gab keine Rückzugsmöglichkeit, wir sahen uns ständig, rannten zueinander in die Zimmer, kletterten in die Betten, sahen uns angezogen und nackt. Selbst heute, wo wir alle erwachsen und meine Schwestern verheiratet sind, alle ihre eigenen Familien und Beziehungen haben, hat sich unser Verhältnis zueinander nicht verändert. Wenn ich sie besuche, bin ich immer noch der kleine Bruder, trotz des weißen Kragens, und irgendwie habe ich die Mädchen, denen ich begegnet bin, das heißt diejenigen, die ich mochte, ein wenig wie meine Schwestern behandelt.«

»Also haben Sie den Arm um sie gelegt, ihre Hand genommen, ihnen in die Augen gesehen und sich dann gewundert, wenn sie auf falsche Gedanken kamen?«

»Vermutlich war ich ziemlich naiv.«

»Vermutlich. Was geschah dann?«

»Ich weiß nicht mehr genau. Das ist es ja, was mich so beunruhigt. Sie – es war sehr hart für sie. Sie war immer ein so ausgeglichener Mensch gewesen, so – reif, trotz ihrer Jugend. Als alles zusammenbrach, war es sehr schlimm, zusehen zu müssen.«

»Noch schmerzhafter war es zweifellos, es selbst durchleben zu müssen.«

»Ja. Ich gebe zu, das hat uns beide sehr getroffen, aber ich konnte nichts daran tun, und das sagte ich ihr auch. Sie ging fort. Ich sah sie nie wieder, und man riet mir, eine Weile ins Ausland zu gehen. Ich ging nach Rom auf einen sechsmonatigen Studienaufenthalt. Jetzt bin ich auf dem Rückweg, aber ich werde nicht nach New York zurückkehren. Man wird mir eine andere Stelle zuweisen. Ich werde es erst erfahren, wenn ich zurück bin. Das Schlimmste daran ist: Ich weiß genau, daß ich sie verletzt habe. Ich habe einen Menschen verletzt, den ich respektierte und liebte. Sie brauchte wahrlich keinen weiteren Schlag, keine weitere Wunde. Sie hatte schon genug gelitten in ihrem kurzen Leben, und ausgerechnet ich von allen Menschen auf der Welt mußte ihr das antun!«

Schweigen senkte sich über sie, und Victoria beobachtete die Frau am Nebentisch, die mit elegant gekrümmtem kleinen Finger ihr Eis löffelte. Ein kleines Kind schlief auf ihrem Schoß. Sie betupfte sich die Lippen mit einer Papierserviette, sammelte ihre Sachen ein, übergab das Kind ihrem schweigenden Mann und erhob sich, wobei sie breite bäurische Hüften und stämmige Beine den Blicken der Passanten darbot. Sie stapfte mit schweren Schritten hinter ihrem Mann her und kroch mit dem Kopf voran in einen kleinen Fiat, der am Straßenrand wartete.

Victoria nahm Pater Pauls Hand in die ihre. »Es tut mir leid, es tut mir wirklich sehr leid, daß Sie beide so verletzt wurden. Daß Sie einander verletzt haben, wenn doch alles, was Sie wollten – jeder von Ihnen auf seine Weise –, Liebe war. Jetzt wünschte ich, ich würde dem Mädchen begegnen und könnte ihm helfen, mit sich selbst fertig zu werden. Man sagt immer, man vermißt nicht, was man niemals hatte, aber ich bin da nicht so sicher. Manchmal verlangt man noch mehr danach, gerade weil es unerreichbar ist... Ist es nicht merkwürdig, daß Sie die Probleme anderer Menschen so klar sehen können – Sie haben die meinen verstanden, ohne viel von mir zu wissen –, und doch sind Sie sich überhaupt nicht der Wirkung bewußt, die Sie auf andere haben? Ich vermute, es geht uns allen so ähnlich. Ob wir jemals lernen werden, uns selbst mit den

Augen der anderen zu sehen? Doch in welcher Situation wir uns auch immer wiederfinden, wir sollten niemals den Part, den wir spielen – oder den wir nach Meinung anderer spielen oder spielen sollen –, ignorieren. Vergeben Sie mir, wenn ich so offen mit Ihnen rede. Wir haben einfach keine Zeit, uns der Sache vorsichtig zu nähern. Sie sehen gut aus, sind charmant, es ist eine Freude, mit Ihnen zusammen zu sein – nein, unterbrechen Sie mich nicht, wir haben keine Zeit für Höflichkeiten – ich stelle einfach nur die Tatsachen fest, aus der Sicht einer Frau. Das war es doch, was Sie wollten, nicht wahr? Die Reaktion einer Frau? Nun denn: Es mag vielleicht Ihre Art sein, mit dem sexuellen Aspekt von Beziehungen umzugehen, indem Sie alle Frauen behandeln, als wären sie Ihre Schwestern. Aber für Frauen senden Sie ganz bestimmte Signale aus. Jeder Mann, der sich so verhalten würde wie Sie, würde dieselbe Reaktion hervorrufen. Die meisten Männer würden sich anders verhalten, weil sie wissen, daß man ihnen sonst nicht glauben würde. Man würde es als einen offensichtlichen Trick verstehen. Drücke ich mich klar genug aus?«

»Aber sie wußte, daß ich – äh – tabu bin. Daß ich niemals...«

»Das haben Sie gesagt, doch Ihr Verhalten signalisierte etwas anderes. Sie sendeten widersprüchliche Signale aus, kein Wunder, daß sie Sie mißverstand. Wissen Sie denn nicht, daß es so etwas wie ein Tabu gar nicht gibt? Zumindest wenn es um Sexualität geht? Und was die Liebe anbetrifft... Selbstverständlich gibt es Priester, die ihren Orden verlassen und heiraten. Sie wären nicht der erste. Und noch etwas anderes: Dieses Mädchen hat Sie wahrscheinlich wirklich geliebt. Andere werden Ihre Unverwundbarkeit einfach nur als Herausforderung betrachten. Sie können ihnen nicht halb entgegenkommen und dann ein Schild hochhalten mit der Aufschrift: Verboten! Das ist nicht fair!«

Liebe Claire, in all den Jahren meiner Berufstätigkeit habe ich niemals einen Mann seines Alters und seines Bildungsstandes gesehen, der so zutiefst niedergeschmettert schien. Um meine harschen Worte zu versüßen, nahm ich wieder seine Hand. Er zog sie nicht zurück, vielleicht hatte er meine Botschaft also doch noch nicht verstanden.

»Pater«, sagte ich, »ich bin ungeheuer glücklich, daß wir uns jetzt begegnet sind, während Sie sich noch so geben, wie Sie sind. Wenn ich wirklich an Gott glauben würde, dann müßte ich sagen, daß er Sie mir jetzt geschickt hat. Vielleicht werden Sie verschwinden, sobald ich Ihnen den Rücken zuwende. Doch jetzt habe ich das Gefühl, als ob ich noch einmal eine Chance bekommen hätte, neu anzufangen. Und als ob auch ich daran glauben könnte, daß die menschliche Spezies nicht vollständig verdorben ist. Solange es Menschen wie Sie gibt.«

Wir gingen Arm in Arm zu meinem Hotel zurück, und dort war es, wo er mein Gesicht in die Hände nahm und mich küßte. Auf den Mund. »Dies ist das letzte Mal«, sagte er. »Und das letzte Mal, daß ich einer Frau sage, daß ich sie liebe. Das ist die Wahrheit. Aber Victoria, vergessen Sie nie: Sie gehören Gott. Und ich liebe Sie. Und daran ist nichts Falsches oder Sündiges oder Verbotenes.«

Ich ging hinauf auf mein Zimmer und setzte mich ans Fenster, viel zu aufgelöst, um auch nur an Schlaf zu denken. Ich fühlte mich in einem Zustand – der Gnade. Als wären alle meine Sünden aus meiner Seele gewaschen, und ich könnte mein Leben noch einmal neu beginnen.

*

Victoria stand an ihrem Küchenfenster, eine Tasse Kaffee in der Hand. Der Pegelstand des Kanals war durch die Regenfälle des Frühlings angestiegen, das Wasser floß

modrig dahin, verschmutzt von den Abwässern der Stadt. Es ist schon erstaunlich, was alles nicht sinkt, dachte Victoria und beobachtete, wie merkwürdig geformte Gegenstände im trägen Wasser an ihr vorbeischwammen. Gelegentlich fuhr eine Barkasse vorbei, jedoch nicht so häufig wie zu der Zeit, als das Lagerhaus noch in Betrieb war. Im Sommer sah man sogar hin und wieder ein Ruderboot, und von Zeit zu Zeit wurde ein Gerücht in der Lokalzeitung wieder aufgewärmt, nach dem es wieder einmal den Plan gäbe, den Kanal zu säubern und ihn in eine Wasserstraße zu verwandeln, auf der Ausflugsboote bis zum Londoner Zoo und weiter fahren sollten. Solche Gerüchte wurden gewöhnlich vor den Lokalwahlen stärker und erstarben unmittelbar danach, ohne daß irgend etwas geschah. Der Kanal döste weiter friedlich zwischen seinen zugewachsenen Ufern dahin, ein natürliches Reservat für zahlreiche Vögel, die in den Bäumen und Büschen und auf den Dächern der Häuser am Ufer nisteten. Die natürliche Vegetation überwand die Zäune und drang in die Gärten ein. Kleine Pelztiere huschten durch das Unterholz.
Durch das Steilufer geschützt, floß das Wasser des Kanals dunkel und kalt in fast undurchdringlichem Schatten. Victoria betrachtete die endlose träge Bewegung, und ein ängstlicher Schauer überkam sie. Wer weiß, was unter der Oberfläche verborgen sein mag? Was eines Tages zum Vorschein kommen könnte, aus den Tiefen heraufgetrieben, so daß alle es sehen würden? Etwas Verfaultes und Übelriechendes, aufgequollen und im Zustand der Verwesung, etwas, das heimlich schon das Wasser vergiftet hatte und nun die Luft verpesten würde.
Victoria zog sich in plötzlicher Panik vom Fenster zurück und warf sich aufs Bett. Die Laken rochen nach Schweiß. Sie hatte sie wochenlang nicht gewechselt. Der Seidenkimono war voller Flecken. Vollkommen ruiniert, dachte Victoria und betrachtete die langen Ärmel. Kaffeeflecken

auf weißer Seide. Das würde niemals herausgehen. Zigarettenlöcher vorne und ein langer Riß im Saum, wo sich ihr Schuh verfangen hatte. Das war's, dachte sie mit grimmiger Befriedigung. Zum ersten Mal in ihrem Leben empfand sie weder Schuldgefühle noch Bedauern, etwas Schönes und Teures ruiniert zu haben. Sie genoß diese Empfindung. Sie vermittelte ihr ein überraschendes Gefühl von Freiheit. Vielleicht hätte ich das öfter tun sollen, dachte sie: etwas in der Mitte zerreißen, an die Wand werfen, gleichgültig, welchen Schaden sie damit anrichtete und was das alles kosten würde.

»Du kannst einfach nicht ›groß‹ sein«, neckte Tom sie des öfteren, und sie hatte nie verstanden, was er damit sagen wollte. »›Groß‹ ist so«, sagte er dann, breitete die Arme aus, schob den Stuhl zurück und streckte seine langen Beine aus. »›Groß‹ ist, wenn du mehr gibst, als du dir leisten kannst, und dich um die Konsequenzen nicht scherst. Wenn du dein letztes Hemd hergibst, um ein Fest zu feiern. Und was das Wichtigste dabei ist – du bedauerst es nicht einmal. Du machst dir ein Fest daraus! Du genießt es! Verstehst du?«

»Du kannst doch nicht sagen, du scherst dich nicht um die Konsequenzen«, sagte Victoria, und er raufte sich in gespielter Verzweiflung die Haare.

»Wo ist deine slawische Seele geblieben, Victoria? Wo ist die Phantasie, die Poesie, wo ist das Leben? Wie kannst du nur so, so...« er suchte nach dem rechten Ausdruck, um sie zu treffen, »so angelsächsisch sein«, schloß er triumphierend. »Ist nichts mehr von deiner Mutter in dir?«

Wenn sie länger bei Tom geblieben wäre, vielleicht – ? Victoria überlegte, daß sie jetzt erst verstand, was er damit hatte sagen wollen. Aber jetzt spielte es keine Rolle mehr. Es war zu spät. Sie blickte zum Schreibtisch hinüber auf den unvollendeten Brief an Claire. Möglicherweise sollte sie sich keine Sorgen mehr machen. Dieses Schreiben

nahm zuviel Zeit in Anspruch. Und warum wollte sie überhaupt, daß Claire so viel über sie erfuhr? Wäre es nicht weiser, nicht alles zu enthüllen, auch posthum nicht?
Natürlich wäre der weiseste Entschluß, jetzt nicht mehr weiterzumachen. Alles so zu lassen, wie es war. Warum sich den Kopf zerbrechen, was die Leute denken mögen? Doch sie blieb liegen, starrte an die Decke, die Finger in ihrem verfilzten Haar, die weiten Kimonoärmel ausgebreitet wie ein Paar Flügelschwingen.

O toi que voilà, pleurant sans cesse
O toi, qu'as – tu fait de ta jeunesse?

O du, die du da unaufhörlich weinst
O du, was hast du aus deiner Jugend gemacht?

Greg hatte diese Zeilen zitiert, vor ihrem Spiegel, am Morgen seines 30. Geburtstages. Nach einer dramatischen Geste beugte er sich vor und inspizierte ängstlich sein Spiegelbild. Sein Haaransatz begann leicht zurückzuweichen, was seine breite hohe Stirn noch auffälliger machte. Victoria legte ihm den Arm um die Taille. Geburtstage waren Tage wie andere auch. »Du bist so jung, wie du es gestern warst. Du fühlst dich doch nicht anders als sonst, oder?«
Doch den ganzen Tag ging er unruhig und gedankenverloren auf und ab, und sie hatte den Eindruck, daß er darüber nachdachte, wie schnell die Zeit verging und daß er wieder weiterreisen mußte.

*

Mrs. O'Briens Baby kam in einer normalen Geburt zur Welt, doch das Rätsel der Vaterschaft wurde dadurch nicht gelöst. Zumindest nicht bis zu dem Zeitpunkt, an dem seine stolze Mutter es mit nach Hause nahm. Victoria betrachtete das kleine Köpfchen. Es war so kahl wie ein Ei. Die Augen des Säuglings waren blaugrau, obwohl sich das sicher mit der Zeit ändern würde. Das Grübchen in seinem Kinn hatte es sicher von der Mutter geerbt. Er war ein stämmiger kleiner Kerl, und Mr. O'Brien sah in ihm sofort das Spiegelbild seiner eigenen Person. Das gleiche behauptete seine Mutter, die ältere Mrs. O'Brien, die aus Anlaß dieser Geburt extra aus Dublin angereist war. Das neue Baby war ihrem eigenen Jungen, wie er damals aussah, geradezu aus dem Gesicht geschnitten, erklärte sie. Niemand äußerte irgendeinen weiteren Zweifel, und so wurde der Neuankömmling nach Hause mitgenommen. Len und Linda hatten sie besucht und dem Kleinen ein hübsches Jäckchen mitgebracht. Victoria war nicht davon überzeugt, daß sich alle Zweifel zerstreut hatten. Sie schlug einen Bluttest vor. Das würde zumindest beweisen, welcher der beiden Männer nicht der Vater war. Ihr Angebot wurde ignoriert. Vielleicht bedauerte es Mrs. O'Brien jetzt, da alles in Ordnung zu sein schien, sich ihr überhaupt anvertraut zu haben. Wenn sie ihre Befürchtungen nur für sich behalten hätte, dann würde jetzt niemand etwas davon wissen, und es würde sich kein Rest eines Zweifels in irgendeinem Hinterkopf halten können. Wenn sie nur den Mund gehalten hätte! Nun ja, sie brauchte die Sozialarbeiterin ja nie wiederzusehen. Die Akte wurde geschlossen.

Als Mrs. Goodalls Baby geboren wurde, hielt sich eine Pflegemutter bereit, es zu übernehmen. Doch als es soweit war, nahmen die Eltern das Mädchen mit nach Hause. Bobby blieb im Krankenhaus, wo die Ärzte immer noch erfolglos versuchten, seine Anfälle zu kontrollieren. Man brachte den Eltern schonend bei, daß es um die Lebenserwartung des Jungen nicht sehr gut bestellt war. Vielleicht würde er noch ein paar Jahre leben, vielleicht aber auch nicht. Und in diesem Fall... Die Goodalls beschlossen, daß sie sich nicht von dem kleinen Mädchen trennen mochten, was auch immer geschehen würde. Sie lehnten Victorias Angebot einer Haushaltshilfe ab, als ob sie damit Zweifel an Mrs. Goodalls Fähigkeiten als Hausfrau und Mutter geäußert hätte. Selbst wenn Bobby morgen nach Hause zurückkehrte, würde Mrs. Goodall mit den Problemen in ihrer Familie mit links fertig, wie sie es immer getan hatte.

»Ich habe Sie nie um Ihre Hilfe gebeten«, erinnerte sie Victoria.

»Das stimmt, und das, worum Sie gebeten haben, haben wir verweigert, und wie gut wir daran taten«, dachte Victoria, als sie die Station verließ.

Marys zweites Baby kam mit sechs Wochen aus dem Mutter-und-Kind-Heim zu ihren Adoptiveltern. Victoria hatte Mary dort so häufig besucht, wie es ihre Zeit erlaubte. Gemeinsam saßen sie draußen im staubigen kleinen Garten, der mit Kinderwagen vollgestellt und erfüllt war mit dem Geschrei der Babys und in dem die hochschwangeren Mädchen langsam in der Sonne schlenderten oder im Schatten strickten. Auch Marys Kind war ein Mädchen. Während sie zusah, wie Mary das Baby sanft in den Schlaf wiegte, erwartete Victoria beinahe zu hören, daß Mary ihre Meinung geändert hätte und ihre Tochter mit nach Yorkshire nehmen würde. Sicherlich würden ihre Eltern ihr vergeben, wenn sie sich einmal von der Überraschung erholt hätten? Doch Mary weigerte sich, eine solche Möglichkeit überhaupt in Erwägung zu ziehen. Sie hatte einen guten Job in London, und nichts auf der Welt würde sie in den Norden zurückbringen. Sie hatte ihren Lebensweg gewählt. Sie wollte Freiheit. Sie

hatte einen schlimmen Fehler begangen und ihn doppelt bezahlt, und jetzt war sie bereit, neu anzufangen, nachdem sie endlich »das Richtige« getan hatte.
In der Zwischenzeit gab es andere Patientinnen und weitere Krisen. Die Klinik war ausgebucht, das Wartezimmer überfüllt mit Frauen, und in Victorias Büro bildete sich in dem großen Sessel, den sie sorgfältig an einer Seite des Schreibtischs aufgestellt hatte, um keine Barriere zwischen sich und den Klientinnen aufzubauen, ein tiefes Loch von dem Gewicht der Klientinnen und ihrer Beschwerden.

*

Ein langer niedriger Sportwagen hielt abrupt am Straßenrand neben Victoria. Sie war gedankenverloren auf dem Heimweg, in den Händen mehrere Supermarkttüten.
»Darf ich Sie mitnehmen, junges Fräulein? Wie finden Sie mein neues Auto?«
Überrascht blickte sie hinunter. Tom war auf die Beifahrerseite geklettert und öffnete ihr bereits die Tür. Sie hatte ihn seit seiner Hochzeit, die während ihres Italienurlaubs stattfand, nicht mehr gesehen. Er sah gut aus, dachte sie. Er hatte seinen großen Körper gut ausgepolstert, seine Haut hatte die gräuliche Farbe verloren, und er hatte sich einen Schnurrbart stehenlassen. Vorsichtig manövrierte sie sich auf den niedrigen Sitz.
»Gratuliere.«
»Danke. Wozu?«
»Zu deiner Heirat.«
»Ach ja. Aber du hast uns ein Telegramm geschickt. So etwas Nettes, Denise hat sich sehr gefreut.«
»Weil ich es aus Rom abgeschickt habe?«
»Ja. Selbst so weit entfernt von uns hast du an uns gedacht.«

Victoria blickte ihn prüfend von der Seite an, aber er konzentrierte sich auf den Verkehr. Sie dachte wieder, wie gut er aussah. Der bestaussehende Mann, dem sie je begegnet war, mit regelmäßigen, klassischen Gesichtszügen. Der dunkle Schnurrbart besänftigte seine strengen Gesichtszüge mit der geraden Linie der Stirn und Nase und dem eckigen Kinn. Er spürte ihren Blick, wandte sich um und schenkte ihr ein rasches Lächeln.

»Ich hoffe doch, die Tatsache, daß ich verheiratet bin, bringt dich nicht auf falsche Gedanken?«

»Was meinst du damit?«

»Ich meine, wir werden uns weiter sehen, nicht?«

»Nein.«

»Das habe ich schon befürchtet. Wie konventionell du doch bist, Victoria. Und du bist Sozialarbeiterin. Ich bin enttäuscht von dir.«

»Ich gehe nicht mit verheirateten Männern aus.«

»Wer hat etwas von ausgehen gesagt?«

»Hast du denn nicht gerade...?«

»Ich sagte, einander sehen.«

»Wie?«

»Überlaß das ganz mir.«

Victoria dachte, es sei Zeit, das Thema zu wechseln. »Ist der nicht neu?« Sie deutete auf das Auto.

»Jawohl. Schick, nicht? Tatsächlich kannst du mir zu zwei Dingen gratulieren. Zwei weitere Erfolge. Dieses Auto und... mein britischer Paß.«

»Betrachte dich als dreifach beglückwünscht. Aber wie bist du an den Paß gelangt? Ist Denise nicht Französin? Und ich dachte immer, eine Frau könnte die britische Nationalität nicht auf ihren Mann übertragen. Ein weiteres Stück Diskriminierung gegenüber Frauen. Es wird höchste Zeit, daß jemand sich darüber einmal öffentlich aufregt. Oder hat das in deinem Fall keine Rolle gespielt?«

»Mein liebes Kind – halt deine Pferde im Zaum. Das ist nun ein sehr englischer Ausdruck, nicht wahr? Jedenfalls, du verstehst wirklich wenig vom Leben, ausgerechnet du als...«

»Wenn du noch einmal sagst: du als Sozialarbeiterin, raste ich aus.«

»Ich wollte sagen: Und du bist doch so ein intelligentes Mädchen, jedenfalls normalerweise. Denk doch einmal nach: Hätte ich wohl Denise geheiratet, wenn sie keinen britischen Paß gehabt hätte? Ich meine, abgesehen von allen anderen Überlegungen, was wäre daran sinnvoll, wenn jemand wie ich eine Ausländerin heiratet?«

Sie waren vor Victorias Haus angekommen, und Tom half ihr, sich aus dem Sitz zu erheben. Gemeinsam sammelten sie ihre Tüten ein und erklommen die drei Treppen bis zu ihrer Wohnung.

Victoria mochte nicht zugeben, daß diese Äußerung sie reichlich schockiert hatte. Also hatte er nur aus Bequemlichkeit geheiratet. In diesem Fall ging es ihm um einen britischen Paß. Und Denise? Was war für sie der Grund gewesen? Tom schien ihre Gedanken lesen zu können:

»Wir haben beide bekommen, was wir uns von dieser – Allianz erwartet haben. Ist das das richtige Wort?«

»In der Tat, das scheint mir das richtige Wort zu sein.«

»Danke. Ich habe die Sicherheit, soweit es meinen legalen Status anbetrifft. Ich bin jetzt legitimer Einwohner dieses Landes, stimmt's? Ganz legal. Ein britischer Bürger. Wunderbar. Und Denise, sie hat einen Mann, einen Ehemann. Mich. Jung, stark, gutaussehend«, glücklicherweise lachte er dabei, »klug und ehrgeizig. Das ist erst der Anfang. Der erste Stein.«

»Der erste Schritt, würde man hier sagen.« Victoria korrigierte ihn automatisch, aus alter Gewohnheit.

»Du weißt, was ich meine. Jetzt kann ich weitergehen.«

Er legte den Arm um sie, und sie versuchte vergeblich, sich aus seiner Umarmung zu befreien.
»Wo ist Denise heute abend?«
»In Frankreich. Verwandte besuchen. Ich bin allein. Einsam. Es regnet draußen. Es ist kalt. Es schneit.«
»Unsinn. Es ist ein sonniger Septemberabend!«
»Wo ist deine slawische Seele, Mädchen, wo ist die Poesie? Es schneit in meinem Herzen, weil ich einsam bin, und nichts hat sich zwischen uns geändert. Zwischen dir und mir, meine ich.«
»Lieber Tom« – Victoria hob einen Sack Kartoffeln aus dem Einkaufskorb und ließ ihn mit unnötigem Nachdruck auf die Spüle fallen. »Wenn ich sagte, ich gehe nicht mit verheirateten Männern aus, dann meinte ich damit auch, daß ich nicht mit verheirateten Männern schlafe. Dieses Prinzip ist auch auf uns anzuwenden. Auf dich und mich. Und ich meine es genau so.«
Tom rollte verzweifelt mit den Augen: »Was für Vorurteile! Was für ein Kleingeist, was ist bloß passiert?«
»Nichts ist passiert. Außer, daß du verheiratet bist.«
»Ist es in Italien passiert? Bist du konvertiert, römisch-katholisch geworden?«
»Ich bin immer römisch-katholisch gewesen.«
»Ach ja, aber nicht sonderlich übertrieben. Wir haben uns schon früher geliebt, auch damals war es eine Sünde, aber da hat es dir nichts ausgemacht. Warum jetzt?«
Victoria schälte schweigend ihre Kartoffeln.
»Hast du jemanden kennengelernt? In Italien? Bist du verliebt? Ist es ernst?«
Victoria setzte den Topf auf den Herd und wandte sich zum Tisch um: »Ja«, sagte sie. »Ich bin jemandem begegnet. Nicht in Italien. In Spanien. Und – nein, ich bin nicht verliebt. Aber es ist ernst.«

*

Victoria nahm den kleinen Schnappschuß von Pater Paul und trug ihn ins Wohnzimmer. Das Feuer flackerte noch im Kamin, doch sie konnte sich nicht dazu zwingen, das Foto hineinzuwerfen. Sie hatte das absurde Gefühl, daß es ihm Schmerzen bereiten würde. Man soll keine Bilder von lebenden Menschen verbrennen, dachte sie müde. Man weiß nie, wozu das führen kann. Sie blickte sich um, auf der Suche nach einem geeigneten Ort für das Bild. Ein silberner Jugendstil-Rahmen stand auf einem der Bücherregale. Ein Geschenk von Leah. Sie hatte nie eine Fotografie hineingesteckt. Nirgendwo in ihrer Wohnung gab es gerahmte Fotos. Die Lebenden waren noch gegenwärtig genug, und die Toten... Sie hätte den Schmerz nicht ertragen können, sie dauernd um sich zu sehen. Ganz anders Leah...

Überall in Leahs Wohnung gab es Fotos. Sie hingen in ganzen Gruppen zusammen, in Familien und Klassen, da waren Gruppenausflüge in Skiausrüstung, die Skier fröhlich über die Schulter geworfen, altmodische Sportkleidung und dicke Stöcke, die man damals offenbar benutzt hatte... Menschen an europäischen Stränden, lächelnd in ihrem Strandkorb sitzend oder bis zum Hals in den Sand eingegraben. Solche Bilder machten Victoria immer unruhig, als ob sie an vergangene Zeiten erinnert würde. Die wollenen Badeanzüge, die an den falschen Körperstellen klebten, plumpe Oberschenkel und runde Bäuche betonte. Die Schwimmanzüge der Männer mit ihren Hosen bis zum Knie.

Und Kinder. Eine Reihe von Bildern auf dem Bücherregal, im Wohnzimmer, große Schwarzweißfotos, Studio-Aufnahmen, die Abgelichteten sorgfältig vor idyllischem Hintergrund – griechische Säulen und blühende Bäume – posierend. Ernst dreinblickende Jungen in Matrosenanzügen und Schnürstiefeln, die einen Drachen, einen Ball oder einen Roller in der Hand hielten, einen Fuß auf dem

Rollbrett. Kleine Mädchen in Tüllkleidern, große Schleifen im Haar wie gigantische Schmetterlinge, die im Licht der Scheinwerfer schmolzen. Mit einem Reifen oder einer Puppe standen sie da, sehr gerade, einen Fuß nach außen gestellt, lächelten gehorsam, doch ihre Augen blickten unsagbar traurig.

»Wer sind sie?« fragte Victoria Leah bei einem ihrer ersten Besuche. »Bist du darunter? Welche davon bist du?«

»Nein, ich bin nicht darunter«, sagte Leah. »Aber ich sollte es eigentlich sein.«

»Sind es Verwandte? Freunde?«

»Ich kenne sie nicht einmal. Irgend jemand in meiner Heimatstadt fand die Fotos, während des Krieges. Die Leute da wohnten alle in unserer Nachbarschaft. Sie wurden verschleppt. Sie wurden vergast. Keiner von ihnen kam zurück. Eine Nachbarin schickte mir die Fotos nach dem Krieg. Ich hatte geschrieben, weil ich herausfinden wollte, wer aus meiner Familie überlebt hatte. Anscheinend niemand. Aber diese Nachbarin schrieb zurück. Sie hatte bei uns im Haus gewohnt. Ich konnte mich kaum noch an sie erinnern. Sie schickte die Fotos, damit wenigstens ein Mensch, der sie hätte kennen können, ihnen ein Zuhause geben könnte. Deshalb schrieb sie mir. Oder vielleicht, weil sie den Eindruck hatte, daß ich zu ihnen gehörte. Bei ihnen sein sollte. Wer weiß? Heute habe ich den Eindruck, sie mein ganzes Leben lang gekannt zu haben. Ich habe ihnen Namen gegeben. Ich weiß alles über sie, über jeden einzelnen. Ich weiß, wo und wann diese Fotos aufgenommen wurden, mit wem sie in diesen Ferien zusammen waren. Und die Kinder... ich weiß, wessen Kinder es sind, in welchen Fächern sie gut in der Schule waren und was aus ihnen geworden wäre, wenn sie überlebt hätten... Es sind meine Schulkameraden. Ich erinnere mich sehr gut an sie.«

Victoria lief ein Schauer des Entsetzens über den Rücken.

»Aber vielleicht hat jemand von ihnen überlebt? Vielleicht sind sie nur nicht in ihre Heimatstadt zurückgekehrt, das ist alles. Eine Menge Menschen haben sich nach dem Ende des Krieges in anderen Städten, weit weg von zu Hause, wiedergefunden. Manche wollten gar nicht mehr zurückkehren.«

»Das ist genau das, was ich mir selbst auch immer sage. Ich erzähle mir eine Menge Märchen, damit ich weiterleben kann. Aber tief im Inneren kenne ich die Wahrheit.«

Victoria stellte die handbemalte Chinatasse sorgfältig auf den Tisch. Der Tee schmeckte bitter. Das Stück Rührkuchen schien ihr aus dem Mund herauszuquellen, und sie war unfähig, es herunterzuschlucken. Ihr Blick huschte durch das Zimmer. Diese unbekannten Menschen beobachteten sie. Ernst oder lächelnd, schlecht gelaunt oder tapfer vor der Kamera posierend, einen Fuß nach außen gestellt, den Kopf zurückgeworfen, lachend – sie alle blickten sie an.

»Ich glaube, ich sollte besser gehen, Leah«, sagte sie und befreite sich aus ihrer Position hinter dem Tisch.

»Aber du bist doch gerade erst gekommen! Wir haben noch gar nicht geredet. Was ist im Büro los? Wie geht es Rose? Joanna? Was ist mit ihrem neuen Freund? Und Mr. Blackwell? Wie soll ich eine weitere Woche ohne meine Dosis Klatsch überleben? Das hält mich gesund, weißt du das?«

Victoria streckte die Hand aus, hielt aber gerade noch rechtzeitig inne. Leahs von Arthritis verformte Hände durften nicht berührt, geschweige denn gedrückt werden, das war zu schmerzhaft. Sanft umarmte sie die gebeugten Schultern, drückte ihre Wange an Leahs Mondgesicht. Wie lange nimmt sie schon dieses Cortison, und wie lange könnte sie es noch weiternehmen? Hatte sie jemals darüber mit ihrem Arzt gesprochen? War das immer noch nötig? Wieviel Schaden konnten die Medikamente anrich-

ten? Sie beschloß, dieses Thema bei ihrem nächsten Besuch anzuschneiden.
»Ich glaube, ich bekomme meine Migräne, und ich habe meine Tabletten zu Hause vergessen. Wie dumm von mir! Wenn ich sie früh genug nehme, funktioniert es, wenn ich zu lange warte, ist es fürchterlich. Nächstes Mal komme ich früher und bleibe länger, dann erzähle ich dir alles. Das verspreche ich dir!«
Sie zog den Mantel an und wandte der Wohnzimmertür den Rücken zu. Die Augen der toten Kinder folgten ihr aus der Wohnung hinunter auf die Straße. Sie ließen sie nicht los, während sie die dunkle Straße entlang zur Untergrundbahn eilte. In dieser Nacht träumte Victoria von ihnen. Am nächsten Freitag hielt ein Notfall sie in letzter Minute noch im Büro auf, und sie blieb bis spätabends. Sie rief Leah an und entschuldigte sich. Sie würde mit dem nächsten Besuch warten müssen, bis sie mehr Zeit hätte. Sie würde sie bald anrufen, versprach sie.

*

Victoria steckte das Foto von Pater Paul in den Silberrahmen und stellte es auf das Bücherregal. Er trug Zivilkleidung, ohne seinen weißen Kragen. Seine hellblauen Augen – die Farbe war auf dem Schwarzweißfoto nicht zu erkennen – blickten sie direkt an. Er lächelte. Das hier ist ein kleines Rätsel für alle, die herkommen, nachdem ich gegangen bin, dachte sie. Niemand wird wissen, wer er ist und was er hier macht. Befriedigt schaltete sie den Fernseher ein, um die Abendnachrichten zu sehen.
Das habe ich seit Wochen nicht gemacht, dachte sie. Warum jetzt? Warum diese Rückkehr zu alten Gewohnheiten? Früher war die Tagesschau für sie ein absolutes Muß. Ohne sie fühlte sie sich ängstlich, sie mußte die jüngsten Ereignisse kennen, sie hörte Radio und sah fern,

und spätnachts, wenn sie nicht schlafen konnte, hörte sie immer noch internationale Nachrichten, die ihr eine Litanei der jüngsten Katastrophen, Kriege, Bombenangriffe und Hungersnöte ins Ohr flüsterten. Irgendwo mitten in einem dieser Katastrophengebiete konnte Greg sich in diesem Augenblick aufhalten, vielleicht hörte sie plötzlich seine Stimme, die einen Auslandskorrespondentenbericht abgab, vielleicht sah sie sein Gesicht sogar auf dem Fernsehschirm.

Aus Pest, Hungersnöten, Feuer, Wasser und Kriegen rette uns, o Herr, flüsterte sie wieder und wieder, wenn sie sich schlaflos in den verhedderten Bettlaken wälzte. Doch die Feuersbrünste und Kriege, Hungersnöte und Flutkatastrophen und selbst die Pest in ihrer modernen Form vergifteter Erde und Seen und sterbender Wälder umgaben und erdrückten sie.

Die Abendnachrichten ergossen ihr tägliches Quantum an Toten in ihr Wohnzimmer. Eine Autobombe in Beirut, eine weitere in Nordirland. Eine Flugzeugexplosion in der Luft und fünf Terroristengruppen, die miteinander um die Ehre wetteiferten, dafür die Verantwortung zu übernehmen. In Argentinien demonstrierten die Mütter der Verschwundenen wieder einmal vor dem Präsidentenpalast und hielten die Fotos ihrer verschollenen Kinder hoch. Ein vietnamesisches Flüchtlingsboot wurde aus dem Meer gefischt. Es waren nur noch wenige Überlebende darauf. Auf ihrer gefährlichen Überfahrt waren sie von Piraten angegriffen worden, die die Frauen vergewaltigt und die meisten Männer getötet hatten. Vor dem Angriff war ein anderes Schiff aus einem europäischen Land vorbeigefahren und hatte sich geweigert zu helfen. Die Boatpeople waren jetzt, da sie die Flüchtlingslager überschwemmten, nicht mehr willkommen. Eine alte Frau erschien auf dem Bildschirm und bat in gebrochenem Englisch um die Freilassung ihres Sohnes aus einem sowjetischen Arbeitslager.

Er hatte eine schwere Strafe dafür bekommen, daß er zu ihr in den Westen reisen wollte. Außerdem hatte man ihn für verrückt erklärt.
»Und das war der Tag heute abend«, schloß der Nachrichtensprecher mit einem Lächeln. »Mit Ausnahme einer weiteren Nachricht:«
Jetzt kam der Zuckerguß, der die entsetzt vor dem Fernsehschirm hockenden Zuschauer darauf vorbereiten sollte, doch friedlich schlafen gehen zu können, nachdem sie ihre tägliche Dosis Mord und Totschlag genossen hatten. Ein Gnadenakt, zum Beweis, daß nicht nur Schrekken die Menschheit beherrschten. Jetzt war es Zeit für etwas, das die Stimmung aufhellen und sie alle lächelnd ins Bett schicken würde. Vielleicht ein strahlendes Mitglied des Königshauses oder ein hübsches Mädchen, das sich an einem öffentlichen Ort auszog, oder vielleicht ein Neuankömmling im Zoo. Für einen Augenblick würde etwas Rosiges, Nacktes oder entwaffnend Hilfloses mit ungeschütztem Blick in die Kamera schauen, und ein zärtlicher Seufzer würde sich zahllosen Kehlen entringen. »Wie süß«, würden sie zum Bildschirm hin flüstern, bevor sie ins Bett schlurften.
»Zucker schadet den Zähnen«, sagte Victoria und schaltete den Fernseher aus.

*

»Ich habe ein paar Tage frei, bevor ich nach New York fliegen muß. Warum treffen wir uns nicht irgendwo? Warst du schon einmal in Norwegen? Da gibt es einen Menschen, den ich in Bergen aufsuchen sollte, also wenn du dir ein oder zwei Wochen von deinen hilfreichen Großtaten freinehmen würdest...«
Victoria hatte die Tasche gepackt und war an Bord der Fähre Venus auf dem Weg von Newcastle nach Stavanger,

ohne sich Zeit zu lassen, darüber nachzudenken, was sie da tat und warum Greg sie nach fünf Jahren Abwesenheit plötzlich sehen wollte. Sie hatte ihrem Vater nichts von dieser Reise erzählt. Sie zog es vor, zu warten, und ihn dann mit den Tatsachen zu konfrontieren, wenn sie mehr wüßte. Es war besser, ihn nicht unnötig aufzuregen oder zu verärgern. Seit Ilonas Abreise nach Australien war er sichtlich gealtert, obwohl, wie Victoria sich zu überzeugen versuchte, diese beiden Ereignisse nichts miteinander zu tun haben konnten. Schließlich war Ilona nicht einmal verwandt mit ihm. Sicher, sie war sozusagen unter seinem Dach aufgewachsen, aber das bedeutete doch nicht... Es war einfach nur so, daß man ihm jetzt sein Alter ansah, die Jahre in den Tropen und seine jetzige intensive Arbeit an seiner neuen Karriere, auch wenn sie erfolgreich war – all das forderte seinen Preis. Und was Martha anging..., sie erschien ihr mit jedem Besuch bizarrer.

Unruhig auf Deck hin- und hergehend, konzentrierte sich Victoria auf das, was sie hinter sich gelassen hatte: Sie hatte ihrem Vater erzählt, daß sie nach Norwegen fahren und eine Zeitlang wegbleiben würde, weil sie mit einem Freund durch Skandinavien fahren wollte. Sie nahmen gerade ihren Tee im Wohnzimmer ein, als das Telefon klingelte und Martha den Hörer abnahm. Nachdem sie einige Sekunden lang gezögert hatte, legte sie wieder auf, ohne ein Wort gesprochen zu haben. »Falsch verbunden?« fragte Victoria. »Nein, es war besetzt«, erwiderte Martha. »Wie kann es besetzt gewesen sein, wenn es doch geklingelt hat?« Victorias Vater blickte von seiner Teetasse auf. »Ich habe es ganz klar tuten gehört«, sagte Martha und stellte die Tassen auf ihr Tablett. Als sie aus dem Zimmer ging, blickte Victoria ihren Vater an und erwartete, daß er lachen würde, aber er zuckte nur mit den Schultern und lächelte: »Arme Martha, sie ist ein wenig durcheinander. Ilonas Abreise war ein schrecklicher Schock für sie. Überhaupt eine ganz schlimme Geschichte.« Victoria glaubte, einen vorwurfsvollen Ton in seiner Stimme zu hören. Sie wollte etwas Erklärendes sagen, um ihn und vielleicht auch Martha davon zu überzeugen, daß sie unschuldig war, daß sie einem jungen Mädchen nicht die erste Liebe zerstört hatte, daß Tom nicht beabsichtigt hatte, sie oder Ilona zu heiraten, daß er vielmehr…, und außerdem lag das alles Jahre zurück. Ilona hatte davon geträumt, nach Australien zu gehen, seitdem sie ihren Fuß auf englischen Boden gesetzt hatte. Victoria würde damit bis zu einer späteren Gelegenheit warten müssen. Martha kehrte mit einem Kuchenteller zurück, und sie wandten sich wieder ihrem Tee zu. Victoria hatte noch Zeit, Julia kurz zu besuchen, bevor sie den Zug nach Newcastle bestieg.

»Meine Liebe, ich glaube, jetzt hast du gewonnen! Das ist es! Geh hin und hol ihn dir. Bring ihn zurück oder geh mit ihm nach New York. Was immer auch geschieht, laß ihn nicht mehr fort. Schließlich – mein Gott – hat er dich wirklich gebeten, zu ihm zu kommen. Nach fünf Jahren Rußland ist diesem Mann endlich die Wahrheit gedämmert. Ach, ich freue mich so für dich!«

Hochschwanger mit den Zwillingen, lag Julia auf dem Sofa und vergoß ein paar Tränen. Seit dem Beginn der Schwangerschaft war sie ungewöhnlich gefühlsbetont geworden.

»Es ist die Vorstellung, daß es Zwillinge sind«, schnüffelte sie verlegen. »Solch eine Last! Wir hatten gar nicht geplant, weitere Kinder zu bekommen. Ich habe mich so darauf gefreut, wieder arbeiten zu gehen. Erinnerst du dich, wie ich geschworen habe, in der Woche nach Tristans Geburt zurück ins Büro zu gehen? Wie dumm ich war! Du hast mich bestimmt ausgelacht!«

»Ich habe dich nie ausgelacht«, protestierte Victoria.

»Viele Frauen sagen das, bevor das Baby da ist. Und viele kehren auch überraschend schnell an die Arbeit zurück.«

»Sie tun mir leid.« Julia seufzte und rieb sich den Bauch. »Sie verpassen die wichtigsten Augenblicke. Selbstverständlich«, fügte sie hastig hinzu, »sind alle Augenblicke der kindlichen Entwicklung einzigartig. Ich möchte Tristans erste Jahre nicht um alles in der Welt missen, aber jetzt wird er bald in die Schule kommen, und ich hatte gedacht, es wäre jetzt Zeit, zurück an die Arbeit zu gehen, bevor ich zu eingerostet und domestiziert dafür bin. Und dann das! Und gleich zwei! Ich fühle mich von dem Ganzen überwältigt.«

»Dann warte ab, bis sie wirklich da sind«, lachte Victoria. »Aber ernsthaft, ich hoffe, du wirst eine Hilfe bekommen.«

»Ach, du kennst mich ja, ich würde lieber allein damit fertig. Das wäre mir lieber so. Stan besteht aber darauf, daß wir jemanden einstellen. Wir werden sehen. Ach verdammt, ich bekomme immer so schreckliche Krämpfe in den Füßen, Victoria, sei ein Engel und reib sie mir bitte, schnell, ich komme nicht mehr dran!«

*

Norwegen im Juni war kühl und klar, die Luft rein, die vorherrschenden Farben Grün, Grau und Blau wirkten beruhigend nach dem Londoner Rußwetter. Bewaffnet mit einem Reiseführer, besuchte Victoria pflichtbewußt die historischen Stätten und versuchte, sich darauf zu konzentrieren, was sie da sah, obwohl sie eigentlich gar nichts wahrnahm; Atemübungen sollten das plötzliche Aufschießen des Blutes in ihren Kopf und das wilde Herzklopfen unter Kontrolle bringen, die sie von Zeit zu Zeit zu ersticken drohten. Obwohl sie zwei Tage durch Stavan-

ger schlenderte, konnte sie sich später an nichts mehr erinnern.
Erst auf dem Weg nach Sand begann sie ihre Umgebung wahrzunehmen. Der Dampfer verließ Stavanger früh am Morgen, und die überraschend kühle Luft holte sie in die Gegenwart zurück. Fröstelnd konzentrierte sie sich darauf, die eindrucksvolle Landschaft, die wilden Berge und Wasserfälle und die auffallend blonden Kinder in ihren hellen Anoraks an Deck zu fotografieren.
Von Sand aus mit dem Bus nach Solheimsvik und dann mit einer weiteren Fähre über einen See nach Nesflaten. Das Wasser des Sees war flaschengrün wie dickes Glas, und der Dampfer schnitt ein sauberes weißes V in die Oberfläche. Als sie anlegten, schloß sich Victoria einer Touristenschlange an, die nach Eiscreme anstand. Schließlich war es Juni. Zitternd vor Kälte saß sie in der Sonne und leckte an ihrem Eis, sich über die Unlogik des Ganzen wundernd, als sie feststellte, daß sich eine weitere Schlange gebildet hatte, ausschließlich aus Einwohnern. Einer nach dem anderen kam aus einem kleinen Laden heraus, jeder mit einer Schüssel heißer, dicker Bohnensuppe in der Hand. Es blieb ihr keine Zeit, sich ein weiteres Mal anzustellen. Der Bus stand bereits abfahrbereit da.
Die Straße nach Utsikten erklomm in Haarnadelkurven und Korkenzieherspiralen die Berge. Auf einer Seite erhoben sich die steinigen Wände des Kliffs, auf der anderen, weit unten, glitzerte das blaue Wasser des Fjords. Als sich der Bus mit krachenden Gängen, zitternd und ruckelnd vor Anstrengung den Weg nach oben bahnte, fiel ein unruhiges Schweigen über die Passagiere. Einige rauchten nervös. Manche kauten Kaugummi. Niemand sprach. Victoria starrte aus dem Fenster und versuchte, einen klaren Kopf zu behalten. Wenn mir jetzt irgend etwas passiert – uns allen –, dann bedeutet das, daß wir nicht füreinander bestimmt sind. Sie hatte noch nie eine solche Straße gese-

hen. Es schien nicht möglich, daß der Bus auch die nächste Kurve schaffen würde, seine Räder mußten jetzt die Böschung hinunterrutschen, es gab einfach keinen Platz mehr für ein Fahrzeug dieser Größe, das um eine solch enge Kurve biegen mußte... Victoria begann zu beten.
Der Himmel verdüsterte sich, je höher sie kamen, dann brach er auf, und dicke Flocken fielen auf die Landschaft.
»Es schneit!« rief die Stimme eines Australiers ungläubig, die Stille durchbrechend. »Es ist Mitte Juni und es schneit. Ich kann es einfach nicht glauben!« Victoria stellte fest, daß sie mit den Zähnen klapperte und Schüttelfrost hatte. »Es ist nur die Kälte«, dachte sie erleichtert. »Ich bin nicht verrückt vor Angst. Es ist nur die Kälte.«
Im Hotel in Utsikten kehrte am knisternden Kaminfeuer bei Kaffee und Aquavit wieder Gefühl in ihre tauben Glieder zurück. In der Eile vor ihrer Abreise hatte sie nur Sommerkleider und Sandalen eingepackt. Schließlich war es Juni. Sie würde Sommerferien machen. Jetzt erschien ihr ihr einziger dünner Pullover und der durchsichtige Plastikregenmantel lächerlich unangemessen angesichts der Wirklichkeit des norwegischen Sommers. Der Schnee wich einem kalten Regen, und die nächsten zwei Tage goß es in Strömen, die herrlichen Berge waren in einen Wasservorhang gehüllt. Das Hotel war innen und außen aus Holz erbaut, Wände und Decken mit Kiefernholz getäfelt.
»Ich bin in einer Holzkiste eingeschlossen«, schrieb Victoria auf einer Postkarte an ihre Kolleginnen im Krankenhaus. »Es ist alles so sauber und poliert. Weiße Spitzenvorhänge und rote Geranien überall. Selbst mein Bett hat eine weiße Spitzenüberdecke, und ein Spitzendeckchen liegt auf dem Tisch. Die Decke sieht poliert aus. Ich lerne hier viel über Trolle und andere Wesen, die man Nisser, Seeschlangen und Draugs, Nokken und Fossegrimen nennt, und der schlimmste davon ist der große Boygen, der sich im Dunkeln ums Haus schlängelt. Er hat weder

Kopf noch Körper, ist schleimig und sehr gefährlich. Ich hoffe nur, ich werde ihm des Nachts nicht begegnen. Sie alle spielen einem übel mit, und man muß die richtige Magie kennen, um mit ihnen fertig zu werden.«
Sie schrieb die Adresse auf die Karte und steckte sie zusammen mit einigen anderen in ihre Handtasche, wo sie bis zu ihrer Rückkehr nach London blieben.
Von Utsikten nach Odda führte die Straße an Obstplantagen entlang; an den Bäumen glitzerten die Früchte. Der Regen hatte die Luft gereinigt. Kirschen glänzten wie Blutstropfen zwischen den Blättern, und der Fjord war ein blaues Seidenband zwischen den Zweigen. Regenbogen tanzten über den Wasserfällen, die Sonne schien, aber in jeder Schattenpfütze erinnerte sie der Eishauch des Gletschers daran, daß dies ein schneebedecktes Land war, in dem die heißen sonnigen Tage nur ein vorübergehendes Ereignis darstellten.
In Utne bezog sie ein weiteres aus Holz erbautes Hotel. Die Besitzerin und ihre Mitarbeiter hießen die Gäste auf der Veranda in leuchtend hellen Nationalkostümen willkommen. Weiße Dampfer glitten geräuschlos unter Victorias Fenster vorüber, so nah, daß sie von ihrem Bett aus in die Kabinen schauen konnte.
Als sie mit träger Neugier den Passagieren zusah, die die schmale Mole erklommen, erblickte sie plötzlich Greg. Einen Augenblick lang fragte sie sich, ob sie sich nicht irrte. Sie hatten sich in einem Hotel in Bergen verabredet. Er hob seinen Blick, und sie trat hinter den Vorhang zurück. Er sah sie nicht. Er hatte zugenommen, stellte sie fest, und sein Haar, zu blassem Stroh gebleicht, hatte sich noch weiter von seinen Schläfen zurückgezogen. Doch er hatte ja schon immer eine hohe Stirn gehabt. Victoria eilte hinunter.
»Ich hatte schon so eine Ahnung, daß du diesen Weg nehmen würdest. Er ist bei den Touristen sehr beliebt. Wenn

ich dich hier verpaßt hätte, wäre immer noch Zeit gewesen, dich in Bergen abzupassen. Ist das nicht ein hübscher Ort?«
Später gingen sie durch die Plantagen an den weißen Holzhäusern vorbei. Überall standen Obstbäume. Als sie um eine Ecke bogen, begegneten sie einer Gruppe junger französischer Touristen, Mädchen und Jungen mit Rucksäkken auf dem Rücken, die Hände voller Kirschen. Die Mädchen trugen sie wie Ohrringe hinter dem Ohr. Sie rannten singend den Hügel hinunter. Die melancholische Melodie bleib zwischen den Zweigen hängen, als warte sie darauf, daß sie diese Worte aufgriffen.
»Wovon handelt dieses Lied?« fragte sie. Sie waren in beinahe vollständigem Schweigen Seite an Seite gegangen, ohne sich zu berühren. Greg hatte ihr bereits eine Menge über sein Leben in Rußland erzählt. Er hatte Notizen für ein Buch mitgebracht, das er zu schreiben beabsichtigte. Sein anfänglicher Zweijahresvertrag war wieder erneuert worden, aber nach fünf Jahren hatte er das Gefühl, er müsse in den Westen zurückkehren, um seine Erfahrungen in anderem Licht zu betrachten. Er hatte sehr viel Glück gehabt, sagte er. Er hatte interessante Menschen getroffen. Auch in der Sprache habe er gute Fortschritte gemacht, obwohl sie sehr schwierig sei. Wenn er jemals nach Moskau zurückkehren würde...
»Dieses Lied stammt aus der Zeit der Pariser Kommune. Es heißt ›Le temps de cerises‹.«
»Zeit der Kirschen? Wie geht es?« fragte Victoria.

»Quand nous chanterons le temps de cerises
Le gai rossignol, le merle moqueur
Seront tous on fête.
Les belles aurent la folie en tête
Et les amoureux, du soleil au cœur...!«

Er hatte noch kein Wort über seine Zukunftspläne verloren. Warum wollte er nach New York? Und warum hatte er sie gebeten, nach Norwegen zu kommen?
»Wovon handelt dieses Lied?«
Die Sänger mußten auf einer Bank unter ihnen Rast gemacht haben, denn ihre Stimmen waren wieder zu hören:

»Mais il est bien court
Le temps de cerises...«

»Wie die meisten dieser Lieder ist es eher melancholisch. Nichts dauert an – so in der Art... Ach, oh ze time of ze cherries it iz so short«, sagte er mit gespieltem französischen Akzent. »So in der Art wie unser Lied: They are not long, the days of wine and roses..., du kennst das ja...«

»Out of a misty dream
Our path merges for a while then closes
Within a dream«

vollendete Victoria die Strophe.
Sie überquerten eine Wiese voller Butterblumen. Victoria, die ungeschickterweise hochhackige Sandalen angezogen hatte, stellte fest, daß sie sich als nützliche Anker erwiesen, während sie steil einen Hügel erklommen, bis zum Knöchel in goldenen Blüten, und auf eine weiße Kirche zugingen. Eine Hochzeitsgesellschaft war dort gerade angekommen, die Gäste in Folklore-Kleidern, reich in leuchtenden Farben bestickt. Unter dem strahlend blauen Himmel wirkte die Szene wie die Illustration eines Kinderbuches. Doch trotz der klaren Luft und der starken Sonne erfaßte der kalte Hauch des Gletschers sie auch hier in diesem sonnenüberfluteten Tal, und Victoria spürte, wie ihr ein Schauer über den Rücken hinunterlief.

Das Brautpaar fuhr in einer hübsch bemalten Kutsche davon, die von zwei weißen Pferden gezogen wurde, und die Gäste gingen, nachdem sie einander fotografiert hatten, den Hügel hinunter und sahen aus wie ein Strauß Sommerblumen, der über die Wiese verstreut wurde.

»Hier gibt es irgendwo ein Freilichtmuseum«, schlug Victoria vor. »Alte Bauernhäuser, Möbel... ich würde mir das gerne ansehen.«

Sie verbrachten die Nacht in ihren getrennten, kiefernholzgetäfelten Hotelzimmern, und am folgenden Morgen nahmen sie in der Begleitung anderer Touristen einen Bus nach Voss, schrieben sich in einem weiteren pittoresken Gasthof ein und suchten das Museum auf.

Jeder Haushaltsgegenstand in diesen robust aus ganzen Hölzern erbauten Blockhäusern war kunstvoll geschnitzt oder mit dem immer wiederkehrenden Rosenzweig bemalt – eine Nachahmung der in südeuropäischen Ländern vorkommenden Barockmalerei, erläuterte der Reiseführer. Der Eßtisch, den der Bauer für seine Familie gezimmert hatte, bot nur seinen Knien Platz, während die übrigen Familienmitglieder sich ihre Knie an der tiefgezogenen Brotschublade gestoßen haben mußten. Die mit Schnitzereien verzierten hölzernen Bettgestelle waren zwar breit, aber so kurz, daß ihre Benutzer offenbar halb im Sitzen auf dicken Kissen geschlafen hatten. Victoria bewunderte die handgemachte Spitze und die kostbare Hardanger Stickerei. Sie betrachtete die Wiege, die aus einem Baumstamm geschnitzt war, und das Spinnrad neben dem Bett. Victoria hatte ein ungefähres Bild vor Augen, von einer gigantischen Wikingerfrau mit gehörntem Helm, mit einem Fuß ihren Säugling in der Wiege hin- und herschaukelnd, mit dem anderen das Spinnrad drehend. Sie traten hinaus in den Innenhof und inspizierten die Scheune, die auf steinernen Pfeilern erbaut war. Hier hatte die Familie ihre Nahrungsmittelvorräte gelagert und auf dem Speicher ihre besten Sonntagskleider und dicke selbstgesponnene Bettlaken aus roter und brauner Wolle verstaut. Dort oben schliefen die Töchter des Hauses in den hellen Sommernächten und erhielten heimlich Besuch von ihren Verehrern, bevor das kalte Wetter sie unter das elterliche Dach zurücktrieb.

»An dieser Häuslichkeit ist etwas sehr Anziehendes, ich meine, sich gegen die Elemente zusammenzuschließen. Um hier überleben zu können, mußte man weit vorausplanen, alle Ressourcen nutzen und in der Lage sein, jeden Notfall vorherzusehen und damit selbst fertig zu werden. Ich glaube nicht, daß einer von uns das besonders gut könnte«, meinte Victoria.

»Ich habe einen ähnlichen Eindruck vom Leben in Rußland gewonnen«, sagte Greg. »Nicht nur wegen der Widrigenkeiten des Wetters. Es war meine erste Erfahrung mit dem Leben in einer geschlossenen Gesellschaft. Wir, die Ausländer, in unserer Enklave, sie, die Einwohner, in der ihren. In der Bewegungsfreiheit behindert durch Gesetze, die jeden Aspekt des Lebens regeln oder es zumindest versuchen. Und jeder von uns mußte, je nach seinen Möglichkeiten, versuchen, einen Modus vivendi zu finden. Ein eigenes System, mit dem wir das andere System überlisten wollten. Wir Westler waren reich mit materiellen Gütern gesegnet, wir hatten unsere Konsumwaren und unsere harte Währung und unsere westlichen Erwartungen, Gewohnheiten und Erfordernisse. Was sie, die Russen, hatten, was ihnen durch ihre gesamte entsetzliche Geschichte der Unterdrückung hindurch half, war ein Netzwerk aus Familie und Freunden, geschlossene Zellen der bedingungslosen Unterstützung, Solidarität und – ja... Liebe.«

Victoria warf gedankenverloren einen Blick auf die riesigen Kessel im Küchenhaus. Wer um alles in der Welt konnte so etwas hochgehoben haben?

»Die Menschen leben dort sehr beengt. Eine Bedingung der Überbevölkerung natürlich, aber es ist auch so – sie berühren einander mehr, sie umarmen einander, und sie tun es auf natürliche Weise. Hier neigen wir dazu, jeden Kontakt mit Fremden zu vermeiden. Schau dir nur an, wie wir uns in einer Menge auf der Straße verhalten, wie wir uns entschuldigen, wenn wir zufällig jemanden anrempeln.«
»Du warst wohl in letzter Zeit nicht viel in unseren öffentlichen Verkehrsmitteln«, bemerkte Victoria.
»Was ich damit sagen will, ist, du siehst dort Menschen, die Arm in Arm durch die Straßen gehen, Männer, die sich umarmen, die sich küssen, wenn sie sich begegnen, und hier gibt es die Sauna, die allgemeine Nacktheit, nicht als etwas Exklusives, du weißt schon, in der Art unserer Rugby-Clubs, sondern ganz verbreitet, für jedermann.«
Victoria blieb vor einem Stapel Leinenwäsche stehen und nahm eine bestickte Tischdecke in die Hand. Sie schaute auf das Preisschild. Hatte es irgendeinen Sinn, an die Wechselwährung zu denken, sich zu überlegen, ob sie es sich leisten konnte, sie zu kaufen? Als hätte sie je Verwendung für eine Tischdecke mit sechs passenden Servietten!
»Eine Zeitlang schien mir das alles sehr verführerisch«, fuhr Greg ganz in Gedanken fort, als spräche er zu sich selbst. Victoria mußte die Ohren spitzen, um ihn verstehen zu können.
»Diese Art von Freundschaft, weißt du? Die Familienbande, die Sicherheit, was immer auch geschieht, wie schlimm auch das Alltagsleben sein mag – der dauernde Kampf um die Grundnahrungsmittel, die Armut, die Einschränkungen, die Restriktionen, der schreckliche Mangel an alternativen Wahlmöglichkeiten, die tödliche Uniformität und Konformität –, trotz alldem kann man im-

mer sicher sien, daß man rückhaltlos Loyalität und Unterstützung erhält, bis zur absoluten Grenze, bis zum sprichwörtlichen letzten Hemd, dem letzten Stück Brot. Das ist der Grund, weshalb... ich nehme an, du hast dich sicher über einige meiner Briefe gewundert?«

Victoria, die gerade ein Holztablett bewunderte, blickte auf. »Ich hatte einige ängstliche Augenblicke, ja.«

»Nun ja, ich war in Versuchung... Nicht dort drüben zu bleiben, nicht für immer, aber... der erste Winter, als man wirklich das Gefühl hatte, daß die Elemente gegen einen waren, als ich da in meiner Wohnung saß – die sehr komfortabel war für ihre Verhältnisse, aber nur ein Verschlag nach unseren Maßstäben – und versuchte zu schreiben..., da wurde der Gedanke daran – nun ja, seßhaft zu werden, merkwürdig verführerisch. Ich sah mich plötzlich selbst als – viktorianischen Pater familias. Lach mich nicht aus!«

»Warum viktorianisch?« fragte Victoria. Sie hatte nicht den mindesten Impuls zu lachen.

»Vermutlich aufgrund der allgemeinen Atmosphäre, nehme ich an, sie ist tatsächlich sehr viktorianisch. Die vorherrschenden Moralgesetze... Jedenfalls hatte es mich erwischt. So betrachtete ich mich plötzlich. Mit Bart. Nichts Schlechtes bei diesem Klima. Jedes kleine bißchen hilft.«

»War es Sonia?« Victoria zwang sich, den Namen auszusprechen.

»Sonia?« Er blickte überrascht. »Habe ich sie in meinen Briefen erwähnt?«

»Oft.«

»Du liebe Zeit... Ich muß damals... nein, nicht Sonia, wenn es das ist, was dir Sorgen macht. Die arme Sonia ist ganz arm dran. Sie wird in Rußland bleiben und irgendeinen Betrunkenen heiraten, der sie schlagen und es ihr überlassen wird, die ganze Arbeit zu tun, während er mit seinen Kameraden zum nächsten Zechgelage geht. Sonia tut mir leid. Sie hat ihr Herz an ein Rußland verloren, das es nicht mehr gibt. Die Gefahren, wenn Literatur von einem solch unreifen Geist absorbiert wird, kann man gar nicht hoch genug einschätzen. Manchen Menschen sollte man das Lesen nie beibringen. Nein, was ich meine, ist – können wir uns irgendwo hinsetzen? Was ich versuche zu sagen, ist ein bißchen knifflig. Ich möchte, daß du verstehst: Niemand ist schuld daran.«

Sie setzten sich auf eine steinerne Bank unter einem riesigen Baum mitten im Hof. Um sie herum schlenderten die Touristen in die Holzhäuser hinein und wieder heraus, die Stimmen der Reiseführer dröhnten in verschiedenen Sprachen, und gelegentlich erschütterte ein kleines, höfliches Kichern die Luft als Antwort auf einen harmlosen skandinavischen Witz.

»Ich habe über dich nachgedacht«, sagte Greg. »Und mich. Warum ich dich nicht gebeten habe, mit mir nach Moskau zu gehen...«

»Aber du hättest es ja nicht tun können, solange wir nicht...«

»Solange wir nicht verheiratet waren. Ich hätte dich beinahe gefragt. Sag jetzt bitte nichts! Ich möchte die Antwort lieber nicht wissen. Tatsache ist, ich habe immer gesagt, daß ich nicht fürs Heiraten geschaffen bin. Ich konnte mir nie vorstellen, an einen Ort oder an einen Menschen gebunden zu sein. Ich hielt es für unfair, dich zu fragen, da ich dir ehrlicherweise nicht versprechen konnte, dir nie untreu zu werden. Du mußt es auch gewußt haben. Ich war ziemlich sicher, da du mich so gut kanntest – würdest du nein sagen. Also habe ich dich nicht gefragt.«

Victoria hob den Kopf und starrte auf die schneebedeckten Gipfel. Die Sonne schien ihr in die Augen, blendete sie, und sie blickte, ohne mit der Wimper zu zucken, in das grelle Licht, bis vor Dunkelheit und roten Sternchen das Bild vor ihren Augen verschwand.

»In Moskau«, fuhr Greg fort, »hatte ich Zeit, meine Motive noch einmal zu überdenken. Wie ich dir geschrieben habe, schien mir die Vorstellung einer Ehe, einer geschlossenen kleinen Gruppe, einer Familie plötzlich eine attraktive Vorstellung zu sein.«

Er verfiel in Schweigen. Nach einer Weile wandte Victoria sich mit geblendeten Blick ihm zu. »Und?«

»Ich wollte eigentlich gar nicht darüber reden, aber da ich dieses Thema in meinen Briefen erwähnt habe, bin ich dir, glaube ich, eine Erklärung schuldig. Die Sache ist die, ich kam schließlich zu der Schlußfolgerung – bedauernd, wie ich zugeben muß –, daß ich noch nicht bereit war, mein bisher geführtes Leben aufzugeben. Zumindest nicht, bis ich in die westliche Gesellschaft zurückkehren und mich dann noch einmal einer Prüfung unterziehen würde. Ich stamme aus einer Nomadenfamilie. Kein einziges Mitglied unserer Familie lebt in diesem Augenblick in der Stadt oder auch nur in dem Land, in dem er oder sie geboren wurde. Da ist nicht einer, der, wenn er geheiratet hat, nicht geschieden ist, zumindest einmal. Die Kinder sind über fünf Kontinente verstreut, haben verschiedene Elternteile in verschiedenen Ländern und verbringen ihr Leben damit, zwischen ihnen hin- und herzureisen. Bei einer solchen Familiengeschichte war mir klar, daß ich mir erst sicher sein muß, was ich tue, bevor ich mich selbst an einen anderen Menschen binde. Also werde ich noch für ein oder zwei Jahre nach New York gehen oder auch länger, und dann werde ich sehen.«

»Sollen wir weitergehen?« fragte Victoria. »Es wird langsam kalt.« Sie erhoben sich und schlenderten zum Bus hinüber.

»Die Sache ist die«, fuhr Greg fort, »die Russen verreisen nie, das liegt an ihren verrückten Gesetzen. Sie brauchen schon eine Genehmigung, wenn sie auch nur in eine andere Stadt fahren wollen; und wenn es darum geht, für immer wegzuziehen, dann kann man es vergessen, es sei denn, es steht in irgendeinem Zusammenhang mit ihrer Arbeit. Die Mehrzahl der Menschen, die ich dort drüben traf, wuchsen in ihrem Geburtsort auf und verbrachten dort ihr gesamtes Leben. Vielleicht in einem anderen Zimmer oder, wenn sie sehr viel Glück hatten, in einer neuen Wohnung, vielleicht in einer anderen Nachbarschaft. Aber immer noch in Moskau. Die Menschen in den Provinzen träumen davon, nach Moskau zu ziehen, aber nur sehr wenigen gelingt es. Die Moskowiter bleiben dort, wo sie sind. Also bleiben auch die Freunde, die sie von der Schule oder Universität her kennen, ihr ganzes Leben bei ihnen. Das macht einen enormen Unterschied aus im Vergleich zu uns. Und es gibt natürlich die Familie. Du wirst in ein bestimmtes Milieu hineingeboren, du bleibst meistens dort, und es bleibt bei dir und in dir.«

Sie betraten den Bus. Greg legte ihr den Arm um die Schultern. »Du fühlst dich ganz kalt an. Hast du denn gar keinen Pullover mit?«

Sie schüttelte den Kopf. »Ich dachte, es würde ein Sommerurlaub werden«, sagte sie leichthin.

»Liebe Victoria, ich erinnere mich an ähnliche Probleme bei früheren Urlauben. Du bist nicht als Reisende auf die Welt gekommen, nicht wahr?« Er drückte sie an sich. »Weißt du, niemand in meinem ganzen Leben hat mich so durch und durch gekannt wie du. Zeitweise hatte ich das Gefühl, du könntest meine Gedanken lesen. Ich fand das – unheimlich. Und häufig machte es mich – sozusagen – ängstlich.«

Der Bus fuhr weiter, und er mußte ganz dicht mit seinem Mund an ihr Ohr rücken, damit sie ihn verstehen konnte.

»Ich war an einen solch engen Kontakt nicht gewöhnt –

mental, meine ich. Oder soll ich ein anderes Wort wählen? Psychisch? Ich fand deine Fähigkeit, auf meine Wellenlänge umzuschalten – erstaunlich. Manchmal schienen wir miteinander zu kommunizieren, ohne zu sprechen, und dann stellte ich in Rußland fest, daß diese Art von Intimität bei einigen meiner Freunde ganz natürlich war. Bei mir nicht. Ich war Ausländer. Ich konnte mich niemals so bei ihnen einklinken, oder sie bei mir. Aber manche von ihnen besaßen diese Fähigkeit untereinander. Vielleicht ist das der slawische Anteil an dir. Eine Zeitlang dachte ich, wir sollten es noch einmal versuchen, du und ich. Aber als ich mir meine Motive, meine Ambitionen, meine Zukunftspläne überlegte, stellte ich fest, daß ich, wenn ich erst einmal wieder dort draußen in der offenen und freien Welt wäre, zu dem zurückkehren würde, was ich immer war. Es würde einfach nicht funktionieren.

Ich habe mir jedoch überlegt, daß ich es dir erklären müßte. Für den Fall, daß du dich gewundert hast..., warum ich auf diese Weise gegangen bin. Du bist so intensiv, Victoria. Du nimmst die Dinge und Menschen so ernst, du gräbst tief unter die Oberfläche, du hast diese Fähigkeit, dich auf eine Person zu konzentrieren, während ich – ich möchte immer weiterziehen, nachsehen, was sich hinter der nächsten Straßenecke verbirgt, zum nächsten Platz, zum nächsten Kontinent weiterziehen...«

»Zur nächsten Frau?«

Er lachte. »Auch das. Ich bin einfach unersättlich neugierig. Da liegt dir die ganze Welt zu Füßen und wartet auf dich, und die Zeit ist so kurz...«

Zurück in ihrer Kiefernholz-Box von einem Zimmer, packte Victoria ihren Koffer, kritzelte hastig eine Notiz an Greg, hinterließ sie an der Rezeption und nahm den ersten Zug nach Bergen. Ihr Schiff würde erst am nächsten Tag fahren. In jener Nacht, dem Vorabend des Johannistages, feierte ganz Norwegen das Sommernachtsfest, Freudenfeuer wurden überall auf den Hügeln um die Stadt abgebrannt, und niemand ging vor dem Morgengrauen schlafen. Die Welt war in ein diffuses Zwielicht getaucht. Gegen Mitternacht fiel Regen, fein und grau wie feuchter Nebel durchdrang er die Kleidung und klebte ihr das Haar an die Kopfhaut. Wieder fror sie bis auf die Knochen. Sie wanderte ruhelos durch die feucht glitzernden Straßen und versuchte, durch die dauernde Bewegung ihren Geist zu betäuben. Trotz des Wetters wurden die Festivitäten bis in den frühen Morgen fortgesetzt. Man tanzte auf offener Straße, ganze Gruppen feucht-fröhlich feiernder Menschen stolperten ihr entgegen, laut singend. Victoria in ihrem Plastikmantel, den sie über einem Sommerkleid zugeknöpft trug, die Füße gefroren und schwarz vor Dreck, marschierte stur geradeaus, verloren in dieser fremden Stadt, fest entschlossen, sich nicht in irgendwelche Feiern hineinziehen zu lassen.

Nur einmal hielt sie kurz inne vor einem großen Feuer auf einem mit Steinen gepflasterten Platz, angezogen von der Wärme, streckte die Hände zu den Flammen hin, als der Klang schnell gesprochener französischer Worte an ihr Ohr drang. Sie glaubte, die jungen Sänger aus Odda wiederzuerkennen. Sie floh.

*

»Ich habe keine Ahnung, wie das passieren konnte. Ich kann es einfach nicht glauben!«

»Tja, Sandra, daran gibt es gar keinen Zweifel, Sie sind im dritten Monat schwanger.«

»Das sagen Sie mir schon die ganze Zeit... Aber wie?«

»Das müssen Sie wissen. Sie sind mit Ihrem Freund ins Bett gegangen...«

»Nie! Niemals! Das schwöre ich!«
»Nein?«
»Niemals!«
»Sind Sie sicher?«
»Klar bin ich sicher! Bin doch nicht doof! Ich sage, wir sind nie miteinander ins Bett gegangen!«
»Aber Sandra, es gibt keine Wunder...«
»Und ich sage Ihnen, wir haben es nie gemacht, wie Sie sagen.«
»Ich verstehe... Also wie machten Sie es dann?«
»Im Stehen. Auf diese Weise fällt das Baby raus. Sie verstehen?«

*

»Ich glaube es einfach nicht. Sind Sie sicher, daß es kein Irrtum ist?«
»Linda, schauen Sie sich doch einmal an. Das Baby ist nächste Woche fällig. Können Sie denn nicht spüren, wie es sich bewegt?«
»Aber wie konnte das bloß passieren? Ich meine...«
»Es passierte auf die Weise, wie es immer passiert.«
»Aber... Wir haben das doch nur einmal gemacht.«
»Das reicht schon, Linda. Einmal ist genug, um schwanger zu werden.«
»Aber doch nicht, wenn es das erste Mal ist!«
»Es macht keinen Unterschied, ob es das erste oder das fünfzigste Mal ist, wenn keiner von Ihnen Vorsorgemaßnahmen getroffen hat, kann es passieren. Hier, nehmen Sie ein Taschentuch, trocknen Sie Ihre Tränen. Möchten Sie eine Tasse Tee? Wir sollten besser für das Baby und für Sie ein paar Zukunftspläne machen. Glauben Sie, Sie werden in der Lage sein, es mit nach Hause zu nehmen?«
»Ich kann es meiner Mama nicht erzählen. Und mein Papa bringt mich um!«

»Ich kann mir nicht vorstellen, daß Ihre Mutter es nicht bereits weiß, Linda...«
»Aber Miss, es ist doch so, meine Mama hat mir erzählt, daß es beim ersten Mal nicht passieren kann!«

*

»Victoria, wenn Sie mal einen Moment Zeit haben, dann besuchen Sie doch bitte eine Patientin auf meiner Station. Eine gewisse Mrs. Leroy.«
»Ist recht, Jean. Was ist das Problem?«
»Na ja, sie ist unverheiratet. Eine ältere Erstgebärende. 32 Jahre alt, ist das nicht verrückt, eine Frau in ihrem Alter ›älter‹ zu nennen? Wenn sie und ich, wenn wir beide nicht bald unsere Rollschuhe unterschnallen, wird man uns auch so nennen, also beeilen Sie sich, mein Mädchen.«
»Ich werde es mir überlegen. Gibt es noch etwas, das Sie mir von Mrs. Leroy erzählen können?«
»Tja, lassen Sie mal sehen... Sie ist Farbige, ihre Familie stammt aus Antigua, wie meine, nun ja, was heißt das schon? Sie wohnt bei ihrer Schwester. Kein Problem, wirklich nicht, sagt, sie weiß nicht, wie es geschah, hat keinen Freund, geht nie mit Männern aus – haben wir das nicht schon mal irgendwo gehört? – Äh, ja, und keinerlei Geburtsvorbereitung, nirgendwo vorher für die Geburt angemeldet, wußte gar nicht, daß sie schwanger sei, sagt sie. Eingeliefert mit Preßwehen, als Notfall. Und es möge doch die Sozialarbeiterin bitte einmal nachsehen, ob bei ihr zu Hause alles okay ist, so steht es hier.«
Victoria stellte ihre fünfte Tasse Kaffee entmutigt ab. Sie hatte gehofft, wenigstens einmal rechtzeitig gehen zu können.
»Ich komme sofort. Wir haben morgen früh eine Stationsbesprechung, also besuche ich sie am besten heute schon. Ich sehe Sie ja dann.«

Mrs. Leroy in ihrem rosafarbenen Nylonnachthemd grüßte Victoria mit einem schüchternen Lächeln. Jean hatte recht gehabt. Hier würde es kein Problem geben. Die Familie war zwar überrascht, jedoch durchaus willens, Mutter und Kind zu Hause aufzunehmen. Sie hatten sie hier im Krankenhaus besucht, den Neuankömmling gebührend bewundert und entsprechende Geschenke mitgebracht.
»Und was ist mit dem Vater, Mrs. Leroy?«
»Kein Vater, Miss. Er verschwunden, als ich klein war.«
»Nein, nicht Ihr Vater, Mrs. Leroy, der Vater des Babys. Hat er Sie schon besucht?«
»Es gibt keinen Vater, Miss.«
»Mrs. Leroy, ganz sicherlich...«
»Ich gehe nie mit Männer, Miss. So was würde ich nie tun.«
»Also, wie konnte denn dann dieser kleine Knirps auf die Welt kommen?«
Miss Leroy brach in Gekicher aus: »Meine Schwester«, sie schnappte nach Luft, »meine Schwester, sie erzählt mir, als sie herkommt, Muriel, sagt sie, du hast nicht aufgepaßt, sie sagt, du hast dich falsch hingesetzt und im Zug gesessen!«
»Was hat sie gesagt?«
»Ich habe im Zug gesessen. Es hat gezogen, und es ist durch mein Ohr gekommen. Und so ist er zustande gekommen.«

*

»Da ist eine Patientin in unserem Isoliertrakt, die ich Ihnen ans Herz legen möchte. Besuchen Sie sie doch bald einmal, Victoria. Sie braucht eine Freundin.«
Dr. Stewart hielt Victoria an, als sie auf dem Weg war, die Station zu verlassen.

»Wer ist sie?«

»Ein junges Mädchen, etwa 17, Irin, kam nach London, um Arbeit zu suchen. Schwört, sie habe nicht gewußt, daß sie schwanger war. Sie hat das Kind allein zur Welt gebracht, in ihrem möblierten Zimmer. Sie sagt, sie habe nicht gewagt, jemanden herbeizurufen oder auch nur ein Geräusch zu machen, aus Angst, die Vermieterin oder die anderen Mitbewohner aufzuwecken... Dann hat sie es getötet. Sie hat es mit einem Kissen erstickt. Hat nicht einmal die Nabelschnur durchtrennt, hat die ganze blutige Masse in eine Schublade geschoben.«

»Mein Gott.«

»Am nächsten Tag war sie zu krank, um aufzustehen, die Vermieterin rief den Arzt, und er hat die ganze Sache aufgedeckt und sie hierher eingewiesen. Sie ist sehr krank, das arme Kind. Eine Polizistin sitzt an der Tür. Niemand weiß, daß sie hier ist. Das Mädchen, meine ich. Sie will uns ihre Heimatadresse nicht geben. Gehen Sie sie doch bitte besuchen, Victoria. Reden Sie mit ihr. Geben Sie ihr das Gefühl, daß sie hier Freunde hat.«

Mit schleppenden Schritten ging Victoria auf den Isolationstrakt zu. Die uniformierte Polizistin saß in einem Sessel und strickte; als Victoria eintrat, blickte sie kurz auf.

»Warum gehen Sie nicht ein bißchen an die frische Luft, die Sonne kommt gerade heraus«, schlug Victoria ihr freundlich vor. Das Fenster war geschlossen, und ein stikkiger Geruch von Krankheit hing in dem kleinen Zimmer.

»Ich bleibe bis zu Ihrer Rückkehr hier.« Die Polizistin legte ihr Strickzeug zusammen und blickte zum Bett hinüber.

»Sie wird nicht weglaufen.«

Die Polizistin warf noch einen Blick auf Victorias weißen Kittel und verließ die Zelle, das Strickzeug unter dem Arm.

Victoria zog sich einen Sessel ans Bett und setzte sich. Das Mädchen schlief. Ihr Gesicht war rot und geschwollen. Die geschlossenen Lider waren nur mehr Schlitze über dick geschwollenen Wangen, was ihr das Aussehen eines Kleinkindes verlieh. Victoria berührte die Hand, die reglos auf der Decke lag. Sie war heiß, die Innenseite rauh, die Fingernägel abgekaut. Sanft die kleine Hand streichelnd, saß Victoria eine Zeitlang da und betrachtete das schlafende Mädchen. Das kupferrote Haar klebte ihr feucht auf der glänzenden Stirn, Schweißpfützen hatten sich an ihrem Halsansatz gesammelt. Das Kissen sah durchnäßt aus. Sie atmete schwer, röchelte fast, ihre Lippen waren zerrissen und blutig.
Wie mag sie wohl früher ausgesehen haben..., welche Farbe haben ihre Augen? Plötzlich und unerwartet sammelte sich Wut in Victorias Kehle, ihr Herz begann, wie wild zu schlagen, und ihre Hand schloß sich fest um das Handgelenk des Mädchens. Warum hast du das getan? Warum, warum, warum zum Teufel hast du es getötet? Was für ein Mensch bist du, ein Kind zu töten, dein eigenes Neugeborenes...? Wenn du es wirklich nicht wolltest, nicht haben konntest, dann hättest du es weggeben können, jetzt, wo es endlich da war, wo du es bis zum Schluß ausgetragen hast... Da draußen sind Tausende, die darauf warten, ein Kind zu adoptieren, irgendein Kind, weiß oder schwarz oder gelb, gesund oder behindert. Es hätte ein eigenes Leben führen können, ein gutes Leben, zumindest mit einer gewissen Wahrscheinlichkeit, jedenfalls ein Leben, ein Leben, für das es bestimmt war. Nach all der Zeit... Hattest du dir vorgenommen, es zu tun? Wußtest du nicht, daß es kommen würde? Das kann ich nicht glauben. Ja, ich habe es oft genug zu hören bekommen, aber ich glaube es nicht. Du siehst wie ein Mädchen vom Lande aus, du hast Kühe gesehen und Pferde und Hunde und Katzen, die trächtig waren und ihre Jungen auf die

Welt brachten, wie konntest du nur so tun, als ob du das, was in deinem eigenen Leib vor sich ging, weder sehen noch spüren würdest...? Victoria hatte Angst, die Wut würde ihr die Kehle zuschnüren. Sie hustete und stand abrupt auf. Im Raum war es zum Ersticken heiß. Schweiß lief ihr den Rücken herunter. Plötzlich öffnete das Mädchen die Augen, als ob es von der Intensität des Gefühls geweckt würde. Grüne Schlitze blitzten in dem geschwollenen Gesicht auf.

Victoria bemühte sich, ihre Lippen zur Andeutung eines Lächelns zu bewegen, doch die Muskeln weigerten sich, ihr zu gehorchen. Sie senkte den Blick, um zu vermeiden, das Mädchen ansehen zu müssen, und um ihre Gefühle zu verbergen.

»Sie braucht eine Freundin«, hatte Nancy Stewart gesagt, doch ich kann einfach kein freundliches Gefühl mehr aus mir herausquetschen. Jetzt nicht. Morgen vielleicht. Wenn ich Zeit hatte, darüber nachzudenken.

Das Mädchen schloß wieder die Augen. Victoria blickte auf die Uhr. Es war schon längst später als die übliche Zeit, in der sie nach Hause ging. Sie fühlte sich müde, schwer und bitter enttäuscht. Warum war sie unfähig, Mitleid zu zeigen oder wenigstens ein Lächeln für dieses gequälte Kind übrig zu haben, wenn es am meisten gebraucht wurde? Warum gestattete sie es ihren Gefühlen, sie zu überwältigen?

Die Polizistin war zurückgekehrt, und Victoria stürzte zur Tür.

»Ich schau morgen noch einmal herein«, sagte sie unnötigerweise. Ihre Stimme klang professionell entschuldigend. »Vielleicht wird es ihr dann besser gehen, und wir können miteinander reden.«

Die Polizistin zuckte mit den Schultern: »Machen Sie, was Sie wollen. Ich werde nicht hier sein.«

*

In ihren grünen Seidenkimono gewickelt, stand Victoria an ihrem Küchenfenster, rauchte und blickte zum Lagerhaus hinüber. Jener Mann, der im zweiten Stock so bewegungslos auf dem Sofa lag, beschäftigte sie mehr und mehr. Sollte sie vielleicht hinübergehen und nachschauen? Oder versuchen, den Blick eines Menschen dort drüben zu erhaschen und anzudeuten, daß etwas getan werden sollte? Wußten sie überhaupt von ihm? Besuchte ihn jemand? Sie drehte die Seite ihres mit Eselsohren verzierten Notizbuchs um: »Dienstag. Terry besuchen. Dringend.« Dieses Mädchen, Terry, vor all diesen Jahren, das Mädchen im Isolationstrakt, das einmal einen solchen Wutanfall in der jungen Victoria hervorgerufen hatte, die ihr doch als Freundin begegnen sollte. Wie entsetzt das Mädchen gewesen sein mußte, daß sie nicht um Hilfe rief, die ganze Qual alleine durchstand, ohne einen Laut von sich zu geben, vor lauter Angst, die Vermieterin zu wecken. Und all das geschah nicht irgendwo im afrikanischen Busch oder auf einem einsamen Feld, weit entfernt von menschlicher Hilfe, sondern in London, umgeben von schlafenden Mitbewohnern, das Telefon nur ein paar Schritte entfernt, alle Möglichkeiten der medizinischen Wissenschaft hätten ihr beim ersten Anruf zur Verfügung gestanden.

»Wird gegen sie Anklage erhoben?« fragte Victoria die Stationsschwester. Jean zuckte mit den Schultern und seufzte. »Nein, das wird man nicht tun. Das Gesetz erkennt in solchen Fällen an, daß sie völlig durcheinander war. Sie wußte nicht, was sie tat. Sie werden eine Aussage von ihr zu Protokoll nehmen, aber sie nicht ins Gefängnis stecken.«

Als Victoria am nächsten Tag kam, bereit, zu lächeln und ihre Sympathie zu zeigen, ihre ganze professionelle Freundschaft zur Verfügung zu stellen, fand sie das Bett leer.

»Lungenembolie«, sagte Jean. »Armes kleines Ding.«

*

Julias Zwillinge kamen im Krankenwagen auf dem Weg zur Klinik zur Welt. Victoria nippte im Privatzimmer, das vollgestellt war mit Blumenvasen, Obstschalen und Glückwunschkarten, an ihrem Champagner und bewunderte die beiden blonden Bündel, die in ihrem Bettchen schliefen.

»Sie sind eineiig«, bestätigte Julia. »Sieht eins aus wie's andere. Ich kann sie nur durch ihre Schleifen auseinanderhalten. Wir werden sie Dawn und Dove nennen.«

Sie sah blaß und müde aus, hatte ihren sonstigen Glanz verloren, die Freude und das Strahlen, das Tristans Geburt begleitet hatte.

»Ich habe furchtbare Angst, nach Hause zu gehen. Am liebsten würde ich einfach im Bett liegen bleiben und schlafen. Gott sei Dank hat Stan jemanden gefunden, der nach ihnen schaut. Ich meine, nach ihnen allen, einschließlich Stan.«

Sie schloß die Augen. Geplatzte Äderchen waren auf ihren Lidern zu sehen. »Irgendwie scheint das alles zuviel für mich zu sein...«, murmelte sie. »Ich will niemanden mehr bemuttern. Ich möchte endlich einmal, daß mich jemand bemuttert. Und nicht, daß ich mich dauernd kümmern muß.« Tränen quollen ihr unter den geschlossenen Lidern hervor und liefen ihr über die Wangen ins Kissen. Victoria legte der Freundin dem Arm um die Schultern. So sollte sich eine frischgebackene Mutter nun wirklich nicht verhalten. War dies der Beginn einer postnatalen Depression?

»Ich habe die Hölle hinter mir«, schluchzte Julia plötzlich. »In einem verdammten Krankenwagen die Kinder zur Welt zu bringen! Wenn sie mir nur erlaubt hätten, zu Hause zu bleiben! Ich wollte meine Babys in meinem eigenen Bett zur Welt bringen, ich wußte, es wäre dann alles in Ordnung. Dieser Idiot von einem Arzt wollte es nicht erlauben. Er wollte das Risiko nicht übernehmen! Was hatte er damit zu tun? Er war nur so gottverdammt ängstlich! Und Stan fürchtete sich zu Tode! Und die verdammte Hebamme war am ängstlichsten von allen! Sie haben mich in diese beschissene Situation gebracht!«

»Aber, Liebes, jetzt ist alles vorüber, die Babys sind da, dir geht es gut, und du darfst, sobald du willst, nach Hause gehen!«

»Nichts ist in Ordnung! Die ganze Sache hat schon falsch angefangen, und einen falschen Start kann man nie wieder gutmachen! Ich werde mich immer daran erinnern müssen, wie alles von Anfang an falsch lief. Und was soll ich jetzt tun? Wenn du nur wüßtest... Es wird Jahre dauern, bevor ich wieder arbeiten gehen kann, wieder ein normales Leben führen kann. Jahre und Jahre stinkender Windeln, Nächte ohne Schlaf, nur Husten und Erkältungen und Masern und Rotznasen und idiotische Unterhaltungen mit anderen geistesschwachen Müttern über das Thema stinkender Windeln und Schrammen und Husten und Niesen. Ich werde weit über dreißig sein, bevor ich endlich wieder ich selbst sein darf!«

Victoria tätschelte das verfilzte Haar und wischte Julias Gesicht mit einem Taschentuch ab. Wer wäre je auf die Idee gekommen, daß sie so über ihre Familie dachte, über Stan..., sie schien die ganze Zeit über in ihrer Schwangerschaft so zufrieden gewesen zu sein. Was war nur geschehen? Julia hatte die Augen geöffnet und starrte die beiden Bettchen neben sich an. »Ich werde mich nicht mehr herumschubsen lassen, Victoria. Du wirst schon sehen, genug ist genug. Ich will jetzt schlafen, vielen Dank, daß du gekommen bist.«

Leise schloß Victoria die Tür hinter sich. Auf dem Flur begegnete sie Stan mit Tristan auf dem Arm, der hinter einem großen Strauß roter Rosen versteckt war.

»Ich würde da jetzt nicht reingehen«, sagte sie. »Julia ist gerade eingeschlafen. Sie braucht jetzt ein bißchen Ruhe

und Frieden.« Dann lugte sie hinter den Blumenberg und tätschelte dem Fünfjährigen den Kopf. »Und wie geht es dem großen Bruder heute? Schon die kleinen Schwesterchen gesehen?«
Tristan blickte sie todernst an: »Mami hat Zwillinge bekommen, weißt du. Und sie sind monozygotisch!«

*

Lieber Vater,
ich hatte vor meiner Abreise nach Norwegen nichts von meinem Vorhaben erwähnt, in der Hoffnung, Dich bei meiner Rückkehr mit einer freudigen Nachricht überraschen zu können. Doch wie sich herausstellte, gab es wenig über meinen plötzlichen Urlaub zu sagen, und so schob ich meinen Besuch bei Dir vor mir her, zuviel Arbeit vorschützend. Man fragt sich, ob es überhaupt wert ist, wegzufahren, angesichts des Durcheinanders, das man bei seiner Rückkehr vorfindet, war der übliche Kommentar im Büro. Über meine Arbeit wußtest Du mehr, als Du wolltest. Von Wayne wußtest jedoch Du überhaupt nichts.
Als wir uns begegneten, war Wayne ungebunden, aber gerade frisch geschieden, eine Erfahrung, die ihn geteert und gefedert zurückließ, wie er zu sagen pflegte, und er schwor sich, allein, wenn nicht sogar keusch zu bleiben, für den ganzen Rest seines Lebens! Als Geologieprofessor einer prestigeträchtigen amerikanischen Universität verbrachte er zwei Urlaubssemester in London und erforschte irgend etwas Obskures in der Bibliothek des Britischen Museums für seine nächste Publikation. Als ehemaliger Kollege von Stan, tatsächlich aus ihrem gemeinsamen Studienabschlußjahr in Harvard, war er ein häufiger Besucher in Islington und für Julia zu einem unschätzbaren Freund geworden. Ein Mann, der Kinder

wirklich gern hatte, stundenlang mit Tristan spielte und die Zwillinge einfach dadurch besänftigen konnte, daß er sie angrinste. Er ging mit dem Gesicht ganz nahe an sie heran, und unbefangen gurrend und wie ein verrücktes Huhn kichernd, hatte er einen wunderbaren beruhigenden Effekt auf Babys und ungezogene Kinder jeden Alters.

Abgesehen von seiner zerbrochenen Ehe präsentierte Wayne der gesamten Welt ein strahlendes, rundes und mit Grübchen versehenes Äußeres. Mit seinen blauen Augen, die von keinem Zweifel getrübt waren, was die unbedingte Freundlichkeit der menschlichen Rasse anbetraf, und seinem Lachen, das tief aus dem Innern grollend hervorbrach und seine runden Formen erbeben ließ, ging er durchs Leben, ohne die Schattenseiten zu sehen; für ihn gab es nur den Sonnenschein. Sein Glückstrahlen war ansteckend. Es war unmöglich, in seiner Gegenwart trüber Stimmung zu bleiben. Julia hing des öfteren im wahrsten Sinne des Wortes an ihm, beide Arme um seine beträchtliche Taille geschlungen, ihr Gesicht an seine Brust gedrückt.

»Dieser Mann ist so vollkommen im Frieden mit sich selbst, so zutiefst zufrieden, ich verstehe es gar nicht.«

»Was verstehst du daran nicht?« fragte Victoria. Auch sie fühlte sich zu Wayne hingezogen und war entschlossen, der Anziehung zu widerstehen. Zwar war Greg nun endgültig aus ihrem Leben verschwunden, aber es war keine Frage, daß sie sich nicht mit einem weiteren Mann einlassen würde. Noch nicht. Überhaupt nicht.

»Was ich nicht begreife«, sagte Julia, »ist, wie irgendeine Frau auf die Idee kommen könnte, ihn verlassen zu wollen. Es war nämlich seine Frau, die ihn verließ, weißt du? Und sie hat auch die Kinder mitgenommen. Sie hat das Sorgerecht. Ich kenne die Gründe für die Scheidung nicht. Bin nicht einmal sicher, daß sie da drüben überhaupt Gründe brauchen. Aber warum solch einen Mann verlassen? Kannst du das verstehen?«

Victoria zuckte mit den Schultern. Sie beobachtete, wie Julia bei den Zwillingen die Windeln wechselte, sie routiniert auf dem Tisch hin- und herrollte, aus den Windeln und Hosen heraus, und ihnen neue anzog, ganz ähnlich, wie Martha Teig ausrollte. Keine madonnengleichen Posen mehr, wie sie sie bei Tristan so gerne angenommen hatte. Die Mädchen wurden sanft und fürsorglich behandelt, sie erhielten alle notwendige Zuwendung, doch das ekstatische Wunder und das Glück der ersten Mutterschaft fehlten dieses Mal. Es war Stan, der mit den beiden Mädchen am häufigsten schmuste und sie auf seinen Armen herumtrug, wenn sie weinten, und er war es auch, der nachts aufstand und sich um sie kümmerte.

Ein paar Monate nach der Geburt der Zwillinge besuchte Victoria Julia sonntags zum Mittagessen. Sie parkte ihren Mini in der Einfahrt, und Wayne kam mit seinem neuen Auto unmittelbar hinter ihr zum Stehen. Als er seine beträchtliche Körperfülle aus dem Auto gewuchtet hatte, stand er daneben und blickte mit wohlgefälligem Lächeln auf seine DS herunter.

»Ist das nicht das schönste Automobil, das je gebaut wurde?« murmelte er. Die glänzende Karosserie sank mit sanftem Seufzen auf die Hinterräder.

»Ich würde sagen, ein schlimmer Fall von Auto-Erotik, mein Freund«, sagte Victoria.

»Das dürfen Sie ruhig zweimal sagen«, stimmte Wayne ihr zu.

»Hat sie einen Namen?«

»In der Tat. Es ist Pallas Athene selbst. Eine richtige Göttin.«

»Was Sie nicht sagen!«

»Nein, wirklich. Es ist eine DS, sehen Sie? Auf französisch, eine déesse. Eine Göttin. Verstehen Sie? Und dieses

spezifische Modell nennt man wirklich Pallas. Also Pallas Athene.«
»Natürlich, wie dumm von mir.«
»Ich will Ihnen erzählen, warum es ein solch revolutionäres Auto ist«, fuhr Wayne fort, als sie sich in Richtung des Hauses in Bewegung setzten. »Also das eine ist dieses sich selbst regulierende, mit dem Lenkrad verbundene Abblendlicht, einzigartig in der Welt, dann die hydropneumatische Federung, die so funktioniert...«
Eine völlig aufgelöste Julia empfing sie im Morgenmantel auf der Türschwelle:
»Die Milch ist weg! Was soll ich nur tun?«
»Was meinst du damit? Welche Milch? Hier vor der Tür? Hat jemand sie mitgenommen? Soll ich dir andere besorgen?«
Es dauerte einige Zeit, bevor sie verstanden, was Julia meinte. Sie hatte plötzlich an diesem Morgen ihre Milch verloren. Stan war mit Tristan spazierengegangen, die Gesundheitsberaterin ging nicht ans Telefon, es war zwar noch etwas Milch im Haus, aber Julia war davon überzeugt, daß Babys nicht plötzlich Kuhmilch trinken durften, die Zwillinge schrien, und Julia brach tränenüberströmt in Victorias Armen zusammen.
»Ich fahre los und werde etwas auftreiben. In der Apotheke werden sie wissen, was man zu tun hat«, bot Wayne an.
»An einem Sonntag?«
»Verlaß dich auf mich. Mach dir keine Sorgen. Bin bald zurück.« Er wuchtete sich in seine Göttin, die sich sanft auf ihre Hinterräder erhob und schnurrend aus der Einfahrt glitt. Victoria zog ihre Freundin ins Haus, wo sie versuchte, ihre Tränen zu trocknen und die schreienden Zwillinge zu beruhigen.
»Ich wußte, daß etwas passieren würde«, wimmerte Julia. »Ich hatte nie Probleme damit, Tristan zu stillen. Ich habe

ihn sechs Monate lang gestillt. Ich hatte genug Milch für zwei! Glaubst du, es ist psychosomatisch? Ist es vielleicht so, daß ich sie tief innen gar nicht wirklich ernähren will? Du weißt schon, so eine Art Zurückweisung? Bedeutet es, daß ich sie nicht genug liebe?«

Trotz Victorias Beteuerung, daß es nicht so sei, blieb Julia untröstlich, warf sich schluchzend auf ihr Bett, während die Zwillinge vor Hunger wimmerten, die kleinen Gesichter purpurrot, auf komische Weise selbst in ihrem Kummer identisch.

Victoria gab ihnen warmes gesüßtes Wasser zu trinken und betete, Wayne möge bald zurückkehren. Selbst Stan wüßte besser, was als nächstes zu tun sei, dachte sie. Julia schien von allen guten Geistern verlassen.

Wayne kehrte triumphierend mit der richtigen Sorte Milchpulver zurück, einschließlich aller Instruktionen und notwendigen Gerätschaften. Als Stan und Tristan mit rosigen Wangen nach ihrem langen Spaziergang zurückkehrten und sich nach dem Mittagessen erkundigten, schliefen die Zwillinge bereits, und Julia stand, nachdem sie sich tränenreich für ihr Verhalten entschuldigt hatte, geschäftig in der Küche. Wayne und Victoria entspannten sich, einen Drink in der Hand, und hatten das Gefühl, gemeinsam einen Wirbelsturm überstanden zu haben.

*

Tja, Daddy, ich schweife immer wieder ab. Statt diesen Brief zu beenden, steige ich immer wieder in eine weitere Höhle hinab, die sich in meinem Gedächtnis öffnet, und bleibe dort, brütend über den Trümmern, die die Zeit in dunkle Ecken hineingetrieben hat. Du bist Wayne einmal beinahe begegnet, obwohl ich nicht sicher bin, wie Ihr beide das verkraftet hättet. Und was Martha anbetrifft…

Das eine Problem, das für alle offensichtlich war, die Wayne begegneten, bestand darin, daß er niemals vollständig nüchtern war. Nicht daß er je merklich betrunken gewesen wäre. Seine Fähigkeit, mit Alkohol umzugehen, schien unerschöpflich. Es hätte etwas mit seinem Körpergewicht zu tun, behauptete er, insbesondere mit der Menge an Fett, die er mit sich herumschleppte.

»Obwohl das meiste davon natürlich Muskeln sind, wie du sehen kannst. Komm her und fühle sie.«

Und er nahm die unterschiedlichsten athletischen Posen ein, wobei er vor Konzentration und Anstrengung die Stirn runzelte, bevor er fröhlich lächelnd in sich zusammenfiel.

»Wir Athleten haben alle dieses Problem. Wir neigen dazu, diese subcutanen Fettpolster zu bilden, wenn wir einmal mit dem Training aufhören. Sobald ich wieder zu Hause bin, werde ich anfangen zu trainieren, und dann – oh boy!«

Er lief schattenboxend durch den Raum, hüpfte um die Möbel herum und blieb schließlich vor der Bar stehen.

»Ich verbrenne Energie wie ein Kamin, yes sirree, und was ich brauche, ist ein weiterer kleiner Drink, um ihn in Gang zu halten.« In der Wärme, die Waynes Feuer ausstrahlte, schmolz mein Entschluß, mich von Männern fernzuhalten, wie der sprichwörtliche Schnee von gestern.

Es sollte ein lebensfrohes Jahr werden, Daddy. Ich trampelte bewußt auf meinen Erinnerungen herum – Wayne vielleicht auch auf den seinen, obwohl er nie darüber sprach. Wir tranken zuviel, schliefen zuwenig und verhielten uns wie Touristen in London. Es gab am Wochenende Ausflüge ins Shakespeare-Land, in das Constable-Land, ins Brontë-Land, nicht zu vergessen Hardy's Wessex, die Wordsworths in Grassmere, den Highgate-Friedhof und Dickens' Haus. Wir kämpften uns durch die Westminster

Abbey, angemessen ausgerüstet mit einem Reiseführer, und erstürmten die verschiedenen Museen, als würden sie in dem Augenblick verschwinden, in dem Wayne dieses Land verließe. Wir sahen Fontein mit Nurejew tanzen und besuchten systematisch jede Theatervorstellung, ohne die Kritiken zu lesen. Wir wollten uns selbst ein Urteil bilden.

*

»Ich glaube, er hat sich in dich verliebt«, sagte Julia, als Victoria ihr von ihrem bevorstehenden Paris-Trip erzählte. Es war wieder einmal Frühling, und Waynes Jahr in Europa ging zu Ende. »Würdest du ihn heiraten?«

»Er schwört Stein und Bein, daß er nie wieder heiraten wird.«

»Die meisten frisch Geschiedenen sagen das. Das dauert nicht lange. Er ist zu attraktiv, um nicht eine Menge Frauen in Versuchung zu führen. Früher oder später wird ihn sich irgendeine schnappen. Das kannst genauso gut auch du sein.«

»Wir fühlen uns miteinander sehr wohl, aber was das Heiraten angeht...«

»Ich persönlich wäre traurig, dich zu verlieren, aber zögere nicht zu lange, oder du wirst den Bus verpassen. Ich stelle mir vor, das Leben mit Wayne könnte wirklich sehr angenehm sein. All das Geld...«

»Aber Julia, wenn es ums Heiraten geht, spielt doch Geld...«

»... eine wirklich sehr wichtige Rolle. Wir sind doch keine blauäugigen Mädchen mehr, die vom Märchenprinzen träumen. Und wenn es darum geht, eine Familie großzuziehen... dann ist Geld von schrecklich wichtiger Bedeutung.«

»Willst du damit sagen...?«

»Stans Gehalt reicht einfach nicht aus. Nicht für drei Kinder und mich, die ich nicht berufstätig bin.«
»Was wirst du tun?«
»Stan versucht, eine Stelle in den Staaten zu bekommen, Wayne hat ihm seine Hilfe angeboten, sobald er zurück sein wird. Weißt du, irgendein entsprechender Posten an einem College. Wenn Wayne an der richtigen Stelle ein gutes Wort für ihn einlegt... dann kann das schon helfen. Sonst – sonst muß ich einfach wieder arbeiten gehen. Was bedeutet, daß ich jemanden finden muß, der sich um die Kinder kümmert. Jemand, dem wir trauen und den wir uns auch leisten können. Mein Einkommen wird dafür herhalten müssen, damit sich die ganze Sache überhaupt finanziell lohnt. Und auch für mich wird es nicht leicht sein, einen Job zu finden. Wann fliegt Wayne zurück?«
»Im April. Wir werden noch einmal eine kurze Reise nach Paris unternehmen. Dann fliegt er in die Staaten, um das Material zu sichten, das er hier gesammelt hat. Er will das Ganze in Form bringen, bevor das Semester wieder beginnt. Er will direkt von Paris aus hinüberfliegen. Also wird das unsere Abschiedsparty sein.«
»Laß ihn bloß nicht gehen, ohne das Thema wenigstens angeschnitten zu haben. Du weißt, was ich meine. Viel Glück!«

*

Weißt du, Daddy, als ich in letzter Zeit versucht habe, mein Leben noch einmal zu überdenken und mir ehrlich ein paar Fragen zu beantworten, vor denen ich mich immer so gedrückt habe, ist mir eingefallen, daß die Angewohnheit, einen Teil von mir für Greg zu reservieren, mir bis heute treu geblieben ist. Obwohl der Grund dafür schon lange nicht mehr existiert. Und das kann zumindest einigen meiner sensibleren Freunde nicht verborgen ge-

blieben sein. Möglicherweise war das der Grund für ihr nicht ganz so energisches Verhalten.
Sie stellten fest, daß ich mich zumindest teilweise zurückhielt, ein Teil meiner Emotionen außerhalb ihrer Reichweite blieb, und dann zogen sie sich ebenfalls zurück, leckten ihre Wunden und grübelten über die weibliche Undankbarkeit nach. Manchmal fragte ich mich, was wohl passieren würde, wenn Gregory zurückkehrte, als freier Mann, der die alte Bindung zu mir wieder aufnehmen wollte. In den ersten Jahren nach unserer Trennung machte mich schon der Gedanke daran ganz schwach vor Entsetzen und Entzücken zugleich. Dann allmählich überredete ich mich, wenn er jetzt hier erschiene, würde ich ihn anschauen, mit ihm reden, sein Auftreten kritisch unter die Lupe nehmen, seiner Stimme lauschen und ihm hoch erhobenen Hauptes begegnen. Alles andere gehörte glücklicherweise der Vergangenheit an. Ich gratulierte mir zu meiner inneren Reife. Ich würde dem alten Charme nicht mehr erliegen... Man stelle sich vor, sich all diese Jahre an einen Schatten geklammert zu haben... Kein Mann war eine solche Ergebenheit wert! In der Zwischenzeit hatte ich eine wirkliche Chance verpaßt, zu heiraten und eine Familie zu gründen, zu leben wie alle anderen auch. Aber noch war es nicht zu spät. Ich war frei!
Ich reiste in optimistischer Stimmung nach Paris.

*

Victoria war zum ersten Mal mit Greg nach Paris gefahren. Auch diese Reise war im Frühling gewesen, so daß noch Jahre später »April in Paris« und jeder andere populäre Song dieser Art sie an ihren damaligen Aufenthalt dort erinnerte.
Diesmal war es später März. Zu früh für blühende Kastanien. Es war bitterkalt und windig, aber sie verbrachten

nicht viel Zeit draußen. Sie ließen sich im Jugendstil-Glanz des alten Lutetia nieder, besuchten die Museen und aßen in La Coupole, La Closerie de Lilas oder Chez Lipp und einmal sogar, gegen Ende ihres Aufenthalts, im Tour d'Argent. Die Geister von Hemingway und Scott Fitzgerald präsidierten in einigen bemerkenswerten »cuites«.

»Wenn ich den Aufsatz fertiggeschrieben habe, an dem ich gerade arbeite, denke ich daran, einmal etwas ganz anderes zu schreiben«, kündigte Wayne eines Morgens beim Frühstück an.

»Doch nicht etwa einen Roman?«

»So in der Art. Diese letzten Jahre, weißt du, die Scheidung. Der Krieg, der vorher, währenddessen und danach stattfand... und was das alles einem Mann antut... Das hat mir die Augen für einen Aspekt der menschlichen Natur geöffnet, von dem ich nicht einmal ahnte, daß er existierte, nicht unter zivilisierten menschlichen Wesen. Ich denke darüber nach, die ganze Geschichte zu erzählen, wie sie kein Hohes Gericht je gehört hat. Ich werde dazu die Fotografie meiner Exfrau, wenn ich noch eine irgendwo finden kann, direkt auf meinen Schreibtisch stellen, damit sie mich inspiriert. Mein lieber Schwan, was würde ich darum geben, ihr Gesicht zu sehen, wenn sie das liest!«

»Ein Roman aus Rache?«

»Eine wahre Geschichte. Nichts weiter. Ich kann es kaum erwarten.«

»Noch weitere Pläne?«

»Im Moment nicht. Dies wird meine ganze Freizeit auffressen. Yes Sir.«

Victoria blickte hinaus auf die Straße in den strömenden Regen.

»Tja, ich habe auch eine Entscheidung über meine Zukunft getroffen.«

Wayne reagierte nicht, also fuhr sie fort:

»Ich werde die Stelle wechseln.«
»Du wirst aufhören mit der Sozialarbeit?«
»Nein. Ich kann ja sonst nichts tun. Aber keine Adoptivberatung mehr. Ich habe genug davon. Keine schwangeren Frauen mehr, keine Hysterikerinnen, keine schreienden Säuglinge. Schon der Gedanke daran, mich dem allen wieder stellen zu müssen, erweckt in mir den Wunsch, laut zu schreien. Ich werde versuchen, eine Stelle in einem großen Lehrkrankenhaus zu bekommen. Wo es viele Patienten gibt, Studenten, einen besseren Standard, bessere Krankenversorgung, vielfältigere Arbeitsbedingungen. Und vor allem Patienten beiderlei Geschlechts. Manchmal habe ich das Gefühl, als hätte ich das Gelübde abgelegt, weißt du, mich in irgendein weltliches Kloster zurückgezogen, in eine rein weibliche Umgebung. Das ist doch nicht natürlich!«
Sie breitete den neu erworbenen Seidenkimono auf dem Bett aus und strich über den glänzenden Stoff. Es war das Schönste, was sie je besessen hatte. Sie konnte sich keine Situation vorstellen, in der sie ihn tragen würde.
»Wenn du wirklich etwas ganz anderes machen willst, warum kommst du nicht in die Staaten?«
»Wozu? Vermutlich würde ich dort keine Arbeitserlaubnis bekommen.«
»Tja... Und was wäre, wenn... wenn du und ich heiraten?«
Victoria gefror. »Ist dies ein ernsthafter Vorschlag?«
»Beantworte eine Frage nicht mit einer Gegenfrage.«
»Du hast gesagt, daß du nie wieder heiraten wirst.«
»Ich denke darüber nach, meine Meinung zu ändern.«
Victoria setzte sich aufs Bett, unfähig, ihre Gedanken zu ordnen. Hier war der Heiratsantrag, wenn sie denn beschloß, ihn als solchen zu betrachten. Ein Wort, und ihr ganzes Leben würde sich ändern. Eine unbekannte Zukunft, unvorherzusehende Umstände in einem fremden

Land. Mit einem Mann, den sie mochte, dessen Gegenwart ihr Freude machte. Und das war alles, was sie für Wayne empfand. Er war eine charmante Urlaubsbekanntschaft. Aber das wirkliche Leben war etwas anderes. Jeder Urlaub mußte einmal zu Ende gehen.

Er hatte sich vom Fenster abgewandt und sah sie an.

»Dir scheinen die Worte zu fehlen. Ich gebe zu, es kommt ein wenig unerwartet. Nach all dem, was ich über die Ehe gesagt habe.«

»Deshalb habe ich dich ja gefragt, ob du es wirklich ernst meinst.«

»Du denkst vielleicht, es ist noch zu früh? Für mich, meine ich? Zu rasch nach der Trennung?«

»Und du bist weit davon entfernt, darüber hinweg zu sein, Wayne. Das Buch, das du schreiben willst. Ich glaube, du willst dir vielleicht erst einmal alles von der Seele schreiben...«

Wayne sah niedergeschlagen aus.

»Du magst vielleicht recht haben, Victoria, aber dennoch... Du würdest mich sehr glücklich machen, wenn du ja sagen würdest. Vielleicht würde ich dann dieses Buch nicht mehr schreiben müssen. Einfach – einen Strich unter das alte Leben machen und ein neues beginnen. Mit dir.«

»Muß ich deine Frage jetzt beantworten?«

Er überlegte einen Augenblick. »Was ist mit einem Monat, von jetzt an gerechnet? Ich werde dir aus den Staaten schreiben. Ich werde dir ehrlich sagen, wie die Dinge stehen. Und wenn du das Gefühl hast, du kannst es, dann wirst du deine Sachen packen und herüberkommen.«

»Ja«, sagte Victoria. »Laß es uns so machen.«

*

Tja, Daddy, auf diese Weise hast Du Wayne verpaßt.

Wir verabschiedeten uns an der Gare du Nord, wo wir eine rührende Abschiedsszene aufführten, mit allem Drum und Dran, inklusive einem Strauß roter Rosen und leidenschaftlicher Küsse auf dem Bahnsteig, zum großen Vergnügen der französischen Zugschaffner und Fahrkartenverkäufer. Ich erinnere mich nicht mehr daran, warum ich mit der Nachtfähre zurückkehrte, statt mit dem Flugzeug. Ich kann in Zügen nicht schlafen, und diese Überfahrt war die geräuschvollste, die ich je erlebt habe. Diese Form der Überfahrt gibt es nicht mehr, hat man mir erzählt. Es gibt keine Züge mehr, die mitten in der Nacht auf die Fähre rattern, wobei die alten Schiffe sich krachend und stöhnend aufbäumen. Wie alt ich mir dabei vorkomme. Ich könnte genauso gut den original Orientexpreß beschreiben...

Es lag Nebel über dem Kanal, und der klagende Ton des Nebelhorns ertönte immer wieder durch die Nacht. Meine gute Stimmung verebbte schnell. Ich lag im engen Schlafwagen, hörte der klagenden Stimme da draußen in der Dunkelheit zu und begann mich sehr zu fürchten. Wenn wir unter diesen Umständen irgendwo auflaufen würden, gäbe es keine Hoffnung, herauszukommen. Ich wäre hier gefangen und würde ertrinken, und niemand würde jemals erfahren, was mit mir geschehen war. Ich hatte niemandem außer Julia von meiner Parisreise erzählt. Und wie enttäuscht sie sein würde, wenn ich sie je wiedersähe, wenn ich ihr die Neuigkeiten überbrächte.

»Du hast alles verdorben, Victoria. Wieder einmal hast du deine Chance verpatzt. Was läuft falsch bei dir, Frau?«

Das Nebelhorn rief, und ich dachte an Dich, Daddy, und Dein Schiff, das im Krieg durch einen Torpedo sank. Es muß eine ähnliche Nacht gewesen sein. Welche Ironie, wenn der Tod, der den Vater verschonte, statt dessen die Tochter forderte.

Wie würdest Du die Nachricht aufnehmen? Daß ich einen Yankee heiraten würde? Ja, Du wärest ganz sicher enttäuscht. Auch wenn Du noch so sehr protestiertest, Du hättest nichts gegen die Amerikaner, und sie hätten uns ja schließlich während des Krieges gerettet – wenn es darum ging, einen zu heiraten... England war das Beste überhaupt, das einzige Land, in dem man noch zivilisiert leben konnte, auch jetzt noch, wo wir das Empire verloren hatten und die Kolonien allmählich ruiniert wurden. Es hätte Dir nicht gefallen.

Und was Martha anbetrifft... nicht daß sie irgendwie von Bedeutung wäre, aber ich konnte mich nicht daran hindern, mir ihr Gesicht vorzustellen... Marthas Gespinst aus Überzeugungen und Vorurteilen, die sie so vehement leugnet und dabei immer tiefer in den Morast hineingerät, je mehr sie versucht, sich herauszuwinden, wird nie aufhören, mich zu erstaunen. Es ist wie eine Landkarte eines unbekannten Landes, dessen Grenzen sich ewig wandeln und dessen Geschichte sich mit jeder anderen Nation der Welt in Verbindung bringen läßt. Es trägt die Narben jedes Krieges, der je geführt wurde. Es grollt jedem, der nicht in der Stunde der Not als Beistand zu Hilfe kam. Und doch ist es in der Lage, große und noble Taten und endlose Opfer für die Sache anderer Menschen aufzubringen. Vorausgesetzt natürlich, daß sie seinen Normen entsprechen und sich als rein genug und seiner Fürsorge wert herausstellen. Marthas unverrückbares Bedingungsmuster ermöglicht es ihr, die Augen vor den Bedürfnissen des Großteils der leidenden Menschheit zu verschließen. Und sie bringt sie mit kindlicher Naivität zum Ausdruck, die lächerlich wäre, wenn sie nicht solch dunkle Erinnerungen wachrufen würde.

Eines Tages half ich Martha dabei, die Wäsche hinaus in den Garten zu tragen. Ihr Mißtrauen gegen alles Mechanische erstreckte sich auch auf Waschmaschinen einschließlich der einen, die du ihr kaufen mußtest. Sie wäscht immer noch einen Großteil ihrer Wäsche im Waschbecken. Wie gewöhnlich begann sie mit Erinnerungen über die lang vergangenen Vorkriegstage in Polen.

»Wir haben den letzten Sommer vor dem Krieg in einem kleinen Sommerhaus außerhalb Warschaus verbracht«, erzählte sie. »Im Haus nebenan waren andere Städter untergebracht. Frauen mit gebleichtem Haar, platinblond – das war damals Mode – und gezupften Augenbrauen, die mit einem Bleistift sehr dünn wie ein Halbmond nachgezogen wurden, was den Gesichtern einen überraschten Ausdruck verlieh. Du hast sie bestimmt in alten Filmen gesehen, Marlene Dietrich und Jean Harlow, weißt du? Na ja, ich habe ihnen eines Tages zugesehen, wie sie die Wäsche wuschen und sie aufhingen. Wir haben damals in großen Holzzubern mit Waschbrettern gewaschen. Heute sieht man so etwa gar nicht mehr. Und weißt du, aus der Art, wie sie die Wäsche ausgewrungen haben, konnte ich direkt erkennen, was sie waren.«

»Was meinst du damit? Was sie waren?«

»Juden. Das meine ich.«

Ich sah sie an und dachte, sie machte Scherze, obwohl es überhaupt nicht wie ein Scherz klang.

»Wieso Juden?«

»Das versuche ich ja gerade zu erklären. Wie sie es machten, das Auswringen. So merkwürdig. Als ob sie nicht wüßten, wie es geht. Sie mußten es eben nie tun, siehst du. Sie hatten immer jemanden, der die Wäsche für sie machte. Nicht an die Arbeit gewöhnt. Sehr reich. Die Art, wie sie die Kleider auswrangen, ich hätte laut auflachen mögen!«

»Aber Martha«, protestierte ich und überlegte, ob dies ein seriöses Argument sein könnte, »nicht alle Juden waren reich, und viele Nichtjuden waren reich, also wußten die wahrscheinlich auch nicht, wie sie ihre Wäsche auswringen sollten.«

Martha zuckte mit den Schultern. »Du verstehst nichts von diesen Dingen. Man konnte es immer genau erkennen. Ich konnte es immer sehen, und ich war nicht die einzige. Trotz ihres platinblonden Haares und der Art, wie sie redeten. Eins muß ich zugeben, sie sprachen zumindest gutes Polnisch, kein Akzent, nein, sie hätten für richtige Polen durchgehen können, bis sie anfingen, ihre Kleider auszuwringen, und dann dachte ich: Da hab ich euch! Als der Krieg einmal ausgebrochen war und die Deutschen kamen, waren es solche Sachen, die sie verrieten.«

Ich habe Martha nie gefragt, was genau sie während des Krieges getan hatte, und ich habe das Thema seitdem immer vermieden. Hatte sie wirklich geholfen, oder...? Sie behauptet, Mitglied einer Untergrundorganisation gewesen zu sein. Ich wage nicht, ihr Wort anzuzweifeln. Doch das scheint mir nicht alle Fragen zu beantworten. Und deshalb fragte ich mich kurz, wie sie wohl reagieren würde, wenn ich einen amerikanischen Juden heiratete.

Mir war etwas schlecht. All das, was wir in Paris durcheinander gegessen und getrunken hatten, würde einige Zeit brauchen, bis ich es verdaut hatte, dachte ich. Eine strikte Diät, um ein paar neu erworbene überflüssige Pfunde loszuwerden, ein paarmal früh ins Bett gehen, und dann würde ich mich nach einem anderen Job umsehen. Der Gedanke daran, mein altes Büro wiederzusehen und den Schweißgeruch der Geburtshilfeklinik wieder einatmen zu müssen, überspülte mich mit einer Welle der Übelkeit.

Das Abteil war erfüllt vom Duft der roten Rosen, und ich sehnte mich danach, an Deck gehen zu können und dort frische Luft zu schnappen, doch ich war zu lethargisch, um mich zu bewegen. Ich fühlte mich eingeschlossen, lag flach in meiner Koje wie in einem Sarg und fragte mich, ob und wann ich wohl sicher in England ankommen würde, wobei ich versuchte, mich daran zu erinnern, was ich bloß in den letzten Stunden gegessen haben konnte, daß mir so übel war.

Victoria Station, kalt und zugig wie immer, widerhallend vom Dröhnen unverständlicher Ankündigungen, war mir nie so willkommen gewesen. Ich war schon beinahe zu Hause.

Die Wohnung war übersät mit Büchern, Flaschen, Aschenbechern, Zeitungsstapeln, Zeitschriften und Einwickelpapier aus anscheinend jedem Herrenausstattergeschäft in London: die Überreste von Waynes letztem Londoner Einkaufsbummel. Kartons und Plastiktüten türmten sich in einer Ecke der Küche, und die Aussicht, wie oft ich die Treppe hinunterlaufen mußte, um den Müll Stück für Stück wegzubringen, erfüllte mich mit leisem Grimm. Doch dann schwanden dieser und so viele andere Pläne, die noch wenige Stunden zuvor so dringend erschienen waren, in ungewisse Zukunft. Etwas anderes beschäftigte mich voll und ganz, etwas, das die Gegenwart auslöschte: Ich war schwanger.

*

Der Mann, der auf dem Sofa im Lagerhaus auf der anderen Seite des Kanals lag, war tot. Victoria war sich dessen jetzt sicher. Seit sie ihn gestern gesehen hatte, hatte sich nichts im Zimmer verändert. Derselbe Teller mit einer halbgegessenen Mahlzeit stand auf dem Fußboden, derselbe überquellende Aschenbecher daneben. Er hatte die Hände über dem Bauch gefaltet, lag reglos da und starrte offenbar auf etwas vor ihm. Victoria blickte forschend in die anderen Fenster, doch zum ersten Mal schien das Lagerhaus leer zu sein. Wenn er heute abend noch da liegt, werde ich hinübergehen und darum bitten, ihn sehen zu können, beschloß sie. Ich werde mir eine Entschuldigung ausdenken.

Oder ihnen auch die Wahrheit erzählen. Daß ich sie die ganzen vergangenen Wochen beobachtet habe, indem ich direkt in ihre Zimmer schaute. Sie können ja wohl kaum etwas dagegen haben, wenn sie keine Vorhänge vor die Fenster hängen.
Das Wetter hatte sich in den letzten Tagen gewandelt. Der Frühling hatte definitiv Einzug gehalten. Es gab keine Zeit mehr zu verlieren. Victoria kehrte zu ihrem Schreibtisch zurück. Sie nahm den Brief an Claire und las ihn noch einmal durch:

Liebe Claire,
der Grund, warum ich Dir nie etwas von dem, was ich nun im folgenden schreibe, erzählt habe, sollte eigentlich klar sein: Du hattest solch große Schwierigkeiten mit Deinem Gewissen, was mein sündiges Leben anbetraf. Ich wollte unsere Beziehung nicht irreparabel schädigen. Ich hatte Dir von Greg erzählt, und Du warst gerührt von der unglücklichen Liebesgeschichte. Sie war so schön und so romantisch. All die fremden Länder, die exotischen Orte, und am Ende waren die Sünder bestraft worden. Es gab kein Happy-End. Du konntest mit mir leiden, mir deine Sympathie entgegenbringen und das gerechte Empfinden haben, daß alles so gekommen war, wie es sein sollte.
Mit Waynes Ankunft in meinem Leben war wieder etwas schiefgegangen. Ich war wieder in mein altes Fehlverhalten zurückgefallen. Ich nehme an, Du hattest bis zu diesem Zeitpunkt bereits eine gewisse Erklärung für mein Verhalten für Dich entwickelt. Das ist etwas, oder sagen wir, es ist eines der vielen Dinge, in denen Du so gut bist. Eine nach außen hin vorurteilsfreie Einstellung, das Akzeptieren von Verhaltensweisen anderer, die Du persönlich überhaupt nicht billigst, und eine Verurteilung, die anscheinend völlig leidenschaftslos geschieht und die unweigerlich mehr Schmerz und Demütigung für das Objekt

Deiner Behandlung bedeutet als jedes tief empfundene Gefühl, selbst jeder leidenschaftliche Zornesausbruch. Wenn Dein bemerkenswert klarer Kopf und Deine Fähigkeit, menschliche Probleme zu entwirren, das Ergebnis eines ebenso großen und bemerkenswerten Mangels an Wärme und menschlichen Schwächen darstellt, dann ist dies ein zu hoher Preis für professionelle Vollkommenheit. Kein Wunder, daß Du solche Zweifel an meiner Eignung als Sozialarbeiterin hattest.

Ich hätte Dir wohl kaum von meiner Schwangerschaft erzählen können, wie denn auch? Sei ehrlich: Ich konnte mir Deine Reaktion schon vorstellen: »O Victoria, du Armes, wie konntest du nur?«

Um damit zu beginnen: Auf diese Frage gibt es keine Antwort. Es war ein Unfall. Ich weiß, in Deiner wohlgeordneten Welt existieren solche Unfälle nicht. Das ist der Unterschied zwischen Theorie und Praxis. Bis es auch mir zustieß, war ich selbst fest davon überzeugt, daß es eine zufällige Schwangerschaft nicht gibt, wie die zahllosen »Fälle« in meinem Aktenschrank bewiesen. Weder Wayne noch ich hatten es gewollt. Trotz meines Zögerns wußte ich, daß ich ihn nicht heiraten wollte, und ich glaube nicht, daß man ein Kind ohne Vater zufriedenstellend großziehen kann. Ein Kind braucht beide Eltern für eine ausgewogene und sichere Beziehung. Selbst dann ist die Aufgabe noch gefährlich genug. Doch alleine anzufangen, besonders wenn man den ganzen Tag berufstätig ist und das Kind deshalb der Obhut anderer überlassen muß… nein. Es gab keinen anderen Mann in meiner Familie, der als Vaterersatz hätte fungieren können. Ich konnte mir schon Daddys Reaktion auf die Neuigkeit vorstellen…

Der Gedanke, der mir schon im Schlafwagenabteil einmal kurz durch den Kopf geschossen war, kehrte als Gewißheit in meiner Wohnung zurück, als ich dasaß und das Chaos betrachtete, das wir vor unserer Abreise angerichtet hatten. Du weißt, wie ordentlich ich bin. Das ist eine vergleichsweise neue Eigenschaft, die ich während meiner Jahre des Alleinlebens allmählich entwickelt habe. Es war nicht immer so. Ich sage zwar nach außen hin immer scherzhaft, daß ich meine Wohnung nur dann saubermache, wenn ich Besuch erwarte, aber ich kann auch durchaus die Wahrheit eingestehen, auch wenn das für Deinen psychoanalytisch geschulten Geist einer Selbstverurteilung gleichkommt: Ich werde immer dann geradezu besessen ordentlich, wenn es mir schlecht geht. Saubermachen, Schrubben und Bohnern ist eine sehr gute Möglichkeit, eine Depression abzuwehren, wie ich inzwischen weiß. Oder geht es dabei eher darum, Schuldgefühle loszuwerden? Ich überlasse dies Deinem Urteil.

Ich saß also in meiner Wohnung, plante gedankenverloren eine größere Reinigungsaktion und war plötzlich von einem wundervollen und fremden Gefühl erfüllt. Es war, als ob sich in mir ein ungeheurer Frieden ausbreitete. Ein Moment der Ruhe, der so perfekt war, als sei ich von einer magischen Hand berührt und auf einen anderen Planeten versetzt worden. Als dieser Augenblick vorbeiging, wußte ich, daß ich nicht länger allein in meinem Körper war. Ein weiteres Wesen bewohnte ihn zusammen mit mir, und wir beide befanden uns in vollständiger Harmonie miteinander.

Ich schloß die Augen und sah mich selbst schwerelos durch den Weltraum jenseits der Erde gleiten. Als ich noch jung war und unter meiner Isolation und den fehlenden Familienbanden litt, hatte ich häufig solche Träume, so allein in der Schwerelosigkeit zu schweben. Doch diesmal war ich nicht allein. Da war meine Mutter, die meine Hand hielt, und neben ihr der Schatten meiner Großmutter, und neben ihr der schemenhafte Umriß einer anderen Frau, und neben ihr eine weitere und noch eine und noch eine. Soweit ich sehen konnte, stand eine unendliche Kette von Frauen Hand in Hand hinter mir. Ich war ein Glied in der Kette. Endlich hatte ich den richtigen Platz in der Welt gefunden. Ich gehörte dazu.

Ich bin schwanger, sagte ich laut und mit fester Stimme in das leere Zimmer hinein. Die Schockwelle traf mich einen Augenblick später. Ich stand rasch auf und befahl mir ärgerlich, nicht so dumm daherzureden. Selbstverständlich war ich nicht schwanger. Ich konnte es gar nicht sein. Wir hatten wie immer sehr gut aufgepaßt, und außerdem wäre es vom Kalender her gar nicht möglich gewesen.

Ich war übermüdet, hatte einen Kater, litt unter Schlafmangel und Verdauungsproblemen, war durcheinander durch Waynes Abreise, bedauerte meinen Entschluß, ihn nicht zu heiraten. Ich kämpfte gegen eine Depression oder eine aufkommende Grippe an. Und auf der Suche nach jemandem oder nach etwas, an das ich mich klammern konnte, etwas, das meine Aufmerksamkeit und meine Gefühle auf sich ziehen konnte, jetzt, wo die Affäre vorüber war und ich mich schrecklich davor fürchtete, zur Arbeit zurückzukehren. Aber schwanger...? Selbstverständlich nicht.

Ich stand vom Sofa auf, kochte mir einen Tee und machte die Wohnung sauber, doch die ganze Zeit über war ein Teil von mir bereits dabei, ruhig und gefaßt die Wahrheit zu akzeptieren. Ein Teil meines Geistes und mein ganzer Körper hatten gar keinen Zweifel mehr.

Der andere Teil, der rationale, wohlüberlegte Teil von mir, faßte den Entschluß, daß es sich mit der Zeit herausstellen würde, ob ich nun schwanger war oder nicht. In etwa drei Wochen sollte ich es wissen. Bis dann mußte ich abwarten und weitermachen, als ob nichts geschehen sei.

Ich hatte mich schon früher des öfteren gefragt, wie ich wohl reagieren würde, wenn ich mich je in einer solchen Situation wiederfände. Ich konnte mir meine Panik, meine Tränen, meine Verzweiflung, meine Hilferufe vorstellen. Ich war überrascht über die scheinbare Ruhe, mit der die meisten meiner Klientinnen ihr aussichtsloses Dilemma schilderten, wenn sie in meinem Büro saßen. An ihrer Stelle hätte ich mich nie so gefaßt verhalten können, dachte ich. Doch als es dann tatsächlich geschah, war auch ich so ruhig, als ob nichts geschehen sei. Der tiefe Frieden, der sich auf mich im ersten Augenblick der Erkenntnis gesenkt hatte, blieb mir erhalten. Ich war sogar in der Lage, gleichmütig die morgendliche Übelkeit zu ertragen. In Wirklichkeit war es nicht so sehr morgendliche Übelkeit wie eine Art Kaffee-Phobie. Schon der Geruch meines Morgenkaffees, auf den ich mich sonst immer so sehr gefreut hatte, genügte, um mich würgend ins Badezimmer zu treiben.

Ich wechselte zu Tee über und lächelte zufrieden, als die Übelkeit verschwand. Auch andere körperliche Veränderungen traten ein, und ich beobachtete sie interessiert und mit innerem Abstand. Ich kehrte zur Arbeit zurück mit dem Entschluß, meine Suche nach einem neuen Job vorläufig aufzuschieben. Ich sorgte dafür, daß ich stark beschäftigt war, viele Versammlungen besuchte, sogar manchmal eine kleine Rede hielt, wobei ich über die Probleme lediger Mütter in unserer Gesellschaft sprach, über den Mangel an geeigneten Einrichtungen und staatlicher Hilfen wie Kinderkrippen und Kindergärten, über die seelische Belastung durch Adoptionen und die komplizierten Reaktionen, die eine solche Krisensituation noch später im Leben auslösen konnte. Ich beklagte die Unkenntnis vieler Frauen, was Verhütungsmittel anbetraf, den Mangel an angemessener Sexualaufklärung in Schulen und die Schwierigkeiten, denen sich alleinstehende Frauen gegenübersehen, wenn sie Hilfe suchen.

Ich saß da, die Hände im Schoß gefaltet, den Rücken kerzengerade, blickte gelassen um mich und freute mich über meine unerwartete Stärke und meine gehobene Stimmung. Ich war glücklich. Ich empfand keinerlei Bedürfnis, mein Geheimnis mit irgend jemandem zu teilen. Nicht einmal mit Julia. Und während ein Teil von mir über meinen neu gefundenen inneren Frieden nachdachte, überlegte der andere, rationale Teil den nächsten Schritt. Vier Wochen später ging ich zu Nancy und bat sie um eine Abtreibung.

Liebe Claire, ich habe dieses Wort wohl Hunderte von Male im Laufe meines Berufslebens niedergeschrieben, in den zahllosen Berichten für die Klinik, es ausgesprochen gegenüber Ärzten und Patientinnen, ohne mit der Wimper zu zucken. Dies war das erste Mal, daß mir schockartig bewußt wurde, wie häßlich das Wort ist. Ich konnte es nicht einmal direkt aussprechen. Ich saß in Nancys sonnigem Büro, meine Hände tief in den Taschen des gestärkten weißen Kittels vergraben, der schon gegen so viele menschliche Katastrophen ein Schutzschild für mich gewesen war, rang nach Atem und sagte schließlich: »Ich kann es nicht kriegen, Nancy.«

Das klang schwach und wenig überzeugend. Wenn ich als Patientin mir selbst als Sozialarbeiterin gegenübergesessen hätte, hätten wir an diesem Punkt eine lange und detaillierte Untersuchung begonnen, weshalb ich dachte, daß ich »es« nicht haben könnte. Dann würden die Tränen rollen, die Taschentücher ausgepackt werden, Tee und Zigaretten kämen auf den Tisch, und es würde lange, taktvolle Pausen geben, in denen das Schluchzen allmählich aufhören und die Fragen fortgesetzt werden würden, bis mein berufliches Gewissen so weit zufriedengestellt wäre, daß ich mich mit der entsprechenden Ärztin in Verbindung setzen und wir drei gemeinsam nach einer Lösung suchen würden.

Diesmal bot ich keine Geschichte und keine Meinung an. Nancy sah aus, als sei sie peinlich berührt. Ich wußte, sie wünschte nichts so sehr, als daß ich zu jemand anderem

gegangen wäre. Ich versuchte mein Glück: »Wirst du es tun?«
Sie stellte nicht die üblichen Fragen, die wir gemeinsam so viele Male anderen gestellt hatten, die in diesem Sessel gesessen hatten. Ich trug freiwillig ein paar Einzelheiten bei: Er war nicht mehr in England. Er würde nicht zurückkommen. An Heirat war nicht zu denken. Er war bereits verheiratet. Ich konnte unmöglich meine Arbeit aufgeben. Wovon sollte ich leben? Es gäbe niemanden, der sich um das Baby kümmern würde, wenn ich zur Arbeit ginge. Ich stammelte, als mir das Wort plötzlich über die Lippen glitt. Ich hatte es bis dahin nicht als Baby bezeichnet. Ich würde kein Baby bekommen. Ich war einfach nur schwanger.
Auch konnte ich meinem Vater nichts davon erzählen. Nein, er würde kein Verständnis dafür haben und auch nicht »vorbeikommen«. Von einem Augenblick zum anderen erfand ich eine Herzkrankheit, die lebensbedrohlich für ihn sei. Ein Schock könnte ihn töten. Er war ein altmodischer Mann, sehr strikt in solchen Angelegenheiten. Wenn ihm als Konsequenz dieser ganzen Geschichte etwas passieren würde...
Erst vor einigen Wochen hatte ich eine ähnliche Situation mit einer jungen Frau in meinem Büro durchgesprochen, die mir mit kalkweißem Gesicht und schmalen Lippen gegenübergesessen hatte.
»Was Sie damit eigentlich sagen, ist, daß Sie entscheiden müssen zwischen dem Leben ihres Vaters und dem Leben ihres Kindes«, hatte ich gesagt. Ich hatte nicht wirklich daran geglaubt, daß der Schock, von der Schwangerschaft seiner Tochter zu erfahren, den ernsten und altmodischen Vater, vor dem sich die Patientin so fürchtete, wirklich umbringen würde.
Ich wußte nicht, ob Nancy mir glaubte. Als ich schließlich aufhörte zu reden, seufzte sie und blickte in ihren Kalen-

der. »Wir sollten noch ein oder zwei Wochen warten und die Tests machen lassen. Es ist noch so früh, es könnte sich um einen falschen Alarm handeln. Du kannst diese Tests aber nicht hier machen lassen. Das ganze Krankenhaus würde es wissen. Du wirst irgendwo anders hingehen müssen. Das wird leider einige Zeit dauern, und ich fahre übermorgen in Urlaub. Und wenn ich zurück sein werde...«, sie blätterte weiter, »dann wird es bei dir schon zu spät sein. Also wenn du es wirklich gemacht haben willst, müssen wir es morgen tun.«
Es war eine sehr nette Klinik, privat, klein, bequem, teuer. Nicht im entferntesten unseren alten, völlig überfüllten Stationen ähnlich. Das Essen war ausgezeichnet. Die Patientinnen konnten sogar jeden Morgen aus einer Speisekarte selbst ihre Mahlzeiten zusammenstellen. Ich lag in meinem schneeweißen Bett, lächelte jeden an, und sie lächelten alle zurück. Ich glitt in traumlosen Schlaf und erwachte in einem sonnenerfüllten Zimmer, fühlte mich ruhig und glücklich. Kein Bedauern, nicht einmal der Anflug einer Depression, nicht das leichteste Schuldgefühl. Nichts außer Erleichterung.
Am Abend kam Nancy und setzte sich auf mein Bett. Sie hatte einen merkwürdigen Gesichtsausdruck. Sie zündete sich eine Zigarette an und betrachtete mit einem seltsamen Stirnrunzeln ihre Hände. Ich hatte das schon einige Male bei ihr gesehen, wenn sie es mit einem besonders schlimmen Problem zu tun hatte. Mir sank das Herz.
»Weißt du, was ich heute morgen im Operationssaal gefunden habe, Victoria?«
Ich schüttelte den Kopf, unfähig, ein Wort herauszubringen. Nancy betrachtete ihre Fingernägel. Plötzlich blickte sie mich an. »Überhaupt nichts. Du warst gar nicht schwanger. Wir haben dir eine Ausschabung gemacht, aber es war gar nicht notwendig. Es war letztlich doch nur falscher Alarm. Du kannst morgen nach Hause.«

Sie ging. Es war nur gut, daß ich bereits lag, sonst wäre ich in Ohnmacht gefallen. Falscher Alarm. Dieses wundervolle, überwältigende Gefühl absoluten Friedens, daß ein anderes Wesen mit mir meinen Körper teilte, diese Gewißheit, die absolute unzweifelhafte Gewißheit, all das – ein falscher Alarm? Ich konnte mir schon vorstellen, daß die Übelkeit vielleicht aus hysterischen Gründen entstanden war, aber der Rest?

Also ich war eine Hysterikerin. Nach all den Jahren der Selbsterforschung, des sorgfältigen Studiums meines Charakters, der gnadenlosen Verhöre, denen ich mich so oft in Deinem Büro unterzogen hatte, Claire – wie konnte es nur passieren, daß es auch Dir entgangen war? –, war dies in der Tat eine unerwartete und demütigende Erkenntnis. Ich hatte mir das alles nur eingebildet. Es war eine Scheinschwangerschaft. Aus irgendeinem unbekannten Grund hatte mein Unbewußtes dieses Baby produziert, das mein Körper akzeptiert hatte. Ich hatte aus mir einen Narren gemacht, aufgrund meiner eigenen geheimen, unerfüllten Bedürfnisse. Ich fühlte mich von meinem innersten Selbst betrogen.

Am darauffolgenden Morgen zog ich mich an, dankte den Schwestern für ihre Freundlichkeit – inzwischen mußten sie es alle wissen, was würden sie nur von mir denken! –, und, zu beschämt, ihr fröhliches Lächeln zu erwidern, kroch ich aus der Klinik und nahm den Bus nach Hause. Ich fühlte mich immer noch schwach, aber selbstverständlich verdiente ich kein Taxi.

Ich zog mich die Treppen hinauf und setzte mich schwer auf den Küchenstuhl. So hatte ich mir vor zwei Tagen mein Nachhausekommen nicht vorgestellt, als ich meine Wohnung ruhig und entschlossen verlassen hatte, in dem Gefühl, daß ich dabei war, meine Pflicht zu tun.

Eine Tasse Kaffee würde nach all diesen Wochen meine Nerven und ein wenig von meinem Selbstwertgefühl wie-

der beleben. Schließlich mußte ich, ob ich hysterisch war oder nicht, weiterleben. Als nächstes müßte ich mich morgen nach einem neuen Job umsehen. Mit etwas Glück konnte ich bereits verschwunden sein, bevor Nancy aus dem Urlaub zurückkehrte.
Der Wasserkessel kochte geräuschvoll über, und als sich das Aroma durch die Räume verbreitete, war ich bereits im Badezimmer, spuckend und würgend.
Den Rest des Tages lag ich schluchzend auf meinem Bett. Ich war zerschmettert, nicht in der Lage, irgend etwas zu denken, nicht einmal vage zu vermuten, was eigentlich mit mir los war. Ich war nicht schwanger und nie schwanger gewesen. Es gab medizinische Beweise dafür. Aber ich konnte immer noch nicht den Duft von Kaffee ertragen, ganz zu schweigen davon, ihn zu trinken, und was das Wichtigste war – das Gefühl, in meinem Körper nicht allein zu sein, blieb erhalten, ebenso wie die Stille und Ruhe tief im Kern meines Wesens. Nichts hatte sich durch meinem Aufenthalt in der Klinik verändert. Was immer es war, das seit meiner Rückkehr aus Paris von mir Besitz ergriffen hatte, es war immer noch da.
Ich werde verrückt, sagte ich am nächsten Morgen zu meinem Spiegelbild. Ich muß es schon sein, und doch bin ich ganz ruhig und in gewisser Weise sogar – glücklich. Solange es niemand anders bemerkt, werde ich einfach so weitermachen wie immer.
Und genau das, liebe Claire, habe ich getan. In den folgenden Wochen sah ich Dich einige Male, und Du machtest Bemerkungen über mein erschöpftes Aussehen, die ich mit der üblichen Entschuldigung, ich sei überarbeitet, hinwegwischte. Wayne schrieb einen humorvollen Bericht über seine Heimreise. Ich sah mir auf der Landkarte all die Orte an, die er erwähnt hatte. Sie waren so weit weg... Es hätte genausogut sein können, daß es sie gar nicht gab. Wayne selbst war bereits so weit entfernt, daß

ich mich kaum noch an ihn erinnerte. Zu meiner Schande und Überraschung stellte ich fest, daß er in meinem Leben keine Rolle mehr spielte.
Was allerdings eine Rolle spielte, das war ich selbst. Nach jener erderschütternden Erkenntnis, von der ich befürchtete, daß sie mein Vertrauen in meinen Körper und in mich selbst zerstört hatte, setzte ich alles daran, den Schaden in Grenzen zu halten und, soweit möglich, die gesamte Struktur aus den zusammengebrochenen Teilen wieder aufzubauen, bevor irgend jemand bemerkte, daß das ganze Gebäude bereits in sich zusammengestürzt war. Ich aß gut, schlief lange, ging ins Theater und in Konzerte, las Bücher noch einmal, die mir früher sehr gefallen hatten, und verglich meine gegenwärtige Reaktion mit denen, an die ich mich erinnern konnte. Nichts hatte sich verändert. Mein Geschmack und meine Empfindungen blieben dieselben. Ich legte großen Wert auf mein Äußeres, sah aber weiterhin müde aus. Ich verlor an Gewicht, aber meine Kleider saßen knapp um die Brust. Um jeden Kaffeeausschank machte ich einen weiten Bogen. Schon das Wort Kaffee war tabu. Nancy war immer noch in Urlaub, und ich fürchtete mich vor dem Tag, an dem ich sie wiedersehen würde.
Ich fuhr fort, meine Pflichten in der Klinik und auf den Stationen zu erfüllen, die wie immer im Frühjahr völlig ausgebucht waren, in denen es sogar mehr Notfälle und sozialarbeiterisch zu betreuende Fälle gab als sonst. Manche dieser Notfälle blieben mir wahrscheinlich deshalb im Gedächtnis, weil ich mich damals in einem solch hypersensiblen Zustand befand.
Am Tag meiner Rückkehr zur Arbeit nach meinem kurzen Aufenthalt in der Klinik ging ich auf die Station, um mich zu erkundigen, ob ich jemanden aufsuchen sollte. Ich wußte schon von Miss Corley, die eine Adoption gewünscht hatte. Sie lebte mit ihrem Freund zusammen, der

nicht wollte, daß sie das Baby mit nach Hause brachte. Zunächst hatte er auf einer Abtreibung bestanden, und ich mußte ihn überzeugen, daß dies im sechsten Monat nicht mehr möglich war. Dann hatte er ihr ein Ultimatum gestellt: Entweder das Baby oder er. Miss Corley wurde in meiner Abwesenheit eingeliefert und hatte einen Jungen zur Welt gebracht. Ich hatte bereits eine Pflegemutter organisiert, die bereit war, das Baby zu übernehmen, wenn die Mutter es wünschen sollte. Ich hoffte allerdings, daß der Freund sie im Krankenhaus besuchen, seinen Sohn sehen und wie viele junge Männer vor ihm seine Meinung ändern und Mutter und Kind mit nach Hause nehmen würde.

»Wenn Sie schon in diese Richtung gehen«, sagte Schwester Williams, »wären Sie dann bitte so nett und würden dieses Päckchen mitnehmen? Es ist für Mrs. Brown in M 3. Bridget Brown. Das ist das erste, was für sie gekommen ist. Sie hatte keinen Besuch, nicht einmal eine Karte. Armes Mädchen. Sie sehen selbst auch nicht besonders gut aus. Ist irgend etwas mit Ihnen?«

Ich wich ihrem forschenden Blick aus und schaute mir das Päckchen an. Man sagt, Hebammen können sofort erkennen, ob eine Frau schwanger ist oder nicht, wenn sie ihr nur in die Augen sehen... Ich war natürlich nicht schwanger, aber... Das Päckchen war so schlecht eingepackt, daß es schon auseinanderfiel, und der Name der Empfängerin war beinahe unleserlich.

»Na ja, eigentlich kann gar niemand wissen, daß Bridget Brown hier ist. Deshalb bekommt sie keinen Besuch«, sagte ich. »Ich frage mich, wer ihr das hier schickt. Sieht aus wie eine Babyausstattung. Jedenfalls gehe ich jetzt wohl besser. Ich hatte eine Magenschleimhautentzündung, deshalb sehe ich so komisch aus.«

»Ich mache gerade Kaffee. Möchten Sie eine Tasse, bevor Sie gehen?«

Ich hatte meine morgendliche Tasse Kaffee und das Schwätzchen mit Schwester Williams immer sehr genossen, diesmal jedoch zog ich mich hastig zurück: »Tut mir leid, ein andermal! Sie wissen ja, wie es ist, wenn man lange fort war. Da muß soviel aufgearbeitet werden, das liegengeblieben ist!«

Die Station M 3 war eine kleine Neugeborenenstation mit Vierbettzimmern und Rooming-in. In dem Zimmer von Bridget, die vor sich hindöste, standen überall Blumen. Überrascht setzte sie sich auf, als ich mich ihr näherte. Verwirrt packte sie das Päckchen aus und breitete die Babygarnitur auf dem Bett aus. Sie war blaßgelb, handgestrickt, sehr hübsch. Die anderen Frauen kamen herüber, und gemeinsam bewunderten wir die feine Handarbeit.

»Wer hat Ihnen das denn geschickt?« fragte eine von ihnen. »Wissen Sie, von wem das ist?«

»Es liegt gar keine Karte dabei.«

»Oh, da braucht auch keine Karte beizuliegen. Ich weiß, wer es geschickt hat.« Bridget strahlte. Ich hatte sie nie so glücklich gesehen. Wer immer ihr dieses Päckchen geschickt haben mochte, mußte in ihrem Leben eine sehr große Rolle spielen. Zweifellos würden wir später darüber reden, wenn wir allein wären.

»Da ist doch eine Karte!« Jemand hatte einen Umschlag gefunden. Er mußte aus dem Päckchen gefallen sein, als wir es auspackten. Die Nachbarpatientin hob ihn vom Fußboden auf, und bevor sie ihn Bridget gab, las sie laut vor: »Für Bridget und ihren jüngsten Sohn. Mit Liebe von Maudie und Paul.«

In der folgenden Stille sahen wir alle Bridget an, die wie vom Donner gerührt auf ihrem Bett saß. Dann kehrten die anderen Frauen in ihre Betten zurück und beschäftigten sich, während ich mich hinsetzte und die Hand des Mädchens hielt.

»Ich kenne keine Maudie und keinen Paul«, flüsterte sie,

und wir alle wußten, daß sie eine Tochter zur Welt gebracht hatte.
Wie aufs Stichwort betrat eine Krankenschwester das Zimmer. »Ist hier eine Mrs. Brown? Eine Mrs. B. Brown? Es tut mir schrecklich leid, aber wir haben noch eine andere Mrs. Brown hier, heißen Sie auch Bridget? Tja, was soll ich sagen, es ist eine Verwechslung. Unsere Mrs. Brown ist dabei, mit ihrem Baby die Klinik zu verlassen, und ihre Schwester hat ihr ein Päckchen Babykleidung geschickt, wissen Sie, und ob Sie es glauben oder nicht, es wurde aus Versehen hierher geschickt, weil man nicht wußte, daß es hier zwei Bridget Browns gibt. Ich hoffe, meine Liebe, es macht Ihnen nichts aus, ich meine, Sie müssen sicher sehr überrascht gewesen sein, nicht wahr?«
Während sie munter weiterplapperte, sammelte sie den Strampelanzug, das Mützchen und die Schuhe wieder ein, wickelte sie in das zerknüllte Papier und verließ rasch das Zimmer. Ich saß immer noch neben dem Bett und hielt Bridgets Hand. Sie hatte sich die Decke über den Kopf gezogen und ihr Gesicht im Kissen versteckt. Ich zog den Vorhang um das Bett zu und setzte mich wieder.
»Haben Sie gedacht, es wäre von Ihrer Mutter, Bridget?«
Sie antwortete mir nicht. Ich wußte, es hätte nicht vom Vater ihres Kindes sein können. Der hatte sich aus dem Staub gemacht, sobald sich herausgestellt hatte, daß sie schwanger war. Es war die übliche Geschichte: Ein junges Mädchen kommt in eine Großstadt und sucht Arbeit. Sie war als Notfall in die Klinik gekommen, hatte keine Vorsorgeuntersuchung besucht und sich nirgendwo ein Bett besorgt.
»Was werden Sie jetzt tun?« hatte ich sie bei unserer ersten Begegnung gefragt. »Wissen Sie, wo Sie mit Ihrem Baby hin können?«

»Ich werde es mit nach Hause nehmen.«
»Zu Ihren Eltern?«
»Zu meiner Mama.«
»Und weiß sie von dem Kind?«
»Noch nicht.«
»Sind Sie sicher, daß das in Ordnung sein wird?«
»O ja.«
»Wann haben Sie Ihre Mutter das letzte Mal gesehen?«
Sie überlegte eine Weile. »Vor etwa zwei Jahren.«
»Aber Sie haben ihr geschrieben?«
Sie schüttelte den Kopf. »Meine Mama würde meine Briefe nicht lesen.«
»Warum nicht?«
Sie zuckte mit den Schultern.
Offenbar hatte ihre Mutter ihr an ihrem 16. Geburtstag die Tür gewiesen. Mit ihrem Bruder hatte sie dasselbe gemacht. Der Vater hatte die Familie schon vor einigen Jahren verlassen. Die Mutter hatte immer alleine für sich leben wollen. Sie mochte keine Menschen im Haus. Nicht einmal ihre Familie.
»Sie hat mich nie gewollt«, hatte Bridget gesagt. »Meinen Bruder auch nicht. Sie sagte immer, wir könnten ausziehen, sobald wir einen Job fänden und selbst Geld verdienen könnten.«
»Und was ist dann mit Ihrem Vater und Ihrem Bruder? Haben Sie noch zu ihnen Kontakt?«
»Ich weiß nicht, wo sie sind. Wir gehören nicht zu der Sorte, wissen Sie... Wir sind alle selbständig. Aber verstehen Sie mich nicht falsch. Meine Mutter kümmert sich schon. Sie ist auf ihre Weise eine gute Mutter. Nur daß sie nie eine Familie wollte. Wir konnten nie so sein wie andere Kinder. Sie hat uns nie etwas gegeben, Geschenke oder so, zum Geburtstag oder an Weihnachten. Als ich noch klein war, hat mir das viel ausgemacht. Ich konnte nicht verstehen, warum wir so anders waren als andere Familien.«

»Und verstehen Sie es jetzt?«
Wieder ein Schulterzucken: »Ich denke, so ist sie nun mal. Das ist alles. Wenn ich ihr einmal irgend etwas geschenkt habe, dann hat sie es einfach... weggeworfen. Einmal habe ich ihr Blumen zum Geburtstag geschenkt. Sie ließ sie auf dem Tisch im Flur liegen. Hat sie nicht einmal in eine Vase gestellt. Als sie vertrocknet waren, sagte sie mir, ich sollte sie wegwerfen. Das war, kurz bevor ich ging. Sie hat mir gesagt, ich sollte ausziehen.«
»Wissen Sie, was Ihre Mutter jetzt macht?«
»Sie hat ihren Job. Sie arbeitet in einer Kantine. Es gefällt ihr da. Sie hat Freunde, geht mit den anderen Frauen, die dort arbeiten, aus. Sie gehen gemeinsam zum Bingo, in Kneipen, trinken etwas, gehen ins Kino. Sie ist schon in Ordnung.«
»Bridget, glauben Sie nicht auch, daß Sie nicht einfach mit dem Baby dort aufkreuzen können? Was ist, wenn sie Sie gar nicht hereinläßt?«
Bridgets Gesicht verwandelte sich in eine Maske. »Das muß sie tun. Ich habe jetzt keinen Job, und ich weiß nicht, wo ich hingehen soll. Sie hat mich einmal rausgeschmissen, aber das war etwas anderes. Die Kleine hier kann sie nicht rauswerfen, oder?« Sie warf einen Blick auf das Baby, das in seinem Bettchen schlief.
»Da bin ich gar nicht so sicher, Bridget. Also werde ich, nur für alle Fälle, besser einen Platz irgendwo für Sie reservieren. Es gibt hier ganz in der Nähe ein Mutter-und-Kind-Heim...«
Bridget schüttelte den Kopf. »Das wird nicht nötig sein. Ich gehe nach Hause. Dies«, sie nickte in Richtung auf das Bettchen, »dies hat alles verändert, nicht wahr? Es ist wie – wie ein Neuanfang. Meine Mutter hat mich nie gemocht, aber sie kann nichts gegen ein Baby haben, nicht wahr? Ich meine, das wäre doch unnatürlich?«
Ich dachte daran, daß es nur zu wahrscheinlich war, daß

die Mutter, die einmal ihre Familie aus irgendeinem unbekannten Grund zurückgewiesen hatte, auch diesen neuen Appell an ihre mütterlichen Instinkte zurückweisen würde. Bridget würde Jahr um Jahr mit einem immer neuen Baby an ihre Tür klopfen können, in der Hoffnung, endlich eingelassen, akzeptiert und geliebt zu werden, doch ich bezweifelte, daß sie je Erfolg haben würde.

Miss Corley saß weinend neben ihrem Bett. Auf ihrem Nachttisch lag ein zerknüllter und tränenverschmierter Brief: »Ich habe Deine Sachen zusammengepackt und sie zu Marge gebracht. Die Wohnung habe ich an ein Paar vermietet, also wirst Du Deine eigenen vier Wände finden müssen, wenn Du aus dem Krankenhaus kommst. Ich habe Dich gewarnt, daß ich genau das tun werde, wenn Du darauf bestehst, es mit nach Hause zu bringen. Viel Glück. Andrew.«

»Er hat immer gesagt, daß wir unser Leben lang zusammenbleiben würden, vorausgesetzt, es gäbe keine Bindungen. Wie eine Heirat oder ein Baby. Er wollte sich nicht zwingen lassen. Wenn wir zusammenblieben, dann deshalb, weil wir es wollten, nicht weil wir es mußten. Das war seine Bedingung. Ach, nicht verheiratet zu sein, das machte mir nichts aus. Das mit dem Baby ist einfach passiert. Aber jetzt ist der Kleine da, und ich werde ihn auch behalten. Ich denke nicht im Traum daran, ihn aufzugeben. Nur daß... ich gehofft hatte, wenn Andrew ihn nur einmal sehen würde...

Und wo soll ich hingehen? Er hatte nicht das Recht, die Wohnung aufzulösen. Es war meine Wohnung! Ich habe sie gefunden und die Miete bezahlt, weil er die meiste Zeit arbeitslos war. Was soll ich jetzt machen? Ich kann nicht bei Marge bleiben, sie hat kein Zimmer für mich, und was ist mit dem Baby?«

»Ich kann Ihnen einen Platz in einem Mutter-und-Kind-

Heim verschaffen, und dann sehen wir weiter. Sie werden schon nicht obdachlos werden.«

Wir saßen noch eine Weile zusammen und schmiedeten Pläne, bis sie über ihre unmittelbare Zukunft etwas beruhigt war. Als ich in mein Büro zurückkehrte, erfuhr ich, daß eine Mrs. Fullman auf mich wartete. Ich sah im Wartezimmer nach. »Mrs. Fullman? Gibt es hier eine Mrs. Fullman?« Eine Gestalt, die mir den Rücken zugewandt hatte, erhob sich aus dem Stuhl. Ich hatte sie für einen Mann gehalten. Von hinten sah sie auch unzweifelhaft männlich aus. Jetzt, als sie sich umdrehte, stellte sich heraus, daß es eine hochschwangere Frau war. Sie trug Jeans und ein dickes Jackett, einen Ohrring im linken Ohr und hatte kurzgeschnittenes Haar, das ihr wie eine Bürste vom Kopf abstand. Sie ging langsam auf mich zu, blieb jedoch an der Tür zurück und ließ mich zuerst eintreten, wie es sonst nur ein Mann tun würde. Sie setzte sich in mein Büro, holte ein Päckchen Zigaretten heraus, bot mir eine an und zündete sich selbst eine an. Ihre Gestik und ihre Bewegungen waren absolut maskulin, und wenn sie nicht schwanger gewesen wäre, hätte ich nicht einmal geahnt, welchem Geschlecht sie angehörte.

»Sind Sie Mrs. Fullman?« fragte ich, nur um irgend etwas zu sagen und meine Verlegenheit zu verbergen.

»Miss Fullman.« Die Stimme klang weiblich. »Meine Freunde nennen mich Les.«

»Und was kann ich für Sie tun?«

»Das.« Sie deutete auf ihren Bauch.

»Ja?«

»Ich kann es nicht behalten.«

»Aber – es ist ja praktisch schon auf der Welt.«

»Was ich damit meine, ist – wenn es kommt. Ich kann es nicht behalten.«

»Können Sie mir etwas mehr darüber erzählen?«

Sie zog an ihrer Zigarette, lehnte sich zurück und blickte

mich aus halbgeschlossenen Augen an. Wiederum hatte ich das vage Gefühl, von einem jungen Mann gemustert zu werden.
»Sicher fällt Ihnen auf«, sagte sie, »daß ich nicht gerade das bin, was Sie eine – eine Frau nennen würden.«
Ich konnte mich nicht daran hindern, ihr auf den Bauch zu starren. Mindestens achter Monat.
»Ich sehe, was Sie meinen.« Sie war meinen Augen gefolgt. »Das hier ist ein unglücklicher Zufall. Ich bin eine Lesbe, und es schert mich nicht, wer es weiß und was die Leute darüber denken. Ich mache das immer gleich von Anfang an klar, immer, wenn ich jemandem begegne, und wo immer ich auch hingehe, auch wenn ich mich für einen neuen Job vorstelle. Und darüber hinaus bin ich glücklich verheiratet. Wir haben zwar nicht diesen Wisch vom Standesamt, aber das spielt ja keine Rolle. Wir haben uns einen kirchlichen Segen geholt, und das ist viel wichtiger. Vor Gott sind wir verheiratet.
Also wenn das hier Marilyn passiert wäre«, wiederum blickte sie auf ihren Bauch, »dann wäre es etwas anderes. Marilyn ist meine Frau. Wir wären dann glücklich und stolz. Und wir würden es als unser eigenes Kind aufziehen. Aber es ist mir passiert. Und das hat alles kaputtgemacht. Je eher es vorüber ist, desto besser.«
»Wie ist es passiert?« fragte ich.
Claire, wenn Du Dich erinnerst, war es damals überhaupt noch nicht üblich, von schwul und lesbisch zu sprechen, und Lesben waren nur selten bereit, ihre Neigung so offen kundzutun.
Miss Fullman blies eine Wolke Zigarettenrauch aus: »Ich wurde vergewaltigt«, sagte sie.
Ich sah sie mir sorgfältig an. Selbst ohne das zusätzliche Gewicht durch ihre Schwangerschaft war sie eine kräftige, breitschultrige Frau. Sie bemerkte meinen Blick.
»Wenn Sie es genau wissen wollen, es war eine Party, die

aus den Fugen geriet. Wir hatten alle viel zuviel getrunken. Dann brachen diese Halbstarken über uns herein…, sie kannten mich vom Sehen, wir leben im selben Wohnblock. Sozialwohnungen, nur falls sie sich wundern… Ich glaube, sie hatten es schon vorgehabt. Jedenfalls waren plötzlich all meine Gäste verschwunden, und ich sah mich dreien von ihnen gegenüber. Ich habe mich sehr gewehrt, aber ich hatte keine Chance. Drei gegen einen…«

»Das tut mir sehr leid«, sagte ich. »Wie schrecklich für Sie. Sind Sie zur Polizei gegangen?«

Sie sah mich mitleidig und verbittert an. »Polizei? Machen Sie Witze? Jedenfalls«, sie zuckte mit den Schultern, »es ist passiert. Es gab nichts, was man hätte tun können, um es ungeschehen zu machen.«

»Und was haben Sie dann getan?«

»Nichts. Wir blieben einfach da, Marilyn und ich, als ob nichts passiert wäre, und als es sich langsam zu zeigen begann, sind wir ausgezogen. Nur vorübergehend. Wenn alles vorbei ist, werden wir zurückgehen. Das ist, ich hoffe, Marilyn…«

Sie hustete. Tränen liefen ihr die Wangen herunter. Sobald sie wieder Atem schöpfen konnte, zündete sie sich eine weitere Zigarette an. Diesmal akzeptierte ich ihr Angebot, sie lehnte sich mit einer raschen, männlichen Bewegung herüber, das Feuerzeug in der Hand, und gab mir Feuer.

»Ist Marilyn – nicht mehr bei Ihnen?« fragte ich so vorsichtig, wie ich nur konnte.

Miss Fullman war wieder den Tränen nahe: »Sie konnte es nicht ertragen. Diese Schande…«

»Diese Schande? Daß Sie schwanger waren?«

»Sie sagen es. Daß ausgerechnet ich schwanger bin. Anstatt sie. Sie versucht es seit Jahren…, irgendwie scheinen ihre Eierstöcke verklebt zu sein oder so etwas. Und ich wollte nie ein Kind, und hier ist es. Das nenne ich verdammte Ironie.«

»Wird sie zurückkehren, wenn alles vorüber ist?«
Miss Fullman versuchte, gleichmütig mit den Schultern zu zucken.
»Wer weiß? Bei Marilyn kann man das nie wissen. Sie ging auf den Strich, als wir uns kennenlernten... Sie war voll auf Drogen, war halb hinüber, hatte den Tripper. Ich nahm sie auf, päppelte sie hoch, brachte sie zum besten Arzt, den ich finden konnte. Hier, das ist sie...«
Ich betrachtete das Foto einer zerbrechlich aussehenden Blondine.
»Sie ist sehr hübsch«, sagte ich.
»Nicht wahr? Sie hätten sie sehen sollen, als wir uns kennenlernten. Sie war wie eine nasse Katze. – Ich kann ohne sie nicht leben...«
»Hat sie Sie schon einmal verlassen?«
»Tja, Sie wissen ja, wie das ist... Jede Ehe hat ihre Höhen und Tiefen. Sie gibt gern viel Geld aus. Manchmal, wenn ich gerade keine Arbeit und wenig Bargeld hatte, ist sie losgezogen und in ihre alten Gewohnheiten verfallen. Sie kann leicht zweitausend in der Woche verdienen. Ohne Steuern. Das Geld rinnt ihr nur so durch die Finger. Aber ich bekomme sie immer zurück. Wenn sie diesmal nicht zurückkommt, wenn alles vorüber ist, dann tue ich mir was an. Mir und diesem...« Sie deutete mit dem Daumen auf ihren Bauch. »Also nehmen Sie es besser weg, sobald es da ist.«
»Nun bekommen Sie es erst einmal. Dann, vorausgesetzt, daß Sie Ihre Meinung nicht ändern und das Baby gesund ist...«
»Ach, darüber brauchen Sie sich keine Sorgen zu machen! Ich bin bereit, jetzt schon die Papiere zu unterzeichnen. Ich werde meine Meinung nicht ändern, großer Gott, nein. Und was die Gesundheit anbetrifft, tja, es wird weiß sein und wahrscheinlich blond und blauäugig. Und ich habe nicht versucht, es loszuwerden oder es auf irgendeine

Weise zu verletzen, und ich bin vollkommen gesund. Es wird sicher auch gesund sein.«

»Da gibt es nichts zu unterzeichnen, bis das Baby für die Adoption bereit ist. Das dauert einige Wochen nach der Geburt. Aber Sie brauchen es nicht bei sich zu behalten, wenn Sie es nicht wollen. Ich kann Ihnen eine Pflegemutter besorgen. Doch während Sie hier im Krankenhaus sind, besteht unsere Gynäkologin darauf, daß Sie wie alle Mütter ihr Kind stillen müssen, auch wenn das Baby später adoptiert wird.«

»Und was ist, wenn ich das nicht kann?«

»Sie werden es trotzdem versuchen. Fast alle Mütter können es.«

»Wir werden sehen. Ich verspreche gar nichts.« Sie erhob sich schwer aus dem Sessel. »Nun gut. Danke für diesen kleinen Schwatz. Hat mir Spaß gemacht, auch wenn es schrecklich war. Nehmen Sie das nicht persönlich.«

Auch ich erhob mich und geleitete sie zur Tür. Mit der Hand auf der Türklinke hielt ich inne. »Sagen Sie, Miss Fullman…«

»Nennen Sie mich Les.«

»Also gut, Les, sagen Sie mir, warum haben Sie keine Abtreibung vornehmen lassen? Sie hatten Gründe genug für einen absolut legalen Abbruch…«

Zum ersten Mal, seit sie das Zimmer betreten hatte, sah sie verlegen aus.

»Ich bin ein Idiot, ich weiß, aber sehen Sie: Ich konnte einfach nicht glauben, daß es passieren würde. Nicht mir. Nicht einer, die so hundertprozentig lesbisch ist. Ich konnte mir einfach nicht vorstellen, daß es möglich ist, bis es mich in die Eingeweide trat, und dann war es zu spät.«

*

Die Blutungen begannen einige Wochen später, während ich vor den Osterfeiertagen das Büro saubermachte. Die Stationsärztin, der ich mich anvertraute, schien nicht allzu besorgt. So etwas käme manchmal nach einer Ausschabung vor, versicherte sie mir. Falls ich beunruhigt sei, könne ich über das Osterwochenende im Krankenhaus bleiben. Ich ließ es mir durch den Kopf gehen. Nancy würde nach Ostern aus dem Urlaub zurück sein. Wenn sie mich auf der Station sehen würde, an einer weiteren hysterischen Attacke leidend..., so beschloß ich, nach Hause zu gehen.
»Sagen Sie mir Bescheid, wenn es bis morgen nicht weg ist«, riet mir die Stationsärztin. Sie trug einen saphirblauen, mit einem Silberfaden bestickten Sari unter ihrem weißen Kittel, ein dicker schwarzer Zopf tanzte auf ihrem Rücken wie eine Schlange. Ihr Lächeln war verwirrend. Ich mußte gegen das plötzliche Bedürfnis ankämpfen, ihr alles zu erzählen, lächelte zurück und ging heim.
Die Blutungen hörten nicht auf. Nach zwei Tagen rief ich die Stationsärztin an, aber sie hatte frei. Mein Hausarzt war in Urlaub. Ich betrachtete die Notfallnummer, die mir seine Sekretärin übers Telefon durchgegeben hatte, und riß den Zettel langsam in Stücke. Ich würde niemanden anrufen. Diesmal würde es keine Panik oder unnötige Aufregung geben. Mir fehlte überhaupt nichts.
Wäre ich schwanger gewesen, dann hätte ich sagen können, daß ich jetzt eine Fehlgeburt hatte. Ich schnappte nach Luft, als der Schmerz durch meinen Körper raste. Er schien mich in Stücke zu reißen. Aber ich war nie schwanger gewesen, also konnte dies nur ein besonders unangenehmer Zwischenfall sein. Manchmal passierte so etwas nach einer Ausschabung. Außerdem hatte ich mir das alles selbst zuzuschreiben.
Sechs Tage später stand ich auf, wankte, mich an Möbelstücken festhaltend, ins Bad, wusch mich, zog mich an,

trank etwas Tee und fuhr zur Arbeit. Ich habe keine Ahnung, wie es mir gelungen ist, sechs Meilen durch den dichten Morgenverkehr zu fahren. Es muß das Auto gewesen sein, das mich automatisch hinfuhr, da es die Fahrt schon so häufig gemacht hatte. Ich ging in mein Büro, in dem sich plötzlich die Dunkelheit über mich senkte, und brach über dem Schreibtisch zusammen.

Ich erwachte in einem hohen Krankenhausbett, die Stationsschwester hielt mir die Hand, und Nancy starrte mich stirnrunzelnd an. »Wir werden uns das morgen ansehen«, sagte sie, bevor sie ging.

»Sie haben eine Menge Blut verloren«, fügte die Stationsschwester vorwurfsvoll hinzu, als ob ich einen dummen Fehler gemacht hätte.

Im Garten vor dem Fenster leuchteten die Frühlingsblumen. Narzissen, Krokusse und Osterglocken waren unter meinem Fenster zu sehen, und die Blüten der ersten Tulpen wurden mit jeder Stunde des schon starken Sonnenlichts röter. Mir war kalt, und ich hatte Angst. Ich heftete meinen Blick auf die Blumen und fragte mich abergläubisch, ob ich sie wohl wiedersehen würde.

In jener Nacht tat ich trotz der Schlaftablette, die sie mir gegeben hatten, kein Auge zu. Plötzlich war ein Sturm aufgekommen, und ein Fenster klapperte und schlug gegen die Wand im Treppenhaus, bis ich aufstand und zitternd vor Kälte, schwindelig von den Medikamenten die Treppe hinaufstolperte, das Fenster fand und es schloß. Dann saß ich, zu schwach, um zur Station zurückzukehren, auf dem Fensterbrett, blickte in den Garten und weinte vor Angst und Erschöpfung und vor seltsamem Mitleid mit dem, was ich dabei war zu verlieren.

Aus der Kinderstation unten war ein monotones Wimmern zu hören, dünn und verzweifelt hallte es durchs Treppenhaus. Es schien mir ein Loch ins Gehirn zu bohren und trieb mich schließlich ins Bett zurück.

Am nächsten Morgen war ich die letzte auf der Operationsliste, und als ich endlich drankam, schien die Vorbereitungsspritze nicht mehr zu wirken, ich war hellwach und schlotterte vor Angst. Vermutlich war es nur Einbildung, aber ich sah niemanden lächeln. Weder in meinem Zimmer, das ich als Angehörige der Klinik für mich alleine hatte, noch im Operationssaal, wo natürlich alle ihre Masken trugen, obwohl ich Nancys hellblaue Augen erkennen konnte und sah, wie sich ihre ergrauenden Brauen in einem Stirnrunzeln zusammenzogen.
Als ich in meinem Bett erwachte, war die Luft von einem seltsamen weißen Licht erfüllt. Ich schaute hinüber zum Fenster und suchte die Krokusse. Ich lebte und konnte sie wiedersehen. Der Garten war unter einer dicken Schneedecke begraben, und immer mehr Schnee fiel aus dem grauen Himmel. Ich lag da, starrte die wirbelnden Flokken an, während sich die Welt um mich herum langsam drehte. War ich den ganzen Sommer ohnmächtig gewesen? War es schon wieder Winter? Eine Krankenschwester kam herein und schloß das Fenster. »Es schneit«, flüsterte ich.
»Ganz offensichtlich«, stimmte sie zu und ging hinaus. Damit war ich jetzt auch nicht klüger als zuvor. Sie schien sich über das Wetter nicht zu wundern, aber auch nicht darüber, mich wach vorzufinden, also war offensichtlich nichts Außergewöhnliches passiert, weder in der Außenwelt noch mit mir. Ich suchte nach meiner Handtasche und entnahm ihr einen Spiegel. Ich war nicht ergraut. Ich sah zwar blaß und krank aus, aber nicht früh gealtert. Konnte es immer noch derselbe Tag sein, an dem ich operiert worden war?
Als ich wieder aufwachte, hatte ich einen klaren Kopf, fühlte mich schwach und – allein. Diesmal gab es keinen Zweifel. Das Etwas, das meinen Körper mit mir die letzten drei Monate geteilt hatte, war verschwunden. Und mit

ihm die Ruhe, das Gleichgewicht, der innere Kern meines Wesens. Ich hatte mich noch nie in meinem Leben so allein gefühlt.

*

Reg Dich nicht auf, Vater. Es ist alles vorüber und schon lange vorbei. Niemand weiß etwas davon, außer Dir und mir und Claire, weil ich es ihr gerade geschrieben habe. Auch sie hat es nicht gewußt. Ach, ich vergaß: Julia wußte es. Sie holte mich am Tag meiner Entlassung aus dem Krankenhaus ab und fuhr mich nach Hause. Bis zu diesem Tag hatte sie keine Ahnung, daß irgend etwas nicht in Ordnung war. Doch wir haben nie darüber gesprochen. Nicht direkt. Ich war erleichtert, daß sie nicht versuchte, bei mir ihre Sozialarbeiterfähigkeiten anzuwenden. Ich hätte es nicht eine Minute lang ertragen. Sie füllte meine Küche und den Kühlschrank mit Nahrungsmitteln, weigerte sich, dafür Geld anzunehmen, seufzte, murmelte etwas in der Art, sie wolle später mit mir darüber sprechen, wenn ich mich besser fühlte, und ging. Sie rief mich jeden Tag an, bis ich wieder zur Arbeit ging, um sicherzustellen, daß alles in Ordnung war, aber wir beide berührten das Thema nie wieder.

Wayne hat es nie erfahren. Wir tauschten ein paar Briefe aus und hörten dann auf, uns zu schreiben. Plötzlich spielte er keine Rolle mehr. Vielleicht war das nie der Fall gewesen.

Ich habe immer vermutet, daß Martha es wußte, obwohl sie nie ein Wort darüber verlor, eine recht ungewöhnliche Zurückhaltung ihrerseits. Sie sah mich durchdringend an, auf die Art, wie sie es immer macht, wenn ich nach längerer Abwesenheit wieder zu Besuch komme, nickte und musterte mich erneut mit hochgezogenen Augenbrauen von oben bis unten.

»Du hast abgenommen«, stellte sie fest. »Du solltest dich besser um deine Gesundheit kümmern. Warum fastest du, wenn du doch so groß und dünn bist?«
Ich versicherte ihr, daß ich keine Fastenkur machte, und um es zu beweisen, aß ich eine große Menge ihres berühmten Kuchens. Das jedoch verstärkte nur ihren Verdacht, und sie fragte, als Du einmal das Zimmer verlassen hattest, ob ich vielleicht meine Stelle verloren hätte und allmählich aus Geldmangel verhungerte.
Ich hätte dieses Baby nicht bekommen können, Vater. Der Abbruch war zu früh. Dann war es eine Fehlgeburt. Offenbar starb ich beinahe an dem Blutverlust. Ich sage das nicht, um Deine Sympathie zu gewinnen. Nur um die Sache klarzustellen. Ich hätte kein uneheliches Kind zur Welt bringen können. Dazu fehlte mit der Mut. Ich hätte Dich nicht so sehr verletzen können. Ich wußte, daß Du mir niemals vergeben hättest. Für Dich spielte es eine große Rolle, was die Nachbarn sagen. Du hättest Dich sehr geschämt, selbst wenn ich es nicht getan hätte. Du hättest Dich vielleicht gezwungen gefühlt, aus der Gegend wegzuziehen. Ich hätte Dich nie mehr besuchen können. Bis dahin war der einzige Vorwurf, den Du mir gelegentlich machtest, daß ich dazu neigte, zuviel zu trinken. Aber ein Kind zu haben, das ist eine ganz andere Sache. Das verschwindet nicht nach ein paar Nächten ruhigen Schlafens. Es erfordert eine ganze Menge, es großzuziehen, nicht nur eine einmalige Anstrengung, sondern Tag für Tag, das ganze Leben lang. Erinnere Dich, das alles geschah vor langer Zeit, als es noch nicht so Mode war wie heute, ein Kind alleine großzuziehen. Damals betrachtete ich es als besonders harten Schicksalsschlag gegen Dich und Deine Werte. Ein Schlag, der unsere bereits belastete Beziehung noch weiter erschwert hätte. Und obwohl ich oft gedroht hatte, Dich nie mehr zu besuchen – als es zum Schwur kam, stellte ich fest, daß ich

es nicht tun konnte. Ich konnte nicht Mutter werden, um den Preis, meinen Vater zu töten. Statt dessen tötete ich das Kind.

*

Liebe Claire, jetzt verstehst Du vielleicht den Grund für die merkwürdige Stimmung, mit der ich Dich in jenem Sommer überraschte, als ich Dich häufig in Deinem Haus besuchte. Ich hatte beschlossen, in Deinen Garten etwas Ordnung zu bringen. Ich redete davon, mich in ein Häuschen auf dem Land zurückzuziehen, Hühner und Kaninchen zu züchten, Gemüse zu ziehen, erinnerst Du Dich? Du lachtest darüber und fragtest mich, was nur in mich gefahren sei. Ich sei doch nicht dieser erdverbundene Typ, sagtest Du. Mein Platz war in der Stadt. Ländliche Beschäftigungen waren nicht mein Ding. Sie waren mir so fremd wie dieser Ausdruck für Dich.

Wie ich Dich um das Haus beneidete, in dem Du Dein ganzes Leben verbracht hast, um den großen, vernachlässigten Garten, den ich mit meinen unbeholfenen Versuchen, etwas Ordnung in das überwachsene Chaos zu bringen, beinahe zerstörte. Ich wollte ihm ein gewisses Muster aufdrücken, die unordentliche Natur zähmen, sie kontrollieren, sie für ihr unziemlichs Wachstum bestrafen. Du beobachtetest meine Arbeit mit bemerkenswerter Toleranz, sagtest nie etwas dagegen, verrietest nie Deine Angst, sorgtest Dich nur um meine angestrengten Muskeln und den schmerzenden Rücken. Du standst da im verwüsteten Garten, Catapult auf dem Arm, nicktest und stimmtest mir zu, daß man jetzt wenigstens erkennen könne, wie groß der Garten wirklich war und wieviel Platz Du jetzt hättest, zukünftig hier etwas zu pflanzen. Es war der Sommer, in dem Catapult eines Tages zur Tür hereinmarschiert war und Dich und das Haus adoptiert hatte. Eine streunende

Katze, wild und stolz. Sie kam, suchte sich einen geeigneten Platz, um ihren Wurf großzuziehen, und blieb.
»Solltest du sie nicht sterilisieren lassen?« fragte ich, nachdem wir es wieder einmal geschafft hatten, für den vielfarbigen Nachwuchs das passende Zuhause zu finden. »Werde ich, werde ich«, versprachst Du. Doch Du hast nie etwas in dieser Richtung unternommen. Für den Rest ihres stürmischen Lebens streunte Catapult nachts durch die Straßen, kam morgens häufig mit blutiger Nase oder eingerissenem Ohr nach Hause, und neue Würfe erschienen in der Ecke des leeren Schlafzimmers, das sie als ihr Kinderzimmer ausgewählt hatte. Du schienst irgendwie stolz auf ihre Erkundungen zu sein und lediglich zu bedauern, wie Du einmal witzelnd bemerktest, daß sie Dir nichts von ihren Abenteuern erzählen konnte. Ich fand es immer merkwürdig und sympathisch, dieses Bild, das ich von Dir hatte, wie Du da so sittsam hinter den geblümten Chintzvorhängen und zwischen dem polierten Mahagoni, umgeben von einer getrimmten Hecke, geschützt vor zufälligen Einblicken durch das makellose weiße Netz Deiner Gardinen, in diesem Haus lebtest, während Catapult, die Du jede Nacht mit einem komplizenhaften und ermutigenden Lächeln hinausließest, wild durch die Nachbargärten streunte, in unreputierlicher Begleitung miauend und kreischend über die Dächer lief und sich mit Hinz und Kunz im Mondschein paarte.
Meine Leidenschaft für Gartenarbeit legte sich, bevor ich Deinem Eigentum irreparablen Schaden zufügen konnte. Du faßtest den Entschluß, Dir schließlich doch einen Gärtner zu leisten. Wie taktvoll von Dir. Heute ist Dein Garten ein Schmuckstück, etwas, das man sonst nur in Katalogen sieht. Und das ist etwas Weiteres, um das ich Dich immer beneidet habe.
In jenem Winter traf ich Greg wieder. Aber diesmal, wie ich Dir aufgeregt verkündete, diesmal war alles wirklich

vorüber. Der Charme tat seine Wirkung nicht mehr. Wir trafen uns auf dem neutralen Grund irgendeines Wohnzimmers, bei einer Party. Den ganzen Abend lang umkreisten wir einander, maßen unsere Kräfte, sorgfältig Banalitäten austauschend:

»Du hast dich überhaupt nicht verändert.«

»Du siehst sehr gut aus.«

»Na, wie geht's denn so?«

»Prima. Ganz prima.«

»Freut mich zu hören.«

Er war nach einem längeren Aufenthalt in den Staaten herübergekommen. Er sah nicht besonders gut aus. Er trank zuviel, dachte ich. Zu viele Cocktailpartys, das sanfte Leben, er wurde fett, seine Gesichtszüge verschwammen, die Kinnbacken hingen herab, die Taille verbreiterte sich, eine Art Rettungsring begann, sich über ihr zu bilden. Wenn ich ihm jetzt zum ersten Mal begegnete, würde ich ihn dann umwerfend finden? Nein.

»Er ist jetzt ausgesprochen widerstehlich«, verkündete ich triumphierend. »Ich habe ihn jetzt dreimal gesehen. Wir waren im Restaurant, im Theater, und einmal kam er zu mir nach Hause zum Essen.«

Diesmal gab es keine Überraschungen. Wir beendeten unsere Mahlzeit, dann saßen wir da und redeten über die Arbeit, seine und meine, und über den Zustand der Welt. Er erzählte mir einige lustige Geschichten, wir lachten, und einen Augenblick wurde ich unsicher. Früher hatten wir viel zusammen gelacht. Es war Teil der Magie, die uns zusammenhielt. Er war immer noch da, dieser besondere absurde Humor, den wir beide so genossen. Und wenn es ein paar Dinge gab, die sich nicht verändert hatten, warum sollte es dann nicht auch noch mehr geben?

Schnell wechselte ich das Thema und kam auf die schwerwiegenden Probleme des Alltags zurück. Die internationale politische Situation sah schwierig aus. Was dachte er über den Fernen Osten? Den Mittleren Osten? Vietnam? Wie lange war er dort gewesen? Es mußte schrecklich gewesen sein...

Wir lachten nicht mehr, und er ging vor Mitternacht mit dem Versprechen, mir einen Durchschlag seines letzten Artikels zu schicken. Ich besaß inzwischen schon eine ganze Sammlung davon. Ich las immer alles, was er schrieb, folgte seinen Reisen rund um den Globus und fragte mich bei jedem neuen Bericht, wer sonst noch außer mir sich um seine Sicherheit sorgte.

»Ich bin so froh, daß alles vorüber ist«, sagtest Du und reichtest mir eine Tasse Tee. »Und daß du dich nicht mehr verletzen läßt. Sehr froh.«

Einen Augenblick lang überspülte mich eine Welle des Hasses, als ich Dich ansah, wie Du da so ruhig und unberührt in Deinem sonnigen, warmen, imprägnierten Haus saßest. Der Garten draußen wurde durch die französischen Fenster und schwere Wintervorhänge ferngehalten. Im Sommer kam er bei geöffneter Tür direkt ins Wohnzimmer. Doch im Winter schließt Du die Vorhänge früh und damit die Natur aus.

Ich haßte Dich dafür, mir zu glauben, meine vorsichtige Äußerung für die Wahrheit zu halten, ernsthaft die Ankündigung zu begrüßen, daß ich einen Teil von mir für tot erklärte. Wenn ich nicht länger auf Greg reagieren konnte, wenn sein Charme mich gleichgültig ließ und alles, was einmal zwischen uns gewesen war, nicht mehr existierte, dann mußte ich auch tot sein. Und Du warst darüber froh?

Ich wußte, Du meintest es nur gut, Du wünschtest lediglich, daß ich jetzt endlich dazu käme, eine ruhige, vernünftige Existenz zu führen, von der Art, die Du und so viele unserer Freunde führten: ordentlich, nett und poliert, nach nichts weiter riechend als nach Bienenwachs. Du meintest es gut, nach Deinem eigenen Verständnis,

und ich habe Dir diesen frommen Wunsch nie verziehen.
Eine Einzelheit scheine ich vergessen zu haben: Bei seinem letzten Besuch in London sprach Greg von seiner Frau. Er zeigte mir sogar ein Foto von ihr. Darauf war ihr Haus in den Staaten zu sehen, ein großer Hund und ein wohlgetrimmter Rasen. Sie sieht recht gut aus. Auf dem Foto, meine ich. Sah gut aus. Es war vor vielen Jahren. Eher hübsch als niedlich. Groß, dunkelhaarig, kräftige Figur. Sehr eindrucksvoll, um ehrlich zu sein. Ich hatte gedacht, daß er eher den jüngeren, natürlicheren Typ mochte. Sie ist auch Journalistin. Oder war es zumindest damals. Arbeitete bei irgendeiner Frauenzeitschrift. Anscheinend dort drüben sehr bekannt. Ich hatte von ihr noch nie gehört, habe mir diese Art von Lesestoff nicht mehr angesehen, seit ich aus meinen jungen Jahren heraus war. Sie trug irgendein lockeres Kleid und hatte ein Indianerband um die Stirn geschlungen. Als Protest gegen den Vietnam-Krieg. Das sagte er zumindest. Und ich sagte, ach, und gab ihm das Foto zurück.
Es war ein Fehler von ihm, mir das Foto gleich zu Beginn zu zeigen. Solange ich es nicht gesehen hatte, existierte Joan für mich nicht wirklich. Oder hat er es gerade deshalb getan? Unmittelbar nachdem wir so viel über irgendeine seiner lustigen Geschichten gelacht hatten. Einen Moment lang hatte ich das Gefühl, in alten Zeiten zu schwelgen, und dann plötzlich zog er seine Brieftasche heraus: »Schau, ich glaube, du hast Joan noch nie gesehen.«
Ich biß die Zähne zusammen, meine Augen wurden starr, und ich wußte nicht, was ich sagen und welchen Gesichtsausdruck ich zur Schau stellen sollte. Sie ist wirklich sehr schön. Was Du einmal den amerikanischen Typ genannt hast. Langer, schlanker Körper und ein rundes Mädchengesicht mit einer Stupsnase und einem sehr großen Mund,

der auf dem Foto weit geöffnet war. Wie schaffen sie das bloß, eine so gute Figur und so runde Wangen zu behalten? Natürlich dauert es nicht an. Auch sie werden schrullig und schrill in ihrem mittleren Alter. Aber das spielt keine Rolle. Ich wußte, Greg würde sie verlassen, bevor sie dieses Stadium erreicht hatte. Und genau das, so hörte ich, hat er getan. Jetzt ist er wieder frei. Und auf dem Weg nach London. Ich glaube, er beabsichtigt, hier eine Weile zu bleiben, bevor er sich auf eine weitere Auslandsreise schicken läßt. Manchmal frage ich mich, ob er sich die Mühe machen wird, diese Adresse hier herauszufinden. Das spielt natürlich keine Rolle. Ich werde dann nicht mehr hier sein.

*

Seufzend schüttelte Victoria die letzten Krumen Kaffeepulver aus der Dose in die Tasse und goß heißes Wasser darüber. Es färbte sich kaum braun. Die Milch war sauer geworden, und es gab keinen Zucker mehr im Haus. Das bedeutete, wieder einmal einkaufen gehen zu müssen. Sie trug ihre Tasse wie üblich zum Küchenfenster und blickte über den Kanal zum Lagerhaus hinüber. Das Zimmer, in dem der Mann auf dem Sofa gelegen hatte, war leer. Selbst das Sofa war verschwunden. Also war er gestorben, dachte sie. Wann hatten sie ihn weggetragen? Wo war sie gewesen, als all dies passierte? Es mußte einen ziemlichen Aufruhr da drüben gegeben haben. Sie inspizierte die anderen Fenster. Möglicherweise bildete sie sich das nur ein, doch es schien ihr, als ob das Haus vor ungewohnter Aktivität summte. Eine Versammlung schien in dem Raum stattzufinden, in dem die bunte Menge Menschen wohnte, die alle in demselben Bett schliefen. Victoria glaubte, mehrere der Bewohner aus den anderen Stockwerken zu erkennen. Da war das Saxophon spielende Mädchen (wenn es nicht doch ein Junge war) mit dem bärtigen Mann, der nebenan Yoga praktiziert hatte. Die junge Mutter mit dem Baby, der Mann mittleren Alters, der vor kurzem eingezogen und kaum je zu Hause war, einige der langhaarigen Hippies aus dem Zimmer mit dem blauen Fußboden, die wie üblich rauchten und besonders aufgeregt zu sein schienen. Sie saßen alle auf dem großen Bett und dem Fußboden und debattierten über etwas, gestikulierten, lehnten sich ernst nach vorne. In der Mitte saß eine Frau mit überkreuzten Beinen auf einer Matratze, die sich Notizen machte, sich jedem Sprecher zuwandte und manchmal mit der Hand abwinkte, als ob sie darum bäte, langsamer zu reden, während sie schrieb. War dies die Frau von oben, deren Gesicht Victoria nie hatte erkennen können? Die die ganze Nacht über ihrer Schreibmaschine im goldenen Licht der Arbeitsleuchte verbracht hatte?

Victoria öffnete das Fenster und lehnte sich hinaus. Mehr als alles auf der Welt wünschte sie sich jetzt, dort drüben im Lagerhaus zu sein. Sich der Gruppe anzuschließen. Wenn doch nur jemand herüberschauen würde und sie sähe. Wenn sie auch nur das leiseste Zeichen geben würden, daß sie sie erkannten, dann wäre sie schon unten und drüben, bevor…

Der Wind war eisig. Sie schloß das Fenster und wandte sich wieder der Küche zu. Und was sollte sie ihnen sagen? Daß sie gesehen hatte, wie ein Mann in seinem Zimmer starb, ohne ihn zu fragen, ob er Hilfe benötigte?

Ihr Blick schweifte über den Fußboden, der mit dem Inhalt ihrer Schränke und Schubladen übersät war. Ihre Arbeit war beinahe beendet. Ein weiterer Stapel blaugrauer Notizbücher, den sie in einem alten Koffer gefunden hatte. Sie konnte sie mit nach unten nehmen und dort in den Mülleimer werfen. Da lag ihr letzter Job, die letzten wenigen Jahre ihres Lebens, zwischen mit Eselsohren versehenen Seiten voller unverständlicher Kritzeleien. Nach der gemütlichen Arbeit im Vorort-Komfort von Neugeborenenstationen voller Blumen, Süßigkeiten, pastellfarbener Babyanzüge und dem Duft von warmer Milch hatte sie sich den grausameren Realitäten zugewandt. Ein großes Lehrkrankenhaus von internationalem Ruf. Eine Beförderung für sie, ein Schritt die Hierarchieleiter hinauf, eine Gehaltserhöhung und die Aussicht weiterer Fortschritte in ihrer Laufbahn: Supervision von Studenten, Lehraufträge und Artikel für Fachzeitschriften. Vor allem: der Eintritt in eine Welt von Schmerzen, Angst und Leiden, wie sie ihr in ihren ganzen vorherigen Berufsjahren noch nie begegnet waren.

*

»Wir haben uns entschlossen, Ihnen die Stelle zu geben, weil wir in dieser Abteilung eine ältere Frau benötigen. Die Neurologie ist nichts für blutige Anfängerinnen. Sie hatten noch nie etwas mit Neurologie zu tun, nicht wahr? Also werden Sie eine Menge lesen müssen. Lernen Sie schnell? Ich werde Ihnen eine Liste von Büchern aufschreiben, und unsere Bibliothekarin wird sie für Sie heraussuchen.«
Der Kaffee wurde in Roses Büro in Chinatassen serviert. Mahagonitisch, Blumen, teure Drucke, sandfarbene Wände – die unvermeidliche Krankenhaus-»Magnolie« –, ein pflaumenfarbener Teppich auf dem Fußboden. Rose, die Chefin dieser sehr großen Sozialstation wirkte soigniert, ganz Dame mittleren Alters von ihrer leicht ergrauenden teuren Frisur bis zu ihren ebenso teuren Pumps. Ihre Nägel waren blaßrosa lackiert, passend zu der gerade modischen Farbe ihres Lippenstifts, und der blaßblaue Lidschatten paßte Ton in Ton zur Farbe ihres Kleides. Victoria hatte sich in den letzten Jahren nicht sonderlich um ihre Kleidung gekümmert – für was und für

wen um Himmels willen, der weiße Kittel verbarg bei der Arbeit ohnehin alles, und außerhalb der Klinik... wen kümmerte es? Victoria begann nachzurechnen, ob sie sich von ihrem neuen Gehalt eine vollständig neue Garderobe leisten konnte.

»Wie ich schon sagte«, fuhr Rose fort, wobei sie mit ihrem Blick die abgebrochenen Fingernägel, das vor einigen Wintern modisch gewesene Kleid und die entschieden abgetragenen Schuhe erfaßte, »wir benötigen eine ältere Person mit Erfahrung. Lebenserfahrung. Die meisten Patienten auf unseren Stationen sind chronische Fälle. Sie werden sie und ihre Familien mit den Jahren kennenlernen. Das ist das Schöne an der Neurologie. Sie müssen über alles Bescheid wissen, was unsere Patienten vielleicht benötigen könnten. Sie müssen lernen, was ihre Krankheit für sie und ihre Familien bedeutet, Sie müssen die weitere Entwicklung vorhersehen, da sein, wenn sie Hilfe brauchen, bereit sein, sie zu unterstützen, ihnen ihre Situation zu erleichtern.

Wir sind glücklich dran: Dies ist ein reiches Krankenhaus, und wir haben verschiedene Fonds, aus denen wir Geld beziehen können. Das, was die Krankenkassen zahlen, reicht nicht aus, sie können viele der Dinge, die die Patienten brauchen, nicht finanzieren. Sie müssen also sehr schnell lernen, was getan werden kann, welche Gelder beantragt werden können und wie Sie das am besten machen. Prinzipiell schlagen wir unseren Patienten nie etwas ab. Die Mehrzahl von ihnen ist unheilbar krank, und die Prognose sieht düster aus. Für die meisten Krankheiten, denen Sie auf Ihren Stationen begegnen, gibt es keine Behandlungsmöglichkeit, geschweige denn eine Heilung. Dennoch, wir leben von der Hoffnung, und es gibt eine Menge Forschungsprojekte. Auch darüber sollten Sie sich im klaren sein. Wir haben hier den Eindruck, daß die Ärzte sich ziemlich schlecht fühlen müssen. Sie betrachten sich als Heiler, deshalb haben sie schließlich die medizinische Laufbahn eingeschlagen. Und wenn sie dann nicht heilen können, wenn sie nichts weiter tun können, als eine Diagnose zu erstellen, fühlen sie sich schuldig. Sie müssen etwas tun. Also überweisen sie die Patienten an uns: Die Sozialarbeiterin wird dafür sorgen, daß Sie alles bekommen, was Sie brauchen. Ein bequemeres Haus, einen passenden Rollstuhl, das Geld, um sich etwas Besonderes leisten zu können, besondere Kleidung, einen Urlaub am Meer, damit Ihre Familie sich einmal davon erholen kann, Sie Tag und Nacht pflegen zu müssen. Oder brauchen Sie einen Job? Gehen Sie zur Sozialarbeiterin. Sie wird Ihre Rente und alle möglichen Zusatzeinkünfte berechnen und beantragen, Ihnen eine Haushaltshilfe oder Essen auf Rädern oder eine Pflegerin besorgen, oder wollen Sie einem Club beitreten? Und dann gibt es all die elektronischen Hilfen, von denen Sie sicher schon gehört haben: die Schreibmaschinen, die ohne Berührung schreiben, das Telefon, das man benutzen kann, ohne den Hörer abnehmen zu müssen, die Einhandbedienung von Küchengeräten und Herd, die Haltegriffe im Bad, das Besteck für diejenigen, deren Hände gelähmt sind, und die Wäsche für die Inkontinenten. Leider ist das fast schon alles. Ach ja, sie wird Ihnen stundenlang zuhören, mit Ihnen über all die Dinge sprechen, über die Sie gar nicht sprechen wollen; wir können Sie nicht wirklich heilen, aber gehen Sie doch bitte zur Sozialarbeiterin. Sie wird Ihnen beibringen, besser damit leben zu können.«

Rose hielt inne und nippte an ihrem Tee. Ihr Gesicht und Hals waren purpurrot, Schweißperlen waren unter dem dezenten Make-up zu erkennen.

»Tut mir leid, ich neige dazu, mich mitreißen zu lassen. Muß an meinem Alter liegen! Nehmen Sie das Ganze nicht zu ernst. Ich meine, sie ist natürlich tödlich ernst, die Arbeit hier, aber zumindest wissen wir, daß wir gebraucht werden. Und zwar von vorne bis hinten. Das ist das Gute an diesem Job. Was wir tun, ist sehr wichtig. Besonders deshalb, weil man so wenig tun kann. Jede Verbesserung, die wir einem Patienten bieten können, zählt. Und am wichtigsten ist die Unterstützung, die wir anbieten, indem wir einfach nur zuhören. Sie zum Reden bringen. Da gibt es Dinge – Symptome, Nebeneffekte der Krankheit oder der Behandlung –, die ihnen zu peinlich sind, zu schmerzhaft, als daß sie sie auch ihren nächsten Anverwandten gegenüber erwähnen würden. Wir geben ihnen das Gefühl, daß es in Ordnung ist, darüber mit uns zu sprechen. Wir wissen, womit sie fertig werden müssen. Wir sind nicht in Verlegenheit zu bringen. Das verschafft Erleichterung, nicht nur den Patienten. Auch ihren Ehepartnern, Eltern oder Kindern. Sie können sich öffnen, ihre Frustrationen bei uns loswerden, ihren Zorn, ihre Verzweiflung, ihren Groll, ihren Haß oder ihr Selbstmitleid. Das alles gehört zum Leben dazu. Wir sind da, um ihnen zuzuhören, sie zu beraten und einen Weg zu finden, ihnen ihre Bürde zu erleichtern. Wir arbeiten mit den Physiotherapeuten und Sprachtherapeuten und Beschäftigungstherapeuten genauso zusammen wie mit dem Pflegepersonal und natürlich den Ärzten. Wir nehmen an den Stationsbesprechungen und Konferenzen teil. Wir müssen alles Wichtige über jeden Patienten auf der Station wissen, damit jeder, der an diesen Konferenzen teilnimmt, sich ein abgerundetes Bild der Situation machen kann. Ihre Berichte über die familiäre Situation der Patienten werden der Krankenakte beigelegt, also müssen sie konkret und verständlich abgefaßt sein. Sie werden außerdem jeden Arztbericht zu lesen bekommen, also müssen Sie in der Lage sein zu verstehen, was drinsteht. Sie sind ein Teil des Teams. Und jetzt werde ich Ihnen die Stationen zeigen. Ich hoffe, Sie haben einen starken Magen. Man hat schon erlebt, daß Leute, die in die

Neurochirurgie kamen, in Ohnmacht gefallen sind oder sich übergeben mußten.«
Wie gelähmt folgte Victoria Rose den Korridor entlang zum Fahrstuhl. Die neurologische Station war im obersten Stockwerk, unterhalb der Operationssäle untergebracht. Sonnenschein strömte durch die großen Fenster. Es war unerträglich heiß.
Es gab dort zwei große altmodische Krankensäle mit je zwanzig Betten, kleinere Vierbett-Zimmer und Einzelzimmer für die Schwerstkranken. Viele Patienten hatten den Schädel rasiert, Beulen oder Einsenkungen in ihrem Schädel. Manche Köpfe waren dick bandagiert, Infusionsleitungen und Katheter schauten unter den Verbänden hervor. In manche Schädel waren Löcher gebohrt, manche hatten Metallgestelle um den Kopf, manche Gesichter waren verrutscht, die eine Seite war schlaff und tot, die andere normal und beweglich. Einige hatten die Augenlider mit dicken schwarzen Fäden zugenäht. An manchen Köpfen fehlten Teile der Schädelknochen, nur ein pulsierender Hautlappen bedeckte das ungeschützte Gehirn.
»Die Schädelstücke werden im Kühlschrank aufbewahrt, bis sie wieder eingesetzt werden«, sagte Rose. Victoria war sich nicht sicher, ob das nicht ein makabrer Scherz war, und schwieg.
»Das ist unsere neue Sozialarbeiterin, Schwester. Victoria Bennet. Sie wird nächste Woche hier anfangen. Schwester Kelly wird Sie unter die Fittiche nehmen, Victoria. Wenn Sie einmal etwas nicht verstehen, dann fragen Sie sie.«
Schwester Kelly lächelte. Sie war jung und hübsch, sorgfältig geschminkt, das Spitzenhäubchen schmückte ihre üppigen goldenen Locken wie eine Krone.
Victoria zwang sich zu lächeln. Wie gut sie hier alle gekleidet waren. Der Unterschied zwischen diesem Krankenhaus und ihrer alten, schäbigen Vorortklinik war

selbst an den Uniformen der Krankenschwestern zu erkennen.
»Übrigens, Sie müssen es bereits gemerkt haben, wir tragen hier in unserer Abteilung keine weißen Kittel. Wir gehen in Zivilkleidung auf die Stationen. Damit die Patienten uns nicht mit den ›Behörden‹ identifizieren. Wir sind so ein Zwischending, aber eher auf der Seite der Patienten. Tja, nun haben Sie die Chirurgischen Stationen gesehen, jetzt lassen Sie uns zur Neurologie hinübergehen. Trotz allem, was ich vorher gesagt habe, sind hier auf der chirurgischen Seite noch Heilungen oder wenigstens Verbesserungen möglich. Die Chirurgen sind diejenigen, die Probleme beseitigen oder die Lebensumstände bessern können. Wir sehen hier Patienten, die vollständig gelähmt, blind, taub und im Koma hier ankommen und gelegentlich auf ihren eigenen zwei Beinen wieder hier herausgehen, wieder sprechen, sehen und ein vollständig gesundes Leben führen können. Wahre Wunder.
Auf den neurologischen Stationen treffen Sie meist die anderen. Denken Sie daran, auch sie verlassen uns hier häufig erstaunlich gesund, doch die meisten von ihnen kehren früher oder später zurück. Sie werden auf neue Medikamente eingestellt und erhalten ein weiteres physiotherapeutisches Training, das kann einen großen Unterschied machen, aber eine vollständige Heilung... Natürlich, wir geben die Hoffnung nie auf.«
Auf der neurologischen Station gab es kleine Vierbett-Zimmer. Blumen, Grußkarten, Obstschalen, Zeitschriften, Radios und ein Tisch mit einem halbfertigen Puzzle, über das sich einige Patienten beugten, sich fröhlich miteinander unterhaltend, neben sich Teetassen und Teller mit Keksen. In den Ecken der Zimmer bemerkte Victoria Rollstühle und Gehstützen, Krücken und Hebevorrichtungen, doch der allgemeine Eindruck war eher gemütlich als erschreckend.

»Die meisten Patienten hier können sich nicht bewegen, also empfinden sie Kälte als sehr unangenehm. Deshalb ist es hier so warm. Die Patienten mit multipler Sklerose beklagen sich darüber. Ihre Muskeln schwinden in der Hitze noch schneller. Aber wir müssen auch an die anderen denken.«

Eine weitere hübsch aussehende Schwester lächelte ihnen freundlich zu und bot ihnen Tee an.

Auf dem Rückweg zur Sozialstation fuhr Rose fort, einen Schwall von Informationen und unverständlichen Fragen über Victoria auszuschütten:

»Haben Sie schon mal etwas von Huntingtons' Chorea gehört? Von Friedreichs Ataxie? Von der Wilson-Krankheit? Guillome-Barré? Motor-Neuron? Kennen Sie die unterschiedlichen Epilepsie-Arten? Myästhenie? Kennen Sie nicht? Tja, dann holen wir Ihnen am besten gleich ein paar Bücher.«

Als Victoria einige Zeit später die Station verließ, die Arme voller Bücher, Broschüren und Informationsblätter, wurde sie im Flur von einer kleinen Frau mittleren Alters aufgehalten, die ihr auf stark geschwollenen Füßen entgegenhumpelte.

»Entschuldigen Sie, sind Sie die neue Sozialarbeiterin?« Sie sprach mit stark ausländischem Akzent. Victoria nickte. Das war doch nicht etwa schon ihre erste Patientin?

»Ich bin Leah, freut mich, Sie kennenzulernen«, sagte die Frau lächelnd und streckte ihr die Hand entgegen. Victoria schüttelte sie zögernd; sie fürchtete sich, die verkrüppelten, sicher schmerzenden Finger zu drücken.

»Ich bin Sekretärin in der Abteilung. Ich arbeite hauptsächlich für Rose, aber ich werde mir auch von Ihnen diktieren lassen. Oder, wenn Sie das lieber haben, können Sie auch in ein Diktiergerät sprechen. Was ich sagen wollte: Machen Sie sich keine Sorgen. Es ist nicht so schlimm, wie

Rose immer tut. Das ist so ihre Art, wissen Sie… die Leute zu beeindrucken. Sie müssen nicht alles gleich am ersten Tag wissen. Sie werden es schon noch lernen. Nach und nach. Wie alle anderen. Und ich kann Ihnen auch helfen. All die Gesellschaften, von denen sie immer spricht, die Parkinson-Gesellschaft, die Huntingtons, MS, N.S.C.R., für jede Krankheit gibt es eine eigene Gesellschaft und einen gemeinnützigen Verein, und ich habe sie alle hier in meinem Kopf. Ich werde Ihnen sagen, wohin Sie schreiben müssen, wie Sie schreiben müssen, wo Sie anrufen müssen, wie Sie fragen müssen. Das ist alles hier oben drin.«

Sie deutete mit einer komischen Bewegung auf ihren Kopf, um den sie lange kastanienbraune Zöpfe gewickelt hatte, die ihr Vollmondgesicht noch betonten. Ihr Haar war bereits grau an den Schläfen, und auf dem Kopf mischten sich graue Strähnen mit braunen. Als sie lächelte und zwei Reihen makelloser Zähne entblößte, verschwanden ihre Augen vollständig in den plumpen Wangen. Jetzt lächelte sie:

»Es wird Ihnen gutgehen, wenn Sie nicht in Panik geraten. Vertrauen Sie Leah nur. Übrigens, wie heißen Sie mit Vornamen?«

*

»Victoria, was ist los mit dir? Du siehst aus, als ob du Sorgen hättest. Bist du krank?«

Martha stellte einen übervollen Teller vor ihren Gast. »Iß. Du hast schon wieder abgenommen. Ich habe Bigos gemacht. Das polnische Lieblingsgericht deines Vaters. Die Vorbereitungen dauern ewig, weil man so viele Dinge braucht. Also mache ich sie nicht oft. Iß nur, solange es heiß ist.«

Victoria stocherte mit der Gabel auf ihrem Teller herum.

Der Geruch von Sauerkraut drehte ihr den Magen um. Sie wühlte in ihrer Handtasche nach ihren Tabletten.
»Ich mag dieses Kleid. Ist es neu?«
Ihr Vater lächelte ihr von der anderen Seite des Tisches her zu, und sie lächelte dankbar zurück.
»Du weißt, daß es neu ist, und ich muß dir vielmals dafür danken. Ich hätte es mir alleine nicht leisten können.«
Er machte eine gnädige Handbewegung. »Ich wünschte mir, du würdest mehr für dich tun. Du weißt, ich wäre nur zu glücklich, wenn ich... Du solltest mehr ausgehen. In irgendeine Show. Ich lese dauernd irgendwelche Kritiken in den Zeitungen, es gibt hier fast überall abends irgendeine Vorstellung. Nicht mehr für mich, ich gehe abends nicht mehr aus, aber ein junges Ding wie du? Soll das nicht angeblich der wichtigste Vorteil sein, wenn man hier in London lebt?«
»Du nimmst Tabletten? Was ist los?« Marthas Stolz war durch den unberührten Teller und die Wendung des Tischgesprächs verletzt.
»Meine alten Magenprobleme. Ein Magengeschwür. Nichts Ernstes«, fügte sie hinzu, um ihren Vater zu beruhigen. »Der Arzt meint, es wird bald weggehen.«
»Du bist noch viel zu jung für ein Magengeschwür!« trompetete Martha. »Du achtest nicht genug auf dich, du ißt nicht richtig, und du arbeitest zu hart!«
Victoria schob den Teller weg. Jetzt hatte sie eine Entschuldigung dafür, die Bigos nicht essen zu müssen.
»Aber ich mag meine Arbeit. Sie ist schwer, aber zumindest weiß ich, daß ich etwas Nützliches tue.«
»Ich kann das nicht mehr hören.« Martha starrte auf das zurückgewiesene Ergebnis ihrer Kochkünste. »Nach dem, was du uns erzählt hast, ist das ganz anders als deine alte Stelle. Säuglinge, Mütter, Geburten, das war etwas Natürliches. Das ist etwas Angemessenes für eine Frau, wenn du weißt, was ich meine. Jetzt höre ich nur noch von

Krankheiten, Schmerzen, Tod. Ich weiß, daß es manchmal vorkommt, wenn man im Krankenhaus arbeitet, natürlich, man begegnet da allen möglichen Dingen, aber jeden Tag... Und sämtliche Patienten... Nein, das mag ich nicht. Das ist nicht – nett.«
»So könnte man es ausdrücken«, stimmte Victoria ihr zu. An ihrer Arbeit gab es wirklich nichts Nettes. Oder Natürliches. Aber was war schon natürlich? War Krankheit nicht ein natürlicher Bestandteil des Lebens?
»Sechs Monate in der Neurologie? Dann überrascht es mich nicht, daß Sie schon wieder ein Magengeschwür haben«, hatte der Arzt gemeint. »Das ist sozusagen angemessen. Wir haben allerdings kein Wundermittel dagegen, fürchte ich. Sie könnten immer noch den Job wechseln, etwas weniger Nervenzerrüttendes finden... Nein, ich dachte mir schon, daß Sie das nicht wollen. Gutes Mädchen. Versuchen Sie diese hier, die sollen wohl helfen.«
»Ihre Vorgängerin ist immer heulend in der Mittagspause durch den Park gerannt«, erzählte ihr Leah. »Finden Sie etwas Interessantes, was Sie in den Abendstunden tun können. Treten Sie einem Chor bei, belegen Sie einen Kurs in der Abendschule, oder, noch besser, tun Sie etwas körperlich Anstrengendes. Schreinern, Keramik? Töpferei scheint mir ganz gut für Sie zu sein. Ein Pannenkurs? Schade, daß Sie keinen Garten haben. Sie müssen etwas suchen, an dem Sie Ihre Gefühle auslassen können, wenn Sie wissen, was ich meine. Drücke ich mich klar genug aus? Was ist mit einem Freund? Joanna ist ewig verliebt und in Schwierigkeiten. Nein, nein, ich meine nicht die Art von Schwierigkeiten. Es ist nur so, daß sie jedesmal den Falschen aufzugabeln scheint. Niemals den, der sie heiraten könnte. So ein Pech.
Ach, und übrigens, Mr. und Mrs. Skinner sitzen im Wartezimmer. Sie ist gerade auf dem Weg zum Arzt, falls Sie ihn sprechen wollen. Und Freddie wird heute entlassen.

Der Krankenwagen ist schon wieder zu spät dran. Er wartet schon seit Stunden.«

Victoria beendete ihr Diktat und ging hinüber ins Wartezimmer. Es war wie immer überfüllt. Patienten in Rollstühlen, auf Krücken oder mit Gehstützen. Jemand auf einer Liege, mit einem Laken zugedeckt, anscheinend schlafend. Die tropischen Fische im großen Aquarium schwammen träge und starrten durch das Glas die menschliche Ansammlung an, ihre Mäuler in permanenter Mißbilligung heruntergezogen.

»Hallo Freddie. Ich habe gehört, Sie warten schon seit Stunden. Möchten Sie Tee?«

Er ist noch jung, sitzt im Rollstuhl, seine nutzlosen Hände flach auf dem Laken, das die gelähmten Beine verbirgt, sein Körper ein Skelett, das nur notdürftig mit einem Minimum Fleisch bedeckt ist. Er hat sein Augenlicht fast vollständig verloren, und seine Sprache ist kaum zu verstehen. Sein Kopf zittert auf dem dünnen Hals, wodurch es schwierig ist, ihn zu füttern. Der Sozialstation ist es gelungen, ihn und seine Frau in einer Erdgeschoßwohnung mit verschiedenen praktischen Hilfen unterzubringen. Man hat ihnen auch einige elektronische Maschinen gestellt, die es ihm ermöglichen, eine Anzahl von Knöpfen zu drücken, indem er an einer Pfeife saugt oder in sie hineinbläst. Er kann jetzt damit die Haustür und die Wohnungstür öffnen, Lichter ein- und ausschalten, das Radio und den Fernseher anstellen. Er kann sogar Schreibmaschine schreiben. Und er kann das Telefon benutzen. Früher war er Reporter bei einer Londoner Zeitung. Die Krankheit brach auf seiner Hochzeitsreise in Italien aus, und er wurde vollständig gelähmt ins Krankenhaus eingeliefert, nicht einmal mehr in der Lage, selbständig zu atmen. Nachdem er sich langsam erholt und viele Monate an Rehabilitationsmaßnahmen teilgenommen hatte, kehrte er offenbar gesund zur Arbeit zurück, bis ihn die zweite

Attacke wieder zurückbrachte. Von da an war es ein dauernder Kampf, die Krankheit griff ihn an und zog sich zurück, doch jedesmal war ein Stück mehr verloren, und die Zahl der Behinderungen wuchs, bis zu dem Tag, als er, an den Rollstuhl gefesselt, halbblind und beinahe sprachlos, inkontinent und zitternd wieder einmal darauf wartete, nach Hause entlassen zu werden. Er hatte sich so weit erholt, wie man es nach seiner letzten Attacke vernünftigerweise erwarten konnte.

Victoria brachte ihm eine Tüte Tee, schob ihm den Strohhalm in den Mund und legte ihm eine Hand auf den Kopf, um den Tremor zu dämpfen. In den ganzen Monaten, die sie Freddie jetzt kannte, hatte er sich nicht ein einziges Mal beklagt. Da war keine Bitterkeit, keine Verzweiflung, nur ein allmählicher Abfall in kindliche Abhängigkeit.

Freddies Frau arbeitete den ganzen Tag in einem Büro, kümmerte sich um ihn und verrichtete den Großteil der Hausarbeit. Während des Tages, wenn sie bei der Arbeit war, kam Freddies Mutter für einige Stunden zu ihnen. Ansonsten blieb er sich selbst überlassen.

Nachdem er seinen Tee getrunken hatte, bat Freddie um eine Zigarette. Victoria suchte in seiner Tasche, fand ein Päckchen und zündete ihm eine an. Auf dem Arm seines Rollstuhls war ein beweglicher Zigarettenhalter angebracht, so daß er ohne Hilfe rauchen konnte.

Es würde noch jemand in die Wohnung einziehen, erzählte er Victoria, und sie konzentrierte sich auf die stotternde, undeutliche Sprache. Ein Cousin aus Schottland. Er hatte eine Stelle in London gefunden und würde bei ihnen leben, bei Freddie und Mary, und mit auf ihn aufpassen. Es würde für seine Frau eine große Erleichterung sein, denn für sie war es zu schwer, ihn ins Bett, in den Stuhl oder ins Bad zu tragen und herauszuheben. Ein paar hilfreiche Hände und Gesellschaft. Er freute sich sehr darauf.

»Das sind aber gute Neuigkeiten, Freddie.« Victoria freute sich mit ihm.
»Ihr Telefon klingelt«, rief ihr eine Schwester im Vorübergehen zu, sie entschuldigte sich und ging. Es war der Essensdienst auf Rädern. Sie hatte ihnen geschrieben, daß Miss Moore, die aus dem Krankenhaus entlassen worden war, wieder mit Essen auf Rädern beliefert werden sollte. Doch dort hatte man sie von der Liste gestrichen, als sie ins Krankenhaus ging, und nun behauptete man, zuwenig Personal und Geld zu haben, als Entschuldigung dafür, den Dienst nicht wieder aufzunehmen.
»Aber Sie haben dieser Frau jahrelang Essen gebracht. Warum haben Sie sie von der Liste gestrichen?«
»Das ist hier so üblich, wenn jemand stirbt oder auszieht.«
»Aber niemand ist ausgezogen! Miss Moore wurde zu einer zweiwöchigen Behandlung hier aufgenommen. Wir machen das jedes Jahr, um sie besser auf ihre Medikamente einzustellen, sie etwas aufzupäppeln, ihr etwas intensive Physiotherapie, Vitamine, Gott weiß was zu gönnen, jedenfalls machen wir das jedes Jahr. Sie ist ganz allein und nicht in der Lage zu überleben, wenn sich niemand um sie kümmert. Sie wußten doch, daß sie bald nach Hause zurückkehren würde, wie konnten Sie sie dann von der Liste streichen?«
»Alles, was wir tun können«, sagte die Stimme am anderen Ende, »ist, Ihre Patientin auf unsere Warteliste zu schreiben. Wenn sie dann drankommt...«
»Und wann wird das sein?«
»Vielleicht in drei Monaten.«
»Und was soll sie bis dahin essen? Sie wissen doch, daß sie das Haus nicht verlassen kann. Sie kann sich kaum bewegen. Wer soll sie füttern?«
»Es tut mir leid. Es ist bei uns so üblich, sie von der Liste zu streichen, wenn...«

Victoria warf den Hörer auf die Gabel und griff nach ihren Magentabletten. Jetzt mußte sie also an jemanden appellieren, der in der Hierarchie höher stand, einen Arzt dazu bewegen, einen Brief zu schreiben – nein, ihn besser selbst schreiben und den Arzt unterschreiben lassen. Sie waren alle so beschäftigt, aber zumindest arbeiteten sie mit einem zusammen, ganz anders als die Gynäkologin in ihrem letzten Krankenhaus. Mein Gott, und damals hatte sie das Gefühl, es sei harte Arbeit. All die Dramen von ungewollten Kindern und unvorhergesehenen Schwangerschaften, die Tränen und die Hysterie, die Familienaufstände. Es war tröstend zu wissen, wenn eine wirkliche Katastrophe eintraf, würden sich die Familien doch wieder zusammenschließen, wenn auch nur für kurze Zeit. Welche Großherzigkeit sie erlebt hatte, welch heroische Stärke, welche Liebe...

Es klopfte an der Tür. Mr. Smith steckte den Kopf zur Tür herein und lächelte. Er war jung, gutaussehend und elegant gekleidet.

»Haben Sie ein wenig Zeit, Miss Bennet? Ich bin gerade zufällig vorbeigekommen...«

»Kommen Sie rein, Mr. Smith, setzen Sie sich. Was gibt's Neues?«

Er setzte sich kerzengerade auf einen Stuhl und blickte sie erwartungsvoll an: »Ich habe morgen wieder ein Vorstellungsgespräch.«

»Oh, gut!«

»Tja, deshalb bin ich gekommen. Ich wollte mal Ihren Rat. Soll ich es ihnen sagen oder nicht?«

»Werden Sie nicht möglicherweise eine ärztliche Untersuchung verlangen?«

»Das meine ich ja gerade. Muß ich es ihnen sagen? Wirklich?«

»Aber wenn Sie es nicht tun, und sie finden es heraus, ist das ein Entlassungsgrund.«

»Und wenn ich es ihnen sage, dann bekomme ich die Stelle erst gar nicht. Wenn ich es nicht tue, finden sie es vielleicht nie heraus. Oder, mit etwas Glück, jahrelang nicht.«
»Aber was ist, wenn Sie bei der Arbeit einen Anfall bekommen?«
»Aber das ist mir nie passiert! Meistens bekomme ich sie nur nachts. Sehr selten tagsüber. Nicht, seitdem ich die anderen Medikamente nehme. Das wissen Sie.«
»Trotzdem, die Möglichkeit besteht ja immer. Manchmal bekommen Sie sie auch tagsüber. Und wenn Sie nachts einen Anfall bekommen, geht es Ihnen morgens nicht so gut, daß Sie schon wieder zur Arbeit gehen können.«
»Aber schauen Sie, was das letzte Mal passiert ist: Sobald sie das Wort auch nur hören, schalten die ab. Sie haben Angst! Sie wollen nur, daß ich das Zimmer verlasse, das Gebäude! Ich war genauso qualifiziert wie jeder andere Bewerber... Das ist mir jetzt schon so oft passiert. Ich muß es versuchen. Alles, was ich riskiere, ist, hinausgeworfen zu werden.«
Victoria seufzte. Sie neigte dazu, Mr. Smith beizupflichten, aber sie hatte den Eindruck, sie könne nicht offen zustimmen, einen möglichen Arbeitgeber zu belügen.
»Das liegt bei Ihnen. Sie wissen, es ist riskant. Die Entscheidung müssen Sie treffen.«
»Ich kann es ihnen nicht sagen. Sprechen Sie mal irgend jemandem gegenüber das Wort ›Epilepsie‹ aus, und die laufen sofort davon. Ich weiß nicht, was die von mir wollen. In der Schule und im College haben sich meine Freunde sehr schnell daran gewöhnt. Dabei hatte ich diese Anfälle damals viel häufiger. Nach einer gewissen Zeit hat niemand mehr davon Notiz genommen. Sie wußten, was zu tun war, und taten es. Keinerlei Aufregung. Jetzt fühle ich mich wie ein Leprakranker. Warum haben die Leute soviel Angst davor? Es geschieht ihnen selbst doch überhaupt nichts dadurch?«

»Vermutlich haben sie Angst, Sie könnten sich selbst verletzen. Bei einem Anfall zuzuschauen, ist schon sehr erschreckend, besonders wenn er völlig unerwartet kommt und man nicht versteht, was eigentlich vor sich geht. Die meisten Leute wissen dann nicht, was sie tun sollen, und geraten in Panik.«

»Wem sagen Sie das! Man hat mich schon so oft ins Krankenhaus gebracht, und ich bin unzählige Male auf der Unfallstation wach geworden. Statt daß sie mich dort gelassen hätten, wo ich war.«

»Haben Sie keine Angst, daß es passieren könnte, wenn Sie draußen herumlaufen? Auf der Straße oder im Zug?«

»Nicht unbedingt Angst. Ich kann nichts dagegen tun, also was soll's? Das ist etwas, mit dem ich immer rechnen mußte. Die Alternative wäre, überhaupt nicht aus dem Haus zu gehen. Als ich noch klein war, war es anders. Man ist dann noch so hilflos und daran gewöhnt, daß sich jemand um einen kümmert. Aber jetzt... Ich ziehe mich fein an, gehe zum Beispiel auf eine Party oder einfach ins Restaurant..., vielleicht zu einem Vorstellungsgespräch, voller Selbstvertrauen, und plötzlich – peng! Aus. Wenn das passiert, ist man völlig aufgeschmissen. Man kann nicht kontrollieren, was mit einem passiert. Als ob einen eine riesige Faust packt und auf den Boden schleudert. Man rollt sich im Dreck, verletzt sich, zerreißt sich die Sachen. Man fällt vielleicht aus dem Zug oder ins Feuer. Das ist mir auch schon alles passiert, wissen Sie... Meine Narben überall beweisen es. Man hört irgendwann auf, Pläne zu machen, es schüchtert einen ein, man wird unsicher in jeder Hinsicht.«

»Das muß ziemlich erschütternd sein für einen erwachsenen Menschen. Wir haben gerne alle die Kontrolle über das, was geschieht, übernehmen die Verantwortung für unser Verhalten, normalerweise erwarten wir ja nicht unbedingt, einen Unfall zu haben...«

»So ist es. Und deshalb werde ich diesmal die Verantwortung übernehmen.«
»Sie meinen, Sie werden es nicht sagen?«
»Genau. Zumindest in dieser Hinsicht werde ich die Kontrolle darüber haben, nicht wahr?«
Victoria lächelte. »Ich bin prinzipiell dagegen zu lügen oder, wenn Sie das lieber hören, dagegen, die Wahrheit zu verschweigen. Aber ich kann Sie nicht daran hindern, das zu tun, was Sie möchten. Ich wünsche Ihnen Glück. Lassen Sie mich wissen, wie es ausgegangen ist.«

*

Victoria saß in ihrem Schlafzimmer auf dem Fußboden, umgeben von den Trümmern ihres Lebens, und versuchte, sich daran zu erinnern, was aus diesem Fall geworden war. Hatte Mr. Smith diesen Job bekommen? Konnte er ihn behalten? Oder fand man es heraus? Während ihrer Zeit in der Neurologie hatte Victoria so viele ähnliche Fälle gesehen, daß sie sich nicht mehr an den weiteren Gang der Dinge erinnern konnte, als sei Mr. Smith und die Tragödie seines vergeudeten Lebens nichts weiter gewesen als ein »Routinefall«. So viele junge, kluge, qualifizierte Männer und Frauen hatten sogar während der Zeit der Vollbeschäftigung große Probleme, eine Arbeit zu finden, nur weil sie gelegentlich Anfälle bekamen, die manchmal tatsächlich so selten waren, daß sie genauso wenig ein Hindernis darstellten wie Migräne oder ein Bandscheibenproblem. Aber das schreckliche Wort Epilepsie reichte aus, sie zu disqualifizieren.

*

»Ich bin absolut in der Lage, berufstätig zu sein und mich um den Haushalt zu kümmern. Wenn wir dieses Problem nur intelligent lösen könnten und die Gefühle herauslassen, heißt das. Ich will euch mal was sagen…«
Julia blies eine Wolke Zigarettenrauch über den Eßtisch. Sie hatte begonnen zu rauchen, als gerade alle es sich abgewöhnten. »Tristan geht zur Schule. Die Zwillinge haben Ursula. Du mein Lieber«, sie wandte sich an Stan, »tja, du bist kein Problem. Wenn du nur bitte zuhören und mit dafür sorgen würdest, daß wir die Haushaltspflichten aufteilen. Ursula kann nicht mehr tun, und das kann man auch nicht von ihr erwarten. Sie ist schließlich hier, um Englisch zu lernen, nicht als unser Haussklave.«
Das Au-pair-Mädchen blickte verwirrt auf: »Was haben Sie gesagt, bitte?«
»Haussklave, Ursula, ist ein häßliches Wort. Wie Dienstbote, Hausangestellte, nur schlimmer.«
Wie immer, wenn sie mit dem Au-pair-Mädchen sprach, erhob Julia die Stimme. Außerdem grinste sie. Auch das war eine jüngst erworbene Eigenheit, die Victoria irritierte, aber sie wußte nicht, wie sie das Julia beibringen sollte. Das Ersatzlächeln wurde automatisch angeknipst, unabhängig davon, wovon gerade die Rede war, sobald sie mit dem Au-pair-Mädchen sprach, dessen Mangel an Englischkenntnissen sie ohnehin daran hinderte, das Gesagte zu verstehen. Die Kombination der erhobenen Stimme mit diesem ganz offensichtlich unehrlichen Grinsen trug noch zur Verwirrung des Mädchens bei.
»Es hilft auch nicht, wenn du schreist, Julia«, stellte Stan mit leiser Stimme fest. »Ursula versteht es ohnehin nicht. Wie dem auch sei, es ist ja auch nicht wichtig.«
»Ich schreie nicht!« Das Grinsen verschwand, und Julia wandte sich mit ärgerlichem Gesichtsausdruck ihrem Mann zu. »Und es ist wichtig! Deshalb ist sie hier. Um Englisch zu lernen!«

»Vielleicht ist ›Haussklave‹ nicht das richtige Wort, mit dem sie ihr Englischlernen beginnen sollte. Sie macht ja schon Fortschritte. Bekommt sie nicht auch Unterricht?«
Victoria bemühte sich, ruhig und leise zu sprechen, und versuchte, die Situation zu entkrampfen. Julia sog nervös an ihrer Zigarette. Sie hatte sich in letzter Zeit sehr um ihr äußeres Erscheinungsbild gekümmert, stellte Victoria fest. Sie hatte sich die Haare gefärbt, war sorgfältig geschminkt, hatte die Augen mit einem schwarzen Lidstrich umrandet, Lidschatten aufgelegt, selbst ihre von Natur aus dunklen Wimpern waren mit Maskara verklebt. Ihr glänzender Lippenstift sah aus wie gefrorenes Fett, dachte Victoria. Julia sah müde aus, verwirrt und unglücklich.
»Ich habe es mir genau überlegt«, fuhr Julia fort. »Mit deiner Hilfe, Liebster, sollten wir es schaffen. Sie wollen mich im St. Catherine-Krankenhaus, Victoria, darum geht es hier. Es ist ein gutes Krankenhaus, es ist in der Nähe...«
»Es ist gottverdammt nicht in der Nähe, denk bloß an den Verkehr morgens und abends...«
»Es ist so nahe wie jede Stelle, die ich wahrscheinlich finden kann. In London muß man mit dem Verkehr eben fertig werden.«
»Die Kinder sind noch viel zu jung, um ohne ihre Mutter zurechtzukommen«, fuhr Stan mit monotoner Stimme fort. Victoria hatte das Gefühl, daß diese Streitigkeiten sich schon sehr häufig in ähnlicher Form abgespielt hatten. »Du weißt, wie ich über die ganze absurde Idee denke.«
»Ich verstehe. Es ist eine absurde Idee. Weil es meine Arbeit ist, über die wir hier sprechen. Deine Arbeit ist natürlich nicht absurd. Natürlich nicht. Und was das Argument angeht, die Kinder seien noch zu jung... du kannst mit diesem Argument ankommen, bis sie aus dem Haus ge-

hen! Solange wir beide da sind, jeden Morgen und jeden Abend, das ist der bedeutende Zeitpunkt, mein Lieber, abends – solange wir beide hier sind, wenn sie aus der Schule zurückkommen...«

»Aber die Zwillinge sind noch nicht soweit!«

»Deshalb haben sie ja Ursula. Solange sich jemand, ein und dieselbe Person, täglich um sie kümmert, hier bei ihnen zu Hause, ist es die Kontinuität, die zählt. Eine permanente Anwesenheit. Denk an die Tanten und Schwestern und Großmütter, die sich in den Großfamilien um die Kinder kümmern. Es muß nicht immer die Mutter sein, die alles tun muß.«

»Würdest du uns eine Großfamilie nennen?« appellierte Stan an Victoria.

»Ich denke, unsere Kinder sind wirklich glücklich dran«, fuhr Julia fort. »Sie haben alles, was sie wollen. Und mehr! Sie sind gut genährt, gesund, gut angezogen, haben ein schönes Zuhause, Spielzeug, Bücher, Fernsehen und beide Eltern. In der heutigen Zeit ist das geradezu ein Wunder!«

Das Au-pair-Mädchen blickte erschreckt von einem zur anderen und zurück. Offensichtlich dachte sie, daß Stan und Julia sich gerade heftig stritten.

»Es ist schon in Ordnung, Ursula.« Victoria versuchte, überzeugend zu lächeln. Wie sollte sie erklären, daß dies eine normale Abendunterhaltung war und kein Gewaltausbruch drohte?

»Ich verstehe nicht, warum du deine Tage damit zubringen willst, dich um die Probleme anderer Menschen zu kümmern, wenn...«

»Wenn was?« Julias Augen verengten sich. »Nur zu, sag es. Wenn was?«

»Kinder brauchen ihre Mutter zu Hause, jeden Tag, nicht nur, wenn sie schlafen.«

»Zufällig stimme ich darin nicht mit dir überein. Es ist das allgemeine Klima, das zählt. Kinder haben ein Gespür dafür. Das gibt ihnen Sicherheit. Das Gefühl, eine Familie zu haben, Eltern, Geschwister, andere Erwachsene im Haus. Die allgemeine Harmonie.«

»Und du glaubst, wir hätten das?«

»Was?«

»Die allgemeine Harmonie. Die Sicherheit.«

»Aber ganz bestimmt.«

»Ich nicht.«

»Dann liegt das Problem bei dir, mein Lieber. Wenn dir die Sicherheit fehlt, dann bist du derjenige, der mal in sich gehen müßte. Und mach nicht andere dafür verantwortlich. Verallgemeinere es nicht für die ganze Familie. Das Problem liegt bei dir. Und ich will dir mal sagen, wenn ich daran gehindert werde, das zu tun, was ich für mich richtig finde, wenn ich meinen tiefsten Wünschen und Bedürfnissen nicht nachgehen kann, dann werde ich ziemlich unzufrieden sein mit dem Leben, und das wird der Harmonie in diesem Haushalt gar nicht guttun, das garantiere ich dir. Die Kinder werden es spüren. Wie ich immer sage, sie merken auch das, was nicht ausgesprochen wird, sie spüren das Klima im Haus. Mutter unglücklich – Familie unglücklich. Und das wollen wir doch nicht, nicht wahr?« Sie blickte mit frostigem Lächeln in die Runde und stand auf. »Ich bringe die Teller in die Küche. Nein, nein, Ursula, setz dich! Es ist schon in Ordnung. Solange ich nicht arbeiten gehe, werde ich meinen Anteil hier übernehmen.«

»Und wie geht es dir in deinem neuen Job, Victoria?« Stan, der allein am Tisch zurückgeblieben war, versuchte, ein Gespräch in Gang zu bringen. Es war eindeutig, daß er im Geiste mit anderen Dingen beschäftigt war. Seit über einem Jahr arbeitete Victoria nun schon am Lehrkrankenhaus, also konnte man den Job unmöglich als neu bezeichnen.

»Ach, es geht schon«, erwiderte sie. »Man gewöhnt sich an alles.«

*

»Ich bin froh zu sehen, daß Sie so gut zurechtkommen«, lautete Roses gnädiger Kommentar bei einer Mitarbeiterbesprechung. »Sie haben tatsächlich festgestellt, daß es für unsere innere Anteilnahme am Schicksal unserer Klienten keinerlei Begrenzung gibt. Sie können so tief schürfen, wie Sie wollen. Das hängt ganz von Ihnen ab. Haben Sie sich schon einmal mit Helen unterhalten? Sie ist geradezu beispielhaft: Ihre alten Damen sind so schwierig, und doch kann sie soviel für sie tun. Sie ist so geduldig. Sie verbringt Stunden damit, sie behutsam auszufragen, und kann dann soviel für sie tun. Sie weiß, wie sie sie fragen muß, und macht es sehr geschickt, sie stellt Probleme fest, wo niemand ein Problem erwartet hätte! Sie ist eine wundervolle Sozialarbeiterin.«

*

»Es gibt nicht den geringsten Anlaß, hier impertinente Fragen zu stellen. Das ist meine Meinung.«
Leah setzte sich bequem in ihrem niedrigen Sessel zurecht und war bereit zum Diktat.
»Was meinen Sie mit impertinent?« fragte Victoria.
»Wenn jemand zum Beispiel für eine kranke Angehörige einen Urlaubsantrag stellt, wie Ihr Mr. Skinner zum Beispiel, wissen Sie, der mit der blonden Frau mit den langen Fingernägeln – ja, welches Recht hat sie dann, sie über ihr Sexualleben auszufragen? Ob sie es immer noch tun und wenn ja, wie? Das nenne ich Impertinenz. Ich könnte auch ein häßlicheres Wort dafür benutzen.«
»Nun ja« – Victoria fand es schwierig, ihr nicht zuzustim-

men, hatte aber doch den Eindruck, sie sollte ihrer Chefin gegenüber mehr Loyalität an den Tag legen. »Na ja, Sie wissen ja, wie wild Rose darauf ist, die Frage des Sexuallebens Behinderter zu klären. Sie ist doch in so einem Komitee, und sie bereiten ein Buch vor oder irgend so etwas...«

»Ich weiß, ich weiß, sie diktiert es mir ja. Erinnern Sie sich? Sie haben genau das richtige Wort dafür gewählt. Sie ist wild darauf. Man könnte es auch noch ganz anders nennen. Und sie macht das nicht nur bei Mr. Skinner. Sie fragt alle aus. Da kommt jemand her und fragt nach Gummistrümpfen, und sie fragt ihn, mit wem er schläft und wie, bevor sie ihm sagt, daß er in der falschen Abteilung gelandet ist.«

»O Leah!« Victoria lachte gegen ihren Willen. »Ich frage mich manchmal eher, ob ich nicht zu schüchtern bin oder so. Ich weiß nicht, wie ich es ausdrücken soll. Ich habe den Eindruck, Rose meint, daß ich nicht genug frage, jedenfalls nicht genug über Sex oder über irgendwas anderes. Sie hat wohl den Eindruck, daß ich mich nicht genügend einlasse! Daß ich nicht unter der Oberfläche schürfe.«

»Ich weiß.«

»Sie hat mit Ihnen darüber gesprochen?«

»Nein, Victoria. Ich kenne Rose. Es ist ihre persönliche Art. Da können Sie jede hier in der Abteilung fragen. Sie lobt jede nur hinter ihrem Rücken und erzählt es immer den anderen, um ihnen das Gefühl zu geben, sie seien nicht so gut. Sie möchte, daß alle gegenseitig aufeinander eifersüchtig sind. Um den Wettbewerbsgeist zu fördern. So hat sie es einmal einem unserer Besucher erklärt. Sie hält das für sehr wichtig. Sie möchte, daß ihr euch alle gegenseitig übertrefft.«

»Das stimmt. Sie erzählt mir immer, wie Joanna es schafft, mehr Geld für ihre Patienten lockerzumachen, als es mir gelingt. Was sie damit sagen will, ist, daß ich nicht genug Geld auftreibe. Mich nicht genug kümmere, mir nicht genug Mühe gebe. Aber wir alle wissen, daß Joanna einfach das Geld mit vollen Händen zum Fenster hinauswirft! Selbst wenn sie nicht darum gebeten wird. Weil sie sich zu sehr davor fürchtet, eine Situation sorgfältig zu analysieren, und außerdem versteht sie die Hälfte der Dinge gar nicht, die die Menschen ihr erzählen. Sie kann nicht addieren oder subtrahieren, kann nicht einmal für sich selbst mit Geld umgehen, hat immer Schulden, versucht, sich immerzu Geld zu leihen, und alles, was sie von der Sozialarbeit versteht, ist, Geld zu geben. Und sie hat dann den Ruf, die Beste und Großzügigste zu sein...«

»Sie lernen dazu, Victoria. Übrigens, behalten Sie das für sich, aber haben Sie gewußt, daß die Bank im letzten Jahr Joannas Scheckheft eingezogen hat, weil sie ihr Konto zu sehr überzogen hatte? Viele ihrer Schecks platzten, und trotzdem hörte sie nicht auf, sie auszustellen.«

»Vielen Dank, Leah, selbst wenn das nicht stimmt.«

»Aber es stimmt. Ich versichere es Ihnen. Das soll natürlich niemand wissen, aber so etwas läßt sich nicht lange geheim halten. Nicht hier. Übrigens, lassen Sie sich das gesagt sein: Alles, was Sie Helen erzählen, erfährt Rose in wenigen Minuten. Seien Sie also gewarnt.«

»Noch einmal vielen Dank. Sie sind ein feiner Kerl.«

»Ach, ich habe nur den Eindruck, ich sollte meinen Teil dazu beitragen, daß sich die Leute in dieser Abteilung wohl fühlen. Und außerdem noch etwas: Sie können ruhig etwas schneller diktieren. Ich meine, wenn Sie schneller denken können, ich komme schon mit. Ihr diktiert immer alle hier so langsam, daß ich meine übliche Geschwindigkeit verliere, und es hat mich doch so lange Zeit gekostet, bis ich einen vernünftigen Standard erreicht hatte.«

*

»Wir versuchen alle, Leah zu schonen, verstehen Sie«, sagte Rose. »Sie haben ihre Hände gesehen. Lassen Sie sich Zeit beim Diktieren. Ich glaube nicht, daß sie noch sehr viel länger bei uns bleiben wird. Die Anfahrt von und zur Arbeit wird allmählich zuviel für sie, und hier gibt es eine ganze Menge zu tun. Wir versuchen, sie so gut wie möglich zu schonen, aber wir brauchen eine zuverlässige Sekretärin. Und sie ist langsamer geworden.«
»Aber Leah ist doch so zuverlässig! Und bedenken Sie, wieviel sie weiß, sie hat alles in ihrem Kopf. Sie braucht nicht einmal irgendwo nachzuschauen. All die Adressen, Telefonnummern, es ist schon erstaunlich, wieviel sie auswendig weiß. Niemand könnte sie ersetzen, nicht lange jedenfalls.«
»Niemand ist unersetzlich, Victoria. Überhaupt niemand. Sie versucht es, aber wir müssen realistisch sein und an die Abteilung denken. Das kann nicht mehr lange so weitergehen. Außerdem ist sie so oft krank oder hat Schmerzen, trotz all der Medikamente. Sie bekommt Cortison, wie Sie sicher bemerkt haben, deshalb ist ihr Gesicht so rund und sie sieht so plump aus. Auf die Dauer werden davon die Knochen angegriffen, und sie nimmt es schon jahrelang. Arme Leah ...«

*

»Haben Sie es geschafft, das letzte Mal ein paar Worte mit Mr. Skinner zu wechseln, als er hier war?«
Leahs Stimme rief Victoria in die Realität ihres Büros zurück. Dieser gutturale deutsche Akzent, dachte sie, wer hätte es für möglich gehalten, daß Leah bereits den Großteil ihres Lebens englisch sprach? »Ja, ja, wir haben uns unterhalten. Ist es nicht wunderbar, wie er sich um sie sorgt?«

*

In der übervollen Ambulanz warten Mr. und Mrs. Skinner auf ihre verschiedenen Termine. Bei ihrem regelmäßigen Besuch im Krankenhaus alle drei Monate sprechen sie mit dem Arzt, dem Physiotherapeuten, dem Beschäftigungstherapeuten und der Sozialarbeiterin. Mrs. Skinner: ein Traum aus Weiß, Rosa und Gold, Haut wie Pfirsich und Sahne, so sorgfältig geschminkt, ihr goldenes Haar wie ein Kranz gebürstet und zu einer schimmernden Hochfrisur zurückgekämmt, die die Lehne ihres Rollstuhls überragt. Der formlose Körper fließt über die Armlehnen, der riesige Bauch ruht ballonartig auf ihren Oberschenkeln. Ihre Hände, sehr weiß mit langen, schlanken Fingern, die Fingernägel in einem blassen Rosa lackiert, passend zu ihrem Lippenstift, liegen bewegungslos auf der Decke. Sie lächelt. Daneben ihr Mann, kerzengerade aufrecht, schmal und angespannt, als ob er wochenlang nicht geschlafen hätte.
Victoria ist sicher, daß er sich die Haare und den bleistiftschmalen Schnurrbart färbt. Wann findet er die Zeit dazu? fragt sie sich.
»Und was hatte der Doktor Ihnen zu sagen, Mrs. Skinner?«
»Er hat mich ausgeschimpft!«
»Warum hat er das getan?«
»Er meinte, ich müßte abnehmen, ich bin zu fett.«
»Na ja...«
»Oh, ich weiß, daß es stimmt! Ich gebe es zu. Ich bin schuld. Andererseits ist es auch wiederum nicht meine Schuld. Sondern die meines Mannes. Er kocht so wunderbar. Und er sieht mir so gerne beim Essen zu.«
Die porzellanblauen Augen füllen sich mit Tränen, die zitternden Hände versuchen, sich von der Decke zu lösen. Mr. Skinner bedeckt sie mit seinen dunklen, kräftigen Fingern.

»Was soll ich nur tun?« sagt er schulterzuckend. »Ich wußte immer schon, daß ich großartig bin, und jetzt hat es sich herausgestellt, daß ich auch noch hervorragend koche. Ich bin einfach von Natur aus begabt. Und auch noch bescheiden darin. Nicht wahr, meine Liebste? Niemand kann behaupten, daß ich mich nicht um dich kümmere.«

Später, als seine Frau zu einem ihrer zahlreichen Termine abgeholt wird, besucht er Victoria in ihrem Büro. Jetzt lächelt er nicht mehr.

»Es ist doch so: Ich habe das ganze Haus sozusagen unter Strom gestellt. Überall Gegensprechanlagen, in jedem Zimmer, mit Vorrichtungen, die sie bedienen kann. Sie kann mich rufen, wo immer ich bin. Ich bin niemals außer Reichweite. Eine Nachbarin kommt jeden Tag und hilft, und eine Gemeindeschwester. Mein Büro ist gleich nebenan, wissen Sie. Ich habe all die Vorrichtungen selbst eingebaut. Alles, was nur möglich ist. Ich bin Ingenieur, ich verstehe also etwas von diesen Dingen. Ich mußte eine ganze Menge lernen. Das war eine Herausforderung. Unser Haus ist eine Vorzeigeeinrichtung dafür, was man mit ein bißchen Verstand und Know-how alles anstellen kann. Aber es ist alles so...«

Seine Stimme erstirbt, und sein Gesichtsausdruck verzerrt sich zu einer Maske des Schmerzes. Er springt auf und eilt zur Tür.

»Mr. Skinner, bitte!«

Sie ist vor ihm an der Tür. Aus seinen Augen strömen die Tränen. Sanft nimmt Victoria seine Hand, die er um den Türgriff gekrallt hatte.

»Es ist schon recht, Mr. Skinner. Nun setzen Sie sich doch. Nur eine Minute. Laufen Sie nicht so fort. Wenn es Ihnen besser geht... Ich mache uns Kaffee, das Wasser ist schon fast heiß, setzen Sie sich nur, bitte, ich kann mir vorstellen, wie Sie sich fühlen. Es ist nur natürlich. Die

ganzen Jahre soviel Arbeit, manchmal muß man es irgendwo rauslassen.«
Sie wendet dem Raum den Rücken zu und beschäftigt sich mit dem Kessel, den Tassen und der Kaffeekanne, während er sich langsam wieder faßt, sich die Nase putzt und allmählich entspannt. Jetzt können sie beginnen, miteinander zu sprechen.
»Ich weiß, wie es Ihnen gehen muß.« Wußte sie es tatsächlich? Konnte sie auch nur annähernd verstehen, was es bedeutete, dieses dauernde Da-Sein, die Partnerin zu waschen und umzuziehen, ihr den Hintern abzuputzen, ihre Binden und Handtücher zu wechseln, sie zu bekochen und zu füttern? Und das sorgfältige, liebevolle Bürsten des goldenen Haares, hundert Bürstenstriche jeden Abend – so beruhigend –, um ihr zu helfen, besser einzuschlafen. Und dann das Make-up und der Nagellack auf Fingern und Zehen, obwohl niemand mehr ihre Füße betrachtete, außer der Krankenschwester und ihm selbst. Sie hatte früher immer hochhackige Schuhe getragen und Sandalen, doch am meisten liebte sie es, barfuß am Strand entlang zu laufen...
Und dann war da seine Arbeit, seine andere, wirkliche Arbeit im Büro. Es war seine eigene Firma. Er hatte mit nichts angefangen, sie aus eigener Kraft aufgebaut, beschäftigte jetzt sieben Menschen, für die er der Chef war. Auch das war allein seine Verantwortung. Er mußte sie alle ernähren.
Aber wie konnte er es nur schaffen? Und wie lange noch? Er hatte sich immer geweigert, auch nur den Gedanken auszusprechen, daß er sie vielleicht eines Tages wegschikken müßte. Er würde niemals das Antragsformular für ein Pflegeheim ausfüllen, zog das nicht einmal als entfernte Möglichkeit in Betracht.
»Ich habe Lilly versprochen, daß ich sie nie im Stich lassen werde. Egal was passiert. Wir werden bis zum Ende zu-

sammenbleiben. Ich werde nie mein Versprechen brechen. Ich habe sie geheiratet, um bei ihr zu sein, in guten und in schlechten Tagen, in Krankheit und Gesundheit. Sie hätte umgekehrt für mich dasselbe getan.«

Sie hatten ihren Kaffee und ihre Zigarette beendet. Mr. Skinner sah wieder aus wie sonst, aufrecht, energisch, angespannt. Das Lächeln war zurückgekehrt. Er ergriff Victorias Hand und schüttelte sie fest.

»Vielen Dank, Miss Bennet. Wir werden in drei Monaten wiederkommen. Ich sehe Sie dann.«

»Bitte schließen Sie die Tür nicht, ich bin gekommen, um Sie zu besuchen!«

Der Mann, der langsam in ihr Büro schlurfte, war schon älter, hielt sich aber kerzengerade. Irgend etwas Merkwürdiges an seiner Erscheinung zog ihre Aufmerksamkeit auf sich. Er lehnte das Angebot eines Stuhles ab. Es sei ihm lieber zu stehen, sagte er. Er werde ihr nicht lange die Zeit stehlen. Der Hut, den er mit einem Arm an seinen Körper gepreßt hielt, fiel auf ihren Schreibtisch. Er blieb steif stehen und schien nach Worten zu suchen. Victoria betrachtete seinen zerknitterten und fleckigen Anzug, die Klettverschlüsse statt der Knöpfe, das Hemd ohne Krawatte und die Schuhe ohne Schnürriemen. Sie betrachtete seine Hände. Sie hingen leblos an ihm herunter. Er sah unterernährt aus. Die blauen Augen in seinem spitzen Gesicht quollen aus den Höhlen, das Weiße um die Iris war deutlich zu sehen. Der Mann sah zu Tode erschrocken aus. Doch seine Stimme war ruhig, wenn auch rauh und atemlos.

»Es gibt nur eine Sache, die ich Sie bitten wollte, für mich zu tun, Miss...«

»Ja, Mr....?«

»Matthews. Alfred. Ich werde Ihnen gleich alles erklären. Zunächst das Wichtigste...«

»Ja, Mr. Matthews?«

Da er sich nicht setzen wollte, blieb sie aufrecht stehen und lehnte sich nur leicht gegen eine Seite des Schreibtischs.

»Was ich dringend brauche, Miss, ist ein Zimmer, einen vernünftig bequemen Ort, ruhig und ...«

»Müssen Sie umziehen? Ist es das?«

»So kann man es sagen. Nur daß ich keinen Ort zum Leben suche. Ich brauche einen Ort zum Sterben.«

Victoria blickte wieder auf seine bewegungslosen Arme. Der Mann war ohne Termin hier aufgekreuzt. Sie mußte unbedingt seine Krankenakte sehen, um die Diagnose zu bestätigen, obwohl sie einen bestimmten Verdacht hatte.

»Ich habe Motor-Neuron, Miss. Wissen Sie, was das ist?«

»Ja, Mr. Matthews, ich weiß, was das ist. Und Sie sind unser Patient, nicht wahr?«

»Ich bin bei Dr. Howard. Er hat gesagt, er wird mit Ihnen reden, aber es ist im Moment jemand bei ihm, und Ihre Tür stand offen, also dachte ich, ich komme mal selbst vorbei.«

»Ich freue mich, daß Sie das getan haben. Wie kommen Sie im Augenblick zurecht?«

»Nicht besonders.«

»Leben Sie bei Ihrer Familie?«

»Ich habe niemanden. Ich habe ein Zimmer in einem Mietshaus. Die Vermieterin ist freundlich, aber sie hat andere Dinge zu tun. Außerdem kann ich nicht erwarten... Wie dem auch sei, einer der Mieter im Zimmer nebenan hilft mir. Er zieht mich an, kauft für mich ein und so... Wenn er da ist, abends. Aber er muß früh zur Arbeit. Ich will mich ihm nicht aufdrängen. Und jetzt, wo meine Arme so... fühlt sich an, als wären sie gar nicht da.«

»Ich verstehe.«

»Das Essen wird schwierig. Manchmal kann ich nicht schlucken. Manchmal kriege ich keine Luft mehr. Ich will dort drüben nicht sterben. Sie würden nicht wissen, was sie tun sollen. Ich kriege solche Hustenanfälle, kann nicht mehr atmen…«

Obwohl sie sich gegenüberstanden, blickte Mr. Matthews Victoria nicht an. Seine Augen starrten direkt durch sie hindurch in die Schrecknisse der Zukunft.

»Ich muß aus diesem Haus raus. In ein Krankenhaus. Oder in eines von diesen Pflegeheimen. Wo sie auf einen aufpassen, bis zum Schluß.«

Es klopfte an der Tür, und eine Schwester erschien mit einer Krankenakte. »Hallo, Mr. Matthews, Sie sind mir zuvorgekommen. Das hier ist für Sie, Miss Bennet. Dr. Howard hat Ihnen einen kleinen Zettel geschrieben. Ich sehe Sie später, Mr. Matthews.«

Sie ging hinaus. Victoria las die Notiz: »Matthews. Alfred. 57. Fortgeschrittene M.N.D. Braucht Sterbeklinik, dringend. Helfen Sie bitte.«

»Ja. Richtig. Tja, Mr. Matthews, ich werde sehen, was ich tun kann.«

»Ich habe es Ihnen ja gesagt, ich brauche ein Heim. Jetzt.«

»Ja. Ich werde sofort alles Notwendige in die Wege leiten. Aber es könnte ein bißchen Zeit dauern. Es gibt dort Wartelisten…«

»Ich kann nicht mehr warten!«

»Ja. Ich weiß. Aber wir müssen einfach den richtigen Ort für Sie finden, und das kann ein wenig dauern. In der Zwischenzeit kann ich etwas organisieren, um Ihnen die Dinge zu erleichtern. Sie brauchen sicherlich nicht lange zu warten, aber jeder Tag ist wichtig, und wenn wir helfen können…«

»Es gibt nur eins, was ich brauche. Guter Gott, kann man es einem Mann nicht erlauben, wie ein menschliches We-

sen zu sterben? Einfach jemanden da zu haben, der für einen sorgt? Jemand, der weiß, was zu tun ist, wenn...«
Sein Gesicht war gerötet, sein Atem ging schwerer. Victoria war ganz kalt vor Angst. Was, wenn er hier einen Erstickungsanfall bekäme?
»Ich verspreche, alles zu tun, was ich nur kann. Sie werden nicht lange warten müssen. Aber leider müssen wir irgendwo erst einmal ein Bett finden, und das kann ein wenig dauern. In der Zwischenzeit möchte ich nicht, daß Sie ganz allein mit allem fertig werden müssen.«
Er erlaubte es ihr, die Sozialfürsorgerin seiner Gemeinde anzurufen und so viel Hilfe zu organisieren, wie nur möglich war, solange er noch in seinem Mietshaus wohnte. Er ging jetzt nicht mehr oft aus, sagte er ihr. Die meiste Zeit verbrachte er in seinem Zimmer, hörte Radio oder las, wobei er die Seiten mit seiner Zunge umblätterte.
Victoria rief den Beschäftigungstherapeuten an, der sich Mr. Matthews ansehen sollte, bevor ihn der Krankenwagen nach Hause zurückfuhr. Sicher gab es irgendwelche Vorrichtungen, die man bei ihm einbauen konnte, um ihm sein Leben zu erleichtern. In Gedanken ging sie die Liste möglicher Heime durch. Nicht jedes nahm Motor-Neuron-Fälle auf, und diejenigen, die es taten, weigerten sich häufig, mehr als einen zur gleichen Zeit zu betreuen, da der Pflegeaufwand so enorm war. Sie sah Schwierigkeiten auf sich zukommen. Dennoch war es klar, daß er dringend an einen sicheren Ort gebracht werden mußte, bevor sich seine Gesundheit noch weiter verschlechterte.
Sie lächelte in das starre, verkniffene Gesicht. »Haben Sie noch einen weiteren Termin hier? Wann? Kann ich Ihnen an diese Adresse schreiben? Gibt es dort ein Telefon? Können Sie es benutzen? Ich verstehe. Also schreibe ich Ihnen. Oder ich komme am besten selbst vorbei. Wir werden Sie nicht lange alleine lassen. Ich werde mich sofort

nach einem Heimplatz für Sie umsehen. Hoffen wir, daß wir bald einen finden.«
»Ich danke Ihnen.«
Abrupt klappte er von der Taille aus nach vorne, als ob er sich tief vor ihr verbeugen wollte, rammte seinen Kopf in den Hut, der auf dem Schreibtisch lag, und richtete sich wieder auf. Den Hut zusammengedrückt auf dem Kopf, wandte er sich mit seinem merkwürdig starren Gang zur Tür. Victoria eilte an ihm vorbei und öffnete sie ihm, und er stakste davon, ohne ein weiteres Wort, geradeaus starrend mit seinen hellblauen, entsetzt blickenden Augen.

*

Die blaue Adria schimmerte unter der Mittelmeersonne. Sie kräuselte sich, und kleine Wellen plätscherten auf den Strand. Victoria rührte sich unter ihrem gestreiften Sonnenschirm und zuckte zusammen. Wieder einmal hatte sie versucht, zu schnell braun zu werden, und ihre weiße Haut, die empfindliche Haut einer Rothaarigen, die solch starke Sonneneinstrahlung nicht vertrug, war krebsrot und warf Blasen. Sie würde sich abschälen, bevor sie auch nur zu Hause war, dachte Victoria. Zwei Wochen waren zu kurz, um sich eine sanfte Bräune anzueignen, aber man konnte nach London nicht so weiß zurückkehren, wie man gefahren war. Zwei Wochen waren zu kurz für alles mögliche. Zu kurz zum Entspannen, es der angesammelten Erschöpfung und Spannung zu ermöglichen, von ihr zu weichen. Zu kurz, um London zu vergessen, das Krankenhaus, ihre Fälle, an denen sie zum Schluß jeden Abend bis spät in die Nacht gearbeitet hatte, bevor sie sie endgültig übergeben hatte, mit Berichten und Zusammenfassungen in jeder Akte, so daß ihre Kolleginnen sich zurechtfinden konnten, wenn sie sie einmal benötigen würden, so daß sie keine wichtige Information vermissen und sie spä-

ter für irgendwelche Katastrophen verantwortlich machen könnten.
Sie fragte sich unruhig, welcher ihrer Fälle wohl während ihrer Abwesenheit »hochgegangen« war. Es war eine bekannte Tatsache im Krankenhaus, daß Fälle, die unter dauernder Beobachtung einer Mitarbeiterin glatt zu laufen schienen, dazu neigten, zu »explodieren«, unerwartete Krisen und Komplikationen zu entwickeln, sobald sich jemand anderes darum kümmern mußte. Keine noch so gute Vorausplanung konnte dieses Ereignis je verhindern. Und die jeweilige Kollegin, die dann versuchte, die Trümmer zusammenzusammeln, war jedesmal ärgerlich über die zusätzliche Arbeit und machte die Abwesende dafür verantwortlich, die Ereignisse nicht rechtzeitig vorhergesehen zu haben.
Der Urlaub war zu schnell vorübergegangen. Victoria hatte das vage Gefühl, betrogen worden zu sein. Nur noch drei Tage, dann säße sie schon im Flugzeug auf dem Weg nach Hause. Einen Tag, um auszupacken, sich die Haare zu waschen, die angesammelte Post durchzusehen, ihre Kleidungsstücke auszusortieren, und dann mußte sie wieder ins Büro. Vielleicht noch einen Besuch bei ihrem Vater, ein Anruf bei Julia und Claire, eine gute Nacht in ihrem eigenen Bett und das frühe Wecken durch ihren Radiowecker, die Fahrt in die Stadt und ihr Schreibtisch mit einem Stapel blauer Akten, an jeder ein Zettel, der um dringende Erledigung bat. Die beiden Telefone, die gemeinsam pausenlos klingelten, durch die Sprechanlage eine Nachricht von der einen oder anderen Station mit der Aufforderung, sofort herüberzukommen.
Mitten auf dem Tisch eine Karte von Rose, irgend etwas Hübsches mit Blumen, ein Willkommensgruß: »Wie wir Sie vermißt haben!«
»Nimm das bloß nicht persönlich«, desillusionierte Leah sie, als sie das erste Mal eine solche Karte vorfand und

zufrieden und glücklich lächelte. Schließlich war es doch schön, eine geschätzte Mitarbeiterin zu sein.

»Es bedeutet nur, daß sie alle viel zu tun hatten und froh sind, daß Sie endlich wieder Ihre Fälle übernehmen können. Alle kriegen eine solche Karte, jedesmal, wenn sie weg waren. Rose kauft diese Karten im Großhandel ein.«

Greg schrieb jetzt seine Artikel aus dem Libanon. Seine Berichte über die Kämpfe, die Brutalität und Grausamkeit, die Massaker an der Zivilbevölkerung machten sie ganz krank vor Abneigung und Mitleid und auch vor Furcht um seine Sicherheit. Er schien sich immer mitten in den schlimmsten Kämpfen zu befinden. Wie lange konnte man beschossen werden, ohne getroffen zu werden?

Die Wochen in Jugoslawien bedeuteten zwei Wochen ohne Nachrichten. Die Tour war gut geplant gewesen. Die Hotels waren bequem, das Essen gut, die Landschaft eindrucksvoll und die Einwohner ausgesprochen freundlich und gutaussehend. Victoria war hocherfreut festzustellen, daß der Palast des Diokletian in Split weder eine Ruine noch ein Museum war, sondern ein Ort, in dem das Leben toste.

»Ein Sakrileg. Das hätte man nie zulassen dürfen. Glaubst du, es liegt daran, daß sie Kommunisten sind?« fauchte jemand aus der Gruppe bei ihrem Nachtessen im Dachgartenrestaurant.

»Das ist schon vor langer Zeit geschehen«, versicherte jemand dem verärgerten Touristen. »Ich glaube, schon im Mittelalter.«

Das Restaurant befand sich auf einem der Wachtürme des Palastes. Die Tischtücher wurden von dicken Steinen gehalten, damit der starke Wind, der von See kam, sie nicht hinwegfegte.

»Stell dir mal vor, hier Wache zu stehen, in dem kurzen Rock, den sie damals trugen, diese römischen Soldaten,

weißt du noch? Sie trugen alle diese Röcke, nicht wahr? Und gar nichts drunter, und das bei diesem Wind!«
Victoria dachte vergnügt an die überfüllten Passagen zwischen den Säulen des Palastes, die blumengeschmückten Fenster, die lächelnden Gesichter und die vielen Singvögel in ihren Käfigen. Im Hof war ein Café, und Jazzmusik war aus dem Keller zu hören.
»Vivat Beatles!« hatte jemand auf eine der alten Säulen gekritzelt.
Nach Split war Dubrovnik eine weitere Entdeckung. Die Stadtmauer, die Innenhöfe, Piazzas und mittelalterlichen Zinnen waren eine ideale Kulisse für ein Shakespeare-Drama. Der alte Apothecaris-Garten voller medizinischer Kräuter und Blumen im zeitlosen abgeschiedenen Kloster-Frieden.
Die Busfahrt nach Budwa war noch entsetzlicher als die in Norwegen. Die Straße wand sich in einer endlosen Serie von Kurven, der Bus schwankte gefährlich, der Fahrer war offensichtlich entschlossen, die ganze Reise im letzten Gang zu absolvieren. Irgendwo hoch oben, als sie einen herrlichen Blick auf die wilde Landschaft hatten, begegnete ihnen ein einzelner Bauer auf einem Fahrrad. Offensichtlich taub, da er das Hupen des Busfahrers nicht hörte, fuhr er gemächlich auf sie zu, genau in der Mitte der Straße, die an dieser Stelle zu eng war zum Überholen. Hinten auf dem Fahrrad hatte er eine weiße Gans in einem Korb festgebunden, die sie mit philosophischem Blick betrachtete, den langen Hals von einer Seite auf die andere schwingend im Kontrapunkt zum hin- und herschaukelnden Bus.
»Schauen Sie einmal hinter sich auf die Straße, die wir gerade entlangfahren«, befahl ihnen der Reiseführer. »Sehen Sie, wie sie sich windet? Der österreichische Architekt, der sie vor langer Zeit erbaut hat, war in die Frau des Königs verliebt. Ihr Name war Melissa. Sehen Sie, die Straße

beschreibt ein großes M. Das ist ihr zu Ehren geschehen.«
»Was für ein Glück, daß ihr Name nicht Olivia lautete, sonst würden wir hier nie rauskommen«, knurrte eine mürrische schottische Stimme hinter ihr.
»Nichts auf der Welt wird mich bewegen, noch einmal diesen Bus zu besteigen«, erklärte einer der Passagiere, als sie schließlich ihren Zielort erreichten, eine weiße, sandige Bucht und Budwa. Die Buchten in Dubrovnik hatten Fels- oder Kiesstrände. Der kurze Badeaufenthalt an diesem Sandstrand war ihnen von der Reiseleitung versprochen worden.
»Es geht ein Schiff von hier nach Venedig. Es legt in Dubrovnik an. Warum nehmen wir das nicht?«
Das Schiff war voll besetzt, aber Victoria gelang es, einen Liegestuhl auf Deck zu ergattern, und sie verbrachte die Rückreise recht komfortabel, mit Blick auf die atemberaubende Küste von Montenegro. Sie legten in Herzegnovi an, und sie sah zu, wie sich die Menge ihren Weg auf das Deck bahnte. Ein junger Mann verließ seine Heimatstadt, vielleicht wanderte er aus, eine große Gruppe von Freunden und Verwandten war zum Hafen gekommen, um ihm Lebewohl zu sagen. Eine Bläsergruppe spielte hübsche, Victoria völlig unbekannte Melodien. Einer nach dem anderen senkte sein Instrument, um den Abreisenden auf beide Wangen und die Lippen zu küssen, sich über die Augen und den Schnurrbart zu streichen und dann das Spiel wieder aufzunehmen. Die Frauen in Bauernkopftüchern und weiten Röcken weinten laut. Der junge Mann trug ein Bündel, verschnürt mit einem bunten Tuch, und eine Nähmaschine auf dem Rücken. Victoria erinnerte das an die Fahrenden Gesellen vor langer Zeit, die für einige Jahre durch die Welt reisten, um praktische Erfahrungen zu sammeln, bevor sie sich niederließen.
Eine Bäuerin, das weiße Kopftuch tief in die Stirn gezo-

gen, breitete ein Laken in der Ecke des Decks aus und legte sich zum Schlafen nieder. Bei ihr war ein kleines Mädchen, vielleicht ihre Tochter, etwa zwölf Jahre alt, mit hübschen dunklen Haaren und dunkelblauen Augen. Das dünne Baumwollkleid bedeckte kaum ihren Hintern. Die Mutter legte ihren Arm um die langen Beine des Kindes und hielt sie fest zusammen, als sie sich beide schlafen legten.

Lange nach Einbruch der Nacht näherten sie sich Dubrovnik. Trutzig zum Meer gewandt, erhoben sich die mittelalterlichen Mauern aus dem Wasser, mit glitzernden Lichtern gesäumt. »Das alte Ragusa«, sagte eine Stimme in der Dunkelheit. »Das alte Illyria«, fügte eine andere hinzu. »Der Stoff, aus dem die Träume sind.«

Das Hotelrestaurant befand sich auf einer offenen Terrasse mit Blick aufs Meer. Die Kellner schossen durch die Schwingtüren, die zur Küche führten, und trugen ihre Tabletts gefährlich hoch auf einer Schulter. Der junge Mann, der an Victorias Tisch bediente, lächelte breit, zeigte dabei seine perfekten Zähne, und war offensichtlich besonders stolz darauf, mit hoher Geschwindigkeit zwischen den Tischen hindurchzumanövrieren und beim Gehen dabei über eine Schulter zu blicken, um sich davon zu überzeugen, daß seine Künste auch angemessen gewürdigt wurden.

»Ist er hinter Ihnen oder hinter mir her?« flüsterte Gloria, die an Victorias Tisch saß, hinter ihrer Serviette.

»Das ist vermutlich egal, fürchte ich. Am meisten ist er wohl stolz auf sich selbst. Es kommt mir vor wie der Balztanz eines exotischen Vogels. Schauen Sie sich das an!«

Der junge Mann näherte sich, wackelte mit den Hüften zum Rhythmus der leisen Musik und kam vor ihnen zum Stehen, Block und Bleistift gezückt: »Und nun zu Ihnen ...?« Der Bleistift deutete auf Victoria. Das war vermutlich der einzige Satz, den er in der ausländischen Sprache gelernt hatte. Victoria unterdrückte das Lachen,

das sich unerwartet in ihrer Kehle bildete, und bestellte ihr Essen. Er lächelte, drehte sich auf dem Absatz um und lief im Slalom zur Küche. Ein Küchenschrank in unmittelbarer Nähe der Schwingtüren hielt große Stapel an Geschirr zum Gebrauch bereit. Eines seiner Beine schien kürzer zu sein als das andere, so daß der Schrank leicht schaukelte, und die unteren Türen hatten die Eigenschaft, sich unerwartet zu öffnen. Die Kellner traten die Türen zu, wenn sie vorbeieilten.
Victoria sah zu, wie der junge Kellner sich schulterrollend und hüftschwingend umwandte, um ihnen noch ein letztes glühendes Lächeln zu schenken. In diesem Augenblick flog die Küchentür auf und ein anderer Kellner schoß heraus, ein schweres Tablett auf der Schulter. Als er am Tellerschrank vorbeikam, hob er den Fuß, um die Tür zuzutreten, traf aber statt dessen den jungen Mann, der sich gerade umgedreht hatte, um Victoria zuzulächeln. Beide Männer verloren das Gleichgewicht und fielen gegen den Schrank, der sich unter der unerwarteten Last vorwärtsbeugte und im Zeitlupentempo umkippte. Das laute Gescheppper brachte alles auf der Terrasse zum Schweigen. Die beiden Männer standen da und starrten auf den Berg zerbrochenen Geschirrs zu ihren Füßen. Lange Zeit bewegte sich niemand. Dann kamen andere Kellner aus der Küche, und ein wütender Oberkellner begann, sie zu beschimpfen.
»Ob es wohl in Jugoslawien Salzminen gibt?« flüsterte Gloria. »Oder was glaubst du, was sie mit den beiden machen werden?«
Aus der Gruppe an der Küchentür, die inzwischen wild durcheinander schimpfte und gestikulierte, löste sich eine schmale Gestalt und näherte sich ihnen langsam. Vor Victorias Stuhl kam er zum Stehen und deutete mit dem Bleistift auf ihr Gesicht: »Und nun zu Ihnen…« Sein bedrückter Gesichtsausdruck verwandelte sich in Erstau-

nen, als die beiden Ausländerinnen an seinem Tisch plötzlich gleichzeitig in Lachen ausbrachen.
»Wie wär's mit einem Nachtclub?« fragte der Reiseführer an ihrem letzten Abend in Dubrovnik. »Es gibt hier einen. Nur für Ausländer. Da ist eine Show, eine Band, wir könnten tanzen.«
Der Reiseführer war ein großer blonder Engländer, der einen permanent niedergeschlagenen Eindruck machte. Er haßte seinen Job, versicherte er Victoria, aber als Student brauchte er Geld. Eines Tages, wenn er mit den Touristen fertig war, würde er ein Buch über seine Erfahrungen schreiben. Damit würde er dann seinen Lebensunterhalt verdienen.
»Was man mit den Leuten hier im Ausland erleben kann... Sie würden es nicht glauben.« – »Ich könnte Ihnen Geschichten erzählen... Aber ich behalte sie alle für mich, bis ich sie in meinem großen Werk aufgeschrieben habe. Wenn Sie mir Ihre Adresse geben, sende ich Ihnen ein Exemplar, wenn es herauskommt.«
»Oh, prima, hier ist meine!« Gloria kritzelte ihre Adresse auf eine Papierserviette. »Werden wir darin auch vorkommen? Victoria und ich?«
»Hmm...« Der Reiseführer lehnte sich zurück und betrachtete sie durch halbgeschlossene Lider. »Hmm... nein, das verrate ich nicht. Das hängt davon ab, oder?« Und er weigerte sich, sich genauer auszudrücken. Doch sie willigten beide ein, ihn an ihrem letzten Abend in den Nachtclub zu begleiten.
Victoria schüttelte ihr einziges gutes Kleid aus – ein blaßblaues Seidenkleid, das sich gut gegen die Sonnenbräune abhob, die sie so schmerzhaft erworben hatte, und bürstete sich das Haar in der Hoffnung, es zum Glänzen zu bringen. Das Meerwasser und der Sand hatten ihm nicht gerade gutgetan, und sie hatte kein Shampoo mehr. Die Haut an ihren Armen begann, sich langsam abzuschälen.

In einer Woche... Sie zwang sich, nicht an die Zukunft zu denken. Heute hatte sie immer noch Urlaub. Der Alltag würde warten müssen.
Der Nachtclub befand sich unter freiem Himmel. Die kreisrunde Tanzfläche war von kleinen Tischen und Stühlen umsäumt, und eine Band spielte mitten in einer Ansammlung von Topfpflanzen. Die Show bestand aus einem serbischen Jongleur, einem ungarischen Magier, einem rumänischen Sänger und zwei polnischen Stripperinnen. Zu den Klängen von Ravels Bolero drehten und wanden sie sich, zum Teil hinter großen Straußenfedern versteckt und ließen auf recht banale Weise dabei das eine und andere Kleidungsstück fallen. Ihre Gesichter über den schwingenden Fächern drückten Gleichgültigkeit an der Grenze zur Langeweile aus.
Victoria sah hinüber zu ihren Begleitern. Gloria konzentrierte sich auf ihren Cocktail, der Reiseführer hatte die Beine ausgestreckt, kippte mit seinem Stuhl gefährlich nach hinten und sah noch unglücklicher aus als gewöhnlich. Victoria fand das Ganze peinlich. Die schwüle Musik erreichte ihren Höhepunkt. Die beiden Mädchen ließen mit ausdruckslosem Gesicht ihre Slips fallen, hoben ihre Fächer hoch und standen vollständig nackt da.
Nach der laienhaften, uncharmanten Darbietung war ihre vollständige Nacktheit jetzt ein Schock. Einen Moment lang war es still, dann erhob sich ein halbherziger Applaus. Eine Gruppe von Männern am Nachbartisch rief etwas in einer fremden Sprache. Die Mädchen standen stocksteif da, dann griffen sie schnell ihre verstreuten Kleidungsstücke und verschwanden mit plötzlich purpurrotem Gesicht hinter einem Vorhang.
»Was haben sie gesagt? Ich habe es nicht verstanden«, fragte Gloria.
»Es war etwas auf Polnisch«, sagte Victoria.
Das Orchester intonierte eine Tanzmusik. Plötzlich ent-

stand eine allgemeine Bewegung unter den Zuhörern, Stühle wurden geräuschvoll zurückgeschoben, und Paare bewegten sich in Richtung auf die Tanzfläche. Ein großer junger Mann schlug vor Victoria die Hacken zusammen und verbeugte sich vor ihr. Er war ein guter Tänzer. Und er war sehr nervös. Seine Hände waren feucht, und er zitterte. Victoria lächelte ihn ermutigend an, aber sein angespanntes Gesicht reagierte nicht. Er starrte sie so unverwandt an, daß sie sich unbehaglich zu fühlen begann. Sie versuchte, sein Alter zu erraten. Höchstens achtzehn, beschloß sie. Woher kam er? Bis dahin hatte er noch kein Wort gesagt. Sie lächelte ihn weiterhin an.

Plötzlich, als ob er genug von ihr gesehen hätte, sprach er sie an: »Sind Sie Engländerin?« Sein Akzent klang vertraut, ließ sich jedoch schwer einordnen.

»Ja.«

»Woher?«

»Aus London. Und Sie? Woher kommen Sie?«

»Ich bin Deutscher. Ich komme aus Leipzig. Kennen Sie Leipzig? Von Leipzig aus bin ich den ganzen Weg hierher zu Fuß gegangen.«

Victoria strauchelte

»Tut mir leid, ich tanze nicht sehr gut«, sagte der junge Mann.

Victoria wurde von einer unerwarteten Panik ergriffen. Sie wollte jetzt nichts lieber, als die Tanzfläche verlassen, weglaufen. Auch sie zitterte jetzt.

»Wie alt sind Sie?« hörte sie sich fragen. Ihre Stimme klang normal.

»Ich bin 17 Jahre alt. Das hier ist mein erster Auslandsurlaub.« Ein Lächeln huschte über sein Gesicht.

Victoria versuchte, den Tanz fortzusetzen. Immer noch bemühte sie sich zu lächeln. Doch es gelang ihr nicht, ihrer Kehle noch ein weiteres Wort zu entringen. Soweit sie wußte, war dies ihre erste Begegnung, ihr erster physi-

scher Kontakt mit einem richtigen Deutschen. Nicht ein deutscher Flüchtling, sondern ein Deutscher aus Deutschland. Sie tanzte mit einem Deutschen. Tanzte!
Der junge Mann hatte aufgehört zu zittern und redete weiter auf sie ein, aber Victoria hörte ihm gar nicht zu. Jetzt war es an ihr, ihr Gegenüber anzustarren. Sie betrachtete das jugendliche Gesicht, das blonde Haar, die kleinen grünen Augen, die dichten Wimpern, die kleinen Schweißtropfen auf der Oberlippe, auf der sich die Andeutung eines Schnurrbarts zeigte, das eckige Kinn. Er trug das Haar kurz und gerade geschnitten, und die Hand, die die ihre hielt, war gebräunt und stark. Ein unauffälliger Jugendlicher, weder hübsch noch ansehnlich, lange nach dem Krieg geboren, lange nach der Bombe, die...

*

Victoria kehrte plötzlich in die Wirklichkeit zurück. Sie hatte stundenlang auf dem Schlafzimmerfußboden gesessen. Wie lange? Sie war ganz steif. Der Rücken tat ihr weh, ihre Augen brannten. Sie blinzelte und sah auf die Uhr. Es war 3 Uhr morgens. Morgen, versprach sie sich, als sie sich mühsam auf die Füße stellte, vor Schmerz zusammenzuckend, nein, heute würde sie ihre Briefe beenden. Die Wohnung war jetzt fast aufgeräumt. Schränke und Schubladen waren so leer wie zu der Zeit, als sie eingezogen war. Der Stapel Kleidungsstücke und Papiere auf dem Wohnzimmerfußboden war deutlich kleiner geworden. Sie rieb sich den schmerzenden Rücken und kletterte ins ungemachte Bett, ohne sich die Mühe zu machen, sich auszuziehen. Sie hatte noch nie in ihren Kleidern übernachtet. Jetzt war es Zeit dafür...

*

Lieber Vater,
wenn ich Dir wirklich schreiben würde... Wenn Du hier wärest, um das alles zu lesen, wie würde ich diesen Brief beenden? Was gibt es noch zu sagen? Als ich zu schreiben begann, glaubte ich, daß sich ein Muster zeigen würde, das den Weg, auf dem mein Leben irgendwann verlorengegangen ist, abbilden könnte. Ich neigte zu der Überzeugung, daß Greg zumindest teilweise dafür verantwortlich gewesen war, mich vom rechten Weg abzubringen, dem einen Weg, den ich so sorgfältig für uns beide geplant hatte. Greg – sein Weggehen und die Tatsache, daß er mich doch nie losließ – die Art, wie er mich hielt, die geduldige Penelope, die entgegen aller vernünftigen Hoffnungen auf seine Rückkehr wartete. Jeder Brief von ihm, jede Nachricht, jede Begegnung – und es gab einige seit seiner »definitiven« Abreise – weckten diese Hoffnung aufs neue.
Doch als ich mein Leben in den letzten Wochen noch einmal überschaute, bin ich zu der Erkenntnis gelangt, daß niemand das Leben eines anderen ruinieren kann. Wir tun das schon selbst. Wir sind vielleicht nicht in der Lage, die Umstände auszuwählen, in denen wir leben, aber innerhalb des gegebenen Rahmens weben wir das Muster selbst. Jene andere Penelope hielt ihre Verfolger in Schach, indem sie einen Schleier webte. Ich werde nicht meine Stiche des Nachts auftrennen, um morgens wieder mit dem Nähen zu beginnen.
In den letzten Jahren habe ich allmählich aufgegeben, mir etwas vorzumachen, obwohl ich es zunächst nicht wahrhaben wollte. Die meisten meiner sorgfältig kultivierten Interessen habe ich nach und nach verloren. Ich habe keine Abendkurse mehr besucht. Ich ging nicht mehr ins Theater und in Konzerte, Museen und Ausstellungen, zu Modeschauen und Dichterlesungen, weil ich nicht länger verstand, was das Ganze sollte. Als ob sich eine Glaswand zwischen mir und dem Rest der Welt aufgerichtet hätte,

und obwohl das Glas klar genug ist, ist das Bild, das ich sehe, verzerrt und sind die Klänge gedämpft. Nachdem ich jahrelang geduldig diese Wand errichtet habe, diesen geräuschabsorbierenden, schockabsorbierenden, isolierenden Kokon, habe ich endlich das Stadium erreicht, an dem meine Arbeit vollständig scheint. Ich sehe oder empfinde nicht so, wie es andere vermutlich tun. Sehr wenig erreicht mich von außen. Nichts und niemand kann mich mehr verletzen. Und jetzt stelle ich fest, daß ich in meinem Käfig nicht leben kann. Die Glaswände werden zu dick. Es gibt keine Luft mehr. Ich werde nicht versuchen, das Glas zu durchbrechen, selbst wenn das möglich wäre, weil der Schock, mich selbst ungeschützt in der Außenwelt wiederzufinden, sicher mein geistiges Gleichgewicht vollständig zusammenbrechen ließe, und ich möchte nicht in Panik und in Schmerzen sterben.

Da mir das Leben in der gegenwärtigen Form unerträglich erscheint, ist es da nicht besser, es auf ruhige und zivilisierte Weise zu beenden, kein Chaos zu hinterlassen und keine Schmerzen zu verursachen? Ich werde nichts Gewalttätiges tun, wie mich von einem Gebäude zu stürzen. Eine bewährte Methode, aber so vulgär und chaotisch. Ich werde mir nicht die Kehle durchschneiden oder mir die Pulsadern aufschlitzen. Das ist schrecklich für denjenigen, der hinterher alles aufwischen muß, und wiederum zu gewalttätig und schmerzhaft. Mein Motiv ist nicht Haß. Ich habe keine Rechnungen mehr zu begleichen. Ich möchte niemandem die Schuld in die Schuhe schieben, niemandem Schuldgefühle verursachen. Ich bin nur zu müde, entmutigt und einfach gelangweilt, um weiterzumachen. Die alten Griechen und Römer betrachteten das als ausreichende Gründe, sich aus dieser Welt zurückzuziehen, also warum sollte ich es nicht tun?

Und da ist noch etwas: Ich habe vor kurzem aus »zuverlässiger Quelle« gehört, daß Greg vielleicht nach London zurückkehrt. Seine Ehe ist gescheitert. Er ist frei. »Die Quelle« hat außerdem die Information durchsickern lassen, daß er im Frühling hier ankommen wird. Ich kann ihn nicht mehr sehen. Ich will ihn nicht mehr sehen. Ich bin nicht in Ehren ergraut. Ich bin keine attraktive Ruine, keine würdige Alte. Und ich kann nicht länger, wie ich es so viele Male zuvor getan habe, vorgeben, daß alles in Ordnung ist, daß das Leben allgemein, meine Arbeit, meine Freunde, mein breites Interessenspektrum, mein gutes Aussehen, meine ausgezeichnete Gesundheit, mein lieber Papa – das alles so zufriedenstellend ist, wie es nur sein kann. Weil nichts davon stimmt, und ich kann nicht länger lügen.

Wie seltsam, daß Eitelkeit und Stolz überleben, wenn alle anderen Eigenschaften verschwinden. In meiner Jugend war ich immer beleidigt, wenn ich den Verdacht hatte, daß Männer mich nur aufgrund meiner äußeren Erscheinung attraktiv fanden. Wütend bestand ich darauf, daß ich über ein ausgezeichnetes Gehirn verfügte, und wollte vor allem, daß dies von meinen Möchtegern-Bewunderern anerkannt wurde, aber meine physische Attraktivität hat sich beträchtlich verringert, und ich sehne mich nach nichts so sehr wie danach, aufgrund meiner Schönheit die Aufmerksamkeit anderer zu erregen. Männer folgen mir nicht länger mit den Blicken, niemand dreht sich mehr nach mir um, wenn ich einen Raum betrete, und das hat sich merkwürdigerweise so ausgewirkt, daß ich meinen Witz und meine Freude am Gespräch verloren habe und kaum etwas herausbringe. So bin ich in meinen mittleren Jahren nicht nur langweilig, sondern auch verschwommen in meinen Ausdrucksformen geworden.

Bald werden es drei Jahre sein seit jenem Herbsttag, als wir Dir zum Süd-Londoner Friedhof folgten. Es freute mich, daß Du es vorzogst, Dich unversehrt beerdigen, statt Dich verbrennen zu lassen. Ich besuche Dich dort oft, aber natürlich weißt Du das. Jetzt können wir uns endlich ohne Unterbrechung und ohne Zeugen unterhalten. Ich liebe das sehr, Daddy. Bald werden wir beide auf derselben Seite sein.

Du hast ein paar Überraschungen hinterlassen. Kleine Zeitbomben, die lange nach Deinem letzten Lebewohl explodierten. Ich frage mich, wie weit Du in der Lage warst, die Resultate vorherzusehen. Du warst immer ein guter Schachspieler, konntest mehrere Züge im voraus denken.

Ich mißgönne Martha das Haus nicht. Ich habe es nie als meines empfunden. Als Deiner Witwe steht ihr ein Dach über dem Kopf zu. Und wenn das schließlich die einzige Möglichkeit war, sie und Ilona nach England zu bringen...

»Ein rein geschäftliches Abkommen, Victoria. Dein Vater wollte mir helfen, aus Singapur herauszukommen. Ich habe dir ja schon erzählt, daß sie uns in England nicht wollten. Selbstverständlich war ich ihm dafür immer sehr dankbar.«

Also war es eine Vernunftehe. Martha und Ilona konnten legal in Großbritannien einreisen, und Du, Du erhieltest eine treue Haushälterin und eine exzellente Köchin. War das alles? Und warum wurde ich in dieses Geheimnis nie eingeweiht? Hattest Du so wenig Vertrauen in mein Verständnis für Deine Situation? Mein ganzes Leben lang habe ich damit zugebracht, mir Geschichten über schmerzhaft komplizierte Familienverwicklungen anzuhören, doch mein eigener Vater traut mir nicht zu, daß ich verstehe... Was soll ich mit dieser unbeantworteten Frage anfangen, Vater? Wer wird sie jetzt beantworten?

Du hast mich zu einer reichen Frau gemacht. Auch das war eine Überraschung. Warum tatest Du es? Wie immer in unserer Beziehung benutztest Du Geld, um etwas anderes auszugleichen, das auf Deiner Seite fehlte: Ver-

trauen, Geborgenheit, Liebe... Du hast sichergestellt, daß ich nicht länger arbeiten mußte. Es hat einige Zeit gedauert, bevor mir dieser Gedanke kam. Wie langweilig und an die Routine gebunden muß ich gewesen sein! Es war der Bankangestellte, der mir die Tatsachen zum ersten Mal klar darlegte.
»Sie sind sehr glücklich dran, Miss Bennet. Sie können jetzt frei über Ihre Zeit verfügen. Sie haben keine Angehörigen? Warum benutzen Sie dann nicht die Mittel, die Ihnen zur Verfügung stehen? Genießen Sie das Leben. Reisen Sie. Seien Sie frei. Überlassen Sie die Plagen des Alltags den anderen. Sie können es sich jetzt leisten.«
»Aber«, protestierte ich schockiert, »ich kann doch meine Arbeit nicht im Stich lassen! Wie soll ich leben?«
Jemand – Du, Daddy – mischte sich schon wieder in mein Leben ein. Brachte meine Alltagsroutine durcheinander. Nahm mir meine kleine Nische weg, in der ich so viel durchlitten hatte und die mir doch den einzigen Anschein von Sicherheit vermittelt hatte: meinen professionellen Standort, meine Identität. Das Ganze aufgeben? Das war nicht nur unmöglich. Das war auch unmoralisch.
»Denken Sie noch einmal darüber nach«, hatte der Bankangestellte gesagt. »Und besuchen Sie mich, wann immer Sie wollen.«
Lieber Daddy, Du wirst mich wiederum für undankbar halten, das mir hinterlassene Vermögen nicht dazu zu nutzen, »etwas aus meinem Leben zu machen, bevor es zu spät ist«, wie Du es in Deinem letzten Willen ausgedrückt hast. Der Notar las diesen Satz laut vor. Martha verzog das Gesicht zu einem säuerlichen Lächeln. Sie wußte schon, es konnte nicht gut enden.
»Man braucht schon eine Menge Fähigkeiten und Erfahrungen, um mit einer großen Summe Geldes umzugehen«, bemerkte sie, als wir das Büro des Notars verließen. »Schau dir all die Lottogewinner an. Zum Schluß haben

sie keinen Pfennig mehr, und im Handumdrehen sind sie ruiniert. Ich hoffe, du wirst das im Kopf behalten, Victoria. Am besten suchst du dir einen guten Anlageberater. Versuch es bloß nicht selbst. Es ist Dynamit.«
Tja, Daddy, es hat mir nicht den Kopf verdreht. Und ich habe es nicht verloren. Das Geld, meine ich. Was meinen Kopf angeht, da bin ich nicht so sicher. Nachdem ich mein Leben lang daran gewöhnt war, ein äußerst bescheidenes Gehalt sorgfältig einzuteilen, hinderten mich die alten Gewohnheiten daran, mich jetzt in Luxusausgaben zu stürzen. Ich brauchte keine teuren Kleider. Ich ging fast nie aus. Und sicherlich brauchte ich kein Haus. Ich fühlte mich einsam und verloren genug in meiner kleinen Wohnung. Ich tauschte mein altes Auto gegen ein neues ein, aber deswegen fuhr ich auch nicht mehr damit herum als vorher. Alleine herumzureisen gefiel mir nicht. Etwas luxuriösere Pauschalreisen brachten mich jetzt zu weiter entfernten Teilen der Welt. Aber selbst in Samarkand reiste ich allein. Und ich konnte jetzt nicht mehr länger an meine Fälle denken und mich fragen, was ich wohl bei meiner Rückkehr im Büro vorfinden würde. Ich hatte meine Arbeit verloren und mit ihr meinen einzigen Lebenssinn. Ich fühlte mich aus der Welt verbannt.

*

»Komm mit uns nach Hause, Liebes. Wir werden ein bißchen zu Abend essen, und dann sehen wir weiter. Bleib doch über Nacht, warum nicht? Du solltest nicht soviel allein sein.«
Stan und Julia stützten sie jeweils an einer Seite und führten sie zum Auto. Claire war bereits gegangen. Sie hatte sich in der kleinen Versammlung um das Grab verabschiedet. Martha blieb noch zurück, ganz in Schwarz gekleidet. Damals wußte Victoria noch nicht den Grund für ihre

Trauerkleidung und wunderte sich über solch öffentliche Kundgebung. Marthas drei Musketiere standen würdevoll und schweigsam barhäuptig am Grab, wie Grabwachen aus früheren Zeiten. Alte Soldaten, die einen der ihren verabschieden, der auf die andere Seite hinübergegangen war. Obwohl sie sich nicht bei Kämpfen begegnet waren – der Krieg hatte ihren Vater in die Nordsee verbannt, während die drei Polen in Afrika kämpften –, hatten sie doch auf derselben Seite und gegen denselben Feind gekämpft. Sie waren Waffenkameraden, selbst jetzt noch. Ein paar gutgekleidete Männer näherten sich und kondolierten. Sie konnte ihre Namen nicht recht verstehen, bekam jedoch mit, daß es sich um Journalisten handelte. Es sei sogar ein hoher Vertreter der BBC dabei, flüsterte Julia. Der Tod von Victorias Vater war in den Nachrichten durchgegeben worden, und respektvolle Nachrufe waren in der Presse erschienen. Es gab Kommentare über seinen ausgezeichneten Kriegsdienst, seine Jahre in Malaysia und seine jüngste erfolgreiche Rundfunkkarriere, wobei jede Zeitung seine Leistungen je nach ihrer politischen Orientierung interpretierte, von durchweg positiv – der Daily Telegraph – bis skeptisch – der Guardian. Ein paar alte Männer in undefinierbaren Anzügen – alte malaysische Angestellte, vermutete Stan – waren ohne ein Wort verschwunden. Als sie ihnen nachsah, stellte Victoria fest, daß auch ihr Vater ein sehr alter Mann gewesen war.

»Wie fühlst du dich?« fragte Julia ängstlich, als sie sich ins Auto setzten. Victoria lächelte. »Es geht mir gut, wirklich. Mach dir keine Sorgen.«

Sie empfand keinen Schmerz. Keine Trauer. Trockenen Auges hatte sie die ganze Zeremonie verfolgt. Die Zwillinge und Tristan beobachteten sie unauffällig aus angemessener Distanz. Offenbar waren sie gewarnt worden, sie hätten gefälligst ihr bestes Verhalten zu zeigen. Die Atmosphäre war spannungsgeladen. Victoria nippte an ih-

rem Drink. Sie fühlte sich beschwingt und nahm alles aus großer Entfernung wahr. Mit Vaters Tod war die letzte Verbindung zu ihrer Familie zerbrochen. Jetzt war sie vollständig frei. Sie brauchte jetzt nicht länger ihr Verhalten in bezug auf irgend jemand anderen zu überdenken.
»Ich fühle mich fast so, als würde ich fliegen«, sagte sie laut, ohne jemanden direkt anzusprechen. Julia blickte überrascht auf. »Was meinst du damit?«
»Erinnerst du dich an das Spiel, was wir damals in der Schule so gern spielten? Wir bildeten eine lange Kette, indem wir uns alle bei den Armen hielten, da draußen auf dem Spielfeld, dann mußte die eine, die in der Mitte stand, sich auf dem Fleck drehen.« Sie wandte sich an die Kinder: »Diejenige in der Mitte verhielt sich wie eine Radnabe mit zwei Speichen, der Rest von uns mußte sich mit ihr drehen, nur schneller. Je weiter man vom Zentrum entfernt war, desto schneller mußte man laufen. Diejenigen, die am Ende waren, rannten am allerschnellsten.«
»Ich erinnere mich daran«, sagte Julia. »Gewöhnlich warst du am einen Ende, weil du so lange Beine hattest. Und außerdem warst du unsere schnellste Läuferin.«
»Es war ein dummes und gefährliches Spiel. Ich haßte es«, sagte Victoria. »Wenn die Kette sehr lang war, mußte ich wie eine Verrückte rennen. Und je schneller ich rannte, desto stärker mußte ich gegen die Kraft ankämpfen.«
»Die Zentrifugalkraft«, piepsten die Zwillinge unisono.
»Genauso ist es. Ich mußte mich mit all meiner Kraft festhalten und so schnell laufen, bis meine Füße kaum noch den Boden berührten.«
»Bist du jemals hingefallen?« fragte Tristan.
»Einmal. Ich ließ die Hand des Mädchens neben mir los und dann – flog ich. Ich flog wirklich durch die Luft.«
»Und was passierte dann?«
»Ich krachte auf einen Berg Bauschutt in der Ecke des Feldes. Ich schürfte mir die Hand auf, und mein ganzer Arm

war voller kleiner Steinchen. Und ich verletzte mir die Hüfte. Schlimm. Ich glaube, ich verlor einen Moment das Bewußtsein, und dann wart ihr schon alle über mir und habt versucht, mich auf die Füße zu stellen.«

»Wir dachten, du hättest dir etwas gebrochen«, sagte Julia. »Wir haben uns sehr gefürchtet.«

»Noch nie in meinem Leben hatte etwas so weh getan«, fuhr Victoria fort. »Ich dachte, ich würde nie mehr in der Lage sein, aufzustehen oder herumzulaufen. Ich ließ mich ins Krankenzimmer bringen und gab keinen Laut von mir. Sie säuberten meinen Arm und gaben mir eine Tetanusspritze. Meine Hüfte hat niemand sich angesehen.«

»Und, war sie gebrochen?« fragte Tristan.

»Nein, natürlich nicht. Dann hätte ich nicht mehr laufen können, nicht wahr? Ich hatte nur eine schlimme Prellung.«

»Und was für eine Prellung!« schrie Julia. »In vollem Technicolor. Ich hatte noch nie in meinem Leben so etwas gesehen! Wochenlang bettelten wir jeden Tag darum, einmal einen Blick darauf werfen zu dürfen.«

»Das sah wirklich spektakulär aus, mit Ausläufern wie eine Krake. Dann begann es die Farbe zu wechseln, von Rot zu Blau zu Grün...«

»Grün?« riefen die Zwillinge. »Eine grüne Hüfte? Oje!«

»Dann wurde es irgendwie orange und schließlich gelb. Aber ein brauner Fleck war noch jahrelang zu sehen. Vielleicht ist ein Rest davon heute noch da.«

»Sie hätten damals eine Röntgenaufnahme machen sollen, um festzustellen, ob irgend etwas mit der Hüfte nicht in Ordnung war. Das war vielleicht eine schreckliche Schule«, sagte Julia und starrte finster in ihren Drink. »Außerdem vernichtete das unsere Chancen, den Fünfhundertmeter-Lauf beim Schulsport zu gewinnen, der in

jenem Herbst stattfand. Victoria war unsere ganze Hoffnung. Sie war wirklich verdammt gut.«
»Weshalb erinnerst du dich jetzt an diesen Unfall?« fragte sie Stan.
»Ich weiß nicht. Irgend etwas in den letzten paar Tagen war es, so ein Gefühl, alles aus weiter Entfernung zu sehen, in rasender Geschwindigkeit durch die Luft zu fliegen...«
»Wirst du wieder auf der Nase landen, Victoria?« fragte Tristan.
»Nun sei doch nicht so frech«, sagte Julia.
Victoria nahm einen großen Schluck aus ihrem Whiskyglas und hustete. »Ich weiß nicht, Tristan. Im Moment fliege ich noch.«
»Also dann, gute Landung.« Julia erhob sich aus ihrem Stuhl. »Ich werde mal etwas zu essen machen. Bleib bloß sitzen, Victoria, die Kinder werden mir helfen.«
»Ganz allein in der Luft zu hängen, fühlst du dich so in der Art?« fragte Stan vorsichtig, als sie allein zurückblieben.
»So in der Art. Als ob die letzte Verbindung zu meiner Vergangenheit abgerissen ist. Als ob – o Stan, ist das nicht schrecklich? Jetzt, wo Vater nicht mehr da ist, gehöre ich überhaupt nirgendwo hin. Es ist, als ob ich nie irgendwo hingehört hätte... Wie soll ich wissen, wer ich bin?«
»Ich verstehe, was du meinst...«
Aber wie konnte er? Seine beiden Eltern lebten noch. Außerdem gab es noch einen Bruder, und vor allem waren da die Kinder. Die genetische Kette war intakt, Stan stand sicher in der Mitte. Dasselbe galt für Julia. Ich muß Claire danach fragen, ob sie schon einmal so ein Gefühl hatte, dachte Victoria und wußte gleichzeitig, daß sie es nie tun würde.
»Was ist mit deinen Plänen? Hast du jemanden für das Haus hier gefunden?« fragte sie Stan.

»Haben wir, endlich. Und zwar haben wir verdammtes Glück gehabt. Wir mußten ja sicherstellen, daß diejenigen, die hier einziehen, rechtzeitig wieder ausziehen, wenn wir zurückkommen. Man hört ja solche Horrorstories über Leute, die in ihr eigenes Haus nicht einziehen können.«

»Redest du von unserer Reise in die Staaten?« fragte Julia, die gerade zurückkam, um den Tisch zu decken. »Ich bin schon ganz aufgeregt! Stell dir vor, zuerst war ich gar nicht so sicher, meine Arbeit aufzugeben... Ich habe im Moment so viele Projekte am Laufen.«

»Jetzt wird sie gleich loslegen, daß ich ihre Karriere ruiniere. Glaube ihr kein Wort, Victoria.«

»Aber es stimmt! Schließlich ist es deiner Karriere wegen, daß wir jetzt gehen! Wenn wir das vor ein paar Jahren getan hätten, bevor ich mich wieder so ganz in die Arbeit gestürzt hätte, ich meine, ich habe jetzt auch meine Verpflichtungen.«

»Warum seid ihr nicht früher gegangen?« fragte Victoria. »Hat Wayne nicht versucht, etwas für euch zu arrangieren, kaum daß die Zwillinge auf der Welt waren?«

»Tja, da waren wir noch nicht soweit«, knurrte Stan.

»Er meint damit, er war noch nicht soweit. Er hatte noch nicht genug publiziert, um einen entsprechenden akademischen Posten bekommen zu können. Jedenfalls nicht den, den wir wollten. Jetzt ist es soweit, sie wollen ihn, und er will auch gehen...«

»Ich will aber nicht gehen«, verkündete Tristan. »Ich will in meiner Schule bleiben. Ich habe da Freunde. Wenn wir zurückkommen, werden sie mich gar nicht mehr kennen.«

»Ja, na ja, wir müssen alle einige Opfer bringen. So ist das Leben. Du wirst dort drüben neue Freunde gewinnen, das verspreche ich dir. Du wirst es bestimmt ganz aufregend finden.«

»Und was ist mit euch beiden?« wandte sich Victoria an die beiden Mädchen. »Seid ihr auch schon aufgeregt?«
Mit einem schlichten Schulterzucken rückten die beiden enger zusammen, die eine nahm die Hand der anderen. Ihr Gesichtsausdruck verriet nichts als Gleichmut.
»Diese zwei da«, seufzte Julia. »Solange sie zusammen sind, spielt es überhaupt keine Rolle, wo sie sind.«

*

Victoria öffnete die Augen. Die Nachmittagssonne schien ins Zimmer. Sie hatte den Großteil des Tages verschlafen. Ärgerlich warf sie die Bettdecke zurück. Ihr Kleid sah zerknüllt und verschwitzt aus. In Kleidern zu schlafen war eine Erfahrung, die sie nicht unbedingt wiederholen mußte. Aber sie würde ja auch keine Gelegenheit dazu haben. Barfuß stapfte sie in die Küche auf der Suche nach etwas Kaffee und blickte aus dem Fenster. Das Lagerhaus war besetzt. Seine Bewohner saßen auf dem Dach. Autos parkten in den Nebenstraßen. Jemand rief etwas durch ein Megaphon.
Es war kein Kaffee mehr in der Dose. Ärgerlich beschloß Victoria, noch einmal auszugehen und das Nötigste für die nächsten Tage einzukaufen: Kaffee, Tee, etwas zu essen und Zigaretten, und sich dabei das Lagerhaus etwas aus der Nähe anzusehen. Es gab einen Delikatessenladen auf der anderen Seite des Kanals. Wenn sie dorthin zum Einkaufen ging, mußte sie direkt am Lagerhaus vorbeikommen.
Ohne sich zu waschen oder ihre Kleider zu wechseln, zog sie einen Regenmantel über und ging aus dem Haus.
Die Hitze traf sie unvorbereitet. Die Sonne glühte. Während sie geschlafen hatte, mußte es Sommer geworden sein. Aber es ist doch erst April, dachte sie ungläubig. Sie fühlte sich betrogen. Sie hatte gehen wollen, solange das

Wetter noch kalt war. Bevor die Bäume und Blumen in voller Blüte standen. Sie war von dem herannahenden Feind überrascht worden, der die Jahreszeiten verstohlen miteinander vertauscht hatte. Jetzt würde sie sich beeilen müssen. Als sie die Brücke erreichte, lief ihr der Schweiß in Strömen herab. Sie war hungrig und durstig. Sie knöpfte sich den Regenmantel trotz der Hitze bis zum Hals zu und beschloß ärgerlich, das Teuerste zu kaufen, was das Delikatessengeschäft zu bieten hatte, und dazu eine gute Flasche Wein.

Als sie sich dem Lagerhaus näherte, fühlte sie sich ganz schwindelig vor Erschöpfung. Diese letzten paar Tage – oder waren es Wochen? –, in denen sie sich wenig bewegt und wenig gegessen hatte, sich nur der geistigen Anstrengung hingegeben hatte, in ihre Vergangenheit hinabzutauchen, forderten ihren Preis. Sie schützte ihre Augen mit der Hand vor der glühenden Sonne und inspizierte das Lagerhaus.

Die Besetzer waren ausgesperrt. Doch sie harrten aus. Die Plakate und Transparente zwischen den Fenstern gaben ihrer Entschlossenheit Ausdruck: Dies war ihr Zuhause. Sie würden sich nicht durch gesichtslose Kapitalisten, Faschisten, Nazis, Ausbeuter (sie waren nicht sehr einfallsreich in der Wahl ihrer Beschimpfungen, dachte Victoria enttäuscht. Sie hatten auf die Entfernung interessanter ausgesehen, geheimnisvoller und romantischer) vertreiben lassen, die das Lagerhaus nur aus selbstsüchtigen und zweifellos sozial schädlichen Gründen für sich haben wollten. »Alle Macht dem Volke.« – »We shall overcome.« – »Erhebt euch und kämpft für eure Rechte.« – »Nieder mit den Ausbeutern.« Victoria setzte sich auf einen Holzstapel und las weiter: »Weg mit der Unterdrükkung.« – »Macht bricht nicht Recht.« Sie würden nicht gewinnen, dachte sie traurig. Die Unterdrückten gewannen nie.

Die Eingangstür war mit Balken vernagelt, die zweifellos von dem Stapel stammten, auf dem sie saß. Nur eine kleine Nebentür blieb offen und war bewacht. Sie war aus Stahl und mit einem schweren Metallriegel versehen. Ein Polizeiauto parkte auf der anderen Seite der Straße. Die beiden Beamten im Wagen sahen verschwitzt und gelangweilt aus. Ein kleines Grüppchen Zuschauer formte sich immer wieder aufs neue, wenn die Passanten innehielten und die Transparente lasen, die Gestalten auf dem Dach betrachteten, den immer wiederkehrenden Appellen aus dem Megaphon lauschten und dann weitergingen. Es schien keine unmittelbare Konfrontation bevorzustehen.
Victoria blickte zu den Demonstranten hinauf. Da waren sie alle: das saxophonspielende Mädchen und ihr Freund, die Gruppe aus dem Einbett-Zimmer und einige andere Gestalten, bärtig, mit langen Haaren, Perlen und Ohrringen, Armreifen und Schals und T-Shirts und zerrissenen gebleichten Jeans oder weiten Zigeunerröcken. Die Raucher aus dem Zimmer mit dem blauen Fußboden waren auch da, selbstverständlich rauchend. Jemand klimperte auf einer Gitarre. Sie suchte das Mädchen mit den goldenen Haaren aus dem obersten Stockwerk, aber sie konnte sie nicht sehen.
»Willst du diese Petition unterzeichnen, Schwester?« Jemand hielt ihr ein Papier unter die Nase. Ein Mädchen aus Westindien mit einem verwirrenden Lächeln.
»Worum geht's?« Victoria wühlte in ihrer Handtasche nach ihrer Brille.
»Damit wir im Lagerhaus bleiben können. Sie wollen uns rauswerfen. Wir sammeln Unterschriften, um sie an die Regierung zu schicken.«
Sie sah ausgesprochen glücklich aus, dachte Victoria. Keineswegs wie jemand, der in unmittelbarer Gefahr ist, obdachlos zu werden. Ihre Kleider waren modisch und sauber. Möglicherweise kaufte sie ihre Sachen in einer besse-

ren Second-Hand-Geschäften. Manche dieser Läden verkauften sogar Pariser Modellkleider, hatte Victoria gehört. Ich bin es, ungewaschen, ungekämmt, in einem Kleid, in dem ich geschlafen habe, und Wäsche, von der ich gar nicht mehr weiß, wann ich sie gewechselt habe. Ich bin es, die aussieht wie eine Obdachlose, dachte sie, als sie ihren Namen und ihre Adresse auf das Papier kritzelte. Sie konnte den Schweiß riechen, der aus dem Mantelkragen hochkroch, und sie hatte einen bitteren Geschmack auf der Zunge. Ich frage mich, ob sie mich überhaupt reinlassen würden, wenn ich darum bäte, zu ihnen kommen zu dürfen.
»Brüder und Schwestern«, dröhnte das Megaphon vom Dach. »Wir brauchen eure Unterstützung. Helft uns, den kapitalistischen Angriff auf unser Haus zurückzuschlagen. Unterschreibt die Petition. Dies ist unser Zuhause, und hier werden wir bleiben. Wir werden hier nicht weggehen!«
»Yeah, yeah, yeah«, intonierte die Gruppe fäusteschüttelnd. »Wir gehen hier nicht weg! Alle Macht dem Volke!«
Victoria ging die Straße hinunter auf das Einkaufszentrum zu. Der Delikatessenladen war ganz in der hinteren Ecke. Ein silberner Rolls-Royce blockierte den halben Bürgersteig. Der Fahrer schien sie zu beobachten. Sie hatte gerade den Entschluß gefaßt, auf die andere Straßenseite hinüberzugehen, als sich die Wagentür öffnete. Der Fahrer lehnte sich hinaus:
»Victoria?« Die Stimme klang vertraut. Sie zögerte.
»Tom?«
Er winkte ihr. Ungläubig ging sie wie in einem Traum auf das Auto zu. Die Beifahrertür öffnete sich, sie setzte sich. Der Polstersitz schmiegte sich in einer wohlduftenden Umarmung um sie.
Tom, massig, weich, teuer gekleidet und untadelig gepflegt, wandte sich halb zu ihr um und blickte sie durch-

dringend an. Sie starrte zurück. Das wohlbekannte Gesicht mit den gleichmäßigen Zügen war in die Breite gegangen, der eckige Kiefer ruhte jetzt auf einem Doppelkinn. Auch sein Körper hatte sich in breite Kurven gedehnt. Und doch war er immer noch gutaussehend und imposant. Eine Aura von Wohlstand und Macht umgab ihn. Sie erschrak unter seinem unverwandten Blick.
»Wie komisch, dich hier zu treffen«, begann sie nervös und hielt inne, beschämt über die Banalität ihrer Worte. »Wie lange ist es schon her, seit...?« versuchte sie es erneut.
»Ewig, es ist ewig her.«
»Du siehst gut aus, Tom.«
Das war unklug, dachte sie zu spät. Sie hatte ihm eine Eröffnung geboten.
»Das Leben hat es gut mit mir gemeint. Kann nicht klagen. Aber was ist mir dir, Victoria? Wie geht es dir? Was machst du hier?«
»Das wollte ich dich gerade fragen!«
Sie kontrollierte, daß ihr Regenmantel immer noch bis zum Hals zugeknöpft war, trotz der glühenden Hitze. Sie wollte den Wohlgeruch des Rolls-Royce – eine Mischung aus Leder, Zigarre und After-shave – nicht durch den Gestank ihres ungewaschenen Körpers ruinieren.
»Dir ist doch nicht kalt, oder?« Seine warmen, dunklen Augen blickten besorgt. »Nicht bei diesem Wetter?«
»Nein, natürlich nicht.« Ihr Lachen klang leicht hysterisch, sogar für sie selbst. »Die Wahrheit ist...«
»Ja? Du kannst es mir ruhig sagen, Victoria. Wir kennen uns doch schon so lange, nicht wahr?«
Ein Arm wurde den Sitz entlang hinter ihren Rücken geschoben. Sie schrak vor dem Kontakt zurück und lehnte sich gegen die Tür.
»Ja, nicht wahr? Also, was hast du die ganze Zeit gemacht, Tom?«

»Das übliche. Meistens gearbeitet. Das Leben genossen, wenn ich konnte. Aber du? Was wolltest du sagen?«

»Ach ja... Wenn du dich über meinen Aufzug wunderst... Regenmantel an einem Sommertag, na ja, ich bin einfach aus dem Haus geschlüpft, um mir etwas zu essen zu kaufen. Ich bin gerade beim Frühjahrsputz, verstehst du. Seit Tagen! Habe alles gründlich gereinigt. Schrecklich viel Arbeit. Ich werde bald die Dekorateure bekommen, also dachte ich, daß ich alles, aus Schubladen, Schränken, Regalen, durchsehen muß und wegwerfen, was ich nicht mehr brauchen kann. Das hat sehr viel länger gedauert, als ich mir dachte. Natürlich habe ich nicht vorhersehen können, daß ich dich treffen würde! Hier gibt es einen Delikatessenladen, da wollte ich gerade einkaufen.«

Seine Gesichtszüge entspannten sich, seine Augen aber beobachteten sie immer noch genau, sein Blick fuhr über das verfilzte Haar, das blasse ungeschminkte Gesicht. Zumindest der Regenmantel war teuer gewesen, das war erkennbar.

»Was macht das Geschäft, Tom? Hast du immer noch das Restaurant?«

»Das und ein paar andere Sachen.«

»Du siehst wohlhabend aus. Ein Rolls-Royce, mein Gott...«

»Mein neuestes Spielzeug. Besser als eine Kreditkarte aus purem Gold.« Er lachte und tätschelte das Armaturenbrett. »Mein Liebling.«

»Und deine Frau? Ich hoffe, es geht ihr gut?«

»Sehr gut, vielen Dank. Ich habe sie gerade mit meiner Mutter an die Riviera geschickt. Beiden geht es verhältnismäßig gut... Wir haben da ein kleines Häuschen, eine ›Résidence secondaire‹, wie sie da sagen, in der Nähe von Cannes. Meine beiden Damen möchten gerne den Frühling im Sonnenschein verbringen.«

»Also bist du jetzt Strohwitwer?«

»Ja und nein. Ich bin nicht einsam, wenn du das meinst. Und du, kleine Victoria, wie ist das Leben zu dir? Bist du immer noch im Fürsorge-Geschäft?«
»Ich arbeite nicht mehr.«
Der besorgte Blick kehrte in seine Augen zurück. »Du arbeitest nicht? Du meinst...? Du bist doch nicht krank oder so etwas? Hast du deine Stelle verloren? Ist es das?«
»Nein«, diesmal klang ihr Lachen natürlicher, »nein, nein, nichts in der Art! Ob du es glaubst oder nicht, ich brauche keinen Job. Ich habe alles freiwillig aufgegeben.«
Sein Gesicht war ganz leer vor Verständnislosigkeit.
»Ich bin reich, Tom, ich bin eine reiche Frau. Nicht so reich wie du natürlich, aber ich kann tatsächlich so leben, wie es mir gefällt, ohne etwas tun zu müssen. Wie findest du das?«
»Du bist doch nicht verheiratet?«
»Nein.«
»Und du bist reich?«
»Ja.«
»Wieso?«
Sie überlegte kurz, ihren Mantel aufzuknöpfen und ihr zerknautschtes schmutziges Kleid vorzuzeigen, besann sich aber eines Besseren. Statt dessen – erklärte sie. Als sie innehielt, lächelte Tom erleichtert:
»Das freut mich aber für dich, Victoria. Jetzt kannst du ein richtig interessantes Leben führen. Stell dir mal vor, was für wunderbare Erlebnisse jetzt auf dich warten!«
»Ach ja? Was denn zum Beispiel?« wollte sie fragen, tat es aber nicht. Das hätte dem Gespräch eine gefährlich Wendung geben können. »Ja«, stimmte sie ihm zu. Das Leben hatte sich ganz sicherlich für sie verändert.
»Und was, wenn ich fragen darf, machst du in diesem Teil der Welt?«
Diesmal war er es, der verlegen dreinblickte. »Äh, ich bin

gerade dabei... och, ein Auge auf meinen Besitz zu werfen.«
»Deinen Besitz?«
»Hmmmm ja.«
»Welchen denn?«
Er hob die Augenbrauen und nickte zur Frontscheibe hinaus. Die silberne Kühlerhaube deutete in Richtung Lagerhaus.
»Das?«
»Das.«
»Das Lagerhaus gehört dir?«
»Genauso ist es.«
»Und du... du bist es, der die Leute hier verjagt?«
»Die Besetzer? O ja. Sie haben nicht das Recht...«
»Tom!«
»Ich habe ein leerstehendes Lagerhaus gekauft. Jetzt will ich es abreißen und etwas Nützliches darauf bauen.«
»Nützlich für wen?«
»Für viele Leute. Für nette, hart arbeitende, Miete zahlende Leute...«
»Und was soll aus denen da werden?«
Er zuckte mit den Schultern. »Nicht mein Problem. Sie sind ohne meine Erlaubnis eingezogen, die ich ihnen ohnehin verweigert hätte. Wirklich, Victoria, man muß praktisch denken. Ich bin kein Sozialarbeiter. Ich bin nicht die Fürsorge. Tut mir leid und so, aber sie müssen raus. Das Haus wird abgerissen, sobald sie draußen sind. Das ist beschlossene Sache.«
»Tom – du hast mir gerade eben erzählt, wie wohlhabend du geworden bist. Darf ich dich fragen, was du mit all deinem Reichtum zu tun beabsichtigst? Abgesehen davon, gut zu leben? Noch mehr Geld machen? Und noch mehr? Wozu? Was wird bleiben, wenn...«
»Wenn ich sterbe? Ich frage mich das oft selbst. Ich muß für die Zukunft planen und nicht nur für meine.«

»Für wessen dann noch?«
Er zögerte. »Ich... das hier muß aber unter uns bleiben, in Ordnung?«
»Rede weiter...«
»Tja, die Wahrheit ist, ich habe einen Sohn, Victoria. Für ihn arbeite ich so hart. Ich persönlich brauche mir keine Sorgen mehr zu machen. Aber er ist noch sehr jung.«
»Wie alt?« Vor Erstaunen war ihre Stimme zu einem Flüstern geworden.
»Bald zehn.«
»Wo ist er?«
Tom lächelte. »Wir haben ihn auf eine der ausgezeichneten und sehr teuren Privatschulen geschickt, von denen ich schon gelesen habe, als ich in Polen noch ein kleiner Junge war. Das ist das Beste für ihn, weil ich ihn aus offensichtlichen Gründen gegenwärtig noch nicht als meinen Sohn anerkennen kann. Und ich kann auch nicht soviel Zeit mit ihm verbringen, wie ich gerne möchte.«
»Ich verstehe. Und seine Mutter? Wer ist sie?«
»Eine charmante Lady, die ich sehr liebe. Wir sind sehr glücklich zusammen. Leider ist sie oft unterwegs auf Geschäftsreisen. Auch wir können im Augenblick nicht soviel zusammen sein, wie wir gerne möchten, aber das wird sich eines Tages ändern.«
»Ich verstehe...«, wiederholte sie.
»Du wirst das doch bitte für dich behalten? Wir waren sehr diskret, nur unsere engsten Freunde wissen davon.«
»Dein Geheimnis ist bei mir sicher, Tom.«
Beinahe zehn... Ihr ungeborenes Kind wäre jetzt ein wenig älter, aber nicht viel. Manche Frauen waren damals schon mutig genug, jetzt war es kein Problem mehr. Ein-Eltern-Familien waren eine akzeptierte Lebensform; natürlich, wenn man noch jemanden wie Tom hinter sich hatte, war man auch nicht richtig allein. Sie zwang ihre Gedanken zurück in die Gegenwart.

»Also aus diesem Grund bist du bereit, die Leute rauszuschmeißen? Weißt du überhaupt, daß da Kinder im Lagerhaus leben? Sogar ein Säugling...«
»Nein, Victoria, das funktioniert nicht. Ich bin fest entschlossen. Laß uns das Thema bitte fallenlassen. Wir haben uns jahrelang nicht gesehen. Es gibt so viel zu bereden. Hör zu, ich habe eine Idee. Bist du frei?«
»Frei?«
»Jetzt, im Moment. Wieviel Zeit hast du? Ich bin gerade auf dem Weg zum Meer. Ich habe ein Häuschen, genau gesagt ein kleines Landhaus, in Kent. Ich fahre immer hinaus, wenn ich ein wenig Zeit habe. Ich würde es dir gerne zeigen. Warum kommst du nicht mit?«
»Was, jetzt?«
»Warum nicht? Du bist doch frei. Ich fahre dich zu deiner Wohnung, du kannst eine Zahnbürste und was immer du noch brauchst, einpacken, und wir wären heute abend dort.«
»O nein, Tom, das kann ich nicht.«
»Warum nicht? Wir könnten das Wochenende in absoluter Harmonie verbringen. Eine wunderschöne Umgebung, niemand, der uns sieht. Du kannst dir gar nicht vorstellen, welche Stille dort herrscht. Das einzige, was du hörst, sind das Meer und die Vögel. Es ist das beste Beruhigungsmittel, wenn du einmal zu dir kommen willst. Mit deiner Seele kommunizieren, wie man sagt.«
»Ich kann nicht, Tom. Ich habe etwas vor, etwas wirklich Dringendes, das nicht warten kann. Leider.«
»Das glaube ich dir nicht. Es gibt nichts, das nicht noch einen oder zwei Tage warten könnte. Stell dir vor: zu schlafen, die Fenster weit zum Meer geöffnet. Das Geräusch der Wellen, die sich auf den Felsen brechen, die klare, reine Luft..., sag doch ja, Victoria, um der alten Zeiten willen. Es gibt so viel, das ich dir erzählen möchte...«

Unerwartete Tränen prickelten hinter ihren Augenlidern, und ihr schnürte sich die Kehle zu. Warum mußte es jetzt passieren?

»Wenn du Probleme hast mit dem Einschlafen... Ich gebe zu, ich habe welche – der Streß bei der Arbeit, du ahnst ja gar nicht... Ich habe wundervolle Schlaftabletten. Reine Wunderpillen. Wirken ganz schnell, und am nächsten Tag hast du keinen Kater. Das schlägt sogar den besten Wodka! Du schläfst wie ein Baby, und wenn du aufwachst, fühlst du dich um zehn Jahre verjüngt. Ich wette, du hast schon vergessen, daß man sich so fühlen kann!«

Sie schloß die Augen, um die Tränen zurückzuhalten, und senkte den Kopf. Es mußte sicher ein Zeichen für etwas sein, wenn ein Mann sie jetzt einlud, mit ihm ein Wochenende zu verbringen und auch noch seine Schlaftabletten mit ihr zu teilen... Eigentlich sollte das witzig sein, dachte sie verzweifelt, irgend etwas war daran witzig, aber warum tat es so weh?

Sie stellte sich vor, sich vor einem riesigen Himmelbett auszuziehen, während draußen die Wellen ans Ufer klatschten. Vor ihrem geistigen Auge sah sie ihren müden, schlaffen Körper... Sie hätte ein Bad nehmen und die Unterwäsche wechseln sollen, bevor sie das Haus verließ, nicht, weil sie erwartete, einen Unfall zu haben, sondern weil ein hübscher und sehr reicher Mann in einem Rolls-Royce sie vielleicht einladen könnte, bei ihm zu schlafen und nicht mit ihm. Sie warf ihm einen verstohlenen Blick zu. Natürlich, so ganz ohne seine teure Kleidung sah er vielleicht auch nicht mehr ganz so gut aus. Dieses Doppelkinn und dieser Rettungsring...

Er fing ihren Blick auf: »Ich weiß, was du denkst, Victoria.«

Eine tiefe Röte überzog ihr Gesicht und ihren Hals. Tom umklammerte das Lenkrad so fest, daß seine Knöchel weiß hervortraten.

»Ich weiß, ich habe mich verändert. Haben wir das nicht alle? Das Leben verändert einen, die Wirklichkeit zerstört die Träume. Es war ein sehr harter Kampf, all das zu erreichen. Angefangen von dem Punkt, wo ich war – ganz unten. Glaube bloß nicht, ich hätte es vergessen. Die Tage, als ich noch jung und ohne einen Groschen in der Tasche war, meinen Kopf voller Ambitionen... Das schreckliche kleine Zimmer in der Pension – wie hieß sie noch?«

»Bei Mrs. White«, flüsterte Victoria.

»Genau. Wir zwei unter der dünnen kleinen Bettdecke. Immer zu kurz und zu schmal. Ich hatte immer kalte Füße. Du hast sie mir weggezogen, und ich zog sie zurück.«

»Gewöhnlich hast du gewonnen.«

»Ich habe nicht vergessen, was wir damals immer sagten.«

»...eines Tages, wenn ich reich bin, dann werde ich einen Platz haben wie diesen, nur besser. Es wird billig und sauber sein, es wird genug Decken auf jedem Bett und viel heißes Wasser geben. So daß Leute wie wir sich lieben können, ohne sich den Hintern abzufrieren. Irgend etwas in der Art, nicht wahr?«

»Du hast ein sehr gutes Gedächtnis, Victoria.«

»Ja, Tom. Das habe ich. Und jetzt bist du reich, so reich, daß du eine Pension wie die von Mrs. White nicht einmal angucken würdest. Du schläfst in absolutem Komfort beim Geplätscher der Meereswellen, und ich wette, du hast eine riesige Decke auf jedem einzelnen Bett, das du besitzt. Aber es gibt immer noch eine Menge junger hoffnungsvoller und bettelarmer Leute, die von unten anfangen, genau wie wir damals.«

»Es ist die alte Geschichte, nicht wahr? Wir glaubten, wir wären anders. Tja, wir haben uns geirrt.«

Sie öffnete die Tür und stieg aus dem Wagen aus.

»Mußt du wirklich gehen?«

Er sah einsam, enttäuscht, verletzt aus. »Hör zu, warte, lebst du immer noch in der Wohnung auf der anderen Seite des Kanals? Ich werde dich bald anrufen. Wir müssen uns wiedersehen. Und das nächste Mal akzeptiere ich keine Entschuldigung. Du kommst mit mir an die Küste.«
»Lebe wohl, Tom. Ich danke dir für deine Einladung. Leider kam sie zur falschen Zeit.«
Sie ging davon, ohne sich umzusehen.

*

Liebe Claire,
in den letzten Wochen, als ich meine Besitztümer durchsah und mir allgemein meine Vergangenheit betrachtete, habe ich auch einmal sorgfältig in den Spiegel gesehen. Alles ist irgendwie verblaßt. Es ist nicht nur der Effekt des hellen Frühlingslichts. Mein Haar ist ohne Glanz. Es hat sein Feuer verloren, es ist nicht mehr rot, obwohl sich das Grau noch nicht zeigt. Meine Haut, mein ganzer Körper scheint ausgetrocknet, schlaff und dürr.
Neulich verbrachte ich in einer experimentierfreudigen Stimmung eine lange Zeit vor dem Spiegel und schminkte mich nach allen Regeln der Kunst, um zu sehen, welchen Unterschied das machen würde. Das Resultat war erschreckend. Es war, als ob ich einen Geist aus der Vergangenheit gerufen hätte, der lieber dort bleiben sollte, wo er war. Einmal gerufen, hat er mich seither immer verfolgt. Ich versuche, nicht in den Spiegel zu sehen, aus Angst, ihn immer noch dort vorzufinden. Ich benutze kein Make-up mehr. Ich könnte es nicht ertragen, diese Maske noch einmal zu sehen.
Wenn man ein Wort, irgendein Wort, zu häufig wiederholt, verliert es seine Bedeutung. Es wird nur ein Klang, der nichts mehr hervorruft. Ich habe mein Gesicht mein ganzes Leben lang betrachtet und es immer automatisch

als mein eigenes erkannt, aber an jenem Tag muß ich einmal zu häufig hineingeschaut haben, und plötzlich wußte ich nicht mehr, was ich sah. Es war eine Reflexion im Spiegel, aber die übliche Verbindung fiel mir nicht ein. Ich konnte das, was ich sah, mit keinem Aspekt meiner Person in Verbindung bringen, und ich hatte keine Vorstellung davon, was ich da betrachtete, und nicht einmal davon, wer ich war. Ich berührte mit den Fingern mein Gesicht, verschmierte den Lippenstift, den Lidschatten, die Wimperntusche und den Puder, beobachtete die Bewegungen meiner Hände im Spiegel, die allmählich von dem anderen Gesicht hinter dem Spiegel Besitz ergriffen. Das Gefühl des Verlustes wich allmählich, aber ich frage mich immer noch, ob die Person, die ich jetzt bin, dieselbe ist wie immer oder ob etwas in jenem Moment unwiederbringlich verloren war, als meine Identität mich verließ.
Es scheint, als könnten wir uns keiner Sache sicher sein. Weder unseres Geistes noch unseres Körpers. Ich konnte zum ersten Mal einen Blick darauf erhaschen, als ich schwanger war, als ich mich ein paar Wochen lang beinahe selbst davon überzeugt hatte, dazu überredet hatte, daß mein Körper mich belogen hatte. Als ich herausfand, daß die Schwangerschaft wirklich echt gewesen war, bestand der einzige kleine Trost, den ich darin finden konnte, in der Versicherung, daß ich von Anfang an recht gehabt hatte, daß ich gewußt hatte, schwanger zu sein, trotz all der medizinischen Beweise, die auf Hysterie hindeuteten. Damals kannte ich mich selbst. Und nun nicht mehr. Und deshalb, aufgrund dieses Verlusts meines Selbst, sind auch alle anderen Sicherheiten verschwunden.
Manchmal wache ich mitten in der Nacht auf und erinnere mich, daß ich im Traum einen schrecklichen Schmerz erwartet hatte. Ich träumte, daß ich mitten während einer Operation aufwache, und erwarte, daß der Schmerz mich überfällt, sobald ich das Bewußtsein wiedererlange. Wenn

ich aber wirklich aufwache, ist da nichts. Kein physischer Schmerz. Nichts, was ich festhalten könnte. Und dennoch tut etwas unerträglich weh. Es breitet sich durch meinen Körper und meine Seele aus. Ich weiß nicht, was es verursacht hat und wo ich Erleichterung finden kann. Alles, was ich weiß, ist, daß ich es nicht mehr ertragen kann.

Ich bin nicht depressiv, Claire. Ich bin verzweifelt. Und wenn es eine Sache gibt, die mich bis zum allerletzten Augenblick quälen wird, dann ist es die Unkenntnis, was wirklich mit mir los ist, was das Ganze verursacht hat und wie ich es zulassen konnte. Die Idee einer Sünde, einer fundamentalen tödlichen Überschreitung einer Grenze – der Gedanke kommt mir immer häufiger. Seit Jahren habe ich nicht mehr mein Gewissen erforscht oder auch nur an eine Beichte gedacht. Obwohl ich gebetet habe. Nicht für mich selbst, natürlich – für andere. Als bei den Patienten, für die ich zuständig war, nichts anderes mehr half, versuchte ich es mit Gebeten. Ich wußte nie, welche Auswirkungen sie hatten. Man kann die Meinung vertreten, daß der Tod eine Erleichterung darstellt, aber wenn das die einzige Gnade ist, die wir vom Leben noch erwarten können, dann ist das nicht viel, nicht wahr? Alles, was ich jetzt noch will, ist fortzugehen. Fort von mir selbst, fort vom Denken und Fühlen und Sein.

Zufällige Bruchstücke der Vergangenheit werden in meinem Kopf hochgespült, sprechen mit lang vergessenen Stimmen, laut, klar und zusammenhanglos. Ich kann nicht verstehen, was sie sagen. Unbedeutende Szenen, die sich vor langer Zeit abgespielt haben, erscheinen vor meinem inneren Auge, so prägnant und in jeder Einzelheit deutlich, daß ich das Gefühl habe, ich könnte in die Szene eintreten und vielleicht nie mehr zurückkehren. Die Stimmen und Bilder bleiben nicht lange genug, als daß ich irgendeinen Sinn darin erkennen könnte. Sie kommen aus

sehr entfernter Vergangenheit. Es ist, als ob mein Leben zerfällt, die Trümmerstücke an die Oberfläche treiben, ganz kurz, nur um wieder abzusinken. Ich werde nie mehr in der Lage sein, sie zusammenzufügen.
Die Vergangenheit bricht zusammen, Claire. Bald wird der Verfall den heutigen Tag erreichen, und was wird dann geschehen? Wird alles um mich herum zerfallen, während ich in diesem Raum sitze und zusehe, wie es geschieht? Ist es vielleicht das, wovor ich mich mein ganzes Leben gefürchtet habe? Nicht eine Explosion, nur ein Auseinanderfallen? Ich will nicht hier sein, wenn es geschieht. Deshalb gehe ich fort.

*

Der viel zu heiße Frühlingstag endete mitten in der Nacht in einem gewaltigen Gewitter. Beim ersten Blitz rollte Victoria aus dem Bett auf den Fußboden. Dies, so fühlte sie, war der letzte Streich. In dieser Nacht würde sie keinen Schlaf mehr finden. Der Nachteil, in einer Wohnung zu wohnen, deren große Fenster sich zu beiden Seiten des Gebäudes öffneten, gab ihr das Gefühl, besonders verwundbar zu sein.
Ein Blitz durchschnitt den Raum mit seinem gezackten Schwert. Der Donner erschütterte das ganze Haus und ließ die schlecht sitzenden Fensterscheiben erzittern, als ob das Glas herausspringen wollte. Regen prasselte auf das Dach. Victoria lugte hinauf zur Decke und fragte sich, ob sie wohl herunterkäme. Waren da nasse Flecken an der Decke, oder war es nur der Schatten einer Lampe? Ein weiterer Donnerschlag schickte sie jammernd in die Ecke, die am weitesten vom Fenster entfernt war. Sie bedeckte die Augen und Ohren und krümmte sich zusammen, den Kopf auf den Knien, in dem einzigen Wunsch, sich so klein wie möglich zu machen. Sie wäre gerne in die Garde-

robe oder unter das Bett gekrochen, doch die erste war zu eng und das zweite zu niedrig für sie.
Sie war mit den Jahren nicht klüger geworden. Als sie noch jünger war, konnte sie, wenn es nötig war, ihre absolute Angst vor Gewitter überwinden oder wenigstens verbergen. In der Gegenwart anderer konnte sie noch recht selbstbeherrscht wirken, wenn auch leicht irritierbar und angespannt. Doch mit zunehmendem Alter war diese Selbstkontrolle schwächer geworden, bis zu dem Punkt, an dem sie sich nicht mehr daran hindern konnte, bei jedem Blitz aufzuspringen. Dann flogen ihre Hände zu den Ohren in Erwartung des Donnerschlags. Eine normale Unterhaltung oder Beschäftigung war unmöglich geworden. Gedemütigt und ärgerlich entschuldigte sie sich dann und verkroch sich in der dunkelsten Ecke, die sie finden konnte – ein Badezimmer oder ein fensterloser Durchgang oder, in den gesegneten Tagen ihrer Klinikarbeit, in den endlosen Korridoren und Arbeitsräumen im Untergeschoß, wo sie sich unter dem Vorwand, nach dem Elektriker oder dem Hausmeister oder alten Krankenakten zu suchen, verstecken konnte, bis das Schlimmste vorüber war. Und in der Klinik, dachte sie ironisch, war ihr Zimmer im Erdgeschoß gewesen, sein kleines Fenster ging auf eine Wand hinaus, und es fiel fast kein Licht herein, selbst an einem sonnigen Tag. Der Lärm des Londoner Stadtverkehrs übertönte alles bis auf den lautesten Donner, und in den hell erleuchteten Büros und Wartezimmern waren Blitze kaum zu erkennen.
Hier, mitten in der Nacht, im obersten Stock eines großen schmalen Gebäudes, das nach allen Seiten den Elementen ausgesetzt war, fühlte sie sich schmerzhaft nackt und hilflos. Es hatte keinen Zweck zu versuchen, sich rational zu verhalten, wenn man mit dem Toben da draußen konfrontiert war. Gottes schreckliche Stimme, sein furchtbarer Zorn umgaben sie überall. Er griff nach ihr, schmetterte

seine Faust auf das Dach, rüttelte an den Wänden, ließ Blitze aus seinen Augen schießen, suchte sie, wie sie in der Ecke gekauert dasaß, deutete mit dem Finger auf sie, aus dem der tödliche Blitz sie treffen würde.
Sie war eine unglückliche verdorbene Sünderin. Sie verdiente Bestrafung. Welche Hybris zu versuchen, seinen alles sehenden Augen zu entkommen. Dem Unvermeidlichen auszuweichen. Zu versuchen, ihr Schicksal zu täuschen, indem sie sich das Leben nahm, bevor ihre Stunde gekommen war. Nach einem Leben voller Sünde ohne Reue, Beichte, Vergebung oder Absolution, im Stadium der Todsünde, da sie ihre letzte Übertretung plante. Wie groß war sein Zorn! Wie konnte sie ihm entgegentreten? Welche andere Möglichkeit gab es noch?
Ich kann nicht mehr, ich kann nicht, du mußt mir vergeben, flüsterte sie, zog sich mit zitternden Händen den Regenmantel an und blickte wild um sich, auf der Suche nach etwas, das sie plausiblerweise um 2 Uhr morgens die Treppe hinuntertragen konnte.
Eine Mülltüte voller zerrissener Krankenhaus-Notizbücher stand an der Tür bereit. Sie konnte sie genauso gut jetzt hinuntertragen, dachte sie, und eine Milchflasche dazu. Sie schlüpfte aus ihrer Tür und ließ sie angelehnt. Das Treppenhaus war dunkel, doch das Gewitter beleuchtete die Szene ausreichend. Vorsichtig ging sie bis zum Erdgeschoß hinunter und setzte sich auf die unterste Stufe. Jetzt fühlte sie sich sicherer. Falls ein Mieter zu dieser späten Stunde noch nach Hause käme, konnte sie vorgeben, den Müll hinunterzutragen oder die Flasche für den Milchmann hinzustellen. Natürlich gälte das als exzentrisch, aber jetzt war nicht der Augenblick, sich um ihren Ruf Sorgen zu machen. Schließlich hatte sie es immer so gemacht, bei jedem schweren Gewitter, seit sie in dieses Haus eingezogen war. Sie vermutete, daß die anderen Bewohner des Hauses von ihrem merkwürdigen Ver-

halten wußten. Sie war sicherlich im Laufe der Jahre von ihren Nachbarn gesehen worden, scheinbar auf einer gut begründeten Reise zum Erdgeschoß des Hauses, häufig in Nachthemd und Mantel, immer wenn ein Gewitter ausgebrochen war. Heute nacht war sie ziemlich sicher, nicht entdeckt zu werden. Arbeitende Menschen kamen selten um 2 Uhr morgens nach Hause. Sie sollten inzwischen alle schlafen. Ihr ganzes Leben hatte sie sich über diejenigen gewundert und sie beneidet, die während eines Gewitters schlafen konnten. Sie legte den Kopf auf ihre angezogenen Knie, wagte kaum zu atmen und wartete, bis der Sturm vorüber war.

*

»Ich liebe Gewitter! Ich finde sie so erregend, dramatisch, sensationell!«

Julia ging im Wohnzimmer auf und ab und wedelte mit ihrer Zigarette. Victoria, die sich in die dunkelste Ecke zurückgezogen hatte, setzte sich wieder vorsichtig in Richtung auf das Sofa in Bewegung. Das Gewitter schien vorüberzugehen. Es gab jetzt eine längere Pause zwischen Blitz und Donner. Aber es konnte wiederkommen. Wie so häufig.

»Es ist diese schreckliche Dunkelheit, die so erdrückend ist, so unnatürlich mitten am Tag. Als ob etwas Schreckliches geschehen würde. Diese Stille, die sich überall ausbreitet, bevor die Hölle ausbricht. Ich habe beinahe das Gefühl, als sei das das Ende der Welt. Dumm, nicht wahr?«

»Ich verstehe dich nicht.« Julia schien überrascht, daß man einem Naturereignis soviel Aufmerksamkeit schenken konnte. »Wie dem auch sei, meine Liebe, du mußt mich jetzt entschuldigen, ich gehe noch aus. Du kannst so lange hierbleiben, wie du möchtest. Bleib ruhig über Nacht, willst du? Ich muß jetzt gehen.«

»Um diese Uhrzeit?« Victoria blickte auf die Uhr. Es war zu spät, um noch in eine Abendvorstellung zu gehen. Stan war nicht da. Die Kinder und das Au-pair-Mädchen waren schon lange zu Bett gegangen.
»Fürchte ja, ich treffe jemanden.«
Victoria betrachtete ihre Freundin etwas näher. Julia war sorgfältig gekleidet und geschminkt. Sie schien ungewöhnlich aufgeregt zu sein.
»Du siehst aus, als hättest du ein Rendezvous«, witzelte Victoria. Julia blickte sie scharf an.
»Mein Gott, ist es so offensichtlich?«
Jetzt war Victoria an der Reihe, sie anzustarren: »Julia! Du meinst doch nicht etwa... du...«
»Nein, natürlich nicht, aber... was wäre, wenn doch? Würde dich das wirklich schockieren?«
Victoria fehlten die Worte.
»Im übrigen«, fuhr Julia fort, »ist es absolut harmlos. Ich treffe jemanden. In einem Nachtcafé, wenn du es wissen willst. Weißt du, in der Nähe des Gemüsemarkts...«
»Gemüsemarkt? Was machst du nachts am Gemüsemarkt?«
»Nichts, Dummerchen. Schau, du weißt doch, daß ich schlecht schlafen kann. Schon seit Jahren...«
»Das ist das erste, was ich höre...«
»Tja, es ist Tatsache. Also statt mich im Bett herumzuwerfen und mich elend zu fühlen, nehme ich das Auto und fahre durch die Gegend.«
»Mitten in der Nacht?«
»Es ist wunderbar. Ganz wenig Verkehr, so daß man London wirklich genießen kann. Besonders in Sommernächten. Im Winter ist es nicht so schön.«
»Ich hatte ja keine Ahnung...«
»Ich mache das schon seit Jahren. Wenn ich ein Nachtcafé finde, das noch offen hat, gehe ich hinein, rauche eine und trinke etwas Heißes, das gewöhnlich schrecklich

schmeckt. Die Atmosphäre ist dort immer so angenehm! Die Gemüsehändler treffen sich dort, die Großhändler, manchmal Leute, die von einer Party zurückkehren, noch in ihren Abendkleidern. Als es den Markt am Covent Garden noch gab, war es richtig super. Jetzt ist er nicht mehr da, aber einige der Nachtcafés existieren noch. Und es gibt natürlich überall in London noch andere Cafés.«

»Also was ist er? Auch Gemüsehändler?«

»Mach dich nicht lächerlich. Um die Wahrheit zu sagen, er ist Schriftsteller.«

»Wer ist es? Kenne ich ihn?«

»Nein. Er hat noch nichts veröffentlicht. Er arbeitet an einem Roman. Wir reden, diskutieren über seine Arbeit... Oh, es ist so faszinierend! Er hat eine Schreibhemmung. Deshalb treffen wir uns, und meistens reden wir nur. Er sagt, es hilft ihm. Wenn er wieder schreiben kann, erzählt er mir davon. Wart's nur ab. Es wird sensationell!«

»Wovon handelt es?«

»Tut mir leid, ich habe mein Wort gegeben. Bis es von einem Verlag angenommen wird, bleiben meine Lippen versiegelt, wie man so sagt.«

»Weiß Stan davon?«

»Er weiß natürlich, daß ich noch ausgehe.«

»Weiß er etwas von dem Schriftsteller?«

Julia blieb auf der Türschwelle stehen. »Schau, Victoria, wenn du so lange verheiratet wärst wie ich, dann wüßtest du, daß du ein paar Dinge für dich behalten mußt. Du mußt einfach einen Teil deines Lebens als dein persönliches Geheimnis behalten. Sonst wirst du untergehen oder deine Ehe.«

*

»Ich gehe, Victoria.«
Leah ließ sich schwer in den Sessel fallen, Notizblock und Bleistift in den geschwollenen Händen. Victoria blickte überrascht und entsetzt von ihrem Schreibtisch hoch, auf dem sich die Akten türmten.
»Leah! Das tut mir aber leid... Bist du – krank?«
»Krank? Ich bin immer krank. Aber ich dachte, ich würde meine Arbeit noch zufriedenstellend erfüllen. Sie denkt anders darüber.« Leahs Blick schweifte hinüber in Richtung auf Roses Büro.
»Hat sie das gesagt?«
»Ja, das hat sie. Nicht direkt, wenn du weißt, was ich meine. Sie rückt nie direkt mit dem heraus, was sie denkt. Du kennst sie ja. Versteckte Andeutungen. Das ist ihre Art. Sie macht das schon seit einiger Zeit. Wie sehr sie sich über mich Sorgen macht... Wie schwer es sein muß, die lange Anfahrt zum Büro in Kauf zu nehmen...«
»Na ja, ich habe mich auch schon gefragt, Leah, ob das nicht sehr schwer für dich ist? Mitten durch den dicksten Verkehr?«
»Natürlich ist es das. Aber habe ich mich je darüber beklagt? Ihr tut es. Ihr alle. Immerzu bekomme ich zu hören: Ach, der Verkehr, und die Busse, die zu spät kommen, und die U-Bahn, die brechend voll ist. Habt ihr mich je klagen hören? Ist mein Bus nicht auch brechend voll? Aber ich bin hier, jeden Tag Schlag neun Uhr.«
»Vielleicht wollte Rose damit sagen, daß es dir zuviel abverlangt.«
»Ich weiß, was sie sagen wollte. Ich habe die Andeutung schon verstanden.«
»Das tut mir schrecklich leid, Leah. Ich kann mir gar nicht vorstellen, wie wir hier ohne dich zurechtkommen sollen. Wie sollen wir das nur schaffen...?«
»Ihr werdet es schon schaffen. Ihr müßt nur noch etwas mehr arbeiten, jede von euch. Bis die Neue, wer auch im-

mer sie sein mag, die Kniffe kennt. In ein oder zwei Jahren vielleicht. So lange habe ich jedenfalls gebraucht.«
Victoria starrte den Aktenberg auf ihrem Schreibtisch mißmutig an. Sie hatte keine Lust mehr zu arbeiten.
»Wie lange noch? Ich meine, wann wirst du...?«
»Nächste Woche.«
»So bald?«
»Tja, ich sollte einen Monat vorher kündigen, wenn nicht früher. Damit sie eine Anzeige aufgeben kann. Aber wenn ich nach Ansicht der gnädigen Frau zu krank bin zum Arbeiten und ich selbst weiß, daß ich nicht schlechter bin als die ganzen Jahre..., na gut, so soll es sein. Ich werde mich von nächster Woche an krank melden, bis meine Kündigung in Kraft tritt. Wenn ich wirklich gemein wäre, würde ich ab morgen zu Hause bleiben, das würde euch alle hochschrecken und euch ziemlich durcheinanderbringen, nicht wahr? Aber das mache ich nicht. Keine Sorge. Also, benutz mich noch, so gut du kannst, solange ich noch da bin.«
»Ich weiß gar nicht, was ich zuerst tun soll, Leah... Da ist so viel...«
»Ist es nicht immer so? Hast du Freddie in letzter Zeit gesehen? Ach, übrigens, ich verlasse mich darauf, daß du mich von Zeit zu Zeit besuchen kommst, wenn ich in Rente bin. Ich werde die anderen nicht fragen. Na ja, vielleicht ein- oder zweimal, um mich nicht als zu hart zu erweisen. Aber dich, dich möchte ich regelmäßig sehen. Du wirst mich doch nicht ganz allein lassen, nicht wahr?«
»Natürlich nicht. Ich werde kommen. Ich werde dir all den Büroklatsch erzählen.«
»Darauf hoffe ich auch. Ich muß wissen, was hier vor sich geht. Nach all den Jahren... Was werde ich nur tun?« Sie senkte den Kopf abrupt über ihren Notizblock. Victoria nahm eine Krankenakte und blätterte in ihr herum.

»Was Freddie angeht, Leah, so fürchte ich, daß er bald von uns gehen wird, der arme Kerl. Es kann nicht mehr sehr lange dauern.«
»Es wird eine Erlösung sein. Seine Frau und dieser Cousin, du weißt doch, der sich um ihn kümmern sollte, sie schlafen zusammen, nicht wahr?«
»Ich glaube ja.«
»Das war zu erwarten. Glaubst du, es macht ihm etwas aus?«
»Freddie? Wer weiß? Vielleicht weiß er es gar nicht. Er kann kaum noch sehen oder hören. Ich bezweifle, daß er noch viel davon mitbekommt, was um ihn herum vorgeht. Dennoch hätten sie ruhig noch etwas länger warten können. Erinnerst du dich an Mrs. Watson, Leah? Die Lehrerin mit der hübschen Tochter? Wieder ein Fall von MS. Sie hat mir erzählt, als sie schließlich an den Rollstuhl gefesselt war, inkontinent wurde und einen permanenten Katheter brauchte, habe sie ihren Mann aufgefordert, sich eine andere Frau zu suchen. Es würde ihr nichts ausmachen. Er tat es. Sie war schrecklich verletzt. Sie haben danach kaum noch miteinander gesprochen. Jetzt ist sie in einem Pflegeheim.«
»Es ist eine grausame Welt, Victoria. Treue ist heutzutage eine altmodische Tugend geworden wie die meisten anderen guten Dinge.«
»Da bin ich anderer Meinung. Schau dir die Skinners an, die Bennets, die gutaussehende Dame, deren Mann Huntingtons hat. Du weißt, wen ich meine.«
»Die Inhaberin der Reinigung?«
»Richtig. Er ist jetzt in einem so fortgeschrittenen Stadium, daß er hier stolpernd und zuckend hereinkommt und seine Arme wie Windmühlenflügel herumschleudert. Er ist absolut verrückt und kann nicht einen Moment stillsitzen. Sie hatte nicht gewußt, daß die Huntington-Krankheit bei ihm in der Familie lag. Einmal hat sie mir

erzählt, daß sie sich wunderte, warum keiner seiner Onkel oder Tanten zu ihrer Hochzeit erschien. Er hatte ihr erzählt, seine Mutter wäre tot, aber das stimmte gar nicht. Sie war in einer psychiatrischen Anstalt, und niemand sagte ihr die Wahrheit. Also hat sie ihn geheiratet. Sie fand erst heraus, was los war, als ihre eigenen Kinder geboren wurden. Es gibt eine Chance von 50 zu 50, daß auch sie die Krankheit in sich tragen, aber sie werden es erst wissen, wenn die ersten Anzeichen erkennbar sind. Was meistens erst in den mittleren Jahren der Fall ist. Also werden sie nicht wissen, ob sie heiraten und eine Familie gründen können. Kannst du dir das vorstellen?
Aber sie alle kümmern sich hingebungsvoll um ihren Vater. Da ist keine Spur von Bitterkeit oder Diskriminierung. Und doch hat er ihre Mutter unter Vortäuschung falscher Tatsachen geheiratet oder ihr zumindest nicht erzählt, daß es in seiner Familie häufig Geisteskranke gab und daß es erblich war. Selbst wenn er den Namen oder die Art der Krankheit nicht kannte und man damals noch nicht sehr viel darüber wußte, hätte er ihr erzählen müssen, daß etwas nicht stimmte, glaubst du nicht auch?
Als sie das letzte Mal hier war, habe ich bemerkt, wie müde sie aussah, und sie darauf angesprochen. Ihn die ganze Zeit umsorgen zu müssen muß sehr schwierig sein. Ich fragte sie, ob sie genug Schlaf bekäme. Sie sagte, er sei so ruhelos, daß sie fast gar nicht schlafen könnte. Ich fragte sie, ob sie immer noch dasselbe Bett teilen. Sie war überrascht über meine Frage. Sie hätten schließlich immer in einem Bett geschlafen, sagte sie, wie könnte sie ihn jetzt hinauswerfen, wenn er doch so unglücklich war und sie so sehr brauchte? Siehst du? Es gibt noch Treue und Liebe. Sie sind selten, aber man kann sie immer noch finden.«
»Macht dich dieses ganze Elend nicht fertig? Ich nehme nur deine Diktate auf, ich rede ja gar nicht einmal mit den Patienten. Aber manchmal dreht es mir den Magen um zu

hören, was manche Leute durchmachen müssen. Findest du es nicht deprimierend?«

Victoria überlegte. »Ja«, gestand sie nach einigem Zögern. »Es deprimiert mich, daher wird alles, was ich nur tun kann, um ihnen ihre Situation zu erleichtern, um so wichtiger. Ein kleiner Sieg gegen das grausame Schicksal. Jemand muß es tun, also warum nicht ich?«

»Es muß noch mehr sein als das, Victoria. Du magst die Patienten, um deren Schicksal du dich sorgst. Wenn du sie nicht gern hättest, wärst du nie geblieben. Als du hier anfingst, hatte ich meine Zweifel. Ich habe mich gefragt, ob du wohl das nötige Durchhaltevermögen hättest. Aber du bist geblieben. Also muß es noch mehr sein als das. Jemand muß es tun...? Sei ehrlich.«

»Tja, was kann ich sagen? Manche wachsen mir richtig ans Herz... Natürlich gibt es andere, die ich gerne nie wiedersehen würde, aber insgesamt...«

»Würdest du all dies hier vermissen, die Stationen, die Konferenzen, dieses häßliche Büro, ›das ganze laufende Drama‹, wie Rose es immer nennt, wenn du jetzt gehen müßtest?«

»Natürlich würde ich es vermissen. Ich würde es selbst dann vermissen, wenn ich einen neuen und aufregenden Job fände. Was nicht sehr wahrscheinlich ist. Vermutlich werde ich hier bis zur Rente bleiben. Und dann werde ich es sehr schwer finden, zu Hause zu bleiben und nichts zu tun zu haben. Aber es trifft uns alle einmal, weißt du. Eines Tages müssen wir einfach alles hinter uns lassen. Wir werden dich schrecklich vermissen, Leah, ich ganz besonders. Du warst mir eine gute Freundin und eine große Hilfe.«

»Tja«, sagte Leah, wischte sich über die Augen und schniefte. »Jetzt hast du es geschafft, daß wir beide heulen, also wie wär's jetzt mit einer Tasse Tee?«

*

»Haben Sie einen Moment Zeit, Miss Bennet?«
»Ja, Mr. Giles, ich habe Sie schon erwartet. Wie geht's?«
Victoria öffnete die Tür weit, damit der Rollstuhl hindurchpaßte. Mr. Giles rollte sich an die Seite ihres Schreibtischs.
»Gut, ausgezeichnet, endlich ist die Rampe fertig gebaut. Ich kann jetzt aus dem Haus und in den Garten rollen. Und ich wohne jetzt in der Garage. Sie und dieser Fonds, Sie haben sich unwahrscheinlich bemüht. Hat Sie viel Zeit gekostet, o ja, aber... ich habe jetzt mein eigenes kleines Zimmer, Dusche, Toilette und die Rampe. Es ist schließlich nur angemessen, daß ich jetzt in einer Garage lebe, da ich dauernd auf Rädern bin. Ist das nicht witzig?«
»Wenn Sie dadurch Ihre Unabhängigkeit bekommen haben...«
»Sie meinen, jetzt bin ich allen aus dem Weg.«
»Ist das denn nicht besser so? Ich meine, der Lärm zu Hause, die Kinder, Ihre Frau... Sie sind weiterhin zu Hause, aber sie alle gehen Ihnen nicht mehr so auf die Nerven. Sie können die Tür hinter sich zumachen und für sich sein, wenn Sie das wollen.«
»Ja, das kann ich. Die Kinder kommen mich besuchen, wenn sie fernsehen wollen. Vielen Dank auch dafür. Die Farben sind so natürlich... und was sie anbetrifft...«
»Ist es nicht besser so?«
»Wir sehen uns jetzt nicht mehr so oft. Wenn ich von der Arbeit nach Hause komme, gehe ich direkt in meine Garage. Die Kinder bringen mir Tee und nehmen die Teller mit rauf. Sie bringen mich auch ins Bett. Morgens kommt sie vielleicht, um mir beim Aufstehen zu helfen, oder vielleicht kommt sie auch nicht. Ich muß da liegen und auf sie warten. Ein netter Anfang für den Tag. Sie weiß, daß ich

nervös werde, wenn ich mich frage, ob ich überhaupt rechtzeitig zur Arbeit kommen werde. Dann fahre ich zur Fabrik, wenn mein Dreirad nicht auf dem Weg dorthin aufgibt. Die Arbeit ist in Ordnung. Ich habe prima Kollegen. Bevor ich die Dusche hatte, haben sie mich mittags gewaschen. Jetzt kann ich das selbst. Also stinke ich wenigstens nicht mehr.«

»Aber das Leben ist immer noch schwierig.«

»Ich weiß, ich sollte mich nicht beklagen. Ich bin sicher besser dran als zu der Zeit, als ich hier zum ersten Mal saß. Nur daß ich jetzt weiß, daß ich nie mehr gehen kann, und damals hatte ich noch Hoffnung...«

»Wir geben die Hoffnung nie auf, Mr. Giles. Die meisten von uns hofften, daß Sie die Nachricht ertragen würden, wenn Sie sie erführen.«

»Sie wußten es, nicht?«

»Ja. Glauben Sie, wir hätten es Ihnen früher sagen sollen?«

»Nein. Nein... Sie haben es schon richtig gemacht, mir die Wahrheit nicht aufzudrängen. Einfach nur Fragen zu beantworten, wenn ich mich dazu überwinden konnte, sie zu stellen.«

»Wir dachten, daß Sie diese Fragen erst dann stellen würden, wenn Sie bereit wären, die Wahrheit zu hören.«

»Das habe ich mir schon gedacht. Wenn sie mich damals belogen hätten, hätte ich jedes Vertrauen in Sie verloren.«

»Sie sind ein sehr tapferer Mann.«

»Nein, ich bin nicht tapfer. Aber was soll das Klagen. Man kann die Uhr nicht zurückdrehen. Aber etwas anderes ist es, das zu akzeptieren, was geschehen ist... Das werde ich nie können. Brauche ich mir gar nicht einzureden. Ich werde nie akzeptieren, daß ich niemals mehr gehen kann. Oder daß meine Frau keine Verwendung mehr für mich hat. Alles, was sie will, ist zu vergessen, daß ich überhaupt existiere. Manchmal kann ich sie verstehen. Ein sprechender Kopf und ein paar Hände? Das ist nicht genug.«

»Das stimmt doch gar nicht, und das wissen Sie auch. An Ihnen ist mehr als nur das.«

»Sagen Sie das mal meiner Frau.«

»Das würde ich auch gern tun. Warum bitten wir sie nicht einmal her?«

»Sie wird nicht kommen, meine Liebe.«

»Ich würde es trotzdem gern versuchen. Aber ich will Ihnen nicht das Gefühl geben, daß wir hinter Ihrem Rücken über Sie sprechen.«

»Das macht mir nichts aus. Sie sind doch auf jeden Fall auf meiner Seite, nicht wahr? Vielleicht wird sie mit Ihnen reden, so von Frau zu Frau. Sie hat nicht mehr viele Leute, mit denen sie reden kann. Sie ist nie der Typ gewesen, der Menschen an sich heranläßt. Vielleicht ist sie deshalb so verbittert geworden?«

»Ich werde ihr heute schreiben und sie einladen, mich zu besuchen. Dann werden wir sehen.«

*

»Wie geht es Ihnen, Mrs. James? Sie sehen heute gut aus. Was für ein hübsches Kleid. Ist es neu?«

»O nein, das habe ich schon seit Jahren. Mein Mann hat es mir gebracht, zusammen mit meinen anderen Sachen, in dieses, dieses ... da ist nicht sehr viel Platz in dem Zimmer, wissen Sie ...«

»Und wie ist es dort? Haben Sie sich schon etwas eingelebt?«

»Es ist schon recht. Aber sich daran zu gewöhnen ...«

Mrs. James senkte den Kopf und begann wie verrückt in ihrer Handtasche zu wühlen. Victoria reichte ihr eine Pakkung Taschentücher und rückte ihren Stuhl näher.

»Ist es wirklich so schlimm?«

»Ach, das Heim... das Heim ist schon in Ordnung.«
Mrs. James sprach leise, von Schluchzern unterbrochen. »Es ist ein sauberes Pflegeheim, die Ärzte kommen jeden Tag zur Visite, es gibt genug Pflegepersonal, auch nachts, das Essen ist nicht schlecht – dafür, daß es ein Heim ist. Sie geben sich Mühe, das muß ich zugeben. Natürlich sind die meisten Leute dort eine ganze Menge älter als ich. Um genau zu sein, ich bin dort die Jüngste.«
»Sie finden die Mitbewohner langweilig, ist es das?«
»Mir würde das nichts ausmachen, wenn es nur für kurze Zeit wäre. Die Landschaft da draußen ist so hübsch. Ich weiß nicht, wie es im Winter sein wird, aber jetzt... Nein, für kurze Zeit wär's gar nicht so schlecht. Aber daran zu denken, daß ich... daß ich niemals...«
»Mrs. James, Sie wissen, Sie konnten nicht mehr länger alleine zu Hause bleiben. Wenn Sie sich wieder gestärkt fühlen, werden wir sehen...«
»Sie verstehen nicht, meine Liebe, ich werde niemals zurückkehren können!«
»Weshalb denken Sie das?«
»Mein Mann. Er hat mir all meine Sachen gebracht, alles, was nur in dieses Zimmer paßte. Er sagte...«
»Ja?«
»Nichts. Er hat es nicht direkt ausgesprochen, aber... ich weiß, daß er jemanden hat. In unserem Haus. Mit der er in unserem Bett schläft. Die meine Sachen benutzt. Die bei ihm lebt. Er will nicht, daß ich zurückkomme.«
»Sind Sie sicher? Hat er Ihnen etwas davon erzählt?«
»Das brauchte er nicht. Meine Freundin hat mich besucht, sie ist an unserem Haus vorbeigefahren, und da hat sie sie gesehen. Und mein Mann... die Art, wie er mit mir redet, er sieht mich kaum an. Als ob etwas auf seinem Gewissen lastete. Er sagte, daß er vielleicht auf Geschäftsreise wegfährt und mich eine Weile nicht besuchen kommt. Ach, was soll ich nur tun?«

»Eines Tages werden Sie vielleicht wieder in Ihrem eigenen Haus wohnen, Mrs. James. Wenn Sie sich besser fühlen. Sie mußten in den letzten Jahren mit so viel fertig werden, Sie brauchen jetzt jemanden, der nach Ihnen sieht.«
»Ja, vermutlich. Diese Anfälle – sie machen mir solche Angst... Nach dem letzten Mal, als ich einen in diesem Geschäft hatte, lassen sie mich überhaupt nicht mehr ausgehen. Nur noch hierher, und das auch nur im Krankenwagen. Es ist ein schreckliches Gefühl, die ganze Zeit beobachtet zu werden.«
»Aber es ist nötig. Sie wissen das.«
Mrs. James verzog das Gesicht. »Ich weiß es. Ich habe mich zu Hause bei meinen Stürzen arg verletzt, nicht wahr? Schauen Sie sich diese Narben an. Mein Mann sagt, wenn ich diese Gehirnoperation nicht gehabt hätte, wäre ich jetzt noch schlechter dran. Diese Anfälle, die ich jetzt bekomme, bedeuten vermutlich, daß es innen drin heilt. Das sagen mir die Pflegerinnen in dem Heim. Vermutlich wissen sie, wovon sie reden?«
»Wir hoffen, daß alles gut verheilt.«
Mrs. James stellte sich wackelig auf die Beine. Victoria half ihr dabei, ihr Gleichgewicht wiederzufinden, und drückte ihr die Krücke in ihre gesunde Hand. An der Tür drehte sich Mrs. James um und fiel ihr in die Arme.
»Was soll nur aus mir werden«, wimmerte sie. »Wie lange soll das noch weitergehen? Ich habe solche Angst!«
Victoria drückte den schmalen Rücken an sich und tätschelte die elegante, teure Perücke. Mrs. James' Tränen durchnäßten den Kittel an ihrer Schulter. Die Strahlentherapie nach der Entfernung des Hirntumors hatte Mrs. James' Haare zerstört. Das Haar würde niemals wieder wachsen. Aber der Tumor würde Mrs. James nach kurzer Zeit zerstören. Victoria fragte sich, wieviel Mrs. James wußte und wer es ihr sagen sollte. Es war ein Jammer, daß Mr. James nicht noch etwas hatte warten können, bevor er

seine Freundin in das gemeinsame Haus einziehen ließ. Ein Jammer, daß die scharfsichtige Freundin, die die Frau gesehen hatte, nicht hatte den Mund halten können. Alles lief schief für Mrs. James.

*

»Sie sehen, ich hatte recht, nicht wahr? Ich habe wirklich versucht, diplomatisch vorzugehen. Ich hoffte, sie würde die Andeutungen verstehen, es mir ersparen, sie zu kündigen, aber das tat sie natürlich nicht. Sie kann bemerkenswert starrsinnig sein, wenn es ihr paßt. Jetzt schmeißt sie alles hin.«

Rose rührte mit unnötiger Energie in ihrem Kaffee, der Löffel klapperte gegen das feine Chinaporzellan wie an eine silberne Glocke. Sie hatte seit kurzem die Angewohnheit entwickelt, die Augen zu schließen, wenn jemand sie ansprach, besonders wenn ihr traurige oder unangenehme Nachrichten überbracht werden mußten. Victoria fand das ausgesprochen irritierend. Sie fühlte sich ausgeschlossen und fragte sich dann jedesmal, ob ihre Abteilungsleiterin eingeschlafen war oder ihren Anblick nicht ertragen konnte.

»Es wird schwer sein, ohne Leah zurechtzukommen. Und doch glaube ich, es war unvermeidlich. Wir hatten uns schon so daran gewöhnt, sie hier herumhumpeln zu sehen. Ihre Hände – wie um alles in der Welt hat sie es geschafft, noch zu stenographieren?«

»Wir haben uns einfach daran gewöhnt, alle möglichen Behinderungen hier zu sehen, und wir sind so bemüht um Rehabilitationsmaßnahmen, daß wir einfach nicht bemerkt haben, was es sie gekostet haben mag, auch nur jeden Morgen aufzustehen und sich anzuziehen. Sicher hätte man sie nirgendwo sonst beschäftigt?«

»Jedenfalls ist sie jetzt verletzt. Und erschreckt.«

»Sie hat tapfer gekämpft. Aber alles hat seine Grenzen. Und sie hinterläßt uns ein ziemliches Chaos. Wo soll ich in so kurzer Zeit jemanden herbekommen? Ich hätte nach all diesen Jahren ein wenig mehr Loyalität erwartet! Werden Sie eine Sammlung organisieren, Victoria? Ich bin sicher, eine Menge Leute werden ihren Beitrag leisten wollen. Was sollen wir ihr nur schenken?«

»Keine Ahnung.«

Rose öffnete die Augen. »Nun ja, Sie haben sie doch besucht. Übrigens sind Sie die einzige, die diese Vergünstigung genießt. Ich frage mich, warum?«

Victoria zuckte mit den Schultern.

»Vielleicht fühlt sie sich Ihnen näher, als Ausländerin.«

»Ich bin doch keine Ausländerin!«

»Natürlich nicht, Victoria. Aber Sie scheinen besonders gut mit ausländischen Patienten umgehen zu können, nicht wahr? Wie mit diesem jungen Mädchen, wie heißt sie noch, die kleine Tschechin, Sie wissen, die immer so traurig guckt...«

»Milena.«

»Die meine ich. Ein merkwürdiger Name. Ich kann ihn mir nie merken, aber Sie sind ja selbst Halbpolin, vielleicht deshalb.«

»Ich bin in diesem Land geboren.«

»Oh, ich habe damit natürlich nicht sagen wollen... alles, was ich sagen will, ist, Sie haben diese Affinität, diese Begabung, ich wünschte, ich hätte sie auch, o je, wir haben uns so verheddert bei diesem Thema, was immer man sagt, es kommt falsch heraus. Aber Sie wissen doch, wie ich es meine, nicht wahr?«

»Ich glaube schon.«

»Also werden Sie die Sammlung organisieren?«

»Natürlich.«

»Lassen Sie uns ihr etwas Hübsches kaufen. Statt etwas Praktisches. Feminin und frivol.«

Jetzt hatte Rose die Augen weit geöffnet, und sie lächelte. »Sie können Ihre Mittagspause überziehen, um etwas Passendes zu finden. Vielleicht China-Porzellan. Wenn wir genug Geld zusammenbekommen. Mit Blumenmuster.«

*

Tja, Daddy, das ist das Ende. Immer wenn ich beginne, Dir zu schreiben, oder daran denke, Dir zu schreiben, dann lenkt mich etwas ab von dem, was ich sagen will. Gewöhnlich ist es ein Gedanke oder eine Erinnerung an meine Arbeit. Das ist auch kaum verwunderlich, es hat so wenig anderes in meinem Leben gegeben. War dies ein Teil des Problems? Diese Maske des Verständnisses und Mitempfindens, die ich mir zunächst zulegte, um sowohl meine Klienten wie mich selbst vor der vollen Erkenntnis dessen zu schützen, was wir einander sagten, sie hatte sich beim dauernden Gebrauch verhärtet und wurde schließlich derart ein Teil von mir, daß ich sie nicht mehr ablegen konnte, wenn ich abends mein das Büro verließ.

Die tröstende Theorie, daß man nie die Arbeit mit nach Hause nimmt, ist eine Illusion. Es ist nicht möglich, alles zu vergessen, wenn man die Bürotür hinter sich schließt. Und wie sollte ich mich, wenn ich nachts endlich nach Hause kam, vor all dem Elend und Leiden und Sterben schützen, vor all dem, was ich jeden Tag im Krankenhaus erlebte?

Meine Abendkurse in Kunstgeschichte und meine permanenten Besuche aller Londoner Theater waren eine Möglichkeit, mich abzulenken. Gerade vorhin, als ich den Schrank im Flur saubermachte, fiel mir ein Karton auf den Kopf, aus dem sich Hunderte von Theaterprogrammen auf mich ergossen. Ich war überrascht über die reichhaltige Vielfalt meines ehemaligen kulturellen Lebens. Nur daß ich mich – abgesehen von Shakespeare – an keine der Dramen erinnern kann. Ich muß alles gesehen haben, was sich in den letzten zwanzig Jahren auf den Londoner Bühnen ereignete. Doch die einzigen Schauspieler, die ich vor meinem inneren Auge sehe, wenn ich mein Leben überschaue, sind die in meinem Büro und auf den Stationen. Ihre Gesichter, ihre Stimmen sprechen noch mit einer Klarheit und Überzeugungskraft zu mir, die ich bei meinen Freizeitprogrammen nicht finden kann.

Du und Martha, Ihr beide konntet es nicht leiden, mich über meine Arbeit reden zu hören. Laß deinen Job im Büro, sagtest Du. Außerhalb der Arbeitsstunden mußt du du selbst sein. Wer, Daddy? Wer war ich denn noch?

Wir sind alle so, weißt Du: Ärzte, Krankenschwestern, Physiotherapeuten, Sozialarbeiter, wir alle reden über die Arbeit, wenn wir uns bei Partys, auf Hochzeiten oder Beerdigungen begegnen. Bewaffnet mit einer schwerfälligen pseudowissenschaftlichen Sprache, verstecken wir uns hinter aufgehäuften Euphemismen und feuern gleichzeitig Trauersignale wie Leuchtmunition aufeinander ab. Auf diese Weise erleichtern wir uns von unseren Zweifeln, unserer Hilflosigkeit und unserer Wut. Wir nennen das vielleicht ein informelles Schwätzchen oder jemandem den Kopf waschen. Und wir lachen fröhlich bei jedem geäußerten Verdacht oder Hinweis, daß das ganze Gebäude uns eines Tages auf den Kopf fallen wird. Welcher Unsinn! Wir füllen die Risse in den Wänden mit unserem eigenen Leben.

»Erst wenn Sie diesen Job aufgeben, werden Sie Ihr Magengeschwür los«, hatte mein Arzt gesagt. Er hatte unrecht. Es ist jetzt zwei Jahre her, daß ich aufgehört habe zu arbeiten, doch nach den Schmerzen zu urteilen, ist das Magengeschwür immer noch da.

»Soviel Geld auf einmal, das ist wie Dynamit. Wenn du nicht lernst, damit umzugehen, wird es dich zerstören.«

Wenigstens einmal hatte Martha recht. Obwohl es nicht das Geld war, Dein Abschiedsgeschenk, Daddy, das mir schließlich endgültig meinen Lebensmut nahm. Es war das, was das Geld mir ermöglichte: Nicht mehr zu arbeiten bedeutete, daß nicht genug für mich zum Weitermachen übrigblieb. Ein Leben aus zweiter Hand, eine geborgte, mittelbare Existenz, so hast Du es einmal genannt. Nun ja, das war alles, was ich hatte.
Wir werden uns nicht begegnen, wo auch immer ich hingehe. Es wird nichts von mir übrigbleiben. Es scheint, daß ich schon aufgehört habe zu existieren, bevor ich mich aus diesem Leben verabschiede. Ich habe mich allmählich in die Luft um mich herum aufgelöst, während meine Patienten von meinen Kolleginnen übernommen wurden, meine Akten in andere Hände wanderten und mein Büro, mein Schreibtisch und mein Stuhl von meiner Nachfolgerin besetzt wurden. Frei von allen Pflichten und Aufgaben, einen Blumenstrauß und ein Set handgemalter Keramikbecher in der Hand – mein Abschiedsgeschenk –, verließ ich das Krankenhaus zum letztenmal, um ein neues Leben zu beginnen. Die Becher stehen immer noch hier – leer. Ich habe noch nichts Passendes gefunden, das ich in sie hineinfüllen könnte.

*

»Paß gut auf dich auf, Liebes. Es tut mir wirklich leid, daß wir gerade jetzt abreisen müssen. In einer solch kritischen Zeit für dich. Es wird dir doch gutgehen, nicht? Sobald wir uns niedergelassen haben, muß du herüberkommen und uns besuchen.«
Julia befreite sich aus der Umklammerung der Zwillinge und warf die Arme um Victoria. »Zwei Jahre werden schnell vorbeigehen! Wir kommen zurück. Die Kinder müssen auf eine englische Schule. Ach, ist es nicht aufre-

gend? Wo ist Tristan? Stan? Wo steckt bloß dieser Junge? O Gott, das ist unser Flug, den sie da aufrufen!«

Sie wischte sich über die Augen. »Ich werde schreiben, sobald ich kann. Vergiß es nicht! Hab dich lieb! Tschüs!«

*

»Kommen Sie bitte auf Station, Miss Bennet? Ich fürchte, Mrs. Linton wird nach Hause entlassen.«

»Das kann ich nicht glauben. Wann?«

»So bald wie möglich. Heute oder morgen.«

»Aber sie können doch nicht...«

»Dr. Simpson sagt, wir sollen etwas arrangieren.«

»Mrs. Linton stirbt. Sie ist kaum noch bei Bewußtsein, inkontinent, hat starke Schmerzen. Wer soll nach ihr schauen?«

»Das liegt bei Ihnen.«

»Ich kann keine Wunder vollbringen, Dr. Simpson.«

»Hmmmm? Versuchen Sie es. Dafür haben wir Sie ja.«

»Ich mache keine Scherze.«

»Nein. In der Tat. Was ist mit Mr. Linton?«

»Mr. Linton ist 69 Jahre alt und hat einen Bruch. Sonst gibt es niemanden. Wir können eine Krankenschwester ein- oder zweimal am Tag vorbeischicken. Das ist alles. Sie wird ihr ihre Spritzen geben, sie waschen und ihr Bett machen. Das ist nicht genug.«

»Fürchte, das muß ausreichen – es sei denn, Sie können noch mehr Hilfe herbeikarren.«

»Da gibt es nicht mehr Hilfe! Wie stellen Sie sich vor, daß Mr. Linton damit fertig werden soll? Er kann nicht die Bettwäsche wechseln. Er braucht zwei andere Leute, um sie umzubetten. Er kann sie nicht hochheben. Wann soll er schlafen?«

»Tja, Miss Bennet, scheint so, als ob Sie das Nötige nicht

liefern könnten. Schließlich ist das Ihre Aufgabe. Wir haben die unsere getan. Mrs. Linton belegt ein Bett, das dringend von jemand anderem gebraucht wird. Wenn ihr Mann nicht damit fertig wird, wie ist es mit der Gemeindeschwester? Da gibt es doch sicher eine in der Gegend, nehme ich an? Oder befinden die sich gerade im Streik?«

»Sie befinden sich nicht im Streik. Sie haben nur nicht genug Personal. Und außerdem überschreitet das ohnehin ihre Möglichkeiten. Diese Art von Dienst gehört nicht zu ihren Aufgaben. Niemand tut so etwas, außer einer privaten Pflegeeinrichtung. Die Lintons können sich aber keine private Pflege leisten. Ich kann sie in ein Pflegeheim einweisen, aber dazu brauche ich Zeit. Es gibt Wartelisten.«

»Wie lang?«

»Eine Woche, vielleicht länger.«

»Unmöglich. Der Professor hat sie heute gesehen und sein Urteil gesprochen. Sie muß gehen. Wenn er sie hier morgen noch vorfindet, bricht die Hölle aus. Sie sehen, das hat nichts mit mir zu tun. Order von oben.«

*

Liebe Claire,

unter all den Kämpfen, die ich für meine Patienten ausgefochten habe, ging es in den bittersten und wütendsten um die Sterbenden. Es muß für jemanden, der außerhalb einer Sozialstation arbeitet, geradezu unglaublich sein, daß Menschen heutzutage in unserer reichen Gesellschaft in kalte und leere Häuser zurückgeschickt werden und dort hilflos zurückgelassen werden, ohne daß sich irgend jemand um sie kümmert. Wir machen uns endlos Sorgen um die Neugeborenen, während die Sterbenden, die genauso hilflos sind und oft noch Schmerzen haben, in eine Ecke geschoben werden und dort unbeachtet dahinvegetieren und vollkommen allein sind, wenn sie sterben. Ist der Tod nicht so wichtig wie die Geburt? Schließlich ist er der letzte Akt. Wenn wir den verpfuschen, können wir nichts mehr verbessern, weder beschwichtigen noch uns auch nur entschuldigen.

Ein ganzes glückliches Leben – und wer kann sich rühmen, ein solches gelebt zu haben? – kann durch diesen letzten Betrug ausgewischt werden, und doch geschieht es so häufig. Trotz all unserer Möglichkeiten und Reichtümer sind wir in der Lage, die Alten und Einsamen hungrig und frierend in ihren Exkrementen sterben zu lassen, ohne daß irgend jemand ihnen die Hand hält oder ein tröstendes Wort spricht.

»Tja, sie war unheilbar krank, wir konnten nichts mehr tun. Sie hat ein Bett belegt, das dringend von jemand anderem gebraucht wurde. Jemandem, den wir heilen konnten. Sie müssen zugeben, daß es sinnvoll war, sie wegzuschicken.«

»Wir konnten ihn nicht retten, nehmen Sie ihn weg. Wir wollen nicht an unsere Fehler erinnert werden«, das sagen sie zwar nicht, obwohl sie es in ihrem Hinterkopf denken. Daher das Bestehen darauf, das Drängen, der Druck, der von der Spitze der Krankenhaushierarchie weiter nach unten gegeben wird, von einem Angehörigen des Personals zum anderen, »Mr. X loszuwerden«.

Am Fuße der Pyramide gibt es jemanden wie eine Sozialarbeiterin, deren Aufgabe es ist, aus der dünnen Luft all die nichtexistierenden Dienstleistungen herbeizuzaubern, die in einer idealen Gesellschaft die ungewollten und peinlichen Leichen wegschafft, damit sich jeder besser fühlt. »Unser kleines Wundermädchen.« »Unsere Zauberkünstlerin.« »Wie machen Sie das bloß?«

Es ist leicht zu sagen: »Es hat nichts mit mir zu tun, und außerdem will ich nichts davon wissen. Das ist jetzt Ihre

Aufgabe. Ihre Verantwortung.« Es ist so leicht, mit wehendem weißen Kittel aus dem Büro zu rauschen: »Ich muß in fünf Minuten zur Visite, und ich will von Mr. X, Y oder Z nie wieder hören!«

Ich auch nicht. Die Herren X, Y und Z haben mich nachts verfolgt, darum gebettelt, entlassen zu werden, sich dafür entschuldigt, im Weg zu sein, wollten nichts weiter als ein warmes Bett, in dem sie sterben konnten. Ich bin fast verrückt geworden auf der Suche danach. Ich erinnere mich, daß ich darüber nachdachte, wie viele derjenigen, die in der Sterbeklinik waren, vielleicht innerhalb einer Woche von dieser Welt verschwinden könnten, so daß mein Patient vielleicht die Warteliste heraufrückte oder sogar – o Freude! – eingeliefert werden konnte.

Als ich erst einmal endgültig akzeptiert hatte, daß ich die Welt nicht ändern konnte, daß ich nicht einmal einen Menschen daran hindern konnte, seinen Weg zu gehen, gleichgültig, wie zerstörerisch, dumm oder falsch er auch war, daß ich nie gebraucht wurde, wenn alles gut lief, aber Wunder vollbringen sollte, wenn eine Katastrophe hereinbrach, und daß die Wunder jenseits meiner Möglichkeiten lagen…, wurde der Gedanke, meine Kündigung einzureichen, immer attraktiver. Das und der Anblick von Roses Gesichtsausdruck, die mit weit aufgerissenen Augen von meinem unerwarteten Erbe erfuhr.

»Sie Glückliche! Aber wie werden Sie jetzt Ihre Tage verbringen? Was werden Sie tun?«

»Ich werde reisen.«

Zu diesem Zeitpunkt lud ich Dich, Claire, ein, mit mir nach Griechenland zu kommen. Du hattest recht, Dich zu verweigern.

Die Reise, so spät in der Jahreszeit unternommen, war von schlechtem Wetter überschattet. Es regnete in Athen, und auf den nassen Steinen der Akropolis glitten wir gefährlich aus. Der berühmte Ausblick von Samion war in einen Vorhang grauen Nebels verhüllt. Es war mir gelungen, ein Foto vom Poseidon-Tempel zu machen, schwere Wolken hingen wie marineblaue Daunen über den dorischen Säulen, jeden Moment bereit zu platzen, was mich jedesmal mit unguten Vorahnungen erfüllt, wenn ich das Bild betrachte.

Das Theater in Epidaurus war ein kreisrunder See. Unerschrocken watete einer meiner Mittouristen, der eifrige und welterfahrene Dr. Patel, durch das Wasser, unter dem sich die Bühne befand, und fotografierte von der Mitte der Bühne aus das Auditorium. Wir waren die einzigen Besucher. Wenn er nicht gerade fotografierte, inspizierte Dr. Patel die Umgebung durch ein Fernglas, das er dauernd bei sich trug. Das Fernglas und zwei Kameras (eine für den Schwarzweißfilm, eine für Farbdias) hingen ihm um den Hals, die verhedderten Gurte drohten ihn zu strangulieren, wann immer er sich bewegte. Ein smarter Aktenkoffer mit einem Kombinationsschloß begleitete ihn ebenfalls auf all seinen Reisen. Abgesehen von einem neuen Film und einem Reiseführer sahen wir ihn nie irgend etwas anderes herausnehmen, aber die Art und Weise, wie er auf ihn aufpaßte, inspirierte uns zu wilden Vermutungen. Wenn er mit beiden Händen mit der Kamera beschäftigt war, hielt er den Aktenkoffer zwischen die Knie geklemmt.

Der Anblick von Dr. Pattel, wie er eine Figur im Delphi-Museum durch sein Fernglas betrachtete, während er nur einen halben Meter von der Statue entfernt war, gehört für mich zu den glücklichsten Erinnerungen dieser Reise.

Obwohl er sich bewußt war, daß man sich über ihn lustig machte, verlor dieser sanfte Doktor – der seinen Grad natürlich in Philosophie erworben hatte – nie seine Höflichkeit oder sein ausgeglichenes Temperament. Dies war sein erster Urlaub in Griechenland. Er war verliebt in den antiken Glanz, die Geschichte und Mythologie des Landes.

Hier zu sein, den geheiligten Boden zu betreten, die Landschaft und die Relikte der Vergangenheit zu betrachten, versetzte ihn in einen Zustand permanenter Euphorie. Sein Mund war – die Mundwinkel nach oben – wie ein aufgehender Mond, seine Augen häufig tränenverschleiert. Der Mann mit dem archaischen Lächeln, nannten wir ihn, entwaffnet durch solche Hingabe.

Unser Reiseführer Edgar war ein älterer Engländer mit langem ergrauenden Haar, das sich ihm in Locken den Hals herunterringelte, und einer Vorliebe für bunte Schals. Er lebte in Athen, und wenn er nicht als Reiseführer arbeitete, gab er Privatschülern Englischunterricht. Auch er schien ganz in die antike Welt versunken zu sein und fühlte sich in der griechischen Mythologie zu Hause. Sein Weg nach Parnassus wurde mit einer Flasche Wein eröffnet.

Am Abend, bevor wir das Festland verließen und uns auf unser Schiff namens Meltemi – Ostwind – begaben, ließ der unaufhörlich strömende Regen Edgar endgültig die Fassung verlieren. In einer obskuren Taverne voller Qualm und lärmender griechischer Musik legte er den Kopf auf den Tisch zwischen die leeren Flaschen und schluchzte: »Pan ist tot, der große Gott Pan ist tot!«

Wir zerrten ihn, der immer noch hemmungslos weinte, in unser Hotel, wo wir uns den Rest der Nacht an seinem Bett abwechselten, in dem er sich herumwarf und stöhnte und schließlich den schweren roten Wein und grüne Galle erbrach.

Aus den Medikamenten auf seinem Nachttisch schlossen wir folgerichtig, daß er Diabetiker war und daher keinen Alkohol trinken durfte. Am nächsten Tag machten wir uns seine gedrückte Stimmung zunutze und rangen ihm das Versprechen ab, daß er den Rest der Reise nüchtern bleiben würde. Wir wiederum versprachen, ihn nicht der Reiseagentur zu melden. Er hielt sein Wort. Da wir selber

in seiner Gegenwart nicht trinken durften, waren auch wir zu einem abstinenten Urlaub verdammt.
Das Wetter besserte sich, sobald wir das Festland verlassen hatten. Unser Schiff fuhr des Nachts. Tagsüber besuchten wir die Ionischen Inseln. Ich habe Dir von dieser Reise nach meiner Rückkehr erzählt, Claire. Jetzt möchte ich nur noch eine Episode hinzufügen.
Wir hatten Ithaka besucht, auf der vergeblichen Suche nach einem überzeugenden Beweis für Odysseus' Anwesenheit. Es existiert nur wenig, das die Legende bestätigt. Es gibt nicht einmal sichere Beweise dafür, daß es dieser Ort war statt Lefkas oder Cefahlonia, die dem Ithaka Homers entspricht.
Ich war immer fasziniert von Penelope. Wie schade, daß Homer ihre Geschichte nicht erzählt hat. Wie genau hat sie das jahrelange Warten überstanden? Was war mit ihr während Odysseus' Wanderungen geschehen? Woher wußte sie, ohne ein Lebenszeichen oder auch nur eine Nachricht von ihm zu erhalten, daß er zurückkehren würde? Homer verrät es uns nicht, und so werden wir es nie erfahren.
Einem merkwürdigen Gerücht zufolge, das in den alten Schriften überliefert ist, brachte sie Pan zur Welt, nachdem sie mit all ihren Freiern geschlafen hatte, aber ich kann das nicht glauben. Ich bevorzuge Homers Version. Penelope blieb ihrem Odysseus treu, indem sie tagsüber an dem Schleier webte und ihn nachts auftrennte, bis man dies entdeckte und sie dazu zwang, ihre Wahl unter den Freiern zu treffen. Doch dann war Odysseus plötzlich zurück, ermordete die Freier und die betrügerischen Diener und erklärte Penelope zu seiner Frau. Vorhang.
Auf Lefkas gingen wir an den Strand zum Baden. Vorher hatten wir Sapphos Kliff besucht. Nach der Legende sprangen diejenigen, die sich von einer unglücklichen Liebesgeschichte heilen lassen wollten, vom Kliff aus ins

Meer. Sappho sprang und starb. Ist es das, was man unter Heilung zu verstehen hat?
Ich schwamm allein im Meer, weit weg von der Gruppe. Wir hatten einen Picknick-Korb vom Schiff mitgebracht, und Edgar als Nichtschwimmer hatte sich unter einen Baum gesetzt, bewachte das Essen, einen Band von Cavafy auf dem Schoß, einen Schal von Hermes lose um den Hals geschlungen. Dr. Patel, auch er Nichtschwimmer, saß unter einem Sonnenschirm und inspizierte das durchsichtige Wasser durch sein Fernglas. Die andern hatten sich am schmalen Strand entlang verteilt, waren zum Schwimmen verschwunden oder aalten sich in der Sonne. Ich schwamm hinaus, weit weg von ihnen allen, auf die offene See hinaus. Das gleißende Sonnenlicht glitzerte auf dem Wasser. Ich drehte mich auf den Rücken und ließ mich mit geschlossenen Augen treiben. Noch nie hatte ich ein so durchsichtiges Meer gesehen. Vom Deck der Meltemi konnte man bis auf den Grund schauen und die Steine zählen. Jetzt erstreckte es sich, so weit ich sehen konnte, um mich herum, beinahe ohne jede Wellenbewegung.
Die Augen zum Schutz vor dem grellen Sonnenlicht geschlossen, dachte ich an die kommenden Wochen. Ich hatte meine Kündigung eingereicht und Rose drei Monate Zeit gegeben, eine geeignete Nachfolgerin für mich zu finden. Ich konnte es mir leisten, großzügig zu sein. Schließlich ging ich nicht weg, um eine andere Stelle anzunehmen. Ich ging einfach. Es gab eine Menge loser Enden, die ich noch zusammenbinden mußte. Darunter – Milena. Ich hoffte, sie noch bis zum Schluß sehen zu können. Der Tumor hatte sich vom Gehirn aus in ihr Rückenmark ausgebreitet. Es konnnte jetzt nicht mehr lange dauern. Sie erkannte mich nicht mehr, wenn ich mich an ihr Bett setzte, aber ich wußte, sie konnte den Druck meiner Hand spüren, und manchmal fühlte ich einen Gegendruck ihrer Finger auf den meinen. Das kleine Transistorradio, das ich

für sie gekauft hatte, lag unter ihrem Kissen und rieselte klassische Musik in ihr Ohr. Sie konnte moderne Popmusik nicht ertragen, und wenn jemand aus Versehen den Sender verstellte, reagierte sie mit allen Anzeichen von Trauer.

Sie hatte sich in Prag, ihrem Geburtsort, in einen englischen Touristen verliebt, für den sie als Dolmetscherin arbeitete. Ob er sie liebte oder ihr einfach nur dabei helfen wollte, die Tschechoslowakei verlassen zu können, konnte ich nie herausfinden. Es dauerte Jahre, bevor die beiden die Heiratserlaubnis bekamen und sie nach England ausreisen durfte. Zu diesem Zeitpunkt hatte ihr Mann bereits andere Interessen entwickelt, und sie wußte noch nicht, daß sie bereits Opfer der Krankheit war, die sie töten würde.

Als sie zu mir überwiesen wurde, war sie obdachlos und bettelarm. Ihr Mann war wieder im Ausland und hatte ihr keine Adresse hinterlassen. Sie war nicht mehr in der Lage zu arbeiten. Aber sie weigerte sich bis zum Schluß, ihrer Familie eine Nachricht über ihre Lebensumstände zukommen zu lassen.

Im Winter zuvor, als ihre Krankheit noch gelegentlich Anzeichen von Besserung zeigte, besuchte sie mich manchmal im Büro und erzählte mir von Prag, während wir gemeinsam Trauben und Mandarinen, ihr Lieblingsobst, aßen.

»Prag ist das wirkliche Herz Europas, Victoria. Wenn Sie an Musik, europäischer Geschichte und Kultur interessiert sind, müssen Sie Prag besuchen. Ich habe Wien und Paris und natürlich London gesehen, und ich sage Ihnen, Prag ist die schönste aller Städte.«

»Warum?« Sie lachte. »Zum Beispiel gibt es da keine Werbetafeln und Plakate an den Mauern. Die Altstadt ist, besonders nachts, das reinste Mittelalter oder Barock. Das hängt davon ab, wo Sie gerade stehen. Durch nichts ge-

trübt. Versprechen Sie mir, es sich eines Tages anzusehen.«
Ich versprach es.
Ich hoffte, es bliebe noch Zeit genug, damit ihre Mutter herüberkommen und sie im Krankenhaus besuchen konnte, bevor es zu spät war. Auch wenn sie ihre Erlaubnis verweigert hatte, Kontakt zu ihren Eltern aufzunehmen, hatten ihre Eltern jetzt, wo sie es nicht mehr mitbekam, sicher das Recht, sie zu sehen, wenn sie es wünschten?
Zumindest schien Milena nicht mehr zu leiden. Sie schwebte von einem Schlafzustand zum anderen. Und sie hatte keine Schmerzen.
Plötzlich schmeckte ich Salzwasser im Mund. Also konnte man einfach einschlafen, während man so dahintrieb? Auf einmal schien mir der Gedanke unwiderstehlich. Wenn ich nur einfach in diesem passiven Zustand bleiben würde, den Instinkt überwinden könnte, dagegen anzukämpfen und im letzten Moment noch an die Oberfläche zu schwimmen. Wenn ich mich schwer und unbeweglich machte und durch diese seidenen Tücher in das goldene Bett darunter sinken könnte.
Ich blickte um mich. Es war niemand in der Nähe. Das Wasser glitzerte in der Sonne, wechselte von tiefem Türkis zu blassem Aquamarin, gesprenkelt vom Silber der Sonnenstrahlen, die sich auf der Oberfläche brachen. Die Wellen schaukelten mich sanft wie in einer Wiege hin und her... Ich schloß die Augen und ließ das Wasser über mein Gesicht schwappen. Es fühlte sich köstlich kühl auf meiner sonnenverbrannten Haut an. Wie einfach es schließlich war und wie richtig... Jemand hatte es schon einmal gesagt. Die Stimme einer Frau, leise und mit einer kleinen Andeutung von Ironie unter der Zärtlichkeit: »C'est tellement simple, l'amour«, sagte sie. Wer war das? Garance. Arletty als Garance. Ein Name, der für den Film erfunden

wurde, der Name einer Blume. Der Film hieß Les Enfants du Paradis – Kinder des Olymp. Garance, eine kleine rote Blume…, es war so einfach…

»Hey Sie, ist alles in Ordnung?«

Eine starke Hand hob mir den Kopf aus dem Wasser. Ein Mann blickte mir in die Augen, ein ängstliches Lächeln auf den Lippen. Ich spuckte und versuchte, meine Stimme wiederzufinden. Wie lange war ich schon unter Wasser gewesen? Einige Sekunden? Wer war er? Jedenfalls kein Mitglied unserer Reisegruppe. Niemand, den ich je zuvor gesehen hätte. Und woher wußte er, daß ich Engländerin bin?

Er war jung, trug einen Vollbart und dunkles, schulterlanges Haar, das ihm naß an Kopf und Nacken klebte. Seine Augen, gegen die blendende Sonne zusammengekniffen, waren tiefblau. Er hielt mich immer noch im geübten Lebensrettungsgriff und wiederholte seine Frage. Ich murmelte etwas Zustimmendes. Ich war ärgerlich. Welches Recht hatte er, sich in meine Pläne einzumischen?

»Sie sind ziemlich weit vom Strand entfernt. Schaffen Sie es?«

Ich blickte zu unserer kleinen Bucht hinüber und konnte sie nicht sehen. Die Strömung mußte mich hinausgetrieben haben. Ich war nicht müde, und ich bin eine gute Schwimmerin, aber plötzlich wurde ich von Panik ergriffen, und mir war kalt, trotz der mich umgebenden Wärme.

Der Mann verstärkte seinen Griff. »Keine Sorge, Sie sind in Sicherheit. Ich werde Ihnen helfen. Entspannen Sie sich.«

»Nein danke, es ist schon in Ordnung, wirklich.«

Ich befreite mich aus seinem Griff und schwamm los, auf das Land zu, als ob ein Seeungeheuer hinter mir her wäre. Ich kraulte durch das weiche Türkis, das verführerische Aquamarin, als wollte ich ein Rennen gewinnen. Les Enfants du Paradis, dachte ich wütend, war während des Krieges unter deutscher Besatzung und mit deutschen Soldaten als Statisten gedreht worden. Arletty, der verführerische Star, hatte eine Affäre mit einem deutschen Offizier. Welche konspiratorische Botschaft der Film auch immer vermitteln wollte, man mußte sich immer an diese Wahrheit erinnern. Nichts auf der Welt war einfach. Nicht einmal die Liebe. Besonders nicht die Liebe. Es war wichtig, einen klaren Kopf zu behalten und rational zu denken. Die ganze Zeit. Sich nicht in den Schlaf einlullen lassen. Noch nicht.

Von Zeit zu Zeit blickte ich mich um und sah den Mann. Er folgte mir dichtauf, den Blick unverwandt auf mich gerichtet. Die Arme taten mir weh, die Augen brannten, und meine Lunge schmerzte bei jedem Atemzug. Aber ich wußte, ich würde es bis zum Ufer schaffen, gleichgültig, wie weit es noch entfernt war. Schließlich sah ich die Bucht vor mir. Ich konnte Edgar erkennen, der in seinem weißen Safari-Anzug in die Lektüre seines Gedichtbandes vertieft war.

»Jetzt wird es gehen. Der Strand fällt sanft ab. Sie können hier schon stehen.«

Vorsichtig ließ ich meinen Fuß auf den Boden sinken. Das Wasser reichte mir bis zu den Schultern. Meine Beine fühlten sich schwach an, meine Knie zitterten. Ich schlotterte am ganzen Leib vor Kälte und hatte eine Gänsehaut.

»Danke«, sagte ich, mich umwendend. »Ich schaffe es jetzt allein.«

Er war nicht mehr da. Ich drehte mich ganz herum, bedeckte die Augen mit der Hand und inspizierte die Oberfläche. Wenn er nicht getaucht war, war er einfach verschwunden. Ich war zu schwach, um länger im Wasser zu stehen, watete ans Ufer und legte mich keuchend in den Schatten.

»Sind Sie schön geschwommen?« Edgar hob den Blick kurz von seiner Lektüre.
»Ihr Mittagessen ist noch hier, wenn Sie es möchten. Ich habe die wilden Horden unter großem persönlichen Einsatz davon abgehalten, es auch mit aufzuessen. Ich hoffe, Sie wissen das zu schätzen.«
»O ja, Edgar, das tue ich. Ich weiß es sehr zu schätzen und danke Ihnen.«
Ich streckte mich auf meinem Handtuch aus, mit dem Gesicht nach unten, und schlief sofort ein.

*

Liebe Claire, das ist alles, was ich noch hinzufügen wollte, bevor ich diesen Brief beschließe. Ich habe mich oft gefragt, wer jener Mann war, der zur falschen Zeit mein Leben auf Lefkas rettete. Niemand von den anderen hatte ihn gesehen. Dr. Patel, der behauptete, mich die meiste Zeit beim Schwimmen beobachtet zu haben, hatte niemanden in meiner Nähe gesehen. Möglicherweise war er eingenickt und wollte es nicht zugeben. Doch ich glaube, dort und damals hätte alles enden können, friedlich im Sonnenschein. Das hätte mir die folgenden Jahre erspart, die wachsende Desillusionierung, das Gefühl der Hilflosigkeit, Nutzlosigkeit und diese letzten wilden Vorbereitungen.
In ein oder zwei Tagen wird alles endlich wirklich vorüber sein. Ich habe vor, diesen Brief auf meinem Weg zu meinem Rendezvous in Ost-Suffolk einzuwerfen. Dort muß ich noch ein paar letzte Aufgaben erfüllen, und dann werde ich frei sein.
Du warst mir immer eine gute Freundin, Claire. Nie zuvorkommend oder nachgiebig. Eher rauh und manchmal scharf. Eifrig darauf bedacht, mir meine Fehler und Schwächen vor Augen zu führen. Eifrig dabei, mir den

rechten Weg zu weisen. Den für Dich richtigen Weg. Doch obwohl ich nicht in der Lage war, den richtigen Weg einzuschlagen, war es gut zu wissen, daß er existierte.
Wir werden uns nie wieder begegnen, Claire, da bin ich sicher. Du wirst mir dahin, wohin ich gehe, nicht folgen. Das kannst Du nicht.

*

Es war kühl geworden. Sich die Hände an einer Tasse Kaffee wärmend, blickte Victoria sich im Zimmer um. Alles war sauber. Die Schubladen und Schränke standen offen und waren leer. Der Stapel Notizbücher auf dem Boden war bis auf einen kleinen Rest verschwunden. Morgen würde alles fort sein. Sie blickte mißbilligend auf ihre Tasse. Morgen würde sie einen weiteren Ausflug zum Delikatessenladen auf der anderen Seite des Kanals unternehmen müssen. Die Verurteilte durfte noch einmal eine herzhafte Mahlzeit zu sich nehmen, bevor sie sich auf ihre längste Reise begab.
In der Zwischenzeit jedoch mußte noch ein Problem gelöst werden. Leahs Vermächtnis, der Schuhkarton voll alter Fotos. Victoria fühlte sich nicht in der Lage, sie wegzuwerfen oder zu verbrennen. Etwas muß bleiben, um andere an diese Leben zu erinnern, dachte sie. Doch was wäre, wenn sie sie hier in der Wohnung zurückließe, zusammen mit ihrem eigenen Album, und jemand – Julia oder Claire oder wer auch immer – hierherkäme, um ihre Sachen zu entfernen und irgendeinen Hinweis auf ihr Verschwinden zu suchen, vielleicht sogar die Polizei? Wer auch immer hierherkäme, würde sie finden und natürlich glauben, daß sie ihr gehörten. Familienschnappschüsse? Vielleicht die Verwandten ihrer Mutter, da sie so offensichtlich fremdländisch aussahen? Sie betrachtete die ernsten Gesichter der Kinder, die in ihren besten Kleidern

fotografiert worden waren, und die lachenden Erwachsenen, die aus der Ferne eine grüßende Handbewegung machten, bei einem Picknick die Gläser erhoben, mit den Skistöcken auf Berglandschaften deuteten... Konnte sie? Würden sie ihr erlauben, sich an ihrer Party zu beteiligen? Sie, eine vollständig Fremde, einladen, an ihrer warmem Intimität teilzunehmen?

»Wollt ihr mich haben?« murmelte sie und schloß den Deckel des Kartons. »Kann ich, darf ich jetzt hinüberkommen?«

Sie öffnete den Karton noch einmal, fügte Leahs Foto hinzu, dann eines von ihrer Mutter und schließlich ihr eigenes, das kürzlich auf einem Italienurlaub aufgenommen worden war. Jetzt waren sie alle zusammen. Wer auch immer nach Hinweisen auf ihre Vergangenheit suchte, würde sich mit dieser Menge beschäftigen müssen. Ihr schien, als ob Leahs Lächeln auf dem Foto noch breiter wurde. Sie hatte es selbst vor dem Krankenhaus aufgenommen. Leahs Gesicht, rund wie ein Vollmond, war ganz zerknittert vor Lachen, ihre Augen waren vollständig darin verschwunden. Sie hatte die Hände in den Taschen ihrer alten Weste vergraben, und ihre Beine waren hinter einem Blumenkübel versteckt.

»Du bist gut getroffen«, hatte Victoria damals gesagt. »Ja, man kann mich kaum erkennen«, hatte Leah erwidert.

Als sie sie bei ihrer Rückkehr aus Griechenland wieder besuchte und ihr einen Stapel Dias und einige Kumquats aus Korfu mitbrachte, stellte Victoria fest, daß ihre Freundin sich auf beunruhigende Weise verändert hatte. Sie war merkwürdig dünn geworden und hatte dunkle Ringe um die Augen. Während sie geschäftig den Tee zubereitete und den üblichen, diesmal mit Erdbeeren und Sahne verzierten Rührkuchen herbeibrachte, zitterten ihr die Hände, und sie mußte immer wieder innehalten und sich gegen den Tisch lehnen, um Atem zu schöpfen.

»Es ist nichts«, versicherte sie Victoria mit leichten Anzeichen von Ungeduld. »Ich habe einen neuen Arzt. Der alte hat die Praxis aufgegeben. Der neue will meine Medikation ändern. Er will mich von dem Cortison runterbringen. Sagt, ich nehme es schon zu lange.«
Victoria beobachtete sie beunruhigt. »Wie oft gehst du hin?«
»Oft genug. Mach dir keine Sorgen. Was mir wirklich Sorgen macht, ist, daß du das Krankenhaus verläßt. Was wirst du jetzt mit dir anfangen? Und was wird mit mir?«
»Was meinst du damit?«
»Ich meine damit«, sagte Leah und setzte sich schwer nieder, als ob ihre Beine unter ihr weggeschlagen würden, »ich verliere damit den letzten Kontakt zum Krankenhaus. Wer soll mir jetzt erzählen, was sich da drüben abspielt! Ich will weiter etwas von unseren Patienten erfahren. Ich mache mir Sorgen. Wie soll ich es herausfinden?«
»Das tut mir leid, ich habe nie daran gedacht..., daß es dir wirklich so viel ausmachen würde..., ich meine, wirklich...«
Victoria verhedderte sich, war ratlos. Meinte Leah das ernst? Wenn es stimmte, dann war das etwas sehr Ungesundes: so sehr in der Vergangenheit zu leben, sich um Menschen Sorgen zu machen, von denen sie den meisten nie begegnet war.
»Vor vielen Jahren«, fuhr Leah fort, »gab es so eine Serie im Fernsehen. Sie hieß Unfallstation Zehn. Wahrscheinlich erinnerst du dich nicht daran. Ist schon lange her. Sie war damals noch schwarzweiß gedreht, oder vielleicht hatte ich auch noch keinen Farbfernseher. Jedenfalls erinnere ich mich, daß eine Frau als Notfall eingeliefert wurde, ich meine, eine wirkliche Frau, in unserem Krankenhaus. Als sie sich nach der Operation von ihrer Narkose erholt hatte, versuchte sie sofort, nach Hause entlas-

sen zu werden. Warum? Weil es keinen Fernseher auf der Station gab, und sie vermißte die Serie. Die Tatsache, daß sie sich auf einer richtigen chirurgischen Station befand und selbst ein »Fall« war und Gott weiß wie viele wirkliche Dramen sich um sie herum abspielten, bedeutete ihr nichts. Sie wollte das Fernseh-Krankenhaus, das war alles.
Ich weiß nicht, warum ich dir das erzähle, vielleicht deshalb, weil ich genau das Gegenteil bin. Ich kann mir keine Fernsehserien anschauen. Besonders nicht diese Krankenhausgeschichten. Sie sind so seicht und falsch, und das macht mich immer ärgerlich. Aber ich kann mir nicht vorstellen, wie ich ohne die wirklichen Dramen zurechtkommen sollte. Die im Krankenhaus, meine ich.«
Sie hob ein Glas Mineralwasser mit beiden Händen an den Mund und trank unter großen Schwierigkeiten, das Glas klapperte ihr gegen die Zähne, sie verschüttete Wasser. Sie rührte sich nicht, um den Tisch abzuwischen, und saß da, in eine Ecke des Zimmers starrend.
Victoria wurde ganz kalt vor Angst.
»Leah? Möchtest du nicht ein bißchen Tee? Ein Stück von diesem Kuchen? Wie wär's mit einer Kumquat? Hast du schon einmal eine probiert? Es sind Miniaturorangen, man ißt sie mitsamt der Schale...«
Leah wandte sich ab, ihre dunklen Augen schimmerten unnatürlich.
»Ich habe mir das Teetrinken jetzt abgewöhnt. Tut mir leid. Ich bin nicht hungrig. Kann nichts runterkriegen, außer diesem Labberzeug.«
»Bist du sicher, daß alles mit dir in Ordnung ist? Wie lange ißt du schon nichts mehr?«
»Einige Zeit. Ich bin einfach nicht hungrig. Irgendeine Magenverstimmung. Ich habe nur die ganze Zeit Durst, das ist alles.«
Sie sah entsetzlich traurig aus, als Victoria schließlich ging. Victoria war länger als üblich geblieben, zögerte, Leah

allein zu lassen. Sie machte sich über ihr Aussehen Sorgen, die Veränderung ihres Gesundheitszustandes, die Hoffnungslosigkeit im Leben ihrer Freundin. Sie hatte Leahs Interesse an ihrer Arbeit immer als Höflichkeit interpretiert, als Gesprächsthema, nichts weiter. Worüber hätten sie schließlich sonst reden sollen?

*

Ein Brief von Julia wartete zu Hause auf sie. Sie hatten sich in den Vereinigten Staaten gut eingerichtet. Die Kinder gingen jetzt zur Schule. »Das Leben ist voller Überraschungen. Die Kinder gehen auf eine Sonderbegabten-Schule. Nun ja, ich wußte immer, daß sie etwas Besonderes sind. Welche Mutter glaubt das nicht? Aber Mathematik? Und gleich alle beide? Tristan ist derjenige, der die künstlerische Begabung hat. Woher haben sie das bloß? Weder Stan noch ich haben jemals in Mathe oder Naturwissenschaften geglänzt. Die Tatsache, daß sie Zwillinge sind, macht es noch ungewöhnlicher. Sie denken gleich und scheinen gleichermaßen begabt zu sein, als ob jede Zugang zum Gehirn ihrer Schwester hätte. Nach all meinen Bemühungen, ihre Individualität zu betonen – erinnere Dich, daß ich mich sogar weigerte, sie gleich anzuziehen! –, können sie ohne einander nicht auskommen. Seit wir hier sind, bestehen sie wieder darauf, zusammen in einem Bett zu schlafen. Wir haben einige Konzessionen gemacht, um der Tatsache Rechnung zu tragen, daß sie jetzt etwas entwurzelt sind, und um ihr Sicherheitsbedürfnis nicht mehr als nötig zu stören. Gemeinsam schlafen zu dürfen war das erste, was sie verlangten. Nach all den Anstrengungen, die wir darin investiert haben, sie in getrennte Betten zu stecken, wie Du Dich erinnern wirst.
Hier gibt es keine Schuluniformen. Wir haben uns überlegt, daß sie sich ihre eigenen Kleidungsstücke aussuchen

können. Jetzt ziehen sie sich genau gleich an, und man kann sie nicht auseinanderhalten. Sie sind sogar wieder dazu übergegangen, ihre Geheimsprache zu benutzen, und zwar ganz offen. Glaubst Du, daß sie darunter leiden, daß ihr Leben unsicher geworden ist? Haben wir einen Fehler gemacht, hierherzuziehen? Tristan scheint auf seine Weise ganz glücklich zu sein. Natürlich ist er schon älter und war immer sehr unabhängig und irgendwie selbstgenügsam. Wie konnte es nur passieren, daß ich solch introvertierte Kinder produziert habe? Glaubst Du, sie kommen nach Stan?«

Seitenlang ging es auf ähnliche Weise weiter. Julia hatte sich in einer Filmschule eingeschrieben und berichtete, welch wundervolle neue Freundschaften sie dort geschlossen hatte. Endlich wurde sie voll gefordert, schrieb sie, und machte etwas anderes als Sozialarbeit. Es war eine sehr anstrengende Erfahrung.

Das klang ja wirklich fürchterlich anstrengend, dachte Victoria und legte den Brief beiseite. Sie spürte einen kleinen Stich Neid, daß ihre Freundin eine unendliche Fähigkeit zu haben schien, sich immer wieder neu für etwas zu begeistern. Sie selbst fühlte sich zu müde und von Sorgen gezeichnet, um sich noch irgendwelche weiteren Anstrengungen abringen zu können.

*

»Leah wurde letzte Nacht hier eingeliefert«, informierte Rose sie am folgenden Montag. »Sie ist in einem sehr schlechten Zustand.« Victoria hetzte zur Station. »Nierenversagen«, sagte die Stationsschwester. »Extrem hoher Blutdruck. Man hat bei ihr das Cortison zu schnell abgesetzt, und keinem scheint aufgefallen zu sein, was mit ihr los war. Oder sie hat es niemandem gesagt. Das ist schon eine schlimme Geschichte.«

Leah lächelte sie schwach aus ihrem Bett an. »Siehst du, ich konnte diesem Ort einfach nicht fernbleiben.«
»Bei ihrem Alter würde man eine Transplantation nicht einmal in Betracht ziehen. Sie versuchen es mit Dialyse«, rief die Schwester ihr nach, als Victoria die Station verließ.
Nun ging Victoria jeden Tag nach der Arbeit hinüber zur Dialysestation. In Maske und Kittel, den Kopf mit einem weißen Häubchen bedeckt, die Füße in weißen Überschuhen, saß sie neben Leahs Bett, wusch ihr Gesicht und Hals, Brust und Hände. Die künstliche Plumpheit, die die Medikamente hervorgerufen hatten, war schon lange verschwunden. Leahs Körper war nur mehr ein Skelett mit grotesk geschwollenen Gelenken, wie Steinklumpen unter der zerbrechlichen Haut.
Rose, Helen und Joanna wechselten sich mit ihr ab, schwätzten lustig bei der Übergabe, um die Patientin aufzumuntern, die stumm dalag, ein vages Lächeln auf den Lippen, mehr und mehr jedoch halb schlafend.
»Weißt du, woran sie mich erinnert?« flüsterte Rose im Vorraum, während sie die Schutzkleidung auszog und in die Mülltonne warf. »An die Leute aus Auschwitz oder Belsen, weißt du? Alles Haut und Knochen und nur diese schrecklichen Schwellungen. Arme Leah. Zu denken, daß sie vor dem Konzentrationslager geflohen ist, nur um hier zu landen… Es ist, als ob – Gott vergebe mir – als ob ihr Schicksal sie hier ereilt hätte.«
Ein Darmverschluß erforderte eine Notoperation.
»Ich habe jetzt einen künstlichen Darmausgang«, flüsterte Leah Victoria bei ihrem nächsten Besuch ins Ohr. »Aber sie haben versprochen, daß es nur vorübergehend sein wird.«
Eine Hirnblutung, gefolgt von einem Hirnschlag, lähmte eine Körperhälfte und verursachte ihren ersten epileptischen Anfall. Jetzt konnte sie nicht mehr sprechen, doch

ihre Augen bewegten sich in dem halb gelähmten Gesicht, folgten jeder Bewegung Victorias, zogen sie fast körperlich an und hielten sie zurück, bis sie die Tür hinter sich geschlossen hatte.

»Warum um alles in der Welt machen die bloß immer weiter.« Joanna zog den weißen Kittel an und legte sich schniefend die Papiermaske über das Gesicht. Sofort war die Maske von Tränen durchweicht. »Sie wissen doch, daß sie sie nicht retten können. Warum die Qual verlängern?«

Sie riß sich die nasse Maske vom Gesicht und nahm eine neue. »Ich kann nicht begreifen, warum manche Menschen den lieben Gott spielen müssen. Sie können einfach nicht zugeben, daß sie versagt haben, sie können nicht loslassen!« Sie trocknete sich die Augen, holte tief Luft, befestigte die Maske über den Ohren und ging hinein.

»Du siehst heute besser aus, meine Liebe«, hörte Victoria sie sagen, bevor die Tür geschlossen wurde. Victoria zog sich an, um nach Hause zu gehen, und wunderte sich. Irgendwie hatte sie das Gefühl, daß Leah gar nicht wollte, daß ihr Leiden verkürzt wurde.

»Nach dem, was sie durchgemacht haben«, hatte sie einmal gesagt, als sie von ihren Eltern sprach, die irgendwo in einem Konzentrationslager in Polen umgekommen waren, »werde ich nie das Recht haben, mich zu beklagen, gleichgültig, was das Schicksal für mich bereithält.«

Als Victoria sie die letzten Stufen ihres Kreuzweges erklimmen sah, hatte sie das Gefühl, daß Leah es für richtig hielt, ebenfalls einem Märtyrertod ins Auge zu sehen.

»Wenn ich sterbe, möchte ich verbrannt werden, das ist nur gerecht, findest du nicht?« hatte sie eines Tages gesagt, als sie die Fotos auf dem Kaminsims betrachtete.

Die Abteilung wurde geschlossen, und alle Mitarbeiterinnen der Sozialstation nahmen an der Zeremonie im Krematorium teil. Es gab Blumen, Musik und den Versuch

einer Ansprache von Rose, die mit ihren Notizen in der behandschuhten Hand dastand, dann in Tränen ausbrach und sich hinter ihre Kolleginnen zurückzog.
In dieser Woche verließ Victoria das Krankenhaus, nachdem sie ihre dreimonatige Kündigungszeit erfüllt hatte. Jetzt endlich war sie frei.

*

Ein weiterer Brief in der vertrauten, kühnen, geschnörkelten Handschrift lag im Briefkasten, und sie legte ihn ungeöffnet zu den anderen auf den Kaminsims. Das machte fünf aus Beirut, zwei aus Rom und einen aus Genf. Jemand, der unbedingt Kontakt zu ihr aufnehmen wollte, kam immer näher.
Dies würde ihr letzter Tag zu Hause sein. Victoria wachte spät auf und badete ausgiebig. Es war das erste Bad seit zwei Wochen. Sie wusch sich das Haar und feilte sich die Fingernägel. Sie zog das Bett ab und stopfte die Bettwäsche und Handtücher in die Waschmaschine. Sie wässerte die Amaryllis und drehte die Töpfe um, damit sich die Stengel nicht zu sehr zur einen Seite neigten. Sie stellte fest, daß sich die Blüten bald öffnen würden. Sie füllte den Vogelkäfig mit den restlichen Nüssen und sah zu, wie die Vögel herabstießen, um sich ihr Futter zu holen. Sie nippte an ihrem Morgenkaffee und schrieb eine Liste von letzten Erledigungen. Ein weiterer Besuch im Delikatessenladen würde sie nicht sonderlich ablenken.
Sie blickte über den Kanal hinüber. Das Lagerhaus war verlassen. Ängstlich blickte sie von einem Fenster zum anderen. In keinem der Räume war ein Lebenszeichen zu erkennen. Sie sah, daß die Türen offenstanden, Kleidungsstücke, Papiere, Teller und alle möglichen Gegenstände über den Fußboden und die Möbel verstreut lagen, als ob die Bewohner in großer Eile abgezogen wären. Sie blickte

zum Dach hinauf. Es war niemand da. Die Transparente und Poster schaukelten schlaff in der Windstille.
Hatte man sie alle letzte Nacht vertrieben? Aber das wäre doch sicherlich nicht ohne einen Kampf abgegangen, und das hätte sie hören müssen. Konnte es möglich sein, daß sie alles verschlafen hatte?
Victoria zog sich schnell an und blickte dabei unverwandt zum Lagerhaus hinüber. Sie kämmte sich, bürstete ihr immer noch feuchtes Haar und schminkte sich hastig, wobei sie es vermied, sich im Spiegel in die Augen zu sehen. Frische Unterwäsche, ein sauberes, fast neues Kleid und ihr guter Sommermantel; es war sehr unwahrscheinlich, daß sie Tom wieder begegnen würde – Victoria macht einen Fehler immer nur einmal, dachte sie ironisch –, aber sie war es sich und ihrem aufrechten professionellen Image der Vergangenheit schuldig, bei ihrem letzten Ausgang ihr äußeres Erscheinungsbild zu wahren.
Der Delikatessenladen würde warten müssen. Alles würde warten müssen. Sie konnte diese Welt nicht verlassen, ohne herauszufinden, was im Lagerhaus geschehen war.
Als sie im Schlafzimmer war, klingelte ihr Telefon. Sie wollte nur ihr Portemonnaie und ihre Brille aus der Handtasche nehmen. Es war die unhandlichste und größte Handtasche, die sie besaß, dick gefüllt mit allem, was sie für die Reise brauchte. Jetzt wollte sie nur etwas Geld und ihre Brille herausnehmen, falls eine Notiz an der Lagerhaustür war oder es eine weitere Petition zu unterzeichnen gab. Das Telefon irritierte sie. Wer konnte sie jetzt anrufen? Sie hatte allen erzählt, sie sei verreist. Tom? Mit ihm wollte sie nicht sprechen. Julia? Ging es um die Party? Um Stan und diese Frau? War sie traurig, wollte sie darüber reden? Aber sie hatte Julia erzählt, daß sie eine Weile nicht dasein würde. Wer war es also?
Wenn sie es nur herausfinden könnte, ohne den Hörer ab-

nehmen zu müssen. Wenn sie nur einen Anrufbeantworter hätte..., der Gedanke rang ihr ein Lächeln ab. Das Telefon klingelte weiter. Jetzt war sie sicher, daß sich jemand verwählt hatte. All ihre Freunde wußten, daß sie in ein paar Sekunden von überall her in ihrer kleinen Wohnung ans Telefon kam. Wenn sie nicht sofort dranging, war sie nicht zu Hause. Daher mußte die Person, die sie jetzt anrief, jemand Fremdes sein. Falsch verbunden. Das geschah ja immer wieder. Das Portemonnaie war in den Tiefen ihrer Handtasche verschwunden. Statt alles durchzuwühlen und die Handtasche auszuschütten, nahm Victoria, während das Telefon immer noch in ihren Ohren schrillte, die ganze Tasche hoch und eilte nach unten.

*

Die Straße, die am Lagerhaus vorbeiführte, lag schattig und still da. Am äußersten Ende auf dem kleinen Platz konnte sie eine Gruppe Menschen stehen sehen, die Rükken ihr zugewandt, redend. Sie beschleunigte ihre Schritte. Waren einige der Lagerhausbesetzer darunter? Sie glaubte, jemanden wiederzuerkennen...

Der Schlag traf sie von hinten und ließ sie über das Pflaster straucheln. Sie fühlte sich mit aller Gewalt zu Boden geworfen. Die Handtasche wurde ihr entrissen. Ein dunkler Schatten, aus dem Augenwinkel zu sehen, verschwand zwischen den Bäumen. Sie fiel nicht hin. Es dauerte nur ein paar Sekunden, bis sie ihren Atem und ihr Gleichgewicht wiederfand und losrannte, um den dunklen Schatten zu verfolgen, einen grasüberwachsenen Fußweg hinter großen, viktorianischen Häusern entlang, weg von der Straße.

Er hatte ihr die Handtasche entrissen. Die Tasche mit allem, was sie für ihre letzte Reise brauchte. Um das Geld ist es nicht schade, das Geld ist es am wenigsten. Ich würde

ihm das Geld gerne geben. Soll er doch alles nehmen, das ist sowieso das, was er will. Und alles, was ich will, sind die Schlüssel zum Haus, das Adreßbuch, die Kreditkarten – nein, die spielen keine Rolle – doch die Schlüssel und der Führerschein, ich kann nicht ohne Führerschein losfahren, und am wichtigsten – o Gott, halt ihn auf, laß ihn stolpern und hinfallen – am wichtigsten von allem sind die Pillen! Alles ist in der Handtasche. Ohne sie bin ich verloren. All meine Pläne, mein wochenlanges Vorausplanen wird ohne die Pillen vergeblich gewesen sein!
So, du warst also früher mal eine vielversprechende Sprinterin? Die weiße Hoffnung der Schule? Wie lange ist das jetzt her? Ihre Lunge barst, die Kehle schmerzte, sie hatte heftige Seitenstiche. Sie rannte nicht. Ihre Füße berührten kaum den Boden, und wie im Traum flog Victoria.
Die Luft war von einem rauhen schluchzenden Geräusch erfüllt. Ihre eigene Stimme? Es schockte sie. Solch ein häßliches, unerwartetes Geräusch. Weinte sie etwa? Durch den heftigen Herzschlag in ihren Ohren hörte sie jemanden rufen: Hilfe! Es war ihre Stimme. Hilfe! schrie sie. Hilfe! Hilfe!
Der Herzschlag in ihrem Ohr wurde lauter. Gleich würde es stehenbleiben. Der Schmerz in ihren Rippen wurde unerträglich. Sie hielt inne, keuchend und würgend. Aus ihren Augen und der Nase strömte es, ihre Kehle fühlte sich an wie Sandpapier. Der heftige Herzschlag verlangsamte sich nicht. Sie wischte sich das Gesicht an ihrem Ärmel ab und sah, wie sie an ihr vorbeiliefen, schneller und leichter liefen, als sie es jemals konnte, ein bunter Haufen junger Männer und Mädchen, mit fliegenden Bärten und langem Haar, mit Halsketten und Perlen und hüpfenden Brüsten, mit Augen, die vor Vergnügen an dieser Jagd glitzerten.
Sie stand immer noch an derselben Stelle, schweratmend, die Arme über der Brust verschränkt, als sie triumphierend zurückkehrten, einen dunklen Schatten hinter sich

herzerrend, der sich als ein Mann in zerrissener und flekkiger Kleidung herausstellte, dem sie die Arme auf den Rücken gedreht hatten und der sich auf ihr Geheiß mit hängendem Kopf ihr zu Füßen hinkniete. Einer der jungen Leute übergab ihr ihre Tasche:

»Da ist sie, gnädige Frau. Er hat sie über die Mauer geworfen, dort drüben. Hatte aber keine Zeit mehr, sie aufzumachen.«

»Die Bullen werden jede Minute hier sein. Jemand in dem Haus dort drüben hat sie gerufen. Du bist ganz schön mutig, Schwester. Hinter einem Räuber herzulaufen, die ganze Straße runter? Er hätte ein Messer haben können!«

»Wenn Sie nicht so laut geschrien hätten, hätten wir nichts gehört. Sie hätten ihn nie gekriegt. Auch wenn Sie diese hochhackigen Schuhe nicht anhätten, das hätten Sie nicht geschafft. Er war gerade dabei, über die Mauer zu klettern, und dann hätten wir ihn verloren.«

Sie saßen auf einem niedrigen Gartenzaun und unterhielten sich aufgeregt, fröhlich, zufrieden. »Eine gute Übung«, sagte jemand. »Tut richtig gut. Besser als Jogging, nicht? Hält dich in Form, joggen. Ich wette, du hättest nicht solange durchgehalten, wenn du nicht joggen würdest.«

Die Finger fest um ihre Handtasche gekrallt, blickte Victoria ihren Angreifer an. Nicht unbedingt das, was sie erwartet hatte, dachte sie. Ende Zwanzig vielleicht, oder älter, ein schmales, recht gutaussehendes Gesicht mit feingeschnittenen Zügen, dunklen Augen, dunklem glatten Haar, das ihm fettig über den Kragen hing. Der Anzug hatte schon bessere Tage gesehen. Seine Haut war fahl, fast gelb. Gelbsucht? Sie betrachtete seine Hände, die er auf die Knie gelegt hatte, und stellte fest, daß er Blutergüsse hatte, die von einer Nadel herrühren konnten. Ein Junkie? Braucht das Geld für Drogen. Wenn er mich gefragt hätte, hätte ich es ihm gegeben. Ich brauche kein Geld mehr.

Sie warf einen Blick auf ihre Retter. Waren sie aus dem Lagerhaus? Sie war sicher, einige von ihnen wiederzuerkennen. Sie wollte sie gerade fragen, als sie die Polizeisirene hörte.

»Sie werden hier nicht herunterkommen können«, sagte jemand. »Also bringen wir ihn besser rauf zur Straße. Da wird die Wanne halten müssen.« Sie erhoben sich.

Victoria zupfte den Mann am Ärmel. »Warum haben Sie es getan? Ihretwegen hätte ich fast einen Herzinfarkt bekommen. Wenn Sie hungrig sind, wenn Sie Geld brauchen, warum haben Sie mich nicht gefragt?«

Er blickte sie mit leerem Blick an: »Weiß nicht. Hab es noch nie getan.«

»Glauben Sie ihm kein Wort. Die sagen das immer. Also gehen wir jetzt. Los!«

»Könnten wir nicht...« Victoria zögerte. »Ich meine... Ich habe meine Handtasche wieder. Er hat nichts genommen. Ich will mich jetzt nicht an ihm rächen. Könnten wir – ihn nicht einfach laufen lassen?«

»Keine Chance. Wir haben ihn in flagranti erwischt. Ob Sie jetzt gegen ihn Anzeige erheben oder nicht, liegt bei Ihnen, aber die Polizei wird ihn sicher haben wollen. Und woher wollen Sie wissen, daß er nicht ohnehin gesucht wird? Vielleicht macht er es wieder, sobald wir ihn laufen lassen. Sie werden ihm doch nicht abnehmen, was er da sagt!«

Der Fußweg war voller Menschen. Sie alle bewegten sich langsam zwischen den Gartenzäunen und Mülltonnen hindurch auf die Straße zu, wo das Polizeiauto wartete. Zwei Polizeibeamte kamen ihnen den Pfad hinunter entgegen. Victoria verlangsamte ihre Schritte und blieb hinter den anderen zurück. Das letzte, was sie jetzt wollte, war, eine Aussage auf dem Polizeirevier machen zu müssen. Sie

werden mich verhören, Fragen stellen, vielleicht sogar den Inhalt der Handtasche sehen wollen.
Ein schmaler Pfad führte seitlich an anderen Gärten vorbei. Sie schlüpfte hinter einen Busch, duckte sich und rannte.

*

Sie trat aus dem Labyrinth kleiner Gärten und Hinterhöfe heraus. Unter ihr floß der Kanal sanft wie ein breites Band zwischen den Ufern, auf denen frisches Gras und wilde Blumen wuchsen. Sie lehnte sich gegen eine Kastanie und ließ sich langsam zu Boden sinken. Sofort begann die Feuchtigkeit ihr durch die Kleider zu dringen. Vage dachte sie an die grünen Flecken auf ihrem Mantel, dann schloß sie die Augen und hob ihr Gesicht zum Himmel. Trotz des warmen Sonnenscheins fröstelte sie. Irgendwo zu ihrer Rechten, unsichtbar hinter den Bäumen, war das Lagerhaus und auf der anderen Seite ihr Haus, ihre kleine Wohnung, der Ort, wo sie jetzt am liebsten wäre. Sie war unfähig, sich zu bewegen. Mehr als alles andere wollte sie sich in ihrem Zimmer einschließen, ihr Gesicht unter ihrem Kissen vergraben, sich die Decke über den Kopf ziehen und dort bleiben, ohne mit jemandem zu sprechen, ohne irgendeine Stimme zu hören, ohne jemals ihre Tür öffnen zu müssen, um ein anderes menschliches Wesen einzulassen, ohne jemals wieder auszugehen. Sie fühlte sich zutiefst erschüttert, angegriffen, verletzt durch die Attacke, so harmlos sie auch gewesen war. Der Schlag hatte sie nicht verletzt. Sie hatte nichts verloren, die Handtasche war unbeschädigt, ungeöffnet, das Ganze hatte nur wenige Minuten gedauert. Und doch fühlte sie sich zutiefst verstört, erschreckt und schockiert.
Sie öffnete ihre Handtasche und suchte nach ihrem Spiegel, blickte ihr Spiegelbild an und stellte zu ihrer Überra-

schung fest, daß sie weinte. Schon zum zweiten Mal an diesem Tag. Sie konnte sich nicht erinnern, wann sie das letzte Mal geweint hatte. Stumme Tränen liefen ihr das Gesicht herunter, wuschen ihr den letzten Rest ihrer Schminke ab. Ein kleiner Schluchzer entrang sich ihrer Kehle, gefolgt von einem weiteren. Sie blickte sich ängstlich um. Es war niemand in der Nähe. Sie schien hier völlig allein zu sein. Es schoß ihr durch den Kopf, daß dieser Ort nicht sehr viel anders aussah als der, den sie für ihren Abschied ins Auge gefaßt hatte. Der andere war noch einsamer, wirklich verlassen, und man konnte von dort übers Meer schauen. Dieser hier war in unmittelbarer Reichweite der Vororthäuser, in Hörweite des vorbeirauschenden Verkehrs, fast sogar in Sichtweite ihrer Fenster.

Beim Gedanken an ihre eigenen vier Wände schlug sie die Hände vors Gesicht und weinte lange und laut, ohne Rücksicht darauf, welchen Anblick sie bieten, wessen Aufmerksamkeit sie auf sich ziehen mochte.

Selbstverständlich würde sie heute nirgendwo mehr hingehen. Vielleicht auch morgen nicht. Wenn sie erst in ihre Wohnung zurückgekehrt war, würde sie niemals den Mut aufbringen, wieder hinauszugehen. Jetzt konnte sie nicht einmal die Kraft aufbringen, den Schutz dieses Baumes zu verlassen, zur Hauptstraße zurückzukehren, die Brücke aufzusuchen, sie zu überqueren und den Heimweg einzuschlagen. Es war alles zuviel für sie. Ihre Beine würden sie nicht mehr so weit tragen. Die Straßen waren voller unerwarteter Gefahren. Sie konnte einfach nicht mehr mit all dem fertig werden.

Das ist es, dachte sie müde, vielleicht Minuten oder Stunden später, erschöpft durch das Weinen, endlich aller Tränen ledig. Das ist wirklich mit mir los. Ich habe Angst. Ich habe schon so lange Angst, und ich habe es nie zugeben können. Wie konnte ich auch? Ich habe mich ja sogar davor gefürchtet, mir meine eigene Angst einzugestehen. Ich hatte Angst vor dem Leben, das ich führte, vor dem, was ich täglich um mich herum sah, vor dem, was die Zukunft für mich noch bereithielt.

Sie öffnete ihre Handtasche und untersuchte den Inhalt. Die Flasche mit Tabletten war immer noch da. Also blieb ihr dieser Ausweg nach wie vor offen. Jederzeit. Morgen, wenn sie wollte, wenn sie sich doch noch entschließen konnte, nach Suffolk zu fahren. Heute, wenn sie beschloß, zu Hause zu bleiben. Sie nahm ihre Puderdose heraus und begann sorgfältig, die Spuren ihrer Tränen zu trocknen. Lippenstift, Lidstrich, ein wenig Rouge, eine Schicht Puder, um die Tränensäcke zu verdecken, noch ein wenig Wimperntusche und Lidschatten auf die geröteten Augenlider. Sie bürstete sich das Haar und überprüfte den Gesamteffekt im Spiegel. Eine unbekannte Frau blickte zurück.

Gar kein schlechtes Gesicht, dachte sie, ein wenig überrascht. Gar nicht schlecht. Ob ich wohl lernen könnte, damit zu leben, nur eine Zeitlang?

Sie blickte nach oben, als fürchtete sie, beobachtet zu werden. Frische Kastanienblätter streckten ihre grünen Finger über ihren Kopf. Palmate – sie drehte und wendete das Wort in ihrem Kopf, als hörte sie es zum ersten Mal. Die Kastanienblätter nennt man Palmate, wie eine menschliche Hand. Goldene Strahlen durchdrangen die Krone, wurden durch die Zweige zu strahlenden Staubsäulen gefiltert. Victoria drückte den Rücken gegen den rauhen Baumstamm. Sie fühlte sich von einem durchsichtigen Zelt aus Licht und Schatten umhüllt, das mit warmer, wohlriechender Luft erfüllt war. Erneut hob sie den Kopf und blickte hinauf zum Himmel. Eine leichte Brise schüttelte die Blätter und ließ sie tanzen. Die Bewegung zerbrach die statischen Säulen des Sonnenlichts und warf sie in einem goldenen Schauer auf den Boden und in ihren Schoß. »Ich werde dich mit seinen Federn bedecken, und unter seinen Schwingen sollst du ruhen.«

Die Worte des 91. Psalms schossen ihr durch den Kopf. Sie versuchte, sich an die folgenden Zeilen zu erinnern, aber es gelang ihr nicht. Es mußte Jahre her sein, seit sie sie zuletzt gehört hatte.
Sie erhob sich, schüttelte ihren Mantel aus, packte ihre Handtasche fest unter den Arm und machte sich auf den Heimweg.

*

Victoria hob den Kopf vom Fensterbrett und erhob sich langsam aus dem Stuhl. Sie rieb sich den schmerzenden Nacken. Wie lange hatte sie geschlafen? Bei ihrer Rückkehr vor ein paar Stunden, nach dem katastrophalen Erlebnis, war sie geradewegs zum Küchenfenster gegangen und hatte zum Lagerhaus hinübergesehen, als ob sie sich des vertrauten Anblicks versichern wollte. Es stand immer noch da, schweigend und friedlich, über den langsamen Strom des Kanals gekauert.
Die Kirschbäume standen in voller Pracht, überladen mit schneeweißen Blüten. Nichts hatte sich verändert, seit sie das Haus am Morgen verlassen hatte.
Von Müdigkeit überwältigt, hatte sie sich einen Stuhl herangezogen, den Kopf aufs Fensterbrett gelegt und war eingeschlafen.
Jetzt hatte sie etwas geweckt. War es Hunger? Sie spürte ihn in ihren Eingeweiden rumoren. Wann hatte sie das letzte Mal etwas gegessen? Es war nichts Eßbares mehr in ihrer Wohnung. Auf ihrer kopflosen Flucht nach Hause hatte sie natürlich nichts mehr einkaufen können. Doch sie war am Kiosk stehengeblieben und hatte sich Zigaretten gekauft. Und einen Riegel Schokolade. Sie wühlte in ihrer Handtasche, fand den halbgeschmolzenen Riegel und wickelte ihn mit zitternden Händen aus.
Sofortige Befriedigung, dachte sie lächelnd. All ihr einsa-

men, enttäuschten und niedergeschlagenen Massen, was würdet ihr tun, was würden wir alle tun, wenn es keine Süßigkeiten gäbe, die uns in der Stunde der Not Trost schenken? Die Briten, überlegte sie, während sie ihre klebrigen Finger ableckte, gehörten zu den größten Süßigkeiten-Konsumenten in der Welt. Verwies das vielleicht auf irgendein emotionales Defizit, ein grundlegendes Bedürfnis?

Sie goß heißes Wasser in die Kaffeedose und trank das Gebräu, das schwach nach Kaffee duftete und angenehm bitter schmeckte.

Das Geräusch entfernter Musik sickerte in den Raum. Victoria blickte hinaus. War es das, was sie aufgeweckt hatte? Die Dunkelheit des frühen Frühlingsabends hatte sich sanft auf die Vorortgärten gesenkt. Die Lagerhausfenster auf der anderen Seite des Kanals waren hell erleuchtet.

Da waren sie alle: Das Mädchen mit dem Saxophon saß auf ihrer Leiter und hob ihr Instrument in alle vier Himmelsrichtungen, als ob sie den Raum mit ihrer Musik segnen wollte.

Farbige Girlanden und Luftballons schwebten durch die Zimmer. Mit Gläsern, Flaschen und Bechern prosteten die Bewohner sich zu. Im Zimmer mit dem blauen Fußboden waberte Rauch unter dem roten Schirm hervor, und die Hände unsichtbarer Spieler teilten Karten auf dem weißen Tisch aus.

Im alten Lagerhaus tanzten die Besetzer.

Sie feiern, dachte Victoria. Dann bleiben sie also! Sie haben gewonnen!

Aber wie kann es sein, daß ich ihre Musik nie zuvor gehört habe... Jetzt hörte sie sie ganz deutlich: Der pulsierende Baßrhythmus und die hohe gesungene Melodie schwebten über die blühenden Bäume zu ihr herüber.

Vielleicht hat sich der Wind gedreht, dachte sie und

machte das Fenster weit auf. Sie blickte sich im Zimmer um. Es gab noch viel zu tun. Die Briefe auf dem Kamin; morgen würde sie sie alle öffnen. Sie könnte genausogut alles wissen und sich innerlich auf das Kommende vorbereiten. Morgen, dachte sie, würde sie einkaufen gehen. Überrascht stellte sie fest, daß ihr dieses Wort zum ersten Mal seit vielen Wochen keine Angst machte. Morgen war nur ein weiterer Tag. Das Lagerhaus auf der anderen Seite des Kanals glitzerte wie ein Ozeandampfer. Vor dem morgigen Tag gab es heute abend Musik.

Die Frau in der Gesellschaft

Band 3746

Band 3755

Band 3782

Maya Angelou
Ich weiß, daß der gefangene Vogel singt
Band 4742

Shulamit Arnon
Die gläserne Brücke
Roman
Band 4723

Ippolita Avalli
Warten auf Ketty
Band 3796

Mariama Bâ
Der scharlach-rote Gesang
Roman
Band 3746

Martine Carton
Etwas Besseres als einen Ehemann findest du allemal
Roman
Band 4718

Dagmar Chidolue
Annas Reise
Roman. Band 3755
Ruth hat lange auf den Herbst gewartet
Erzählung. Band 3736

Janina David
Leben aus zweiter Hand
Roman. Band 4744

Sabine Deitmer
Bye-bye, Bruno
Wie Frauen morden
Kriminalgeschichten
Band 4714

M. Rosine De Dijn
Die Unfähigkeit
Band 3797

Anna Dünnebier
Eva und die Fälscher
Roman. Band 4728

Oriana Fallaci
Brief an ein nie geborenes Kind
Band 3706

Felicitas Frischmuth
Die kleinen Erschütterungen
Eine Mutter aus Wörtern
Erzählung
Band 4700

Maria Frisé
Montagsmänner und andere Frauengeschichten
Band 3782

M. Gabriele Göbel
Amanda oder Der Hunger nach Verwandlung
Erzählungen
Band 3760

Franziska Greising
Kammerstille
Erzählung
Band 3765

Fischer Taschenbuch Verlag

fi 20/13 a

Die Frau in der Gesellschaft

Band 4722

Band 3776

Band 3785

Helga Häsing
Unsere Kinder, unsere Träume
Band 3707

Helga Häsing / Ingeborg Mues (Hg.)
Du gehst fort, und ich bleib da
Gedichte und Geschichten von Abschied und Trennung
Band 4722

Elfi Hartenstein
Wenn auch meine Paläste zerfallen sind
Else Lasker-Schüler 1909/1910
Erzählung
Band 3788

Jutta Heinrich
Das Geschlecht der Gedanken
Roman
Band 4711
Mit meinem Mörder Zeit bin ich allein
Band 3789

Eva Heller
Beim nächsten Mann wird alles anders
Roman. Band 3787

Claudia Keller
Windeln, Wut und wilde Träume
Briefe einer verhinderten Emanze
Band 4721

Sibylle Knauss
Erlkönigs Töchter
Roman. Band 4704

Alexandra Kollontai
Wege der Liebe
Drei Erzählungen
Band 4719

Angelika Kopečný
Abschied vom Wolkenkuckucksheim
Eine Liebesgeschichte
Band 3776

Christine Kraft
Schattenkind
Erzählung. Band 3750

Jeannette Lander
Ich, allein
Roman. Band 4724

Rosamond Lehmann
Aufforderung zum Tanz
Roman. Band 3773
Der begrabene Tag
Roman. Band 3767
Dunkle Antwort
Roman. Band 3771
Der Schwan am Abend
Fragmente eines Lebens
Band 3772

Doris Lerche
Eine Nacht mit Valentin
Erzählungen
Band 4743

Dorothée Letessier
Auf der Suche nach Loïca
Roman
Band 3785
Eine kurze Reise
Aufzeichnungen einer Frau. Band 3775

Fischer Taschenbuch Verlag

fi 20 / 13 b